SABRINA QUNAJ

Die Tochter des letzten Königs

GOLDMANN
Lesen erleben

Buch

Wales 1093: Seit mehr als zwanzig Jahren herrschen die Normannen über England. Doch nun haben sie ihr Augenmerk auf Wales gerichtet. Als eine Truppe Krieger in ihre Heimat in Südwales einfällt, gerät die junge Fürstentochter Nesta in Gefangenschaft. Als wertvolle Geisel königlichen Geblüts wächst sie fortan einsam in Shrewsbury Castle auf, Hauptsitz der grausamen Familie de Montgomery. Bis eines Tages der König von England die Grafschaft an der Grenze zu Wales besucht. Er wird von seinem Bruder, Henry de Normandie, begleitet, der Nesta mit an den Hof nimmt und für den sie bald mehr als nur Dankbarkeit empfindet. Doch als König William Rufus unter mysteriösen Umständen bei der Jagd getötet wird, folgt Henry seinem Bruder auf den Thron. Nesta muss begreifen, dass sie an der Seite des neuen Königs keine Zukunft hat. Als sie sich von Henry abwendet, wird sie jedoch mit ihrem schlimmsten Alptraum konfrontiert: Er verheiratet sie mit einem Feind aus ihrer Kindheit, denn Nesta ist der Schlüssel zur Macht in Südwales …

Autorin

Sabrina Qunaj wurde im November 1986 geboren und wuchs in einer Kleinstadt der Steiermark auf. Nach der Matura an der Handelsakademie arbeitete sie als Studentenbetreuerin an einem internationalen College für Tourismus, ehe sie eine Familie gründete und das Schreiben zum Beruf machte. Sabrina Qunaj lebt mit ihrem Mann und ihren zwei Kindern in der Steiermark.

Sabrina Qunaj

Die Tochter des letzten Königs

Historischer Roman

GOLDMANN

Dieses Buch ist auch als E-Book erhältlich.

MIX
Papier aus verantwortungsvollen Quellen
FSC® C014496

Verlagsgruppe Random House FSC® N001967
Das FSC®-zertifizierte Papier *Pamo House* für dieses Buch
liefert Arctic Paper Mochenwangen GmbH.

3. Auflage
Originalausgabe Juni 2014

Die Veröffentlichung dieses Werkes erfolgt auf Vermittlung
der literarischen Agentur Peter Molden, Köln.
Umschlaggestaltung: UNO Werbeagentur, München
Umschlagmotiv: FinePic®, München; Fleur-de-Lis, reproduction
wallpaper designed by S. Scott and produced by Cole and Sons,
for the Houses of Parliament, 1845–50 (see also 87555), Pugin,
Augustus Welby (1812–52)/Victoria & Albert Museum,
London, UK/The Bridgeman Art Library
MR · Herstellung: Str.
Satz: omnisatz GmbH, Berlin
Karte: Peter Palm, Berlin
Druck und Bindung: GGP Media GmbH, Pößneck
Printed in Germany
ISBN: 978-3-442-47988-7
www.goldmann-verlag.de

Besuchen Sie den Goldmann Verlag im Netz:

Für meine Oma Gertrude

Anglesey
IRISCHE SEE
Chester
GWYNEDD
IRLAND
Shrewsbury
POWYS
WALES
DEHEUBARTH
Cardigan
CEREDIGION
Cenarth Bychan
Elenydd
Emlyn
Cantref Mawr
DYFED
Brecon
Haverfordwest
YSTRAD TYWI
BRYCHEINIOG
Rhos
Dinefwr
Milford Haven
Carew
Pembroke
Tenby
Cydweli
Manorbier
GWENT
GOWER
MORGANNWG
Cardiff
Sæfern-See
N
W
O
S
ATLANTISCHER OZEAN
0
40
80 km

Trent
Avon
Nen
Ouse
ENGLAND
Themse
Moulsford
London
Westminster
Salisbury
Winchester
New Forest
Portsmouth
Wight
Pevensey
FLANDERN
ENGLISCHER KANAL
Amiens
Rouen
NORMANDIE

Dramatis Personae

Historische Persönlichkeiten sind mit einem * gekennzeichnet

Die Waliser

Um Ihnen das Lesen zu erleichtern, möchte ich Ihnen hier kurz die Aussprache ein paar walisischer Namen erklären:

Grundsätzlich sollten Sie wissen, dass das »r« meist stark gerollt, wie im Spanischen ausgesprochen wird und das »w« wie beim englischen Wort »with«. Das »y« wird meist als »i« ausgesprochen, genauso das »u«. Zum Beispiel: Rhys wird »Rhis« ausgesprochen (das h muss hörbar sein).

Das »dd« wird im Walisischen als englisches »th« ausgesprochen. Zum Beispiel: »Gruffydd« wird verenglischt »Griffith« ausgesprochen und »Maredudd« »Maredith«.

Das »ll« wird meist als »ch«-Laut, ähnlich wie bei »Buch« mit einem anschließenden »l« ausgesprochen. Zum Beispiel: »Gwenllian« wird »Gwenchlian« ausgesprochen, und »Llewellyn« wird »Chluwellin« ausgesprochen.

Das »w« zwischen zwei Konsonanten wird meist zu einem »u«. Zum Beispiel: »Cadwgan« wird »Cadugan« ausgesprochen, oder »Tewdwr« wird »Teudur« ausgesprochen (wobei »e« und »u« extra gesprochen werden und nicht als deutsches »eu«). Im Englischen wurde daraus »Tudur« und später »Tudor«.

Deheubarth

Nesta ferch Rhys*, eine Fürstentochter, die als Schlüssel zur Macht in Südwales gilt

Rhys ap Tewdwr*, ihr Vater, der im Kampf gegen die Normannen starb

Gwladys ferch Rhiwallon*, ihre Mutter

Gruffydd ap Rhys*, ihr jüngerer Bruder und der Erbe über das Fürstentum

Hywel ap Rhys*, der jüngste Bruder

Pater Urban, Pfarrer im fürstlichen Hause von Dinefwr

Anarawd, der Kommandant der Haustruppe

Powys

Iorwerth ap Bleddyn*, ein Herrscher in Powys und zeitweiliger Verbündeter von Henry I.

Maredudd ap Bleddyn*, sein Bruder und ebenfalls Herrscher über Teile von Powys

Cadwgan ap Bleddyn*, ein weiterer Bruder und zeitweilig alleiniger Fürst von Powys

Owain ap Cadwgan*, sein Sohn und Kriegsherr

Einion*, Owains jüngerer Bruder

Madog ap Rhiridd*, Owains Vetter und Kriegsherr

Gwynedd

Gruffudd ap Cynan*, der Fürst, der viele Jahre in normannischer Gefangenschaft verbrachte

Gwenllian ferch Gruffudd*, seine jüngste Tochter

Weitere Waliser

Hywel ap Goronwy*, ein Kriegsherr im Kampf gegen die Normannen
Gwgan ap Meurig*, sein engster Vertrauter
Ethil, Nestas Dienstmädchen und Freundin
Llewellyn, Ethils Sohn
Ellen, Ethils Schwester und eine Magd in Carew
Cynfyn, ein alter Mann im Dorf von Carew
Branwen, seine Schwiegertochter

Die Normannen

Die de Montgomerys und die Burg von Shrewsbury

Roger de Montgomery*, der Earl of Shrewsbury, er stirbt kurz nach der Eroberung von Südwales
Hugh de Montgomery*, sein Erbe, er stirbt im Kampf gegen die Waliser durch einen Pfeil
Robert de Bellême*, Hughs Bruder und Nachfolger als Earl of Shrewsbury
Arnulf de Montgomery*, der jüngste Bruder, zeitweiliger Vormund von Nesta
Madame de Mabile, Haushälterin auf Shrewsbury Castle
Æthel, eine Küchenmagd auf Shrewsbury Castle
Eadric, ein Stallbursche auf Shrewsbury Castle

Die englische Königsfamilie

William I.*, verstorbener König von England, der das Land eroberte
Robert Curthose*, sein ältester von den überlebenden Söhnen und Herzog der Normandie

William Rufus*, der zweitälteste Sohn und König von England

Henry*, der jüngste Sohn, der schon in England geboren wurde und ehrgeizige Ziele verfolgt

Edith von Schottland*, Henrys Gemahlin, die als Königin Matilda gekrönt wird

Prinzessin Matilda*, Henrys und Ediths Tochter

Prinz William*, Henrys und Ediths Sohn, der Thronfolger

Am englischen Hof

Walter Tyrell*, der Geliebte des Königs William Rufus

Anskill of Seacourt*, Tyrells enger Freund

Ansfride of Seacourt*, Anskills Gemahlin und eine ehemalige Geliebte des Prinzen Henry

Lady Ermentrude, eine Dame am englischen Hof

Lady Juliana, eine Dame am englischen Hof

Sybil Corbet*, eine Geliebte des Prinzen Henry

Richard de Clare*, ein Knappe in Walter Tyrells Diensten und der Erbe einer Grafschaft

Gilbert de Clare*, Richards Vater, der Earl of Clare

Haimo Dapifer*, der Seneschall des Königs

William de Mandeville*, der Constable des Great Towers

Robert de Beaumont*, ein mächtiger Baron in Frankreich und England, Henrys Unterstützer

Elizabeth de Vermandois*, Roberts junge Gemahlin und Nestas Freundin am Hof

Henry de Beaumont*, der Earl of Warwick, Roberts Bruder und Henrys Unterstützer

William de Warenne*, der Earl of Surrey, der eine königliche Braut sucht

Robert FitzHamon*, der Lord of Gloucester, Henrys Unterstützer

Hugh d'Avranches*, der Earl of Chester, auch Hugh Flaidd (Wolf) genannt wegen seiner Grausamkeit gegen die Waliser

Kirchenmänner

Ranulf Flambard*, Lordkanzler unter William Rufus und Bischof von Durham

Anselm de Bec*, der Erzbischof von Canterbury, der lange Zeit im Exil verbringt

Roger le Poer*, der Lordkanzler unter Henry und Bischof von Salisbury

Maurice*, der Bischof von London

Richard de Beaumis*, Nachfolger als Bischof von London und Justiziar von Shrewsbury

Pater Gilbert, Pfarrer in Carew

Pater Etienne, Pfarrer in Cenarth Bychan

In Südwestwales

Gerald de Windsor*, Kommandant von Arnulf de Montgomery und Kastellan von Pembroke Castle

Beatrice FitzGerald, seine illegitime Tochter

Agnes FitzGerald, seine illegitime Tochter

William de Barry*, ein flämischer Ritter in de Windsors Dienst, der Erbe von Manorbier Castle

Simon FitzWalter, de Windsors Halbbruder, der Kommandant über die Garnison in Carew

Stephen de Mareis*, der Constable von Cardigan Castle und Nestas und Geralds guter Freund

Ælfthryd, Harris Amme

Nestas Nachkommen

mit König Henry I.

Henry FitzRoy*, den sie im Roman Harri nennt

mit Gerald de Windsor

William FitzGerald*
Maurice FitzGerald*
David FitzGerald*
Angharad FitzGerald*

Prolog

Mein Name ist Nesta verch Rhys. Mein Vater war der Fürst von Deheubarth. Er war König über die Ländereien von Südwales, und das machte mich zu einer Prinzessin.

Heute werde ich viele Dinge genannt, aber Prinzessin höre ich nur selten. Die Gelehrten nennen mich Helena von Wales, nach alten Geschichten, in der eine Stadt namens Troja wegen einer Frau niederbrannte. Sie geben mir die Schuld an den Kriegen, die über meine Heimat hereinbrachen. Ich wäre schön, wie Helena es einst gewesen war, und meine Schönheit brachte meinem Land den Untergang.

Die Waliser, meine Landsleute, nennen mich eine Zauberin. Sie sagen, ich hätte meinen Vetter Owain verhext, damit er mich mit sich nehme und den Frieden, sein Land und seine Familie für mich opfere. Ich sollte mich geschmeichelt fühlen, denn in Wahrheit bin ich doch viel zu unbedeutend, um solch gewaltige Ereignisse ausgelöst zu haben.

Die Kirchenmänner nennen mich eine Hure und verurteilen mich für meine Liebe. Und geliebt habe ich, aus ganzem Herzen, mit all meiner Leidenschaft und bis hin zur Zerstörung. Ich hielt den Hass stets fern von mir und versuchte, meine Seele rein von den Grausamkeiten meiner Umgebung zu halten. Wenn dies eine Sünde ist, so bin ich die größte Sünderin auf Gottes Erde. War es nicht Jesus, der einst predigte: Liebt Eure Feinde, und Euch wird das Tor zum Himmel offenstehen? Ich liebte meinen Feind, und er zeigte mir den Himmel …

Dinefwr, Südwestwales, Ostern 1093

Nesta hielt den Atem an und lauschte. Gedämpft hörte sie die Stimmen der Jungen draußen vor der Kirche. Sie riefen sich etwas zu, und dann erscholl der Schrei eines Mädchens. Gelächter brach vor dem schweren Holztor aus, und Nesta musste sich die Hand auf den Mund pressen, um ihr Kichern zu unterdrücken. Sie kauerte im Schatten eines Stützpfeilers, der das Dach trug, und blieb so vom Schein der Altarkerzen unberührt. Niemand würde ahnen, dass sie sich in der Kirche versteckte. Sie würden sie nicht kriegen.

»Nesta?«

Ein Schrei entfuhr ihr, als die Stimme des Paters die Stille durchbrach. Mit rasendem Herzen fuhr sie herum und blickte zu dem ergrauten Mann in seiner dunklen Robe hoch.

»Pst«, zischte sie und legte einen Finger auf den Mund.

Pater Urban schnalzte missbilligend mit der Zunge und schüttelte den Kopf. »Nesta, so geht das nicht. Du kannst dich nicht hier drin verstecken. Dies ist ein Gotteshaus.«

»Aber draußen kriegen sie mich!«

»So ist das Spiel, mein Kind. Du hast deine Brüder und die anderen Jungen gestern gefangen genommen und Lösegeld für ihre Freilassung erhalten. Heute musst du es ihnen zurückgeben.«

»Aber es ist meins!«

Ein Seufzen entfuhr dem Pater mit den gütigen dunklen Augen, dann streckte er seine knochige Hand nach ihr aus. »Komm, Nesta, benimm dich und halte dich an die Spielregeln, ansonsten wirst du nächstes Jahr zu Ostern nicht mehr mitspielen. Du hattest gestern deinen Spaß, heute sind die Jungen an der Reihe.«

»Das ist ungerecht!« Widerwillig ergriff sie die dargebotene Hand und rappelte sich auf. »Gruffydd hat sich auch nicht an die Spielregeln gehalten. Er hat sich hoch oben auf der Eiche hinter der Küche versteckt, damit ich ihn nicht kriege.«

»Und doch gelang es dir, deinen Bruder gefangen zu nehmen.«

»Aber nur, weil der Kommandant damit drohte, den Baum zu fällen, wenn er mich nicht gewinnen lässt.«

Pater Urban lachte und tätschelte ihr die Schulter. »Los, Nesta, raus mit dir, ehe auch ich den Kommandanten rufe. Du nimmst dir noch alle Freude. Die Sonne geht bald unter, und du willst doch nicht hier drinnen sitzen, während die Kinder draußen ihre Münzen zählen.«

Nesta presste die Lippen aufeinander und stieß schließlich ein schweres Seufzen aus. »Na schön«, murmelte sie und bekreuzigte sich noch schnell vor dem Kruzifix über dem Altar.

Weitere Schreie ertönten vor der Kirche, doch diesmal klangen sie anders. Das Lachen blieb aus.

Nesta sah zu Pater Urban hoch, der seine buschigen Augenbrauen zusammenzog. Er hob den Kopf und blickte zum Tor. »Geh wieder in dein Versteck«, flüsterte er, ohne sie anzusehen, doch Nesta konnte sich nicht bewegen. Auch sie lauschte auf die furchterregenden Laute. Niemals zuvor hatte sie solche Angst in den Stimmen anderer gehört. Und diese Angst übertrug sich auch auf sie.

»Was geht da vor?«

Pater Urban kam zu keiner Antwort, denn im nächsten Moment flog das Tor auf, und der ohrenbetäubende Lärm wurde mit dem Wind hereingetragen. Immer noch weinten und schrien die Menschen draußen, doch Nestas Mutter wirkte gefasst, als sie mit ihrem Gefolge in die Kirche eilte.

»*Mam!*« Nesta starrte in das vertraute Gesicht, das so ungewohnt bleich aussah, doch ihre Mutter beachtete sie nicht. Sie wandte sich an die Krieger an ihrer Seite. »Verriegelt das Tor«, befahl sie ihnen mit ruhiger Stimme. »Postiert euch davor und …« Sie schloss einen Moment lang die Augen, ehe sie wieder aufsah. »Tötet so viele von ihnen, wie ihr nur könnt.« Dann wandte sie sich an den Kommandanten der Haustruppe und schob ihm Nestas jüngeren Bruder Gruffydd zu. »Bringt ihn in Sicherheit! Bei Eurem Leben, bringt ihn in Sicherheit.«

»Gruffydd!« Nesta streckte die Hand nach ihm aus, doch Pater Urban hielt sie zurück.

»Nesta!«, rief ihr Bruder und rannte auf sie zu. Seine Augen wirkten riesig in dem schmalen Gesicht, in das verschwitzte Strähnen seines dunklen Schopfes gefallen waren. Der Kerzenschein verstärkte das rötliche Leuchten seines Haars, als stünde es in Flammen. Er hatte sie beinahe erreicht, da bekam ihn der Kommandant zu fassen.

Gruffydd wehrte sich. »Nesta, du musst dich verstecken! Nesta! Lauf weg!«

Der Kommandant packte ihn am Hemd, verneigte sich knapp vor Nestas Mutter und verschwand sogleich mit seinen Männern und Gruffydd in der von Fackeln beschienenen Dämmerung.

Nesta riss sich los und lief ihnen hinterher. »Gruffydd! Wohin bringen sie ihn? Gruffydd!« Eine der Kinderfrauen ergriff sie und zwang sie stehenzubleiben. »Gruffydd«, schluchzte sie und spürte die Tränen über ihre Wangen fließen. Sie sah verzerrte Schatten über die Hauswände flackern und dunkle Silhouetten, aber bevor sie mehr erkennen konnte, wurde das Tor bereits geschlossen. Zurück blieben ihre Mutter und ihre übrigen Geschwister, sowie die Kinderfrauen und ein paar andere des Haushalts.

Pater Urban lief ihnen entgegen. »Meine Herrin, Ihr müsst fliehen!«

»Es gibt keinen Ort, an den ich fliehen könnte, Pater.« Sie wies zum Altar. »Uns bleibt nur noch zu beten.«

»*Mam!*« Nesta lief auf die hochgewachsene Frau zu und wischte sich die Tränen von den Wangen. Der Lärm von draußen wurde immer ohrenbetäubender. Sie hörte die Rufe von fremden Stimmen in einer fremden Sprache, sie hörte das Wiehern von Pferden und immer wieder die panischen Schreie von Männern, Frauen und Kindern. Ihr kleiner Bruder Hywel klammerte sich an die Hand seiner Kinderfrau; ihre älteren Halbgeschwister drängten sich nahe aneinander und warfen immer wieder angsterfüllte Blicke zum Tor. Nur ihre Mutter schien der Trubel draußen nicht zu kümmern, sie stand hochaufgerichtet in ihrem Gewand aus Goldbrokat inmitten der schreckensstarren Gestalten, ihr Antlitz eine ausdruckslose Maske. Einen Moment zögerte Nesta, denn sie erkannte ihre Mutter kaum wieder. Das war nicht die lebenslustige Frau, die vorhin noch schillernde Münzen an die Kinder verteilt hatte, damit sie ihre Gefangenen auslösen konnten.

»*Mam?*«

Ihre Mutter blickte zu Nesta hinab, und obwohl ihre Augen starr wirkten, wollte Nesta im Moment nirgendwo anders sein. Ihre Mutter hatte keine Angst, also konnte ihnen nichts geschehen. »*Mam*, wo ist Vater?« Sie dachte an die Krieger, die von ihrer Mutter nach draußen geschickt worden waren. Ihr Vater war der Fürst von Deheubarth und ein kräftiger Mann mit vielen starken Kämpfern an seiner Seite. Mit ihm hätte sie sich sicherer gefühlt. Doch er war noch vor den Osterfeiertagen mit seiner Kriegstruppe und den Männern der Landhalter fortgeritten und seither nicht wiedergekommen. »Bringen sie Gruffydd zu Vater? Warum gehen wir nicht mit?«

Die Lippen ihrer Mutter wurden zu einer blassen Linie, und das schmale Kinn mit der Kerbe darin schien zu zittern. Dann wandte sie abrupt den Blick ab und schritt auf den Altar zu.

»Lasst uns beten!«, rief sie die anderen herbei und kniete vor dem Altar nieder. Nesta konnte sich nicht bewegen. Sie hörte das Wimmern der Frauen.

»Fürst Rhys ist in den Osten marschiert, um die Freinc zu vertreiben«, schluchzte eine unter ihnen. »Aber jetzt sind die Freinc hier! Das heißt … das heißt …«

»Der Fürst ist tot«, jammerte eine andere und brach in die Knie.

Nesta verstand nicht. Ihr Vater war der Fürst. Noch vor zwei Wochen hatten sie ein Fest gefeiert, zu dem Männer aus dem ganzen Land gekommen waren. Ihre Mutter hatte den Männern aus der Kriegstruppe Geschenke überbracht, und die *uchelwyr*, die hohen Herren, die Land im Fürstentum ihres Vaters hielten, hatten ihm ihre Treue und Unterstützung zugesichert. Trotz der Fastenzeit hatte es reichlich zu essen gegeben, und alle waren ausgelassen und fröhlich gewesen. Was bedeuteten die Worte dieser Frauen?

»Meine Herrin.« Gwen, die Gemahlin des Paters, ging durch die Kirche auf die Fürstin zu. »Bitte, schickt die Kinder mit Gruffydd. Sie müssen fliehen!«

»Es ist zu spät, Gwen.« Sie senkte ihren Kopf zum Gebet. »Einer mag entkommen, aber alle zusammen wären zu langsam. Gruffydd muss überleben, das ist das Wichtigste.«

Nestas kleiner Bruder Hywel begann zu schluchzen. Er war drei Jahre jünger als Nesta – erst fünf Jahre alt –, und Nesta wollte ihn trösten. »Komm«, sagte sie und nahm ihn an der Hand. »*Mam* möchte, dass wir beten, also sei artig, ja?«

Hywel ließ sich von ihr nach vorne führen, wo Pater Urban mit monotoner Stimme aus der Bibel vorlas. Ein Rumpeln ertönte vom Tor her und Nesta fuhr herum. Einen Moment lang blickte sie wie erstarrt zurück, doch dann schloss sich plötzlich eine Hand um ihren Unterarm und zog sie auf die Knie nieder. Hywel folgte ihr, und als Nesta den Kopf zur Seite drehte, erkannte sie, dass es die Hand ihrer Mutter war, die ihren Arm immer noch umklammerte. Mit gesenktem Kopf, als hätte sie ihr Gebet niemals unterbrochen, murmelte sie lateinische Worte, und die anderen taten es ihr gleich. Pater Urban stand über ihnen, er redete schnell, und in seiner Stimme lag ein ungewohntes Zittern. Es fiel Nesta schwer, sich auf ihre Gebete zu konzentrieren, zumal die ganze Kirche von den donnernden Schlägen gegen das Tor zu beben schien. Als plötzlich ein Knall erscholl, drehte Nesta sich erschrocken um, doch ihre Mutter legte ihre Hand auf Nestas Knie. »Rühr dich nicht«, sagte sie leise, und ohne sie anzusehen. »Du siehst nicht zurück, egal was passiert. Du sprichst deine Gebete, hast du mich verstanden?«

Nesta nickte, obwohl sie in Wirklichkeit nichts verstand.

»Was wollen diese Männer von uns?«, flüsterte sie, auch wenn sie Tadel erwartete. In Anbetracht ihrer Angst vor den fremden Männern fürchtete sie ihre Mutter aber weniger. Sie erwartete ohnehin keine Antwort, doch da wandte sich ihre Mutter ihr plötzlich zu.

»Diese Männer …«, sagte sie mit erschreckend kalter Stimme. »Das sind Freinc, mein Kind. Merke dir das. Freinc! Wiederhole es.«

»Freinc«, sagte Nesta. Der Klang dieses Wortes war ihr nicht fremd. Sie hatte es schon öfters gehört. Manchmal hatten ihr Vater und andere Erwachsene von diesen Franzosen gesprochen, aber sie hatte diesen Gesprächen keine Aufmerksamkeit geschenkt. Jetzt wünschte sie, sie hätte es getan, um zu verstehen, was vor sich ging.

»Sie sind unsere Feinde«, fuhr ihre Mutter fort und blickte ihr so eindringlich in die Augen, dass es Nesta schwerfiel, dem Blick standzuhalten. »Du bist eine Königstochter, Nesta. Vergiss das nie. Du bist vom Blute der Könige Deheubarths, dein Volk ist unsterblich. Wir sind Briten. Wir hatten seit jeher mächtige Feinde, aber niemand konnte uns aus unserer Heimat vertreiben. Dies ist unser Land. Dies ist dein Land. Wir sind Briten. Sprich mir nach.«

»Wir sind Briten«, flüsterte Nesta und zuckte unwillkürlich zusammen, als ein Krachen vom Tor her erklang und die Stimmen so laut wurden, als wären die Fremden bereits im Innern der Kirche. Holz splitterte.

Nesta wollte nachsehen, doch ihre Mutter fasste ihr Kinn und ließ es nicht zu. »Wir sind Briten«, wiederholte sie. »Wir haben die Römer überlebt, wir haben die Angelsachsen und die Wikinger überlebt. Wir werden auch die Freinc überleben.«

Nesta zitterte. Sie hörte Hywels Schluchzen neben sich und wollte ihn in den Arm nehmen, aber ihre Mutter ließ sie nicht gehen. »Sag es!«, schrie sie sie an. »Sag es!«

»Wir sind Briten.« Nesta kämpfte um jedes Wort. »Wir … wir haben die Römer überlebt, die …« Tränen flossen über ihre Wangen.

»Angelsachsen«, sagte ihre Mutter eilig. »Angelsachsen und Wikinger, mein Kind. Sprich weiter.«

»Wir haben die Römer überlebt«, schluchzte Nesta. »Wir haben die Angelsachsen und Wikinger überlebt. Wir werden auch die Freinc überleben.«

Ihre Mutter nickte, und ein trauriges Lächeln lag plötzlich in ihrem Gesicht. »Gut gemacht, Nesta. Vergiss diese Worte niemals. Niemand kann über uns herrschen. Niemand.«

Das Zerbersten des Tores und die hereinstürmenden Männer sprachen ihrer Worte Hohn. Nesta senkte schnell wieder ihren Kopf über die gefalteten Hände und sagte laut ihre Gebete. *»Ave Maria, gratia plena, Dominus tecum …«*

Befehle dröhnten durch die Kirche, während die Gemahlin des Fürsten von Deheubarth mit ihren Kindern und Ziehkindern vor dem Altar kniete und betete. Nesta erkannte, dass sie angerufen wurden, doch niemand von ihnen antwortete. Pater Urban las weiter aus der Bibel, auch wenn er immer wieder dabei stockte. Hywel weinte und zitterte. Nesta legte ihren Arm um seine Schultern und drückte ihn. *»Sancta Maria, Mater Dei, ora pro nobis peccatoribus«*, sprach sie laut in sein Ohr, damit er nichts anderes hörte. *»Nunc et in hora mortis nostrae.«*

Die Kinderfrau neben Hywel schrie auf, und Nesta sah aus den Augenwinkeln, dass sie zurückgezogen wurde. Mit aller Kraft drückte sie ihren Bruder an sich, verbarg seinen Kopf in ihrem Umhang, während der Lärm um sie herum zunahm. Tiefe Männerstimmen, manche hasserfüllt, andere belustigt, füllten den Raum genauso wie verzweifelte Frauenstimmen. Alles verband sich zu einem ohrenbetäubenden Getöse.

»*Sancta Maria!*«, rief sie, um das schrille Schreien zu übertönen, »*Mater Dei*«, doch dann wurde ihre Mutter gefasst. Sofort ließ Nesta ihren Bruder los, um sich umzudrehen, doch die eindringliche Stimme ihrer Mutter ließ sie innehalten. »Bete weiter, Kind!«, rief sie. »Was habe ich dir gesagt? Du drehst dich nicht um!«

Nesta beugte sich wieder über ihren Bruder. Sie konnte sich nicht mehr an die Worte erinnern, sie konnte nicht mehr denken, ihr ganzer Körper zitterte.

»Das dürft ihr nicht!«, erscholl plötzlich der erschütterte Ruf von Pater Urban. Er stürmte um den Altar herum. »Das ist die Fürstin, ihr gottlosen Hunde! Sie ist eine Königin! Eine Königin! Und dies ist das Haus Gottes!«

Nestas Hände auf Hywels Rücken schlossen sich zur Faust. Der beruhigende Geruch des Weihrauchs wurde vom Gestank von Blut und Tod vertrieben. Sie konnte nicht länger reglos verharren, während hinter ihr die Hölle ausbrach. Sie musste sich umdrehen. »Bete weiter«, trug sie Hywel auf und küsste ihn auf den roten Schopf. »Bete und mach die Augen zu.« Noch einmal drückte sie ihn an sich, dann nahm sie die Hände von ihm. Im nächsten Moment fuhr ein dumpfer Schmerz durch ihre Schulter, als sie von einem eisenharten Griff gepackt und zurückgerissen wurde. Hywel fiel mit ihr zu Boden, und als Nesta hochblickte, erstarrte sie vor Entsetzen.

Männer in langen Eisenkleidern, auf denen der Schein der Kerzen in teuflischem Rot leuchtete, erfüllten den Raum. Sie trugen Helme mit einem breiten Kolben in der Mitte, der die Nase verdeckte und die blitzenden Augen der Fremden wie die von Dämonen aussehen ließ. Viele der Soldaten lagen auf schreienden, sich verzweifelt wehrenden Frauen, deren Röcke bis über die Hüften hochgeschoben waren. Andere rissen das goldbestickte Tuch vom Altar und packten alles ein, das sich bewegen ließ. Nesta sah Pater Urban keine zwei Schritte von ihr entfernt auf dem Boden liegen. Er sah sie an, aber sein Blick war starr. Er blinzelte nicht, und seine Augen wirkten trübe. Und neben ihm … Nesta stockte der Atem. Ihre Mutter lag auf dem Rücken und hatte ihr den Kopf zugewandt. Ihr Blick war ausdruckslos, während ein fremder Mann ihre Röcke hochschob. Alles schien still zu stehen. Es war, als blickte Nesta auf einen der Wandteppiche, die die Schrecken des Fegefeuers darstellten. Nichts bewegte sich, außer der Hand ihrer Mutter. Nesta riss die Augen auf, als sie das Messer sah. Langsam hob sich die Hand, während die vertrauten grünen Augen sie immer noch ansahen, und dann stach ihre Mutter zu. Der Mann über ihr erstarrte, als die Klinge in seinen Hals fuhr. Er öffnete seinen Mund und spuckte Blut auf das Antlitz der Fürstin. Dann sackte er zusammen, und ein Tumult brach unter den Fremden aus. Sie schrien durcheinander, jemand zog den reglosen Körper von ihrer Mutter herunter, und andere rissen sie an den Haaren hoch. Der goldene Stirnreif fiel zu Boden. »Vergiss es nicht, mein Kind«, rief sie über die Stimmen der Fremden. »Du bist die Tochter des rechtmäßigen Königs!« Einer der Männer schlug ihr mit der eisernen Hand ins Gesicht, sodass sie zur Seite taumelte, doch andere fingen sie sofort wieder auf.

Nesta sprang auf die Füße. »Lasst sie los!«, schrie sie und eilte auf ihre Mutter zu, doch da wurde sie plötzlich gepackt und hochgehoben. Die fremden Arme umklammerten sie gnadenlos und ließen sie nicht frei.

»Wo sind die Kinder des Fürsten?«, hörte sie einen Mann in ihrer Sprache fragen. Er hielt eine der Mägde, die auf dem Boden knieten, an den Haaren hoch und drückte eine Klinge an ihren Hals. »Na los, zeig sie mir!«

Die Magd deutete mit zitternder Hand zu Nesta, die sich immer noch in den Armen eines Fremden befand, dann weiter zu Hywel und ihren Halbgeschwistern.

»Alle ehelich?«, wollte der Mann wissen. Die Magd schüttelte wimmernd den Kopf und wies noch einmal zu Nesta und Hywel. Im nächsten Moment fuhr die Klinge in einer blitzschnellen Bewegung über ihren Hals.

Nesta keuchte auf. Ein Mann verdeckte ihr die Sicht, sodass sie nicht erkennen konnte, was weiter geschah. Auch versuchte der Fremde stets eine Hand vor ihre Augen zu halten, doch Nesta wand sich aus seinem Griff.

Sie hörte ihren Bruder schreien, und als sie ihren Kopf in seine Richtung drehte, sah sie gerade noch, wie er von zwei Männern festgehalten und eine Klinge knapp vor ihm herabfuhr. Sein Gebrüll wurde noch lauter, fuhr ihr direkt in die Knochen, und als der Mann vor ihm zur Seite trat, sah Nesta all das Blut. Es schoss aus seinem Unterarm. Seine kleine Kinderhand lag auf dem Boden. Nesta schrie erstickt auf. Sie versuchte zu atmen, doch es gelang ihr nicht. Hilfesuchend blickte sie zu ihrer Mutter, doch die lag ebenso reglos am Boden wie Pater Urban. Überall war Blut. Nesta sah, wie Hywel hinausgezerrt wurde und wie ein Mann eine Klinge in den Leib seiner Kinderfrau stieß. Sie versuchte sich zu befreien, doch der Fremde hielt sie fest und schien ihre Schläge und Tritte nicht zu spüren.

Also schrie sie. Sie schrie so laut, dass ihr die eigene Stimme in den Ohren gellte und ihr Hals schmerzte, doch sie konnte nicht aufhören. Sie sah jenen Mann, der Hywels Hand abgeschlagen hatte, auf sich zukommen, und schrie immer weiter. Der Mann hatte den Helm abgenommen. Dunkles Haar, das auf Höhe der Augenbrauen abgeschnitten war, kam darunter zum Vorschein. Er hatte einen dichten, aber kurzen Bart und Augen wie aus

Stein, hell und farblos. Unwillkürlich klammerte sie sich an den Mann, der sie trug, doch es war ihr unmöglich still zu sein. Der Krieger mit den furchterregenden Augen wies in ihre Richtung und knurrte etwas, woraufhin sie noch fester umschlungen und an die eiserne Brust gedrückt wurde. Der Mann, der sie festhielt, redete auf den Fremden ein, und als dieser sich murrend abwandte, sprach er in der fremden Sprache zu ihr, genauso drängend wie ihre Mutter vorhin. Etwas Flehendes lag in seiner Stimme, doch Nesta konnte nicht aufhören zu schreien. Der Gestank des Blutes kroch in ihre Nase, sie sah immer noch ihre Mutter und suchte nach ihrem Bruder, als ihr Mund plötzlich geschlossen wurde. Die fremde Hand presste sich so fest darauf, dass sie meinte, die Finger würden ihr Gesicht zerquetschen.

Nesta wehrte sich nur noch kurz, denn der Fremde eilte mit ihr aus der Kirche in die Nacht hinaus, und beim Anblick der vielen leblosen Krieger verstummte sie auf der Stelle. Ihr Körper wurde geschüttelt. Es war kein Zittern, es war viel schlimmer. Sie sah noch die fremdartigen Pferde, die um vieles größer waren als die Ponys aus ihrem Stall und deren Muskeln sich unter dem glatten Fell abzeichneten. Sie sah auch, wie Hywel zu einem Reiter hochgehoben wurde und die brennende Halle. Ihr Zuhause brannte. Doch dann wurde alles dunkel, und das fürchterliche Bild verschwand, als wäre es nur ein Albtraum gewesen.

Shrewsbury, Westengland, Herbst 1098

Einzelne Lichtstrahlen brachen zwischen den Holzbalken des Vorratshauses hindurch und beleuchteten die prall gefüllten Leinensäcke. Staub wirbelte durch die Luft und verdichtete sich mit jedem Schritt, den Nesta über den festgestampften Lehm tat. Es war ruhig und friedvoll hier drin, ganz so, als existierte die Welt außerhalb der dünnen Wände nicht. Selbst bei den Pferden, die sie so gerne besuchte, begegnete ihr immer mal wieder ein Stallbursche oder ein Soldat, aber im Vorratshaus war sie allein – ganz allein. Nesta presste ihre Hand gegen den Bauch und unterdrückte den ihr wohlbekannten Schmerz des Heimwehs. Fünf Jahre lang lebte sie bereits auf dieser Burg der Freinc, und doch war sie hier noch immer fremd. Manchmal fragte sie sich, ob sie jemals wieder einen Ort finden würde, an den sie gehörte, denn von ihrer Heimat war nichts geblieben. Sollte sie ihr Leben lang eine Gefangene auf Shrewsbury bleiben? Diese Vorstellung war zu schrecklich, um weiter darüber nachzudenken. Lieber genoss sie den seltenen Augenblick der Abgeschiedenheit und ließ sich zwischen den Leinensäcken auf die Knie nieder. Die staubige und abgestandene Luft war vom Duft des Getreides erfüllt und gab ihr ein heimeliges Gefühl. Wie so oft schlang sie die Arme um die aufgereihten Säcke und schloss die Augen, um alles um sich herum auszuschließen. Es dauerte nicht lange, bis sich in ihr ein angenehmes Gefühl von müder Zufriedenheit ausbreitete und die Burg und all ihre Bewohner immer weiter in die Ferne rückten.

»Wusste ich's doch!«

Nesta schreckte hoch und blinzelte gegen das grelle Licht, das von der offenstehenden Tür hereinströmte. Davor zeichnete sich die hagere Silhouette der Haushälterin Madame de Mabile ab. »Das Altartuch für die Abtei stickt sich nicht von selbst! Ich schwöre bei Gott, mir ist noch nie ein fauleres Ding als du begegnet! Steh sofort auf!«

Nesta beeilte sich auf die Beine zu kommen und strich sich über die schläfrigen Augen. Im nächsten Moment schlossen sich bereits Madame de Mabiles Finger um ihren Arm. Schimpfend zerrte sie Nesta hinaus ins unbarmherzige Sonnenlicht. »Sieh dich nur an! Verdreckt von oben bis unten! Wie soll aus dir jemals eine Dame werden, wenn du wie ein Bauernjunge im Staub herumlungerst? Du bist kein Kind mehr!« Sie spuckte auf ihre Finger und wischte grob über Nestas Wangen. »Verkriecht sich im Vorratshaus, wo die Saat fürs Wintergetreide schon auf die Felder muss. Wenn du ein Bauer sein willst, kannst du gleich mit dem Pflügen beginnen.«

»Wenn ich ein Bauer wäre, Madame, würde man es wohl kaum für nötig befinden, mich hier gefangen zu halten und in den Genuss Eurer Gesellschaft zu bringen.«

Madame de Mabile riss die Augen auf und schnappte nach Luft, doch das war Nesta inzwischen gewöhnt. Würde die Haushälterin sie doch nur als Strafe zum Pflügen schicken. Sie würde lieber draußen in der Natur auf einem Feld arbeiten und endlich einmal die Burg verlassen, als in der verrauchten Kammer mit den anderen Frauen an einem Stickrahmen zu sitzen und dem feindseligen Gerede zu lauschen. Früher hatte Nesta gern genäht, gestickt und Wolle gesponnen. Ihre Mutter hatte am Fürstenhof ihre eigenen Räumlichkeiten in einer separaten Hütte neben der Halle bewohnt, um möglichst ungestört von den rauen Kriegern ihres Mannes zu bleiben. In den Gemächern ihrer Mutter hatte Nesta Geschichten gelauscht und mit den anderen Kindern, den

Dienstmägden und Kriegergemahlinnen gespielt und gelacht. Damals hatte Nesta sich geborgen gefühlt, und niemand hatte beim Nähen schlecht über sie gesprochen und ihr böse Blicke zugeworfen, so wie heute.

Doch Madame de Mabile hatte wieder einmal anderes mit ihr vor. Sie packte erneut Nestas Arm und zerrte sie über den Hof in Richtung Küchenhaus. Die Dame war klein gewachsen – Nesta überragte sie bereits mit ihren dreizehn Jahren –, und doch wagte es kaum jemand, der Haushälterin zu widersprechen.

»Allmählich verliere ich die Geduld mit dir und deinem frechen Mundwerk. Wenn du dich deinen standesgemäßen Aufgaben entziehst, dann verrichte eben die Arbeiten einer Magd. Du wirst schon noch lernen, dich wie eine Dame zu benehmen, wenn dir dein Rücken zu schmerzen beginnt und deine Hände Blasen bekommen. Mach dich gleich in der Küche nützlich. Hauptsache, du trittst mir bis zum Abend nicht mehr unter die Augen.«

»Ja, Madame.« Nesta machte einen flüchtigen Knicks und duckte sich unter der nach ihr schlagenden Hand hinweg. Es war nicht das erste Mal, dass sie mit Küchenarbeiten bestraft wurde, und so wusste sie, was sie erwartete. Bei ihr zu Hause wäre es unvorstellbar gewesen, eine Frau von königlichem Blut Speisen zubereiten zu lassen, aber die Bewohner von Shrewsbury achteten höhnisch darauf, ihr zu verdeutlichen, dass ihr hohes Geblüt hier von keinerlei Bedeutung war. Doch obwohl Nesta sich nicht gerne in der stickigen Hitze aufhielt, zog sie diese Arbeit allemal der Gesellschaft freincischer Damen vor.

Mit gerafften Röcken und den Flüchen der Haushälterin in ihrem Rücken rannte sie über die schmalen Holzstufen den Hügel hinauf, auf dem die Burg von Shrewsbury thronte – ihr Gefängnis. Sie lebte hier unter Freinc – oder Normannen, wie sie sich selbst nannten –, die ganz England und weitreichende Gebiete vom Land der Briten erobert hatten, das sie Wales nannten. Sehnsüchtig dachte Nesta an Deheubarth und ihre Familie. Sie wusste nicht, ob ihr Bruder Gruffydd noch am Leben war, denn sie hatte nichts mehr von ihm gehört. Obwohl sie versuchte, diesen Gedanken zu verdrängen, fürchtete sie, dass seine Flucht vereitelt und er irgendwo im Wald hingestreckt worden war. Zumindest von ihrem Bruder Hywel gab es ein Lebenszeichen. Nesta hatte erfahren, dass man ihn nach dem Überfall auf ihr Heim in ein abgelegenes Kloster gebracht hatte. Die Freinc hatten ihn verstümmelt, damit er niemals ein Schwert gegen sie führen konnte, und noch heute sah Nesta all das Blut und hörte die Schreie ihres kleinen Bruders.

Der obere Hof war verlassen. In Abwesenheit des Earl of Shrewsbury bestand der Haushalt lediglich aus den Bediensteten und der Garnisonsbesatzung, von denen manche verheiratet waren und deren Gemahlinnen auf der Burg lebten. Jeder ging seinen Aufgaben nach und das in gestrenger Ordnung – dafür sorgte Madame de Mabile. Nur selten entdeckte man einen auf dem Heuhaufen lümmelnden Stallburschen oder einen mit Mägden schäkernden Soldaten. Natürlich fanden die Bewohner der Burg auch hier zu ihrem Vergnügen, aber sie wussten es zu verbergen.

»Na sieh mal einer an.«

Nesta schloss die Küchentür hinter sich und blinzelte, um den Rauch, der aus den Kesseln stieg, aus ihren Augen zu vertreiben. Als sie klarer sehen konnte, erkannte sie die Küchenmagd Æthel, die gerade Brotteig knetete, während die Meisterin und zwei weitere Gehilfinnen den Eintopf zubereiteten.

»Was führt die kleine Waliserin zu uns?« Æthel stemmte eine mehlweiße Hand in die Seite. Die Magd nannte Nesta stets eine »Waliserin«, so wie alle anderen hier auch. Nesta hatte erfahren, dass dieses Wort in der angelsächsischen Sprache »Fremde« bedeutete. Sie störte sich nicht mehr daran. Sie war hier eine Fremde und würde niemals dazugehören. Unter den Freinc und Angelsachsen war sie also tatsächlich eine Waliserin.

Das Gesinde bestand fast ausschließlich aus Angelsachsen, denn aus der Normandie waren lediglich die noblen Herren nach England gekommen, um über ihr neues Land zu herrschen. Normannische Bauern würde man in England nicht finden, denn Äcker zu bestellen gab es in der Normandie anscheinend ausreichend. Æthel war eine der wenigen angelsächsischen Bediensteten, die sich mit Nesta unterhalten konnte, denn sie sprach das normannische Französisch der Herren, das Nesta inzwischen gelernt hatte. Diese Fähigkeit nutzte sie aber nur selten, um Freundlichkeiten auszutauschen.

»Madame de Mabile schickt mich«, erwiderte Nesta. »Ich soll euch helfen.«

Die Küchenmeisterin wandte sich in der angelsächsischen Sprache an Æthel, und diese antwortete in verächtlichem Tonfall. So ging es ein paar Mal hin und her, bis die Küchenmeisterin zum Lauch wies, der bereits auf einem Holzbrett zum Schneiden bereitlag.

»An die Arbeit, *Mylady*«, wies Æthel Nesta höhnisch an und knetete weiter ihren Teig. Sie machte sich häufig darüber lustig, dass die Normannen ihre Gefangene mit diesem Titel ansprachen. Doch Madame de Mabile und auch der Earl bestanden darauf, dass Nesta ihrer hohen Geburt entsprechend erzogen wurde, um später einmal eine vornehme, normannische Dame zu werden. Die Arbeiten als Magd sollten Nesta daran erinnern, wie viel angenehmer ihr Leben sein könnte, wenn sie sich nur anständig benahm. Doch Nesta fand an einem Leben in Shrewsbury nichts angenehm – ob sie ihr Dasein in der Küche oder beim Nähen von Kleidern verbrachte, war für sie bedeutungslos.

»Jaja, eine Prinzessin will sie sein«, murmelte Æthel und schwatzte sogleich weiter mit den anderen Mägden in der angelsächsischen Sprache, von der Nesta kaum ein Wort verstand. Sie hatte auch kein Bedürfnis danach, sie zu erlernen. Das normannische Französisch hatte sie sich nur angeeignet, um den Gesprächen in der Halle zu lauschen und Neuigkeiten über ihre Heimat zu erfahren. So wusste sie nun, dass mit dem Fall ihres Vaters fast sein gesamtes Fürstentum an die Feinde gegangen war. Auch das Land anderer walisischer Edelmänner war in ihre Hände gefallen. Marcher Lords nannten sich die Freinc, die England vor dem barbarischen Wales schützten, dem fremden Land. So war das Reich ihres Vaters zu einer dieser Grenzmarken geworden. Aber es gab auch Gerüchte von Aufständen der Waliser, die immer noch um ihr Recht kämpften. Aus diesem Grund war auch der Earl wieder fortgeritten.

Nesta war froh, dass sich Hugh de Montgomery nur selten hier aufhielt, denn das Leben war ohne ihn und sein Gefolge sehr viel ruhiger. Der Earl war ein verschlossener Mann, der ihr kaum je Beachtung schenkte, aber sein Gefolge war meist ungehobelt und gefährlich.

Als sie von Deheubarth hierhergekommen war, hatte noch Hughs Vater Roger über die Burg geherrscht. Er war ein tyrannischer alter Mann gewesen, dem es grausame Freude bereitet hatte, Nesta von den vielen Walisern zu berichten, die er auf jede erdenkliche Art getötet hatte. Zum Glück war er bald nach ihrer Ankunft im Kloster gestorben, und sein verschlossener Sohn Hugh hatte seine Nachfolge angetreten.

Die Küchentür flog auf und riss Nesta aus ihren Gedanken. Sie blickte vom Lauch hoch und entdeckte Madame de Mabile, die mit bleichem Gesicht hereinstolperte.

»Er … er ist tot!« Die Haushälterin presste ihre Hand gegen die flache Brust und sah sich aus weit aufgerissenen Augen um.

»Wer ist tot?«, wollte Æthel gelangweilt wissen und knetete seelenruhig ihren Teig weiter. Doch Madame de Mabile hatte ohnehin nicht vor, ihr zu antworten. Sie winkte in Nestas Richtung und stürmte bereits wieder hinaus in den Hof. Nesta folgte ihr und wäre beinahe über zwei aufgeregte Pagen gestolpert, die in die Küche liefen und Wein für die Männer des Earls verlangten.

Verwirrt blickte Nesta über die Schulter zurück und betrachtete die beiden Jungen, die darauf warteten, dass die Mägde ihnen die Krüge reichten. Was ging hier nur vor? Wieso war der Earl schon zurück?

Als sie sich wieder abwandte, war Madame de Mabile bereits fort. Nesta spähte zum Turm, um sie ausfindig zu machen, und erkannte gerade noch den Saum des schwarzen Bliauts, den die Haushälterin stets trug, ehe er auf der Außentreppe zur Halle verschwand.

Nesta wollte ihr hinterher, doch laute Männerstimmen ließen sie innehalten. Sie blickte zurück zur Treppe, die den Hügel hinabführte, und erkannte mehrere Ritter in Kettenhemden, die den Hof betraten. Lachend gingen sie zur Halle, gefolgt von weiteren Soldaten und Knappen.

Nesta starrte den Anführer der Gruppe an und rang um Atem. Ihre Hand flog zu ihrer Kehle, aber sie konnte nichts gegen das plötzlich enge Gefühl in ihrem Hals tun. Obwohl sich der Mann auf der anderen Seite des Hofes befand, hatte sie das Gefühl, noch immer den Blick seiner farblosen Augen auf sich zu spüren. Von einem Moment zum anderen hörte sie wieder die Schreie aus der Kirche von Dinefwr, sah ihre Mutter, ihre Brüder, all das Blut. Sie roch sogar wieder den Gestank des Todes.

Kraftlos sank sie gegen die Küchenwand in ihrem Rücken und ballte die Hände zu Fäusten. Ihr ganzer Körper begann zu zittern. Diese Männer hatten ihr Heim angegriffen. Seit jenem schicksalhaften Tag vor fünf Jahren war sie ihnen kaum begegnet. Das letzte Mal lag Jahre zurück, und Nesta hatte gehofft, sie niemals wiedersehen zu müssen.

»Himmelherrgott, Nesta!« Æthel stand plötzlich mit einem großen Holzbrett vor ihr, auf dem Brot, Käse und Äpfel lagen. »Was treibst du dich noch immer hier herum? Madame de Mabile wird dich bis London und wieder zurück ohrfeigen, wenn du nicht sofort in die Halle gehst.« Sie stieß Nesta den Ellbogen in die Rippen, damit sie sich wieder aufrichtete. »Los, geh schon. Und nimm das hier gleich mit.«

Nesta starrte die Küchenmagd an und nahm das Brett mit klammen Fingern entgegen. Fast hätte sie es wieder fallenlassen, denn das Gewicht erschien ihr mehr, als sie tragen konnte.

»Na geh schon. Geh endlich.« Æthel lief zurück in die Küche und ließ Nesta allein zurück. Es war ihr, als müsse sie jeden Moment in die Knie brechen, doch das durfte sie nicht. Æthel hatte recht. Madame de Mabile würde sie bestrafen, wenn sie nicht sofort in die Halle ging. Dorthin, wo die Schlächter ihrer Familie warteten.

Mit einem fast unerträglichen Maß an Überwindung setzte sie sich in Bewegung und ging die Treppe zur Halle hoch. Sie konnte sich diesen Männern stellen, sie war stark genug. Der Tod ihrer Familie lag Jahre zurück, und sie war jetzt kein kleines Kind mehr.

Den Blick stur geradeaus gerichtet, trat sie in den zwielichtigen Raum und schritt an den Männern des Gefolges vorbei, die an den längsseitigen Tafeln saßen. Sie stellte das Mahl auf einem Tisch ab und ging mit zitternden Knien weiter zum Podest an der Stirnseite, wo Arnulf de Montgomery saß.

»Er ist tatsächlich tot?«, hauchte Madame de Mabile, die vom Fuße des Podests zum Bruder des Earls hochblickte. Nach Halt suchend tastete sie zur Seite, und Nesta ging schnell auf sie zu, um sie zu stützen. Sie mied den Blick aus den farblosen Augen de Montgomerys, der sie in ihren Albträumen verfolgte. Auch jetzt stand nicht das geringste Gefühl in ihnen. Sie waren leblos und kalt wie Stein.

»Von einem Pfeil getroffen«, erzählte er gleichmütig und lehnte sich in seinem gepolsterten Stuhl zurück. Er winkte einer Magd und trank den gesamten Inhalt seines Bechers in einem Zug leer. »Mein armer Bruder«, seufzte er mit einem süffisanten Lächeln, und Nesta fiel auf, dass er etwas schleppend sprach, so als hätte der Alkohol bereits seine Zunge schwer werden lassen.

Vielleicht hatte er schon vor seiner Ankunft getrunken. »Vier Jahre hat er gegen die Waliser aus dem Norden gekämpft, und wofür? Um von einem *Norweger* erschossen zu werden! Verfluchtes Waliserpack mit ihren verfluchten Verbündeten! Da lob ich mir meinen Süden. Die Waliser dort waren um vieles einfacher umzubringen.«

Nesta hielt den Atem an und versuchte das heiße Stechen in ihrer Brust zu ignorieren. Sie wollte das Messer von der Tafel nehmen und es Arnulf de Montgomery in den Hals bohren, so wie ihre Mutter es bei einem seiner Männer getan hatte. Doch sie stand da und rührte sich nicht.

»Mylord«, stammelte Madame de Mabile. »Was wird jetzt geschehen? Wenn der Earl tot ist …«

De Montgomery richtete sich abrupt auf. »Was soll schon geschehen?«, fuhr er die arme Frau an. »Mein Bruder ist tot, seine Besitztümer gehen an mich.« Er umfasste die Halle mit einer weitgreifenden Handbewegung. »Das alles ist jetzt *mein*, habt ihr verstanden? Und wo wir schon davon sprechen … Was für eine Begrüßung soll das hier sein? Sollen meine Männer und ich etwa verhungern?«

Nesta sah ihre Gelegenheit zur Flucht, legte die Hand auf die Schulter der Haushälterin und beugte sich zu ihr vor. »Ich sehe in der Küche nach dem Rechten«, flüsterte sie und wollte sich abwenden, als de Montgomery plötzlich die Hand nach ihr ausstreckte. »Wo willst du hin, Mädchen?«, verlangte er zu wissen und winkte sie zu sich. »Du bist doch die kleine Waliserin. Begrüßt man etwa so seinen neuen Vormund?«

Nesta richtete sich auf und blickte dem Mann in die Augen. Erneut hörte sie die Schreie, roch das Blut und spürte das Entsetzen als eiskalten und zugleich brennend heißen Klotz in ihrem Bauch. Die letzten fünf Jahre hatten daran nichts ändern können.

Mit bleiernen Beinen ging sie auf ihn zu und zuckte kaum merklich zusammen, als de Montgomery ihre Hand packte. Mit einem Ruck zog er sie zu sich, sodass sie auf seinen Schoß fiel. Sofort stieg ihr der Gestank des Alkohols, vermischt mit dem von saurem Schweiß und Pferd in die Nase. Seine schwielige Hand umfasste grob ihre Wange, sodass sie gezwungen war, ihn anzusehen.

»Wer hätte das gedacht …«, säuselte er und blickte ihr direkt in die Augen. Sie sah ein beunruhigendes Funkeln in den seinen, das ihnen etwas Leben einzuhauchen schien. »Wer hätte gedacht, dass aus dir eine solche Schönheit werden würde.«

Ein Zittern überfiel sie, jedoch mehr aus Zorn als aus Furcht. Sie wollte stark sein. Sie wollte ihn anspucken, ihn verfluchen und zum Teufel wünschen, aber sie hatte schnell gelernt, was es bedeutete, ihre Gedanken laut auszusprechen.

»Na, meine schöne Nesta? Willst du mich denn nicht anständig begrüßen? Du bist doch jetzt so etwas wie meine Tochter. Los, gib mir einen Kuss.«

Nesta versuchte sich aus seinen Armen zu winden, doch er zog sie zurück, und im nächsten Moment presste er seine Lippen auf die ihrigen. Mit aller Kraft drückte sie ihre Fäuste gegen seine Schultern, doch er wich nicht zurück. Seine Zunge schob sich grob in ihren Mund, und als Nesta einen Laut des Widerwillens ausstieß, ließ er endlich von ihr ab und fing an zu lachen. Erneut versuchte sie aufzustehen, um seinem Geruch und seinen Händen zu entgehen. Ihr wurde übel, aber de Montgomery hielt sie fest umschlungen.

»Ist sie nicht wunderschön?« Er drehte ihren Kopf zu seinen Männern und strich mit seinen Fingern durch ihr kupferfarbenes Haar. »Eine flammende Schönheit.« Gelächter erklang, und ein paar Männer klopften mit ihren Bechern auf die Tafel. Gedemütigt blickte Nesta zu Boden. Arnulf de Montgomery packte wieder ihr Kinn und lehnte sich zu ihr vor. »Also, meine süße Nesta, bist du schon eine Frau, hm?« Seine Hand umfasste ihr Gesäß und knetete es. Nesta schloss die Augen und wünschte sich weit weg. Zurück nach Hause. »Was ist mit ihr?«, hörte sie ihn jammern wie ein kleines Kind. »Hat sie das Reden verlernt? Oder spricht sie noch immer die barbarische Sprache der walisischen Heiden?«

Madame de Mabile trat vor. »Antworte, Nesta«, befahl sie streng, wobei sie es sich aber nicht nehmen ließ, auch de Montgomery einen missbilligenden Blick zuzuwerfen.

Nesta schüttelte nur den Kopf. Sie war schon eine Frau, aber das sollte er nicht wissen. Mit dieser Eröffnung würde sie das letzte bisschen Sicherheit verlieren, das ihr ihre Kindheit verschafft hatte. Als Frau wäre sie verloren.

»Was ist jetzt?«, herrschte de Montgomery sie an und schüttelte sie wie eine Strohpuppe. »Ich muss doch wissen, ob ich mein wertvolles Mündel schon verheiraten kann.«

Nesta wich seinem Blick aus und starrte auf ihren Schoß, doch da sprang de Montgomery plötzlich auf, sodass sie beinahe in die Binsen gefallen wäre. Er hielt sie an den Schultern fest. »Na, wer bietet mehr?«, wandte er sich an seine Männer. »Eine Schönheit wie sie gibt es kein zweites Mal. Sie ist längst eine Frau – die noch dazu den Mund hält. Was wollt ihr mehr?« Er drehte sie wieder zu sich um und sagte nachdenklich: »Sie ist der Schlüssel zu Südwales … Vielleicht sollte ich dich selbst heiraten, meine süße Nesta? Na, würde dir das gefallen?«

Er presste sie an sich, und Nesta versuchte ihren Kopf wegzudrehen. »Ja, mir scheint, das wäre eine gute Idee. Wärst du gerne meine Frau? All das und noch so viel mehr gehört jetzt mir, ich bin ein mächtiger Mann. Ich bin auch der Lord von Südwales, mein Liebling, wir könnten dort leben. Ich habe uns eine schöne Burg gebaut. Willst du zurück nach Wales?«

Nesta sah zu ihm hoch. Er war nicht alt, sein Schopf zeigte noch kein einziges graues Haar, und aus der Ferne hätte er sogar ganz ansehnlich aussehen können, wären da nicht diese Augen, die seine teuflische Seele offenbarten … Seine Worte ließen heißen Zorn in ihr aufsteigen und gaben ihr das Gefühl von Hilflosigkeit. Ein Gefühl, das sie verabscheute.

»Nehmt Eure Finger von mir«, sagte sie leise, aber um eine feste Stimme bemüht. Sie versuchte sich ihre Mutter vorzustellen und sich an ihre Worte zu erinnern: *Niemand kann über uns herrschen.* »Ich bin vom Blute der Könige Deheubarths. Südwales ist *mein Land.*«

Die leblosen Augen weiteten sich überrascht. In der Halle herrschte plötzlich völlige Stille. Dann spannte sich de Montgomerys Kiefer hinter dem dunklen Bart deutlich an. Als er sie grob von sich stieß und seine beringte Hand hob, wappnete sie sich innerlich, doch da erscholl plötzlich ein tiefes Lachen hinter ihr. De Montgomery hielt inne und blickte über sie hinweg. »Was gibt es da zu lachen, de Windsor?«, knurrte er zur Tafel hin, woraufhin das Rascheln des Bodenstrohs zu hören war und klirrende Schritte, die auf sie zukamen.

»Ihr habt vergessen zu erwähnen, wie unterhaltsam sie ist, Mylord. Schön, gewinnbringend … und unterhaltsam.«

Eine Hand legte sich schwer auf ihre Schulter und drückte sie, doch Nesta weigerte sich aufzublicken und starrte weiterhin geradeaus auf die Brust ihres Gegenübers. Sie kannte diese Stimme. Der Sprecher war beim Überfall auf ihr Heim beteiligt gewesen. Er hatte sie damals festgehalten und hinausgetragen. Den ganzen Weg bis nach England hatte sie bei ihm auf dem Pferd gesessen. Er hatte eine Decke um sie gelegt und immer wieder beruhigende Worte gemurmelt. Ihre Erinnerungen daran waren verblasst, als hätte sich ein Schleier darübergelegt, doch seine tiefe Stimme würde sie nicht vergessen. Mit ihr verband sie all die Gräueltaten jener Nacht. Dieser Mann war es gewesen, der sie davon abgehalten hatte, ihrer Mutter und ihrem Bruder zu helfen. Er war es gewesen, der sie auf diese schreckliche Burg gebracht hatte. Wie hätten seine tröstend klingenden Worte ihr je den Schmerz nehmen können? Arnulf de Montgomery zeigte sein Wesen offen, während dieser Mann undurchschaubar und somit viel gefährlicher war. Nesta kannte inzwischen seinen Namen: Gerald FitzWalter de Windsor. Er war Arnulf de Montgomerys Kommandant, so viel hatte sie bisher erfahren, als sie den Gesprächen der Freinc gelauscht hatte.

»Ihr solltet sie nach Pembroke mitnehmen, damit sie versteht, was aus dem Land ihres Vaters geworden ist«, meinte Gerald de Windsor beschwichtigend und nahm seine Pranke von ihr.

De Montgomery knurrte. »Ihr habt recht, sie weiß es nicht besser.« Er wandte sich an Madame de Mabile. »Hat ihr denn niemand erklärt, dass es kein Deheubarth mehr gibt?«

»Mylord …«, stammelte die zarte Haushälterin, doch Nesta nutzte den Moment und drehte sich um. Sie wollte fliehen, lief aber geradewegs in Gerald de Windsor hinein. Der hielt sie zum Glück nicht auf, sondern trat ein Stück zur Seite. Mit dem Gelächter der Männer im Rücken stürmte sie aus der Halle. Ohne sich umzusehen, lief sie den steilen Hügel hinab und weiter über den äußeren Hof bis zu den Ställen. Die Wachen auf den Wehrgängen der Palisaden hatten stets ein Auge auf sie und achteten darauf, dass sie innerhalb der Mauern blieb, doch sie hatte bei den Pferden einen Zufluchtsort gefunden. Auch jetzt ging sie vor den Abstellplätzen entlang und ließ den Geruch von Heu und das vertraute Geräusch von Schnauben und Scharren auf sich wirken. Auf dem Strohhaufen unter der Dachluke ließ sie sich fallen und zog die Knie an die Brust. Am liebsten hätte sie ihren Mund ausgewaschen, um de Montgomerys Geschmack loszuwerden. Sie wollte sich gar nicht ausmalen, wie ihr Leben in Zukunft aussehen würde, nun, da er Herr von Shrewsbury war. Doch vielleicht musste sie diesen Preis zahlen, denn der Tod von Hugh de Montgomery bedeutete zumindest, dass die Freinc Anglesey hatten verlassen müssen. Womöglich gelang es den Walisern tatsächlich, ihr Land zurückzugewinnen. Und wenn ihr Bruder Gruffydd noch lebte, dann war *er* der Fürst von Deheubarth. Er war Gruffydd ap Rhys, ein König, egal was die Freinc darüber sagten. Sie mochten sich in England ausgebreitet und die Angelsachsen bezwungen haben, aber die Waliser würden sich nicht so schnell geschlagen geben. Sie hatten die Römer überlebt, sie hatten die Angelsachsen und die Wikinger überlebt. Sie würden auch die Freinc überleben. »Mylady Nesta?«

Sie schreckte auf. Es war einer der Pagen, der sich vor ihr verneigte. Ein Junge, kaum älter als acht oder neun Jahre. Seine Wangen leuchteten, als er zu ihr aufblickte, und da Nesta wusste, wie über sie gesprochen wurde, zwang sie sich zu einem Lächeln. Sie wollte den Jungen nicht verschrecken, zumal er sie mit seinem roten Haar an Hywel erinnerte. Die Frauen in Shrewsbury nannten Nesta stets eine walisische Zauberin, weil ihre grünen Augen von zu ungewöhnlicher Intensität strahlten, um von dieser Welt zu sein, wie sie behaupteten. Nesta erinnerte sich lieber an die Worte ihrer Mutter, die im Scherz des Öfteren gemeint hatte, Nesta stamme von Feen ab und hätte deren Augen geerbt. Doch da die Waliser in den Augen der Normannen und Engländer ohnehin ein Volk von Teufelsanbetern und Heiden waren, hatten sie ihr Urteil über Nesta schnell gefällt. Æthel pflegte zu sagen, dass solche Schönheit nur vom Teufel stammen konnte. Sie wecke die Wollust in den Männern und verstoße damit gegen Gottes Gebote. Es war also nicht weiter verwunderlich, dass Nesta keine Freunde auf Shrewsbury Castle hatte. Die Frauen bedachten sie stets mit feindseligen Blicken und unterwiesen sie in den strengen normannischen Gesetzen des Anstands und Gehorsams, während sich die Blicke der Männer im Laufe der Jahre zu verändern begonnen hatten. Nesta war sich dessen sehr wohl bewusst und hielt ihren Blick meist gesenkt, um nicht aufzufallen. Doch obwohl sie meist versuchte, unsichtbar zu sein, war sie allein wegen ihres hohen Wuchses kaum zu übersehen. Zu ihrem Schrecken war auch ihr Körper bereits der einer Frau und zeigte Rundungen, die sie nicht mehr verstecken konnte.

Aber all das war nicht die Schuld des Pagen, und so kletterte sie lächelnd aus dem Stroh.

Der Junge wies mit der Hand hinter sich zum Hof. »Mylady, ich soll Euch … also … Madame de Mabile … sie … sie bittet Euch höflichst zurück zur Halle zu kommen. Ein Reiter ist eingetroffen und … wäre es Euch genehm, mich zu begleiten?«

Nesta hatte Mühe, ihre freundliche Miene aufrechtzuerhalten. Auf keinen Fall wollte sie in die Halle zurück, um sich weiter demütigen zu lassen. Doch wenn sie sich weigerte, würde wahrscheinlich jemand Kräftigeres als dieser Junge geschickt werden, um sie gefügig zu machen. Also folgte sie ihm schweigend aus dem Stall heraus. Schon im Hof bemerkte sie den ungewohnten Trubel. Mägde liefen zwischen Vorratshäusern und Küche hin und her, Knechte führten Pferde auf die Wiesen, um Platz im Stall zu schaffen, und überall wurde wie wild durcheinandergeredet. Auch in der Halle herrschte Wirrwarr. Arnulf de Montgomery lief auf dem Podest an der Stirnseite auf und ab und rief immer wieder: »Ausgerechnet jetzt!« Dann schrie er Madame de Mabile an und erteilte ihr Aufträge, die die Haushälterin an das Gesinde weitergab. Gemächer mussten hergerichtet und die erlesensten Speisen zubereitet werden. »Das wird mich ruinieren!«, brüllte de Montgomery. »Mein Bruder ist noch keine Woche tot, und schon fällt er hier ein! Ich dachte, er wäre in der Normandie. Was zum Teufel will er hier?«

Nesta hielt eine vorbeilaufende Magd mit einem ganzen Stapel Leinentüchern auf dem Arm auf. »Was ist passiert?«, fragte sie und warf einen Blick zum tobenden Lord.

Die Magd lehnte sich zu ihr vor. »Der König wird uns besuchen«, flüsterte sie in gebrochenem Französisch. »Er bringt fast seinen ganzen Hofstaat mit sich. Es war ein spontaner Einfall, sagte der Ritter, der vorhin eingetroffen ist, um Lord de Montgomery die Nachricht zu überbringen. In drei Tagen wird er hier sein!«

»In drei Tagen schon?« Nesta blickte erneut zur Tafel und verstand nun, was die Aufregung sollte. Der König von England würde tatsächlich hierherkommen.

Bevor sie sich aber weitere Gedanken machen konnte, kam schon Madame de Mabile mit fliegenden Röcken auf sie zu. »Los, Nesta, es gibt viel zu tun.«

Sie liefen in die Küche, wo Æthel ein herumflatterndes Huhn einzufangen versuchte und die Küchenmeisterin ebenso wild herumsprang und mit ihrer Schimpftirade an das Gackern des Federtiers erinnerte. »Und der König will bestimmt jagen«, fuhr Madame de Mabile ihr aufgeregtes Geplapper fort, dem Nesta kaum folgen konnte. »Er geht immer auf die Jagd, aber wir werden trotzdem einen Ochsen schlachten und ...« Nesta seufzte und sah sich zwischen den dampfenden Kesseln und den herumwuselnden Menschen um. Ein paar Wachen saßen an einem Tisch in der Ecke über einer Platte mit Käse, Brot und Zwiebeln. Sie bevorzugten es wohl, in der warmen Küche zu essen und sich von den Frauen bemuttern zu lassen, anstatt ihr Mahl in der Halle einzunehmen, jetzt wo sie von de Montgomerys Männern heimgesucht wurde. Die Wachen blickten in ihre Richtung und flüsterten sich lachend etwas zu. Nesta senkte schnell die Lider. Sie spürte sich erröten, was ihr häufiger passierte, wenn sie die Aufmerksamkeit anderer erregte und plötzlich im Mittelpunkt stand. Um sich nichts anmerken zu lassen, lauschte sie wieder Madame de Mabile, die Berechnungen anstellte und mit dem Gesinde die Bestände im Vorratshaus besprach. Nesta hatte in den letzten Jahren von Madame de Mabile gelernt, wie man einen Haushalt führte, damit sie eines Tages eine gute Ehefrau für einen normannischen Gemahl und eine fähige Herrin über ihre Burg sein würde. Dass Nesta nicht vorhatte, jemals einen Freinc zu heiraten, behielt sie natürlich für sich.

Als die Pflichten in der Küche erledigt waren, nahm Madame de Mabile sie mit zu den Gemächern über der Halle und überprüfte, ob saubere Decken ausgebreitet und frisches Stroh gestreut wurden. »Am Tag ihrer Ankunft werdet ihr noch frische Kräuter darüberstreuen, habt ihr verstanden?«, wies sie die Mägde an und fuhr wieder zu Nesta herum. »Während sich der König mit seinem Gefolge hier aufhält, werden wir die Frauengemächer zusammenlegen. Wenn wir zusammenrücken, finden wir schon genügend Platz.«

Nesta nickte. Sie schlief zusammen mit Madame de Mabile und anderen Frauen in einer Kammer. Es würde sie nicht stören, wenn es noch mehr waren, zumal ohnehin niemand mit ihr sprach. »Ist schon jemand in die Stadt gelaufen, um nach Unterkünften in der Taverne zu fragen?«, erkundigte sie sich, woraufhin Madame de Mabile die Augen aufriss. »Los!«, schrie sie, wobei sie niemand Besonderen direkt ansprach. »Sofort in die Stadt! Wir brauchen Platz für das Gefolge und die Pferde. Lauft!« Schwer atmend wandte sie sich wieder Nesta zu. Vor Aufregung leuchteten bereits rote Flecken auf ihrer blassen Haut. Ein paar Strähnen des ergrauten Haars hatten sich aus ihrem Schleier gelöst und hingen in das schmale, fast ausgezehrte Gesicht. Ihr gefüttertes Gewand konnte nicht verbergen, wie dünn sie war. »Gut gemacht, Kind«, seufzte sie und legte ihr die Hand auf die Schulter. »Und nun zum Wichtigsten.«

Nesta hob die Augenbrauen. Wichtiger als die Organisation des königlichen Besuchs? Sie musste zugeben, dass, obwohl sie die Freinc verabscheute, sie der Gedanke an eine Begegnung mit dem König auch mit Aufregung erfüllte. Die Luft schien vor Spannung zu knistern, jedermann sprach über den Herrscher Englands und das, obwohl dessen Vater die Krone dieses Reiches durch Gewalt erlangt hatte. Das Gesinde schien aber nicht anders zu empfinden als Nesta. Sie alle zischten Verwünschungen und schimpften während ihrer Arbeit vor sich hin, doch gleichzeitig war da immer noch die deutlich spürbare Ehrfurcht. »Der Hof von König William ist ein Sündenpfuhl«, riss Madame de Mabile sie aus ihren Gedanken.

»Wie bitte?« Es fiel Nesta schwer zu glauben, dass Madame de Mabile als Normannin ebenso schlecht vom König dachte wie die angelsächsischen Bediensteten.

»Ein Sündenpfuhl«, wiederholte die Haushälterin und packte Nestas Arm. »Jaja, da passt du gut hinein. Lass dir gesagt sein, unser König ist noch jung, und seine Ritter nehmen sich, was sie begehren. Da muss ein Mädchen noch nicht einmal hübsch sein. Eine wie du wird unter ihnen nur Ärger machen, also erinnere dich an das, was ich dich gelehrt habe, Kind, und halte dich im Hintergrund. Gott möge dir helfen, wenn du dich vor dem königlichen Gefolge genauso verhältst wie vorhin in der Küche.«

»In der Küche?« Nesta verstand nicht, wovon Madame de Mabile sprach, doch die Haushälterin fuhr bereits fort.

»Tu nicht so scheinheilig, wir alle wissen, wo du aufgewachsen bist. Es heißt, die Waliser tanzen nackt ums Feuer und geben sich offen den fleischlichen Gelüsten hin!« Ihre flache Brust hob und senkte sich rasend schnell. Wenn sie sich erst mal in Rage geredet hatte, konnte sie meist nichts mehr aufhalten. »In drei Tagen wird sich zeigen, wie viel Barbarenblut noch in dir steckt, oder ob ich wider aller Hoffnungen doch noch ein bisschen Anstand in deine heidnische Seele bringen konnte. Enttäusche mich nicht, Nesta. Halte den Blick stets gesenkt, und schau die Männer nicht wieder mit deinen großen grünen Augen an, als würdest du dich ihnen anbieten. Nur Dirnen verhalten sich so. Und wo wir gerade davon sprechen: Unterlasse zukünftig das Erröten, hast du mich verstanden? Die Männer glauben sonst, du hättest unschickliche Gedanken, und damit nimmst du ihnen jeden Rest von Verstand.«

»Aber ich erröte doch nicht mit Absicht, Madame!«

Die Haushälterin warf die Arme in die Höhe. »Heilige Maria, steh mir bei! Bei dir ist alles verloren, Kind! Wie oft habe ich dir gesagt, du sollst mir nicht widersprechen! Gott bewahre, dass du dein vorlautes Mundwerk vor den edlen Herren nicht im Zaum hältst.«

Nesta hielt sich mit gesenktem Kopf im Hof neben den anderen Frauen und wartete darauf, dass der König eintraf. Ein Ritter hatte sein Näherrücken angekündigt, und so waren die letzten Vorbereitungen in Windeseile getroffen worden, ehe sich der gesamte Haushalt am Fuße des künstlich angelegten Erdhügels zusammengefunden hatte. Immer wieder spähte Nesta zum Fluss hinunter, und als sie die ersten Banner im Wind flattern sah, vergaß sie alle Mahnungen und blickte hoch.

Wie ein roter Fluss zog die Prozession um den König über die Wiesen. Anfangs konnte sie außer den wehenden Bannern kaum etwas ausmachen, doch dann erkannte sie einzelne Reiter in Kettenhemden, Soldaten mit langen Lanzen und Karren mit Truhen darauf. Ein paar Ritter und Standartenträger lösten sich aus der Gruppe und preschten vor. Schon als sie mit einer gewaltigen Staubwolke durchs hölzerne Torhaus kamen und die Leute zurückdrängten, um Platz für den König zu schaffen, war Nesta gefangen von ihrem Anblick. Arnulf de Montgomery und seine Handvoll Schlächter konnten nicht mit diesen edlen Herren verglichen werden. Allein die Pferde mit ihren feinen Decken und den funkelnden Zäumen waren eine beeindruckende Erscheinung. Der polierte Stahl blitzte, die Männer trugen Kettenhemden und Helme. Auf ihren schweren Rössern wirkten sie riesig. Einen Moment lang kam ihr das Bild der Kirche bei Dinefwr in den Sinn. Sie sah die Soldaten, die dämonisch verzerrten Gesichter im Kerzenschein, doch sie konnte die Männer des Königs nicht mit jenen von Arnulf de Montgomery in Verbindung bringen. Bei Tageslicht wirkten die Ritter respekteinflößend, aber nicht gefährlich.

Frauen in prächtigen und ebenso farbenfrohen Gewändern folgten auf zarteren Pferden, die mit ihrer feingliedrigen Statur eine eigene Sanftmut ausstrahlten. Dann kamen die Fußgänger. Männer mit an den Leinen ziehenden Jagdhunden und Falken auf den Armen. Und in einer weiteren Schar Ritter zog schließlich der König ein.

Nesta war enttäuscht. Es musste der König sein, das ließ sein Stirnreif vermuten, aber er wirkte gar nicht prächtig, eher wie ein unförmiges Stück Schinken auf einem Pferd. Sein Haar war sandfarben und dünn. Er hatte es in der Mitte geteilt und aus der Stirn zurückgekämmt, was sein von der Hitze gerötetes Antlitz zum Vorschein brachte. Von zu fettem Essen und zu viel Wein war das Gesicht aufgeschwemmt und teigig, so wie der Rest seines Körpers. Zudem war der König nicht mehr jung, wie Madame de Mabile behauptet hatte. Bestimmt war er schon vierzig. Neben den stattlichen Rittern und den eleganten Höflingen wirkte er geradezu lächerlich.

»Nesta!« Das wütende Fauchen an ihrer Seite gemahnte sie an ihre Anweisungen, und sofort sank sie in einen tiefen Knicks und starrte auf den getrockneten Schlamm zu ihren Füßen. Konzentriert betrachtete sie die einzelnen Risse im gräulichen Braun, während sie Arnulf de Montgomery und den König höfliche Floskeln tauschen hörte. Ein schmerzhafter Schlag gegen ihre Schulter bedeutete ihr, dass sie sich wieder aufrichten durfte, auch wenn sie weiterhin zu Boden zu blicken hatte. Nicht nur empfand sie es als beschämend, sich vor den Freinc zu beugen, ihr erschien diese übertriebene Demut vor allem lächerlich. Zwar hatte auch ihre Mutter ihr den Wert von Keuschheit und Tugendhaftigkeit beigebracht, aber die vornehme Zurückhaltung walisischer Frauen gegenüber Männern war von Stolz geprägt. Stolz auf ihr nobles Blut und Stolz auf die Reinheit ihres Verhaltens. Es hatte nichts mit Unterwürfigkeit zu tun, sondern mit Würde. In ihrer Heimat schritt eine Frau hocherhobenen Hauptes, und keine walisische Frau käme auf den Gedanken, sich kleiner zu machen, als sie war. Zudem wurde die Ehre einer Frau in Wales respektiert, und sie war vor Kriegern und deren oft derbem Verhalten weitestgehend beschützt worden. Wenn nicht gerade eine Feierlichkeit stattgefunden hatte, war Nestas Mutter mit ihrem eigenen kleinen Haushalt, den Frauen und Kindern, unbehelligt von männlichem Einfluss geblieben. Nesta wünschte, sie könnte den Stolz ihrer Herkunft, den sie in ihrem Herzen trug, offen zeigen, ohne ständig auf der Hut zu sein. Besonders, als sie die kichernden und gackernden Frauen aus dem Gefolge des Königs bemerkte, die keineswegs unterwürfig wirkten. Von vornehmer Würde, wie sie Nestas Mutter ausgestrahlt hatte, waren sie zwar ebenfalls weit entfernt, aber zumindest war es ihnen erlaubt zu lachen. Und das taten sie ausgiebig, während sie in ihren auffälligen Kleidern mit den weiten Ärmeln und den in der Sonne funkelnden Goldstickereien über den Hof gingen.

Beklommen blickte Nesta an sich hinab. Sie trug ihren besten Bliaut, ein hellgrünes, ärmelloses Kleid über einer dunkelgrünen Cotte, aber es war ihr um die Brust bereits zu eng, und die Farbe war von der Sonne und zu häufigem Waschen ausgebleicht. Es war auch zu kurz geworden, aber Nesta hatte den Saum herausgelassen, wodurch er jetzt mit unschönen Fransen am Boden streifte. Neben den Damen vom Hof musste sie wie eine Lumpenmagd aussehen.

»Jesus Christus, Nesta! Mach den Mund zu, und nimm deinen Blick von diesen Dirnen«, zischte Madame de Mabile und packte grob ihren Arm, um sie weiterzuziehen. Der König und de Montgomery marschierten bereits fröhlich plaudernd und derbe Witze reißend in Richtung Halle. Nesta fragte sich, ob es irgendeine Frau auf der Welt gab, die in Madame de Mabiles Augen keine Dirne war – womöglich die Heilige Jungfrau Maria, obwohl sie an der Mutter Gottes sicher auch etwas auszusetzen gehabt hätte.

Nesta bemühte sich, dem eiligen Schritt der Haushälterin zu folgen, als sie plötzlich über den Saum ihres Bliauts stolperte und ins Straucheln geriet.

»Gütiger Gott«, hörte sie Madame de Mabile an ihrer Seite zischen, als Nesta ihre Hand hilfesuchend zur Seite streckte und ihre Finger um den ersten Halt schloss, der sich ihr bot. Sie bemerkte sofort, dass sie einen muskulösen Arm erwischt hatte, und als sie hochblickte, sah sie zuerst den dunklen, fellbesetzten Umhang über einem grünen Bliaut mit Gold- und Silberornamenten, der bis zum Knie reichte und von einem aufwendig verarbeiteten Gürtel gehalten wurde. Ihr Blick wanderte weiter hinauf über breite Schultern und verharrte schließlich beim ausdrucksstarken Gesicht eines Mannes.

Ihr stockte der Atem. Ihr Griff um den feinen Stoff verstärkte sich. Braune Augen, mit golden funkelnden Sprenkeln darin, blickten sie direkt an. Einen Moment lang schien nichts anderes zu existieren als seine Augen und die ihrigen. Die Entfernung zwischen ihnen löste sich auf. Seine Augen blitzten in der Vormittagssonne, während die schwarzen und sorgfältig zurückgekämmten Locken wie Seide glänzten. Ein dunkler Bart zierte seine Oberlippe, die gerade Nase verlieh ihm eine gewisse Vornehmheit. Nesta wusste nicht, wie viel Zeit verging, ehe der Mann seine warme Hand auf die ihrige legte und ihre Finger von seinem Umhang löste. Ein Lächeln spielte um seine vollen Lippen, und im nächsten Moment war er verschwunden.

Madame de Mabile zog neben ihr scharf die Luft ein. »Gütiger Herr im Himmel, weißt du, wer das war?«

Nesta schüttelte den Kopf. Sie war immer noch ganz verzaubert von diesem offenen Blick, der dem ihrigen direkt begegnet war. Weder hatte er sie erniedrigt, noch war er wütend geworden. Fünf Jahre lang hatte sie sich in ihr Innerstes zurückgezogen. Sie hatte mit niemandem sprechen können, und sie hatte niemanden direkt ansehen dürfen. Und nun war da dieser Moment der Ehrlichkeit gewesen, und es hatte sich angefühlt, als wäre sie um ein großes Stück gewachsen. Sie war aus sich selbst herausgekommen – nur einen winzigen Moment lang –, und sie hatte schon fast vergessen, wie die Luft der Freiheit roch.

Madame de Mabile zog sie wütend weiter. »Das war Henry de Normandie, du dummes Ding. Der Bruder des Königs!«

Nesta riss die Augen auf. »Das wusste ich nicht!«, versuchte sie sich zu verteidigen. »Ich habe nicht nachgedacht.«

»An dem Tag, an dem du anfängst nachzudenken, fällt die Sonne vom Himmel.«

»Es war keine Absicht, Madame.«

»Das sagen schwangere Frauen ohne Ehemann hinterher immer.«

»Ich bin doch nicht schwanger.«

Die Haushälterin schnaubte. »Noch nicht, Kind. Noch nicht.«

In der Halle wurden die in den letzten beiden Tagen vorbereiteten Speisen aufgetragen. Es war ein Festmahl, wie es Nesta noch nie zuvor gesehen hatte. Die Tafeln schienen sich unter ihrer Last schier zu biegen: gefüllte Wachteln mit Wildbeeren, kleine Fleischhäppchen in verschiedensten Marinaden, Schweinsschulter in Honigkruste, Fasan in Weinsauce, ganze Schweinsköpfe mit kandierten Äpfeln, Ochsenschenkel mit Nüssen, Obstkompotte und weißes Brot, das so weich war, dass es im Mund zu zergehen schien – die Köche hatten ein Meisterwerk vollbracht.

Der König und seine Ritter saßen gemeinsam mit de Montgomery und ein paar anderen seiner Männer an der leicht erhöhten Tafel an der Stirnseite, während sich die anderen an den längsseitigen Tischen drängten. Nesta hatte einen Platz auf dem Podest zugewiesen bekommen, was sie erstaunte, schließlich aß sie für gewöhnlich in der Küche oder am unteren Ende der Halle. Doch dem König war sie als Lady Nesta Tudor vorgestellt worden, Prinzessin von Deheubarth, und so fand sie sich in dessen Nähe zwischen einem fremden Ritter und de Montgomerys Kommandant Gerald de Windsor wieder. Es war eine unglückliche Sitzordnung, und Nesta hätte einen weniger bedeutsamen Platz vorgezogen, doch es fiel ihr leicht, ihre Gesellschaft zu vergessen. Sie war geblendet von all dem Überfluss. Pagen trugen ihr Fleischstücke auf und stellten sicher, dass ihr Becher niemals leer wurde, während Barden die Harfe spielten und kaum die fröhlichen Gespräche zu übertönen vermochten. Die Hitze in der Halle wurde bald unerträglich, und Nesta trank mehr als je zuvor. Madame de Mabile hatte bisher stets darauf geachtet, dass Nestas Wein anständig verdünnt worden war, aber heute kostete sie das fruchtige Aroma vollkommen aus. Sie ertappte sich auch dabei, wie sie immer wieder verstohlene Blicke zu Henry de Normandie hinüberwarf. Er saß ihr schräg gegenüber, zwischen einer dunkelhaarigen Frau und dem König, und manchmal sah er auch in ihre Richtung. Natürlich senkte Nesta jedes Mal schnell den Blick, aber wenn sie wieder hochspähte, merkte sie, dass er sie immer noch ansah. Nesta errötete ein ums andere Mal und trank einen weiteren Schluck Wein. Madame de Mabile, die Nesta mit Argusaugen von den unteren Plätzen beobachtete, schüttelte ununterbrochen den Kopf.

»Sagen Euch die Speisen nicht zu, Mylady?«, erklang plötzlich die ihr wohlbekannte Stimme von Gerald de Windsor neben ihr. Nesta spannte sich unwillkürlich an. Das angenehme Schwindelgefühl verwandelte sich in Übelkeit. Sie blickte auf den unberührten Teller hinab und stellte fest, dass sie bisher nichts als ein paar Bissen Brot gegessen hatte. Die Vielfalt der Speisen hatte sie beeindruckt, aber sie konnte nichts davon probieren. Sie war viel zu aufgeregt.

»Doch, Sir«, murmelte sie, ohne aufzublicken. »Ich habe nur vergessen zu essen.«

Ein leises Lachen erklang, und Nesta nahm schnell noch einen Schluck aus ihrem Kelch, um den schwelenden Zorn zu löschen. De Windsor hatte sie als unterhaltsam bezeichnet, aber sie wollte ihn nicht unterhalten.

»Ich habe die wunderbaren Falken bewundert, Sir Walter«, wandte sie sich an den Ritter zu ihrer anderen Seite, um einem weiteren Gespräch mit de Windsor zu entgehen. »Werdet Ihr in diesen Wäldern jagen, Sir?«

Der Ritter, der bisher offenbar den Gesprächen des Königs gelauscht hatte, drehte seinen Kopf in ihre Richtung. Er trug sein Haar, wie so viele von König Williams Höflingen, auffällig lang und mit einem seidenen Band geflochten. Seine Wangen waren glatt rasiert. Die Lachfältchen um seine Augen ließen ihn gütig erscheinen. »Gewiss, Mylady Nesta«, sagte er. »Seine Hoheit, der König, liebt die Jagd, und es heißt, die Wälder von Shropshire seien ein Paradies für jeden Jäger.« Er wandte sich ihr nun ganz zu. »Wart Ihr schon einmal zur Jagd, Mylady?«

Nesta musste ob dieses absurden Gedankens lächeln, ehe sie den Kopf schüttelte. »Nein, Sir. Ich habe die Burg noch nie verlassen.«

Seine hellen Augenbrauen hoben sich, und er warf einen verachtenden Blick zu Arnulf de Montgomery. »Was Ihr nicht sagt …« Sein fein gezeichnetes Gesicht nahm einen ernsten Ausdruck an, als er sich näher zu ihr vorlehnte, doch seine Augen funkelten übermütig. »Erlaubt mir, Euch zur morgigen Jagd einzuladen, Mylady. Ich bin mir sicher, Ihr werdet Gefallen daran finden.«

»Bestimmt, Sir. Aber ich glaube nicht …« Sie sah zu de Montgomery hinüber, der sich angeregt und ausschweifend gestikulierend mit dem König unterhielt. Niemals würde er ihr erlauben, die Stadt zu verlassen. Andererseits wäre es doch sicherlich unhöflich, diese Einladung eines engen Gefolgsmannes des Königs einfach abzulehnen.

Walter Tyrell folgte ihrem Blick und seufzte. »Es kommt einer Sünde gleich, ein Juwel wie Euch versteckt zu halten«, meinte er und wies zu ihrem Vormund. »Und es ist eine Schande, dass Ihr bisher keine Gelegenheit hattet, das wunderbare England näher kennenzulernen.«

Nesta blickte auf die Speiseplatte vor sich. »Die Aussicht vom Turm ist vielversprechend.«

Er lachte laut auf, was ihnen die Aufmerksamkeit des Königs sicherte.

»Was ist so lustig, Sir Walter?«, verlangte er zu wissen. Alle auf dem Podest verstummten und blickten auf.

Tyrell erhob sich, als er das Wort an den König richtete. »Eure Hoheit!«, rief er mit einer übertriebenen Verbeugung und mit wedelnder Hand aus. »Ich empfehle Euch, den griesgrämigen Arnulf de Montgomery von Eurer Seite zu weisen und die charmante Lady Nesta zu Euch zu holen. Zumal Mylady tausendmal schöner anzusehen ist.«

Der König und Tyrell sahen sich in die Augen, und Nesta wusste nicht, ob nur sie diesen Blick als sonderbar empfand. Irgendetwas lag in der Luft, etwas Mutwilliges, eine Herausforderung – so hatten ihre Brüder ausgesehen, wenn sie einen Streich gespielt hatten –, es war nur ein flüchtiger Augenblick, ehe der König sich ihr zuwandte und das flaue Gefühl in ihrem Magen damit verstärkte.

»In der Tat, sie ist eine wahre Schönheit.« Der König hob seinen Kelch in ihre Richtung, und ein Lächeln umspielte seine wulstigen Lippen. Das belustigte Blitzen in seinen verschiedenfarbigen Augen aber war verschwunden. Einen Moment lang hatte Nesta den Eindruck, dass dieser Mann hinter all den bunten Kleidern und den vielen Edelsteinen einen messerscharfen Verstand besaß.

»Eine Schönheit, die gepflegt werden will«, erwiderte Tyrell und breitete übertrieben die Arme aus. Seine Stimme wurde immer lauter. »Denn ohne Licht und Wärme vergeht auch die prächtigste Blume. Doch was muss ich erfahren?« Seine Stimme hallte durch den Saal, sodass niemand seine Empörung überhören konnte. »Auf Shrewsbury scheinen wahre Schätze eher versteckt gehalten zu werden, anstatt sie in vollem Lichte strahlen zu lassen.« Er blickte jetzt direkt in de Montgomerys Augen, dessen Gesicht eine immer rötlichere Färbung annahm. »Ein Verbrechen würde ich das gar nennen.«

»Was …« De Montgomery riss den Mund auf, um Atem zu

holen, doch da erscholl plötzlich helles Frauenlachen, das die Aufmerksamkeit aller auf sich zog.

»Ihr habt recht, Sir Walter«, ließ sich die dunkelhaarige Frau an Henry de Normandies Seite vernehmen, als wäre es das Selbstverständlichste der Welt, in Anwesenheit des Königs auf solch unbeschwerte Weise das Wort zu ergreifen. »Es wäre eine Schande, das Mädchen weiterhin versteckt zu halten. Sie soll uns zur morgigen Jagd begleiten, auf dass wir uns an ihrer Gegenwart erfreuen können.«

»Ah!« Tyrell zeigte mit dem Finger auf die Dame. »Da hattet Ihr denselben Einfall, meine Teuerste, denn ich war bereits so frei, Lady Nesta einzuladen.« Er ließ sich wieder auf seinen Platz sinken und nahm lächelnd seinen Kelch in die Hand.

Nesta starrte in die Gesichter dieser fremden Leute, die zum Teil erheitert, zum Teil aber auch erbost aussahen, und spürte ihren Herzschlag in der Kehle pochen. Besonders de Montgomery und seine Männer machten keinen besonders freundlichen Eindruck. Alle Augen waren auf sie gerichtet und schienen sie von den Haarspitzen bis zu den unter der Tafel verschwindenden Zehen zu mustern. Auf einmal wurde ihr die Unzulänglichkeit ihrer Erscheinung in dem ausgewaschenen Bliaut umso deutlicher bewusst.

Schnell blickte sie erneut auf die Speiseplatte hinab. Sie konnte Madame de Mabiles wütendes Schnauben beinahe hören. Den ganzen Abend lang hatte sie sich schon den neugierigen Augen des gesamten Hofstaats ausgesetzt gesehen, aber jetzt wurde alles nur noch schlimmer. De Montgomery machte die Situation beinahe unerträglich.

»Schön anzusehen, gewiss«, meinte er lallend. »Aber mit der Schönheit nehmen ihre Vorzüge auch schon ein Ende.« Er wandte sich an den König, während Nesta immer kleiner zu werden versuchte. »Die Waliser sind ein verräterisches Volk, wie es kein zweites gibt, Hoheit. Sie halten niemals ihr Wort und scheuen den offenen Kampf. Nach Irland fliehen sie und dann, wenn man es am wenigsten erwartet, fallen sie einem in den Rücken.«

»Wir hörten von Eurem Verlust«, sprach der König und drehte gelangweilt an einem der prächtigen Ringe an seiner rechten Hand. »Es war eine bedauerliche Wende des Schicksals, die den Sieg der Waliser ermöglichte.«

»Bedauerlich, gewiss«, brummte de Montgomery. Es war erneut erstaunlich still in der Halle geworden. »Mein Bruder war ganz und gar dem Kampf gegen die Waliser verschrieben. Er hat sich noch nicht einmal eine Frau genommen. Und wofür? Er hat nicht einen Fuß Land gewonnen, während ich den Süden gewann. Die Erde habe ich mit dem Blut dieser dreckigen Barbaren getränkt. Die Tudor-Abkömmlinge sind längst besiegt, während die walisischen Fürsten im Norden immer noch ihre Ränke schmieden.«

Nestas Kopf fuhr abrupt hoch. Deutlich spürte sie die vielen Augenpaare, die auf sie gerichtet waren. Ein Rauschen toste durch ihre Ohren. Ihre Hände ballten sich zu Fäusten. Worte formten sich in ihrem Kopf. Sie mussten hinausgeschrien werden. Ihr Vater war einer jener *Tudors*, wie die Normannen ihre Familie nannten. Er war Rhys ap Tewdwr, der Fürst von Deheubarth, und dieser besoffene Freinc wagte es, ihren Vater sogar jetzt noch, da er tot war, in den Schmutz zu ziehen.

Nesta öffnete den Mund, holte Atem, und dann ergriff plötzlich Henry de Normandie das Wort. Der Bruder des Königs hatte Walter Tyrell mit amüsiertem Lächeln gelauscht, aber jetzt wirkte er todernst. Seine volltönende Stimme ließ sie erstarren. »Ihr vergesst Euch, Mylord de Montgomery«, sagte er ruhig, und doch drangen seine Worte bis in den kleinsten Winkel der Halle. Sie überzogen Nesta mit einer Gänsehaut. »Jeder der Anwesenden versteht Eure Trauer um Euren Bruder, und mir ist bewusst, dass der Wein aus Euch spricht, deshalb sei Euch verziehen. Doch ich muss Euch daran erinnern, dass Rhys Tudor ein ehrenwerter

Mann war, ehrenwerter als manch anderer an dieser Tafel, was auch mein Vater – möge er in Frieden ruhen – erkannte. Der verstorbene König war dem Fürsten von Deheubarth sehr zugetan. Und an noch eines fühle ich mich gezwungen Euch zu erinnern, Mylord: Rhys Tudor fiel in der Schlacht bei Brecon, bei der Ihr noch nicht einmal anwesend wart. Bernard de Neufmarché führte das Kommando, während Ihr, Mylord, durch ungeschützte walisische Dörfer zogt, um die alleingelassenen Frauen und Kinder zu ermorden. Ihr habt recht, Mylord. Ihr seid ein wahrhaft tapfererer Mann, als es Euer Bruder, der Earl, je gewesen ist.«

Plötzlich war es so still, dass man das Fallen einer Nadel hätte hören können. Nesta starrte Henry de Normandie an und spürte das wilde Pochen ihres Herzens. Es kam ihr vor, als wäre er in den Schein der Wandleuchten gehüllt und bannte alle anderen in die Schatten. Das Licht schien nur noch für ihn bestimmt, als er seinen Kopf in ihre Richtung wandte und ihr zunickte. Nesta wusste, sie sollte den Blick senken, aber sie konnte nicht. Noch nicht einmal zu blinzeln vermochte sie, bis Arnulf de Montgomerys zischendes Atemholen die Stille durchbrach. Nesta wandte sich ihm zu und sah mit einem Anflug von Genugtuung, wie das Antlitz des Lords rot anlief.

»Das …«, stammelte er und presste seine Handflächen auf die Tischplatte. »So könnt Ihr nicht …« Er versuchte sich hochzustemmen, doch er schwankte von einer Seite zur anderen. »Ich erlaube nicht …«

»Verlasst diese Halle, ehe Ihr etwas sagt, das Ihr hinterher bereut, Mylord.« Henry de Normandies Augen durchbohrten ihn und wirkten plötzlich tiefschwarz. Er winkte einen Pagen heran. »Begleitet Mylord de Montgomery in seine Kammer, auf dass wir uns morgen wieder als Freunde begegnen und die gesprochenen Worte vergessen.«

»Ich vergesse nichts«, zischte de Montgomery.

Henry de Normandie machte eine ungeduldige Handbewegung in Richtung der Pagen, die nun endlich jeder einen Arm von de Montgomery zu fassen bekamen und ihn hinausbegleiteten.

»Was für ein Spielverderber du schon wieder bist«, murrte der König wie ein quengelndes Kind. »Du hast noch nie Spaß verstanden.«

»Wir beide, Hoheit, haben seit jeher ein unterschiedliches Verständnis von Spaß.« Er drehte den Kopf in Nestas Richtung und zwinkerte ihr zu.

Nesta senkte erschrocken den Kopf, bevor sie wieder aufblickte und Henry dankbar kaum merklich zunickte. Sie spürte, wie sich ihr Herzschlag wieder beruhigte, und legte die Hände in den Schoß, die sie die ganze Zeit über immer noch zu Fäusten geballt hatte.

»Mylady Nesta.« Walter Tyrell bot ihr seine Hand und half ihr aufs Pferd. Es war ein Apfelschimmel mit großen sanftmütigen Augen, und Nesta fühlte sich sofort gut aufgehoben.

»Traut Ihr Euch zu, einen Falken zu halten?« Der Ritter wies zu den Männern mit den prächtigen Raubvögeln. Nesta hatte sogar mit großem Staunen zwei Damen mit den anmutigen, aber auch furchteinflößenden Tieren auf dem Arm gesehen. »Ich bin sicher, Meister Gilbert wird Euch einen Handschuh leihen.«

Nesta schüttelte den Kopf. »Lieber nicht«, sagte sie und blickte auf den prächtigen Bliaut in heller Seide hinab, den ihr Madame de Mabile an diesem Morgen aus heiterem Himmel gebracht hatte. »Wenn der Vogel mit seinen Krallen dieses Kleid zerstört, könnt selbst Ihr mich nicht vor Madame de Mabile schützen.«

Walter Tyrell lachte und schwang sich neben ihr auf sein Pferd, einen edlen Braunen mit schwarzer Mähne und schwarzem Schweif. »Dann beim nächsten Mal. Begehen wir einen Schritt nach dem anderen.«

Nesta sah sich auf dem von Wirtschaftsgebäuden gesäumten Hof um. Knappen übergaben die Pferde, Hunde zogen bellend an ihren Leinen, und die Männer und Frauen unterhielten sich fröhlich. Nesta hielt immer wieder nach Henry de Normandie Ausschau, aber sie konnte ihn nicht entdecken, genauso wenig wie den König. Stattdessen sah sie Gerald de Windsor, der gegen die Stallwand lehnte und das Geschehen überblickte. Er würde nicht an der Jagd teilnehmen, worüber Nesta froh war, obwohl sie auf Arnulf de Montgomery noch lieber verzichtet hätte. De Windsor schien ihren Blick gespürt zu haben, denn plötzlich sah er in ihre Richtung.

Nesta schluckte. Der Wind, der ihr das Haar nach vorne ins Gesicht blies, schien ihr mit seiner Stimme ins Ohr zu flüstern. Sie erinnerte sich an dieses tiefe Brummen, kaum mehr als ein Vibrieren der Stimmbänder, als er sie mit französischen Worten zu beruhigen versucht hatte. Auf diese Weise hatte ihr Vater mit Pferden gesprochen. Es war ihr unverständlich, wie ein Mann, an dessen Schwert das Blut ihrer Freunde und Familie klebte, hatte glauben können, dass sanfte Worte die Gräuel ungeschehen machten. Es war genauso, wie Henry de Normandie gesagt hatte: De Montgomerys Männer waren in ungeschützte Dörfer eingefallen, und darin lag nichts Heldenhaftes.

Nesta sah Gerald de Windsor an. Sein goldenes Haar war kurzgeschnitten, es war dicht und kräuselte sich hier und da. Seine Gestalt war von hohem Wuchs und muskulöser Statur, geradezu hünenhaft. Anders als bei seinem Herrn Arnulf de Montgomery zeichnete sich bei ihm noch kein gewölbter Bauch unter dem Bliaut ab, der auf zu großen Wohlstand hindeutete. Goldene Bartstoppeln bedeckten die Wangen und das markante Kinn.

Nesta wurde erst bewusst, dass sie ihm direkt in die Augen blickte, als er einen Schritt nach vorn trat und eine Verbeugung andeutete. Schnell sah sie weg und tätschelte den Hals ihrer Stute. Als sie wieder aufblickte, war er verschwunden.

Der Glanz des königlichen Gefolges ließ sie de Windsor jedoch schnell vergessen. Die Frauen, von denen Nesta wusste, dass die meisten verheiratet waren, hatten ihr Haar kaum bedeckt, die Schleier waren fein, und manche trugen nicht mehr als ein Haarnetz als Kopfschmuck. Ihre Kleider strahlten in den Farben des Frühlings, sodass Nesta an eine Blumenwiese erinnert wurde. Die Pferde, die Hunde, die Falken, alle schienen von dem Prickeln in der Luft ergriffen worden zu sein und wirkten genauso unruhig wie Nesta.

Und als plötzlich der König in Begleitung seines Bruders den Hof betrat, zuckte die Stute unter ihr, als hätte sie Nestas wilden Herzschlag gespürt. Nesta wagte nicht mehr, dem Bruder des Königs entgegenzublicken, doch plötzlich vernahm sie seine Stimme, als er an ihr vorbeiging. »Mylady Nesta.«

»Mylord.« Sie hielt den Atem an und wartete, bis sein dunkler Umhang aus ihrem Blickfeld verschwunden war, ehe sie es wagte, wieder aufzusehen. Henry de Normandie schwang sich gerade auf sein Pferd und bewegte sich dabei deutlich anmutiger als sein Bruder. Dabei war er auch schon dreißig, wie sie erfahren hatte, doch anders als der König strotzte er nur so vor Vitalität, und seine Augen waren die eines schelmischen Jungen.

Ein Horn blies zum Aufbruch, und Nesta mischte sich unter die Damen, um dem Tross aus dem Tor zu folgen.

»Ihr seht aus wie ein Vogel, dem man den Käfig geöffnet hat, Mylady«, sagte plötzlich eine Frauenstimme neben ihr, als sie der unbefestigten Straße folgten. Die Stadt lag in einer Flussschleife, wodurch sie auf drei Seiten von Wasser umschlossen wurde und nur zu einer hin offen war. Nesta fiel es schwer zu glauben, dass die Palisaden tatsächlich hinter ihr lagen. Der Fluss erschien ihr aus der Nähe weit wie die See, so gewaltig war er. Das Gras schien so viel grüner, die Bäume so viel höher, der Himmel so viel blauer, die Luft um so viel reiner. Das erste Jahr ihrer Gefangenschaft war das schlimmste gewesen, denn sie war es nicht gewohnt gewesen, stets am selben Ort zu verharren. Dadurch hatte sie sich in Shrewsbury noch eingesperrter gefühlt. Mit ihrer Familie war sie das ganze Jahr über von Hof zu Hof durch ganz Deheubarth gereist und hatte das Gefühl gehabt, ständig in Bewegung zu sein, wahrhaftig zu leben und neue Dinge zu entdecken.

»Ja«, flüsterte sie und blickte Richtung Westen – ihre Heimat. »Ja, genauso fühle ich mich auch.« Ihr rechter Fuß zuckte. Sie müsste nur die Fersen in den Bauch der Stute schlagen und davonreiten. Die Grenze zu Wales lag nur wenige Meilen entfernt, aber natürlich wusste Nesta, dass jeder der prächtigen Hengste schneller als ihre sanfte Stute wäre.

»Ich wusste, dieses Kleid würde Euch ausgezeichnet stehen«, unterbrach die Dame, die neben ihr herritt, ihre Gedanken. »Ihr dürft es gerne behalten, wenn es Euch gefällt. Mich kleiden so helle Farben nicht besonders. Sie lassen mich eher kränklich aussehen.«

Nun wandte Nesta sich der Sprecherin zu und erkannte eine Frau Ende zwanzig. Ein seidener Schleier verdeckte ihr dunkles Haar mehr schlecht als recht, und der mitternachtsblaue Bliaut war so eng geschnitten, dass er mehr von der schlanken Figur zeigte, als schicklich sein konnte. Das Gesicht der Frau war mit seinen sanften Zügen, den großen dunklen Augen und den vollen Lippen von unvergleichlicher Schönheit. Nesta erinnerte sich, dass sie am Vorabend zwischen Henry de Normandie und einem anderen Ritter Platz genommen hatte. Sie war es gewesen, die sich ins Gespräch eingebunden hatte, als Walter Tyrell de Montgomery provoziert hatte.

»Es ist Euer Kleid?«, fragte Nesta erstaunt und blickte an sich hinab. Madame de Mabile hatte ihr nicht gesagt, woher das Kleid stammte, nur, dass sie es anziehen sollte. Nie zuvor hatte sie etwas so Wertvolles getragen, und sie fürchtete um die schönen Perlen, die an den Ärmeln angenäht waren.

Die Dame nickte freudestrahlend. »Es *war* mein Kleid, jetzt ist es das Eure. Ihr könnt doch unmöglich weiterhin in diesen Lumpen herumlaufen. Was denkt sich de Montgomery nur dabei? Ihr seid von hoher Geburt. Euer Vater war doch ein walisischer Fürst, nicht wahr?«

»Mein Vater war Rhys ap Tewdwr, Fürst von Deheubarth«, antwortete Nesta und musterte die Dame immer noch argwöhnisch. »Ich verstehe nicht ... Wieso solltet Ihr mir etwas so Wertvolles schenken?«

»Nun ...« Die Dame blickte nach vorne, wo der König und seine Ritter den Zug anführten. »Sagen wir so: Ein Freund bat mich um diese kleine Geste, und ich tat ihm diesen Gefallen gerne. Schließlich kann ich nicht dabei zusehen, wie Ihr auf dieser schrecklichen Burg verkommt.«

»Ein Freund?« Auch Nesta blickte nach vorne, doch sie konnte sich beim besten Willen nicht vorstellen, wer eine hohe Dame um ein Kleid für eine andere bitten würde. Doch dann kam ihr Walter Tyrell in den Sinn. Immerhin hatte er öffentlich ihre Aufmachung kritisiert.

Die Dame winkte mit geheimnisvollem Lächeln ab. »Ihr müsst wissen«, sagte sie mit gesenkter Stimme und beugte sich ein wenig zu ihr herüber, »wir haben uns bereits ausgiebig über Euch unterhalten.« Sie lachte glockenhell auf und deutete unauffällig in Richtung der anderen Damen, die schnatternd ein Stück vor ihnen ritten. »Wir haben uns gefragt, an wen der Teufelssohn de Montgomery Euch wohl verheiraten wird, um den größtmöglichen Gewinn zu erzielen. Lady Sybil meint, er wird Euch an seinen Kommandanten Gerald de Windsor verscherbeln, Lady Ermentrude glaubt gar, Ihr wäret eine ausgezeichnete Partie für unseren hübschen Henry da drüben, aber ich persönlich bin davon überzeugt, dass de Montgomery selbst ein Auge auf Euch geworfen hat. Ihr seid doch schon eine Frau, nicht wahr?«

Nesta starrte die Dame einen Moment lang fassungslos an, dann wandte sie schnell den Blick ab und betrachtete den nahen

Wald. De Montgomery … der Gedanke löste dasselbe reine Entsetzen in ihr aus wie vor ein paar Tagen in der Halle. Er selbst hatte ja auch davon gesprochen, doch sie hatte es als boshaften Scherz abgetan. Sie hatte bisher kaum einen Gedanken an eine Hochzeit verschwendet, erst mit ihrem ersten Monatsfluss hatte sie geahnt, dass ihr bisschen Freiheit bald ein jähes Ende nehmen würde. In ihrer Kindheit hatte sie sich an der Seite eines walisischen Fürsten gesehen, der ihrem Vater ähnlich war. Ihr Vater war für sie der Inbegriff eines stattlichen Mannes, eines Gemahls und Kriegers gewesen, und sie hatte seit jeher jemanden wie ihn heiraten wollen.

Bei der Erwähnung von Henry hatte die Frau zum König nach vorne gedeutet, weshalb Nesta keinen Zweifel daran hatte, wer gemeint war. Ob das denn wirklich möglich sein sollte? Eine Ehe mit Henry de Normandie? Verwundert stellte sie fest, dass dieser Gedanke ein angenehmes Kribbeln in ihrem Bauch auslöste, obwohl der Bruder des Königs nicht mit ihrem Vater zu vergleichen war. Er strahlte eine vornehme Würde und Gelehrtheit aus, war ein feiner Ritter, während ihr Vater ein kräftiger Hüne gewesen war.

»Ihr müsst Euch nicht schämen, Lady Nesta«, riss die sanfte Stimme der Dame sie aus ihren Gedanken. »Ich sehe Euch an, dass Ihr längst eine Frau seid, das lässt sich nicht mehr verbergen.«

»Verzeiht.« Nesta wandte sich ihr zu. Es war ihr unangenehm über solch intime Dinge zu sprechen. »Ich kenne Euren Namen noch gar nicht.«

»Gütiger Gott, wie unhöflich von mir! Nach all den Jahren an Williams Hof habe ich meine Manieren vergessen. Ich bin Ansfride of Seacourt. Mein Gemahl Anskill …«, sie deutete nach vorn zu jenem Ritter, der am Vorabend neben ihr gesessen hatte, »ist ein enger Gefolgsmann Seiner Hoheit König William.« Sie seufzte. »Meine Kinder sind in der Fremde im Haushalt anderer und in einem Konvent, und ich sitze mir mein Hinterteil auf einem Pferd platt und ziehe durchs ganze Land.«

»Aber warum macht Ihr es dann?«

Erneut erklang dieses schallende Lachen, das jedermann im Tross hören musste. Ihr Gemahl Anskill und Walter Tyrell drehten sich zu ihnen um. Tyrell winkte, während Anskill ihnen zunickte. Der Ritter war genauso wie Tyrell hochgewachsen und von eher feingliedriger Statur. Fein gelocktes Haar in der goldschimmernden Farbe eines warmen Brauntons fiel ihm ins schmale Gesicht. Neben dem untersetzten König wirkten die beiden Herren umso eindrucksvoller.

Lady Ansfride winkte den beiden zurück, ehe sie sich wieder an Nesta wandte: »Ach, Ihr seid so unterhaltsam, wie es von Euch behauptet wird, Kind. Wie unschuldig Ihr noch seid. Ich habe keine andere Wahl, meine liebe Nesta, deshalb bin ich hier.«

Nesta biss sich auf die Unterlippe und wandte den Blick ab. »Ihr wisst nichts über mich, wenn Ihr mich als unschuldig und unterhaltsam bezeichnet«, sagte sie im Bemühen, ihren aufbrausenden Zorn zu bändigen. Lady Ansfride schien es nicht böse zu meinen, doch Nesta konnte ihre Gedanken nicht länger für sich behalten: »Würdet Ihr des Nachts mit den gleichen Albträumen aus dem Schlaf fahren wie ich, kämet Ihr wohl nicht auf die Idee, mich zu belächeln. Hätte man Eure Familie abgeschlachtet und Eure Heimat niedergebrannt, um Euch in ein Land zu verschleppen, in dem Mütter ihre Kinder in die Obhut anderer geben und Mädchen ins Kloster geschickt werden, würdet Ihr meine Verwunderung verstehen. Ich erinnere mich nicht daran, dass meine Mutter ihre Kinder jemals verlassen oder dass mein Vater so etwas verlangt hätte. So etwas gab es in meinem Land, das Ihr Wales nennt, nicht.« Mit brennenden Wangen sah sie hoch und blickte in Lady Ansfrides erschrockenes Gesicht. Schließlich lächelte diese.

»Es scheint mir, Ihr werdet unterschätzt. Verzeiht, ich wollte Euch nicht verletzen. Offenbar bin ich schon zu lange an Williams Hof. Gott gebe, dass Ihr niemals Eure Kinder verlassen müsst, Mylady Nesta. Denn auch über Eure Schönheit wurde gesprochen, und die kann Euch nicht zum Vorteil gereichen.«

Nesta blickte auf die graue Mähne ihrer Stute hinab, die sie mit ihrem sanft wiegenden Schritt beruhigte. Sie wusste nicht, was sie antworten sollte, denn die Worte der Dame verwirrten und beschämten sie zugleich. Sie war froh, als sie in das sanfte Zwielicht des Waldes ritten und die Hunde bald eine Fährte aufnahmen. Nesta sah den König und einen Großteil der anderen in mehreren Gruppen davonpreschen, während die Hunde von den Leinen gelassen wurden. Nesta blieb bei den Frauen und ein paar Rittern mit ihren Knappen zurück, die sie zu einer sonnenbeschienenen Lichtung führten. Dort breiteten sie Decken aus, und die Knappen brachten ihnen Wein.

Nesta konnte noch immer nicht glauben, dass sie tatsächlich in einem Feld aus Wiesenblumen saß und nichts anderes tat, als die Sonne zu genießen. Die Frauen des Hofes schienen so leicht ums Herz und ohne jede Sorgen, sodass Nesta das Gefühl hatte, in eine andere Welt geraten zu sein. Die erdrückende Dunkelheit und die strengen Gesetze von Shrewsbury Castle schienen unendlich weit fort. Madame de Mabiles mahnende Stimme war kaum mehr als eine leise Erinnerung, die Nesta nur zu gerne vergaß. Die Damen schäkerten mit den Rittern, quälten in gutgemeinten Späßen die Knappen und tranken mehr, als angemessen sein konnte. Nesta hielt sich im Hintergrund und beobachtete hauptsächlich, aber den Damen gelang es immer wieder, sie in ihre Gespräche einzubeziehen. Mehr noch, sie schienen ehrlich an ihrer Heimat und den Menschen dort interessiert. Für diese Frauen lag jenseits des Flusses eine obskure und aufregende Welt, und sie lauschten Nestas zögerlichen und knappen Schilderungen wie einem spannenden Märchen. Lady Sybil fragte sogar nach Nestas Bruder Gruffydd, und sie erkundigte sich, wann er denn heiratsfähig wäre. Bei einer Schönheit wie Nesta, meinte sie, könne sie ihr Herz an einen barbarischen Wilden mit einem Engelsgesicht leicht verlieren.

»Deine Scham hast du ja schon lange verloren«, meinte die schöne Lady Ansfride lachend und ließ sich noch einmal nachschenken.

»Da spricht die Richtige. Wann bist du denn zum letzten Mal im fremden Lager gelegen anstatt im ehelichen?«

Nesta riss schockiert die Augen auf, was die Damen kichern ließ.

»Sieh nur, was du angerichtet hast, Sybil«, tadelte Lady Ansfride und reichte Nesta die Obstschale. »Hier, esst etwas, bevor Euch der Wein zu Kopf steigt und Euch von Lady Sybils unflätigen Worten schwindlig wird.«

»Ach, ehe sie sich versieht, wird sie unter die Haube kommen, und wir wollen sie doch nicht unbedarft ins eheliche Lager schicken«, meinte Lady Juliana – eine füllige Frau, die nicht älter als zwanzig sein konnte.

Nesta fühlte sich bis in die Fingerspitzen erröten. Sie sah sich um und bemerkte, dass auch die Knappen rote Gesichter hatten. Die Ritter hielten sich zum Glück etwas abseits.

»Wir wollen Euch erklären, was Euch erwartet«, sagte Lady Sybil sanft. »Wenn sie Euch mit Henry de Normandie verheiraten …«, sie grinste in Lady Ansfrides Richtung, »werdet Ihr eine glückliche Ehefrau.«

Die Hitze in ihr breitete sich aus. Nesta war keineswegs mehr unwissend. Es war nicht Madame de Mabile gewesen, die ihr die Geheimnisse der Ehe erklärt hatte, sondern die Küchenmagd Æthel. Diese hatte es sich nicht nehmen lassen, ihr Wissen mit Nesta zu teilen – vordergründig, um sie zu verängstigen, aber Nesta war nicht so leicht zu erschrecken. Sie hatte einmal den Stallburschen Eadric mit einer Magd im Heu erwischt, und der Anblick der verzückten Magd hatte sich weder mit Æthels Worten, noch mit den furchtbaren Bildern des Überfalls auf ihr Heim vereinbaren lassen. Nesta mochte Eadric, und so wusste sie, dass die eheliche Vereinigung nur mit Männern wie de Montgomerys Schlächtern etwas Furchtbares war. Mit netten Männern, wie Eadric einer war, schien es nichts Schlimmes zu sein. Sie war sicher, er würde niemals vorsätzlich jemandem wehtun, und daher konnte hinter all den Schreckensgeschichten nicht viel Wahres stecken. Sie konnte sich auch nicht vorstellen, dass Henry de Normandie seine Ehefrau jemals mit etwas anderem als Respekt behandeln würde.

Die Vorstellung, Henry de Normandie zu heiraten, verstärkte den vom Wein verursachten Schwindel. Beim Gedanken an den Bruder des Königs begann sich in ihrem Kopf alles zu drehen. Er war ein Normanne, ein Freinc – der Feind ihrer Familie –, und doch erschien er ihr so anders als die Normannen, die sie bisher getroffen hatte. Sie konnte nicht vergessen, wie er ihre Familie vor de Montgomery verteidigt hatte, wie er vor dem gesamten Hofstaat und dem König Partei für sie ergriffen hatte …

»Ja, aber bei de Montgomery wird sie es nicht leichthaben«, überlegte Lady Ermentrude, woraufhin Lady Ansfride den Kopf schüttelte.

»Großer Gott, mach ihr doch nicht solch eine Angst. Wer weiß schon, wie er sich verhält, wenn des Nachts die Lichter ausgegangen sind.«

Lady Sybil zischte verärgert. »Der Mann ist ein Teufel, wie es sein Vater war. Ich bin ja immer noch davon überzeugt, dass es Gerald de Windsor sein wird.« Sie wandte sich an Nesta. »Wie gefällt Euch de Windsor, Kind? Er ist doch ein ansehnlicher Mann, meint Ihr nicht? Ich persönlich finde ja seine goldenen Locken weitaus anziehender als schwarze«, wieder warf sie Ansfride einen vielsagenden Blick zu. »Sie verleihen ihm etwas von einem Engel, während sein Körper der eines Kriegers ist.«

»Hältst du dich für die Jungfrau Maria, da du dich stets nach Engeln sehnst?«, wollte Lady Ermentrude lachend wissen.

Nesta spürte, wie sich ihre Fingernägel in ihre Handflächen krallten. »Gerald de Windsor hat nichts von einem Engel«, sagte sie kalt, was die kichernden Damen verstummen ließ.

Lady Ansfride legte ihr die Hand auf den Arm. »De Windsor ist ein sehr anständiger Mann. Er mag Euch jetzt noch etwas grobschlächtig erscheinen, Ihr seid ja noch ein Kind, aber ich bin sicher, er wäre Euch ein guter Ehemann. Und er ist noch jung. Außerdem ist es ja gar nicht gesagt, dass Ihr ihn heiraten werdet. Das sind doch nur Sybils dumme Reden, hört gar nicht auf sie.«

»Ich bitte dich«, schaltete sich Lady Sybil ein. »So unwahrscheinlich ist meine Annahme nun wirklich nicht. De Windsor ist Kastellan von Pembroke Castle für diesen Teufel de Montgomery. Er hält die südwalisischen Burgen für seinen Herrn, und er wird sicher alles dafür tun, um selbst Land dort zu erhalten. Mit Lady Nesta könnte er in Südwales Fuß fassen. Nein, ich bin sicher, de Windsor und de Montgomery verhandeln bereits.«

Nesta wurde immer elender zumute, und sie spürte, wie ihr Tränen in die Augen stiegen. Ihre Heimat sollte an einen Mann wie Gerald de Windsor gehen? Es war schwer genug hinzunehmen, dass Arnulf de Montgomery Lord über weitreichende Gebiete von Deheubarth war, aber nun auch noch den Rest an Gerald de Windsor zu verlieren war zu viel.

Schwankend stand sie auf, sie musste weg von diesem Gerede. Sofort eilte ein Knappe zu ihr und bot ihr seine Hand. Einen Moment lang wurde ihr schwarz vor Augen, und alles um sie herum drehte sich, doch dann fand sie ihr Gleichgewicht wieder.

»Wohin geht Ihr?«, wollte Lady Ansfride wissen, woraufhin Nesta zum Waldrand deutete.

»Ich vertrete mir nur etwas die Beine.« Sie wartete auf keine Antwort und setzte sich in Bewegung. Der Zauber des Tages schien verflogen. Sie hörte noch Lady Ansfride, die den anderen Damen unsensibles Verhalten und ein vorlautes Mundwerk vorwarf, ehe sie die Gruppe hinter sich ließ.

Sie hatte die Lichtung beinahe überquert und die dichtstehenden Bäume erreicht, als plötzlich Reiter aus dem Dickicht brachen.

Nesta erstarrte, sie sah die schweren Tiere direkt auf sich zukommen, die gewaltigen Hufe, die auf die Erde stampften, und konnte sich nicht bewegen. Sie hörte einen Warnruf, doch die Reiter waren zu nah. Aus den Augenwinkeln erkannte sie, wie einer der Knappen auf sie zulief, er streckte die Hand nach ihr aus, und da scheute plötzlich eines der Pferde vor ihm. Nesta fühlte, wie er sie zur Seite zerrte, und kniff die Augen zusammen, sie spürte den Windstoß der anderen vorbeipreschenden Tiere. Ihre Knie begannen zu zittern, Übelkeit stieg in ihr hoch, und ein Rauschen ertönte in ihren Ohren, als alles um sie herum in Dunkelheit versank.

Im nächsten Moment sah sie die Gesichter von Männern und Frauen, die sich über sie beugten und alle durcheinanderredeten. Jemand legte ihr einen nassen Lappen auf die Stirn, doch Nesta konnte sich nicht rühren.

»Wie geht es Euch, Mylady Nesta?« Das war Walter Tyrell. Er hatte eine blutige Schramme an der Schläfe. Eine seiner hellen Augenbrauen hatte sich rot verfärbt, die goldenen Haarsträhnen, die in sein Gesicht gefallen waren, klebten zusammen. Ein Knappe versuchte ständig sein Blut abzutupfen, aber der Ritter scheuchte ihn ungeduldig fort.

Hinter seiner Schulter erkannte Nesta den König, der aufrecht und mit vor der Brust verschränkten Armen dastand und auf sie hinabblickte. Neben ihm war Arnulf de Montgomery. Sie konnte sein Gesicht kaum erkennen, da die Sonne in seinem Rücken stand, aber Nesta spürte förmlich, wie er vor Wut kochte.

»Setzt sie auf«, sagte Lady Ansfride. »Nun macht schon. Sie muss etwas trinken.«

Jemand berührte sie an den Schultern und zog sie behutsam hoch. Dann lag plötzlich einer der wertvollen Kelche an ihren

Lippen, und Nesta verzog das Gesicht, da es erneut der süße Wein war, von dem ihr mittlerweile schon allein durch den Geruch übel wurde.

»Ist sie verletzt?«, wollte der König wissen, auch wenn er nicht so klang, als sorgte er sich um ihr Wohlbefinden. Es hörte sich eher so an, als erkundigte er sich nach Beschädigungen seines Eigentums.

»Sie war lediglich ohnmächtig, Eure Hoheit«, sagte Lady Sybil mit ungewohnt zitternder Stimme. »Kein Kratzer.«

»Was hatte sie überhaupt so weit von Euch entfernt verloren?«, verlangte Walter Tyrell zu wissen und fasste an seine Kopfwunde. Er betrachtete das Blut an seinen Fingern und wischte es an seinem Umhang ab. »Ihr wisst doch, wie gefährlich es in den Wäldern sein kann.«

»Eine wie sie gehört an die Leine«, ließ sich Arnulf de Montgomery vernehmen. »Ich hab's ja von Anfang an gesagt. Den Hals hätte er sich brechen können.«

Walter Tyrell erhob sich. »So schlimm war es nicht. Mehr als mein Stolz wurde nicht verletzt.« Er nahm den nassen Lappen von Lady Ansfride entgegen und wischte sein Gesicht ab, während Nesta immer verwirrter wurde.

»Was ist geschehen?«, fragte sie, aber der König unterbrach sie.

»Wo ist der Bursche?«, knurrte er, ehe ihr jemand antworten konnte. »Na, wo ist er?!«

Da trat Henry de Normandie vor, seine Hand lag auf der Schulter eines Knappen. Die Augen des Jungen waren starr vor Schreck, sein Antlitz war so weiß wie ein Tuch. Er mochte fünfzehn oder sechzehn Jahre alt sein, aber im Moment wirkte er ängstlich wie ein Kind. Das kinnlange Haar in der Farbe von Kastanien hing ihm ins Gesicht und unterstrich seine Blässe noch.

»Ein Dutzend Peitschenhiebe sollten genügen«, meinte der König und starrte diesen unschuldigen Jungen hasserfüllt an. »Sir Walter Tyrell hätte seinetwegen sterben können.«

Nesta schnappte nach Luft. Sie wollte etwas sagen, doch sie wusste, der König würde es ihr nicht danken, wenn sie ihm widersprach. Stattdessen trat Walter Tyrell auf ihn zu. »Mir ist nichts geschehen«, sagte er leise. »Eure Hoheit, es war nur ein Unfall.«

Der König fuhr zu ihm herum. »Ein Unfall, der ernsthafte Folgen hätte nach sich ziehen können!« Er starrte seinem Ritter in die Augen. »Der Junge muss bestraft werden.«

»William«, flüsterte Tyrell. Nesta konnte ihn nur hören, weil er direkt über ihr sprach. »Ich bitte dich …« Doch der König hob abrupt seinen Kopf und drehte sich um. »Ich sagte, ein Dutzend Peitschenhiebe.«

Nesta sah, wie Anskill of Seacourt – Ansfrides Gemahl – die Hand auf Walter Tyrells Schulter legte, sie sah, wie der König mit seinem roten Gesicht dastand und sich wie ein beleidigtes Kind benahm, und wie Henry de Normandie dem Knappen etwas ins Ohr flüsterte, das wie Trost wirkte.

Nesta verstand gar nichts. »Was ist geschehen?«, fragte sie leise an Lady Ansfride gewandt, die ihren Blick von Walter Tyrell und ihrem Gemahl Anskill losriss.

»Das Pferd von Walter Tyrell hat wegen des Jungen gescheut«, erzählte sie. »Tyrell ist aus dem Sattel geflogen, und es hätte wer weiß wie enden können.«

»Aber es war doch nicht der Junge!«

Alle Köpfe drehten sich zu ihr, und Nesta spürte plötzlich ihren Herzschlag im Hals pochen. »Ich meine …« Ihre Stimme brach, als der Blick aus den verschiedenfarbigen Augen des Königs sie traf, die in dessen rotwangigem Gesicht funkelten. »Es war meine Schuld«, flüsterte sie. »Ich war unvorsichtig. Der Junge hat mich vor den Pferden gerettet.«

»Und hätte dabei beinahe einen der Ritter Seiner Hoheit getötet«, fuhr Arnulf de Montgomery sie an. »Sei still, du dummes Ding, ehe dir dasselbe Schicksal blüht.«

»Mit einem zerfetzten Rücken wird sie sich schlecht verheiraten lassen«, meinte Walter Tyrell und blickte dem König aufmerksam ins Gesicht, der nachzudenken schien. Überlegte er, welche Strafe er ihr auferlegen konnte, die sie äußerlich unversehrt ließ?

Er hatte keine Gelegenheit eine Lösung zu finden, denn Henry de Normandie trat vor. »Das ist Euer Junge, Sir Walter«, wandte er sich an den Ritter. »Ihr habt den König gehört: Ein Dutzend Hiebe. Macht es gleich, dann liegt diese unsägliche Angelegenheit hinter uns.«

»Aber …« Nesta konnte nicht glauben, was da geschah. Solche Ungerechtigkeit hätte sie niemals von Henry de Normandie erwartet. Flehend sah sie ihn an. Er erwiderte ihren Blick und schüttelte beinahe unmerklich warnend den Kopf. Nesta verstand, dass er nichts tun konnte und mit seinem Einwand hatte verhindern wollen, dass auch sie bestraft wurde.

Der Knappe wurde zu den Bäumen geführt, wo er sich festhalten konnte. Nesta schloss die Augen und zuckte bei jedem Schnalzen der Peitsche und bei jedem Schrei des Jungen zusammen. Nie zuvor hatte sie solche Schuldgefühle gehabt. Als es vorbei war, blickte sie in die Gesichter der Gesellschaft. Der König schien verzückt, genauso wie de Montgomery. Walter Tyrells Miene war schwer zu deuten, er starrte den König an und schüttelte andauernd den Kopf. Kaum verhohlene Enttäuschung lag in seinem Blick. Seine Hand, deren Finger sich immer noch um die Peitsche schlossen, zitterte. Anskill of Seacourt ging auf ihn zu, klopfte ihm freundschaftlich auf den Rücken und murmelte etwas. Auch Ansfride trat zu ihnen und sprach leise Worte. Henry de Normandie wirkte angewidert, als er dem Knappen sein Hemd reichte. Zumindest daran konnte sie sich festhalten. Er war nicht wie sein Bruder. Er war besser.

Der restliche Tag verlief weniger fröhlich, obwohl sich alle große Mühe gaben, so zu tun, als wäre nichts geschehen. Die Falken bekamen noch eine Gelegenheit aufzusteigen und jene Vögel zu erlegen, die die Hunde aus dem Dickicht trieben. Aber

Nesta konnte sich nicht mehr dafür begeistern. Sie sah lediglich die steil herabstoßenden Raubvögel, die ihre Krallen in die viel kleineren und zarteren Vögel stießen, und sie meinte, mit dem König einen solchen Raubvogel vor sich zu haben.

Ein Schleier schien sich von ihren Augen gelöst zu haben, denn als sie auf dem Rückweg zur Burg bei ein paar Gehöften vorbeikamen, bemerkte Nesta zum ersten Mal, dass die Katen verlassen waren. Niemand zeigte sich, um die prächtige Prozession zu betrachten oder dem König zuzujubeln. Es war alles still. Auch als sie durch die Stadt ritten, wurde ihnen schweigend und mit gesenkten Köpfen ausgewichen. Junge Mädchen wurden von ihren Eltern gepackt und in die Häuser gezerrt, wütendes Raunen erfüllte die Luft. Die Augen der Engländer waren voller Hass.

Nesta wagte es nicht, die anderen Damen darauf anzusprechen, denn sie meinte, dass sie für diesen Tag schon ausreichend Ärger verursacht hatte. Sie konnte nur hoffen, dass Madame de Mabile nichts davon erfuhr. Ihr Kleid war zwar etwas schmutzig, aber zumindest nicht beschädigt.

Das gemeinsame Mahl war ebenso üppig wie am Tag zuvor. Es gab Wildbret und auf verschiedenste Weisen zubereitetes Geflügel. Doch auch an diesem Abend brachte Nesta kaum einen Bissen hinunter. Sie ließ den Wein ausreichend verdünnen und entschuldigte sich, lange bevor die anderen Frauen die Halle verließen. Sie wäre müde von der Jagd, sagte sie, doch in Wirklichkeit ging sie in die Küche und besorgte sich einen großen Krug Wein. Mit dem ging sie hinunter in den Hof und weiter zu den Ställen. Sie hatte von den Pagen erfahren, dass sie den verletzten Knappen auf dem Heuboden finden würde.

Ein paar andere Jungen waren bei ihm und unterhielten sich flüsternd mit ihm. Als sie Nesta entdeckten, verstummten sie sofort.

»Entschuldigt«, sagte sie und blieb nahe der steilen Leiter in der Dunkelheit stehen. Lediglich ein kleines, dreieckiges Fenster ließ das fahle Abendlicht herein. »Ich wollte nur nach Richard sehen.«

Die Knappen erhoben sich von ihren Strohsäcken und blickten ihr misstrauisch entgegen. Richard lag auf seinem Lager auf dem Bauch und versuchte stöhnend sich aufzurichten. »Mylady«, keuchte er überrascht.

»Nicht doch!« Nesta lief auf ihn zu, doch da saß er schon aufrecht und blickte zu ihr hoch. Erleichtert bemerkte sie, dass sich schon jemand um seine Wunden gekümmert hatte, denn der Knappe trug einen Verband. Er war der Sohn eines hohen Herrn und wurde am Königshof zum Ritter ausgebildet. So schien er wenigstens wertvoll genug, um ihn nicht unbehandelt zu lassen. Der Wein wurde also nicht mehr benötigt – nicht, um die Wunden auszuwaschen.

»Hier«, sagte sie und reichte dem Jungen den Krug. Der Knappe nahm ihn entgegen und trank ein paar Schlucke.

»Danke, Mylady«, keuchte er dann und gab ihn an seine Freunde weiter. Nesta kniete sich neben ihn. »Bitte vergib mir«, flüsterte sie und spürte, wie beim Anblick des Verbands um den hageren Körper erneute Wut auf den König in ihr hochkochte. »Du wurdest für meine Leichtsinnigkeit bestraft. Ich hätte etwas tun müssen, es war meine Strafe, ich …«

Die Knappen neben ihr scharrten unruhig mit den Füßen durch das Stroh und räusperten sich; Richards Wangen glühten, was selbst im diffusen Zwielicht zu erkennen war. »Mylady«, sagte er und fuhr sich mit der Hand durch das halblange Haar. »Ich hätte jede Strafe für Euch auf mich genommen.«

»Ja, Mylady«, sagte da ein anderer. »Es war nicht Eure Schuld.«

»Der König hätte schon einen Grund gefunden, um sich Unterhaltung zu verschaffen. Grämt Euch nicht.«

»Simon!«, sagte ein anderer erschrocken zu dem Ältesten der

Runde. Doch der schüttelte nur den Kopf. »Ich sage, wie es ist. Der König tut, was er will, und wenn es dann noch jemand wagt, seinem teuersten Walter Tyrell ein Haar zu krümmen …«

»Großer Gott, Simon!«

Nesta blickte überrascht in die Runde. Sie hatte nicht erwartet, dass auch des Königs Gefolge so schlecht von ihm dachte. Doch da riss Richard sie aus ihren Gedanken. »Ich weiß, dass Ihr aus Wales stammt«, ergriff er das Wort. »Ich glaube, das ist ein wunderbares Land.«

Nesta hob die Augenbrauen. »Wie kommst du darauf?«

Der Junge räusperte sich, und die Röte erreichte seine Ohren. »Naja …« Er blickte auf seine Hände hinab. »*Ihr* stammt von da.«

Jetzt begannen auch Nestas Wangen zu glühen, aber gleichzeitig fühlte sie sich ob der überraschenden Freundlichkeit dieser fast gleichaltrigen normannischen Jungen wieder lebendig. Ohne nachzudenken, lehnte sie sich vor und schlug Richard lachend mit der Faust gegen den Oberarm, wie sie es mit Gruffydd früher getan hatte, wenn der sie geärgert hatte. Richard blickte sie verdutzt an, fing dann aber ebenfalls an zu lachen. Auch hinter ihr brach Gelächter und Kichern aus.

Sie wollte gerade aufstehen, als wütende Schritte von unten her erklangen, und gleich darauf jemand die Leiter hochkam.

Nesta riss die Augen auf, als die Umrisse von Madame de Mabiles hagerer Gestalt auf dem Heuboden erschienen.

»Wusste ich's doch!« Sie kam auf die Beine und stürmte auf die kleine Gruppe zu. Die Knappen wichen alle ein Stück zurück. »Bist du noch bei Sinnen?« Sie packte Nestas Oberarm und zerrte sie hoch. »Ganz allein auf dem Heuboden mit einer Handvoll Halbwüchsiger, deren Verstand zwischen den Beinen sitzt!«

»Madame!« Nesta schlug erschrocken die Hand vor den Mund. Schnell sah sie zu den Knappen, um zu sehen, ob sie beleidigt waren, aber die Jungen standen alle mit gesenkten Köpfen da und starrten auf ihre Füße.

»Himmelherrgott, Nesta, du bist dreizehn Jahre alt und benimmst dich wie fünf!« Sie zerrte Nesta zur Leiter.

»Es tut mir leid!«, rief Nesta noch schnell den Jungen zu, ehe sie von Madame de Mabile zur Einstiegsluke geschubst wurde. Mit dem Gezeter der Haushälterin in den Ohren, kletterte sie hinab in den Stall.

»Und wenn dich jemand gesehen hätte?«, echauffierte sich Madame de Mabile, »dein Ruf wäre dahin!«

»Aber das sind doch nur Jungen.«

»Jungen?!« Madame de Mabile blieb abrupt stehen. Die Pferde neben ihr streckten neugierig die Köpfe aus ihren Boxen, um zu sehen, was die Unruhe zu dieser Tageszeit sollte. »Das sind schon lange keine Jungen mehr, die geben längst ihre wenigen Pennys für ein paar billige Dirnen aus der Stadt aus. Aber das müssen sie ja nicht mehr, denn ein hübsches Mädchen von königlichem Geblüt spaziert einfach auf den Heuboden, um sich zu ihnen zu legen!«

»Ich habe doch nur nach Richard gesehen, Madame. Er ist verletzt und …«

»Richard FitzGilbert de Clare! Wenn er nach seinem Vater kommt, ist er hinter jedem Weiberrock her.«

»Ihr tut ihm Unrecht, Madame. Er ist doch …«

»Wann lernst du endlich, mir nicht zu widersprechen?« Madame de Mabile hob die Hand, um Nesta zu schlagen, aber ein Schrei ließ sie beide zusammenzucken. Nesta hielt den Atem an und lauschte. Sie konnte das Gelächter von Männern über dem leisen Schnauben der Pferde hören und das Wimmern einer Frau. Sie wusste sofort, was das bedeutete, also raffte sie ihre Röcke und stürmte aus dem Stall hinaus in den ausgestorbenen Hof.

»Wo, bei den Gebeinen unseres Herrn, willst du hin?« Madame de Mabile hielt sie am Arm fest.

»Wir müssen ihr helfen!«

»Und das willst *du* in die Hand nehmen? Bist du denn wahnsinnig geworden? Das sind die Ritter des Königs! Du kannst sie nicht aufhalten, sie machen, was ihnen gefällt. Und wenn du jetzt nicht sofort in deine Kammer gehst, wie du es versprochen hast, wirst du die Nächste sein, hast du verstanden?«

Nesta versuchte sich loszureißen, doch der Griff der Haushälterin war zu stark. Für eine derart ausgemergelte Gestalt besaß sie ein enormes Ausmaß an Kraft. Nesta spürte, wie Entsetzen in ihr hochkroch. Sofort blitzten Bilder von Arnulf de Montgomerys Männern vor ihrem geistigen Auge auf. Bilder von ihrer Mutter. Und dann erkannte sie die Stimme der Frau. Es war Æthel. In angelsächsischer und französischer Sprache verwünschte sie ihre Angreifer.

»Gütiger Gott, Madame, wir können doch nicht untätig hier herumstehen!«

»Verschwinde jetzt, Kind! Ich bin für dich verantwortlich, und du wirst dich nicht von diesen Hurenböcken entehrt sehen! Nicht unter meiner Obhut.« Plötzlich lockerte sich der Griff der Frau. »Ich werde sie schon lehren, was es heißt, sich an einer meiner Mägde zu vergreifen.« Sie schob Nesta von sich und wies zur Halle. »Aber das werde ich alleine tun, verstehst du mich? Verschwinde jetzt, und verhalte dich ruhig, ehe du anderen dahergelaufenen Soldaten in die Hände fällst. Höre nur dies eine Mal auf mich.«

»Aber …« Nesta konnte sich nicht rühren und starrte Madame de Mabile hinterher, die mit energischen Schritten den Stall umrundete. All die Pracht des Königs und seines farbenfrohen Gefolges schien nun endgültig seinen Glanz verloren zu haben. Bei Licht betrachtet waren es auch nur Freinc, so wie jene, die ihr Heim zerstört hatten.

Was sollte sie jetzt tun? Madame de Mabile konnte unmöglich allein gegen mehrere Ritter bestehen, aber ihre Anweisungen waren klar gewesen. Nesta verstand, dass sie ihr nicht helfen konnte. Allein war es unmöglich, irgendetwas auszurichten. Sie musste

Hilfe holen. Irgendwo musste doch Eadric, der Stallbursche, sein oder eine Wache. Es gab hier doch sicherlich noch Männer mit einem Funken Ehre im Leib.

Fest entschlossen, Unterstützung zu finden, drehte sie sich um und sah sich plötzlich Henry de Normandie gegenüber.

»Mylady Nesta.« Er lächelte freundlich und verneigte sich formvollendet. »Welch Freude, Euch hier anzutreffen.«

»Mylord ...« Nesta war zu erstaunt, um sich an Höflichkeiten zu erinnern. Sie sah zwischen dem Bruder des Königs und dem Stall hin und her und überlegte, ob sie es wagen durfte, ihn um Hilfe zu bitten. Konnte sie ihm denn wirklich vertrauen? Oder täuschte sie sich auch in ihm?

»Mylady.« Henry trat näher an sie heran und blickte ihr mit zusammengezogenen Augenbrauen ins Gesicht. »Was ist ...« In diesem Moment wurden die erhobenen Stimmen hinter dem Stall deutlicher, und Madame de Mabiles wüstes Schimpfen drang in den Hof. Henry hob den Kopf und blickte über sie hinweg. »Was geht da vor?«

»Mylord ...« Nesta versuchte ihren rasenden Herzschlag zu beruhigen und Worte zu formen. »Es ist Æthel, eine Magd. Sie ... die Ritter ... Madame de Mabile ...«

Henry blickte zu ihr hinab, und seine Miene verdüsterte sich. »Bleibt hier«, wies er sie tonlos an, umfasste mit der Linken seinen Schwertknauf und eilte, ohne sich nach ihr umzusehen, in Richtung Stall davon.

Nesta stand einen Moment lang da wie festgefroren, doch dann lief sie ihm hinterher. Sie konnte nicht einfach zurückbleiben, ohne zu wissen, was vor sich ging, auch wenn dies bedeutete, Henrys Befehl zu missachten.

»Elende Hurensöhne!«, vernahm sie Madame de Mabiles wildes Schreien, als sie sich an Henrys Fersen heftete. »Dafür werde ich euch scheibchenweise kastrieren!«

»Gib Ruh, Alte, und verschwinde endlich.«

Nesta lief um den Stall herum und entdeckte drei Soldaten in farbenfrohen, aber mehrfach geflickten Gewändern, die Æthel in einer mit Stroh gefüllten Nische festhielten. Einer von ihnen kniete neben der Magd und hielt sie nieder, während die beiden anderen aufrecht standen und Madame de Mabile mit wütenden Blicken durchbohrten. Die Haushälterin stand vor ihnen und gestikulierte heftig.

»Lass sie sofort los, du einfältiger Tropf, wenn du dich nicht von einem dir wertvollen Körperteil verabschieden willst!«

Henry de Normandie kam neben Madame de Mabile zum Stehen, während sich Nesta gegen die Wand der Nische presste, um keine Aufmerksamkeit zu erregen.

»Was hat das zu bedeuten?«, fragte er in tödlicher Ruhe und ließ seinen Blick zwischen Æthel und den Soldaten hin und her schweifen. Die Magd versuchte mit einer Hand ihr zerrissenes Kleid über ihrer Brust zusammenzuhalten, während der Soldat immer noch ihren Arm umklammerte.

»Na, das kann ich Euch sagen, Mylord«, fauchte Madame de Mabile mit mehr als nur einem Hauch von Vorwurf in der Stimme. »Diese Nichtsnutze haben eins meiner Mädchen angegriffen. Seht selbst. Seht nur!«

Henry seufzte schwer und fuhr sich mit der Hand über die Stirn. Dann winkte er dem Soldaten im Stroh. »Lass sie los.«

»Aber Mylord! Sie ist doch nur eine Angelsächsin!«

Ein wutentbrannter Blick aus den goldgesprenkelten Augen traf den Mann, woraufhin er sofort seine Hände von Æthel nahm. Die Magd richtete sich auf und kam torkelnd auf die Beine. Ohne sich umzusehen, lief sie auf Madame de Mabile zu, die den Arm um ihre Schultern legte und sie an ihre magere Brust zog.

»Wer sind eure Herren?«, verlangte Henry zu wissen, woraufhin die Männer beklommene Blicke tauschten.

»Sie ist doch nur …«, begann auch einer der anderen, doch Henry schnitt ihm das Wort ab.

»Wer sind eure Herren!«, wiederholte er so scharf, dass Nesta unwillkürlich zusammenzuckte. Sogar Madame de Mabile sah mit verblüffter Miene zum Bruder des Königs hoch.

»Lasst mich besser nicht warten«, meinte dieser drohend.

Die Männer blickten zu Boden und murmelten normannische Namen, die Nesta noch nie zuvor gehört hatte. Ihr waren die zornigen Augen der Soldaten aber nicht verborgen geblieben.

»Ihr seid eine Schande für jeden ehrenhaften Ritter«, knurrte Henry und trat zur Seite, um den Soldaten Platz zu machen. »Verschwindet. Und kommt ihr auch nur auf die Idee, irgendeiner Frau gegen ihren Willen zu nahe zu kommen, dann mache ich persönlich die Drohung dieser Dame hier wahr. Und jetzt trollt euch.«

Die Männer gingen mit einem geknurrten »Mylord« an Henry vorbei, der ihnen auswich, als hätten sie eine ansteckende Krankheit. Dann wandte er sich an Madame de Mabile, die der schluchzenden Æthel über den Kopf strich.

»Kam ich zu spät?«, fragte er mit ehrlicher Sorge in der Stimme, doch Madame de Mabile schüttelte den Kopf.

»Gerade zur rechten Zeit, Mylord«, sagte sie kühl und wandte sich ohne ein weiteres Wort ab. Sie schickte sich an in Richtung Küche zu gehen, doch offenbar hatte sie Nesta im Schatten bemerkt, denn sie blieb noch einmal stehen und blickte über die Schulter zurück. »Glaube nicht, dass ich nicht weiß, dass du mir nicht gehorcht hast. Du hättest nicht herkommen dürfen.«

Nesta presste sich noch fester gegen die Wand. »Aber ich musste doch …«

»Drück dich da nicht herum, und komm endlich. Du hast hier draußen nichts mehr verloren.«

Nesta schloss einen Moment lang die Augen und ergab sich schließlich ihrem Schicksal. Sie richtete sich auf, um der Haushälterin zu folgen, als Henry ihr plötzlich den Weg vertrat.

Erstaunt blickte sie hoch und wurde sich erst jetzt darüber

gewahr, dass er – ein Freinc – tatsächlich für Æthel eingestanden war. Die Aufregung dieser Schrecken und der geglückten Rettung saß immer noch tief in ihr. Es fiel ihr schwer zu glauben, dass dieser Mann einer einfachen Magd zu Hilfe geeilt war. Wie der Held aus alten Sagen, die die Barden abends am Feuer sangen, hatte er die Schurken in die Flucht getrieben. Er hatte Æthel vor dieser fürchterlichen Schande bewahrt, und das würde Nesta nie vergessen. So schlecht sie auch von den Normannen dachte, Henry schien anders zu sein. Ihre Mutter hatte sie gelehrt, dass jede Person nach ihren Taten beurteilt werden musste. »Du bist schlau, du wirst die Menschen schon richtig einschätzen«, erinnerte sie sich an ihre Worte. Und Nesta schätzte Henry de Normandie als ehrenwerten Mann ein.

»Mylady …« Henry lächelte und wollte etwas hinzufügen, als plötzlich Madame de Mabile neben ihm stand. Sie hielt Æthel nun an der Hand, die sich etwas beruhigt zu haben schien und zumindest nicht mehr weinte.

»Mylord, wenn Ihr uns entschuldigen wollt …« Sie winkte den überraschten Bruder des Königs fort, als wäre er eine lästige Fliege, und warf Nesta einen durchdringenden Blick zu. Doch Henry machte keine Anstalten, zur Seite zu treten.

»Erlaubt mir, euch zurückzubegleiten, um sicherzugehen, dass ihr wohlauf im Turm eintrefft.« Er wies auf Æthel und blickte dann bedeutungsschwer in Nesta's Richtung.

Madame de Mabile sah aus, als hätte sie Essig getrunken, doch sie nickte und machte sich auf den Weg. Nesta folgte ihr, und auch Henry ging neben ihnen her. Schweigend schritten sie über den Hof, und schließlich erreichten sie das Küchenhaus, wo Æthel bereits von den anderen Mägden in Empfang genommen wurde. Madame de Mabile wollte auch Nesta in die verrauchte Wärme ziehen, doch da meldete sich Henry plötzlich zu Wort.

»Ich dachte gerade«, sagte er im Plauderton und blickte zu den rot beleuchteten Wolken im Westen, die sich beängstigend schnell ausbreiteten. »Es ist ein so wunderbarer Abend, und die Luft ist nach der verrauchten Halle herrlich klar. Ich glaube, ich werde einen Spaziergang machen.«

Madame de Mabile wandte sich ihm wieder zu und funkelte ihn an. »Dabei wünsche ich Euch viel Vergnügen, Mylord«, presste sie hervor. Sie zerrte an Nestas Arm, aber Henry stellte sich wie zufällig vor die Küchentür.

»Mylady Nesta«, sagte er, und seine Augen blitzten. »Würdet Ihr mir die Ehre erweisen, mich zu begleiten? Zu zweit lässt sich die frische Luft viel besser genießen.«

Nesta glaubte ihr Herz tiefer rutschen zu spüren. »I … Ich …«, stotterte sie und rieb nervös die Finger aneinander. »Ich …«

»Nur ein winziges Stück.« Er lächelte zu ihr hinab, wodurch Nestas Knie ganz schwach wurden. Der Bruder des Königs lud sie tatsächlich zu einem Spaziergang ein.

»Mylord!«, platzte da Madame de Mabile in ihre Gedanken. »Ihr könnt doch unmöglich erwarten, dass ein junges Mädchen *allein* mit einem *Mann* spazieren geht. Lady Nesta ist von untadeliger Tugend und ebenso keusch, wie sie schön ist.«

»Das freut mich zu hören«, erwiderte er, ohne den Blick von Nesta zu nehmen. Dann wandte er sich an Madame de Mabile. »Es freut mich zu hören, dass Lady Nesta in Euch eine solch eifrige Bewahrerin ihrer Tugend findet. Ihr dürft uns gerne begleiten, Madame de Mabile.«

Nesta warf der Haushälterin einen flehenden Blick zu, die sich tatsächlich erweichen ließ. »Ich sollte mich um Æthel kümmern, aber die ist jetzt wohl gut aufgehoben.« Sie durchbohrte Henry de Normandie mit einem Blick, der ganze Armeen in die Flucht schlagen könnte. »Ich lasse Euch keinen Moment aus den Augen«, sagte sie und trat zur Seite.

Henry lächelte. »Mylady.« Er wies zur Kapelle, hinter der sich eine kleine Grünfläche mit hübschen Rosen befand. Mit zitternden Beinen setzte Nesta sich in Bewegung, und sie war erleichtert, als sie bemerkte, dass Madame de Mabile ein paar Schritte zurückblieb. Henrys Gegenwart war überdeutlich zu spüren. Er ging neben ihr her, und seine ruhige Energie schien die Luft zu erfüllen. Aus den Augenwinkeln bemerkte sie, wie hochgewachsen er tatsächlich war. Seine schlanke Gestalt ragte gleich einem Turm neben ihr auf, und trotz ihrer Nervosität, mit ihm allein zu sein, fühlte sie sich sicher.

»Ich dachte, Ihr könntet etwas frische Luft gebrauchen«, brach Henry mit seiner sanften Stimme das Schweigen, als sie über den Hof schritten. »Nach alldem, was geschehen ist …« Er schwieg einen Moment lang, ehe er fortfuhr: »Ich hätte nicht erwartet, Euch hier zu treffen. Die Jagd muss Euch doch ermüdet haben.«

»Ich wollte …« Sie verstummte abrupt, als ihr einfiel, wie Madame de Mabile auf ihren Besuch bei den Knappen reagiert hatte.

»Was wolltet Ihr?« Er blieb stehen und sah Nesta auffordernd und leicht belustigt an. Fieberhaft dachte sie nach, doch unter dem eindringlichen Blick seiner Augen wollte ihr einfach keine andere plausible Geschichte in den Sinn kommen.

»Ich wollte nach Richard de Clare sehen – dem Knappen, der wegen mir ausgepeitscht wurde.«

»Ich verstehe.« Seufzend strich er mit Daumen und Zeigefinger über seinen Oberlippenbart. »Es tut mir leid, dass dies vor Euren Augen geschehen musste, Lady Nesta. Mein Bruder hat zuweilen eine sonderbare Vorstellung von Gerechtigkeit.«

Nesta wandte den Blick ab, da sie fürchtete, Henry könne ihr ihre Gefühle für den König vom Gesicht ablesen. Langsam ging sie weiter und versuchte die Dinge, die sie heute erlebt hatte, zu verdrängen – das Gespräch mit den Damen, das sich um eine bevorstehende Hochzeit gedreht hatte, den Unfall von Walter Tyrell und die Auspeitschung des Knappen, das befremdliche Verhalten der Dörfler und Stadtbewohner, und den Angriff auf Æthel.

»Ihr scheint verstört, Mylady.«

Nesta spürte seinen Blick auf sich ruhen und wagte es immer noch nicht aufzublicken. »Die letzten Tage brachten Erinnerungen mit sich. Erinnerungen, die ich lieber begraben lassen hätte.«

Einen Moment lang war es still, ehe Henry antwortete: »Ich wünschte, Ihr müsstet nicht sehen, auf welche Weise mein Bruder sein Land regiert. Er hat die Krone Englands von unserem Vater geerbt, während mein älterer Bruder Robert die Normandie zugesprochen bekam. Aber William geht es weniger um England als um die Krone an sich.« Henry zögerte kurz. »So Gott will, werde ich eines Tages König sein. William hat keinen Erben«, erklärte er, »mein ältester Bruder Robert ist ebenfalls ohne legitime Kinder und außerdem auf dem Kreuzzug. Unter mir können sich die Länder Englands und der Normandie vereinen. Was ich Euch damit erklären will«, sagte er sanft. »Wenn ich eines Tages König bin, wird sich vieles ändern, Nesta. Die Ungerechtigkeit und Willkür wird aufhören. William bringt seinem Volk nur wenig Achtung entgegen, genauso wie Vater damals. Er ist Normanne und fühlt keine Verbundenheit zu den Menschen hier.«

Nun sah Nesta doch hoch. Diese verblüffend offenen Worte beeindruckten sie und machten sie sprachlos.

»Ich habe zu frei gesprochen, Mylady, vergebt mir.« Er schien ihren Blick falsch zu deuten und schüttelte den Kopf. »Mein Bruder ist der König, und es steht mir nicht zu, ihn zu kritisieren.«

Nesta verbot sich den Kommentar, dass er gerade vor ihr keinen Respekt vor dem König heucheln musste.

»Fühlt *Ihr* Euch denn diesen Menschen verbunden?«, fragte sie stattdessen. »Den Engländern?«

Henry sah sie ernst an. »Gewiss. Ich bin in England geboren und aufgewachsen, lernte die Sprache und die Geschichte der Engländer. Mein Bruder versteht nur wenig von seinem Volk, aber Ihr müsst wissen, dass ich als viertgeborener Sohn für eine klerikale Laufbahn vorgesehen war. Erst später kam mein Vater davon ab. Ich habe also eine umfangreiche Ausbildung genossen, was die Geschichte dieses Landes angeht.«

»Ihr wärt bestimmt ein fähiger Bischof geworden.«

Henry riss die dunklen Augen auf, dann lachte er plötzlich laut und hörte gar nicht mehr damit auf. Nesta warf einen erschrockenen Blick zu Madame de Mabile zurück, die sie eindringlich ansah und wieder einmal den Kopf schüttelte.

»Vergebt mir!«, stieß Nesta aus und verfluchte sich für ihre unbedachten Worte. »Das ist mir so herausgerutscht. So etwas passiert mir öfters …«

»Nesta …«

Sie konnte nicht aufhören, sich zu entschuldigen, und so legte er ihr die Hand auf die Schulter. Nesta verstummte sofort. Seine Berührung schien selbst durch den Stoff ihres Umhangs wie ein Blitz durch ihren Körper zu fahren. Hitze stieg in ihr auf.

»Nesta«, sagte er eindringlich. Er lehnte sich ein Stück zu ihr hinab, und sie roch seinen süßen Atem nach Wein. »Mylady, ich bitte Euch. Ihr habt nichts Falsches gesagt. Doch die Vorstellung von mir als Bischof ist einfach zu amüsant. Vergebt mir.«

Nesta brachte ein schwaches Nicken zustande und ließ sich von Henry weiterführen. Hinter der Kapelle blieben sie stehen, und Henry wies auf die gezimmerte Bank unter den Rosen. Der verstorbene Earl of Shrewsbury, Roger de Montgomery, hatte die Blumen kurz vor seinem Tod hier pflanzen lassen, nachdem er sie im Kloster gesehen hatte. Nesta wusste nicht, weshalb er das getan hatte oder ob diese ungewöhnlich sanftmütige Tat einen tieferen Sinn gehabt hatte. Sie wusste auch nicht, warum sie sich ausgerechnet in diesem Moment darüber Gedanken machte.

Sie war froh, Platz nehmen zu können, denn in Henrys unmittelbarer Nähe fühlte sie sich benommen. Sie wusste nicht, was sie sagen sollte oder was sie sagen durfte. Schließlich brachte sie heraus: »Wenn der König dieses Land nicht schätzt, weshalb …« Henry bedeutete ihr mit einer Handbewegung fortzufahren.

»Sprecht nur frei heraus, Mylady. In meiner Gegenwart könnt Ihr sagen, was immer Euch in den Sinn kommt.«

Nesta zögerte einen Moment, ehe sie zu ihm aufsah. »Ich habe mich nur gefragt, weshalb Euer Vater als Normanne ... weshalb er nach England kam und das Land ...« Sie suchte nach den richtigen Worten: überfiel, zerstörte, raubte, ... »für sich beanspruchte.«

Henrys Lippen wurden schmal. Er seufzte. »Ihr denkt, wir sind eine Bande von Barbaren, die von Küste zu Küste zieht, um Leid und Schrecken zu verbreiten.« Er lachte bitter auf. »Das muss wohl an unserem Wikingerblut liegen.«

»Mylord, verzeiht, ich wollte Euch nicht beleidigen.«

»Das habt Ihr nicht, Nesta. Was solltet Ihr sonst denken? Es ist vermutlich das, was jeder Engländer denkt, der die Umstände nicht kennt und damals nicht dabei war. Und auch jene, die wissen, was sich zugetragen hat, wollen die Wahrheit nicht hören.«

»Nun, Mylord, ich bin keine Engländerin. Würdet ...« Nesta zögerte. »Würdet Ihr mir davon erzählen?«

Seine Augenbrauen hoben sich. »Ihr wollt die Geschichte tatsächlich hören? Die meisten Mädchen interessieren sich nicht für Politik.«

»Ich bin schon lange kein Mädchen mehr, Mylord ...« Nur einen Moment darauf wurde sie sich der Bedeutung ihrer Worte bewusst, und ihr ganzes Gesicht begann zu glühen. Gütiger Gott, mach, dass Madame de Mabile das nicht gehört hat.

Henry sah sie mit einem eigentümlichen Lächeln an und ergriff sacht ihr Handgelenk. Seine Finger waren kühl auf ihrer erhitzten Haut.

»Ich werde Euch gerne erklären, weshalb mein Vater die Krone Englands auf seinem Haupt trug, Mylady.« Er gab sich so ungezwungen, als wäre Nestas Fauxpas niemals geschehen, und allmählich beruhigte ihr Herzschlag sich wieder. »Ihr müsst wissen«, sagte er und lehnte sich auf der Bank zurück, »meinem Vater wurde die Krone versprochen – von Edward dem Bekenner selbst. Edward war König der Angelsachsen, hatte aber eine normannische Mutter. Er verbrachte viel Zeit in der Normandie, setzte Normannen in hohe Ämter ein und umgab sich mit ihnen. Er hatte keinen Erben, und so versprach er meinem Vater, dem Herzog der Normandie, die Krone von England.«

»Hatte er denn ein Recht dazu?«

»Nun, er war der König. Die Angelsachsen waren jedenfalls nicht begeistert, einen Normannen als König zu haben, und so krönten sie gleich nach Edwards Tod einen von ihnen. Einen Mann, der meinem Vater die Treue geschworen hatte und mit seiner Krönung zum Eidbrüchigen wurde. Mein Vater nahm sich nur, was sein war. Er stellte eine Armee auf, landete an Englands Küste und schlug mit Gottes Hilfe das Heer des falschen Angelsachsenkönigs – mit der Unterstützung des Papstes, Mylady.«

Nesta schwieg. All die Geschichten der Engländer über den Thronräuber, den Eroberer, den Fremden, den Freinc, der sich König über die Angelsachsen nannte, waren demnach eine Verdrehung der Wahrheit. König William hatte jedes Recht gehabt, dieses Land zu regieren. Er war der Erbe gewesen. Doch das galt nur für England.

»Mylord, Ihr sagtet, ich dürfe frei sprechen, und daher muss ich Euch eine Frage stellen, die mich schon lange quält. Weshalb seid Ihr in meine Heimat eingefallen? Was hat mein Land Euch getan?«

Henrys Ausdruck wurde sanft, Mitgefühl stand in seinen Augen. »Mylady«, seufzte er und legte seine Hand auf die ihrige. Seine Finger waren lang und schlank, es waren die Finger eines Gelehrten, nicht die eines Kriegers. Seine Berührung war leicht und warm. Nie zuvor war sie von einem Mann so sanft wie von Henry berührt worden. Sie kannte lediglich Arnulf de Montgomerys grobe Pranken. »Wales war nicht unser Feind«, sagte er und strich mit dem Daumen über ihren Handrücken, »das müsst Ihr wissen. Doch einige Eurer Fürsten drangen immer wieder über die Grenzen nach England – schon zu König Edwards Zeiten. Sie nutzten die instabile Lage in England aus, plünderten und brandschatzten. Die Angelsachsen rebellierten immer noch gegen meinen Vater und wollten ihn nicht als König akzeptieren. Wir mussten unsere Flanke schützen und gingen gegen die plündernden Waliser vor. Es hätte keinen Krieg geben müssen, aber wir hatten keine andere Wahl. Euer Vater, Mylady, Fürst Rhys Tudor, war nicht unser Gegner, er war unser Verbündeter.«

Nesta riss die Augen auf. »Das kann nicht sein«, flüsterte sie fassungslos, doch Henry nickte.

»Mein Vater sprach auf seiner Pilgerreise nach St. David mit Eurem Vater. Sie trafen eine Übereinkunft. Rhys Tudor huldigte meinem Vater und blieb unter seiner Vorherrschaft weiterhin Fürst von Deheubarth. Wir gingen lediglich gegen die plündernden Waliser im Norden vor. Aber nach Vaters Tod und Rufus' Thronbesteigung …«

»Rufus?«

Henry lachte auf. »Ach, ich vergaß. Ihr lebt ja nicht bei Hofe.« Er fuhr sich mit der Hand über sein Kinn. »Nun, mein königlicher Bruder wird von Kindertagen an Rufus genannt – wegen seines roten Gesichts.«

Nesta unterdrückte ein Lächeln. König Rufus. Das passte. »Ich verstehe.«

»Es war der Letzte Wille meines Vaters, dass Rufus die Krone Englands erhielt. Doch mein Bruder Robert fühlte sich hintergangen, denn er war der ältere und sollte nur das Herzogtum Normandie bekommen. Es gab einige Streitigkeiten, und Rufus musste die Barone auf seine Seite ziehen, um seine Position zu stärken. Also versprach er ihnen Land.« Er sah sie aufmerksam an. »Land in Wales.«

»Er gab ihnen die Erlaubnis, meine Heimat anzugreifen und sich das Land einfach zu nehmen.« Sie ballte die Hände zu Fäusten. »Ich danke Euch für Eure Offenheit, Mylord.«

»Ihr habt mein aufrichtiges Mitgefühl für das, was Euch widerfahren ist. Es war ein schreckliches Unrecht und die unnötige Grausamkeit ... Arnulf de Montgomery wird nicht ohne Grund als des Teufels Sohn bezeichnet. Besonders an den Grenzen und unseren Gebieten in Wales fällt es schwer zu überprüfen, was die Lords treiben. Sie befinden sich außer Reichweite unseres Einflusses.« Er verstummte abrupt und sah ihr eindringlich in die Augen. »Hat man Euch hier Leid zugefügt?«, fragte er dann, und seinem Ausdruck nach zu urteilen, schien er ihr die Antwort vom Gesicht ablesen zu wollen.

»Nein, Mylord«, erwiderte sie zögernd und blickte hoch zum Turm, der ihr Gefängnis war. »Aber nun, da Arnulf de Montgomery Herr über Shrewsbury ist ...«

Henry legte seine Hand auf die ihrige. »Ihr müsst nicht weitersprechen. Ich verstehe, und ich würde Euch gerne helfen.«

»Mylord, ich ...«

»Nein.« Er sah ihr eindringlich in die Augen, und Nesta vergaß, dass sie jemals gelernt hatte, dass dies unzüchtig war. »Auch wenn ich es nicht wiedergutmachen kann, was man Euch und den Euren angetan hat – Ihr müsst nicht hierbleiben. Ihr könnt an den Hof kommen. Der König reist in zwei Tagen ab.«

Nesta rang um Atem. »An den Hof?« Sie bekam keine Luft, konnte nicht denken, während er sie ansah. König Williams Hof war ein furchtbarer Ort, das wusste sie jetzt. Der König war ein grausamer Mann, und ihr wurde ganz flau im Magen, wenn sie daran dachte, von nun an ständig seiner Willkür ausgesetzt zu sein. Aber wie lange wäre es noch in Shrewsbury sicher, wenn de Montgomery hierblieb?

»Ich weiß«, riss Henry sie aus ihren Gedanken. »Die Vorstellung eines Lebens bei Hofe kann beängstigend sein, aber Euch wird nichts geschehen, Mylady, das schwöre ich Euch.«

»Aber Mylord de Montgomery ...«

»Lasst dies meine Sorge sein. Wenn Ihr von hier fortwollt,

sagt nur ein Wort, Mylady, und Ihr werdet diesen Ort verlassen.« Nesta starrte ihn an. Ihr Herz hämmerte wild. Aber für sie gab es nur eine Antwort: »Ja, Mylord. Ich gehe mit Euch.«

Du bist noch dümmer, als ich dachte«, fauchte Madame de Mabile am nächsten Tag, als sie Nesta die Treppe zur Halle hochzerrte. »Henry de Normandie! Was erhoffst du dir davon, ihm schöne Augen zu machen? Der Mann ist doppelt so alt wie du und weiß genau, wie er eine dumme Gans wie dich einfangen kann. Gütiger Herr im Himmel, glaubst du, er hat nicht bemerkt, wie verliebt du ihn ansiehst? Wofür waren all die Stunden der Unterweisung, wenn du alles davonwirfst und den ersten Mann anhimmelst, der seinen Charme versprüht.« Sie fuhr zu Nesta herum. »Und hör auf, so frech zu grinsen!«

Nesta bemühte sich um einen ernsten Ausdruck, aber es gelang ihr nicht. Sie dachte nur noch daran, dass dies wohl das letzte Mal sein würde, dass sie Madame de Mabiles Schimpftiraden über sich ergehen lassen musste. Sie würde von hier fortgehen, weit weg, sie würde frei sein. Arnulf de Montgomery hatte sie vor der Abendmahlzeit zu sich in die Halle befohlen, und so wusste sie, dass die Mühlen zu mahlen begonnen hatten.

Der Saal war bis auf die Bediensteten, die die Tische aufstellten und das Mahl vorbereiteten, verlassen. Einzig Arnulf de Montgomery war anwesend und ging auf dem Podest auf und ab. Seine Miene war noch finsterer als gewohnt, aber Nesta hatte keine Angst mehr vor ihm. Sie würde von hier weggehen. Nicht mehr lange und der König käme mit seinen Männern vom Ausritt zurück, und dann musste Nesta nur noch eine Nacht überstehen, ehe sie diesen Ort und all die Soldaten, die ihr Heim überfallen hatten, verließ.

»Mylord?« Sie deutete einen Knicks an. »Ihr habt nach mir geschickt?«

De Montgomery hielt in seinem wütenden Gang inne und fuhr zu ihr herum. Sein Kiefer spannte sich an, und seine Augen waren wie Dolche, die er ihr entgegenschleuderte. Das plötzliche Lächeln, das um seine Lippen spielte, entstellte sein Antlitz zu einer furchterregenden Grimasse. »Süße Nesta!«, rief er übertrieben freundlich aus. »Wie schön, dich zu sehen.« Seine Miene wurde hart. »Da stehst du, so unschuldig und rein, und siehst mit deinen großen Augen zu mir hoch. Spielst allen vor, du wärst noch ein Kind, ohne Ahnung von der Welt. Wer würde annehmen, was für ein durchtriebenes Stück du bist.«

Nesta schluckte. Sie wusste, es war ratsam, jetzt zu schweigen.

»Wieso sagst du nichts?«, fragte er und ließ sich auf der Tischkante nieder. »Du weißt doch, wovon ich spreche!«

»Nein, Mylord.«

»Nein?« De Montgomery sprang auf. »Du wirst Shrewsbury morgen verlassen«, presste er zwischen zusammengebissenen Zähnen hervor. »Deine Vormundschaft geht an die Krone.« Er lachte auf, voller Boshaftigkeit. »Henry de Normandie hat sich übrigens persönlich als dein Beschützer erklärt.«

Nesta spürte ihr Herz flattern. Es überwog den dumpfen Schmerz der Angst in ihrer Brust. Nichts zählte, all das waren nur Worte, solange sie diesen Ort morgen verließ.

»Erwarte nicht, dass es dir irgendetwas bringt, die Beine für diesen Hurenbock breitzumachen. Du wirst schon sehen, wohin dich das führt. Er wird dich schneller leid sein, als es braucht, einen weiteren seiner Bastarde in die Welt zu setzen. Und dann stehst du mit nichts da, kleine Tudor. Du wirst dich noch zu mir zurückwünschen.«

»Eher wünsche ich mich in die Hölle.«

De Montgomery machte zwei schnelle Schritte auf sie zu. Nesta zuckte vor Schreck zusammen, aber sie wich nicht zurück. De Montgomery war machtlos, das schien selbst er zu begreifen, als er plötzlich innehielt und sie voller Hass ansah. »Ich hätte es wissen müssen!«, rief er aus. »Ich hätte wissen müssen, dass du nicht die arglose Unschuld bist und nur auf den rechten Augenblick wartest, ehe du die Maske abnimmst und dein wahres Antlitz zeigst. Genau wie dein Bruder, der es sich am irischen Hof gutgehen lässt und nur auf die richtige Gelegenheit wartet, sich zu nehmen, was nun mein ist!«

Seine Worte klangen in der Halle nach, und es dauerte eine Weile, bis Nesta ihren Sinn begriff. »Gruffydd lebt?«, fragte sie schließlich ungläubig.

De Montgomery zog die Stirn in Falten und musterte sie argwöhnisch, bevor er grausam lächelte. »Sieh einer an, das wusstest du nicht. Ja, er lebt! Und ich muss dir wohl nicht erklären, dass du ihm gleichgültig bist. Hätte er dir nicht sonst ein Lebenszeichen geschickt? Oder gar versucht, dich zu ihm zu holen? Bestimmt hat er dich längst vergessen.«

Nesta erwiderte seinen Blick – zum ersten Mal ohne Furcht, und einen Moment lang verspürte sie sogar Mitleid für diesen ehrgeizigen Mann. Arnulf de Montgomery hatte seinen Vater gehasst, den viele »den Teufel« nannten, er hatte seinen Bruder, den Earl, gehasst, und er hasste seinen anderen Bruder in der Normandie, der ihm die englischen Ländereien streitig machen konnte. Jetzt versuchte er, denselben Hass in ihr zu schüren und einen Keil zwischen sie und ihren Bruder zu treiben. Doch das würde ihm nicht gelingen. Wenn Gruffydd ihr keine Nachricht geschickt hatte, dann nur, weil es ihm nicht möglich gewesen war. Bei dem Gedanken, dass de Montgomery ihr gerade eine noch glücklichere Nachricht als ihren Abschied von Shrewsbury überbracht hatte, lächelte sie befreit. Ihr Bruder lebte! Und sie würde nie wieder de Montgomerys Willkür ausgesetzt sein. Eine Last fiel von Nestas Schultern, und jedes Mitleid verflog. Sie wandte sich ab und ließ ohne ein weiteres Wort die Kälte seiner Augen und der Halle hinter sich.

»Vergiss nicht, was ich dir gesagt habe!« Madame de Mabile fuchtelte mit ihrem Finger vor Nestas Gesicht herum, aber ihre strenge Miene büßte durch die glänzenden Augen etwas an Glaubwürdigkeit ein. »Besinne dich auf deinen Platz in der Welt, und denke jeden Abend vor dem Zubettgehen an meine Worte. Wenn du deine Gebete aufsagst, wiederhole auch, wie sich eine Dame zu verhalten hat.«

»Das werde ich.« Nesta versuchte einen pflichtbewussten Eindruck zu machen, aber sie konnte nicht verhindern, dass ihr Blick immer wieder über den Hof schweifte. Der Drang, von einem Bein aufs andere zu springen, war fast unerträglich. Die ganze Nacht war sie wach gelegen und hatte sich ihre letzten Momente auf Shrewsbury vorgestellt, und jetzt war es endlich soweit.

Es herrschte Aufbruchsstimmung. Pferde wurden an ihre Reiter übergeben, Truhen und Karren beladen und die Ladung verschnürt. Die Sonne brach schon jetzt am Morgen durch den Nebel, der des Nachts den Severn heraufgekrochen war, ganz so, als wolle sie Nesta das Licht der Freiheit weisen. Nur noch wenige Momente und dann würde sie Shrewsbury für immer hinter sich lassen. Sie konnte es kaum erwarten und hatte das Gefühl, jeden Moment davonfliegen zu können.

»Jetzt gehst du hinaus in die Welt«, drang Madame de Mabiles brüchige Stimme in ihre Gedanken.

Nesta war erstaunt zu sehen, wie traurig die Haushälterin aussah. »Du bist nun eine junge Frau, dabei kommt es mir vor, als wärst du erst gestern als kleines Mädchen in meine Obhut übergeben worden.« Sie zupfte an Nestas dickem Wollumhang, der sie vor der herbstlichen Kälte schützen sollte, und schüttelte den Kopf. »Aber …«, ihre Stimme fand zu ihrem üblichen Befehlston zurück, »glaube nicht, dass du dir jetzt, da du mit diesen Leuten reist, irgendwelche Frechheiten erlauben darfst. Meine Worte haben nur umso mehr Gewicht, wenn du dich bei Hofe aufhältst, hast du mich verstanden?«

»Natürlich, Madame de Mabile.« Nesta bemühte sich zu einem Lächeln, aber es gelang ihr nicht richtig. Plötzlich hatte sie mit einem Anflug von Schwermut zu kämpfen. Sie würde die Haushälterin nie wieder sehen. Seit fünf Jahren war die Dame tagein tagaus Bestandteil ihres Lebens gewesen, und jetzt nahm sie Abschied. Das sollte sie doch freuen! Schließlich konnte sie auf Madame de Mabiles Schimpftiraden gut verzichten. Aber wie sollte sie ohne die Weisung der Dame zurechtkommen? Ab jetzt war sie ganz allein.

»Madame …«, begann sie verzweifelt, doch da trat plötzlich Lady Ansfride an ihre Seite.

»Was macht Ihr denn für ein Gesicht, Kind?« Sie legte ihre Hand auf Nestas Schulter und tätschelte sie. »Ihr werdet es Euch doch wohl nicht anders überlegt haben?«

Nesta sah unentschlossen zu Madame de Mabile, die ihrem Blick auswich und zur anderen Seite des Hofes sah. Nesta drehte sich um und erkannte Arnulf de Montgomery, der mit verschränkten Armen in ihre Richtung blickte. Unwillkürlich wich sie einen Schritt zurück.

»Nein, nein.« Madame de Mabile schob Nesta entschlossen in Ansfrides Richtung. »Natürlich hat sie es sich nicht anders überlegt. Geht nur, geht, ehe der König ohne euch abreist.« Mit diesen Worten wandte sie sich ab und verschwand im wogenden Meer der herumwuselnden Bediensteten.

Nesta sah ihr hinterher. Zum ersten Mal wurde ihr bewusst, dass Madame de Mabile auf ihre schroffe Art und mit ihrer seltsamen Weltanschauung nur das Beste für sie wollte. Und sie fragte sich einen Moment, wie sie ohne die strengen Anweisungen der alten Dame bei Hofe zurechtkommen sollte.

»Na kommt.« Lady Ansfride schob sie weiter und lotste sie geschickt zwischen den Hunden und Karren hindurch. »Es ist niemals leicht, geliebte Menschen hinter sich zu lassen, aber Ihr werdet sehen, bei Hofe werdet Ihr eine wunderbare Zeit verleben.«

Nesta erwiderte nichts, denn sie fürchtete, die Tränen nicht länger zurückhalten zu können. Gleichzeitig ärgerte sie sich über ihre Weinerlichkeit, denn wirklich geliebt hatte sie auf dieser Burg niemanden. Sie war im Begriff, in eine glücklichere Zukunft aufzubrechen, und sollte nicht der Vergangenheit hinterhertrauern. Sie war eine Gefangene gewesen, und obwohl sie sich jetzt in einen neuen Käfig begab, musste sie sich doch vor Augen halten, dass es keinen anderen Ort gab, an den sie gehen konnte. Sie musste ein neues Zuhause finden, denn ihr altes existierte nicht mehr.

Es dauerte, bis jedermann so weit war, um aufzubrechen, aber Nesta vertrieb sich die zermürbende Zeit des Wartens, indem sie die sanfte Stute streichelte, die sie schon bei der Jagd geritten hatte. Lady Ansfride und die anderen Damen standen um sie herum und schnatterten ohne Unterlass wie eine aufgeregte Schar Gänse, doch Nesta beachtete sie nicht. Immer wieder ließ sie ihren Blick über den Hof, die Palisaden, Türme und die Burg schweifen. Sie sah in die Gesichter der Besatzung, der Pagen und Mägde, und nahm innerlich Abschied. Es hatte bestimmt auch glückliche Momente auf Shrewsbury Castle gegeben, auch wenn sie sich im Moment an keine erinnern konnte. Sie sah auch immer wieder zu de Montgomery hinüber, der sich noch ausgiebig mit seinem Kommandanten Gerald de Windsor und dem König unterhielt, und sie hoffte, dass sie sich nicht auch von ihrem Vormund verabschieden musste. Das Gespräch am Vortag war genug gewesen, um sie davon zu überzeugen, diesen Mann nie wiedersehen zu wollen.

Doch sie hatte Glück. Ein Knappe trat auf sie zu und half ihr aufs Pferd, kurz darauf setzten sich die Reiter in Bewegung, ohne dass Nesta auch nur in die Nähe von de Montgomery geriet. Gemeinsam mit den Damen folgte sie dem königlichen Zug und ritt den Hügel hinab durch die Stadt. Die Bewohner dort verhielten sich heute genauso feindselig wie beim letzten Mal, und

Nesta fühlte sich unter den zornigen Blicken der Angelsachsen noch unwohler. Der Kirchplatz schien sich sofort zu leeren, als die ersten Ritter ihn erreichten, und erst, als sie die Brücke überquerten, die auf fünf Steinbögen über den Severn führte, besserte sich die Stimmung.

Nesta staunte, dass selbst hier über dem Fluss Häuser errichtet worden waren, die sich windschief an den Rand der breiten Überführung drängten. Unter ihnen tummelten sich Menschen in Wolldecken gehüllt am Ufer, um Platz in diesem winzigen Unterschlupf zu ergattern. Die Brücke bot ihnen Schutz vor der Witterung, und umgeben von dem dichten Buschwerk hatten sie sich ein Zuhause geschaffen. Die Leute saßen an kleinen Feuern, über denen Kochtöpfe standen. Der Gestank von Ausscheidungen überlagerte jeden anderen Geruch und stieg zu ihnen auf.

Es war erschütternd zu sehen, wie einfach manche Menschen leben mussten, und in Nesta keimte schlechtes Gewissen auf. Sie hatte es sehr viel besser gehabt und sich nie Sorgen um die nächste Mahlzeit machen müssen. Sie hatte in einem warmen Bett geschlafen und nicht unter einer Brücke, so wie diese Leute hier. Und doch hatte sie gedacht, das Schicksal habe es besonders schlimm mit ihr gemeint.

Die beschlagenen Hufe der Pferde klackerten auf den Holzlatten, konnten die Händler aber nicht übertönen, die ihre Waren auf der Brücke feilboten. Plötzlich meinte Nesta sogar, die walisische Sprache in dem Stimmengewirr zu vernehmen, und sie blickte immer wieder zurück, um Leute ihres Volkes auszumachen. Doch bei all den vielen Reitern und Fußgängern, die der königlichen Truppe angehörten, war es nicht möglich, einzelne Gestalten auszumachen. Trotzdem war es sonderbar, nach so langer Zeit wieder die Worte zu hören, in denen sie dachte und träumte, aber so nahe an der Grenze war es wohl nicht verwunderlich, walisischen Händlern zu begegnen.

»Nun, Mylady?« Sir Walter Tyrell lenkte sein Pferd an ihre

Seite und wies zum anderen Ende der Brücke, das von einem Turm flankiert wurde. Sein goldenes Haar strahlte unter der Vormittagssonne und übertraf in seinem Glanz sogar jenes der Damen. »Wie fühlt Ihr Euch auf dem Weg in den Osten? Mit jedem Schritt entfernt Ihr Euch weiter von Wales. Seid Ihr bereit, England näher kennenzulernen?«

»Ich glaube, das bin ich, Sir. Ich sehne mich nach meiner Heimat, aber nachdem ich in den letzten Jahren nur die Mauern von Shrewsbury Castle kennenlernen durfte, freue ich mich darauf, meinen Horizont zu erweitern«, antwortete Nesta lächelnd und ließ ihren Blick über die Ebene schweifen, die sich auf der anderen Flussseite erstreckte. Ein Kirchturm zeichnete sich vor dem blassblauen Himmel ab, und Nesta war sicher, nie zuvor ein größeres oder prächtigeres Gotteshaus gesehen zu haben. Der Turm hatte ein flaches Dach, auf dem Zinnen wie die Zacken einer Krone emporragten. Große Bogenfenster zierten die roten Sandsteinmauern. Es war ein wunderbares Bild, das im starken Widerspruch zu der Armut unter der Brücke stand. Nesta war von all den vielen Eindrücken dieser fremden Welt überwältigt, die innerhalb weniger Schritte von Schrecken zu Schönheit wechselten. »England scheint ein vielfältiges Land zu sein.«

»Das ist es, Mylady«, meinte Tyrell lächelnd. Dann blickte er an ihr vorbei und senkte respektvoll das Haupt. »Mylord.«

Nesta drehte sich um und sah sich zu ihrer Überraschung Henry de Normandie gegenüber, der sich zu ihnen gesellt hatte und sich in der Enge auf der Brücke mit seinem Rappen Platz schaffte.

»Mylady Nesta«, sagte er mit seiner tiefen Stimme und verneigte sich knapp in ihre Richtung. »Ich hoffe, der Fluss beunruhigt Euer Pferd nicht.«

»Keineswegs, Mylord. Mielle ist eine sanfte Seele.«

Henry nickte und wandte sich an Anskill of Seacourt, der sich mit seiner Gemahlin knapp hinter Tyrell hielt. »Ich habe ein paar

Dinge mit dem ehrwürdigen Abt Fulchred zu besprechen. Begleite mich doch – wir schließen später wieder zu dem König auf.«

»Gewiss, Mylord.« Anskill trieb sein Pferd an und brachte es an Henrys Seite, als sie den Turm passierten und das Ufer erreichten. »Komm mit, Tyrell«, wandte er sich an den Ritter an Nestas Seite. »Wir geleiten Lord de Normandie zur Abtei.«

Tyrell nickte Nesta zu und verließ schließlich die lange Kolonne aus Rittern, Fußsoldaten, Bannerträgern, Jägern und Bediensteten, die der unbefestigten Straße folgten. Auch Lady Ansfride schloss sich ihnen an und scherte rechter Hand mit ihrem Pferd aus. Sie gesellte sich an die Seite ihres Gemahls Anskill und ritt auf das Gotteshaus zu, um das sich zahlreiche Häuser wie eine kleine Stadt tummelten. Nesta blickte ihnen hinterher und wusste nicht, was sie tun sollte. Sie sah nach vorne, wo sich irgendwo der König aufhielt, und zurück, von wo sie das Lachen der anderen Damen vernahm. Niemand schien sich um ihre Anwesenheit zu kümmern, und die einzig vertrauten Gesichter entfernten sich mit jedem Herzschlag weiter von der Straße.

Doch dann wendete Henry de Normandie plötzlich sein Pferd auf der Wiese und sah zu ihr herüber. Er winkte knapp in ihre Richtung, und obwohl Nesta nicht sicher war, dass er sie gemeint hatte und dass die Geste bedeutete, dass sie folgen sollte, trieb sie ihre Stute zum Trab an und schloss zu ihm auf.

»Die Abteikirche ist es wert, einen genaueren Blick darauf zu werfen«, meinte er, als sie ihr Pferd neben ihm zügelte.

Nesta nickte, erleichtert, dass sie nicht allein im Gefolge des Königs zurückbleiben musste. Gemeinsam folgten sie einem Trampelpfad und passierten die klösterliche Mühle. Dichter Baumbestand am Ufer verbarg das Kloster vor den Burgbewohnern von Shrewsbury Castle. Nesta hatte gewusst, dass es eine Abtei in der Nähe gab, aber dass sich diese gleich auf der anderen Seite der Brücke erstreckte, hatte sie nicht geahnt. Gebannt von diesen neuen Eindrücken, beobachtete sie ein paar Benediktiner, die Getreidesäcke schleppten, und andere, die einen Karren durch die weiche Erde am Fluss zogen. Die einfache Arbeit, derer die Mönche nachgingen, erinnerte sie an ihre Heimat. Endlich sah sie Menschen außerhalb grauer Steinmauern, so wie die Bauern zu Hause.

»Könnt Ihr Euch Mylord of Seacourt und Mylord de Normandie in solch einer Kutte vorstellen?«, wollte plötzlich Lady Ansfride an ihrer Seite wissen. Die Männer ritten voraus, denn der Weg war schmal.

»In einer Kutte?«, fragte Nesta verwirrt und warf einen Blick zu Henry, dessen Umhang in majestätischer Pracht hinter ihm flatterte.

Ansfride nickte. »In der Tat. Die beiden haben als Jungen einige Jahre in Abingdon Abbey verbracht, wo man versuchte, ihnen die Flausen auszutreiben.«

»Was fürchterlich misslang«, ließ sich Anskill vernehmen, und alle brachen in Gelächter aus. Sie erreichten die Kirche, neben der sich die Gemäuer des Kreuzgangs anschlossen. Dahinter erkannte Nesta weitere Gebäude und einen Garten, in dem sich ebenfalls ein paar Mönche aufhielten.

»Wir kommen zur rechten Zeit«, meinte Henry und sah sich im Vorhof um. »Die Terz ist vorbei, und bis zur Sext ist noch Zeit.«

»Was für ein Leben«, seufzte Lady Ansfride und blickte zu ein paar Mönchen, welche die Ziegen aus einem kleinen Tor auf eine Wiese führten. »Gebete und Arbeit, ohne Aussicht auf Abwechslung. Ich würde vor Langeweile sterben.« Sie wandte sich an ihren Gemahl. »Es ist mir unverständlich, wie ein unruhiger Mann, wie Ihr es seid, in solch einem Umfeld überleben konnte.«

»Das ist mir ebenso schleierhaft, Teuerste«, erwiderte Anskill lächelnd. »Der Prior hatte jedenfalls keine Freude mit uns, nicht wahr, Henry?« Er drehte sich zum Bruder des Königs um, der sich mit der Hand das Haar zurückstrich und ein gequältes

Lächeln zeigte. »Erspare mir die Erinnerung an diese Jahre. Ich will nicht behaupten, dass ich mich nicht gerne dem Studium gewidmet hätte, aber ich habe gelernt, mit Freude darauf zu verzichten, jede Nacht zum Gebet aufzustehen.«

»Nicht jeder von uns ist zu Höherem bestimmt, Mylord«, erklang plötzlich eine heisere Stimme hinter ihnen. »Gott hat Euch als sein Werkzeug in weltlichen Belangen erwählt, und solange ich für Eure Gesundheit beten darf, fällt mir das Aufstehen nicht schwer.«

Nesta drehte sich gemeinsam mit den anderen um und blickte hoch in das von Falten zerfurchte und eingefallene Gesicht eines Benediktiners. Das graue Haar war um die Tonsur so schütter, dass die kahle Stelle fast den ganzen Kopf einnahm. Seinem Lächeln fehlten bereits ein paar Zähne.

»Abt Fulchred!« Henry breitete die Arme aus. »Es ist eine Freude, Euch wiederzusehen. Eure Nachricht erreichte mich gerade zur rechten Zeit, und da ich in der Nähe war, wollte ich die Gelegenheit zu einem Besuch nicht verstreichen lassen. Mein Knappe hat Euch über mein Kommen in Kenntnis gesetzt?«

Der Abt nickte und warf Nesta und den anderen einen flüchtigen Blick zu. »Das hat er, Mylord.« Er winkte einem Ordensbruder, der gerade vom Fluss herkam. »Bruder Godfrey. Seid so gut, und holt unseren kleinen Schreiberling. Er wird sich wie immer im Skriptorium verschanzt haben.«

»Natürlich, Vater Abt.«

»Ich danke Euch«, meinte Henry und folgte dem Abt, als dieser ihn weiterwinkte. Nesta und die anderen schlossen sich ihnen an, und so umrundeten sie den Kreuzgang und gingen über einen staubigen Hof zu den Gebäuden auf der anderen Seite. Dabei passten sie sich dem schleichenden Gang des Abtes an.

»Ihr erwähntet in Eurem Schreiben Schwierigkeiten mit den Angelsachsen«, brach Henry das Schweigen und warf dem Abt einen Blick zu. »Welcher Art sind diese Schwierigkeiten?«

Abt Fulchred stieß ein langes Seufzen aus und strich sich über die Hautfalten, die von seinen eingefallenen Wangen hinabhingen. »Ach, wie sehr es mich erleichtert, dass Ihr meinen Hilferuf erhört, Mylord Henry. Ich schrieb bereits an den Bischof, den Earl of Shrewsbury, und sogar an den König, doch niemand reagierte.«

»Nun, der Earl of Shrewsbury fiel im Kampf gegen die Waliser, und noch ist nicht geklärt, wer seinen Platz einnimmt.«

»Ich hörte davon«, meinte der Abt keuchend, während er seine Füße weiterschob. »Unser Gründer Roger de Montgomery – Gott sei seiner Seele gnädig – und sein unlängst verstorbener Sohn waren stets große Unterstützer des Klosters. Aber ich fürchte, wenn tatsächlich der unsägliche Arnulf de Montgomery Land und Titel erbt, steht es schlecht um uns.«

»Und um welche Schwierigkeiten handelt es sich nun?« Henry streckte stützend seinen Arm aus, und der Abt ergriff ihn mit einem dankbaren Nicken.

»Gewiss ist Euch bekannt«, begann er und schob sich weiter über den Hof, »ehe dieses Kloster entstand, gab es bereits eine Kirche hier – gegründet vom Angelsachsen Siward. Dieser verzichtete für ein anständiges Lehen auf Lebenszeit auf dieses Land, aber jetzt ist er tot, und sein Sohn Aldred ist weit weniger umgänglich. Er beansprucht das Land als sein Erbe und will nur gegen eine unerhört hohe Zahlung darauf verzichten. Eine Zahlung, die wir unmöglich leisten können, Mylord.«

»Wie hoch ist diese Zahlung?«

»Fünfzehn Pfund!«, antwortete der Abt mit deutlicher Empörung und sah Henry aufmerksam ins Gesicht. Es war ihm deutlich anzusehen, dass er sich eine Lösung von ihm erwartete.

Doch Henry schwieg, und Nesta beobachtete, wie sich seine Stirn in Falten zog und seine Wangenmuskeln zuckten. Als sie eine aus Holzbalken errichtete Halle erreichten, brach er schließlich das Schweigen: »Aldred hat ein Recht auf dieses Land, es ist sein Erbe. Die Angelsachsen mögen erobert sein, das heißt aber nicht, dass sie ohne Rechte sind.« Er sah zu dem hochgewachsenen Abt auf, und obwohl Henry etwas kleiner war als der alte Mann, schien er in seiner aufrechten Haltung, den breiten Schultern und der majestätischen Ausstrahlung alle anderen zu übertürmen. »Gebt dem Angelsachsen sein Geld«, sprach er, was die Augen des Abtes fast aus den Höhlen quellen ließ. Seine ohnehin schon blasse Haut wurde weiß wie Schnee.

»Mylord …«, begann er mit hoher Stimme, doch Henry hob seine Hand und bedeutete ihm zu schweigen.

»Zahlt Aldred aus, und ich veranlasse, dass das Kloster von seinen Abgaben befreit wird.«

Der Abt keuchte auf und schien ein wenig zu wanken. Hilfesuchend streckte er die Hand zur Seite aus und lehnte sich schließlich gegen das Holzgebälk der Halle. »Aber … der König …«

»Lasst den König meine Sorge sein.« Henry zeigte ein mildes Lächeln und richtete den alten Mann auf. »Wir sind jetzt alle Engländer«, erklärte er mit einem Funkeln in den Augen, das Nesta schon einmal beobachtet hatte, als er von dieser Vision gesprochen hatte. »Wir Normannen und die Angelsachsen. Wir sind ein Volk, unter einem König vereint, und für jeden wird Gerechtigkeit herrschen.«

»Ich … ich danke Euch, Mylord«, stieß der Abt aus, doch Henry winkte ab.

»Lasst uns die Einzelheiten in Ruhe besprechen«, meinte er und sah sich im Hof um. »Gibt es hier einen Ort, wo wir uns unterhalten können?«

Da erwachte der Abt aus seiner Starre und wies zur Halle. »Meine Kammer schließt gleich ans Refektorium an. Dort sind wir ungestört.«

Henry nickte und führte den Abt weiter, und erneut wusste Nesta nicht, was sie tun sollte. Doch da legte plötzlich Lady Ansfride ihre Hand auf Nestas Schulter. »Kommt, Nesta.« Sie wies zur Kirche. »Sehen wir uns ein wenig um.«

Nesta wandte sich von Henry ab und sah zu den Pferden, die gerade zum Stall geführt wurden. Rotes Haar blitzte zwischen ihnen auf, und als Nesta genauer hinsah, erblickte sie plötzlich einen Jungen, der vom Kreuzgang her auf sie zulief. Er winkte und stolperte beinahe über seine Kutte, und als Nesta das blasse Antlitz erkannte, traute sie kaum ihren Augen. Ihr Herzschlag beschleunigte sich, und sofort waren Henry, sein Gefolge, das Kloster und alles andere um sie herum vergessen.

»Hywel?« Hoffnung und Angst, dass die Wunschvorstellungen ihr nur einen Streich spielten, hielten sich die Waage. Ungläubig starrte sie ihm entgegen, doch als er plötzlich ihren Namen rief, gab es keinen Zweifel mehr.

»Hywel!« Ihre Begleiter vergessend rannte sie mit gerafften Röcken über den Hof. Sie hörte noch Lady Ansfrides überraschtes Rufen, aber sie kümmerte sich nicht weiter darum. Neben dem Brunnen blieb sie stehen, und auch Hywel hielt einen Schritt vor ihr inne. Freudestrahlend und etwas außer Atem sah ihr kleiner Bruder zu ihr hoch.

»Du bist wirklich gekommen!«, rief er in der walisischen Sprache aus und ließ seinen Blick über sie wandern. »Du bist es wirklich.«

»Ich bin's«, brachte sie aus enger Kehle hervor und betrachtete ihn ebenso von oben bis unten. Es fiel ihr schwer zu glauben, dass er nach so langer Zeit tatsächlich wie aus dem Nichts erschienen war. Er befand sich fast auf Augenhöhe mit ihr, doch obwohl er mit seinen zehn Jahren hochgewachsen war, so schien er doch nur aus Haut und Knochen zu bestehen. Die dunkle Kutte hing wie ein Leinensack an ihm hinab und betonte die schmächtigen Schultern. Sie verbarg aber auch den Stumpf, wo er seine Hand verloren hatte.

Tränen schossen bei diesem Gedanken in ihre Augen, und

sie konnte das Schluchzen nicht mehr zurückhalten. Sie stand vor ihrem Bruder – nach so langer Zeit! Der Damm brach, und Nesta schlang weinend ihre Arme um seine Schultern. Sie drückte ihn so fest an sich, dass keine Macht der Welt sie jemals wieder zu trennen vermocht hätte. Seit jenem schrecklichen Tag in Dinefwr hatte sie nichts mehr von ihrer Familie gehört, und ihr war bewusst, dass Hywel alles von ihrem Zuhause war, das Gott ihr gelassen hatte.

»Nesta«, keuchte Hywel und wand sich hin und her. »Nesta, du erdrückst mich!«

Ein Lachen entfuhr ihr, während weiterhin die Tränen über ihre Wangen flossen. Sie schob Hywel an den Schultern von sich und betrachtete ihn noch einmal, als sähe sie ihn zum ersten Mal. Die ganze Zeit über war er so nah gewesen, und sie hatte nicht geahnt, dass sie nur die Brücke überqueren musste, um bei ihm zu sein.

»Du siehst so anders aus«, murmelte sie und versuchte sich an den kleinen Jungen von einst zu erinnern, der sich an ihre Hand geklammert hatte.

Hywel fuhr sich über den roten Schopf und zuckte grinsend mit den Schultern. In seinen grünen Augen standen Tränen, doch er wirkte genauso glücklich, wie Nesta sich fühlte. Neckisch zupfte er an einer Strähne ihres Haars. »Ich finde, du hast dich nicht verändert.«

Sie lachten beide, umarmten sich erneut und hielten sich aneinander fest. Doch dann fiel plötzlich ein Schatten auf sie.

»Wollt Ihr uns nicht vorstellen, Lady Nesta?«, erklang Lady Ansfrides Stimme, und als Nesta den Kopf drehte, sah sie Henrys Begleiter. Schnell wischte sie sich die Tränen von den Wangen und schob sich lose Haarsträhnen aus dem Gesicht.

Lady Ansfride sah zwischen ihr und Hywel hin und her. »Der flammenden Lockenpracht nach zu schließen, haben wir einen walisischen Prinzen vor uns.«

»Kein Prinz«, erwiderte Hywel in fließendem Französisch.

»Das war einmal. Sobald ich meine Eide abgelegt habe, bin ich Bruder Hywel. Madame. Sirs.« Er verneigte sich knapp, und Lady Ansfride entfuhr ein entzücktes Lachen.

»Ihr habt Euren Bruder wiedergefunden!«, wandte sie sich an Nesta und presste sich die Hand an die Brust. »Ihr werdet sehen, jetzt wird alles wieder gut.«

Nesta nickte. Zum ersten Mal seit sehr langer Zeit hatte sie das Gefühl, dass dies der Wahrheit entsprach.

»Es freut mich, Lady Nestas Bruder kennenzulernen«, ließ sich Anskill vernehmen und nickte Hywel zu. Dann legte er Ansfride die Hand auf den Rücken. »Aber wir sollten die beiden jetzt wohl unter sich lassen. Sie haben bestimmt vieles zu besprechen.«

Damit hatte er recht, und so ließ Nesta sich von Hywel zum Fluss führen, während Ansfride und die anderen sich im Kloster umsahen. Endlich hatte sie Gelegenheit, all die Fragen zu stellen, die sie in so mancher Nacht wachgehalten hatten.

»Wie ist es dir ergangen?«, krächzte sie vom Weinen heiser, als sie die grasbewachsene Böschung zum Ufer hinabgingen. Hywel blickte lächelnd zu ihr auf, und Nesta spürte die Sorge um ihn ein wenig weichen. Nach allem, was die Freinc ihm angetan hatten, war sie sicher gewesen, er würde von Bitterkeit und Zorn erfüllt sein. Doch Hywel wirkte wie der fröhliche Junge von einst.

»Es ist mir wohl ergangen«, antwortete er und blieb unter den niedriggewachsenen Bäumen stehen, die sich an den Fluss drängten.

»Doch du hast mir gefehlt, *chwaer*«, sagte er, und beinahe hätte Nesta erneut aufgeschluchzt, doch sie riss sich zusammen.

»Du hast mir auch gefehlt, *brawd*«, brachte sie hervor und strich sich mit dem Handrücken über die Augen. »Ich weiß nicht, wo ich anfangen soll. Ich dachte so oft an dich und Gruffydd, an Vater und Mutter … Ich war so voller Sorge … Ich will dich so vieles fragen.«

»Und ich will auch alles über dich wissen«, sagte er und ließ sich im hüfthohen Gras nieder. »Ich erhielt Briefe von Gruffydd. Er lebt beim irischen Hochkönig.«

»Das habe ich gehört.«

»Aber von dir erhielt ich kein Wort.«

Nesta setzte sich neben ihn und verschränkte ihre zitternden Hände im Schoß. Inmitten der langen Grasähren hatte sie das Gefühl unsichtbar zu sein und einen kostbaren Moment des Alleinseins ergattert zu haben. »Es war mir nicht möglich, dir zu schreiben. Bis vor kurzem wusste ich ja noch nicht einmal, dass Gruffydd am Leben ist, geschweige denn, wie es dir geht. Es war auf Shrewsbury sehr … unfreundlich.«

Hywel blickte auf, und seine Lippen verzogen sich zu einem sorgenvollen Strich. »Das tut mir leid. Der alte de Montgomery sprach vor seinem Tod von dir. Er meinte, du wärst ein aufsässiges, kleines Ding, deren Wert einzig zwischen …« Er schüttelte den Kopf und schloss einen Moment lang die Augen. »Von da an wusste ich, dass es dir schlecht ergeht. Ich betete jeden Tag für dich.«

»Du hättest dir um mich keine Sorgen machen müssen. Es war kein schlechtes Leben, wenn auch … einsam.« Sie streckte die Hand nach ihm aus und zog seine Kutte ein wenig zurück, um seinen rechten Arm zu sehen, doch Hywel schüttelte den Kopf.

»Das ist nichts«, winkte er ab und hielt plötzlich die linke Hand von sich, die über und über mit schwarzer Tinte befleckt war. »Ich habe gelernt, mit der hier zu schreiben. Und um mit Büchern in die Vergangenheit zu reisen, brauche ich die rechte nicht.«

Nesta sah ihn verwundert an. Er sprach mit solch leichtem Herzen, ohne jede Bitterkeit, dass sie sich einen Moment lang schuldig fühlte. Sie hatte ihr Schicksal so oft bedauert, dabei hatte Hywel eine schwerere Last zu tragen gehabt, und er hatte dies mit größerer Tapferkeit getan als sie. »Bist du tatsächlich glücklich hier?«, fragte sie erstaunt und blickte ihm prüfend ins Gesicht. Seine roten Locken waren kurzgeschnitten, sodass sie sich zu kleinen Schnecken auf dem Kopf kringelten, aber noch hatte er keine Tonsur. In seiner dunklen Benediktinerkutte und der Tinte auf den Fingern sah er tatsächlich aus wie ein kleiner Gelehrter. Dieser Anblick wärmte ihr Herz und verstärkte den Eindruck, in einen wunderbaren Traum geraten zu sein.

»Ich könnte nicht glücklicher sein«, antwortete er lachend und lehnte sich zurück auf die Ellbogen, »ich bin gerne in Gesellschaft der Brüder, denn es ist ein friedvoller Ort. Friedvoller als unser Heim je war, Nesta. Hier leben Angelsachsen, Normannen und Waliser im Einklang mit unserem Herrn zusammen, und die Gewalt scheint weit fort zu sein. Ich lernte schreiben und lesen, was ein großes Geschenk ist. Denn seien wir ehrlich: Für Vater wäre ich eine Enttäuschung gewesen. Ich wollte niemals ein Krieger werden.«

»Sprich nicht so, Hywel. Unser Heim war ein wunderbarer Ort, und Vater hat dich geliebt, so wie uns alle.«

»Natürlich hat er das, aber ich weiß, dass ich für ein Leben als Fürstensohn nicht geschaffen gewesen wäre.«

»Du hättest jederzeit eine klerikale Laufbahn einschlagen können, wenn du das gewollt hättest.«

Hywel hob die schmächtigen Schultern. »Ich glaube nicht. So wie die Dinge standen, hatte ein Mann mit zwei gesunden Armen keine andere Wahl, als ein Schwert zu führen. Deheubarth hatte ohnehin schon zu wenig Krieger, um gegen die anderen Fürstentümer *und* die Normannen zu bestehen. Da hätte unser fürstlicher Vater bestimmt nicht einen Sohn an die Kirche verschenkt. Ich weiß auch nicht, ob ich diesen Weg gewählt hätte, wäre ich nicht dazu gezwungen worden. Ob mich das Licht der göttlichen Führung wohl erreicht hätte, wäre ich in Dinefwr aufgewachsen?«

»Bist du den Freinc etwa dankbar dafür, dass sie dir deine Familie, dein Heim und deine Hand nahmen?«

Hywel lachte kopfschüttelnd auf. »Natürlich nicht. Aber ich glaube, dass dies Gottes Plan war. Ich glaube, dass es einen Grund gab, weshalb unsere Familie an jenem Tag scheiterte und unser Land fiel.«

Nesta schnaubte. »Ja, den gab es: die Freinc und ihre Grausamkeit. Sie bringen Zerstörung, wohin sie auch gehen, und sie nehmen sich, was ihnen nicht gehört.«

»Und doch reist du mit ihnen.«

»Das …« Verwirrt senkte sie den Kopf und starrte auf die Ameisen, die sich zwischen den einzelnen Halmen hindurch einen Weg über die feuchte Erde bahnten. Wie sollte sie Hywel die sonderbaren Gefühle für den Bruder des Königs erklären? Wie ihre Angst vor de Montgomery und seinen Schergen, oder ihre Faszination für den Hof? Sie müsste die Freinc allesamt hassen, aber es gab unter ihnen welche, die sie respektierte, die sie gar liebgewinnen könnte. Nach so langer Zeit, in der sie ihr Herz verschlossen gehalten hatte, sehnte sie sich nach Vertrauten.

»Weißt du, was die Freinc sagen?«, riss ihr Bruder sie aus ihren Gedanken. Er schien keine Antwort auf seine vorherige Frage zu erwarten. »Sie sagen, ihr König sei von Gott auserwählt und von Gott gekrönt. Jeder, der sich gegen den König stellt, stellt sich somit auch gegen Gott.«

Nesta zog die Augenbrauen in die Stirn. »Und das glaubst du?«

»William der Erste war der rechtmäßige Erbe Englands, und es wurde ihm streitig gemacht. Er ritt unter dem Banner des Heiligen Vaters, und er siegte.« Hywel blickte hoch zum Turm der Abteikirche und nickte. »Ja, ich glaube, all das ist Gottes Werk. Die Freinc bringen Gesetz und Ordnung in dieses Land. Sie vereinen es, so auch Wales.« Er wandte sich ihr zu, und seine Augen leuchteten. »Nesta, du weißt, wie wir aufwuchsen. Ich war noch klein, und doch erinnere ich mich, dass mein Leben vom Krieg geprägt war. Und von den Dingen, an die ich mich nicht erinnere, lese ich in den Büchern. Kein walisischer Fürst war von

Gott auserwählt. Fürst war derjenige, der die besten Krieger hatte und seinen Anspruch mit Schwert und Axt durchsetzte. Ständig haben wir uns untereinander bekämpft. Wie oft ritt Vater in den Kampf? In den Krieg gegen Powys, gegen Morgannwg oder Gwynedd. Die Freinc waren nicht die einzige Bedrohung, aber sie können alldem ein Ende bereiten.«

Nesta seufzte schwer, als sie an Henrys Worte dachte. Auch er träumte von einem vereinten Land, in dem endlich Friede herrschte. »Vielleicht hast du recht. Vielleicht können sie Gutes vollbringen, aber König William …«

Hywel lachte auf und hielt sich plötzlich die Nase zu. Dann hielt er so lange den Atem an, bis sein Kopf rot wie ein reifer Sommerapfel anlief. »William *Rufus*«, platzte er schließlich kichernd heraus und rang um Atem. Auch Nesta musste beim Gedanken an den rotwangigen König mit dem teigigen Gesicht lachen. »Er ist wohl kein Herrscher, von dem später die Barden singen«, meinte Hywel und hob die Hand. »Aber auch er ist von Gott auserwählt und verdient unsere Treue. Er hält zusammen, was zusammengehört, und wenn er sich dieser Prüfung von Gott nicht würdig erweist …«, er hob die Achseln, »dann wird ein besserer König folgen. Vertraue auf Gottes Plan.«

Nesta atmete tief durch. »Ich wünschte, ich hätte deine Zuversicht, dein Vertrauen. Du weißt so viel.«

»Du hast nach dem Angriff anders gelebt als ich. Nach allem, was ich von de Montgomerys widerlichen Worten vernommen habe, hattest du es schwerer als ich, Zuversicht zu fassen. Und ich weiß noch viel zu wenig. Ich habe nur das Glück, hin und wieder Abt Fulchred bei der Korrespondenz zu helfen, denn seine Augen werden trübe. Dadurch erfahre ich einiges, was in der Welt so vor sich geht. Und aus den Büchern. Du wirst deinen Weg auch noch finden. Jetzt reist du mit Henry de Normandie.« Er grinste sie an und zeigte eine Zahnlücke, was ihn so jungenhaft aussehen ließ, dass der Widerspruch zu seinen besonnenen Worten umso größer wurde. »Ich werde ihm wohl auf ewig dankbar sein, dass er dich zu mir gebracht hat. Freinc hin oder her.«

»Henry?« Nesta verstand im ersten Moment nicht, was er meinte, doch dann dämmerte es ihr. »Henry de Normandie wusste, dass du hier bist?« Ihre Gedanken rasten. Henry hatte sie bewusst mit sich genommen. Er musste sich bei de Montgomery nach Hywels Aufenthaltsort erkundigt haben.

»Natürlich wusste er es«, riss Hywel sie aus ihren Gedanken. »Er sandte einen Knappen, um seinen – aber auch deinen – Besuch anzukündigen. Als ich erfuhr, dass du hierherkommst, wagte ich es zuerst nicht zu glauben, aber als vorhin Bruder Godfrey ins Skriptorium kam … Ich erkannte dich sofort und wusste, dass meine Gebete erhört wurden. Im Gefolge von Henry de Normandie wird es dir besser ergehen, Nesta. Glaub mir, er ist ein guter Mensch.«

»Ich glaube, du hast recht.« Nesta sah zur Kirche hoch, wo ihre normannischen Begleiter auf sie warteten. Sie waren keine Freinc, keine Feinde. Nein, sie waren ihre Freunde. Sie legte ihre Hand an seine Wange. »Ich bin so froh, dass ich herkommen durfte. Dich zu sehen …«, sie unterdrückte ein neuerliches Schluchzen und straffte die Schultern, um sich ein Beispiel an seiner Stärke zu nehmen, »du bist ein geborener Gottesmann, kleiner Bruder, und es scheint mir, ich kam genau zur rechten Zeit. Du hast mir Kraft und Zuversicht gegeben, und ich bin so froh, dass du hier glücklich bist.«

Die Wangen des Jungen färbten sich rot, und er blickte hoch zur Sonne. »Es ist Zeit für die Sext«, sagte er und rappelte sich auf. »Ich hoffe, ich werde nicht wieder fünf Jahre lang auf Nachricht von dir warten müssen.«

»Bestimmt nicht!« Nesta erhob sich ebenfalls und drückte ihn fest an sich. »Jetzt da ich weiß, wo du bist, wirst du keine Ruhe mehr vor mir haben.«

Sie lachten und gingen Hand in Hand den Hügel hoch, und

obwohl es Nesta schwerfiel, von ihrem kleinen Bruder Abschied zu nehmen, fühlte sie sich doch von einer drückenden Last befreit. Es schien ihr, als hätte sie nun endgültig die Freinc und den Schatten von Shrewsbury Castle hinter sich gelassen, und so lag ein Lächeln auf ihren Lippen, als sie Hywel noch ein letztes Mal zuwinkte und mit Henry de Normandie und den anderen in ein neues Leben aufbrach.

London, Südostengland, Frühling 1099

Die Melodie einer Fidel erfüllte den prächtigen, von Wandteppichen geschmückten Raum mit einer Klarheit, wie sie Nesta aus den walisischen Hallen nicht kannte. Die Steinmauern waren weiß gekalkt und noch nicht von Rauch, Staub oder Schmutz verfärbt. Alles war neu und sauber, so als wäre dies ein Palast für Feen und nicht für Menschen. In Dinefwr war es stets stickig, verraucht und düster gewesen, was Nesta zwar als heimelig empfunden hatte, doch hier inmitten dieser Pracht fühlte sie sich selbst rein und leuchtend. Ein berauschendes Gefühl, das selbst nach Monaten immer noch anhielt. Hier war sie plötzlich wieder eine Königstochter, und nach so vielen dunklen Jahren gefiel es ihr, sich so völlig unbeschwert zu fühlen. Sie ertappte sich immer öfter dabei, dass sie sich von der Leichtigkeit der Menschen bei Hofe mitreißen ließ.

Ausgelassen tanzte der Musiker mit der Fidel durch das weiträumige Gemach, und Nesta tippte mit dem Fuß im Takt.

»Du kannst nicht einen Augenblick lang stillhalten, nicht wahr, Nesta?«, fragte Lady Ansfride lachend, die mit ihrem Gemahl Sir Anskill, Lady Sybil und Lady Ermentrude auf der gepolsterten Bank in einer Fensternische saß.

Nesta sprang anmutig von einem der tanzenden Ritter weg und ließ sich von Sir Walter Tyrell herumdrehen. »Lasst sie«, rief dieser und reihte sich gemeinsam mit Nesta in den Tanzkreis ein. »Ihr hindert ja auch nicht die Sonne daran zu strahlen.«

»Als Kinder haben wir immer zusammen getanzt«, rief Nesta

an ihre Freundin gewandt. Ansfride war ihr in den letzten Monaten die liebste Gesellschaft geworden. »Du solltest dich uns anschließen.« Sie wandte sich an den Ritter an Ansfrides Seite. »Sir Anskill, ich bitte Euch, überredet Eure Gemahlin, mit uns zu tanzen.«

»Ich fürchte, meine Worte wären vergebens, Mylady.«

Nesta drehte sich um sich selbst und schwenkte ihre Röcke von einer Seite zur anderen. »Wenn ihr da alle weiterhin am Fenster sitzt, werdet ihr noch klitschnass. Kommt her, und tanzt dieses furchtbare Wetter mit uns fort.«

»Unsere Nesta ist eine Wetterfee«, meinte Tyrell lachend und bot ihr seine Hand an. »Ich wusste ja immer, dass hinter diesen Zaubergeschichten aus Wales etwas Wahres steckt.«

In gespielter Empörung stemmte Nesta die Hände in die Seiten. »Also wirklich, Sir, wollt Ihr etwa behaupten, Ihr seid plötzlich abergläubisch geworden?«

»Tyrell hat erst letzte Woche gezählt, wie oft der Kuckuck ruft, um zu wissen, wie viele Jahre er noch zu leben hat«, verkündete Anskill grinsend, was alle in Gelächter ausbrechen ließ.

Der verspottete Ritter hob in einer ergebenden Geste die Hände. »Lacht nur, lacht nur, aber der Kuckuck rief nur ein einziges Mal, das heißt, ich werde nächstes Jahr um diese Zeit unter der Erde liegen.«

»Ach, seid still«, befahl Ansfride und erhob sich von der Bank. »Solchen Unsinn will ich gar nicht hören.«

»Sie hat recht«, ließ sich Anskill vernehmen, während er den nun freigewordenen Platz nutzte und seine langen Beine ausstreckte, »du solltest aufpassen, mit solchen Worten scherzt man nicht.«

»Und außerdem«, fügte Nesta hinzu, »wer sagt, dass Ihr wirklich den ersten Schrei vernommen habt? Womöglich habt Ihr zu spät hingehört.«

»Hört, hört.« Tyrell hauchte ihr einen Kuss auf den Handrücken. »Mylady, seid unbesorgt um mein Gehör und mein Leben.« Er zog sie neckisch an einem ihrer Zöpfe und zwinkerte ihr zu. »Ich lasse Euch doch nicht in Gesellschaft dieser verdorbenen Wüstlinge zurück.« Er wies diskret auf die Handvoll tanzender Höflinge, die ihn gar nicht gehört zu haben schienen.

Nesta hätte gut auf die Anwesenheit dieser Herren verzichten können, denn Tyrells Worte entsprachen tatsächlich der Wahrheit. Die Herren bei Hofe waren fast ausnahmslos widerliche Lustmolche. Zum wiederholten Male ertappte sich Nesta bei der Vorstellung, wie Madame de Mabile die Höflinge wohl zurechtgestutzt hätte, und musste dabei lächeln. Nestas Rang schützte sie, aber sie hatte bereits zu viel gesehen, während sie mit dem König und seinem Gefolge durch das ganze Land gereist war. Walter Tyrell und auch Anskill of Seacourt waren in dieser Beziehung völlig anders. Nesta hatte die beiden noch nie mit den schamlosen Dirnen auf dem Schoß gesehen, die sich am Hof so frei und ungeniert bewegten, als befänden sie sich in einem Freudenhaus. Auch hatte sie sie noch nie dabei beobachtet, wie sie schreiende Bauernmädchen hinter eine Kate zerrten. Die beiden waren ehrenhafte Männer und verhielten sich genau wie der König keusch – nach außen hin. Natürlich wusste Nesta nicht, was hinter verschlossenen Türen vorging, aber dass König William Rufus seinen Hof zu einem Freudenhaus degradierte, sprach für sich. Es spielte keine Rolle, dass Seine Hoheit sich an dem liederlichen Treiben nicht beteiligte und es nur lächelnd beobachtete. Es war genau dieses Lächeln, das Nesta immer wieder einen Schauer den Rücken hinunterlaufen ließ. Noch nicht einmal die Kirchenmänner schienen Anstoß an diesen Zuständen zu nehmen und kleideten sich in derselben blendenden Pracht wie alle anderen. Der Lordkanzler Ranulf Flambard zum Beispiel saß jeden Abend ungerührt an der hohen Tafel und ergab sich der Maßlosigkeit, während sich die Dirnen auf den Schößen der Ritter räkelten. Ansfride sorgte stets dafür, dass Nestas Augen unschuldig blieben, wie sie es nannte. Bevor das wirkliche Treiben der Sittenlosigkeit ausbrach, verabschiedeten sie sich und zogen sich in ihre Gemächer zurück. Ohne Königin gab es auch keine Hofdamen, und so mangelte es bei Hofe an Frauen. Aber Nesta verbrachte eine freudige Zeit hier. In diesen Monaten hatte sie mehr gelacht als in all den vergangenen Jahren zuvor. Sie war aus sich herausgekommen. In Gegenwart ihrer neuen Freunde musste sie sich nicht mehr verstecken.

Die Tage verbrachten sie mit Spaziergängen und kurzweiliger Unterhaltung in den Frauengemächern. Manchmal kamen auch ein paar Herren zu ihnen und beteiligten sich an dem fröhlichen Treiben. Anskill besuchte seine Gemahlin, und andere Ritter versuchten ihnen den Hof zu machen. So wie heute, da der König mit Bauchschmerzen im Bett lag – er hatte sich, jetzt da die Fastenzeit vorüber war, an den gefüllten Eiern überessen.

»Ach, lasst uns nicht über solch ernste Themen reden. Erzählt uns etwas Fröhliches«, sagte Ansfride und ließ sich wieder auf der Polsterbank nieder. Ein Page reichte Nesta einen Kelch, und sie trank den leicht säuerlichen, aber erfrischenden Cidre. Der Musiker hatte aufgehört zu spielen und ließ sich ebenfalls etwas zu trinken geben.

Tyrell verneigte sich mit einer wedelnden Handbewegung vor ihr. »Dann lasst mich von Lady Nestas einstigem Vormund Arnulf de Montgomery berichten«, sagte er, woraufhin Nesta das Gesicht verzog.

»Keine Sorge.« Tyrell trank ebenfalls etwas und wandte sich ihr schließlich wieder zu. »Diese Nachrichten werden Euch gefallen.«

»Also schön.« Sie machte eine auffordernde Handbewegung, und Tyrell ließ sich ihr gegenüber in der Fensternische nieder. Feiner Sprühregen rieselte herein und brachte die kühle Frühlingsluft mit sich, doch er fühlte sich angenehm auf ihrer erhitzten Haut an.

»Arnulf de Montgomery wurde nicht Earl of Shrewsbury, wie Ihr ja vielleicht schon wisst.« Er schüttelte den Kopf, »armer Mann, dabei hat er sich so sehr über den Tod seines Bruders gefreut. Aber sein älterer Bruder aus der Normandie, Robert de Bellême, hat sich die Besitzungen genommen, und Arnulf ging leer aus. Jetzt sieht er sich anderweitig um.«

»Wie meint Ihr das?«

Tyrell zog das seidene Band aus seinem goldenen Haar und fuhr mit den Fingern hindurch. »Er hat seinen Kommandanten – diesen Gerald de Windsor – nach Irland geschickt, damit er dort eine Braut für ihn sucht.«

Nesta atmete erleichtert auf. Wenn Arnulf de Montgomery heiratete, musste sie nicht mehr fürchten, dass der König sie ihm zur Frau gab. »Vielleicht nimmt sich Gerald de Windsor auch gleich eine Irin«, meinte Ansfride, die wusste, wie Nesta zu diesem Mann stand, was Tyrell mit einem Schulterzucken beantwortete. Er trank den Rest seines Cidres, winkte dem Musiker und sprang auf die Beine.

»Ihr macht mir Sorgen, Lady Nesta. Ihr habt schon viel zu lange regungslos verharrt. Erweist mir die Ehre des nächsten Tanzes.«

Nesta ließ sich lachend von ihm hochziehen. Tyrells sonnengelbes Haar flog um ihn herum und betonte das Strahlen seiner fröhlichen Augen. Hinter den Vorhängen, die die Schlafstätten vom Empfangsraum trennten, beschwerte sich die bettlägerige Lady Juliana über den Lärm, aber sie wurde überhört. Lady Juliana verhielt sich stets, als wäre sie sterbenskrank. Also tanzten und lachten sie weiter.

Nesta war gerne in Tyrells Gegenwart, in seinen Augen lag nicht der unangenehm lüsterne Blick wie bei so vielen anderen Männern. Nesta empfand für ihn wie für einen Bruder. Es fiel ihr schwer zu glauben, dass ein solch herzensguter Mensch dem König so nahestand und ihm kaum je von der Seite wich. Sie hatte auch Anskill ins Herz geschlossen. Ihn und Ansfride schien ein besonderes Band aus Respekt und Zuneigung zu verbinden.

Nesta drehte ihren Kopf in seine Richtung und bemerkte, dass er den Tanz beobachtete. Sein Blick haftete auf Tyrell, und seine dunklen Augen, die hinter dem gekräuselten Haar hervorsahen, waren voller Wärme.

Am Nachmittag betrat ein Knappe das Frauengemach, der nach Tyrell und Anskill geschickt worden war. Die beiden sollten zu Henry in die Halle kommen, und so begann sich die Gesellschaft aufzulösen. Ansfride und Nesta entschieden, an die frische Luft zu gehen, um Lady Juliana etwas Ruhe zu gönnen. Lachend bahnten sie sich ihren Weg hinaus, und als Nesta die hölzerne Außentreppe in den Hof hinabging, ließ sie ihre Hand über den gelblichen Caen-Stein der Burgmauern streichen. Der Great Tower war ein Palast, der seinem Namen alle Ehre machte. Sogar jetzt noch war sie bei seinem Anblick von derselben Ehrfurcht erfüllt wie damals, als sie den Turm zum ersten Mal von einem Flusskahn aus gesehen hatte. Majestätisch hatte er sich über die Palisaden hinweggehoben, und obwohl Nesta nun schon länger unter Normannen lebte, hatte sie bisher noch keine andere Burg gesehen, die aus Stein erbaut worden war. In ihrer Heimat hatte sie inmitten einer Ansammlung hölzerner Hütten gelebt. Die Frauen hatten ihr eigenes Haus gehabt, genauso der Fürst und seine Krieger. Auch die Halle war ein eigenständiges und aus Holzbalken errichtetes Gebäude gewesen. Es hatte Vorratshäuser gegeben, während hier die Lebensmittel und sogar der Brunnen im Erdgeschoss des Towers zu finden waren.

Selbst die Burg in Shrewsbury war aus Holz errichtet, und so fragte Nesta sich ein ums andere Mal, wie es gelingen konnte, Steine derart anzuordnen, um eine Burg daraus zu erschaffen. Faszination und Furcht hielten sich die Waage, denn beim letzten Unwetter hatte sie die gesamte Konstruktion bereits in sich zusammenfallen gesehen.

»Was starrst du diesen Steinklotz schon wieder an, als hätte er vor, dich zu verschlingen?« Ansfride zupfte sie am Ärmel und riss Nesta aus ihren Gedanken. Lachend legte ihr die Freundin den Arm um die Schultern und wies hoch zu den Fenstern im zweiten Obergeschoss, hinter denen sich die große Halle befand. »Du wirst sehen. Der fällt nicht so leicht zusammen. Der König hat ihn errichten lassen, damit er Jahrhunderte überdauert. Außerdem …« Ansfride drehte sich um und zog Nesta mit sich. »Gibt es hier viel Unterhaltsameres zu sehen.«

Nesta blickte in die Richtung, welche Ansfride ihr wies, und staunte beim Anblick all der bunten Gestalten, die durchs Tor ein- und ausgingen. »Ich hatte ganz vergessen, dass heute Gerichtstag ist.«

Ansfride wies zu den Bäumen auf der Westseite des Great Towers, die ihnen etwas Schatten boten. »Komm, lass uns mal sehen, wer heute das Ohr des Königs begehrt.«

Es waren hauptsächlich Angelsachsen aus der Stadt, aber auch ein paar Waliser aus den Grenzländern passierten die Grünfläche und gingen die Treppe hoch, die zum Eingang im ersten Obergeschoss führte. Hin und wieder gelang es Nesta, ein paar Wortfetzen zu erhaschen, und Ansfride und sie machten sich einen Spaß daraus zu erraten, welches Begehr die Leute zum König führte. So erfanden sie betrogene Schweinehirten, rachsüchtige Raufbolde, betrunkene Spieler und tollpatschige Diebe. Dabei wurden sie nicht nur einmal bei ihrem Gelächter mit zornigen Blicken bedacht, aber sie kümmerten sich nicht darum. Stattdessen begannen sie, auch den ein- und ausgehenden normannischen Edelleuten Geschichten anzudichten, und tuschelten kichernd im Schatten einer Eibe.

Nesta war glücklich. Es war so einfach, sich derart simplem

Zeitvertreib hinzugeben und in kindliches Lachen zu verfallen. Sie musste sich um nichts sorgen und wusste genau, was der nächste Tag bringen würde. Eine Sicherheit, die sie lange herbeigesehnt hatte.

Sie erblickte Henry de Normandies Knappen in der Menge, der gemeinsam mit einigen anderen Burschen im Stall verschwand. Ob Henry plante, den Hof zu verlassen?

»Das sieht nicht gut aus. Nesta, kannst du verstehen, was sie sagen?«

Nesta wandte sich Ansfride zu und blickte in die Richtung, welche ihr die Freundin wies. Ein paar Kaufleute stürmten vom Great Tower in den Hof, auf walisisch wild durcheinanderredend und mit zornverzerrten Gesichtern. Ihre Mäntel und Tuniken ließen darauf schließen, dass sie wohlhabend waren, und einer von ihnen nahm seine Kappe vom Kopf und trampelte wild darauf herum.

»So lassen wir nicht mit uns reden!«, echauffierte sich ein anderer. »Wir sind freie Männer, und dieses Unrecht wird nicht ungesühnt bleiben!«

Sie gingen auf die Handvoll walisischer Krieger zu, die bei den angebundenen Pferden gewartet hatten und wohl als Geleitschutz dienten. Raben stoben bei dem energischen Vormarsch auf und ließen die Würmer im vom Vormittagsregen aufgeweichten Boden zurück.

»Noch nicht einmal zum König lassen sie uns vor, diese freincischen Diebe!« Der Kaufmann machte Anstalten, wieder zurück Richtung Tower zu gehen, doch ein Besonnenerer schob ihn zu seinem Pferd.

Nesta atmete erleichtert auf, als sie sah, wie die Gruppe das Tor passierte und inmitten der Menge auf der Straße verschwand.

»Sie waren mit dem Urteil wohl nicht einverstanden«, murmelte Lady Ansfride und stieß geräuschvoll die Luft aus. »Weißt du, woher sie kommen?«

Nesta schüttelte den Kopf. »Ich habe nur verstanden, dass sie sich über irgendein Unrecht beschwerten.«

»Ha! Da sind sie bei Gott nicht die Einzigen. Und solange unserem *geliebten* König unwohl ist, müssen die Bittsteller mit Ranulf Flambard vorliebnehmen, und der hat seine ganz eigene Rechtsprechung.«

»Warum wird der Lordkanzler eigentlich ›Flambard‹ genannt?«, wollte Nesta wissen.

»Weil er gerne Fackeln auf trockenes Stroh fallen lässt«, erklang Henry de Normandies amüsierte Stimme hinter ihr, und Nesta zuckte zusammen. Innerlich verfluchte sie ihr plötzlich rasendes Herz, drehte sich langsam zu ihm herum und machte einen Knicks, noch ehe sie es wagte, in sein Gesicht hochzublicken.

»Mylord. Welch eine Freude.« Ansfride knickste ebenfalls flüchtig. Nesta konnte sie aus den Augenwinkeln erkennen, sie klang belustigt wie eh und je und zwinkerte ihr zu. Nesta musste leise lachen, und langsam beruhigte sich ihr Herzschlag.

»Eure Landsleute haben den weiten Weg umsonst gemacht, fürchte ich«, sagte Henry ernst und blickte Richtung Tor. »Sie sind nach London gekommen, weil das Recht in ihrer Heimat unter normannischen Lords mit Füßen getreten wird und um sich wegen der Übergriffe normannischer Soldaten auf ihre Siedlungen zu beschweren. Sie leben in den Marchen, den walisischen Grenzmarken«, erklärte Henry.

»Habt Ihr mit ihnen gesprochen?«, fragte Nesta.

»Nein, aber das ist meist der Grund, weshalb Waliser den König aufsuchen.«

Nesta nickte nachdenklich, doch noch ehe sie in Trübsinn über das Schicksal so vieler in ihrer Heimat versinken konnte, unterbrach Ansfride ihre Gedanken.

»Ihr wollt uns verlassen, Mylord?«, fragte sie mit ihrer charakteristischen Unverblümtheit und wies zu den Pferden, welche gerade aus dem Stall geführt wurden.

Henry nickte bedauernd. »Ja, der König schickt mich nach …«

Plötzlich trat ein Page an sie heran, und Henry verstummte. Mit einem freundlichen Lächeln wandte er sich an den rotwangigen Burschen. »Was gibt es, Philip?«

Der vielleicht zehnjährige Junge senkte den Blick und verneigte sich linkisch. »Mylord.« Er wandte sich an Ansfride und wagte es wieder aufzusehen. »Mylady, Euer Gemahl Sir Anskill schickt mich. Er bittet Euch, zum Frauengemach zu kommen.«

Ansfride seufzte übertrieben. »Nun denn. Mein Gemahl ruft, und ich eile.« Sie nickte Henry zu. »Eine gute Reise wünsche ich, Henry. Möge der Herr seine schützende Hand über Euch halten und Euch gesund zu uns zurückbringen.«

»Mylady.« Henry verneigte sich mit der Hand auf der Brust und wandte sich plötzlich an Nesta, die gerade in einen Knicks sank, um sich ebenso zu verabschieden. »Lady Nesta, ich möchte Euch gerne noch etwas zeigen, ehe ich aufbreche.« Er deutete Richtung Stall, und wieder machte ihr verräterisches Herz einen kleinen Hüpfer.

In den letzten Monaten hatten sie ein paar Spaziergänge unternommen, doch zumeist war Henry lediglich eine unerreichbare Gestalt in der Ferne. Trotzdem musste Nesta zugeben, dass sie viel zu oft an ihn dachte. Tyrell pflegte sich über sie lustig zu machen, wenn sie in einen ihrer Tagträume versank, und sie betete zu Gott, dass er nicht wusste, was in ihrem Kopf vorging.

»Die Rechtsprechung bringt mich immer zum Nachdenken«, seufzte Henry, als er sie ins diffuse Licht des Holzbalkenhauses führte, wo der vertraute Duft von Heu sie empfing. »Ich denke darüber nach, wie der König … wie *ein* König es besser machen könnte.«

»Ich bin sicher, Ihr werdet eine Lösung finden, Mylord.«

»Ja, sollte ich jemals König sein.« Er warf ihr einen kurzen Blick zu, während sie an den einzelnen Ständen der Pferde vorbeigingen. »Aber solange ein Lordkanzler wie Flambard sein

Unwesen treibt, kann dieses Land nicht zur Ruhe kommen. Mein Bruder will ihn auch noch zum Bischof ernennen, was einen weiteren Aufschrei des Klerus verursachen wird. Der Erzbischof von Canterbury lebt im Exil, während ein Unruhestifter wie Flambard immer mächtiger wird. Der Friede scheint mir so fern. Engländer und Normannen begegnen sich mit Misstrauen, in Wales herrscht Gesetzlosigkeit, und immer noch werden Engländer als Sklaven nach Irland verschifft.«

»Ich erinnere mich daran, dass mein Vater Kriegsgefangene von niederem Rang nach Irland schickte.« Sie sah zu Henry auf. »Es kam mir immer so vor, als wäre Irland eine Insel des Todes. Und jetzt lebt mein eigener Bruder dort.«

»Seine Heimkehr wäre ein glücklicher Tag für Euch, doch ein schwieriger für mich. Wales braucht wahrlich keinen weiteren Heißspund, der überall, wo er hinkommt, Kleinbrände legt. Irgendwann wird ein Großfeuer daraus, und das will keiner von uns.« Er zwinkerte ihr zu. »Aber vielleicht kann ihm seine Schwester ja Vernunft beibringen.«

Nesta blickte auf ihre Lederschuhe, die bei jedem Schritt unter dem Saum ihres Bliauts hervorsahen. »Mylord, ich verstehe nichts von Politik. Wie könnte ich mich da einmischen?«

»Ihr versteht etwas von Wales.«

Verblüfft sah sie zu ihm hoch. »Glaubt Ihr das wirklich?«

»Aber natürlich.« Er blieb mitten im Gang stehen. »Sagt mir … was ist einem Waliser am wichtigsten?«

»Sein Stolz«, erwiderte Nesta, ohne nachzudenken. Dies war etwas, das sie nicht nur von ihrer Mutter und den anderen Frauen gelernt, sondern auch in der Halle beobachtet hatte. Den Stolz eines Mannes oder einer Familie zu verletzen, konnte in eine Blutfehde führen, während die Tötung eines Mannes einfach mit dem *galanas* vergolten wurde. Dabei bezahlte der Täter den festgesetzten Preis, den das Opfer aufgrund seiner Stellung wert war, an dessen Familie, und Racheakte wurden vermieden.

»Und was ist seine größte Schwäche?«, wollte Henry dann wissen und sah ihr in die Augen.

Nesta zwang sich, seinem Blick nicht auszuweichen, als sie lächelnd erwiderte: »Sein Stolz.«

Henry nickte anerkennend: »Seht Ihr? Soeben habt Ihr mir etwas beigebracht.« Sacht ergriff er ihren Ellbogen und führte sie um ein paar an der Wand lehnenden Mistgabeln vorbei. Stallburschen kreuzten ihren Weg, zogen sich aber nach einem respektvollen Senken des Hauptes und einem gemurmelten Gruß diskret zurück. »Wie ich dieses Wissen nutzen kann, um den Konflikt zwischen England und Wales zu lösen, weiß ich nur noch nicht. Bislang kann ich die Leute noch nicht einmal dazu bringen, ein einheitliches Längenmaß zu benutzen.«

Nesta schmunzelte. »Das wäre in der Tat der erste Schritt für einen langfristigen Frieden, Mylord.«

Er sah auf sie hinab, und als sie sich in die Augen blickten, begannen sie plötzlich beide zu lachen.

»Nun, Mylady, hier sind wir«, stieß er schließlich aus und strich sich ein paar Locken aus der Stirn. Er führte sie in eine leere und ausgefegte Box und wies zum nebengelegenen Pferch, in dem eine Stute friedlich ihr Heu kaute. Als Nesta näher herantrat und über die brusthohe Bretterwand hinabblickte, entfuhr ihr ein begeisterter Laut der Freude. Sofort schlug sie sich die Hand vor den Mund, um das dösende Fohlen nicht zu stören, doch es war zu spät. Auf wackeligen Beinen richtete es sich auf und sah sich mit großen, dunklen Augen um.

»Wie schön es ist«, flüsterte sie und war ganz verzückt vom Anblick der dürren Beinchen, die zitternd darum kämpften, nicht wieder zusammenzusinken.

»Ich wusste, der Kleine würde Euch gefallen. Er wurde heute Nacht geboren. Er ist der Sohn meines besten Hengstes. Ein flämisches Schlachtross, das mich schon viele Jahre lang begleitet.« Henry lehnte die Unterarme auf die Bretterwand und beobachtete das Fohlen beinahe genauso versonnen wie Nesta. »Der Kleine ist … ich will ihn nicht einen Unfall nennen, eher …« Er sah sie an, »ein Kind der Liebe.«

»Ein Kind der Liebe?« Nesta legte den Kopf schief und blickte belustigt zu dem Fohlen. »So nennt Ihr das also, wenn ein ausgerissener Hengst eine Stute besteigt?«

»Wie würdet Ihr es denn nennen?«

Nesta zuckte lächelnd mit den Schultern und lehnte sich neben ihm an die Trennwand der Boxen. »Vielleicht habt Ihr recht. Kind der Liebe klingt auf jeden Fall schöner. Danke, dass Ihr ihn mir gezeigt habt.«

»Ihr hättet ihn wohl auch allein entdeckt, aber ich wollte dabei sein, wenn Ihr ihn zum ersten Mal seht.« Er streckte die Hand nach der Stute aus, doch die legte nur die Ohren an und beobachtete ihn argwöhnisch. »Jaja, Frauen und ihre Kinder. Kaum kommen sie nieder, vergessen sie die Zärtlichkeiten eines Mannes. Ich bin entrüstet, Madame«, wandte er sich mit gespielter Empörung an das sandfarbene Pferd. »Noch vor wenigen Tagen habt Ihr meine Streicheleinheiten nur allzu gerne angenommen.« Er hatte kaum ausgesprochen und seine Hand zurückgezogen, da rauschte die Stute plötzlich mit angelegten Ohren durch die Box auf ihn zu.

Nesta fuhr zurück. Henry packte sie an den Schultern und riss sie an seine Brust. Halb vor Schreck um Atem ringend, halb lachend betrachtete sie die Stute, die sich wieder abwandte und ihren Kopf zu ihrem Fohlen senkte, um es in die andere Ecke zu schubsen. »Augenscheinlich hat Euer Charme bei dieser Dame keinerlei Wirkung mehr«, stieß sie hervor und musste noch mehr lachen.

Henry grinste und ließ seinen Blick auf ihr ruhen, genauso wie seine Hände auf ihren Schultern. Dann beugte er sich zu ihr vor und sagte mit plötzlich völlig ernster Miene: »Und was ist mit Euch, Nesta?«

Nestas Lachen brach abrupt ab, und sie spürte sich bis zum Haaransatz erröten. Schließlich brachte sie ein Räuspern hervor. »Ich …« Sie sah sich im Stall um, als Henry unvermittelt seine Hände sinken ließ. Er richtete sich auf und trat ein Stück zurück.

»Vergebt mir, Mylady.« Er hob in einer hilflosen Geste die Schultern. »Ich bin zu weit gegangen.«

»Nein, ich …« Erneut ließ sie ihren Blick den verlassenen Gang hinuntergleiten. Doch so groß die Gefahr war, in einer derart unangemessenen Situation entdeckt zu werden, sosehr wünschte sie sich auch, dass er sie wieder in seine Arme zog. »Bitte, es gibt nichts zu verzeihen«, sagte sie etwas unbeholfen.

Henry wandte sich lächelnd ab und sagte mit einer kleinen Verbeugung in Richtung der nun friedvollen Stute: »Und Ihr, Madame, habt das letzte Mal Möhren aus meiner Tasche stibitzt, das verspreche ich Euch.«

Seufzend drehte er sich zu Nesta um, und sein Lächeln war auf einmal seltsam höflich: »Mylady, ich habe zu viel von Eurer Zeit gestohlen. Der Augenblick ist gekommen, mich zu verabschieden.«

Nesta verspürte einen Kloß im Hals: »Ihr geht tatsächlich fort?«

Henry nickte. »Ich reise im Auftrag des Königs nach Schottland, um mich um einige Angelegenheiten zu kümmern. Angelegenheiten, die mich, so fürchte ich, eine Weile von hier fernhalten werden.« Er blickte in den Gang, und als er sich wieder zu ihr umdrehte, legte er sanft seine Hand auf ihren Oberarm. »Seid unbesorgt. Ihr seid auch während meiner Abwesenheit sicher.«

»Aber ich sorge mich nicht um mich«, erwiderte sie und widerstand dem Drang, seine Hand zu ergreifen. Seine offenen Worte verwirrten sie, denn obgleich er ihr in diesem Moment vertraut erschien, war er doch der Bruder des Königs. Es war schwer, die Distanz zu wahren und gleichzeitig Gefühle zu empfinden, die ihr völlig neu waren. »Ich habe Angst um *Euch*«, flüsterte sie schließlich, als verstieße sie mit den leise gesprochenen Worten nicht gegen jeden Anstand.

Henrys Hand auf ihrem Arm hielt inne, seine Finger schlossen sich plötzlich um ihre Schulter, und sein dunkler Blick schien sie zu durchbohren. Dann schloss er kurz die Augen, als würde er mit sich ringen.

Nesta starrte ihn an, spürte den fast schon schmerzhaften Griff, als er unvermittelt einen Schritt nach vorne machte. Sein Körper stieß gegen den ihrigen und drängte sie zurück gegen die Stallwand. Im nächsten Moment lagen seine Hände auf ihren Wangen, strichen zurück unter ihr Haar, und noch ehe sie wusste, wie ihr geschah, lag sein Mund auf dem ihren.

Nesta hob ihre Hände, um ihn abzuwehren, als die Intensität seines Kusses den Schock überlagerte und sie plötzlich alles an ihm mit einer beängstigenden Deutlichkeit wahrnahm. Überall, an ihrer Brust, ihrem Bauch, ihren Beinen, spürte sie seinen Körper, der gegen den ihrigen lehnte und sie gefangen hielt. Seine Hände lagen unter ihrem Haar, während seine Lippen sie mit einer Zärtlichkeit berührten, die sie schwindlig werden ließ. Sein Oberlippenbart kitzelte, und als er plötzlich mit der Zunge über ihre Lippen strich, durchfuhr sie ein Schauer.

Ihr Körper gehorchte ihr nicht mehr, ihre Hände stießen ihn nicht fort, sondern klammerten sich an ihm fest, gruben sich in seinen Umhang. Ihre Lippen öffneten sich wie von selbst und geboten ihm Einlass. Ein tiefes Stöhnen drang aus seiner Kehle und überzog Nesta mit einer Gänsehaut. Nie hätte sie geahnt, dass sich ein Kuss so anfühlen konnte.

Wie aus weiter Ferne drang plötzlich eine pfeifende Melodie in ihr Bewusstsein, die immer näher kam. Als sie begriff, was dies bedeutete, drehte sie abrupt den Kopf zur Seite und drängte sich energisch aus ihrem Gefängnis zwischen Henry und der Stallwand. Henry richtete sich auf und drehte sich zu dem Geräusch um. Nesta wagte es nicht hinzusehen, doch sie hörte die schlurfenden Schritte eines Stallburschen und das beständige Pfeifen, das wieder leise wurde und im Gang verhallte.

»Mylady.«

Den Blick auf die Holzwand vor sich gerichtet, strich sie fahrig mit den Fingern über ihre geschwollenen Lippen und fuhr durch ihr Haar, um die Spangen neu zu ordnen. Sie wollte gar nicht wissen, wie sie aussah, und der Gedanke, in diesem Zustand hinauszugehen oder sich auch nur Henry zu stellen, ließ sie erröten. Jeder musste es ihr ansehen.

Plötzlich lag seine Hand auf ihrer Schulter, und sie zuckte zusammen. Wie erstarrt blickte sie weiterhin auf die Spinnweben, die in der Ecke das gräulich braune Holz bevölkerten, zu verlegen, um zu ihm aufzublicken. »Mylady, vergebt mir.« Seine Stimme war sanft, so voller Zuneigung, was sie noch viel deutlicher heraushörte, jetzt, da sie nicht von seinen goldfunkelnden Augen irritiert wurde.

»Meine Gefühle haben mich alle Vernunft vergessen lassen, aber ich glaube … ich glaube, es ging Euch nicht anders.« Ein Finger strich über ihre Wange, und Nesta hatte das Gefühl, jeden Moment in sich zusammenzusinken. Etwas, das so schön war, konnte doch unmöglich eine Sünde sein!

»Ihr seid das einzig Reine an diesem verdorbenen Hof. Es fällt mir schwer, Euch hier zurückzulassen.« Er atmete hörbar ein, dann verschwand die Berührung und ließ kalte Leere zurück. »Vergesst mich nicht, während ich in Schottland bin.« Stroh raschelte unter seinen Füßen, seine Stimme entfernte sich. »Versprecht es mir.«

Nesta fuhr hastig herum und sah ihn durch den Stallgang davongehen. »Ich verspreche es!«, rief sie, ungeachtet aller, die sie vielleicht hören mochten, und sank gegen die Stallwand in ihrem Rücken. Schwer atmend ließ sie den Kopf zurücksinken und schloss die Augen. Was geschah nur mit ihr?

Gedankenversunken ging Nesta durch das düstere Treppenhaus im Nordostturm des Great Tower zurück zum Frauengemach. Henry hatte sie geküsst, doch was das bedeutete, wusste sie nicht genau. In ihrem Kopf drehte sich alles. Sie wusste lediglich, wie viel Henry ihr bedeutete und dass sie noch nie so geküsst worden war. Insgeheim wünschte sie, dass die Damen damals bei der Jagd recht behielten und sie Henry eines Tages heiraten würde. Denn solche Momente wie eben wollte sie nicht nur einmal mit ihm erlebt haben.

Verhaltenes Lachen lenkte ihre Aufmerksamkeit zurück in die Realität, und als Nesta im Vorraum des zweiten Obergeschosses ankam, sah sie Ansfride und ihren Gemahl Anskill vor dem Frauengemach. Die beiden standen dicht beieinander, und Anskill strich Ansfride eine Haarsträhne zurück unter den Schleier. Seine tiefe Stimme war kaum mehr als ein angenehmer Klang in der Halle, zu weit entfernt, um einzelne Worte zu verstehen, doch ohne Zweifel handelte es sich um Zärtlichkeiten. Die Wärme in seinen Worten konnte sogar Nesta vernehmen. Ansfride lachte auf und schubste ihren Gemahl leicht gegen die Brust, der daraufhin seine Arme um sie schlang und sie festhielt. Nesta sah, wie Ansfride sich in die Umarmung ihres Gemahls schmiegte, und lächelte über so viel glückliche Vertrautheit.

Auf Geräuschlosigkeit bedacht, trat Nesta zurück ins Gewölbe des Rundturms, um die beiden ungestört zu lassen, doch da hatte Anskill sie schon entdeckt.

»Mylady Nesta!«, rief er erfreut aus und verneigte sich mit ausgebreiteten Armen vor ihr. »Wir wollten schon nach Euch suchen lassen, da Ihr so lange verschwunden wart.«

Nesta spürte, wie ihre Wangen zu brennen begannen. Die Erinnerung an Henrys Worte und seine Nähe lebten noch viel zu deutlich in ihrem Inneren, als dass sie die Gefühle ignorieren könnte. Fast war es ihr, als könnte ihr jeder ansehen, was zwischen ihr und dem Bruder des Königs vorgefallen war.

»Henry hat mir ein Hengstfohlen gezeigt, das letzte Nacht geboren wurde«, erwiderte sie so unbekümmert wie möglich und ging auf die beiden zu.

»Ah, ein Fohlen also.« Anskill hauchte seiner Gemahlin einen sittsamen Kuss auf die Stirn. »Dann überlasse ich die Ladys nun sich selbst. Guten Tag.« Er zwinkerte Ansfride noch kurz zu und ging mit beschwingtem Gang fort.

Nesta sah ihm hinterher. »Hast du ihn bereits geliebt, ehe ihr geheiratet habt?«, fragte sie, um sich selbst zu vergewissern, dass Ehen auch aus Liebe geschlossen werden konnten.

Ansfride trat an ihre Seite. Eine Weile schwieg sie und sah ebenfalls dem flatternden Umhang hinterher, ehe dieser in der Dunkelheit des Treppenhauses verschwand. Schließlich wandte sie sich ihr zu. »Anskill ist ein guter Ehemann. Ich hatte großes Glück.« Sie legte Nesta die Hand auf die Schulter. »Und du wirst ebensolches Glück erfahren, da bin ich mir sicher.«

Nesta senkte den Blick und starrte auf ihren Rocksaum, der vom schlammigen Weg draußen einen dunklen Rand aufwies. Ihre Gedanken kreisten um Henry. Sie meinte, noch immer seine Hand auf ihrer Wange und seinen Blick auf sich zu spüren.

»Henry de Normandie wird dich gut verheiraten. Er wird dir den besten Mann finden, den es gibt.«

Ihr Kopf fuhr hoch, und sie starrte in Ansfrides freundlich lächelndes Gesicht. Allein der Gedanke, dass Henry sie einfach an einen anderen Mann geben könnte, kam ihr ungeheuerlich vor und schmerzte.

»Noch ist es ja etwas früh, um sich darüber Gedanken zu machen«, meinte ihre Freundin und wandte sich ab. Sie ging zum Frauengemach und bedeutete Nesta, ihr zu folgen. »Außerdem sollte dieser Schritt gut überlegt sein. Nicht alle sind so herzensgut wie Anskill – du weißt ja, wovon ich rede.« Sie öffnete die Tür und ging in den verlassenen Aufenthaltsraum, wo sie sich verdünnten Wein einschenkte. Nesta wusste sehr genau, wovon

Ansfride sprach, schließlich erinnerte sie sich noch gut an Arnulf de Montgomery und seine gesamte Bande ehrloser Räuber.

»Am besten wäre es natürlich, wenn Henry dich noch verheiratet, ehe er selbst verheiratet ist«, sprach ihre Freundin ohne Unterlass weiter und ließ sie mit jedem Wort zusammenzucken. »Ansonsten vergisst er dich noch und lässt dich dein ganzes Leben ohne Ehemann fristen.«

Nesta räusperte sich. »Meinst du ... glaubst du, dass Henry bereits eine Vermählung in Erwägung zieht?« Sie wusste, er hatte bereits Kinder aus alten Liebschaften, aber es sah nicht so aus, als hätte er im Moment irgendwelche Heiratspläne. Er hofierte auch niemanden offen, und selbst geheime Pläne würden doch früher oder später bei Hofe die Runde machen. Ansfride reichte ihr einen Kelch und zuckte mit den Schultern. »Wer weiß? Es ist zwar verboten, dies laut auszusprechen, aber es ist nun einmal so, dass Henry eines Tages womöglich auf dem Thron sitzt. Und das heißt, er braucht eine ansprechende Partie.«

»Eine Prinzessin?« Ihr Herz schlug schnell, doch Ansfride winkte ab.

»Nicht unbedingt. Wichtig ist, dass sie sowohl Macht als auch Geld einbringt.«

Nesta blickte auf den dunklen Wein in ihrem Kelch. Sie hatte weder Macht noch Geld. Ihr Land gehörte den Normannen, und bevor es ihr gehörte, stand es noch ihrem Bruder zu. Sie selbst war nur das wert, was ihr Vormund als Mitgift zu geben bereit war. »Lady Ermentrude meinte einmal, Henry und ich könnten ...«

Ansfride ließ ihren Kelch sinken und atmete tief durch. Dann stellte sie den Wein ab und kam mit ausgebreiteten Armen auf Nesta zu. »So Gott will, wird Henry eines Tages König«, sagte sie sanft und legte ihre Hände auf Nestas Schultern. »Er wird mit seinem Land verheiratet sein, und du willst keinen Mann, den du mit tausenden anderen teilen musst.«

»Ich …« Nesta verbot sich weitere Worte, denn sie fürchtete, zu viel von ihren Gefühlen preiszugeben. Wenn Ansfride von Henrys und ihrem Kuss erfuhr, wäre sie im besten Falle belustigt, im schlimmsten empört. Was hatte sie sich nur dabei gedacht, Henry ganz allein in den Stall zu folgen und derart frei mit ihm zu sprechen? Zwar hatte er gesagt, dass sie ihm gegenüber stets offen sein sollte, und doch fragte sie sich, ob sie Henry gar zu dem Kuss ermutigt hatte. Madame de Mabiles Worte drangen in ihren Kopf. Sie hörte die Mahnreden und Warnungen, und plötzlich kam ihr das eigene Verhalten ungehörig und dumm vor. Sie hatte den Bruder des Königs geküsst – andere mochten sie gesehen haben! Das durfte nie wieder geschehen. Wäre sie in Wales aufgewachsen, hätte sie sich nie in solch einer Situation wiedergefunden. Sie wäre vor jeglichem näherem Kontakt zu Männern bewahrt worden und hätte sich nie für ihr Herz schämen müssen. Ihre Mutter hätte sie geleitet, und ihr Vater hätte sie schließlich ihrem Ehemann zugeführt, ohne dass sie vorher derart verwirrende Gefühle hätte durchstehen müssen! Lady Ansfride gab sich zwar Mühe, und Madame de Mabile hatte ihr anständiges Verhalten einzubläuen versucht, aber wie sollte sie sich an diese Regeln halten, ohne gegen ihr eigenes Herz zu gehen?

»Du bist noch so jung«, sagte Ansfride tröstend, und Nesta fürchtete, ihre Freundin wusste viel zu genau, wie es in ihr aussah. Wieso sonst sprach sie plötzlich von Ehen und Henry? Waren ihr die Gefühle für den Bruder des Königs tatsächlich so leicht anzusehen?

»Kind, es gibt Männer da draußen, die wissen genau, wie sie ein junges Ding wie dich einfangen.« Ansfride führte sie in die Fensternische und bedeutete ihr, auf der gepolsterten Bank Platz zu nehmen. »Du musst vorsichtig sein. Dies ist der Hof, und wie ich schon sagte: Nicht jeder ist wie Anskill. Lass dir nichts einreden, hörst du? Und wenn dir jemals ein Mann zu nahekommt, möchte ich, dass du mir davon erzählst. Es ist von äußerster Wichtigkeit, dass wir auf dich aufpassen, verstehst du?«

Nesta brachte ein Nicken zustande und kämpfte gegen die Tränen. Ansfride hatte recht. Sie war viel zu unvorsichtig und hatte ihr Herz zu schnell verschenkt. Sie war sich fast sicher, dass Henry echte Gefühle für sie hegte, doch war ihr bewusst, dass er sie womöglich nicht heiraten konnte. In seiner Position hatte er genauso wenig eine Wahl wie sie. Ihr blieb nur die Hoffnung. Hoffnung auf seine Liebe, denn nur er würde sie beschützen. Nur er würde sie so halten, wie Anskill vorhin Ansfride gehalten hatte.

»Wenn du Kummer hast«, sagte ihre Freundin und tätschelte ihr leicht das Knie, »dann komm zu mir, hörst du? Du kannst mich alles fragen und mir alles sagen. Ich werde dir helfen, egal, was ist.«

Nesta hielt mit aller Macht die Tränen zurück. »Danke.« Sie sah Ansfride in die Augen. »Ich bin froh, dich zu haben, denn ohne dich …«, sie schluckte gegen den Schmerz in ihrem Hals, »ohne dich wäre ich hier ganz allein.«

»Ach Kind.« Ansfride seufzte auf und schlang ihre Arme um sie. Dann drückte sie Nesta fest an ihre üppige Brust und streichelte ihr über den Rücken. »Ich weiß, wie es ist, verliebt zu sein. Ich weiß, wie hell und strahlend alles erscheint, aber vergiss nie, wie wertvoll du bist, Kind. Zu wertvoll, um dich zu verschenken, hörst du?«

Nesta nickte und schloss die Augen. Ansfride hatte recht. Sie war eine Königstochter, und vielleicht war es gar nicht so schlecht, dass Henry nach Schottland gereist war. So hatte sie Zeit, Herr über ihre wirren Gefühle zu werden. Und wenn der Bruder des Königs zurückkehrte, könnte sie ihm als Dame entgegentreten und nicht als verliebtes Mädchen.

Chester, Nordwestengland, Mai 1099

Nesta starrte durch den dichten Rauch der Halle zur Tafel am Podest, wo dem walisischen Fürst Gruffudd ap Cynan von Gwynedd gerade gefülltes Wildschwein gereicht wurde. Er war ein ansehnlicher Mann, wohl Mitte vierzig, mit Haar und Bart in der Farbe von Weizen und scharfen Augen, die sich immer wieder umsahen. Sein Gewand war anders als die normannischen Bliauts geschnitten, die dunkle Tunika reichte ihm nur knapp über die Hüften und wölbte sich über einen kleinen Bauchansatz. Neben dem fülligen Earl of Chester wirkte er aber schlank wie ein Grashalm, und seine scharfen Gesichtszüge zeigten noch heute die Vitalität eines jungen Mannes. Er war der erste Waliser, mit dem Nesta sich seit sehr langer Zeit im selben Raum befand, zudem war er einst ein enger Freund und Verbündeter ihres Vaters gewesen. Sie war auf diese Begegnung nicht vorbereitet gewesen und konnte ihre Aufregung nur schlecht verbergen. Als ihr der Lord Falconer vorhin erzählt hatte, um wen es sich bei diesem besonderen Gast handelte, hatte sie ihm kaum glauben können.

Der König verharrte selten lange an einem Ort, und so war Nesta erneut mit dem gesamten Hof durch England gereist, hatte an Jagdgesellschaften teilgenommen, eine Burg nach der anderen besucht und in feinster Gesellschaft gespeist. Seit zwei Tagen hielten sie sich nun in Chester Castle auf, wo der Earl of Chester den König und sein Gefolge bewirtete. Schon morgen wollten sie zurück nach London reisen, was Nesta mit brennender Unruhe erfüllte. Sie musste eine Gelegenheit finden, mit

Gruffudd zu sprechen, Geschichten über ihren Vater zu hören, doch sie fürchtete, der Fürst war für sie unerreichbar. Sie konnte ja nicht einfach zu ihm hingehen und ihn ansprechen. Zudem wusste er vermutlich noch nicht einmal, wer sie war, und hielt sie für eines der vielen normannischen Mädchen. Aber wenn er die Wahrheit kennen würde … Vielleicht könnte er sie zurück nach Hause bringen. Aber wollte sie das überhaupt? Es ging ihr unter den Normannen inzwischen gut, und in Wales gab es für sie nichts mehr als Asche und Gräber. Und doch konnte sie den Blick nicht von Gruffudd nehmen. All die Köstlichkeiten auf den Platten vor ihr blieben unberührt, und ihre Augen verfolgten jede seiner Bewegungen. Sie beobachtete seine Lippen, um Gesprächsfetzen zu erhaschen, doch aus der Entfernung konnte sie nicht erkennen, worüber sich der Fürst mit dem König und dem Earl unterhielt.

Als hätte er ihre Gedanken gelesen, wandte sich ihr Tischnachbar, der Lord Falconer, ihr zu.

»Der Waliser kriecht wohl vor dem Earl und dem König, um ein bisschen Land zurückzubekommen«, sagte er leise und wies mit einem abgenagten Knochen auf Gruffudd. »Ich muss gestehen, es gehört schon einiges dazu, sich wieder hierherzuwagen. Mut hat er ja.«

Nesta sah den hohen Lord an ihrer Seite fragend an. Als Verantwortlicher über die königlichen Raubvögel hielt der Baron eines der bedeutendsten Ämter im Haushalt des Königs und saß nur wenige Plätze von William Rufus entfernt.

»Wie meint Ihr das?«, wollte sie wissen. »Droht dem Fürsten hier etwa Gefahr?« Ihre Stimme zitterte leicht, doch sie gemahnte sich schnell an eine unberührte Miene.

Der Lord Falconer zuckte mit den Schultern. »Vermutlich nicht. Aber Ihr müsst wissen, Gruffudd war über ein Jahrzehnt lang ein Gefangener auf dieser Burg. Es war Verrat auf eigener Seite.«

»Tatsächlich?« Nesta blickte wieder zu den hohen Herren und rümpfte die Nase, als der überaus wohlgenährte Earl of Chester seine fleischigen Finger ableckte und Knochen achtlos von der Tafel in die Binsen warf, wo sich die Hunde knurrend darüber hermachten. Er schien gutgelaunt, und immer wieder war sein donnerndes Lachen zu hören, während das Lächeln seines walisischen Tischnachbarn gezwungen wirkte. Jetzt verstand Nesta auch, weshalb. Der König schien sich indessen eher für den Weinkelch zu interessieren, den er andächtig anstarrte, doch Nesta kannte ihn inzwischen gut genug, um zu wissen, dass er aufmerksam zuhörte. Zwar waren die Marcher Lords allein für die Grenzmarken verantwortlich, aber der König war dennoch daran interessiert, was seine Barone mit ihrer Macht trieben.

»In der Tat«, fuhr der Lord Falconer fort. Genugtuung klang aus seiner Stimme. Offensichtlich war er kein Freund der Waliser. »Gruffudd machte sich auf zu einem Treffen mit dem Earl of Chester«, er wies zu ihrem Gastgeber, »und dem verstorbenen Earl of Shrewsbury, doch es war eine Falle. Er wurde gefangen genommen und saß etliche Jahre in einem dunklen Loch unter uns. Einer seiner Leute hat ihn verraten.«

»Wie schrecklich.« Nesta spürte, dass der Lord Falconer sie ansah. Bestimmt dämmerte ihm, dass sie ja auch Waliserin war, doch nach einer kurzen Zeit des Schweigens fuhr er fort: »Nun, er entkam und floh nach Irland. Als er zurückkehrte, gelang es ihm, ein paar seiner Besitztümer zurückzuerobern, woraufhin Chester und Shrewsbury erneut gegen ihn zogen. Die beiden kauften die dänische Flotte aus Irland, die Gruffudd angeheuert hatte, sodass der Waliser im Angesicht dieser Übermacht erneut floh. Ehrloser Feigling. So machen es die Waliser immer. Sie greifen uns an, und sobald wir gegen sie ziehen, segeln sie nach Irland, nur um dann wieder heimtückisch zuzuschlagen. Ich sage Euch …«

Nesta hörte nur noch mit halbem Ohr zu. Ihr Blick ruhte auf

ihrem Landsmann. Auch ihr Vater hatte einst fliehen müssen. Damals hatten sich die Fürsten von Gwent und Morgannwg gegen ihn verbündet, doch dieser Mann dort drüben hatte ihrem Vater geholfen, so wie ihr Vater Gruffudd bei der Rückerlangung von Gwynedd unterstützt hatte. Der Fürst war ihrem Vater so nahegestanden, und umso länger sie ihn beobachtete, desto mehr erinnerte er sie an ihn. Natürlich war das Unsinn, denn ihre Erinnerung an ihren Vater war getrübt, und dieser Mann war noch nicht einmal besonders eng verwandt, aber es war eher ein vertrautes Gefühl, das der Fürst von Gwynedd ihr vermittelte. Bewunderung und Heldenverehrung. Er war ein walisischer Fürst, der um sein Land kämpfte.

Nesta erinnerte sich gut an den Verrat der dänischen Flotte, von dem der Lord Falconer eben gesprochen hatte. Denn nachdem Gruffudd nach Irland geflohen war, hatte der norwegische König Magnus Barefoot den Earl of Shrewsbury mit einem Pfeil getötet. Nesta wusste noch, wie bestürzt Madame de Mabile bei dieser Nachricht gewesen war und wie bestrebt Arnulf de Montgomery bei seiner vergeblichen Hoffnung, den Platz seines gefallenen Bruders einzunehmen. Dass Gruffudd ap Cynan nun aus Irland zurückgekehrt war, musste bedeuten, dass Hoffnung für ein walisisches Gwynedd bestand. Womöglich waren die Normannen bereit, dem Fürsten mit einer Friedensschließung sein Land zurückzugeben. Dies wäre für Gwynedd eine gute Nachricht, denn Nesta hatte bei Hofe genug von den barbarischen Normannen gehört, die nach wie vor in Wales wüteten. Eine Burg nach der anderen wurde auf walisischem Land errichtet, um die Einheimischen unter Kontrolle zu halten, und die Herren dieser Burgen nahmen sich nur allzu gerne, was nicht schnell genug fortlaufen konnte. Nesta mochte gar nicht an Deheubarth denken, und wie ihre Leute unter Arnulf de Montgomery leiden mussten. Sie hatte genug gehört, um zu wissen, dass sich das Schicksal ihrer Mutter und aller anderen in ihrer Heimat tagtäglich wiederholte. Nesta wusste, dies würde erst ein Ende finden, wenn ein gerechter König auf dem englischen Thron saß, der den Marcher Lords Zügel anlegte, und sie glaubte fest daran, dass England und Wales solch einen erhalten würden.

Als sich das Mahl langsam dem Ende zuneigte, begannen Barden, Heldenlieder über den König zu singen, die natürlich hauptsächlich von William Rufus' Feldzügen handelten. Nesta war aber auch hierbei mit ihren Gedanken ganz woanders, denn sie überlegte immer noch, wie sie mit dem walisischen Fürsten in Kontakt treten konnte. Als ein paar Damen sich erhoben, um sich im Gemach oberhalb der Halle zur Ruhe zu begeben, sah Nesta ihre Möglichkeit. Sie lehnte sich vor und berührte an Tyrell vorbei Ansfrides Arm.

»Ich bin müde«, sagte sie und musste tatsächlich ein Gähnen unterdrücken. »Ich ziehe mich schon mal zurück.«

»Warte.« Ansfride machte Anstalten sich zu erheben. »Ich komme mit dir.«

»Nein, nein!« Nesta sah ihren Plan scheitern und deutete schnell zu den anderen Damen, die sich zur Treppe begaben. »Ich gehe mit ihnen. Ich bin nicht allein, bleib nur hier.« Sie nickte Anskill zu, der lächelte und Ansfride zu sich herunterzog.

»Aber …«, begann die Dame und fuhr herum, als Nesta nach einem kurzen Abschiedsgruß über die Sitzbank stieg, »du kannst doch nicht …«

Nesta legte ihr im Vorbeigehen die Hand auf die Schulter. »Mir geschieht schon nichts«, sagte sie und eilte sofort den anderen Damen hinterher. Ihr Überkleid streifte durch die Binsen, und Nesta hielt es ein wenig hoch, um schneller laufen zu können. Sie wusste, Ansfride blickte ihr hinterher, und so hielt sie sich knapp hinter den Damen. Diese liefen schnatternd und lachend ins Treppenhaus, das zu den Gemächern über der Halle führte, und als Nesta ebenfalls in die Dunkelheit eintauchte, blieb sie stehen. Sie wusste, Ansfride konnte sie jetzt nicht mehr sehen, und ihre Freundin nahm wohl an, dass Nesta in jenes Gemach ging, das für die Damen vorbereitet worden war, während die Männer unten in der Halle übernachteten. Einzig der König und sein Knappe sowie der Earl würden des Nachts noch hier hochkommen, genauso wie ein paar Wachen, doch der Fürst von Gwynedd schlief entweder in der Halle oder in einer Unterkunft in der Stadt. Das bedeutete, dass er bestimmt noch in den Hof hinausging.

Nesta presste sich gegen die Holzwand und blickte die Treppe hoch, wo der letzte blasse Schein eines Rockes verschwand, die Stimmen verhallten. Die Damen hatten gar nicht bemerkt, dass Nesta sich ihnen angeschlossen hatte, und so wartete sie noch ein paar Augenblicke, ehe sie sicher sein konnte, dass Ansfride ihr nicht mehr hinterhersah. So wie sie ihre Freundin kannte, würde diese sich trotz Überredungsversuchen ihres Gemahls bald auf den Weg machen, um nach Nesta zu sehen. Daher blieb ihr nicht viel Zeit, wollte sie verhindern, dass Ansfride sich sorgte und nach ihr suchte.

Vorsichtig lehnte sie sich ein wenig vor und spähte in die von Fackeln erleuchtete Halle. Der Hofnarr hatte begonnen, Becher zu jonglieren, und nahm Platten, Käsestücke und Äpfel dazu, um sein Kunststück zu vervollkommnen. Alle Blicke waren auf ihn gerichtet, und diejenigen, die sich nicht dafür interessierten, steckten ihre Köpfe in privaten Gesprächen zusammen. Niemand sah in ihre Richtung.

Nesta atmete tief durch. Sie musste es wagen, anders hätte sie keine Möglichkeit, um mit dem Fürsten zu sprechen. Sie presste sich wieder an die Wand, machte einen Schritt zur Seite Richtung Halle und huschte um die Ecke. So schnell sie konnte, rannte sie im Schatten unter den Wandleuchtern zur Tür und stieß sie auf. Erleichtert atmete sie die schwüle Luft dieser ungewohnt drückenden Mainacht ein und klammerte sich ans Geländer der Außentreppe. Der Duft des Küchenhauses mischte sich hier draußen mit dem Gestank der in einer Flussschleife gelegenen Stadt, doch alles war besser als die von Schweiß, fettem Essen und nassen Tieren stinkende Hallenluft.

Die Sonne war längst untergegangen, und tanzende Lichtpunkte deuteten auf Fackeln an den Palisaden hin. Ansonsten war alles dunkel, nur hin und wieder öffnete sich die Tür der Küche, was einen Lichtfleck in den Hof warf, der gleich wieder verschwand.

Nesta hatte keine Zeit mehr zu verlieren. Sie warf einen Blick hinter sich zur geschlossenen Hallentür und eilte schließlich die Treppe hinab. Sie würde Fürst Gruffudd ansprechen, sobald er sich aus der Menge entfernte und nur noch unter seinen Landsmännern war. Unter Walisern konnte sie frei reden.

Eine Magd kreuzte ihren Weg, doch die junge Frau war so auf ihre Weinkrüge konzentriert, dass sie Nesta kaum wahrzunehmen schien, und im nächsten Moment war Nesta auch schon Teil der Finsternis.

Ihr Herz schlug schnell – sie wusste, dass es gefährlich war, so spät allein draußen unterwegs zu sein, aber dies war ihre einzige Möglichkeit, um aus walisischem Mund zu erfahren, was in ihrem Land geschah und wie es ihrem Bruder Gruffydd in Irland erging. Sie konnte nicht einfach in ihrem Bett liegen und nichts tun. Nesta versuchte, mit dem Schatten der Mauer im oberen Hof zu verschmelzen. In der dunkelsten Ecke neben der Küche blieb sie stehen und blickte auf die schwarze Silhouette des hölzernen Turms. Der Himmel war bewölkt, und es gelangte nur wenig Licht des zunehmenden Mondes zu ihr herab. Aber jetzt, da sich ihre Augen an die Dunkelheit gewöhnt hatten, sah Nesta genug, um zu erkennen, wenn eine Gestalt die Außentreppe herabkam. Ihr Herz begann zu rasen, als sie dort eine Bewegung wahrnahm, doch es waren nur zwei betrunkene Ritter des Königs, die zu den Palisaden schlenderten. Die Zeit verstrich, und Nesta begann an ihrem Vorhaben zu zweifeln. Vielleicht hatte sich der Fürst mit seinem

Gefolge in der Halle schlafen gelegt? Nein, sie konnte sich nicht vorstellen, dass ein Mann wie er unter Normannen blieb.

Seufzend richtete Nesta sich auf und lehnte sich gegen die Küchenwand, hinter der ebenfalls Ruhe eingekehrt war. Sie war so nahe daran gewesen, mit einem alten Freund ihres Vaters zu sprechen. Sie fühlte sich wohl unter den Normannen, und doch merkte sie in diesem Moment, wie sehr sie ihre Heimat vermisste, wie sehr sie sich nach Deheubarth und ihrer Familie sehnte. Natürlich wusste sie, dass dort nichts mehr so war wie in ihrer Erinnerung, und gerade jetzt schmerzte sie dieser Verlust wie schon lange nicht mehr.

»Die Tochter von Rhys ap Tewdwr.«

Nesta sog scharf den Atem ein und fuhr herum. Gruffud ap Cynan stand direkt vor ihr. An seiner Seite hielt sich eine Handvoll schwer bewaffneter Männer.

Der Fürst schien ihren erschrockenen Blick zu seinen Begleitern bemerkt zu haben, denn er winkte seine Männer etwas zurück. »Keine Sorge, Nesta«, sagte er sanft in ihrer Muttersprache und trat näher – heraus aus dem fahlen Fackelschein, der von der Palisade den Hof beleuchtete. »Sie sind harmlos, doch unter den Freinc kann man gar nicht misstrauisch genug sein.« Er wies hinter sich zum Turm. »Über ein Jahrzehnt war ich hier gefangen, und ich gedenke nicht, mich noch einmal in eine Falle locken zu lassen.« Er ließ seinen Blick über sie gleiten und lächelte breit. »Ich habe mich nach dir erkundigt, Nesta. Es kam mir ungewöhnlich vor, dass ein so schönes, junges Ding mich während des gesamten Mahls derart anstarrt. Das passiert in meinem Alter nicht mehr oft. Nun frage ich mich, warum ich dich nicht gleich erkannt habe. Du bist das Ebenbild deiner Mutter.« Er streckte die Hände nach ihr aus, umschlang mit seinen langen Fingern ihr Gesicht und küsste sie auf beide Wangen. »Es schmerzte mich, vom Tod deines Vaters zu hören«, sagte er und strich ihr eine Haarsträhne zurück. Seine tröstenden Worte in der vertrauten Sprache erweckten in ihr den Wunsch, sich in seine Arme zu werfen. Derartige Nähe war ihr unter den steifen und unterkühlten Normannen fast schon fremd geworden. Bei ihr zu Hause wurde jeder Gast herzlich begrüßt, und in der Familie waren ganz selbstverständlich Zärtlichkeiten ausgetauscht worden.

»Ich wollte mit Euch sprechen«, flüsterte sie und sah zu ihrem Landsmann auf.

Der Fürst gab einen brummenden Laut von sich, der als unterdrücktes Lachen gedeutet werden konnte. »Das dachte ich mir schon, als ich dich um die Ecke hab spähen sehen.« Sein Gesicht war in der Dunkelheit fast nicht auszumachen, und doch erkannte sie, dass sich seine Züge verhärteten. »Eine Geisel unter den Freinc. Wenn das dein Vater wüsste … Sie werden dich an einen von ihnen verkaufen, nehme ich an.«

Nesta dachte an all die möglichen Heiratskandidaten und ihr Gespräch mit Lady Ansfride über Henry de Normandie. Ihre Freundin meinte, Henry würde sie nicht heiraten, und wenn sie recht behalten sollte … daran wollte Nesta gar nicht denken. Trotzdem versuchte sie, nicht allzu ängstlich zu klingen. »Worin sonst liegt mein Nutzen für sie?«

Der Fürst strich sich mit der Hand über den kurzgehaltenen Bart, der Kinn und Oberlippe bedeckte. »Mit dir könnte sich die Lage in Deheubarth beruhigen. Ich nehme an, sie geben dich an einen freincischen Lord in dieser Gegend, damit unser Volk von einer Britin mit königlichem Blut besänftigt wird.« Er legte ihr die Hand auf die Schulter und tätschelte sie. »Kopf hoch. Dein Bruder wird das schon zu verhindern wissen.«

»Ihr habt von Gruffydd gehört?«

»Gehört ja, gesehen leider nicht. Ich hielt mich in Dublin auf«, antwortete der Fürst, und Bedauern klang aus seiner Stimme. »Dein Bruder ist in Munster beim irischen Hochkönig. Doch man berichtet mir, dass er bestrebt ist, nach Hause zurückzukehren, und bereits Pläne schmiedet.«

Nesta legte ihre Hand auf das feuchte Holz der Wand neben sich. »Haltet Ihr das für klug?« Sie dachte an die Macht der Normannen. Was sollte ihr Bruder schon gegen sie ausrichten können? Nesta wollte, dass er heimkehrte, aber nicht, um Krieg zu führen. Einst hätte sie alles dafür gegeben, die Räuber ihres Landes vertrieben und bestraft zu sehen, doch mit wie viel Blut müsste Wales für diese Freiheit bezahlen? Der Friede war alles, was zählte, die Sicherheit ihres Volkes, und Hywels Worte über die Ordnung unter den Normannen ließen sie nicht mehr los. Ihr Bruder hatte ihr in Shrewsbury Abbey gesagt, dass die normannischen Könige durch Gottes Gnade herrschten und Einigkeit in ein von Stammesfehden zerrüttetes Land brachten. Nesta erinnerte sich noch, wie sie als kleines Mädchen die dänischen Piraten in der Halle ihres Vaters beobachtet hatte. Sie waren aus Irland gekommen, um für ihren Vater gegen andere walisische Fürsten oder ehrgeizige Edelleute zu kämpfen. Sie hatte Kriegsbeute, Verwundete und Sklaven gesehen. Zwar wusste sie nicht, ob der König von England tatsächlich von Gott auserwählt war, aber sie wusste, dass ihre Heimat ein kriegerisches Land war. Unter einem gerechten Herrscher könnte es zur Ruhe kommen. Der Fürst beobachtete sie aufmerksam, dann zuckte er mit den Schultern. »Ob klug oder nicht – unser Land ist noch nicht verloren.«

Nesta horchte auf. »Ihr habt Gwynedd zurückbekommen?«

Ein leises Lachen erscholl. »Teile davon – unter normannischer Vorherrschaft natürlich. Nun, ich gebe mich damit zufrieden … vorerst. Ich bin ein geduldiger Mann. Diese Tugend wenigstens hat mich die Zeit der Gefangenschaft gelehrt. Ich weiß, wann ich zu schwach bin, um Widerstand zu leisten, ich weiß aber auch, dass das nicht immer so bleiben wird. Zumindest kann ich dafür sorgen, dass mein Land nicht mehr gar so hilflos ausgeliefert ist. Der Earl of Chester wird von unserem Volk nicht umsonst Hugh *Blaidd* genannt – der Wolf. Was er in meinem

Land anrichtete, lässt gestandene Männer nachts vor Schreck aus dem Schlaf fahren.«

Der Fürst von Gwynedd – der im Grunde nur noch Lehnsherr über ein paar Ländereien in seinem einstigen Fürstentum war – hob resigniert die Hände. »Dir muss ich wohl nichts erzählen. Wir im Norden hatten den Wolf und ihr im Süden den Teufelssohn de Montgomery. Im Grunde hatten wir dasselbe zu erdulden, Kind, und das macht uns zu Verbündeten – so wie einst dein Vater mein Verbündeter und Freund war.« Er trat zurück ins Licht der Fackeln, und nun zeigte sich sein gewinnendes Lächeln. »Ich werde deinem Bruder in Irland von unserer Begegnung berichten, ihm sagen, dass es dir gutgeht.«

»Ich danke Euch.«

Der Fürst nickte und verneigte sich knapp vor ihr. »Es hat mich gefreut, dich kennenzulernen, Nesta. Möge dich dein Weg zurück in die Heimat führen.« Mit diesen Worten drehte er sich um und schwang sich auf der anderen Seite des Hofes auf eines der bereitgestellten Pferde. Natürlich wagte er es nicht, unter einem normannischen Dach zu schlafen, und Nesta fragte sich zum ersten Mal, wohin sie eigentlich gehörte. Sie schlief friedlich unter Normannen, lachte mit ihnen und genoss ihre Gesellschaft. Und doch liebte sie gleichzeitig dieses wilde Land ihrer Heimat und all seine Bewohner. Mit ein wenig Unbehagen dachte sie an den Tag, an dem sie sich vielleicht für eine Seite entscheiden müsste.

»Nesta?!« Ansfride rannte die Außentreppe hinab, gefolgt von Tyrell und Anskill, beide hatten gezückte Schwerter in Händen. »Großer Gott Nesta, wo bist du?«

Ein warmes Gefühl breitete sich beim Anblick ihrer Freunde aus, die für sie zu kämpfen bereit waren. Lächelnd trat sie aus den Schatten. »Ich bin hier.«

»Aber was soll ich denn machen, Mylord?«, erklang die verzweifelte Stimme eines Jungen weiter hinten in der Marschreihe. »Er will einfach keine Ruhe geben.«

»Dann …« Ein schrilles Schreien übertönte die wütende Antwort des Lord Falconers, und Nesta überkam eine Gänsehaut. Der Greifvogel stieß ein Geräusch aus, das Nesta nur allzu gut bekannt war. In ihrer Heimat hatte sie den Tieren zugesehen, wie sie über die Felder kreisten, um das aufgescheuchte Nagegetier bei der Ernte zu erwischen. Gemeinsam mit ihrem Bruder Gruffydd war sie über die Äcker gelaufen, den Kopf in den Nacken gelegt, um die Vögel zu beobachten – sehr zum Missfallen der Bauern. Jetzt dieses Geräusch zu hören, erweckte das Kribbeln von einst in ihrem Bauch, das Gefühl der Freiheit, des Wagemuts und der leisen Angst im Angesicht der majestätischen Vögel, die jederzeit herabstoßen konnten, um ihr die Augen auszuhacken.

Barcud Coch nannten die Waliser die Greifvögel mit dem rotbraunen Federkleid, und es hieß, diese Tiere wären noch vor Menschengedenken über Britannien geflogen. Sie waren ein Symbol für Wales, und manch ein walisischer Kriegsherr trug das Abbild des Greifvogels auf seinem Wappen.

»Ach, du lieber Himmel«, seufzte Lady Ansfride bei einem weiteren zornigen Ruf des Vogels, der sich irgendwo hoch oben in den Bäumen am Straßenrand verlor. »Man könnte meinen, alle Dämonen der Hölle wären auferstanden, um uns heimzusuchen.«

»Er hat Angst«, erwiderte Nesta und drehte sich im Sattel um, damit sie einen Blick auf die Fußgänger erhaschen konnte. Die Hunde beantworteten jeden Schrei des Vogels mit Gebell, und allmählich schienen sich auch die anderen Greife des Königs und der Barone zu erregen. »Ich habe noch nie einen *Barcud Coch* in Gefangenschaft gesehen«, murmelte Nesta und musste an ihre Zeit in Shrewsbury denken. Sie konnte verstehen, dass sich dieser Vogel nicht einfach seinem Schicksal fügte – er war schließlich ein Symbol der Freiheit und galt als unzähmbar.

Nesta sah noch einmal zurück, und als sie einen neuerlichen Ruf vernahm, lenkte sie ihre Stute zur Seite in den herrlich grünen Farn, der sich zwischen den Bäumen ausgebreitet hatte.

»Wo willst du …«, begann Ansfride, doch Nesta schwang sich bereits aus dem Sattel und übergab die Zügel an einen Knappen.

Sie bedeutete Ansfride weiterzureiten und hob ihre Röcke. Durch Gestrüpp und Dornen kämpfte sie sich einen Weg am Straßenrand zurück zu den Fußgängern und ließ all die berittenen Adligen an sich vorüberziehen. Sie musste den Vogel mit eigenen Augen sehen. Bisher hatte sie diese Tiere immer nur aus der Ferne betrachtet, dabei hatte sie so oft mit Gruffydd versucht, einen zu erwischen. Manchmal hatten sie sogar Köder ausgelegt, doch in den seltenen Fällen, da sich ein *Barcud Coch* herabgestürzt hatte, war er so schnell wieder fortgewesen, dass sie keinen genauen Blick auf ihn hatten werfen können. Dies war ihre Gelegenheit, das zu ändern.

Das wütende Schreien wies ihr den Weg zu Lord Falconer, der hoch zu Ross einen wunderbar graubraunen Falken auf dem muskulösen Arm trug. Als er sie entdeckte, zogen sich seine buschigen Augenbrauen zusammen. Er sah sich um, als suche er den Hundeführer eines plötzlich von der Leine freigekommenen Tieres. Doch Nesta kümmerte sich nicht darum und ging direkt auf jenen Burschen in der Marschkolonne zu, der einen Greifvogel auf dem Handschuh hatte, welcher in etwa so groß wie ein Falke war, aber doch völlig anders. Der Kopf des Vogels war von einem dunklen Tuch verdeckt, doch Nesta erkannte ihn an seinem rotbraunen Bauchgefieder, das schwarz gesprenkelt war. Für gewöhnlich war ein *Barcud Coch* sehr viel größer, weshalb Nesta annahm, dass dieser hier noch nicht ausgewachsen war.

»Wunderschön«, murmelte sie und ging neben dem Jungen her. »Kannst du das Tuch nicht abnehmen?«

»N…nein, Mylady. Er wäre noch unruhiger, und sein Schnabel ist gefährlich.«

»Er ist ein Jungtier, nicht wahr?«

»Das ist wahr, Mylady.« Der Junge sah sie neugierig an. »Kennt Ihr Euch mit Vögeln aus?«

»Ich …«

»Mylady Nesta!« Der Lord Falconer schwang sich aus dem Sattel, ohne den Arm mit dem Vogel zu bewegen, und übergab das Tier schließlich behutsam an einen Jungen. Sobald er sich jedoch ihr zuwandte, war jede Sanftheit dahin. Seine Augen versprachen ein Donnerwetter. »Kann ich Euch behilflich sein?« Er blickte nach vorne zu den Damen. »Habt Ihr Euer Pferd verloren?«

Nesta lächelte liebenswürdig. »Keineswegs, Mylord Falconer. Ich bin lediglich dem Ruf des *Barcud Coch* gefolgt.«

Die Falten auf der wettergegerbten Stirn des königlichen Falkners vertieften sich. Zweifellos stieß er sich an dem walisischen Wort. »Nun, diesen Ruf hört wohl der gesamte Tross«, meinte er rau und warf dem Vogel einen zornigen Blick zu. »Dieser verfluchte Rotmilan ist nicht mehr wert als eine Krähe und bestenfalls dafür geeignet, den Straßenmist in London aufzupicken.«

Der Vogel breitete beim Klang der donnernden Stimme die Flügel aus, und Nesta wich unwillkürlich einen Schritt zurück. Aus großen Augen starrte sie auf den Rotmilan, der wild mit den Flügeln schlug und davonzufliegen versuchte. Der Junge hatte seine Mühe, den wilden Flügelschlägen auszuweichen, und konnte froh sein, dass das Tier noch klein war. Nesta erinnerte sich, dass die ausgebreiteten Flügel der herabstürzenden Vögel damals in Wales viel breiter als ihre ausgestreckten Arme gewesen waren. Die Augen zusammengekniffen und das Gesicht abgewandt, hielt der Junge den Vogel an einer Schnur fest, die sich um die scharfen Krallen wand. Den Unterarm streckte er weit von sich, um nicht verletzt zu werden.

»Herrgott, stell dich nicht so an!«, knurrte Lord Falconer, wenn auch sehr viel leiser, trotzdem versuchte der Vogel sofort wieder davonzustieben.

Nesta betrachtete die verzweifelten Versuche des jungen Tiers und bemerkte gar nicht, wie sie die Hand ausstreckte. »Ist ja gut«, sagte sie in der walisischen Sprache und hielt kurz, bevor sie den Bauch des Vogels berührte, inne. »Dir passiert nichts, das verspreche ich dir. Halt still, du tust dir nur weh.« Sie wiederholte die Worte und sprach weiterhin ruhig auf ihn ein, bis der Milan seine Krallen in den Handschuh schlug und plötzlich stillstand.

Nesta lächelte. »So ist es gut, ganz ruhig. Niemand will dir etwas zuleide tun. Ganz ruhig.« Sie streckte den kleinen Finger zur Seite und berührte damit ganz sacht das Bauchgefieder. Der Vogel rührte sich nicht und stand vollkommen still auf dem Handschuh des Jungen. Ihr Herz schlug ihr bis zum Hals. Nie hätte sie gedacht, dass sich die Federn eines Rotmilans derart weich anfühlten und dass ihr diese einfache Berührung so viel bedeutete. »Du bist wunderschön.« Nesta spürte, wie sich ihr Atem verlangsamte, und umso länger sie sprach, umso ruhiger wurde sie selbst. Als wäre sie für wenige Momente mit dem Vogel verbunden.

Als sie der Stille um sich gewahr wurde, blickte sie auf und sah in das Gesicht des Lord Falconer, der sie mit gerunzelter Stirn ansah. Der Junge und die anderen Jagdgehilfen starrten sie halb verwundert, halb verärgert an.

Langsam zog sie die Hand zurück, doch noch ehe ihr jemand Vorhaltungen machen konnte, preschte Sir Walter Tyrell durchs Dickicht auf sie zu, seine Miene ungewohnt finster. Sofort stieß der Milan einen neuerlichen Ruf aus.

»Bei allem was heilig ist, Mylord Falconer. Bringt den Vogel zum Schweigen, oder der König dreht ihm höchstpersönlich den Hals um.«

»Wenn es ihm gefällt.« Der Lord Falconer erwiderte den Blick des Ritters ungerührt, doch dann strich er sich seufzend die Mütze vom Kopf und fuhr sich durchs schüttere Haar. Er warf dem jungen Rotmilan einen Blick zu, und Nesta erkannte zum ersten Mal das tierliebende Herz in seinen Augen. Der Mann mochte jähzornig und aufbrausend sein, aber sie begann sich für ihn zu erwärmen. »Sagt dem König, ich tue, was ich kann. Dieser Vogel ist nicht zur Jagd geeignet, aber ich kann es versuchen. Ich muss ganz von vorne mit ihm beginnen, ihn aufbräuen und langsam an den Menschen gewöhnen.«

»Aufbräuen?«, fragte Nesta. Tyrell fuhr erschrocken herum, bis jetzt hatte er sie nicht bemerkt.

»Mylady!«, stieß er aus und blickte auf sie hinab. »Was tut Ihr da?«

»Sie ist dem Ruf des Vogels gefolgt«, antwortete der Lord Falconer mit hochgezogener Braue, was Tyrell ein Schmunzeln entlockte.

»Richtig«, sagte sie und widerstand dem Drang, dem Rotmilan erneut über das wunderschöne Federkleid zu streichen. »Wieso hält der König ihn, wenn er nicht zur Jagd geeignet ist?«, fragte sie, ohne sich um Tyrells Bestürzung über ihre Anwesenheit zu kümmern.

»Der Milan war ein Geschenk«, antwortete der Lord Falconer, der neben ihr herging. Er gab dem Jungen ein Zeichen und nahm ihm den widerspenstigen Vogel ab. Entgegen Nestas Befürchtung breitete dieser nicht seine Flügel aus, sondern stieg langsam auf die Faust des Falkners. Doch er gab einen erneuten ohrenbetäubenden Ruf von sich, was Tyrell dazu brachte, sich die Hand vor die Stirn zu schlagen.

Inmitten des königlichen Trosses war es niemals still, denn Hunde bellten, Pferde wieherten, Menschen lachten und stritten und Vögel kreischten. Aber der Rotmilan übertönte sie alle, und Nesta verstand, dass dieser Laut für die meisten unangenehm war.

»Ein Geschenk?«, fragte sie, doch noch ehe der Falkner antworten konnte, begriff sie: »Von Fürst Gruffudd ap Cynan.«

Der Lord Falconer nickte kaum merklich. »Ich glaube, der Vogel war für den Earl of Chester bestimmt, aber da der König anwesend war, fühlte der Fürst sich wohl dazu verpflichtet, ihm dieses Geschenk zu überreichen.«

»Und damit ist die Frage geklärt, wen der Waliser mehr hasst«, ließ sich Tyrell bedeutungsschwer vernehmen. »Nur einem Feind kann man solch einen Vogel zum Geschenk machen.«

Nesta lachte leise. Es passte zu dem Eindruck, den sie von Gruffudd hatte, dass er dem König ein Zeichen der walisischen Unbezähmbarkeit sandte. Bestimmt erwartete er, dass der Vogel nicht allzu lange überlebte, aber Nesta würde zu verhindern wissen, dass ihm ein Leid geschah. Zwar hatte sie noch nicht einmal die Augen des Tieres gesehen, doch etwas in ihr regte sich bei seinem alles übertönenden Ruf. Niemals würde sie zulassen, dass der König ihm auch nur eine Feder ausriss. Sie würde sich wohl mit dem Lord Falconer anfreunden müssen.

London, Südostengland, Juni 1099

Drei Tage nach Fronleichnam fand ein rauschendes Fest statt, wie so häufig an König Williams Hof. Doch dieses Mal hatte Nesta einen wahrhaftigen Grund zum Feiern und genoss die köstlichen Speisen und die wunderbare Musik. Es war das Abschiedsfest für den König. William Rufus wollte morgen abreisen. Er ging zurück in die Normandie, um das Herzogtum seines Bruders Robert zu verteidigen. Robert befand sich gerade auf dem Kreuzzug und hatte seine normannischen Ländereien an den König verpfändet, um Geld für sein Unternehmen zu gewinnen. Zwar trübte der Abschied von Tyrell und Anskill Nestas Gemüt, aber die Aussicht auf eine friedliche Zeit in London erfüllte sie mit Vorfreude. Auch Henry war nach einem kurzen Besuch am Hof in die Normandie vorausgereist, um die Rückeroberung des Vexins von den Franken zu planen. Nesta hatte keine Gelegenheit gefunden, mit ihm zu sprechen. Kaum hatte sie von seiner Rückkehr erfahren, war er auch schon wieder verschwunden. Einzig die Email-Brosche in Blumenform mit einem Malachit in der Mitte bewies, dass er da gewesen war. Anskill hatte ihr das wertvolle Geschenk mit einer Notiz von Henry gebracht: Der grüne Stein im Zentrum des Schmuckstücks hatte ihn an ihre Augen erinnert, und so hoffte er, dass sie die Brosche für ihn tragen würde. Fast war sie erleichtert, Henry nicht begegnet zu sein, denn nach dem Kuss und dem Gespräch mit Ansfride wusste sie nicht, wie sie sich ihm gegenüber verhalten sollte. Andererseits hätte sie ihm gerne für das

Geschenk gedankt und ihm ihrerseits ein Andenken mitgegeben, das ihn beschützte.

Jetzt war sie über die Ablenkung des Festes froh, denn abends, wenn sie in ihrem Bett lag, konnte sie vor Sorge um Henry im Kampf kaum schlafen.

»Komm, Nesta, lass uns eine Pause machen. Mir tun schon die Füße weh.« Ansfride zog sie aus dem Tanzkreis und winkte einem Pagen, damit er ihnen Wein brachte. Die längsseitigen Tische waren alle zur Seite hinter die hölzernen Stützpfeiler geschoben worden, um Platz zu schaffen. Nun standen Männer und Frauen in Grüppchen zusammen und unterhielten sich oder blickten von den Galerien zu ihnen herunter. Ein wenig erinnerte Nesta dieses Fest an zu Hause. Auch dort hatten die Männer vor einem Kampf bei Musik und ausgiebigem Essen gefeiert. Nur waren die rauen Krieger ihres Vaters und die in Seide gehüllten Höflinge nicht zu vergleichen. Die walisischen Landhalter waren mit prächtigen Pelzumhängen in die Halle geschritten, hatten ihre Waffen abgegeben und dann stolz ihre Söhne, Neffen und Enkel vorgestellt, damit diese in der fürstlichen Kriegstruppe kämpften. Im Gegenzug hatten sie wertvolle Gaben erhalten, Ringe, Armbänder und Edelsteine. Auch die Krieger waren beschenkt worden, denn Freigiebigkeit war das oberste Gebot eines Fürsten. Anders als in England, wo Treue vorausgesetzt wurde.

Dankbar nahm Nesta einen Kelch entgegen und trank vom säuerlichen Cidre. Die schnellen Schrittfolgen und Sprünge forderten ihren Tribut, aber sie waren ein wahres Vergnügen. Bauerntänze, hätte Madame de Mabile sie genannt und diesen Zeitvertreib verdammt, aber an Williams Hof hätte die Haushälterin von Shrewsbury noch ganz andere Dinge zu verurteilen gewusst.

»Sie marschieren nach Jerusalem«, hörte sie plötzlich eine Männerstimme an ihrer Seite, wo ein paar Barone beieinanderstanden. »Sie sagen, dass die Muselmanen alle Christen aus der

Stadt vertrieben und sogar Brunnen vergiftet haben, damit unsere Armee in der Wüste verdurstet.«

»Das hat nichts zu bedeuten«, erwiderte Maurice, der Bischof von London, »wir haben Gott auf unserer Seite, und Er wird das Wasser reinigen und die Muselmanen vernichten.«

»Oder sie finden ganz einfach andere Quellen«, warf der Lordkanzler Ranulf Flambard ein, der seit neuestem Bischof von Durham war und damit noch mehr an Macht gewonnen hatte. Dies war eine sehr unbeliebte Entscheidung des Königs gewesen, die Henry bereits vorausgesehen hatte, denn es war kein Geheimnis, dass Flambard eher dem Gold als der Kirche zugetan war. »Fünfzehntausend Soldaten werden bei der Einnahme Jerusalems auch nicht hinderlich sein«, meinte er trocken, was empörtes Zischen unter den anderen Teilnehmern des Gesprächs nach sich zog.

»Es wird berichtet, dass die Menschen vor Ort unser Heer mit Nahrung versorgen«, entgegnete der Bischof von London hochmütig. »Dies beweist doch, dass die Ungläubigen vom Lichte unseres Herrn erfasst und bekehrt wurden.«

Flambard nickte. »Das, oder sie haben nur Angst, von unseren Leuten gekocht zu werden, nachdem unsere Armee letztes Jahr in ihrer Hungersnot Muselmanen am Spieß briet.«

»Wie könnt Ihr es wagen!« Der Bischof von London straffte die Schultern und zeigte mit einem Finger auf Flambard. »Wie könnt Ihr es wagen, so etwas zu behaupten? Ihr redet hier von braven Christen, die für die Freiheit unserer allerheiligsten Stadt kämpfen und ihr Leben lassen!«

»Das spreche ich ihnen auch nicht ab.« Der kleingewachsene Flambard sah durch die Runde. »Wenn ich in eine ähnliche Notlage wie unsere Kreuzfahrer geriete, würde ich sogar euch essen, Herrschaften.«

Ein lautstarker Tumult brach aus, und Ansfride zog Nesta lachend weg.

»Ist das wahr?«, fragte Nesta, als sie sich in eine etwas ruhigere Ecke auf der anderen Hallenseite zurückzogen. »Haben die Kreuzfahrer tatsächlich ...« Sie mochte gar nicht daran denken, und als Ansfride nickte, wurde ihr übel. Dann sah sie plötzlich den Lord Falconer, der die Halle betrat, sich kurz umsah und ihr dann zuwinkte. Nesta legte ihre Hand auf Ansfrides Arm. »Entschuldige mich, ich möchte mich nur schnell nach einem Freund erkundigen.«

»Einem Freund?« Ansfride schüttelte lachend den Kopf. »Ach, du meinst den kreischenden Vogel, den du mit deinen walisischen Zauberworten hast verstummen lassen. Der ganze Hof spricht schon davon.«

»Was für ein Unsinn.« Lachend ging Nesta zum Lord Falconer, der unter einem Fackelhalter stand und den Streit der Bischöfe nahe dem Podest beobachtete.

»Mylady Nesta.« Er stieß sich von der Wand in seinem Rücken ab und verneigte sich mit ausgebreiteten Armen. »Worum geht es denn diesmal?« Er deutete zum Lordkanzler, der sich zur hohen Tafel an des Königs Seite begab, während der Bischof von London mit wehender Robe und seinen Gefolgsleuten die Halle verließ.

»Um gekochte Muselmanen«, antwortete Nesta, woraufhin der Lord Falconer die Augenbrauen hochzog.

»Ein ... interessantes Streitthema«, meinte er und nahm den Filzhut vom Kopf. »Dann wollen wir beten, dass der Herzog bald erfolgreich vom Kreuzzug heimkehrt und sich wieder selbst um seine normannischen Ländereien kümmert, damit sein königlicher Bruder zu Hause bleiben kann. Ich bin der See überdrüssig, und wenn es nach mir ginge, müssten meine Tiere und ich diesen elenden Kanal nie wieder überqueren. Obwohl ich annehme, dass die Vögel und Hunde die Reise jedes Mal besser überstehen als ich.«

Nesta sah ihn verwirrt an. »Ihr werdet mit dem König gehen?«

»Aber natürlich! Seine Hoheit wird auch in der Normandie

jagen. Besonders im Krieg und in Feldlagern sind wir auf das angewiesen, was wir in den Wäldern erlegen.«

»Aber …«

»Keine Sorge.« Der Lord Falconer zwinkerte ihr zu. »Der Milan bleibt hier. Zur Jagd taugt er noch nicht, und ich habe genügend Leute, die sich um ihn und die anderen jungen Vögel kümmern.«

»Werdet Ihr ihm denn wenigstens vor Eurer Abreise die Augen öffnen?«

Ein tiefes Seufzen drang aus der Kehle des Barons. »Mylady, ich werde nicht wieder mit Euch darüber streiten. Die Lider des Vogels müssen zugenäht bleiben, damit er sich an die Berührung des Menschen gewöhnt und lernt, uns zu vertrauen – ansonsten kommt er nach seinem ersten Flug nicht mehr zurück, versteht Ihr?«

»Nein.« Nesta sah ihn funkelnd an. »Es ist barbarisch, und Ihr werdet niemals etwas anderes von mir hören.« Damals auf dem Weg zurück nach London hatte sie gefragt, was »aufbräuen« bedeutete. Heute wünschte sie, ihr wäre die Bedeutung verschlossen geblieben.

Ein Lächeln spielte um den Mund des Lord Falconers. »Nun, der Vogel wird voraussichtlich nach meiner Rückkehr abgebräut. Wenn ich länger als angenommen wegbleibe, übernimmt das mein Junge. Einverstanden?«

Nesta sah dem Mann schweigend in die Augen, was ihn auflachen ließ.

»Wenn Ihr Euch so sehr um das Wohl des Vogels sorgt, dann besucht ihn doch wieder. Am besten, Ihr bleibt gleich mehrere Tage, damit meine Leute wieder etwas Schlaf bekommen, wenn Ihr den Milan mit Euren Zauberworten beruhigt.«

»Ich wünschte, ich könnte es, aber jetzt, da Sir Anskill und Sir Walter fortgehen, wüsste ich nicht, wie ich dorthin kommen soll.«

Der Lord Falconer zuckte mit den Schultern. »Ihr benötigt

weniger als eine Stunde mit dem Boot. Ich bin sicher, Ihr werdet ein paar wagemutige Recken finden, die sich mit Euch in das Abenteuer stürzen, um diese wilde Teufelsbrut zu besuchen.«

Nesta ertappte sich bei einem Lächeln, dabei wollte sie dem Lord Falconer gegenüber doch unnachgiebig bleiben, schließlich vergaß sie nicht, was er dem armen Milan angetan hatte.

»Wir werden sehen, Mylord Falconer.« Sie nickte ihm zu. »Ich hoffe, Ihr kehrt unversehrt zurück.«

Der Lord Falconer deutete eine Verneigung an und hielt plötzlich inne, sein Ausdruck verfinsterte sich. »Mylord Chancellor.« Er räusperte sich. »Ich meine, *Exzellenz*. Was kann ich für Euch tun?«

»Ihr könntet mich mit der schönsten Dame am Hof allein lassen«, erklang eine wohlbekannte giftig säuselnde Stimme neben Nesta. Sie drehte sich um und blickte auf den neuerkorenen Bischof von Durham hinab, der eher wie ein gemeiner Zwerg als ein Kirchenmann aussah.

»Exzellenz.« Es gelang ihr kaum, den Widerwillen in ihrer Stimme zu unterdrücken, doch sie zwang sich zu einem Lächeln.

»Mylady, ich ersuche Euch um ein Gespräch.« Er warf dem Lord Falconer einen Blick zu, der Nesta fragend ansah, und als sie nickte, setzte der Baron sich seinen Hut auf und schritt mit einem letzten misstrauischen Blick zum Lordkanzler davon.

»Die Augen des gesamten Hofs sind auf Euch gerichtet«, sagte dieser. Nesta fragte sich, was er von ihr wollte, denn er schien selten Höflichkeiten ohne einen Hintergedanken von sich zu geben. Mit einem Lächeln, das so gekünstelt wie das einer Puppe wirkte, wies er zu einer Gruppe Herren, die immer wieder Blicke in ihre Richtung warfen. »Der Aufbruch in die Normandie trifft die Gefolgsmänner unseres Königs schwer. Ich fürchte, sie werden ihre Herzen hier bei Euch zurücklassen, Mylady.«

»Exzellenz … was kann ich für Euch tun?«, fragte Nesta, darum bemüht, seine sonderbaren Schmeicheleien zu ignorieren.

»Ach, so bescheiden wie sie schön ist«, rief er aus, und seine kleinen Glubschaugen glitzerten wie zwei polierte Knöpfe in dem runden Gesicht. »Ihr seid eine bemerkenswerte junge Frau, Mylady Nesta. Ihr habt längst den gesamten Hof für Euch gewonnen. Ich werde nicht müde, dem König von Euren Vorzügen zu berichten. Ihr macht diesen Hof zu einem prächtigeren Ort ... Prinzessin.«

Nesta sah ihn misstrauisch an. »Ihr seid zu gütig.« Sie blickte zum König, der von seinem Podest aus das Treiben mit glasigen Augen und rotem Gesicht verfolgte, und wandte sich wieder an den Bischof. Was wollte er von ihr?

Sie bemerkte, wie Flambard zum Tor blickte, wo Walter Tyrell und Anskill of Seacourt zusammenstanden. Die beiden lachten und schienen sich prächtig zu unterhalten.

»Die beiden sind gar unzertrennlich«, murmelte Ranulf Flambard jede Silbe betonend. Er wollte gehört werden. »Solch eine tiefe Freundschaft, solch Verbundenheit.« Er wandte sich ihr wieder zu. »Es konnte meiner Aufmerksamkeit nicht entgehen, dass Ihr zu jenen Herren ein ... freundschaftliches Verhältnis pflegt?«

Nestas Augen verengten sich. »Ich kann mich glücklich schätzen, Sir Walter und Sir Anskill meine Freunde zu nennen. Sie sind ehrenwerte Ritter«, erwiderte sie und versuchte immer noch zu begreifen, worin der Sinn dieses Gesprächs lag.

Der Bischof seufzte tief. »Ja, der gute Anskill of Seacourt ist ein geduldiger Mann mit einem großzügigen Herzen. Ein Herz, das er zu vergeben bereit ist.« Mit gespielter Leidensmiene blickte er zu Boden und schüttelte den Kopf. »Vielleicht wird ja noch alles gut. Vielleicht nimmt Anskill seine Gemahlin zurück, jetzt, da der Prinz sie nicht mehr haben will.«

»Exzellenz?«, fragte Nesta und merkte kaum, wie ihre Stimme höher wurde. Sie sah Ansfride und Anskill vor sich, so voller Zuneigung und Wärme. Zurücknehmen, vergeben? Wovon redete der Bischof?

»Ach, Ihr wusstet es nicht?« Ranulf Flambard sah mit seinen schwarzen Knopfaugen zu ihr hoch. »Prinz Henry und die gute Lady Ansfride scheinen sich nicht mehr zugetan, und ihre Liebschaft lenkt nun nicht länger von den Aktivitäten ihres Gemahls ab. Ansfride ist doch eine Freundin von Euch, wenn ich recht verstehe?«

Nesta starrte auf den Bischof hinab und sah sich noch nicht einmal zu einem Nicken in der Lage. Ansfride und Henry? Das konnte unmöglich sein! Ansfride war glücklich verheiratet. Und eine Affäre mit Henry ... niemals hätte sie ein solches Geheimnis vor ihr verborgen.

»Erlaubt mir«, sagte der Bischof und blickte zu ihr hoch, da er ihr gerade bis zur Schulter reichte. Sein Doppelkinn wackelte bei jedem Wort. »Erlaubt mir, Euch einen freundschaftlichen Rat zu erteilen. Eine Geste der Verbundenheit und Zuneigung.«

Nesta war immer noch zu keiner Regung fähig, und so fuhr der Bischof fort: »Da Ansfride Eure Freundin ist, vielleicht möchtet Ihr ihr eine Nachricht überbringen?« Er hob fragend die Augenbrauen. »Es ist nämlich so: Jetzt, da sie wieder ... frei ist, sollte sie sich vielleicht darum bemühen, ihren Gemahl zurück in ihr Bett zu holen, denn ...« Er wies diskret in Anskills und Tyrells Richtung. »Der König teilt nicht gerne.«

Nesta sah den Mann verständnislos an. Ein dumpfer Schmerz breitete sich von ihrer Brust in ihrem ganzen Körper aus. Seine Worte klangen in ihrem Kopf nach, und dann riss sie die Augen auf. Bilder blitzten vor ihrem inneren Auge auf. Sie sah zu Tyrell und Anskill hinüber, diesen beiden gutaussehenden Rittern, die mit ihren schlanken und hochaufragenden Gestalten über alle anderen hinwegblickten, und beobachtete, wie Tyrells Hand auf Anskills Arm lag. Die beiden standen nahe beieinander und unterhielten sich flüsternd. Anskill lachte laut auf, und Nesta wandte abrupt den Blick ab. Fassungslos starrte sie den gemeinen Zwerg vor ihr an. Ihr Herz schlug wie ein Hammer in ihrer Brust.

»Was wollt Ihr damit sagen, Exzellenz?« Ihre Stimme zitterte. Sie bemühte sich, gleichmütig zu wirken, aber ihre Anspannung musste ihr deutlich anzusehen sein.

»Oh, ich glaube, Ihr versteht mich sehr gut. Dieser Hof ist kein besonders diskreter Ort, und es ist kein Geheimnis, dass unser werter König Walter Tyrell über die Maßen schätzt.«

Zorneshitze rauschte durch ihren Körper. Nesta verspürte den Drang, diesen Mann anzuspucken. »Wollt Ihr den König etwa der Sodomie bezichtigen?«, zischte sie, woraufhin der Bischof seine Knopfaugen aufriss und ihren Arm packte. Seine Finger gruben sich schmerzhaft in ihre Haut. »Mylady, ich bitte Euch!«, japste er und zog sie ein wenig zu sich herunter. »Ihr vergesst, dass die Wände dieser Gemäuer Ohren haben.«

»Dann sprecht nicht über solch widerwärtige Dinge, und tretet nie wieder an mich heran.«

Der Bischof ließ sie los und verneigte sich knapp. »Ich habe Euch gewarnt, da ich weiß, wie sehr Ihr Lady Ansfride und ihren Gemahl schätzt. Ich gehe davon aus, dass Ihr Euch beizeiten an meine Worte der Freundschaft erinnert.«

Nesta richtete sich abrupt auf. »Exzellenz.« Sie deutete einen Knicks an und wandte sich mit einer Gelassenheit ab, die sie nicht empfand. Alles in ihr schrie danach zu rennen, einfach fortzulaufen, immer weiter, bis die Worte des Bischofs vergessen waren, aber sie gab diesem Drängen nicht nach. In ihrem Kopf pochte es, und immer wieder sah sie ihre Freundin vor sich, die in Henrys Armen lag. Das konnte nicht stimmen, Ansfride hätte ihr davon erzählt. Und Anskill? Ihr Magen schien sich zu verknoten. Das alles war absurd! Henry und Ansfride? Der König und … Nein, das konnte nicht wahr sein. Der Lordkanzler versprühte nur sein Gift, das war alles.

Gemessenen Schrittes umrundete sie die Grüppchen der Höflinge, und obwohl ihre Hände zitterten, wollte sie Ranulf Flambard nicht die Genugtuung geben, dass man ihr ansah, wie sehr seine Worte sie aus der Fassung gebracht hatten. Konzentriert setzte sie einen Schritt vor den anderen, obwohl sie am liebsten aus der Halle hinausgerannt wäre.

»Mylady?« Tyrell drehte sich zu ihr um, doch Nesta nickte ihm und Anskill nur kurz zu und ging weiter. Das Tor wurde geöffnet, ihre Fingernägel bohrten sich in ihre Handflächen. Sie nickte auch dem Wachmann im Vorraum freundlich zu und tauchte endlich ins kühle Gewölbe des Rundturms ein. Eilig lief sie die Wendeltreppe hinab und durchquerte das untere Geschoss, in dem sich hauptsächlich Wachen aufhielten, ehe sie ins Freie trat.

Die Luft war warm und stickig. Nesta lief über den verwaisten Hof zum Park. Die Dunkelheit war beinahe vollkommen, lediglich die Fackeln von der Palisade und das Licht aus den Turmfenstern wiesen ihr den Weg. Nesta versuchte ruhig zu atmen, doch immer wieder hallten die Worte des bischöflichen Teufels durch ihren Kopf. Der Mann war ein Unmensch, und doch konnte sie nicht leugnen, dass seine Schilderungen einen Sinn ergaben. Sie erinnerte sich an den Jagdausflug, an des Königs Zorn, als Tyrell vom Pferd gestürzt war. Sie dachte zurück an die Art, wie Tyrell und der König miteinander in Shrewsbury gesprochen hatten, als fochten sie einen Machtkampf aus, einen Kampf unter Liebhabern. Auch die Knappen hatten Andeutungen gemacht.

Plötzlich hörte sie den Kies hinter sich knirschen. Im nächsten Moment stand Walter Tyrell vor ihr.

»Jesus, ich bin viel zu betrunken für solch einen Lauf.«

Nesta ließ die Schultern sinken. »Wieso folgt Ihr mir?«, flüsterte sie. Am liebsten hätte sie sich irgendwo verkrochen, so wie damals in Shrewsbury im Vorratshaus oder im Stall. Doch in den königlichen Ställen von London gab es keine friedlichen Orte, es war immer jemand da, und stets herrschte Betriebsamkeit.

Tyrell kam einen Schritt auf sie zu, sodass er dicht vor ihr stand. »Sind das etwa Tränen, Mylady?«, fragte er und hob seine Hand, um sie wegzuwischen, doch Nesta wich zurück.

Sodomie war ihr nicht fremd. An diesem verdorbenen Hof wurde über Dinge geredet, die kein anständiger Mensch auszusprechen wagte. Nesta hatte trotz Ansfrides Umsichtigkeit zu viel gehört und zu viel gesehen. Aber ihre Freunde? Wer war denn noch ehrlich, wenn selbst Ansfride die ganze Zeit über gelogen hatte? Wem sollte sie jetzt noch trauen? Konnte es denn überhaupt wahr sein? Gütiger Gott, Tyrell war verheiratet. Zwar war Nesta seiner Gemahlin niemals begegnet, aber sie wusste, dass er mit der Tante von Richard de Clare verheiratet war – jenes Knappen, den man in Shrewsbury ausgepeitscht hatte. Sie lebte in der Normandie, wo Tyrell Land hielt. Und auch Anskill hatte doch eine Gemahlin. Es konnte nicht wahr sein. Und wenn, was bedeutete es? Es handelte sich doch um Tyrell und Anskill, ihre Freunde, die gütigsten Menschen, denen sie bei Hofe begegnet war. Sie hatten ihr niemals Leid zugefügt, anders als Arnulf de Montgomery. Auch Henry war immer nur gut zu ihr gewesen. Er musste doch bemerkt haben, wie nah Ansfride ihr stand. Wie hatten die beiden in ihrer Nähe sein und sich derart unauffällig benehmen können? Nesta verstand gar nichts mehr, sie war so verwirrt und wollte die Worte des Bischofs ungeschehen machen.

»Habt Ihr Kinder, Sir?«, fragte sie und blickte ihm direkt in die Augen. Immer noch fühlte sie sich wie betäubt, und sie wusste gar nicht, weshalb sie sprach, doch die Worte formten sich nichtsdestotrotz.

»Dieser Segen wurde uns bisher verwehrt, Mylady.« Er lehnte sich ein wenig zu ihr hinab. »Was wühlt Euch so auf? Ich habe Euch mit dem Bischof von Durham sprechen sehen. Was hat dieses Schandmaul diesmal gesagt, um Unruhe zu stiften?«

Nesta schüttelte den Kopf und wischte sich die Tränen ab. »Ihr seid mein Freund«, flüsterte sie. Im Moment wünschte sie nichts lieber, als dass alles wieder so wurde wie zuvor. Seit der Zerstörung ihrer Heimat hatte sie keine Freunde mehr gehabt. In

Shrewsbury war sie wie eine Aussätzige behandelt worden, aber jetzt hatte sie Menschen, mit denen sie reden und lachen konnte. Sie durfte das nicht verlieren. Andererseits ließen die Worte des Bischofs sie nicht mehr los. Er hatte eine Warnung ausgesprochen. Sie musste die Wahrheit kennen. »Ihr seid mein Freund«, wiederholte sie und bemühte sich um eine feste Stimme. »Egal, was ist und was Ihr ... Ihr seid mein Freund.«

»Und Ihr seid meine Freundin, Nesta. Was ...?«

»Ich möchte, dass Ihr mir die Wahrheit sagt ... die Wahrheit über Euch und den König, die Wahrheit über Euch und Anskill.« Sie hielt den Atem an. Tyrell stand stocksteif da und starrte sie an. Schließlich stieß er die Luft aus und fuhr sich mit beiden Händen über den Kopf. »Mylady, was redet Ihr da?« Er fasste sie bei den Schultern. »Nesta«, sagte er sanft, »ich bitte Euch. Ihr beunruhigt mich, so kenne ich Euch nicht.«

Nesta sah zu ihm hoch. »Der Bischof hat eine Warnung ausgesprochen: Der König teilt nicht gerne ...« Sie blickte ihm in die Augen, beobachtete, wie zuerst Unverständnis in ihnen lag, wie er nachdachte, und wie ihn dann die Erkenntnis traf. Pures Entsetzen flackerte einen Moment lang auf, ehe er in künstliches Lachen verfiel.

»Wovon redet Ihr? Ich bitte Euch, gebt nichts auf das, was der Bischof sagt. Ihr wisst, wie gerne er Unfrieden stiftet.«

»Könnt Ihr Euch denn nicht vorstellen, wovon er sprach?«

»Mylady, also wirklich. Jetzt ist es genug, mein Kopf schmerzt bereits, und es fällt mir schwer, Euch zu folgen. Ihr solltet hier nicht alleine sein, also lasst mich Euch zurückbegleiten.«

»Walter!« Sie packte seinen Arm. »Was habt Ihr nur getan?!« In einem Anflug von Hysterie schlug sie mit der Faust gegen seine Brust. »Ihr bringt Euch in Gefahr, Ihr bringt Anskill in Gefahr! Was macht Ihr nur? Ihr gefährdet Eure Seele!«

Tyrell löste ihre Hände von seinem Bliaut. »Es ist wirklich genug.« Seine Stimme nahm eine Schärfe an, die Nesta noch nie gehört hatte. »Ihr redet widersinniges Zeug, und ich rate Euch, hört schleunigst damit auf.«

»Aber Sir!«

»Geht zurück, ehe Euch hier draußen noch Leid geschieht. Ich habe genug von Euren Reden.« Er wandte sich ab, doch Nesta hielt ihn fest.

»Nehmt die Warnung des Bischofs nicht auf die leichte Schulter, ich flehe Euch an. Der König wird Euch zerstören!«

Tyrell riss sich los, mit einer unbeherrschten Grobheit, die Nesta zwei Schritte zurücktaumeln ließ. Atemlos sah sie zu, wie er mit weitausholenden Schritten zur Burg ging, und sie fühlte eine Schwäche, die sich in ihrem ganzen Körper ausbreitete. »Ihr seid immer noch mein Freund!«, rief sie ihm verzweifelt hinterher, doch er hielt nicht an. Er ging immer weiter, bis die Dunkelheit ihn verschlang.

Nesta versuchte zu atmen, doch es gelang ihr nicht. Sie legte ihre Hand an die Kehle, schloss die Augen und sagte sich, dass dies nicht die Wirklichkeit war. Doch die Wahrheit hatte sich längst wie ein grell blendendes Licht gezeigt. Tyrell und Anskill waren dem Untergang geweiht, und der Kuckuck hatte nur einmal gerufen.

Nesta, was ist denn los?« Ansfride kam schwer atmend an ihrer Seite zum Stehen. »Tyrell sagte, du wärst völlig aufgelöst und verwirrt. Er ist ganz besorgt um dich.«

»Nicht um mich muss er sich sorgen«, murmelte Nesta, ohne aufzublicken. Als wäre sie allein, setzte sie ihren Spaziergang über den festgetretenen Pfad fort, doch Ansfride ließ sich nicht so leicht abschütteln.

»Du kannst doch nicht ganz allein durch die Dunkelheit irren. Denkst du denn gar nicht daran, wie gefährlich das ist?«

»Wer sollte mir hier schon gefährlich werden?« Abrupt blieb

sie stehen und blickte ihrer Freundin ins Gesicht. Ansfrides Antlitz war lediglich ein blasser Fleck in der Dunkelheit, die Augen finstere Höhlen. Konnte sie sich tatsächlich so in ihr getäuscht haben? »Ist es wahr?«

Ansfride zog die Augenbrauen zusammen. Sie sah über die Schulter zurück und seufzte schwer. »Nesta, ich ... Anskill, er ...«

»Ich meine nicht Tyrell und Anskill. Oder Tyrell und den König.« Was redete sie da nur? Diese Worte aus ihrem Mund waren doch verrückt! »Ich meine dich.« Sie schluckte. »Dich und Henry.«

Einen Moment lang hielt Ansfride vollkommen still, in ihrem Gesicht regte sich kein einziger Muskel, lediglich ihr Schleier wehte im leisen Wind, der über den Fluss kam. »Das ist lange vorbei«, sagte sie schließlich und stieß unvermittelt einen leisen Wutschrei aus. »Ah, ich werde diesen gemeinen Wicht Flambard lehren, was es heißt, einen Brand zu legen!«

»Ansfride.« Nestas Stimme klang sonderbar ruhig, obwohl sie sich gar nicht ruhig fühlte, eher kurz vorm Zerbrechen. »Du warst Henrys Geliebte.«

Ansfride hielt mit ihren wilden Gesten inne und sah sie an. »Kind, das hat doch keine Bedeutung mehr.«

»Ich bin kein Kind mehr.« Ihre Tränen sprachen ihrer Worte Hohn. »Oder vielleicht doch.« Sie wischte sich unwirsch über die Augen. »Wie konnte ich nur so blind sein?!« Schluchzend wandte sie sich ab und starrte zu den leuchtenden Fenstern im Tower, die wie Bernstein aussahen. »Du warst an Henrys Seite.« Sie schüttelte den Kopf. »Damals in Shrewsbury, in der Halle. Du hast an Henrys Seite gesessen.«

»An Anskills Seite. Henrys treuem Freund.« Sie seufzte. »Henry und ich waren zu der Zeit nicht mehr ... Wir verstehen uns gut, das ist alles. Ich war noch nicht lange zurück bei Hofe, er erkundigte sich nach den Kindern und verbrachte etwas Zeit mit mir und Anskill.«

»Die Kinder.« Nesta schnappte nach Luft. »Großer Gott, deine Kinder.«

»Sie sind von Henry.« Ansfride seufzte, als Nesta schockiert die Augen aufriss. »Urteile nicht zu früh, Nesta. Wir alle gehen unseren Weg und müssen die Konsequenzen für unsere Entscheidungen tragen. Mein Jüngster ist ...« Sie hielt inne und schloss einen Moment lang die Augen. Eine Träne rollte ihre Wange hinab. »Er *wäre* jetzt drei Jahre alt, aber er ... starb.«

»Ansfride ...« Nesta ergriff unwillkürlich die Hand ihrer Freundin. Tiefe Traurigkeit verengte ihren Hals. Es gab nichts Schlimmeres, als ein Kind zu verlieren. Schon bei ihr zu Hause hatte sie das Wehklagen der Mütter und die winzigen Gräber nicht ertragen.

Ansfride winkte mit einer fahrigen Geste ab. »Er war krank – von Beginn an. Ich blieb bei ihm zu Hause in Wytham, und als er starb ...«, ihre Stimme begann zu zittern, »da hielt ich mich eine Weile vom Hof fern. Ich wollte ... mich verstecken. Doch dann trat mein kleiner Richard in den Dienst vom Bischof von Lincoln, und meine Juliana ging für ihre Ausbildung ins Kloster. Plötzlich war ich ganz allein, und dann musste ich zurück. Anskill hat mich am Hof gebraucht. Dort traf ich Henry wieder, und er war freundlich zu mir. Es war auch sein Sohn, der von uns genommen wurde, weißt du?«

Nesta war zu keiner Antwort fähig, sie wollte ihre Freundin nur in die Arme schließen, gleichzeitig fühlte sie sich dazu aber nicht in der Lage. Ihr Körper war wie erfroren.

»Als ich zurückkam, redeten die Leute natürlich. Sie meinten, Henry hätte mich wieder in sein Bett geholt, aber das stimmte nicht. Er kümmerte sich einfach nur um mich. Das musst du mir glauben, Nesta. Ich wollte dich nie verletzen.«

»Wieso hast du nichts gesagt?«

»Was hätte ich denn sagen sollen?« Ansfride hob verzweifelt die Hände. »Du bist deinem Heim entrissen worden und hast in dieser finsteren Burg als Gefangene gelebt. Wie hätte ich dir sagen sollen, dass ich einst bei dem Mann lag, den du mit solch leuchtenden Augen ansiehst? Noch dazu, wo es doch gar keine Rolle mehr spielt. Ich wollte dir nur Kummer ersparen und dir ein bisschen Fröhlichkeit geben.«

Nesta senkte den Blick. Natürlich wusste Ansfride um ihre Gefühle. Bestimmt waren sie niemandem entgangen, und trotzdem hatte Ansfride nichts von ihrem eigenen Schmerz preisgegeben, nur um Nesta zu helfen. »Das hast du.« Nesta unterdrückte ein Schluchzen. »Du bist mir immer eine wahre Freundin gewesen, Ansfride.«

»Ach, liebe Nesta.« Plötzlich schluchzte auch die sonst so unerschütterliche Dame und schlang ihre Arme um Nesta. »Der Hof war kaum zu ertragen«, sie vergrub ihr Gesicht an Nestas Schulter. »All die dummen Gänse, zu denen ich einst gehört hatte, all die Intrigen, der Neid und die Missgunst. Ich fügte mich wieder ein, und doch fühlte ich mich, als wäre ich mit meinem toten Kind zu Hause in Wytham geblieben. Doch dann sah ich dich, Nesta.« Sie drückte sich von ihr weg und sah ihr in die Augen. »Ich wusste, deine Seele ist verwundet wie meine, und ich … ich wollte dich beschützen.« Sie umfasste Nestas Gesicht mit beiden Händen und sah sie eindringlich an. »Dies ist ein gefährlicher Ort.« Mit einem Mal war sie wieder ernst. Nur noch die funkelnden Tränen an ihren Wangen zeugten von ihrer Trauer. »Du musst deinen Verstand immer über dein Herz stellen. Sonst kann dir noch Schlimmeres passieren, als dass dir nur dein Herz gebrochen wird.« Sie ließ ihre Hände sinken und schüttelte den Kopf. »Vielleicht war es keine so gute Idee, dich an den Hof zu holen. Vielleicht wärst du in Shrewsbury sicherer gewesen.«

»Bestimmt nicht!« Wenn Nesta eines wusste, dann, dass ihr unter Arnulf de Montgomery schlimmere Gefahr gedroht hätte als je bei Hofe. »Wie haben du und Henry …« Sie verstummte. Im Grunde war sie gar nicht sicher, ob sie die Antwort wissen wollte, denn es tat weh, sich Ansfride und Henry vorzustellen. Trotzdem hatte sie das Gefühl, die Geschichte hören zu müssen, um etwas Klarheit in ihre Gedanken zu bringen.

Ansfride wies auf die dunkle Silhouette eines quergelegten Baumstammes, der als Sitzbank diente, und gemeinsam setzten sie sich in Bewegung. »Es war mein Vater – Gott sei seiner Seele gnädig –, der mich in Henrys Arme trieb.«

»Was?« Nesta hatte eine Liebesgeschichte erwartet, aber keine politischen Ränke.

»Du musst wissen«, Ansfride ließ sich auf dem Stamm nieder, und Nesta nahm neben ihr Platz. »Anskills … Neigung ist ein offenes Geheimnis.«

»Dann stimmt es also?«

Ihre Freundin nickte, und Nesta versuchte zu verstehen, was dies bedeutete. Was änderte sich dadurch? Änderte sich überhaupt etwas? Es waren ja immer noch Anskill und Tyrell. Bisher waren ihr Ansfride und ihr Gemahl stets wie ein liebendes Paar erschienen, aber vielleicht liebten sie sich ja auch. Nur anders.

»Mein Vater war lange Zeit misstrauisch wegen Anskill, und irgendwann bestätigte sich ihm sein Verdacht. Er sorgte sich um das Ansehen der ganzen Familie. Wenn Anskills Geheimnis ans Licht käme und die falschen Leute davon hörten, wären wir alle in großer Gefahr gewesen. Anskills Ländereien hätten ihm entzogen werden können, und ich wäre mit nichts dagestanden. Auch meine Familie hätte alles verlieren können. Wo hätte ich dann hin sollen? Solange ich kein Kind von Anskill hatte, das möglicher Erbe sein könnte, war ich verloren. Ich brauchte einen Beschützer, und mein Vater überredete Anskill, mich an den Hof zu bringen. Er redete mir ein, dass ich Henrys Aufmerksamkeit gewinnen müsste. Denn wenn ich erst ein Kind von Henry hätte, würde alles gut werden. Henry würde nicht zulassen, dass meine Familie zu Schaden käme. Schließlich hat er sich immer schon um seine Kinder und deren Mütter gekümmert.«

»Seine Kinder und deren Mütter?« Nesta fuhr sich mit der Hand über die Stirn. Natürlich. Sie hatte gewusst, dass Henry schon Kinder hatte, trotzdem schmerzte dieser Gedanke mehr, als er sollte. Dort draußen liefen Henrys Kinder umher, womöglich mit seinen goldgesprenkelten Augen, seinen dunklen Locken … Ein Stich der Eifersucht fuhr durch ihre Brust, sie konnte nichts dagegen machen.

»Nesta.« Ansfride ergriff ihre Hand. »Du bist noch so jung und magst das alles noch nicht verstehen, aber Henry war auch mal ein heranwachsender Heißsporn, der mit Freude in die Schlacht zog und sich natürlich auch für Mädchen interessierte. Er ist ein Prinz, der noch dazu gut aussieht und sich auf schöne Worte versteht. Die jungen Damen waren hingerissen, und auch wenn Henry in einem Kloster erzogen wurde, war er doch nie ein Mönch. Er ist über dreißig Jahre alt, du kannst nicht erwarten, dass er nie …«, sie räusperte sich, »… verliebt war.«

Nesta nickte unglücklich. »Das habe ich auch nicht geglaubt.« Nur gewünscht.

»Manche waren ihm wichtiger«, fuhr Ansfride fort, »andere waren Vergnügen, aber wann auch immer ein Kind aus solch einer Verbindung entstand, übernahm Henry die Verantwortung. Das ist mehr, als so manch anderer behaupten kann.«

Das stimmte, denn Nesta wusste, dass unter den Normannen illegitime Kinder nur wenig zählten, während es unter den Walisern keine Rolle spielte, ob Eltern verheiratet waren. Dort gab es keine Bastarde. Auch ihr Vater hatte vor seiner Ehe schon Kinder gehabt, und ihr war immer bewusst gewesen, dass, wenn sie eines Tages heiratete, sie womöglich sofort Stiefmutter sein würde, so wie ihre eigene Mutter. Das war ihr immer ganz normal vorgekommen, doch bei ihren Vorstellungen hatte sie nichts von Liebe gewusst, und ihr war nicht bewusst gewesen, wie weh der Gedanke an den geliebten Mann mit einer anderen Frau tun konnte.

»Und warst du …«, sie schluckte gegen die Enge in ihrem Hals, »auch von Henry hingerissen?«

Ansfride zuckte mit den Schultern. »Ich liebte Anskill, und ich werde ihn immer lieben. Ich war über den Vorschlag meines Vaters entsetzt, aber welche andere Wahl hatte ich? Anskills Geheimnis war auch für mich ein Schock, und ich fürchtete die Folgen. Ich war doch noch so jung, und Anskill war der Mann, den ich mir immer erträumt hatte. Damals sah ich keine Zukunft mehr, und die Worte meines Vaters trafen auf offene Ohren. Womöglich zwang ich mich Henry zu lieben, um es mir leichter zu machen. Ich fand seine guten Eigenschaften und lernte, ihn zu mögen. Im Grunde hatte ich aber nur Angst.« Sie drückte Nestas Hand. »Es ist leicht, sich in Henry zu verlieben«, sagte sie bedeutungsschwer. »Er ist ein herzensguter Mann, der – so Gott will – eines Tages Großes vollbringen wird. Aber vergiss niemals, wer er ist – wo er irgendwann mal stehen mag.« Sie sah ihr fest in die Augen. »Henry wird immer anderen gehören, sein Leben immer diesem Land verschreiben – und das wird dich sehr unglücklich machen.«

Diese Tatsache machte sie schon jetzt unglücklich, trotzdem nickte sie. »Ich bin froh, die Wahrheit zu kennen, und es tut mir so leid, Ansfride, dass du so viel Schmerz erfahren musstest. Hättest du doch nur eher mit mir gesprochen.«

»Mein Schmerz ist bedeutungslos. Ich habe immer noch Anskill, der mir ein wahrhaftiger Freund ist. Das ist mehr, als manch andere Ehe vorweisen kann.«

Nesta blickte auf ihren Schoß hinab. Ihre Augen hatten sich längst an die Dunkelheit gewöhnt, und sie sah ihre blassen Finger, die auf dem dunklen Tuch ihres Bliauts wie blanke Knochen aussahen. »Es ist mehr, als ich je haben werde.« Allein der Gedanke bereitete ihr Bauchschmerzen. »Sie werden mich an einen Normannen geben. Vermutlich an einen, der das Land halten soll, das einst das Land meiner Vorfahren war. Sie werden mich an einen der Invasoren geben. Womöglich an Arnulf de Montgomery.« Zitternd holte sie Luft. »Lieber wäre ich tot.«

Ansfride schwieg eine Weile, und schließlich legte sie ihr die Hand auf die Schulter. »Du wirst niemals de Montgomerys Frau, Nesta.«

Verwirrt hob sie den Kopf und sah ihrer Freundin ins schattenhafte Antlitz. »Was meinst du?«

»Ich meine, dass du Henry nicht nur gefällst, so wie du bestimmt vielen anderen gefällst. Du bist das schönste Mädchen, das ich je gesehen habe. Aber Henry … ich behaupte, ihn etwas zu kennen, und du scheinst ihm wirklich etwas zu bedeuten.«

Ihr Herzschlag beschleunigte sich, und sie musste ihre Hand gegen ihren Bauch pressen, da es wild darin kribbelte.

Ansfride sah sie eindringlich an. »Das heißt aber nicht, dass Henry deinen Wert außer Acht lässt, Nesta. Vergiss das bitte nie. Henry kann dich mögen, und trotzdem wird England immer über allem stehen. So war auch Politik der Grund, weshalb du dich jetzt am Hof befindest, und nicht vielleicht ein gutes Herz. Hätte er dich nur gemocht, hätte er dafür gesorgt, dass es dir gut geht, und er hätte bestimmt wieder nach dir gesehen. Aber er holte dich von Arnulf de Montgomery weg, denn er konnte es nicht riskieren, dass de Montgomery dich an den Falschen gibt oder dich sogar selbst heiratet.«

»Wie meinst du das? Ich dachte, sie würden gerade ihn als Gemahl für mich in Erwägung ziehen.«

Ansfride schnaubte. »Das wird nicht geschehen, das kannst du mir glauben. Die Frauen mögen sich das Maul darüber zerreißen, dass du de Montgomery heiraten wirst, aber sie verstehen nichts von Politik. Ich habe Henry und den König sprechen hören. Nach außen hin mag es so scheinen, als wüsste der König nicht, was er tut, und als interessiere er sich für nichts. Er überlässt Henry die Auseinandersetzungen – so auch mit de Montgomery –, während er selbst beobachtet. Er hört sehr genau zu und macht sich durchaus seine Gedanken. Oder glaubst du, der König besuchte de Montgomery durch Zufall – so kurz nach dem Tod des Earl of Shrewsbury? Diese Familie ist gefährlich, und das weiß der König, und das weiß Henry.«

»Und was habe ich damit zu tun?« Sie konnte ihre Enttäuschung nicht unterdrücken. Sie hatte tatsächlich geglaubt, Henry hätte sie mitgenommen, um ihr zu helfen.

»Sehr viel. Die de Montgomerys sind eine mächtige Familie, Nesta. Sie halten weitreichende Gebiete in der Normandie, in England und jetzt auch in Wales. Der ältere Robert und sein Sohn Hugh sind tot, aber da sind immer noch Arnulf und sein Bruder Robert de Bellême – der jetzige Earl of Shrewsbury. Ihnen kann nicht getraut werden. Einst rebellierten die de Montgomerys gegen den König, da sie lieber seinen älteren Bruder Robert Curthose auf dem Thron gesehen hätten, der jetzt auf dem Kreuzzug ist. Die Rebellion schlug fehl, und um sich ihrer Treue zu versichern, erlaubte William den Vormarsch nach Südwales. Er brauchte die Unterstützung der de Montgomerys, um seinen Thron zu sichern. Den Rest der Geschichte kennst du ja. Aber niemals würde Henry zulassen, dass einer der de Montgomerys den Schlüssel zu einem walisischen Fürstentum in die Hände bekommt, denn mit dieser Macht wären sie kaum noch zu bremsen. Und dieser Schlüssel bist du, Nesta. Hätte Arnulf dich geheiratet, wäre die Gefahr groß, dass er sich mit einem walisischen Fürsten verbündet. Und die Waliser aus deinem Land wären ihm wohl deinetwegen gefolgt. Er hätte alles, um eine neuerliche Rebellion heraufzubeschwören und womöglich zu gewinnen.«

In ihrem Kopf begann es zu rauschen. Zu viele verwirrende Wahrheiten waren heute auf sie niedergeprasselt. »Also wird er mich an jemanden geben, den er kontrollieren kann. An jemanden mit weniger Macht.«

Ansfride nickte. »Vergiss nicht: Denke immer mit dem Verstand, nicht mit dem Herzen. Du magst Henry dankbar dafür sein, dass er dich aus Shrewsbury wegholte, aber sieh auch seine Gründe.«

»Aber ist denn alles nur ein politisches Spiel?«

»Hier an diesem Ort?« Ansfride lachte, auch wenn es nicht fröhlich klang. »Ich sagte dir schon, du scheinst etwas in Henry zu berühren, und was das ist, musst du selbst herausfinden. Nur solltest du dir gut überlegen, ob du es überhaupt herausfinden willst. Denn es gab einen Grund, weshalb der Lordkanzler heute an dich herantrat. Er möchte, dass du in seiner Schuld stehst.«

»Aber was könnte ich denn schon für einen so mächtigen Mann tun? Ich bin doch nur …«

»Du bist das Mädchen, dem ein Angehöriger der königlichen Familie seine Aufmerksamkeit schenkt. In Ranulf Flambards Augen bist du die zukünftige Mätresse von Henry de Normandie, dem wahrscheinlich nächsten König von England.«

Nesta schnappte nach Luft. Nie zuvor hatte sie sich als Mätresse gesehen und ihren Namen mit solch einem Wort in Verbindung gebracht. Allein der Gedanke ließ Scham und Zorn zugleich in ihr hochwallen.

»Es ist kein Geheimnis«, fuhr Ansfride fort, »dass Henry den Lordkanzler nicht besonders schätzt, und es ist auch kein Geheimnis, dass weder Robert Curthose noch der König Erben haben. Da ist nur Henry, und Flambard rückt sich schon einmal ins rechte Licht – durch dich. Er scheint dir großen Einfluss zuzutrauen.«

»Aber ich bin doch nur …«

»Du bist eine walisische Prinzessin, die kurz davor ist, in eine einflussreiche Stellung zu gelangen.«

»Das ist nicht wahr!« Nesta sprang auf. »Niemals würde ich …« Sie konnte es gar nicht aussprechen. Ja, in jenem Moment im Stall hatte sie sich gewünscht, dass Henry sie weiterküsste, sie hatte ihm nah sein und sich von ihm halten lassen wollen, aber nie würde sie eine Frau in einer langen Liste von Frauen werden, die ihre Würde verkaufte. Sie wollte *die* Frau für Henry sein – die einzige. Für eine Frau gab es keine schlimmere Schande, als eine außereheliche Beziehung zu einem Mann einzugehen. In ihrer Heimat konnten solche Frauen aus der Familie verstoßen werden. Doch hier schien es ganz normal, dass sich Töchter hoher Barone bei hochwohlgeborenen Herren gutstellten, um etwas zu erreichen – für sich oder die Familie, auch wenn es nur Sicherheit war, wie in Ansfrides Fall.

Irgendwie konnte Nesta ihre Freundin ja verstehen, schließlich war sie von ihrer Familie dazu gedrängt worden. Aber Nesta hatte keine Familie mehr und musste ihre eigenen Entscheidungen treffen. Ihr blieb nur der Gedanke an ihre verstorbenen Eltern, die sich im Grabe umdrehen würden, wenn sie ihre Tochter als Geliebte sehen würden.

»Du willst also nicht Henrys Mätresse werden.« Ansfride erhob sich ebenfalls. »Obwohl du starke Gefühle für ihn hegst.«

»Ich weiß doch gar nicht, was für Gefühle ich habe!« Nesta zuckte hilflos mit den Schultern. »Ich weiß nur, ich werde niemandes Mätresse. Niemals.«

»Ich bin sehr froh, das zu hören. Somit ersparst du dir viel Leid, denn ich fürchte, zur Mätresse bist du nicht geschaffen. Um solch eine Beziehung einzugehen, musst du einen kühlen Kopf haben und dir immer bewusst sein, was du tust und wie du das Spiel spielst. Aber wenn du nicht vorhast, deine Gefühle zu vertiefen und Henry näherzukommen, solltest du sehr vorsichtig sein. Du solltest dich nicht mehr allein mit ihm treffen, versprich mir das.«

Nesta dachte daran, wie schwer es ihr in Henrys Nähe fiel, auch nur einen klaren Gedanken zu fassen, und so nickte sie schweren Herzens. Niemals durfte sie zulassen, dass über sie geredet wurde und sie sich in einer solch unmöglichen Situation wiederfand. »Ich verspreche es.« Sie blickte zum Tower hinüber. »Und was ist mit Anskill und Tyrell? Wenn der König wirklich … Gefühle für Tyrell hegt, schwebt Anskill in ernsthafter Gefahr.«

Ansfride trat an ihre Seite und blickte ebenfalls zu den hell erleuchteten Fensteröffnungen. »Uns bleibt nur zu beten. Wir beten, dass diese Narren zur Vernunft kommen und beenden, was nie hätte anfangen dürfen, so schwer es auch ist.«

Die Zeit ohne König William war längst nicht so friedvoll wie erhofft. Seit dem Gespräch mit dem Bischof von Durham war Nesta von einer tiefen Unruhe ergriffen, die von Ansfrides Sorgen nur noch geschürt wurde. Nicht zu wissen, was jenseits des Kanals vor sich ging, machte sie beide nervös. Ob Tyrell und Anskill wohlauf waren? Ob der König alle mit seiner Eifersucht und seinen widernatürlichen Neigungen ins Verderben führte? Wie erging es Henry im Kampf? Nesta wollte nicht darüber nachdenken, doch sie spürte die Gefahr, und es ließ sie nicht los. Der Winter war lang wie keiner zuvor, es gab keine Feste, keine Reisen, und jeder Tag war vom dumpfen Gefühl nahenden Unheils geprägt. Weder konnte sie die Nachricht der Einnahme Jerusalems durch das Kreuzfahrerheer begeistern noch die Kunde wichtiger Geiselnahmen in König Williams Vexin-Kampagne. Fast schon war sie erleichtert, als der König im Frühjahr zurückkehrte und auch Anskill und Tyrell wohlbehalten heimkamen. Zwar hatte der König bei der Unternehmung, den Vexin von König Philipp zurückzugewinnen, versagt, aber immerhin war nun alles wieder so wie zuvor, zumindest nach außen hin. Die zügellosen Gefolgsleute des Königs fielen in die unerträgliche Ruhe der Londoner Burg ein und vertrieben die langen Stunden der Muße, in denen Nesta ihren düsteren Gedanken nachgehangen hatte. Zum ersten Mal war sie über die Bande Grobiane froh, die Lärm und Unruhe verbreiteten.

Nesta hatte sich mit den anderen Damen in die Frauengemächer zurückgezogen, wo ihnen ein Tanzmeister aus dem Reich der Franken neue Schritte beizubringen versuchte – ein Unterfangen, das ein enormes Maß an Geduld erforderte, denn es war nicht leicht, die Aufmerksamkeit der schnatternden und lachenden Frauen zu erlangen. Nesta versuchte, sich von der fröhlichen Stimmung mitreißen zu lassen, sie hatte keine Kraft mehr, um weiterhin über Dinge nachzudenken, für die sie keine Lösung fand. Trotzdem blickte sie immer wieder zum dicken Vorhang, der den Eingangsbereich des Gemachs verhüllte, in der Angst, Ansfride mit einer schlechten Nachricht dort zu erblicken. Ihre Freundin machte mit Anskill einen Spaziergang und war bereits beunruhigend lange fort.

»Ich bitte euch, *Mesdames*!« Der Franke fuchtelte mit seinem Stock, mit dem er den Takt in seine offene Handfläche schlug. »Eine Reihe bilden, eine Reihe!« Er gab den Musikern in der Ecke ein Zeichen, die daraufhin eine beschwingte Melodie anstimmten. Der Tanzlehrer wandte ihnen den Rücken zu und machte die Schritte vor, doch keiner von ihnen rührte sich.

»Er sieht aus wie der Papagei, den ich in meiner Zeit an Philipps Hof in Paris gesehen habe«, flüsterte Lady Sybil, und alle fingen an zu lachen.

Der Tanzlehrer fuhr mit glühendem Gesicht zu ihnen herum. Sein geölter Oberlippenbart lag wie ein Wurm über seinem Mund und zuckte, als wäre er tatsächlich lebendig. Ungeduldig winkte er mit dem Stock in Richtung Musiker, die sofort wieder ihre Hände von den Instrumenten nahmen und die Köpfe senkten, um ihr Grinsen zu verbergen.

»Ein gackernder Hühnerhaufen!«, rief er mit seiner belustigenden Betonung der Worte aus, die sein Französisch völlig anders klingen ließ als das normannische. »So kann ich nicht arbeiten!«

»Bog, bog, bog, bog!«, machte eine der Damen, was die anderen erneut in überschwängliche Heiterkeit ausbrechen ließ.

Der Tanzlehrer riss die Arme in die Höhe und öffnete den Mund für weitere Schimpftiraden, als plötzlich das Knarren der

Tür zu hören war, gefolgt von schnellen Schritten. Im nächsten Moment teilte sich der Vorhang, und Anskills Knappe, den Nesta vom Sehen her kannte, stürmte herein, das schulterlange Haar schweißnass, die Augen schreckensgeweitet.

Das ungute Gefühl, das seit so langer Zeit an ihr nagte, erreichte seinen Höhepunkt. Von einer plötzlichen Schwäche ergriffen, tastete sie haltlos zur Seite und starrte auf den Gleichaltrigen, der sich knapp verneigte.

»Mylady Nesta!« Er rang sichtlich um Atem, und Nesta wünschte, sie könnte davonlaufen, um die folgenden Worte nicht hören zu müssen. »Bitte kommt schnell! Lady Ansfride ist am Fluss zusammengebrochen. Sir Anskill wurde verhaftet.«

Entsetztes Geflüster breitete sich um sie herum aus, aber Nesta achtete gar nicht darauf. Ohne darüber nachzudenken, setzte sie sich in Bewegung und rannte in den Hof. Sie wiederholte die Worte des Jungen in ihrem Kopf, aber begreifen konnte sie sie nicht. Da war nur ein dumpfes Entsetzen.

Gemeinsam mit dem Knappen lief sie über die Brücke des Grabens und an der königlichen Anlegestelle vorbei, wo ein paar festgezurrte Boote schaukelten. Ein Stück weiter flussaufwärts, am Kamm einer Böschung, kniete Ansfride vornübergebeugt im Gras, ihr Gesicht in den hohen Halmen verborgen. Ihr Körper bebte, und Nesta hörte die von der Erde gedämpften Schreie. Sie hob ihre Röcke noch etwas höher und rannte, so schnell sie konnte. Neben Ansfride ließ sie sich fallen und schlang ihre Arme um den zusammengekrümmten Körper. Das Gesicht auf den bebenden Rücken gelegt, hielt sie ihre Freundin fest, denn zu sagen wusste sie nichts. Zuerst musste Ansfride sich beruhigen.

Nie zuvor hatte sie ihre Freundin so gesehen, das bitterliche Weinen schien kein Ende zu nehmen, und Nesta spürte, wie ihr selbst Tränen über die Wangen flossen. Aus den Augenwinkeln bemerkte sie, dass sich der Knappe wieder davonmachte. Hoffentlich um nach Anskill zu sehen oder Hilfe zu holen. Eine

Weile blieben sie allein am Flussufer und weinten, bis Ansfride endlich ruhiger wurde. Die Anspannung wich aus ihrem Körper, und vom verzweifelten Wehklagen blieb nur noch ein Schluchzen. Nesta half ihr sich aufzurichten, und als sie Ansfride ins geschwollene Gesicht blickte, zuckte sie fast zurück.

»Was ist geschehen?« Sie legte ihre Hände auf Ansfrides Wangen und versuchte, den unsteten Blick ihrer Freundin einzufangen. »Der Knappe sagte, Anskill sei festgenommen worden. Weshalb denn nur?«

»Es ist …« Ansfride schluchzte, ihre Brust hob und senkte sich rasend schnell. »Es ist alles aus, Nesta. Es ist … vorbei.«

»Sag so etwas nicht. Beruhig dich. Erzähl mir genau, was geschehen ist.«

Ansfride ließ sich auf die Fersen zurücksinken und wischte sich die Tränen von den Wangen. Ihr Blick schweifte zur Hecke, die die Burg und den Fluss trennte, zweifelsohne sah sie sich nach einem Retter um. Aber hier war weit und breit niemand. »Anskill und ich …«, sie rang um jedes Wort, »wir gingen am Fluss spazieren. Anskill erzählte mir von den Kämpfen auf dem Festland. Der König …« Erneut schluchzte sie auf und presste die Hand gegen die Brust, »die Stimmung des Königs wurde immer schlechter, und als er sich schließlich geschlagen geben musste, brach er überstürzt auf. Alle dachten, er würde sich wieder beruhigen, sobald er in England wäre, aber … aber …« Weitere Tränen befreiten sich, und Nesta ergriff ihre Hand und hielt sie fest.

»Was Ansfride? Was geschah dann?«

Die junge Frau schüttelte den Kopf. »Ich spürte es. Von dem Moment an, da der König zurückgekommen ist, wusste ich, dass er etwas Böses ausheckt. Er hat sich verstellt, aber ich spürte es. Und heute …«, sie presste die Augen zusammen, »… heute kamen sie, um Anskill zu holen. Verrat, sagen sie, aber das ist gelogen. Der König wollte einfach nicht mehr länger mitansehen, wie Tyrell sich von ihm entfernt. Irgendjemand muss es ihm gesagt haben. Irgendwie muss er dahintergekommen sein. Sie haben meinen Anskill einfach mitgenommen und eingesperrt.«

Nesta kämpfte gegen das enge Gefühl in ihrem Hals und zwang sich, ruhig zu bleiben. Ansfride brauchte sie jetzt, und sie musste einen kühlen Kopf bewahren. Noch war nichts verloren. Anskill mochte im Kerker sein, aber das hieß nicht, dass er nicht zu retten war. »Wo ist Tyrell?«, wollte sie wissen und sah sich auch noch einmal am Flussufer um.

Ansfride wies hinter sich zum Turm. »Beim König, nehme ich an.« Sie schluchzte auf. »Dieser elende Narr macht alles nur noch schlimmer. Er will den König zur Gnade bewegen und riskiert damit seinen eigenen Hals.«

»Aber wenn jemand auf den König einwirken kann, dann doch wohl Tyrell. Wenn es wahr ist, dann …« Nesta hob hilflos die Schultern, »dann ist der König Tyrell doch sehr zugetan. Er würde niemandem schaden, der Tyrell so viel bedeutet.«

»Aber natürlich würde er das!« Ansfride löste ihre Hand aus Nestas und sah sie voller Verzweiflung an. »Genau deshalb tut er es ja! Weil Anskill Tyrell zu viel bedeutet!« Sie drehte sich um und reckte ihre Faust Richtung Turm. »Der König ist von Eifersucht zerfressen!«, schrie sie so laut, dass sich ihre Stimme fast schon überschlug und ein paar Enten aus dem Gestrüpp aufstoben.

Entsetzt packte Nesta Ansfrides Schultern und drehte sie wieder zu sich um. »Bei allem, was heilig ist, Ansfride, sei vorsichtig!«

»Aber warum denn? Was will er mir denn noch nehmen?«

»Denk an deine Kinder, denk an dein eigenes Leben, und denk an Anskill. Noch ist er nicht verloren. Wer weiß, vielleicht will der König ihm nur etwas Angst machen, vielleicht verbannt er ihn vom Hof, und ihr beide geht gemeinsam nach Hause. Diese Verhaftung muss doch nicht heißen …«

»Verrat, Nesta.« Ansfride sprach plötzlich ganz leise und ließ den Kopf hängen. »Er wurde wegen Verrat verhaftet, dafür gibt es nur eine Strafe.«

Nesta blickte auf die sonst so unerschütterliche Dame und kämpfte gegen die lähmende Schwäche, die Besitz von ihrem Körper zu ergreifen versuchte. Ihr Herz raste, und ihre Lippen zitterten so stark, dass ihre Zähne aufeinanderzuschlagen drohten. Einen Moment lang schloss sie die Augen und atmete ein paar Mal tief durch. So düster die Lage auch aussah, Nesta weigerte sich, die Hoffnung aufzugeben. In ihrem Leben hatte sie bereits zu viel verloren, und sie war nicht gewillt, diese Ungerechtigkeit stumm hinzunehmen.

»Komm, Ansfride.« Sie rappelte sich auf und zog Ansfride mit sich hoch. »Lass uns erst mal sehen, ob wir Näheres über Anskill erfahren. Sie haben ihn hier eingesperrt? Im Kerker?«

Ansfride strich sich die durchnässten Haarsträhnen zurück unter den Schleier und nickte. »Gott allein weiß, was sie ihm dort antun.«

»Bestimmt langweilt er sich einfach nur.« Sie bemühte sich um ein zuversichtliches Lächeln. »Du wirst sehen. Niemand würde einem Ritter, der der königlichen Familie so nahe steht, etwas antun.«

Einen Moment lang leuchtete tatsächlich Hoffnung in Ansfrides Augen auf, und Nesta betete, dass sie ihre Freundin nicht angelogen hatte. Zumindest schaffte sie es, Ansfride in aufrechter Haltung über die Brücke des Grabens und zurück in die sicheren Palisaden zu führen. Sie scherten sich nicht um die Blicke herumeilender Bediensteter, Wachen oder Höflinge. Nesta war bewusst, wie sie aussehen mussten, und bestimmt hatte sich die Nachricht von Anskills Inhaftierung bereits wie ein Lauffeuer verbreitet. Im Moment zählte aber nichts anderes als Anskills Wohl, und so gingen sie über den Hof zum Kerkerbau, der sich im Westen vor der neu errichteten Festungsmauer aus Stein erhob.

Sie hatten gerade den halben Weg zurückgelegt, als eine Gruppe Reiter durchs Torhaus auf sie zugaloppierte. Nesta zog

Ansfride ein wenig zur Seite, doch als sie hochblickte, traute sie ihren Augen nicht. Sie musste blinzeln und mit der Hand ihre Augen von der Sonne abschirmen, um wirklich sicher zu sein.

In ein Kettenhemd gekleidet inmitten ähnlich gerüsteter Ritter thronte Henry de Normandie auf seinem Rappen. Fast hätte sie ihn unter all dem Straßenstaub und dem dunklen Bart, der Wangen und Kinn bedeckte, nicht erkannt. Auch sein Haar war länger, die dunklen Locken fielen ihm bereits bis auf die Schultern. Er sah aus wie ein Krieger. Er brachte ihr Herz zum Stolpern.

»Henry!« Ansfride schlug sich die Hand vor den Mund und brach erneut in bitterliches Weinen aus. Mitten im Hof sank sie auf die Knie.

Henry schwang sich sofort aus dem Sattel und eilte die wenigen Schritte zu ihnen herüber. Sein Blick flog zu Nesta, die neben Ansfride hockte und ihr über den Rücken strich. Eine Frage stand in seinen Augen, er wollte wissen, was geschehen war, doch Nesta schüttelte nur den Kopf. Sie konnte es ihm nicht erklären.

»Ansfride.« Er ging vor der weinenden Frau auf ein Knie nieder und legte die behandschuhte Hand unter ihr Kinn. »Ansfride, was ist geschehen? Geht es den Kindern gut?«

Langsam hob Ansfride den Kopf und sah den Bruder des Königs aus rot unterlaufenen Augen an. »Anskill«, flüsterte sie, und mit diesem einen Wort schien Henrys Körper zu erstarren. Einen Moment lang sah er sie nur regungslos an, ehe er unvermittelt aufsprang und ohne ein weiteres Wort mit eiligen Schritten zum Turm lief. »Wo ist der König?!«, hallte seine donnernde Stimme über den Hof, aber die Antwort konnte Nesta nicht mehr vernehmen.

Wie gelähmt starrte sie ihm hinterher und fragte sich, ob er nur ein Traum gewesen war. Nach der Rückkehr des Königs hatte es geheißen, Prinz Henry bereitete eine Invasion Aquitaniens vor und würde noch eine Weile fort sein. Denn nach dem erfolglosen Feldzug im Vexin wollte der König sein Glück weiter südlich versuchen. Henry hätte sich keinen besseren Zeitpunkt für seine Rückkehr aussuchen können.

»Ansfride …« Nesta strich der Dame das Haar zurück. »Es wird alles gut. Henry wird sich darum kümmern. Anskill ist einer seiner ältesten Freunde. Er würde nicht zulassen, dass ihm etwas geschieht.«

»Auch Henrys Macht hat Grenzen.« Ansfride schüttelte den Kopf. »Wenn der König sich etwas in den Kopf gesetzt hat …«

»Ladys.« Ein Schatten fiel auf sie, und als Nesta hochblickte, sah sie den Steward des Königs, Haimo Dapifer, vor sich stehen. Der Mann zählte zu den bedeutendsten Herren bei Hofe und war während der Abwesenheit des Königs ein Assistent Flambards in der Regierungsführung gewesen.

»Mylord?« Nesta bemühte sich, ihren Unwillen über diese Begegnung zu verbergen. Königlichen Hofbeamten ging sie lieber aus dem Weg.

Der Steward ignorierte sie und reichte Ansfride die Hand. »Madame.«

Es war Ansfride anzumerken, dass es ihr wie Nesta erging, doch sie ergriff die dargebotene Hand und richtete sich auf. »Mylord«, stieß sie zwischen zusammengebissenen Zähnen aus. Trotz ihrer erbärmlichen Erscheinung hielt sie plötzlich den Kopf wieder hoch und sah ihr Gegenüber voller Hochmut an.

Der Steward ließ sich davon aber nicht beeindrucken. »Madame, ich ersuche Euch, Euch in Eure Gemächer zurückzuziehen und weitere Ausbrüche dieser Art zu unterlassen. Dort habt Ihr zu warten, bis Seine Hoheit, der König, entscheidet, was er mit Euch zu tun gedenkt. Als Gemahlin eines Verräters …«

»Eines Verräters?!« Ansfride packte den Mann, der zweifelsohne vom König oder von Flambard gesandt worden war, am Bliaut und brachte ihr Gesicht knapp vor das seinige. »Wir wissen beide, dass mein Mann kein Verräter ist und er nur eingesperrt wurde, weil …«

»Wir haben verstanden, Mylord.« Nesta zog Ansfride mit aller Kraft zurück und schob sich zwischen die aufgebrachte Dame und den Hofbeamten. Zu ihrer Erleichterung kam Ansfride zur Einsicht und sprach nicht weiter.

»Sagt, Mylord«, Nesta ballte ihre zitternden Hände zu Fäusten, »was wird jetzt mit Sir Anskill geschehen?«

Der Steward ließ seinen vernichtenden Blick noch einen Moment lang auf Ansfride ruhen, dann rückte er sein Gewand zurecht und wandte sich ihr zu. »Es wird ermittelt, inwieweit die Anschuldigungen gegen Lord Seacourt der Wahrheit entsprechen«, sagte er kühl. »Bis dahin …«, er warf Ansfride noch einen Blick zu, »hat sich seine Gemahlin ruhig zu verhalten und das Urteil abzuwarten, wenn sie nicht vom Hof verbannt werden will.«

Nesta presste die Lippen aufeinander und brachte ein Nicken zustande. Sie spürte förmlich, wie Ansfride hinter ihr vor Zorn und Verzweiflung bebte. Doch vorerst mussten sie tun, was Dapifer befahl, wollten sie nicht alles nur noch schlimmer machen. All ihre Hoffnungen ruhten nun auf Henry.

Ansfride schlief endlich, und so gab Nesta ihrem Drang nach frischer Luft nach und ging in die Abenddämmerung hinaus. Der König speiste heute in seinen Privatgemächern, und in der Halle wurde einzig über Anskills Verhaftung gesprochen. Gerüchte wildester Art kursierten, und dabei wunderte Nesta sich, dass die meisten der Wahrheit nicht einmal nahe kamen. Es fiel den Leuten wohl leichter anzunehmen, Anskill hätte den Tod des Königs geplant, anstatt zu glauben, dass er ein Sodomit war. Während der König und Tyrell schon häufiger für Gesprächsstoff gesorgt hatten, war Anskill als liebender Ehemann angesehen worden.

Die Zeit der Abendmahlzeit war die ruhigste Zeit des Tages,

und kaum jemand hielt sich draußen auf. Nesta entschied, dass sie es riskieren konnte, allein einen Spaziergang zu unternehmen, zumal sich an einem Tag wie diesem ohnehin niemand um sie kümmerte.

Sie schlenderte am Great Tower vorbei und ließ ihre Hand über die Überreste der alten Römermauer streichen. In ihren Gedanken sah sie immer wieder vor sich, wie sie in die Gemächer des Königs stürmte und ihn zur Rede stellte. In ihrer Fantasie warf sie ihm alles an den Kopf, was sie schon so lange mit sich herumtrug.

Als die Mauer endete, folgte sie dem Pfad auf die baumbestandene Wiese, die von einem Graben und einer Hecke gesäumt wurde. In einiger Entfernung sah sie eine Gestalt im rostfarbenen Licht der Abenddämmerung, einen Mann in Kettenhemd. Er stützte beide Hände am Stamm eines Baumes ab und ließ den Kopf zwischen seinen Armen hängen. Durch das spärliche Blätterdach gelangte noch genügend Licht, um zu erkennen, dass es sich um Henry handelte.

Nesta blieb stehen und sah sich um. Hier war weit und breit niemand, kein Knappe, keiner seiner Freunde und Gefolgsmänner. Er hatte die Einsamkeit gesucht.

Unschlüssig, was sie tun sollte, starrte sie ihn an. Ihre letzte Begegnung lag so lange zurück. Nesta hatte gedacht, die Erinnerung an den Kuss wäre verblasst, aber wo sie ihn nun so allein dastehen sah, kam es ihr vor, als wäre es erst gestern gewesen. Seine kriegerhafte Erscheinung in Verbindung mit seiner mutlosen Haltung ließ ihn fast schon hilflos wirken. Er erweckte den sehnsüchtigen Wunsch in ihr, zu ihm zu gehen und ihn in die Arme zu schließen. Doch Ansfrides Worte der Warnung ließen sie innehalten. Nesta musste sich vorsehen, sie durfte nicht mit Henry allein sein. Fast hätte sie auf dem Absatz kehrtgemacht, als sie sich plötzlich albern vorkam. Sie dachte an Ansfrides verzweifelte Situation und schalt sich eine Närrin. Was sollte schon geschehen? Sie musste wissen, ob Henry seinen Bruder zur Vernunft gebracht hatte.

Nesta atmete tief durch und ging auf ihn zu. Zwei Schritte von ihm entfernt blieb sie stehen und straffte die Schultern.

»Mylord?«, flüsterte sie.

Henry zuckte zusammen und richtete sich abrupt auf. Er wischte sich mit der Hand über die Augen und blickte weiterhin auf die raue Rinde des Stammes. Sie wusste nicht, ob er sie an ihrer Stimme erkannt hatte, denn er sagte nichts, und Nesta betrachtete eine Weile sein Profil. Mit dem langen Haar und dem Bart sah er so fremd aus, und doch war er ihr gleichzeitig vertraut.

»Verzeiht mir.« Sie wollte sich abwenden und ihn in Ruhe lassen, als er sich ihr plötzlich zuwandte.

»Ihr seid wegen Ansfride hier?«, wollte er mit rauer Stimme wissen. Nesta sah zu ihm hoch und erschrak beim müden Ausdruck seiner Augen, die gerötet wirkten, als hätte er seit Tagen nicht geschlafen. Oder als hätte er geweint.

Nesta wusste nicht, was sie antworten sollte, denn einerseits wollte sie Neuigkeiten für Ansfride erhalten, andererseits war es aber auch Henrys Leid, das ihn wie eine Wolke umgab, das sie hierhergeführt hatte. Sie wollte ihn trösten, so wie sie Ansfride zu trösten versucht hatte, aber seine ernste Miene schürte die Angst auf schlechte Nachrichten in ihr. Sie konnte sich nicht bewegen, wollte nichts sagen, um die Wahrheit nicht hören zu müssen. Doch wie lange sollten sie sich schweigend gegenüberstehen?

»Ihr habt mit dem König gesprochen?«, brachte sie heraus und spürte einen stechenden Schmerz in ihrem Bauch, als Henry die Augen schloss. Er nickte und wandte sich abrupt ab.

»Mylady, meine Mühen waren vergebens.«

Ihr Herz schien zu Eis zu gefrieren, während sie auf seinen Rücken starrte. »Aber Anskill ist unschuldig.«

Henry atmete hörbar aus. »Er wird des Verrates für schuldig befunden und hingerichtet werden. Das ist der Wunsch des Königs.«

»Aber das ist unrecht.« Nesta hatte alle Mühe, nicht zu schreien. »Das ist Willkür, das ist …«

»Nesta.« Unvermittelt drehte er sich zu ihr um und sah ihr fast schon flehend in die Augen. »Ich kann nichts tun.«

Ein weiteres »aber« lag ihr auf der Zunge, doch sie schluckte es beim Anblick seiner Hilflosigkeit hinunter. »Wie soll ich das Ansfride erklären?«, flüsterte sie entsetzt und fühlte in sich eine Schwäche, die sie niederzuringen drohte. Sie streckte die Hand aus, hielt sich am Baumstamm fest und schloss kurz die Augen.

Ein Seufzen erklang, und aus den Augenwinkeln nahm sie wahr, wie sich Henry mit beiden Händen verzweifelt das Haar zurückstrich. »Er ist mein ältester Freund. Aber ich bin nur der jüngere Bruder des Königs«, sagte er leise. »Rufus hat keinen Grund, auf meinen Rat zu hören. Wenn er sich etwas in den Kopf setzt …«, er ballte die Hände zu Fäusten, »… ich kann nicht öffentlich gegen ihn vorgehen. Es würde die Barone in zwei Lager spalten. England darf nicht erneut uneins werden, wir haben schon zu viele Rebellionen hinter uns.«

Nesta schloss die Augen, ihr wurde schwindlig. »Es muss eine Möglichkeit geben. Es muss einfach …«

Seine Hand berührte ihre Schulter, und Nesta fuhr zusammen. Aus großen Augen starrte sie zu ihm hoch und wich dann langsam ein Stück zurück. Sie sehnte sich nach ihm, danach von ihm umarmt und gehalten zu werden, ihre Tränen an seiner Schulter zu vergießen. Aber das durfte sie nicht. Sie hatte ihren Vorsatz, ihm nicht zu nahezukommen, nicht als eine weitere Mätresse zu gelten, nicht vergessen, auch wenn es ihr schwerfiel.

Seine Augenbrauen zogen sich in deutlicher Verwirrung zusammen, doch Nesta hatte sich geschworen, ihm als Dame und nicht als verliebtes Mädchen gegenüberzustehen. »Ansfride vermisst mich bestimmt schon. Es … es tut mir leid.« Ohne seine Reaktion abzuwarten, drehte sie sich um und ging mit zügigen Schritten davon, als er plötzlich ihren Namen rief.

Mit angehaltenem Atem blieb sie stehen und sah über die Schulter zu ihm zurück.

»Kümmert Euch um sie«, bat er, und ehrliche Sorge lag in seiner Stimme. »Sie braucht Euch jetzt.«

Nesta sah ihn lange an und nickte dann.

Es war schwer, die Tränen zurückzuhalten. Nesta versuchte, ruhig ein- und auszuatmen, doch der Druck in ihrer Brust nahm nicht ab, der Schmerz in ihrem Hals war kaum noch auszuhalten, als sie auf den Karren blickte. Dort oben lag Anskills übel zugerichteter Körper, zugedeckt und verschnürt, um die Heimreise anzutreten. Es war zu keiner Verurteilung gekommen und so auch zu keiner Hinrichtung. Nur fünf Tage nach Anskills Inhaftierung war Tyrell fast lautlos in das Frauengemach gekommen. Nesta hatte in sein eingefallenes Gesicht mit den dunklen Ringen unter den Augen gesehen und gespürt, wie ihr Herz sank. Ansfride neben ihr hatte einen wimmernden Laut ausgestoßen, und die schnatternden Damen waren plötzlich alle ganz still geworden. Tränen waren über Tyrells Wangen geflossen, als er Ansfride angesehen und kaum merklich den Kopf geschüttelt hatte. Anskill wäre im Gefängnis schwer erkrankt, hatte es geheißen, doch sein geschundener Körper sprach eine andere Wahrheit. Der König hatte ihn loswerden wollen und dies auf grausamste Weise erreicht.

Anskills Knappen und ein paar befreundete Ritter schwangen sich auf ihre Pferde, und auch Ansfride nahm die Zügel ihrer Stute entgegen. Die Männer würden die Witwe auf ihrem Weg begleiten, um sicherzugehen, dass sie wohlbehalten am Ziel ankam. Nesta war bewusst, dass Ansfride nicht mehr an den Hof zurückkehren würde und dass dies ein Abschied für eine lange Zeit war. Sie fragte sich, was aus ihrer Freundin werden würde, und trauerte um ihr Schicksal ebenso wie über Anskills. Das Wissen, allein hier zurückzubleiben, war lähmend, und doch musste sie noch einige Augenblicke lang durchhalten und stark sein. Ansfride sollte ihr nicht ansehen, wie sehr ihr dieser Abschied das Herz zerriss, wie sehr ihr der Gedanke ohne die Freundin an Williams schrecklichem Hof Angst einjagte. Denn dass Ansfride ging, war notwendig. Nicht nur musste sie Anskills Körper nach Hause bringen, um ihn dort zu begraben, sie würde hier auch nur noch mehr Leid erfahren, denn der König wurde nicht gern an diese unerfreuliche Episode erinnert. Vielleicht fand sie jetzt, da die Angst um Anskills Geheimnis gewichen war, bei sich zu Hause etwas Frieden. Das wünschte Nesta sich von Herzen, und so spielte es auch keine Rolle, dass sie von nun an allein zurechtkommen musste. Ansfride hatte ihr genug mit auf den Weg gegeben, um ihr hier ein Überleben zu sichern.

»Gib auf dich Acht«, sagte Ansfride, als sie mit dem Pferd an der Hand auf sie zukam. Die ehemals schöne Frau war kaum wiederzuerkennen, sie wirkte plötzlich alt. Ihre sonst so strahlend weiße Haut war gräulich und spröde, unter ihren Augen lagen dunkle Ringe, und der schwarze Schleier unterstrich ihren erbarmungswürdigen Zustand noch.

Nesta nickte und breitete die Arme aus. Ein Schluchzen entwich ihr, als sie sich in diese letzte Umarmung begab. »Es tut mir so leid«, flüsterte sie. »Möge die Zeit dir ein wenig von deinem Schmerz nehmen. Er war ein guter Mann. Und du warst mir die beste Freundin, die sich ein Mensch wünschen kann.«

Ansfride nickte und streichelte ihr über den Kopf. »Es tut mir so leid, dich hier zurücklassen zu müssen. Aber ohne Anskill …« Sie schüttelte nur den Kopf.

Nesta nickte mit einem, wie sie hoffte, zuversichtlichen Lächeln. Der Gedanke, wie sehr Ansfride ihren Gemahl geliebt hatte, vergrößerte den Druck in ihrer Brust, und als Ansfride sich von ihr löste und auf Tyrell zuging, musste sie den Atem anhalten, um nicht doch noch zu weinen.

»Pass auf dich auf«, sagte Ansfride zu dem Ritter, der Anskill ebenfalls geliebt hatte. »Mach keine Dummheiten, hörst du?«

Tyrell sagte nichts und schloss die Witwe seines Geliebten einfach nur in die Arme. Auch er schien jedes Leben verloren zu haben. »Ich halte das nicht aus«, hörte sie ihn flüstern. »Ich kann es nicht mehr gutmachen – nur hoffen, dass du mir eines Tages vergibst.«

»Es gibt nichts zu vergeben«, sagte Ansfride und strich Tyrell über die Wange. »Anskill hat dich geliebt, und ich tue es auch. Wir müssen nun ohne ihn weitermachen. So gut es geht.« Sie sah zu Nesta und nickte ihr zu. »Ihr gebt aufeinander Acht, versprecht mir das.«

»Das werden wir.« Tyrell trat näher an Nesta heran. »Bald wird sich alles ändern, und dann wird niemand von uns mehr in Gefahr sein.«

Ansfride zog die Augenbrauen zusammen, und auch Nesta sah beunruhigt zu Tyrell hoch, doch seine harten Züge verrieten die Bedeutung seiner Worte nicht.

Also atmete Ansfride noch einmal sichtbar ein und schwang sich mit Hilfe eines Knappen auf ihr Pferd. Genauso wie Nesta und Tyrell warf sie noch einen Blick auf den Karren, ehe sie die Fersen in den Pferdebauch schlug und davonritt.

»Dann sind es wohl nur noch wir beide«, hörte sie Tyrell an ihrer Seite sagen.

Nesta blickte ihrer Freundin hinterher. »Was werdet Ihr jetzt tun?«

Schweigen folgte, und Nesta überkam wieder ein ungutes Gefühl, das mit einem kalten Schauer einherging. Es war vorbei, und doch fühlte es sich nicht so an. Eher hatte sie das Gefühl, dass dies erst der Anfang war.

»Tyrell!«

Nesta zuckte zusammen, als sie die Stimme des Königs vernahm. Auch der Ritter spannte sich einen Moment lang an, ehe er sich umdrehte und zu William blickte, der mit seiner Entourage an farbenfrohen Höflingen über den Hof auf sie zukam. Ihre Aufmachung wirkte wie eine Beleidigung an einem Tag wie heute.

»Ist sie weg?«, wollte der König wissen und blickte abfällig Richtung Tor, was Nesta die Fingernägel in ihre Handflächen pressen ließ. Der Anblick dieses Mannes, der so viel Unglück über sie gebracht hatte, war in diesem Moment mehr, als sie ertragen konnte. Doch sie zwang sich, ihre unberührte Miene aufrechtzuerhalten, als sie vor ihm knickste. Der König schien sie ohnehin kaum zu bemerken, denn er wandte sich mit selbstzufriedener Miene an Tyrell. »Kommt, ich will Euch zeigen, was aus Henrys jungem Hengst geworden ist. Ein prächtiges Tier, ich werde ihn mir wohl von meinem Bruder schenken lassen.«

Nesta spürte, wie Wut in ihr hochkochte. Sie dachte an das wunderschöne Fohlen, das Henry ihr am Tag seiner Abreise nach Schottland gezeigt hatte. Der Gedanke, dass William Rufus sein widerwärtiges königliches Hinterteil daraufsetzte, sandte Zorneswellen durch ihren Körper.

Tyrell warf ihr einen Blick von der Seite zu und war einen Moment lang sichtlich unschlüssig, doch dann straffte er die Schultern und folgte dem König Richtung Stall. Wie konnte William seinen Ritter nur behandeln, als wäre nichts vorgefallen, als wüsste er nicht, was er Tyrell angetan hatte? Und wie konnte Tyrell diese Tat schweigend hinnehmen?

Nesta wandte sich wortlos ab und schritt zurück Richtung Great Tower, ohne zu wissen, wohin sie gehen oder was sie machen sollte. Ohne Ansfride schien ihr das Leben auf dieser Burg schon jetzt unerträglich. Henry war nach Anskills Tod überstürzt abgereist, ohne anzugeben, wohin. Die Spannungen zwischen ihm und seinem Bruder waren in den letzten Tagen deutlich gewesen, und nachdem sie am Vorabend ihren Höhepunkt in einer lautstarken Auseinandersetzung in den Privatgemächern des

Königs gefunden hatten, war Henry verschwunden. Nesta wusste nicht, ob der König ihn fortgesandt hatte oder ob er freiwillig gegangen war. Sie wusste nur, dass sie allein zurückgeblieben war.

»Mylady Nesta!«

Beim Klang der vertrauten Stimme atmete sie erleichtert auf. In diesem Moment der Dunkelheit war ihr jede Form der Abwechslung recht, und diese ganz besonders.

»Mylord Falconer«, seufzte sie, als sie sich umdrehte. »Ihr wisst ja gar nicht, wie schön es ist, Euch …« Ihr Blick fiel auf den Vogel auf seiner Faust, und plötzlich schossen ihr Tränen in die Augen. All die zurückgehaltenen Gefühle wollten sich beim Anblick dieses hoheitsvollen Tiers Bahn brechen. Es war tatsächlich der Rotmilan – oder *ihr* Rotmilan, wie sie ihn in Gedanken nannte. Es war so lange her, seit sie ihn zum letzten Mal gesehen hatte, denn im Winter war es ihr nicht möglich gewesen, das Anwesen des Lord Falconers zu besuchen. Fast schon hatte sie vergessen, welche Wirkung das Tier auf sie hatte, wie sehr er ihr Herz berührte und ihr das Gefühl von zu Hause vermittelte. Jedes Mal, wenn sie ihn sah, meinte sie den Duft von Wiesen und Blumen zu riechen und den frischen Wind auf ihrem Gesicht zu spüren, der ihr auf ihren Reisen durch Wales entgegengeweht war. Er gab ihr das Gefühl von Freiheit.

»Nun, was sagt Ihr?« Der Lord Falconer schwang sich aus dem Sattel, und der Milan flatterte dabei ein wenig mit den Flügeln. Er stieß einen Schrei aus, doch schien er sich nicht mehr so aufzuregen wie früher. Auch war er um ein gutes Stück gewachsen und würde wahrscheinlich jetzt schon jeden Falken überragen. Und was Nestas Herz schneller schlagen ließ: Seine Augen waren offen. Helle Augen, die etwas ins Gelbliche gingen, mit großen schwarzen Pupillen.

Nesta ging auf den Vogel zu. »Du bist ja noch schöner geworden«, flüsterte sie in der walisischen Sprache. »Wenn der Fürst von Gwynedd geahnt hätte, was für ein wertvolles Geschenk du doch bist.« Sie streichelte ihm mit einem Finger über den Bauch, und plötzlich wurde der Milan völlig ruhig. Sie blickte in die gelblichen Augen, und es schien ihr, als beobachtete der Vogel sie aufmerksam, ja als starre er sie geradezu an, und Nesta konnte den Blick nicht abwenden. Der Milan sah sie an, und plötzlich schien es ihr, als teile er denselben Schmerz. Wie durch ein unsichtbares Band flossen ihre Gefühle auf ihn über und wieder zurück, als wären sie für wenige Momente eins – eine Seele und ein Herz. Als würde er tatsächlich verstehen.

»Mylady!«

Nesta zuckte zusammen und blickte hoch in das Gesicht des Barons. Seinem verwirrten Ausdruck nach zu urteilen und dem ungeduldigen Ton, hatte er sie nicht nur einmal gerufen.

»Mylord?«

Der Baron sah auf den Vogel hinab, dann wieder in ihr Gesicht und schüttelte den Kopf. »Ihr werdet mir unheimlich, Mylady Nesta, wenn ich das so sagen darf. Wirklich unheimlich.«

Nesta mühte sich zu einem Lächeln. »Ihr habt ihn abgebräut«, sagte sie und wies auf den Milan. »Hat diese Tortur denn etwas genützt?«

Der Lord Falconer nickte. »Deshalb bin ich hier. Ich dachte, Ihr wärt gerne dabei, wenn ich ihn zum ersten Mal aufsteigen lasse.«

»Ihr lasst ihn fliegen? Tatsächlich?« Sie wusste, es war wahrscheinlich, dass er bei seinem ersten Flug nicht zurückkehrte, und einerseits wünschte Nesta ihm die Freiheit, andererseits wollte sie nicht noch einmal Abschied nehmen.

»Begleitet mich doch zur Wiese.« Der Lord Falconer winkte den beiden Jungen an seiner Seite, die aufgeregt tuschelnd folgten, und schritt vom Hof zu der Wiese, auf der die Knappen ihre Schwertübungen abhielten. Dann zog er einen Lederbeutel hervor, an dem Federn angebracht waren.

»Der Augenblick der Wahrheit ist gekommen«, sagte der Baron und hob seinen Arm. Er löste die Schnur, die um die Kralle des Vogels verlief, und murmelte beruhigende Worte. »Vergesst nicht, Mylady. Das ist ein Milan und für die Beizjagd ungeeignet. Seid nicht enttäuscht, falls er davonfliegt.«

»Ich würde ihm die Freiheit gönnen, Mylord.«

Der Lord Falconer atmete tief durch und hob schließlich seinen Arm. Er ließ den Milan los, der mit einem mächtigen Schlag seiner Flügel in die Lüfte stieg. Tränen verschleierten Nestas Sicht, die Weinerlichkeit, die sie schon den ganzen Tag über fest im Griff hatte, ließ sie einfach nicht los. Der Anblick, wie dieses majestätische Tier seine gewaltigen Flügel ausbreitete und eins mit dem Wind wurde, war so schön, dass sie ihre Gefühle kaum noch zurückhalten konnte. »Flieg«, flüsterte sie in der walisischen Sprache, und plötzlich überkamen sie Bilder ihrer Mutter, ihres Vaters, all ihrer Geschwister. Sie sah Ansfride vor sich, Anskill, und sie spürte, wie ihr Tränen die Wangen hinabliefen.

Einer der Jungen reichte dem Lord Falconer ein Fleischstück, das der Baron an dem Lederbeutel befestigte. Eine Schnur war daran angebracht. »Mit dem Federspiel locken wir ihn zurück«, sagte er und schwang den Beutel an der Schnur hoch über seinem Kopf im Kreis. Der Milan stieß einen schrillen Schrei aus und kreiste ein paar Mal über ihnen, dann stürzte er plötzlich herab.

Nesta hielt den Atem an. Fast glaubte sie, Gruffydds aufgeregte Rufe an ihrer Seite zu hören, so wie damals, als sie mit ihm solch einen Raubvogel beobachtet hatte. Der Milan stellte die Schwingen auf, streckte seine Krallen nach vorne und ergriff das Federspiel in einer Geschwindigkeit, die Nesta nach Luft schnappen ließ. Gemeinsam mit seiner Beute ging er zu Boden.

Ein leises Lachen des Lord Falconers war an ihrer Seite zu hören, und als sie zu ihm aufblickte, sah sie sein zufriedenes Lächeln und den Stolz in seinen Augen. »Wer hätte das gedacht?«, flüsterte er und näherte sich mit Bedachtsamkeit dem Vogel. Er rollte die Schnur auf und hob den Milan mitsamt dem Federspiel hoch.

»Du kannst es also doch, Bursche. Wirklich gut.« Auch Nesta spürte eine sonderbare Art von Stolz in ihrer Brust und war nun doch erleichtert, dass der Milan nicht davongeflogen war.

»So, Mylady, nun seid Ihr dran.«

»Ich?« Nesta blickte mit großen Augen zu dem Jungen, der ihr einen Handschuh reichte.

Der Lord Falconer hob eine Augenbraue. »Wenn nicht Ihr, wer dann? Ihr verzaubert das Tier, oder warum, denkt Ihr, wollte ich Euch beim ersten Mal dabeihaben? Ich mache mir nicht gerne die Mühe, einen Vogel locke zu machen, um ihn dann auf Nimmerwiedersehen davonfliegen zu lassen.« Er wies auf den Handschuh, und Nesta ließ ihn sich von seinem Gehilfen über das rechte Handgelenk ziehen. Dann übergab ihr der Baron den Milan, und Nesta staunte über das Gewicht. Es gefiel ihr, dass er so stark und schwer war, und als sie seine Krallen durch das Leder hindurch spürte, beschleunigte sich ihr Herzschlag. Sie trug tatsächlich einen *Barcud Coch*!

»Haltet ihn gut fest, Mylady. Ja, so ist es gut.« Der Lord Falconer verschränkte die Arme vor der Brust und blickte sichtlich zufrieden auf sie hinab. »Ich sollte meine Gehilfen davonjagen und Euch zu mir holen. Ihr habt wirklich ein Gespür für diesen Vogel.«

Nesta blickte erneut in die wilden Augen des Milans und genoss das angenehme Ziehen in ihrem Bauch. »Wir verstehen uns einfach«, flüsterte sie.

»Da seid Ihr ja!«

Nesta erstarrte, und beinahe hätte ihr Arm gezuckt, doch sie gemahnte sich zur Ruhe. Es war der König, der in Begleitung von Tyrell und seinem Gefolge über die Wiese auf sie zukam.

»Ich warte schon seit Ewigkeiten auf Euch und mein Gerfalken-Weibchen am Hof! Was macht Ihr hier?«

Nesta presste die Lippen aufeinander. Seit Ewigkeiten! Der König war doch gerade erst in den Stall gegangen.

»Eure Hoheit, ich habe nur schnell …« Die weiteren Worte des Barons gingen im wilden Schrei des Milans unter. Der Vogel breitete die Flügel aus, und Nesta riss erschrocken die Augen auf.

»Haltet ihn fest«, flüsterte der Lord Falconer drängend, und Nesta verstärkte zitternd ihren Griff um die Schnur, während der Milan wild mit den Flügeln schlug. Nesta starrte auf den scharfen Schnabel, der an der Spitze gelb war, ansonsten aber schwarz, und schluckte beim Gedanken, von diesem Vogel angefallen zu werden. Dann dachte sie aber daran, was dieser Vogel dem König anzutun imstande wäre, und sofort stieß der Milan weitere Schreie aus.

»Ist schon gut«, murmelte sie und warf einen besorgten Blick zum König hinüber. Tyrell sah sie mit hochgezogenen Augenbrauen an, blickte dann aber ebenso misstrauisch in William Rufus' Gesicht.

»Was wollt Ihr mit diesem Krähenfutter?«, verlangte dieser zu wissen. »Wo ist mein Gerfalke? Ihr solltet sie mir doch heute bringen und vorführen!«

»Sie ist bei meinem Jungen, Hoheit. Ich werde sofort nach ihr schicken.«

Der König schnaubte. »Spart Euch das. Ich habe Besseres zu tun, als hier zu warten, bis Ihr Eurer Pflicht nachkommt. Verschwindet und kommt erst wieder, wenn Ihr bereit seid, Eurem König zu dienen.«

Der Milan breitete erneut die langen Flügel aus und versuchte davonzufliegen. Er zog ständig in nur eine Richtung – in die des Königs, und Nesta ertappte sich beim Gedanken, den Vogel einfach loszulassen.

»Und dreht diesem Vieh endlich den Hals um«, befahl der König plötzlich. »Was hat es hier zu suchen?«

»Eure Hoheit, dies ist der Rotmilan, den Euch Gruffudd ap Cynan in Chester zum Geschenk machte. Ich habe ihn …«

»Zeitverschwendung! Bringt ihn um, das ist ein Befehl.«

Der Lord Falconer blickte den König einen Moment sprachlos an, bevor er knapp nickte. »Ja, Eure Hoheit.«

Der König und seine Anhänger schritten davon, einzig Tyrell warf ihr einen traurigen Blick zu. Doch Nesta nahm ihn kaum wahr. Sie stand da, als hätte der König sie geschlagen.

»Ihr habt den König gehört, Mylady. Gebt ihn mir.«

Nesta wich vorsichtig zwei Schritte zurück. »Ihr wollt es tatsächlich tun?«, flüsterte sie entsetzt und blickte hoch in das von Mitleid erfüllte Gesicht des Barons.

»Befehl ist Befehl. Kommt, lasst uns das Unvermeidliche nicht länger hinauszögern.«

»Ihr könntet ihn einfach wieder mitnehmen. Der König muss es nicht erfahren.«

»Und wenn der König mich nach dem Vogel fragt, soll ich ihn etwa anlügen? Oder ihm eröffnen, dass ich seinen Befehl missachtet habe? Mylady, ich weiß, es fällt Euch schwer, Ihr habt den Milan liebgewonnen, aber er ist nur ein Vogel. Der König hat einen Befehl ausgesprochen, dagegen kann niemand etwas tun.«

»Das dürft Ihr nicht.« Nesta wurde schwindlig. Anskill war tot, Ansfride und Henry waren fort, und jetzt sollte noch ein unschuldiges Wesen getötet werden!

Er war eben nicht nur irgendein Vogel. Der Milan verstand sie und hatte ihren Schmerz geteilt, so abergläubisch und dumm sich das auch anhören mochte. Doch Nesta wusste, dass es so war. Nesta wusste, dass dieser Vogel etwas Besonderes war.

Langsam griff sie zur Seite und löste die Schnur und den Lederriemen von den Beinen des Milans.

»Was macht Ihr da?« Der Lord Falconer kam auf sie zu, und Nestas Atem ging immer schneller.

»Zauberworte hin oder her«, sagte sie schnell auf Walisisch an den Vogel gerichtet. Der Baron hatte sie fast erreicht. »Du kehrst nicht zurück, verstehst du mich? Du fliegst nach Hause. Flieg in die Freiheit, denn hier erwartet dich der Tod. Flieg!« Mit aller Kraft warf sie den Arm in die Luft und ließ den Milan los. Der Baron fasste hoch, als könnte er den Vogel tatsächlich noch erwischen, doch der Milan stieg mit einem Schrei in die Höhe.

»Was habt Ihr getan?!«

Nesta wandte den Blick von ihrem tierischen Freund ab und blickte erschrocken zum Lord Falconer. Plötzlich wurde ihr bewusst, in welche Schwierigkeiten sie sich mit ihrem Handeln gebracht hatte. Kopfschüttelnd sah der Baron dem Milan nach, bevor er zu Boden blickte und grinste. Nesta sah ihn zunächst ungläubig an, bevor sie es ihm gleichtat. Seine mächtige Pranke legte sich auf ihre Schulter, bevor er murmelte: »Ach, Mylady, wenigstens eine gute Tat an diesem rabenschwarzen Tag.«

New Forest, Südengland, August 1100

Nesta versuchte eine leidende Miene aufzusetzen, als sie sich am Rande des Hofes gegen die Stallwand presste. Sie hatte Unwohlsein vorgetäuscht, um der heutigen Jagd zu entgehen. Sie war es leid, in Gesellschaft des Königs durch das ausgebeutete Land zu ziehen und einen Wald nach dem anderen heimzusuchen. Der New Forest war König Williams liebstes Jagdgebiet, doch seiner verkniffenen Miene nach zu urteilen, schien er sich auf seinen Ausflug nicht besonders zu freuen. Er stand zusammen mit Tyrell und dem Waffenschmied im Hof, und sie sprachen über Pfeile. Tyrells Ausdruck war nichtssagend, eine leere, kalte Maske. Er verhielt sich dem König gegenüber respektvoll und höflich, aber Nesta sah ihm genau an, was in seinem Inneren vorging. Und auch dem König konnte es nicht verborgen geblieben sein.

»Gebt diese Pfeile an Sir Walter«, wies der König volltönend den Schmied an und klopfte seinem Ritter auf die Schulter. »Es ist nur recht, dass derjenige, der die tödlichsten Schüsse abzugeben weiß, die schärfsten bekommt.« Tyrell war bei allen als begnadeter Schütze bekannt und nahm die Pfeile mit einer knappen Verbeugung in Williams Richtung entgegen. Dann warf er einen Blick zu Nesta. Seine Augen schienen wie dunkle Höhlen in dem blassen Gesicht. Sein goldenes Haar funkelte immer noch unter der warmen Augustsonne, aber von seiner einst so schillernden Gestalt war kaum etwas übrig geblieben. Etwas in ihm schien mit Anskill gestorben zu sein.

Nesta nickte ihm zu, doch dann bemerkte sie, dass Tyrell gar nicht sie, sondern jemanden knapp neben ihr ansah. Verwirrt drehte sie den Kopf zur Seite und bemerkte Henry, der im offenen Stalltor stand und Tyrells Blick erwiderte. Der König schien davon nichts zu bemerken, denn er lobte gerade den Schmied für seine Arbeit, doch Nesta spürte bei der Intensität des Blickes, den die beiden Männer tauschten, eine Gänsehaut ihren Rücken hinabkriechen. Henry war nach all den Monaten vom König herbeizitiert worden und hatte sich wohl dazu entschlossen, an der Jagd teilzunehmen. Er war erst spät am Vorabend angekommen, und auch wenn man seine düstere Miene der Müdigkeit hätte anlasten können, wusste Nesta doch genau, dass er den Tod seines Freundes nicht verwunden hatte. Er wirkte wie ein anderer Mensch. Hatte ihn früher eine positive Energie umgeben, eine Art Unbesiegbarkeit, so wirkte er jetzt mutlos, als er den König betrachtete, den er so lange nicht mehr gesehen hatte. Hin und wieder war einer seiner Gefolgsmänner am Hof erschienen, um Nachrichten mit William Rufus auszutauschen, aber auch, um sich nach Nestas Wohlergehen zu erkundigen. Es hatte sie immer beruhigt zu wissen, dass sie nicht ganz vergessen worden war. Denn ansonsten verbrachte sie ihre Tage weitestgehend allein.

Jetzt aber kehrte Sorge zurück, denn sie hatte zwei Dinge in Tyrells und Henrys Blick gelesen: Entschlossenheit und Hass.

Henry trat aus dem Türsturz und riss sie damit aus ihren Gedanken.

»Mylady Nesta«, sagte er knapp und nickte ihr zu. Seine Stimme klang nicht unfreundlich, aber doch, als wäre er mit seinen Gedanken ganz woanders. Nesta kam zu keiner Erwiderung, denn Henry durchmaß bereits den Hof mit wenigen Schritten und schwang sich auf sein bereitgestelltes Pferd.

»Der König träumte diese Nacht von seinem Tod«, raunte ihr plötzlich eine vertraute Stimme zu.

Nesta wandte sich zur Seite und blickte in Richard de Clares Antlitz hoch. Der Knappe ragte mittlerweile hoch über ihr auf und hatte in den letzten beiden Jahren seine Schlaksigkeit verloren. Das braune Haar umrahmte ein kantiges Gesicht, das nichts mehr von der Weichheit seiner jungenhaften Züge hatte. Richard war drei Jahre älter als sie und hatte vor kurzem seinen achtzehnten Geburtstag gefeiert. Es fiel Nesta schwer zu glauben, dass sie ihn jemals für einen Jungen gehalten hatte. Heute würde es wohl niemand mehr wagen, ihn auszupeitschen.

»Wovon sprichst du?«, fragte sie ihn und warf einen unauffälligen Blick zu Tyrell und dem König hinüber.

Richard zuckte mit den Schultern. »Ich habe meinen Herrn davon sprechen hören, und auch die Bediensteten reden von nichts anderem mehr. Der König wurde heute Nacht wach und verbot den Bediensteten, den Raum zu verlassen, er ließ jede Lampe entzünden und sagte, er hätte von seinem Tod geträumt. Er zitterte vor Angst.«

Die Gänsehaut kehrte zurück und ließ Nesta frösteln. Sie wusste nicht, was sie von dieser Geschichte halten sollte. Sie war nicht besonders abergläubisch – für eine Waliserin –, aber Anskills Tod, ein Jahr nach dem Ruf des Kuckucks, hatte sie gelehrt, dass gewisse Zeichen besser nicht ignoriert wurden. Seither fürchtete sie immer noch um Tyrell, auch wenn sie insgeheim hoffte, der Ruf hätte einzig Anskill gegolten, und Gott würde nicht auch noch Tyrell zu sich rufen.

»Richard!«, erklang es über die tosende Geräuschkulisse der aufbrechenden Jagdgesellschaft. Nesta blickte auf und sah den ergrauten Earl of Clare, der mit strenger Miene in ihre Richtung blickte.

»Mein Vater«, seufzte Richard und grinste. »Er sieht es nicht gern, wenn ich mit dir spreche.«

»Oh?« Nesta hatte nicht gewusst, dass der Earl schlecht von ihr dachte. Er hatte sich ihr gegenüber stets freundlich verhalten.

Richard lachte, als er ihren besorgten Ausdruck sah. Verlegen strich er mit der Hand über seinen Nacken. »Er … Er fürchtet …« Sein Blick wanderte zum strohgedeckten Dach des Stalls hoch. »Er glaubt, ich würde mich dir gegenüber … ungehobelt verhalten.«

Nesta riss die Augen auf, und als sie begriff, was er damit sagen wollte, begann auch sie nach langer Zeit wieder zu lachen. Mittlerweile wusste sie, dass Madame de Mabile damals recht gehabt hatte. Vor Richard de Clares blitzend blauen Augen und dem schelmischen Lächeln war kaum eine Frau gefeit. Er war als Verführer bekannt, und sein Vater fürchtete wohl, Richard würde seinen besonderen Charme dazu nutzen, um eine walisische Prinzessin zu bezaubern – was ihm vom Königshaus große Schwierigkeiten einbringen könnte. Schließlich lag Nestas Wert in ihrer Heiratsfähigkeit, dessen war sie sich bewusst. Doch Richard war ihr wie ein Bruder, und sie war sich sicher, dass es ihm genauso erging.

»Dann geh«, sagte sie lächelnd und wies zu den Pferden, »ehe dir noch unlautere Gedanken unterstellt werden.«

Richard verneigte sich vor ihr. »Ich bedaure, dass du heute nicht mit uns kommen kannst. Ich werde deine Gesellschaft vermissen.«

Nesta winkte ihn davon. »Geh schon, du unverbesserlicher Charmeur«, wies sie ihn an und blickte auf die bunte Versammlung, die sie einst zu verzaubern vermocht hatte. Aber der Glanz war verloren.

Viel zu früh erklang der Lärm von unzähligen Hufen auf der Brücke – das Bellen der Jagdhunde, durcheinanderredende Stimmen und aufgeregte Rufe drangen zu der abgelegenen Bank, auf der Nesta saß.

Mit einem unguten Gefühl im Bauch stellte sie sich auf die Zehenspitzen und versuchte über die bepflanzte Einfriedung des Gartens hinwegzublicken. Sie konnte keine Banner erkennen, die den König für gewöhnlich begleiteten, aber dem Lärm nach zu urteilen, war die Jagdgesellschaft tatsächlich zurückgekehrt.

Wachsam näherte sie sich dem Hof und erkannte tatsächlich die hohen Herren mit ihrem Gefolge. Die Pferde drängten sich nahe aneinander, tänzelten ungeduldig, aber nirgends war eine Spur der erlegten Beute zu sehen. Da war Henry de Normandie, verstörend bleich und mit aufgerissenen Augen. Er lief über den Hof zur Burg, gefolgt von seinem Knappen. Da war der Earl of Clare – Richards Vater –, der seinen Männern Anweisungen gab. Nesta erkannte auch Robert de Beaumont – einen der mächtigsten Adeligen Englands und Frankreichs. Er hatte schon als junger Mann Henrys Vater bei der Eroberung Englands gedient und Truppen befehligt. Seine kindliche Frau hielt sich an seiner Seite, ihr Antlitz war ebenfalls kreidebleich. Auch sein Bruder, der Earl of Warwick, rief Anweisungen über den Platz.

Nesta ließ ihren Blick über die Pferde und Menschen schweifen, doch sie konnte weder den König noch Tyrell erkennen. Sie starrte in die besorgten Gesichter und versuchte zu begreifen, was dieser Aufruhr bedeuten sollte. Knappen und Knechte wurden herumgescheucht, niemand schien die Pferde absatteln zu wollen, stattdessen wirkten die Herren immer noch zum Aufbruch bereit – zur Flucht.

»Richard!«, hörte sie den Earl of Clare rufen. »Komm sofort her, wir reiten heim!«

Nesta blickte in die Richtung der Stimme und sah den Knappen, der ihr ein Freund war, als er sich neben seinem Vater auf ein Pferd schwang. Tyrell war Richards Herr, wie konnte er da einfach mit seinem Vater gehen? Doch da preschten die Männer des Earls bereits vom Hof und verschwanden in einer undurchsichtigen Staubwolke. Andere taten es ihnen gleich, und der Hof leerte sich zusehends.

Nesta konnte nicht länger regungslos verharren. Sie raffte ihre Röcke und rannte zur Burg. Und dann vernahm sie plötzlich einzelne Wörter aus dem Getöse: »König« und »tot«. Immer wieder murmelten die Männer diese Worte, sie wurden an die Bediensteten weitergegeben und breiteten sich wie ein Lauffeuer aus. Das konnte unmöglich sein! Doch wo war der König dann? Wo war Tyrell – und wenn ihm ebenfalls etwas zugestoßen war? Aber wenn sie tot waren, wo waren ihre Leichname? William war der König! Er musste doch bestattet werden, er musste … Nesta erreichte den oberen Hof auf dem Hügel und blieb schwer atmend stehen, um sich zu orientieren. Auch hier herrschte ein Durcheinander, das Angst, ja fast Panik in sich trug. Nesta blickte zum Turm und sah Henry, der ihr entgegenkam. Er unterwies die hinter ihm herlaufenden Knappen und Ritter und hielt dann direkt auf Nesta zu.

»Mylady.« Er blieb vor ihr stehen und legte beide Hände auf ihre Schultern. Seit ihrer Begegnung nach Anskills Verhaftung war er ihr niemals wieder so nahegekommen. Die anderen zogen an ihnen vorüber, und so standen sie bald alleine da.

»Wir brechen sofort auf«, teilte er ihr mit, sein Blick aus den goldgesprenkelten Augen schien gehetzt. Die stets sorgfältig zurückgekämmten Locken fielen ihm in schweißnassen Strähnen ins Gesicht. »Kommt. Es gilt keine Zeit zu verlieren. Die Barone eilen bereits auf ihre Burgen, aber wer weiß, was manche von ihnen aushecken. Bestimmt ist längst ein Reiter zur Küste unterwegs, um Robert zu informieren.«

»Robert?«, fragte sie verwirrt. Sie fühlte sich wie eine Nussschale auf stürmischer See, die inmitten der tobenden Wogen herumgerissen wurde. Alles um sie herum bewegte sich so schnell, dass ihr schwindlig wurde.

»Robert Curthose«, erwiderte Henry ungeduldig. »Mein älterer Bruder.« Er strich sich mit der Hand über die Stirn. »Bestimmt kommt er sofort zurück, ich glaube nicht, dass er sich diese Gelegenheit entgehen lässt. Andererseits war er noch nie ein Mann der Tat und …«

»Mylord!«, unterbrach Nesta ihn bestimmt. »Was ist denn nur geschehen?«

Sein unsteter Blick verharrte bei ihr, und es schien, als wäre er aus einem Fieber erwacht. »Der König ist tot«, flüsterte er schließlich fassungslos, als würde er diese Wahrheit erst jetzt richtig begreifen. »William ist tot.«

Obwohl Nesta die Worte schon in der Menge gehört hatte, schienen sie erst jetzt Bedeutung anzunehmen. Sie von Henry ausgesprochen zu hören, machte es wirklich, unfassbar, aber wahr. Der König war tot. »Es tut mir leid«, flüsterte sie und legte ihre Hand auf Henrys Arm, ohne sich um die Augen der Bediensteten zu kümmern. »Euer Bruder war …«

Henry schüttelte den Kopf. »Kein Mitleid, Mylady. Wir alle wussten, was für ein Mensch er war …« Er blickte den Hügel hinab zur Stadt. »Ich muss nach Winchester. Der königliche Schatz … Ich muss …«

»Aber Mylord! Weshalb diese Eile? Euer Bruder, wo …?«

Henry lachte bitter auf. »Weshalb die Eile? Der König ist tot, Nesta, das bedeutet, dass dieses Land ohne Herrscher ist, ohne Gesetz – solange, bis ein neuer König gekrönt wird. Und das muss so schnell wie möglich geschehen, ehe sich die Barone zusammenrotten und …« Er packte ihren Arm. »Kommt. Wir brechen auf.«

»Ihr nehmt mich mit Euch?« Sie konnte nur neben ihm her stolpern, als er über die morsche Holztreppe den Hügel hinablief.

»Natürlich nehme ich Euch mit mir. Ich bin jetzt Euer Vormund.«

»Aber Euer Bruder! Wo ist er? Was ist ihm geschehen? Und wo ist Sir Walter?«

»Tyrell ist geflohen.«

Nesta blieb abrupt stehen und stemmte sich gegen seinen Griff. Ihr Herz raste. »Was wollt Ihr damit sagen?«, verlangte sie zu wissen, und als Henry ihr ins Gesicht blickte, wurde sein ungeduldiger Ausdruck etwas weicher. Er drückte ihre Hand. »Die beiden trennten sich von den anderen«, erklärte er mit sanfter Stimme. »Wie so oft. Später fanden wir meinen Bruder tot im Dickicht, ein Pfeil in seiner Brust – Tyrells Pfeil. Und er selbst war verschwunden. Es mag ein Unfall gewesen sein, vielleicht hat er ihn mit einem Tier verwechselt, aber …«

Nesta starrte ihn an. *Die schärfsten Pfeile für den, der die tödlichsten Schüsse abzugeben vermag* – der König hatte von seinem Tod geträumt. Tyrell und Henry hatten sich in die Augen geblickt. Sie hatten etwas ausgetauscht, sie …

Nesta schüttelte den Kopf und versuchte, gleichmäßig zu atmen. Das alles war zu viel. Dies sollte doch nur ein Tag wie jeder andere werden. Doch erst jetzt begriff sie, was Williams Tod bedeutete: Henry würde König werden! Die Blütejahre, auf die sie so lange gewartet hatte, die sie so sehr herbeigesehnt hatte, würden jetzt tatsächlich anbrechen. Doch um welchen Preis? *Was habt Ihr getan*, wollte sie Henry fragen, *er war doch Euer Bruder*. Doch sie konnte keine Worte formen. Sie blickte ihm lediglich in die Augen, die sie zu kennen gemeint hatte. Wer war dieser Mann? War er tatsächlich zu solch einer Tat fähig? War Tyrell dazu fähig? Hatten die beiden wirklich konspiriert? Oder war es doch ein Unfall gewesen?

»Mylord«, brachte sie schließlich kleinlaut hervor. »Was wird jetzt aus Sir Walter? Wird er … verfolgt?«

Henry senkte den Blick. »Natürlich sind ihm meine Männer hinterher.« Er drückte noch einmal ihre Hand und führte sie weiter die Treppe hinab. Nesta setzte einen Fuß vor den anderen, doch ihre Gedanken rasten. Die Art, wie Henry ihr geantwortet hatte … Als wäre die Verfolgung des Mörders seines Bruders nichts Wichtiges. Und seine Männer waren hier, niemand schien zu fehlen. Nesta wünschte sich, dass Tyrell entkam, sie wünschte sich, dass er nichts damit zu tun hatte, doch gleichzeitig hätte sie gewollt, dass Henry voller Leidenschaft geantwortet hätte. Dass er ihr versicherte, dass jeder Stein umgedreht werden würde, dass er nicht ruhen würde, bis Tyrell gefasst war. Denn so hätte er ihren furchtbaren Verdacht entkräftet. Doch jetzt … William war ein böser Mensch gewesen, und sie trauerte ihm bestimmt nicht nach. Doch solch einen Tod hätte sie ihm niemals gewünscht, schon gar nicht auf Kosten unschuldiger Seelen von Menschen, die sie liebte. Tyrell und Henry, sofern sie etwas damit zu tun haben sollten, waren verdammt.

Auf dem Weg nach Winchester versuchte sie sich davon zu überzeugen, dass jetzt alles gut werden würde. Wales würde von grausamen Männern wie Arnulf de Montgomery befreit werden, ihr Bruder Gruffydd könnte heimkehren. Aber da war immer noch dieser Schatten, der sich noch verdunkelte, da sie jetzt nach Anskill und Ansfride auch noch Tyrell verloren hatte. Ihr blieb nur noch Henry. Der König.

London, Südostengland, August 1100

Nur wenige Tage nach Williams Tod fand Henrys Krönung in Westminster Abbey statt. Den Frauen war es nicht erlaubt daran teilzunehmen. Also wartete Nesta in der Halle des Great Tower und beobachtete die letzten Vorbereitungen zum Festessen. Das Geschnatter wurde ihr schon bald zu viel, und so ging sie in den Park, um ein bisschen Ruhe zu finden. Die letzten Tage waren von hektischer Betriebsamkeit geprägt gewesen. Normannische sowie angelsächsische Lords waren angereist, genauso wie Kirchenfürsten des ganzen Landes. Sie alle hatten ihre Forderungen, um Henrys Thronanspruch zu unterstützen, vorgebracht. Schließlich war Henry der jüngere Sohn. Robert war auf dem Kreuzzug und hatte die Normandie vom Vater zugesprochen bekommen, während der jüngere William Englands Krone geerbt hatte. Die Herrschaftsfrage war nun ungewiss, doch Henry hatte mit der Unterstützung des Earls of Warwick die Barone für sich gewonnen. Seine Zukunftsvisionen für England und so manches Zugeständnis an die Lords und die Kirche hatten alle überzeugt. So war Henry schließlich zum König gewählt worden. In der Coronation Charter hatte er die neuen Gesetze niedergeschrieben und jene des letzten angelsächsischen Königs Edward wieder eingesetzt.

Der Lärm des Stadttrubels drang über die Palisaden in den Park. Die Krönungsfeier und Zeremonie war in aller Eile geplant worden, doch die Londoner gingen schon jetzt auf die Straßen, um den königlichen Zug durch die Stadt bestaunen zu können.

Eine euphorische Stimmung lag in der Luft, das Land war vom Joch der Herrschaft Williams befreit worden und würde nun endlich Frieden erfahren. Niemand sprach über die Umstände von Williams Tod. Eine Köhlerfamilie hatte seinen Leichnam nach Winchester gebracht, wo er bestattet worden war. Henry war dort gewesen, um den königlichen Schatz sicherzustellen, was ein aufreibendes Unterfangen gewesen war. Der Hüter des Schatzes, William de Breteuil, hatte sich geweigert, Henry die Schlüssel zu übergeben, da Robert Curthose der ältere Sohn war. Erst als Henry sein Schwert gezogen hatte, war der Widerstand gebrochen.

Nesta verspürte Mitleid für den verstorbenen William, und sie fragte sich, wo Tyrell jetzt sein mochte.

Das Warten auf das Eintreffen des Königs erfüllte sie mit tiefer Unruhe. Sie wusste nicht, wie sie sich von nun an Henry gegenüber verhalten sollte. Er war jetzt ihr Vormund, ihr König. Bestimmt würde er sich bald nach einer Gemahlin umsehen … einer Königin.

Seufzend ließ sie sich in der Wiese auf die Knie nieder und breitete ihre Röcke um sich herum aus. Über einem blassgelben Unterkleid trug sie einen Bliaut aus fast weißer Seide, der mit Goldfäden genäht worden war und dessen Ärmel vom Ellbogen an weit geschnitten waren. Er schimmerte in der Sonne und war wertvoller als alles, das sie bisher getragen hatte. Ihr kupferrotes Haar reichte in dichten Flechten bis zu ihrem Bauchnabel und wurde von edelsteinbesetzten Spangen zurückgehalten. Nesta legte auf Geschmeide wenig Wert und bevorzugte die Pracht der Natur. Also vertrieb sie sich die Zeit des Wartens, indem sie Blumen pflückte und sie in ihr Haar einflocht.

Das Knacken eines Zweiges ließ sie hochblicken, und ihre Hände verharrten. Eine hünenhafte Erscheinung hob sich dunkel vom Sonnenlicht ab. Die meisten Männer hielten sich zurzeit in Westminster auf, also konnte sie sich nicht vorstellen, wer da auf sie zukam. Hochaufragend und breit gebaut kam der Fremde mit weit ausholenden Schritten auf sie zu. Nesta hielt die Hand über die Augen und erkannte goldenes Haar, das kurzgeschnitten und gelockt aussah. Sie war sich durchaus darüber im Klaren, dass sie alleine hier war, ohne Schutz. Für gewöhnlich besuchte sie den Park nicht ohne Begleitung, doch heute herrschte solcher Trubel, dass ihr Verschwinden niemandem aufgefallen war.

Unruhig verschränkte sie ihre Hände im Schoß und wartete. Der Mann wollte ohne Zweifel zu ihr, denn er kam zielgerichtet auf sie zu. Bestimmt brachte er ihr nur eine Nachricht, womöglich war Henry schon auf dem Weg hierher. Das ungute Gefühl ließ sich durch diese Ahnung aber nicht vertreiben und verstärkte sich noch, als der Mann in den Schatten der Bäume trat und sie ihn nun schon deutlicher erkennen konnte. Er trug einen mit Goldornamenten verzierten Bliaut in dunkler Farbe, der sich über breite Schultern spannte und bis zum Knie reichte. An der Seite pendelte mit jedem Schritt ein Schwert, das bei solchen zeremoniellen Anlässen eher als Schmuckstück denn als Waffe diente.

»Mylady!«, rief er und hob die Hand, um ihr zu bedeuten, nicht wegzugehen. Jetzt gab es keinen Zweifel mehr. Ihr Magen zog sich zusammen, ihr Herz begann zu rasen, und sofort sah sie sich nach einer Fluchtmöglichkeit um. Doch es gab kein Entkommen. Sie war allein. Mit jenem Mann, der in ihr Heim eingefallen war.

Mit schwachen Knien erhob sie sich. »Sir Gerald«, brachte sie hervor und versuchte ihre Nervosität zu überspielen, indem sie ihre Röcke glattstrich und vereinzelte Grashalme vom glatten Stoff wischte. »Ich hätte nicht erwartet, Euch hier zu sehen.« Arnulf de Montgomery war zur Krönung gekommen, um dem neuen Souverän die Treue zu schwören – augenscheinlich hatte ihn sein Kommandant begleitet.

Gerald de Windsor blieb vor ihr stehen, was sie lediglich aus den Augenwinkeln wahrnahm. Sie spürte aber seinen durchdringenden Blick auf sich und versuchte sich stattdessen auf die warmen Strahlen der Augustsonne zu konzentrieren. »Mylady Nesta«, sagte er nachdenklich, »das letzte Mal, als ich Euch sah, wart Ihr noch ein Kind.«

Nesta warf ihm einen Blick zu. »Solltet Ihr nicht in Irland sein?«, fragte sie so unbeteiligt wie möglich und sah an ihm vorbei zum Great Tower, der ihr unerreichbar weit entfernt vorkam.

Einen Moment lang war es still, ehe de Windsor belustigt die Luft ausstieß. »Ihr wusstet davon, Mylady? Ich fühle mich geehrt, dass Ihr Euch über meinen Aufenthaltsort habt unterrichten lassen.«

Nestas Kopf fuhr hoch. Ihre Wangen begannen vor Zorn zu glühen, als sie ihm in die sturmgrauen Augen blickte. Anders als jene von Arnulf de Montgomery waren de Windsors keineswegs farblos. Sie hatten verschiedene Schattierungen von hell bis dunkel und wurden von goldenen Wimpern umrahmt.

»Arnulf de Montgomery war mein Vormund«, sagte sie, um Ruhe in der Stimme bemüht. »Mir wurde berichtet, dass er in Irland nach einer Gemahlin sucht. Nichts weiter.«

De Windsor nickte langsam, ließ seinen Blick aber weiterhin unangenehm stechend auf ihr ruhen. »Er hat eine gefunden«, erwiderte er schließlich in ungerührtem Tonfall.

Sie blickten sich in die Augen, und keiner sagte ein Wort. Seine dicht vor ihr aufragende Gestalt schien ihr die Luft zum Atmen zu nehmen. Sie fühlte sich eingesperrt, wehrlos. Henry und Tyrell waren stattliche Männer, aber sie wirkten mit ihren schlanken Körpern edel, anstatt gefährlich. De Windsor hingegen war durch und durch Soldat. Seine Haut war von der Sonne gebräunt. Sie bewies, dass er seine Zeit hauptsächlich im Freien verbrachte, mit dem Schwert in der Hand, anstatt in der königlichen Halle auf Festen.

Nesta riss ihren Blick als Erste los. »Wieso seid Ihr nicht in Westminster?«, fragte sie nach einem Räuspern und trat unauffällig einen Schritt zurück.

»Ich bin viel zu unbedeutend, um eine entscheidende Rolle bei der Zeremonie zu spielen. Mein Fehlen wird nicht bemerkt werden. Außerdem musste ich die Möglichkeit nutzen, um Euch alleine anzutreffen.«

Nesta schnappte nach Luft und blickte wieder zu ihm hoch. Angst schnürte ihr die Kehle zu. De Windsor griff an seinen Gürtel und kam einen Schritt näher. Nesta wich sofort zurück. Er hielt inne und blickte zu ihr hinab.

»Fürchtet Ihr Euch vor mir?«, fragte er leise, fast ungläubig.

Nesta unterdrückte den Drang, in hysterisches Lachen auszubrechen. Der Mann, der Feuer und Blut in ihre Heimat gebracht hatte, der Mann, der sie hier alleine aufsuchte und sie an Kraft zweifelsohne übertraf, fragte sie, ob sie sich fürchtete.

Zu keiner Antwort fähig starrte sie ihn aus großen Augen an. Ihre Hände krallten sich in ihre Röcke, um sie am Zittern zu hindern.

»Oh.« Er strich sich schwer seufzend mit der Hand über die in der Sonne funkelnden Bartstoppeln an seinem Kinn. Das verbarg aber nicht das Zucken seines Mundwinkels, als unterdrücke er ein Lächeln. »Mylady … seid unbesorgt.« Übertrieben langsam hob er seine Hand, und Nesta sah, dass er ein kleines Samttuch darin hielt. Am ausgestreckten Arm reichte er es ihr und trat sogleich einen Schritt zurück, als sie es entgegennahm.

»Es ist von Eurem Bruder«, sagte er und riss sie damit aus ihrer Starre.

»Mein Bruder? Wie …?«

»Gruffydd. Euer Bruder. Ich traf ihn in Irland.«

»Ihr habt meinen Bruder getroffen?« Ihre Verwirrung wurde immer größer. »Aber … wie habt Ihr … Wie konntet Ihr … Wie konnte *er* …?«

»Ich traf ihn in Munster.« Er sah sie prüfend an und sprach langsam weiter: »Das ist in Irland. Ein Fürstentum, so wie Euer Deheubarth.« Er zuckte mit den breiten Schultern. »Wie dem auch sei. Euer Bruder lebt dort zusammen mit seinem Vertrauten. Einem Waliser … hm, Anarawd heißt er.«

»Anarawd? Er lebt?« Anarawd war der Kommandant der Haustruppe gewesen und hatte Gruffydd in Sicherheit gebracht. Er war ein griesgrämiger Mann, aber herzensgut.

»Ja, er lebt und ist genauso wohlauf wie Euer Bruder. Gruffydd bat mich, Euch …«

Nesta riss die Augen auf. »Er bat *Euch*? *Euch*, der Ihr …« Sie schüttelte den Kopf. »Wie kommt es, dass Ihr mit ihm gesprochen habt? Ihr seid doch … Ihr seid …«

»Was, Mylady?« De Windsor sah sie mit hochgezogenen Augenbrauen an. Sein Blick wirkte ernst, ja fast schon verdrießlich. »Was bin ich, Nesta?«

Nesta hatte das Gefühl zu ersticken. Plötzlich verspürte sie den Drang, mit den Fäusten auf diesen normannischen Soldaten loszugehen. Ein Kloß bildete sich in ihrem Hals, und de Windsors Anblick verschwamm hinter den Tränen, die sich zu ihrer Schande in ihren Augen bildeten. »Ihr habt es niedergebrannt«, flüsterte sie, jeder Versuch ihrer Stimme Kraft zu geben, scheiterte kläglich. »Ihr habt alles zerstört. *Ihr* wart es, der meinen Bruder von mir trennte und mich festhielt, als der andere verstümmelt wurde. *Ihr* habt Gruffydd zur Flucht gezwungen, und jetzt sprecht Ihr mit ihm? Bringt Botschaften von ihm?« Sie schluckte die Tränen hinunter und klammerte sich an den schwelenden Zorn. »Ich glaube Euch nicht.« Sie ballte die Hand um das Samttuch, in dem etwas Hartes eingeschlagen war. »Was wollt Ihr wirklich hier?« Mit zitternden Knien wich sie weiter zurück. »Ich bin des Königs Mündel! Wenn Ihr …«

»Mylady.« De Windsor breitete seufzend die Arme aus und sprach mit einem Hauch von Ungeduld in der Stimme weiter.

»Ich schwöre Euch, ich bringe lediglich eine Nachricht Eures Bruders. Seht selbst.« Er wies mit dem Kopf auf das Tuch in ihren Händen, doch Nesta wagte es nicht, die Augen von ihm zu nehmen.

De Windsor erwiderte ihren Blick und schien zu warten, da sie sich aber nicht rührte, ließ er die Hände sinken. Er sah sich um und wies schließlich zu der Bank, die ein paar Schritte entfernt am Wegesrand stand. »Ich warte dort drüben«, sagte er und drehte sich um. Nesta sah ihm nach, wie er in sichere Entfernung davonschlenderte, ehe sie den Blick senkte und auf den dunklen Samt sah. Mit zitternden Fingern strich sie darüber und schlug ihn schließlich auseinander.

Ihr stockte der Atem. Beinahe wäre ihr das wertvolle Stück aus den Händen gefallen. Sie hatte sich so bemüht, keine Tränen zuzulassen, doch jetzt befreiten sie sich, als sie mit klammen Fingern die Fibel ihrer Mutter aus einer eingenähten Tasche zog. Die Brosche war wie ein Drache geformt, der seinen mächtigen Hals nach vorne streckte und das Maul öffnete, als wolle er jeden Moment Feuer speien. Das Goldstück war über und über mit roten Edelsteinen besetzt. Es war von unschätzbarem Wert. Der rote Drache. Generation für Generation an die Töchter des Drachen weitergegeben. Nesta schluchzte. Sie konnte es nicht verhindern. Es war zu viel passiert, die letzten Tage und Monate hatten zu viel von ihr gefordert. Und jetzt war plötzlich Arnulf de Montgomery mit seinem Kommandanten zurückgekehrt und erinnerte sie an das Leben, das sie verloren hatte. Sie war die Tochter des Drachen, des Fürsten von Südwales. Beinahe hatte sie bei Hofe vergessen, wer sie war. Die Pracht und das Leid hatten sie gleichermaßen eingenommen und ihre Heimat, ihr Erbe in den Hintergrund gedrängt. Aber jetzt hielt sie das Herzstück ihrer Familie in Händen. Der rote Drache war seit jeher das Zeichen der Waliser – der Britannier – gewesen, und er hatte schon einst gegen den weißen Drachen – die Angelsachsen – triumphiert.

Wann war sie zu einer Normannin geworden? Sie sprach deren Sprache, lebte deren Leben und träumte deren Träume.

Die Stimme ihrer Mutter erklang klar und deutlich in ihrem Kopf. »Wir sind Briten. Wir haben die Römer überlebt, wir haben die Angelsachsen und die Wikinger überlebt. Wir werden auch die Freinc überleben.« Aber wie sollten sie? Die Normannen waren überall, und was sie nicht mit dem Schwert an sich rissen, gewannen sie mit den Worten der Vernunft. Allen voran Henry de Normandie. So hatte er auch seine Barone und die Kirchenfürsten von seiner Krönung überzeugt. Wenn er sprach, lag ihm die Welt zu Füßen. Und Nesta? Ihr Herz begann bei seinem Anblick immer noch schneller zu schlagen, trotz allem, was geschehen war. Aber wie sollte sie ihre Gefühle mit der Verpflichtung ihrem Land gegenüber vereinbaren? Wie konnte sie mit einem Normannen leben, ohne ihre Heimat zu verraten? Oder lag darin der Schlüssel? Henry hatte ihr versprochen, Wales zu befreien. Gruffydd würde heimkehren.

Nesta blickte auf und bemerkte gerade noch, wie de Windsor sie von der Bank aus betrachtete. Doch als sie in seine Richtung blickte, sah er sofort weg und beobachtete die Schwalben im fast wolkenlosen Himmel. Den Kopf in den Nacken gelegt, die langen Beine ausgestreckt, saß er vollkommen entspannt da und tat, als existiere nichts Wichtigeres auf der Welt als Vögel. Nesta sah noch einmal auf den roten Drachen in ihren Händen, wischte sich die Tränen von den Wangen und atmete tief durch. Sie musste mehr wissen. Sie musste erfahren, weshalb Gruffydd einem Normannen dieses wertvolle Schmuckstück anvertraut hatte. Also straffte sie sich und trat an de Windsors Seite.

»Habt Ihr gesehen, was sich in diesem Tuch verbarg?«

De Windsor blickte auf und blinzelte in die Sonne, die in Nestas Rücken stand. »Das habe ich«, meinte er und sah sie aus verengten Augen an. »Euer Bruder hat sie mir gezeigt und ein paar nette Geschichten darüber erzählt.« Er wies mit dem Kopf auf die Fibel in ihren Händen. »Wollt Ihr, dass ich sie Euch erzähle? Ich bin ein lausiger Geschichtenerzähler, aber den Inhalt könnte ich wohl wiedergeben.«

Nesta starrte auf ihn hinab. Sie konnte nicht glauben, dass er tatsächlich mit Gruffydd gesprochen hatte. »Ich kenne die Geschichten«, erwiderte sie ruhig und schloss die Hand mit der Fibel zur Faust. »Ich möchte wissen, wie Ihr an dieses Familienerbstück kamt.«

»Ich sagte doch schon, Euer Bruder …«

»Wie kam es dazu, dass mein Bruder mit Euch sprach, Sir?« Sie hatte die Stimme nicht erheben wollen und war selbst etwas erschrocken, aber sie konnte nicht mehr ruhig bleiben. De Windsor schien ebenfalls erstaunt, lächelte dann aber plötzlich. Er stützte die Hände neben sich auf der Bank ab und zuckte mit den Schultern. Offenbar hatte er immer noch nicht vor, sich zu erheben, wie es die Höflichkeit verlangte, aber Nesta wollte sich auch nicht neben ihn setzen.

»Ich war am Hof des Hochkönigs von Irland«, erzählte er und blickte zu den grün erblühten Platanen hinüber, »um mit ihm über eine Verheiratung seiner Tochter an de Montgomery zu verhandeln. Euer Bruder hielt sich dort auf und ersuchte mich um ein Gespräch. Er ist schon ein schlauer Bursche, und dieser Anarawd achtet gut auf ihn.« Er machte eine abwinkende Geste und holte Atem. »Nun, wir redeten – manchmal war er sogar höflich –, und er fragte mich nach Euch.« Er blickte zu ihr hoch und sah zweifelsohne den Unglauben in ihrem Gesicht, denn er fuhr sogleich fort: »Er wusste, dass Ihr bei Hofe und gesund seid. Er wusste auch um das Schicksal Eures jüngeren Bruders.«

Nesta schüttelte leicht den Kopf. »Weshalb hätte er ausgerechnet mit Euch über meine Familie sprechen sollen?«

Die goldenen Augenbrauen hoben sich. »Er ist kein Kind mehr, Mylady«, sagte er in tadelndem Tonfall, als hätte sie etwas anderes behauptet, »er ist der letzte männliche Erbe von Rhys

Tudor und wurde dementsprechend erzogen. Natürlich wusste er, dass ich Kastellan von Pembroke Castle bin und damit Verwalter über Gebiete seines einstigen Landes. Er weiß alles, was in Südwales vor sich geht, und das war der Grund für seinen Wunsch.«

»Ein Gespräch mit dem Feind.«

De Windsor verzog den Mund und fuhr sich mit der Hand über die Augen. »Der *Feind*«, wiederholte er. »Im Krieg gibt es zwei Seiten, Mylady, und jeder Mann ist der seinen treu und kämpft gehorsam für seinen Herrn, ohne Fragen zu stellen. Das heißt aber nicht, dass man die Männer der Gegenseite nicht respektieren … oder schätzen kann. Oder dass man jede Entscheidung der eigenen Seite immer gutheißt. Euer Bruder versteht all das. Ihr solltet ihm vertrauen und Euch keine Gedanken über Dinge machen, die Ihr nicht begreift.«

»Weil ich eine Frau bin?« Trotz schwang in ihrer Stimme mit, aber das war ihr egal.

De Windsor nickte. »Über solcherlei Dinge müsst Ihr Euch keine Gedanken machen. Ich bringe Euch dieses Zeichen der Zuneigung von Eurem Bruder, und mehr müsst Ihr nicht wissen.« Er erhob sich, doch Nesta war noch nicht fertig.

»Ich soll diese Dinge nicht begreifen?!« Sie stemmte eine Hand in die Seite. Sie musste den Kopf in den Nacken legen, um ihm in die Augen blicken zu können. »Weil ich eine Frau bin? Aber mein Bruder begreift sie? Oh Mylord, wenn mich meine erste Begegnung mit Euch eines gelehrt hat, dann, dass der Krieg das wahre Wesen eines Mannes zeigt, dass er nur allzu deutlich macht, wer Ehre in sich trägt und wer nicht. Aber wie soll mein Bruder wissen, zu welcher Sorte Mann Ihr gehört, wo er doch Euren ruhmreichen Gehorsam nicht mitansehen musste und nicht in der Burg Eures Herrn aufwachsen durfte.«

»Mylady …«

»Nein!« Ihr ganzer Körper begann zu zittern. »Ich will nicht mit Euch sprechen. Ich will Euch nicht sehen. Mein Bruder wüsste das. Er würde niemals vergessen, was Ihr getan habt …« Sie bekam kaum noch Luft. Sie konnte nicht glauben, dass Gruffydd dieses Erbstück ausgerechnet an Gerald de Windsor gegeben hatte. »*Ich* werde es niemals vergessen.«

»Nesta …« Er trat auf sie zu und legte sanft eine Hand auf ihre Schulter. Seine Finger schlossen sich, und einen Moment lang glaubte sie, er würde sie schütteln. Die Berührung fuhr wie ein Blitz durch ihren Körper und ließ sie zurückweichen. Aus weitaufgerissenen Augen starrte sie ihn an, ihre Brust hob und senkte sich rasend schnell.

»Fasst mich nicht an«, sagte sie gefährlich leise und ballte ihre Hände zu Fäusten.

»Jesus.« Ein Kiefermuskel zuckte in de Windsors Gesicht, und seine grauen Augen wirkten wie Gewitterwolken. »Jetzt beruhigt Euch.« Er schüttelte den Kopf. »Euer Bruder versteht den Krieg. Ihr offensichtlich nicht. Es tut mir leid, Euch leiden zu sehen, aber …«

»Spart Euch Euer Mitleid. Ich brauche es nicht. Ihr habt in einem Gotteshaus zugesehen, wie man Frauen und Kinder abgeschlachtet hat, mir meine Mutter und meine Brüder genommen, Ihr habt mir mein Heim genommen …«

»Ja.« Die ruhige Antwort ließ sie augenblicklich verstummen. De Windsor hakte den Daumen in seinen Schwertgurt und hob die Schultern. »Ihr erzählt mir nichts Neues, Mylady. All das habe ich getan. Ich kann diesen Worten nichts entgegensetzen, denn sie entsprechen der Wahrheit, also was wollt Ihr von mir hören? Wollt Ihr eine Entschuldigung? Ist es das?«

Seine gelangweilt gesprochenen Worte, als wäre sie nur ein aufgeregtes Kind, das sich grundlos in etwas hineinsteigerte, ließen sie fast die Beherrschung verlieren. »Ich bin keine Freinc«, zischte sie, obwohl sie hätte schreien mögen, »ich werde nicht meinen Mund verschließen, den Blick senken und schweigend hinnehmen, was Ihr getan habt.« Mit funkelnden Augen sah sie ihn an, doch er hielt stand, wartete lediglich mit hochgezogenen Augenbrauen auf mehr.

Schließlich seufzte er. »Tja. Dann eben keine Entschuldigung.« Er fuhr sich mit der Hand über den goldenen Bart an seinem Kinn. »Aber wie wäre es dann mit einem ›Dankeschön‹ von Euch? Ihr mögt es nicht so sehen, aber Fakt ist, dass ich damals Euer Leben rettete.« Er blickte von seinen Füßen zu ihr hoch und sah sie funkelnd an.

Nesta rang um Atem. »Wie bitte?!« Mit offen stehendem Mund starrte sie ihn an.

Der Ritter hob die Hände. »Dachtet Ihr, de Montgomery wäre von selbst darauf gekommen, dass Ihr lebendig mehr wert seid als tot? Für Euer ohrenbetäubendes Geschrei allein wollte er Euch die Kehle durchschneiden. Ich konnte Eure Mutter nicht retten und nicht verhindern, was man Eurem Bruder antat. Ich bin Soldat, Mylady. Glaubt nicht, dass Euer Vater in seinen Schlachten anders gehandelt hätte, oder dass mir der Krieg noch nichts genommen hat. Doch Euch konnte ich vor einem solchen Schicksal bewahren.« Sein eindringlicher Tonfall nahm plötzlich wieder etwas Belustigtes an, als er hinzufügte: »Also, wann immer Ihr soweit seid, bin ich bereit, Euren Dank anzunehmen.«

»Ihr elender …« Beinahe wäre Nesta doch mit den Fäusten auf ihn losgegangen, doch de Windsor hob mahnend einen Finger, als hätte er ihre Gedanken erraten.

»Überlegt Euch das gut. Meine Güte kennt Grenzen.«

»Ihr wagt es, Euch als gütig zu bezeichnen?«

»Nein, eigentlich bin ich kein besonders gütiger Mensch, da muss ich Euch recht geben.«

»Und doch meint Ihr, Dank für … Ihr seid nicht besser als die anderen.«

Er nickte. »Das streite ich gar nicht ab. Ich bin ein elender Hurensohn, ja, das hatten wir bereits. Ich weiß auch nicht, was mich damals zu diesem sentimentalen Anflug trieb. Vermutlich lag es daran, dass mir nur wenige Tage zuvor eine Tochter geboren wurde.«

Nesta horchte auf. »Ihr habt eine Tochter?«

»Zwei.«

Ihr Zorn verrauchte. »Ich wusste nicht, dass Ihr verheiratet seid.« Alle Ängste vor einer Verbindung mit de Windsor waren haltlos gewesen. Er war längst verheiratet und hatte sogar schon Kinder. Er war keine Bedrohung mehr.

»Tja …« De Windsor verzog den Mund und sah sie aus zusammengekniffenen Augen an. »Im Grunde bin ich nicht verheiratet. Diese Kinder … hm, wie soll ich das vor einer ehrbaren Lady ausdrücken?«

Ihre Miene gefror. »Ich verstehe.« Sie schob ihr Kinn ein wenig vor. »Nun, ich hörte, die Damen in Irland seien von außergewöhnlicher Schönheit und geistreich und … und …«

De Windsor lachte laut auf. »Wollt Ihr mir eine Irin verkaufen, Mylady?« Er schüttelte den Kopf, dann sah er ihr in die Augen und zwinkerte ihr zu. »Nein, ich denke, ich richte mein Augenmerk nach Wales.«

Sie fuhr zurück, als hätte er sie geschlagen, doch de Windsor ignorierte ihre Reaktion und wies auf ihre Hand, die immer noch den Drachen umschloss. »Ein bisschen Dankbarkeit dafür?« Sie starrte ihn nur verächtlich an, und so zuckte er mit den Schultern. »Ihr habt recht. Ihr seid keine Normannin.«

Nesta blickte zu Boden und wandte sich ab, als plötzlich der Constable vor ihr stand. Er schien aus dem Nichts gekommen zu sein, und Nesta blinzelte, um sich seiner Erscheinung sicher zu sein. Im Moment war ihr jeder willkommen, der sie von Gerald de Windsor befreite.

»Constable?«

»Mylady.« William de Mandeville kam die letzten Schritte auf sie zu, verneigte sich knapp und nickte in de Windsors Richtung. Dann wandte er sich wieder an sie, und seine Miene war eine Maske höflicher Förmlichkeit. »Mylady, bitte begleitet mich zum Great Tower.«

»Was …?« Nesta sah zwischen dem Constable und de Windsor hin und her. Es lag ihr auf der Zunge, nach dem Grund zu fragen, doch dann beschied sie, dass alles besser war, als weiter in de Windsors Gegenwart zu verbleiben. Vermutlich war Nestas Fehlen jemandem aufgefallen, und der Constable war damit beauftragt worden, sie zurückzuholen. Henry war bestimmt auch nicht mehr weit.

»Sir.« Nesta warf de Windsor noch einen kurzen Blick zu und setzte sich in Bewegung. Ohne zurückzublicken, schritt sie an de Mandevilles Seite zwischen Turm und Römermauer zurück an die Südseite. Erst, als sie die wackelige Holztreppe zum Eingang des Great Towers erreichten, brach der Constable das Schweigen.

»Folgt mir, Mylady. Der Bischof von Durham erwartet Euch bereits.«

Nesta blieb mitten auf der zweiten Stufe stehen und kümmerte sich nicht um die Bediensteten, die in Vorbereitung auf das Fest neben ihr auf und ab liefen. »Ranulf Flambard?«, fragte sie verblüfft und blickte an der Treppe vorbei zur Westmauer, die der verstorbene König in Auftrag gegeben hatte und die erst vor kurzem unter Aufsicht von Ranulf Flambard fertiggestellt worden war. Die steinerne Festungsmauer erhob sich vor dem breiten Graben, der mit Wasser gefüllt war, und erhöhte die Sicherheit des Towers. Vor der Mauer befand sich der Kerkerbau, in dem Anskill seinen Tod gefunden hatte. Der Bischof müsste sich ebenfalls darin befinden, denn Nesta hatte am Vortag gehört, dass Henry ihn hatte verhaften lassen. Dass Henry den einstigen Lordkanzler nie besonders geschätzt hatte, war kein Geheimnis, und doch war Nesta von der Eile dieser Verhaftung überrascht gewesen. Mit Ansfrides Fortgang hatte sie niemanden mehr bei Hofe, der ihr die Winkelzüge der Machthaber erklärte, aber Nesta nahm an, dass es einige Barone gab, die die Missstände von Rufus' Herrschaft auf Flambard schoben. Und Henry hatte die Barone zufriedenstellen müssen, um ihre Unterstützung zu bekommen.

Aber wieso wollte der Bischof sie jetzt sehen? Und wieso ging der Constable die Treppe zum Great Tower hoch, anstatt zum Kerker?

»Mylady?« De Mandeville klang ungeduldig und warf ihr einen eindringlichen Blick zu. Nesta sah noch einmal zum Kerker, unterdrückte ein Schaudern und folgte dem Constable schließlich die Stufen hoch. De Mandeville führte sie unter einen breiten Torbogen, in dem zwei Wachen mit Speeren in der Hand postiert waren. Bei ihrem Erscheinen traten sie zur Seite, und der Constable schloss die Tür auf.

Sonnenlicht fiel aus einem Bogenfenster in den Raum, und Staub tanzte in den einzelnen Strahlen. Sie beleuchteten einen Tisch, an dem ein Junge in Nestas Alter mit einer Feder in der Hand über einem Dokument saß. In der Ecke der gegenüberliegenden Wand befand sich ein von Vorhängen verhülltes Bett, und daneben stand ein weiterer Tisch, an dem sich der Bischof von Durham im Licht einer Kerze über einen ganzen Stapel Briefe beugte.

»Exzellenz.« Der Constable verneigte sich in Flambards Richtung. »Ich bringe Euch Lady Nesta.«

»Ah.« Der Bischof von Durham blickte hoch, und ein Lächeln verzog sein aufgeschwemmtes Gesicht zu einer grotesken Grimasse. »Ich danke Euch, Constable.«

Er winkte Nesta mit der Feder in der Hand näher, doch sie blieb stehen und sah ihn misstrauisch an. Als sie das Klimpern der schweren Schlüssel von der anderen Seite der Tür hörte, wandte sie sich erschrocken um. Der Constable hatte sie mit dem Bischof eingesperrt.

»Setzt Euch, Lady Nesta.« Ranulf Flambard lehnte sich in seinem Stuhl zurück und sah sie von der anderen Raumseite her mit seinen im Kerzenschein funkelnden Knopfaugen an. »Ah, ist sie nicht eine Schönheit? Als schritte sie zu ihrer eigenen Krönung. Eine Prinzessin, fürwahr. Aber Ihr seht blass aus. Vielleicht etwas Wein?«

Unvermittelt sprang der Junge am anderen Tisch auf und ließ Nesta damit zusammenzucken. Hastig nahm er einen Krug Wein sowie einen Becher vom Pult und stellte diesen mit einer Verbeugung vor Flambard ab. Als er sich zu ihr umdrehte, lag ein scheues Lächeln in seinem Gesicht, aber Nesta war viel zu verwirrt, um diesem Jungen weiter ihre Aufmerksamkeit zu schenken.

Bedächtig setzte sie einen Schritt vor den anderen und ließ sich schließlich Flambard gegenüber auf dem Hocker nieder. Sie wusste nicht, wie sie ihn ansprechen sollte, ob er seine Titel mit der Verhaftung allesamt verloren hatte. Der Constable hatte ihn »Exzellenz« genannt, aber Nesta bezweifelte, dass Henry ihm die Bischofswürde gelassen hatte. Und Lordkanzler war er jetzt auch nicht mehr. »Sir«, begann sie also und schloss ihre Finger um das Samttuch in ihrem Schoß. Die aufwühlende Begegnung mit de Windsor ließ ihr Herz immer noch schneller schlagen, und dass sie sich jetzt plötzlich in einem abgeschlossenen Raum mit Flambard wiederfand, trug nicht gerade dazu bei, dass sie sich entspannte. »Ich dachte, Ihr wärt verhaftet worden.«

Flambard sah sie belustigt an. »Das wurde ich auch. Was? Glaubt Ihr etwa, der König würde einen Mann wie mich in den Kerker werfen wie einen herkömmlichen Dieb?« Ein Lachen brachte sein Doppelkinn zum Wackeln. »Er mag mich hier eingesperrt haben, aber noch bin ich reicher als er, das weiß er sehr genau.«

Nesta ging nicht darauf ein. Es war deutlich zu sehen, dass es Flambard an nichts mangelte. Sie wollte einfach nur wissen, was er von ihr wollte, und dann schleunigst von hier verschwinden. »Ihr wünschtet mich zu sehen.«

»Ah, hörst du das, Alchfrid?«, er winkte dem Jungen, der

sich wieder zu seinen Schriftstücken gesetzt hatte. »Lady Nesta scheint unsere Gegenwart nicht zu genießen und sähe sich lieber wieder draußen im Freien. Nun, da geht es ihr wie mir.« Er wandte sich Nesta zu und verschränkte die Hände auf dem Tisch. »Einst gab ich Euch einen freundschaftlichen Rat, tat Euch einen Gefallen, könnte man meinen. Ihr erinnert Euch?«

Eine böse Vorahnung überkam sie. Gefallen gingen stets mit Gegenleistungen einher. Sie musste einen kühlen Kopf bewahren. Flambard war ein Gefangener, er saß in der Falle. Das wusste er so gut wie sie. Er konnte ihr nichts anhaben.

»Sir, ein Rat mag es gewesen sein, doch freundschaftlich war er mit Sicherheit nicht.« Sie zwang sich zu einer ruhigen Stimme. »Ihr habt ein Gerücht verbreitet, das sich als unwahr herausstellte. Anskill of Seacourt …«, sie kämpfte um die folgenden Worte, die Edelsteine des Drachens gruben sich durch das Tuch hindurch in ihre Haut, »…war ein Verräter. Er fiel im Kerker einer Krankheit zum Opfer. Er ist … er ist tot. Verzeiht mir, aber ich erkenne keinen Gefallen.«

»Ja, weil Ihr ihn nicht genutzt habt!« Seine Worte waren kaum mehr als ein Zischen, während er sie mit dämonischen Augen anfunkelte. »Ihr hattet jede Möglichkeit, den armen Anskill zu retten, ich warf Euch das Rettungsseil entgegen, aber Ihr wart Euch zu fein, um es aufzuheben!«

Die Worte trafen sie wie ein Peitschenhieb, aber Flambard war noch nicht fertig. »Hättet Ihr dem Prinzen, unserem teuren König, nur eine Nachricht zukommen lassen, ihn gewarnt, er hätte die Situation noch im Vexin entschärfen können. Hättet Ihr ihm ein Zeichen Eurer Zuneigung gesandt und ihm etwas Hoffnung inmitten des Krieges geschenkt, er hätte auf Euch gehört. Ihr hättet Anskill retten können. Doch Ihr wart zu stolz, Euch einem Prinzen hinzugeben, und jetzt ist es zu spät. Ihr habt versagt, Mylady, kläglich versagt.«

Nesta ballte ihre zitternden Hände im Schoß zu Fäusten. Sie

durfte die Worte Flambards nicht an sich heranlassen. Sie wusste genau, dass sie aus böser Berechnung gesprochen wurden. Und doch fragte sie sich einen Moment lang, ob sie vielleicht mehr hätte tun können. Sie musste hier raus. »Sir … ich denke, wir haben uns nichts mehr zu sagen.« Sie stand auf, doch plötzlich schlug Flambard die flache Hand auf den Tisch und ließ sie erstarren.

»Setzt Euch wieder hin, Mylady. Der Constable wird diese Tür nicht eher öffnen, als ich es sage.« Er durchbohrte sie so lange mit seinem Blick, bis Nesta sich zurück auf den Hocker sinken ließ. Sie zwang sich ruhig zu atmen, um die aufsteigende Panik niederzuringen.

»Was wollt Ihr noch?«, fragte sie heiser und biss die Zähne zusammen.

Flambard lachte verächtlich auf. »Ich will, dass Ihr den Schaden wiedergutmacht. Ich will, dass Ihr das bisschen Einfluss, das Ihr noch haben mögt, nutzt und die königliche Gunst zurückgewinnt, ehe Ihr sie ganz verloren habt.«

»Um bei Henry …« Sie hielt inne. »Um beim König ein gutes Wort für Euch einzulegen.«

»Natürlich um ein gutes Wort für mich einzulegen!« Schwer atmend starrte er sie an. »Unterschlagung, Betrug, Korruption. Das sind keine Kleinigkeiten, werte Lady Nesta. Ich werde hier versauern, nur weil die Barone und das Volk einen Sündenbock für Rufus' Regierung suchen.«

»Natürlich. Ihr seid das Unschuldslamm«, sagte Nesta verächtlich, beim Gedanken daran, wer das Unheil hervorgebracht hatte. War es Rufus gewesen oder Flambard? War Flambard wirklich nur ein Werkzeug des Königs gewesen, oder hatte der König unter Flambards Einfluss gestanden? Es spielte keine Rolle, denn vermutlich waren beide vom gleichen Schlag.

Zornesröte stieg in Flambards Gesicht auf. »Oh, werdet nur nicht zu überheblich, Prinzessin. Eure Zukunft sieht auch nicht gerade rosig aus. Henry ist jetzt König, und Ihr habt die Gelegenheit verpasst, ihn für Euch einzunehmen. Aber noch ist nicht alles verloren. Noch könnt Ihr ihn verzaubern, ehe er seine Nonne heiratet.«

»Nonne?«

»Ach, Ihr habt es noch nicht gehört?« Ein bösartiges Lachen schlug ihr entgegen, als Flambard nach seinem Kelch griff und einen kräftigen Schluck nahm. Schließlich fuhr er mit unverhohlener Selbstgefälligkeit fort: »Der König spielt mit dem Gedanken, Edith, die Tochter von König Malcolm aus Schottland, zu ehelichen. Die normannischen Barone waren davon zwar weniger begeistert, aber er hat die Angelsachsen damit auf seine Seite gezogen. Edith ist die Nichte von Edgar Ætheling, müsst Ihr wissen. Also fast schon eine angelsächsische Prinzessin. Mit ihr auf dem Thron …«

»… verbinden sich die Normannen mit den Engländern«, murmelte Nesta, obwohl sie sich selbst über das Rauschen in ihren Ohren kaum hörte.

»Und mit Schottland. Eine hervorragende Partie, scheint es. Nur leider ist sie Nonne. Es muss noch geklärt werden, ob sie ihre Gelübde abgelegt hat und schon mit Jesus verheiratet ist. Aber ich denke, der König wird seinen Willen bekommen. Es heißt, die beiden sind sich schon seit Längerem zugetan.«

Nesta presste ihre Hand gegen den Bauch. Ein heißes Ziehen breitete sich von ihrem Magen bis in die Brust aus.

»Ach, plötzlich wünschtet Ihr, Ihr hättet Euch in Henrys Bett gelegt, als Ihr noch konntet, nicht wahr? Aber ich habe gute Nachrichten: Noch könnt Ihr Euch vorteilhaft positionieren. Noch könnt Ihr verhindern, dass der König Euch weggibt – an einen Marcher Lord, damit Ihr die Gemüter der Waliser besänftigt. Noch könnt Ihr es nutzen, dass die Männer sich die Hälse verrenken, wenn Ihr vorbeigeht.«

Nesta schüttelte den Kopf. »Ihr kennt mich schlecht, wenn Ihr glaubt, ich lasse mich auf Eure Spielchen ein. Sprecht aus, was Ihr wollt. Sagt offen, dass Ihr mich zur königlichen Mätresse machen wollt, um durch mich Einfluss auf den König auszuüben. Denn dann kann ich Euch genauso offen antworten: Niemals. Niemals werdet Ihr mich in solch einer Position sehen. Wenn es tatsächlich der Wahrheit entspricht und Henry …«, sie schluckte gegen den Schmerz in ihrer Kehle, »…und der *König* zu heiraten beabsichtigt, dann ist es für mich wohl Zeit, dies ebenfalls zu tun.«

»Also gut.« Flambard breitete die Hände aus und lehnte sich in seinem Stuhl mit der hohen Rückenlehne zurück. Er sah aus wie ein König auf seinem Thron, keinesfalls wie ein Gefangener. »Wenn das Euer Wunsch ist. Ich dachte, Ihr hättet aus Euren Fehlern gelernt. Ich dachte, Anskills Beispiel hätte Euch eine Lektion erteilt, doch anscheinend wünscht Ihr seiner armen Witwe dasselbe Schicksal.«

Nesta erstarrte. Ihre Stimme klang frostig: »Was hat Ansfride damit zu tun?«

»Nun.« Flambard betrachtete gelangweilt seine Fingernägel. »Habt Ihr Euch nie gefragt, was aus dem guten Tyrell geworden ist? Dem besten Bogenschützen des Landes, der aus einem Missgeschick heraus des Königs Lunge mit einem Pfeil durchbohrte? Wo mag er wohl hin sein? Wer hat ihm geholfen zu verschwinden?« Er drehte den Kopf in ihre Richtung, und Kerzenlicht flackerte über seine Züge. »Ich habe meine Leute überall, Lady Nesta. Selbst jetzt noch, da ich hier drinnen sitze, ist mein Einfluss ungebrochen. Geld regiert die Welt, Mylady, und ich habe davon ausreichend. So weiß ich zufällig, dass die gute Ansfride die Flucht des Mörders ermöglicht hat. Dass sie seine Überfahrt aufs Festland geplant hat, wo Tyrell sich jetzt in einem fränkischen Kloster versteckt.«

Ein Rauschen toste in Nestas Ohren, ihre Gedanken rasten. Tyrell war in Sicherheit. War Ansfride an der Ermordung des Königs beteiligt gewesen? Nein. Ein anderer Gedanke durchfuhr sie, und Nesta hob den Kopf. »Ansfride hätte das niemals getan. Sie warnte Tyrell ja sogar noch davor, etwas Unüberlegtes zu tun. Und Tyrell hätte Ansfride niemals in so etwas hineingezogen. Ihr lügt, Sir.«

»Glaubt Ihr das?« Flambard sah sie mit gespielter Unschuldsmiene an. »Was, meint Ihr, werden die Barone sagen, wenn ich verbreiten lasse, dass Ansfride den Tod ihres Mannes gerächt hat? Wem werden sie wohl glauben? Die Ermordung eines Königs ist nichts, das einfach so abgetan wird. Egal, wie beliebt oder unbeliebt dieser König war.«

»Henry …«

»Ihr glaubt, der König würde Ansfride schützen? Wenn Ihr Euch da mal nicht täuscht. Henry versteht etwas von Politik. Es gab tatsächlich Barone, die treu zu Rufus standen, die ihm viel zu verdanken hatten, und wenn ihnen dieses Gerücht zu Ohren kommt … Nun, Henry kann sich nicht gegen seine Barone stellen, wo er doch gerade alles dafür getan hat, sie für sich zu gewinnen. Er kann doch nicht die Komplizin des Mörders seines Bruders davonkommen lassen, nur weil sie ihm ein paar Bastarde geschenkt hat.«

Nesta sah ihn lange stumm an. »Ihr seid ein Monster.«

»So sagt man, ja.« Ein widerwärtiges Lächeln verzog seine Lippen. »Und vom heutigen Tage an seid Ihr die Komplizin eines Monsters.«

»Niemals.«

»So wollt Ihr zusehen, wie sich die Geschichte wiederholt? Wollt Ihr gar, dass die arme Ansfride einem Unfall zum Opfer fällt?« Flambard klopfte mit der Hand auf seinen Gürtel, und die Münzen in seiner Börse klimperten. »Es gibt genügend Männer da draußen, die für eine kleine Anerkennung Gerechtigkeit walten lassen und eine Verschwörerin beseitigen.«

Nesta sank in sich zusammen. Sie sah Ansfride vor sich, auf einem beschaulichen Landgut, in Frieden. Und dann sah sie, wie Reiter kamen. Sie sah Blut, sie spürte Angst.

Um einen Rest Würde bemüht, richtete sie sich auf. »Ihr sagtet es selbst«, flüsterte sie. »Ich habe meine Gelegenheit versäumt. Der König wird nicht auf mich hören.«

»Ah, ich bin mir sicher, Ihr werdet Möglichkeiten finden, das Ohr des Königs zu gewinnen. Euch wird schon etwas einfallen, um mich hier herauszuholen.«

»Und wenn nicht?«

»Nun, wie soll ich es nur ausdrücken?« Flambard ließ den Blick durch den Raum schweifen und sah sie schließlich wieder voller Boshaftigkeit an. »Solltet Ihr erneut versagen, werte Lady Nesta, dann klebt noch mehr Blut an Euren Händen.«

Seit Tagen hatte Nesta das Frauengemach kaum verlassen. Sie ließ sich sogar die Mahlzeiten dorthin schicken, bis Henry einen Pagen sandte, um sich nach ihrem Gesundheitszustand zu erkundigen. Schließlich sah sie ein, dass sie mit ihrem Verhalten nur Aufmerksamkeit auf sich lenkte und dass ihre Grübeleien zu keiner Lösung führten. Doch egal, wohin sie ging, bei jeder Bewegung hatte sie das Gefühl, von Flambards Spionen beobachtet zu werden. Waren es Ritter, Barone, Diener? Noch nicht einmal in Henrys Nähe wagte sie sich, denn sie fürchtete, er könne ihr das schmutzige Abkommen ansehen, zu dem sie gezwungen worden war. Es war aber gerade Henry, dem sie näherkommen musste, um ihn auf Flambard anzusprechen. Sie musste um Gnade für diesen Teufel von einem Bischof bitten, und mit jedem Tag, der verging, fürchtete sie, was Flambards Ungeduld für Ansfride bedeutete. Zweimal hatte er sie vom Constable holen lassen, um sie zur Eile anzutreiben. Kurz war sie davor gewesen, Henry alles zu erzählen. Doch wie schnell würde Flambard von ihrem Verrat erfahren? Wie schnell wären seine Männer bei Ansfride, um ihr Gott weiß was anzutun? Sie konnte sich niemandem anvertrauen, und so beherrschte Flambard jeden ihrer Gedanken.

Als Nesta eine Woche nach der Krönung entlang der alten Römermauer vom nördlich gelegenen Park zurück zum Great Tower ging, kam ihr zu ihrem Schrecken Henry entgegen. Sein schallendes Lachen wurde mit dem Wind zu ihr getragen und ließ sie abrupt stehenbleiben. Mit schwungvollem Gang kam er inmitten seines Gefolges näher. Seit seiner Krönung schien er etwas von der Schwermut verloren zu haben, die ihn nach Anskills Tod umgeben hatte. Jetzt gestikulierte er ausschweifend und schien seinen Begleitern etwas zu erklären, die daraufhin ebenfalls lachten. Nesta trat zur Seite und senkte den Blick. Sie wünschte, sie könnte mit der Mauer in ihrem Rücken verschmelzen, denn sie war noch nicht bereit, mit Henry zu sprechen. Sie wollte sich erst darüber im Klaren sein, wie sie sich ihm gegenüber verhalten sollte. Sie musste sich überlegen, wie sie Ranulf Flambard zur Sprache brachte. Die Stimmen wurden lauter, die Schritte waren nun schon deutlich zu vernehmen. Nesta sank in einen Knicks und wartete, dass die Männer vorbeizogen, doch ein Paar polierter Stiefel blieb vor ihr stehen.

»Nesta!«

Ihr Herz machte beim Klang seiner Stimme einen Satz. Sie schalt sich eine Närrin, aber sie konnte nichts dagegen tun. Sie liebte ihn – den König. Einen Mann, der bald heiraten würde. Seit Flambard ihr davon erzählt hatte, war ihr das auf einmal allzu deutlich klar.

»Eure Hoheit«, murmelte sie und hielt den Blick weiterhin zu Boden gerichtet, aber da wurden plötzlich ihre Oberarme gepackt. Henry zog sie ungestüm hoch und strich ihr dann eine Haarsträhne hinter das Ohr. Eine Zärtlichkeit, die so unerwartet kam, dass sie ihn nur aus großen Augen anstarren konnte.

»Was macht mein Mündel so allein hier draußen?«, fragte er und sah sie mit seinen goldgesprenkelten Augen an. Nesta öffnete den Mund zu einer Antwort, brachte aber keinen Laut hervor. Henry blickte sie fragend an. »Nun?«

»Eure Hoheit?«

»Nesta, ist Euch nicht wohl?«

»I… ich …« Sie sah in die Gesichter der Höflinge, die jede ihrer Gesten genau zu beobachten schienen, und vergaß, was sie hatte sagen wollen. Ihre Wangen begannen unter den vielen Blicken zu glühen, und Henrys Anwesenheit machte alles nur noch schlimmer.

»Lasst uns allein«, befahl er plötzlich und scheuchte seine Gefolgsleute weg.

Die Höflinge verbeugten sich schnell und stoben davon. Nesta blieb mit ihm zurück und wäre am liebsten im Boden versunken. Sie wollte Henry nicht anlügen. Außerdem fühlte sie sich in seiner königlichen Gegenwart mehr als unsicher. Innerlich wies sie sich zurecht. Sie war eine Prinzessin von Wales. Sie dachte an das Gespräch mit Gerald de Windsor. Ihm gegenüber war es ihr so leicht gefallen, ihren Gefühlen freien Lauf zu lassen und das Feuer ihres walisischen Blutes zu spüren. In de Windsors Gegenwart fühlte sie sich tatsächlich wie die Tochter des Drachen. Allein sein Anblick erinnerte sie an ihre Heimat, während sie in Henrys Nähe nur allzu leicht vergaß, dass sie in Wahrheit keine Normannin war.

»Kommt.« Henry legte ihre Hand auf seinen Arm. »Lasst uns ein Stück gehen.«

Sie folgten der Mauer und verließen das Gelände Richtung Fluss. Henry führte sie ein Stück schweigend das Ufer entlang, und sie beobachtete die Schwäne auf der Themse und die Flusskähne, die unter der London Bridge hindurchfuhren.

»Ich hörte, es ging Euch nicht gut«, brach Henry unvermittelt das Schweigen. »Nichts Ernstes, hoffe ich.«

Mit klopfendem Herzen sah sie zu ihm auf.

»Nein, Eure Hoheit.«

»Das dachte ich mir, wart Ihr doch kräftig genug, Ranulf Flambard zu besuchen. Nicht nur einmal, wie ich hörte.« Prüfend sah er auf sie hinab, und Nesta meinte unter diesem Blick immer kleiner zu werden. Die Wahrheit wollte aus ihr heraus, und doch überlegte sie fieberhaft, wie sie ihr Wort Flambard gegenüber halten könnte. Sie musste Ansfride schützen. »Ich habe Mitleid mit ihm«, brachte sie heiser hervor und spürte, wie die Hitze ihrer Wangen ihre Ohren erreichte. Lügen waren ihr schon immer schwergefallen.

»Mitleid.« Henry sah sie noch einen Augenblick lang mit skeptischer Miene an, dann brach er plötzlich in Lachen aus. »Nesta, was, im Namen des Herrn, könnte bei einer Kreatur wie Flambard Euer Mitleid erregen?«

Das war eine ausgezeichnete Frage, auf die Nesta keine Antwort hatte. Sie hätte nichts dagegen, wenn Flambard auf ewig eingesperrt bliebe. »Ich …« Sie atmete tief durch, und als Henry stehen blieb, zwang sie sich, ihm direkt in die Augen zu blicken und nicht auf den königlichen Goldreif zu starren, der nun sein dunkles Haupt schmückte. »Eure Hoheit, Ranulf Flambard war auch mein Kaplan. Einen Kirchenmann, einen Bischof einfach so einzusperren … Wieso schickt Ihr ihn nicht einfach ins Exil?«

»Ich bitte Euch, Nesta.« Er sah sie misstrauisch an. »Ich habe ihn nicht in den Kerker geworfen, auch wenn ich große Lust dazu hätte. Er hält sich sogar Diener, wurde mir gesagt, und ich nehme es hin. Soll er sein Geld nur ausgeben und sich ein paar Köstlichkeiten an seine Gefängnistafel schicken lassen. Hauptsache, er schadet diesem Land nicht länger, wozu er vom Exil aus durchaus fähig wäre.«

»Eure Hoheit.« Sie hatte das Gefühl, an den Worten zu ersticken. »Einst sagtet Ihr, ich könnte in Eurer Gegenwart frei sprechen.«

Henry zog die Augenbrauen zusammen. »Ich erinnere mich.«

»Nun, dann bitte ich Euch, mich anzuhören.«

Einen Moment lang sah er sie fragend an, doch dann nickte er und bedeutete ihr fortzufahren.

Nesta straffte die Schultern. »Ich halte es für Unrecht, den Bischof von Durham gefangen zu halten. Was auch immer er getan haben mag, hat er im Auftrag des Königs getan. Eines Königs, den Ihr selbst als ungerecht bezeichnet habt. Er war doch nur ein Werkzeug, ein Diener.«

Nesta biss sich auf die Lippe und überlegte, was sie noch sagen konnte, als Henry plötzlich näher trat. »Nesta. Eure Sorge spricht für Euch. Von mir aus könnt Ihr ihn besuchen, wenn es Euer Gewissen verlangt, auch wenn ich es nicht gerne sehe. Flambard wird weiterhin versuchen, Einfluss zu üben, und ich fürchte, er könnte Euch wehtun.« Er beugte sich ein wenig hinunter, um ihren auf den Boden gerichteten Blick einzufangen. »Versprecht mir, dass Ihr sofort zu mir kommt, wenn Ihr das Gefühl habt, dass Flambard Eure Güte ausnutzt.«

Nesta sah hoch und wäre bei seinem liebevollen Blick fast zurückgewichen. Er durfte sie nicht so ansehen. Schließlich belog sie ihn. Sie belog den König! Fast wünschte sie sich, er würde sie schütteln, die Wahrheit gewaltsam aus ihr herausholen. Wenn sie Ansfride doch nur eine Nachricht schicken könnte, um sie zu warnen. Doch Tyrell und Anskill waren die einzigen Ritter gewesen, denen sie vorbehaltlos vertraut hatte. Den Schmeicheleien der anderen Höflinge oder Ritter traute sie keine Sekunde über den Weg. Außerdem wusste sie nicht, wer in Flambards Tasche steckte. Ihr einziger Freund hier war Richard de Clare, doch der Knappe stand nach Tyrells Flucht in Henrys Dienst und konnte nicht einfach ohne Erklärung fort.

»Nesta.« Henry legte seine Hand auf ihre Schulter und ließ sie damit zusammenzucken. »Ihr kennt Flambard anscheinend schlecht. Ihr versteht nicht – der Mann ist eine Natter. Ich wäre nicht besser als mein Bruder, würde ich ihn frei herumlaufen lassen.« Fast hätte Nesta bei diesen Worten gelacht. Und ob sie verstand. Henry klopfte ihr auf die Schulter. »Und nun möchte ich nichts mehr über Flambard hören.«

Nesta brauchte Zeit zum Nachdenken. Es war ihr eigentlich von Anfang an klar gewesen, dass sie Henry niemals würde überzeugen können, Flambard tatsächlich freizulassen. Würde dieser ihr nicht drohen, wäre sie ja selbst der Meinung, dass er genau dort war, wo er hingehörte.

»Ich habe übrigens Eurem Bruder Gruffydd eine Nachricht zukommen lassen«, riss Henry sie aus ihren Gedanken. »Ich habe ihn dazu eingeladen, den Hof – Euch – zu besuchen. Ich möchte mit ihm über die Lage in Wales sprechen. Euer Bruder ist Waliser und lebt schon viel zu lange im irischen Exil. Er soll zurückkehren, von mir hat er nichts zu befürchten.«

Sofort fühlte sich Nesta wegen ihrer Lügen noch schlechter. Gleichzeitig fürchtete sie, dass Henry ihr ansehen würde, was sie in diesem Moment für ihn empfand. Wie sehr sie sich gerade jetzt danach sehnte, von ihm festgehalten zu werden, sich wünschte, dass er sie noch einmal küsste. Stattdessen schluckte sie und sagte mit tränenerstickter Stimme: »Ich danke Euch, Eure Hoheit.«

Er lächelte auf sie hinab und nickte ihr zu. »So und jetzt, *Mylady*, möchte ich, dass Ihr dieses alberne Hoheit sein lasst. Schluss mit den Förmlichkeiten. Solange wir unter uns sind, nenn mich bitte Henry. Komm, lass uns die Zeit nutzen, ehe es zu regnen beginnt.« Er umfasste ihre Hand und zog sie weiter unter dem im Wind rauschenden Blätterdach hindurch.

»Henry.«

Er blieb stehen und drehte sich zu ihr um.

»Ich weiß ... Ich weiß, dass Ihr ... dass *du* ...«, die formlose Anrede machte es noch schwerer, mit ihm zu sprechen. Doch sie ertrug den seltsamen Zustand zwischen ihnen nicht mehr, musste der Ungewissheit ein Ende bereiten. Sie bemühte sich um eine feste Stimme, als sie auszusprechen wagte, was sie in ihrem Herzen trug. »Ich habe von deiner bevorstehenden Hochzeit gehört. Und ich denke, es ist an der Zeit, dass ich den Hof verlasse.« Sie atmete langsam aus und brachte mit Mühe die nächsten Worte hervor: »Ich denke, es ist an der Zeit, dass du einen Gemahl für mich suchst. Bitte … ich kann nicht hierbleiben, jetzt da du …«

Henry sah sie schweigend an. Der Wind ließ einzelne dunkle Strähnen um seinen Goldreif tanzen. Mit seiner hochgewachsenen Gestalt und den fein gezeichneten Gesichtszügen wirkte er fast wie eine Statue, als er so reglos dastand und sie anstarrte. Dann machte er plötzlich einen Schritt auf sie zu und zog sie in seine Arme. Sein hörbares Ausatmen strich über ihren Scheitel. Er drückte sie an seine Brust, und Nesta wehrte sich nicht. Sie sog den Geruch nach Lavendel ein, der ihr fremd an ihm erschien. Vermutlich war sein Gewand in Lavendelwasser gewaschen worden, oder es lagen Zweige in seiner Kleidertruhe.

»Willst du das wirklich, Nesta?«, sagte er leise, seine Lippen an ihrer Schläfe. »Der Gedanke, dich einem anderen Mann zu geben … Es waren schwere Zeiten. Lass mich dich beschützen.«

Nesta kämpfte gegen die Tränen. Er konnte sie nicht beschützen, nicht vor Flambard und nicht vor seiner Verpflichtung England gegenüber. Er konnte sie nicht davor beschützen, mit einem gebrochenen Herzen dazustehen, denn egal wohin sie ging, überall wurde von Henrys geplanter Vermählung gesprochen.

»Ich wünschte, es wäre anders«, fuhr er fort und seufzte tief, als er seine feingliedrigen Hände an ihre Wangen legte, »aber ich darf nicht länger nur an mich denken. Ich möchte, dass du weißt, dass es eine politische Ehe ist. Gefühle haben damit nichts zu tun. Ich muss diesem Land Stabilität geben. Ich muss mir eine Gemahlin nehmen. Edith ist …«

Ihr Magen zog sich schmerzhaft zusammen, doch sie gab sich alle Mühe, sich nichts anmerken zu lassen. »Ich verstehe.« Sie zwang sich zu einem zuversichtlichen Ausdruck. »Ich kenne die Gründe, und ich verstehe sie. Aber versteh auch mich. Denk über meine Worte nach.«

Sein Daumen strich über ihr Kinn, über ihre Unterlippe, und Nesta wusste, sie müsste zurückweichen. Sie wünschte sich seine

Freundschaft und Nähe, aber gleichzeitig wusste sie, dass sie ihm den Rücken kehren musste. Er würde eine andere heiraten, und die Vorstellung, das mit anzusehen, zerriss ihr das Herz.

Henry erwiderte ihren Blick, studierte ihren Ausdruck, und plötzlich ließ er seine Hände sinken. Nesta schloss die Augen, enttäuscht und erleichtert zugleich.

Nachdem Flambard Nesta mehrere Wochen in Ruhe gelassen hatte, war sie der Hoffnung erlegen, er hätte andere Wege ersonnen, sein Ziel zu erreichen, und sie schon vergessen. Doch heute hatte der Constable ihr mitgeteilt, dass der ehemalige Bischof sie zu sehen wünschte, sobald sie es einrichten konnte.

Doch sie war einer Lösung nicht einen Schritt näher gekommen. Die einzige Möglichkeit war, Henry die Wahrheit zu sagen. Aber sie fürchtete, somit einen Stein ins Rollen zu bringen, den sie nicht kontrollieren konnte, sie hatte Angst, die näheren Umstände der Jagd anzusprechen. Was, wenn ihre Freunde tatsächlich daran beteiligt waren? Außerdem war es in den letzten Wochen unmöglich gewesen, den König allein zu sprechen. Die Hochzeitsvorbereitungen hatten begonnen, und gleichzeitig musste Henry sich mit der drohenden Gefahr seines heimgekehrten Bruders auseinandersetzen, der sich bislang in der Normandie erstaunlich ruhig verhielt. Nesta wollte auch nicht um ein Gespräch bitten, denn sie mied Henry, soweit es ging. Anders als damals unter König William, hatte sie nun keine Muße mehr, um durch den Park zu streifen oder ihren Gedanken nachzuhängen. Frauenstimmen erfüllten nun die Hallen, und Nesta wurde auf ihre Aufgabe als Hofdame vorbereitet. Adlige Töchter aus ganz England, Schottland und der Normandie kamen zum Hof, um die Ehre zu erlangen, der Königin zu dienen. Nesta fühlte sich inmitten all dieser noblen, kichernden Damen etwas fehl am Platz und überfordert. Auch hatte sie stets im Hinterkopf, dass Flambard auf Ergebnisse wartete, aber je mehr Zeit verging und je mehr Menschen an den Hof kamen, desto weiter rückte die Bedrohung in die Ferne. Zwar begleitete sie Flambards Mahnung wie ein schwerer Stein in ihrem Magen, aber da sie schon fast nicht mehr wusste, wie sich Unbeschwertheit anfühlte, kam ihr die ständige Sorge irgendwann beinahe normal vor.

Und dann kam der Tag der Hochzeit. Edith traf aus Schottland ein, nachdem ein Bischofskonzil entschieden hatte, dass sie keine Nonne war, und heiratete Henry am elften November im Jahre des Herrn elfhundert. Nesta hielt sich mit den anderen Hofdamen am Rande des Kirchenschiffs von Westminster Abbey auf und betrachtete die Braut. Sie war klein gewachsen, mit weitausragenden Hüften und einem runden Gesicht. Ihr Haar hatte die Farbe von Ebenholz und reichte bis unter ihre Taille. Ihre Stimme war sanft und rein, als sie die Gelübde sprach. Nesta wünschte, sie könnte diese Frau hassen. Sie wünschte, sie könnte den stechenden Schmerz in ihrer Brust bei Henrys Anblick unterdrücken, als er sich zu seiner Braut hinabbeugte und sie sacht auf den Mund küsste. In seiner festlichen Robe wirkte seine schlanke Gestalt majestätisch, er war ein König wie aus alten Sagen, und Nesta klammerte sich verzweifelt an diesen Gedanken. Henry war der König. Er würde dieses Land ins Licht führen, ihre Gefühle zählten dabei nicht. Sie war selbst schuld, denn sie hätte wissen müssen, dass er sie niemals hätte heiraten können. Eine Verbindung mit England war tausendmal wichtiger als mit einem Teil von Wales. Ansfride hatte sie gewarnt, und doch war bis zu diesem Zeitpunkt ein Funke Hoffnung geblieben. Hoffnung, dass das, was sie in Henrys Augen wahrnahm, wenn er sie ansah, keine Illusion war. Doch dieser Funke erlosch in dem Moment, als Henry seine Gemahlin anlächelte.

Die Stimme des Erzbischofs von Canterbury hallte durch die Kirche, und doch klang sie dumpf in Nestas Ohren. Der Geruch des Weihrauchs bereitete ihr Übelkeit. Sie war dankbar und erleichtert, als sie dem Zug nach draußen in die kalte Novemberluft folgte, doch die jubelnden Londoner erinnerten sie sofort wieder an den heutigen Anlass. Nie wieder würde Henry sie mit diesem zärtlichen Blick ansehen.

Das Fest in der Westminster Hall zog an ihr vorbei, die Farben waren verschwommen, die Musik und Stimmen vermischten sich zu einem einzigen Getöse. Sie vermied es, in Henrys und Ediths Richtung zu blicken, aber manchmal ertappte sie sich doch beim selbstzerstörerischen Sehnen, wenn sie Henrys Lachen hörte. Noch nicht einmal Arnulf de Montgomerys Anwesenheit kümmerte sie. Zum ersten Mal bemerkte sie ihn kaum. Sie dachte an den bevorstehenden Abend, wenn sie die Königin mit den anderen Hofdamen für die Nacht vorbereiten musste, und hörte Ansfrides Stimme in ihrem Kopf: *Henry wird immer anderen gehören, sein Leben immer diesem Land verschreiben, und das wird dich sehr unglücklich machen.* Wie recht sie doch gehabt hatte. Heute vermisste sie die Freundin besonders.

»Seht Ihr, wie der König ihr immer wieder nachschenkt?«, erklang plötzlich eine weibliche Stimme an ihrem Ohr. Nesta drehte den Kopf zur Seite und erkannte die junge Elizabeth de Beaumont, die dicht an sie herangetreten war. Die meisten Hofdamen tanzten mit den Rittern und Höflingen, aber Nesta hatte sich in den Schatten unter den Arkadengängen zurückgezogen.

»Ich glaube, der König will seine Gemahlin betrunken machen.«

Nesta verbot sich, in Henrys Richtung zu blicken, strich ihren Rock glatt und sagte: »Womöglich will er es ihr nur leichter machen. Ihr wisst schon …« Sofort spürte sie, wie sie errötete.

Doch Lady Elizabeth schien nichts davon zu bemerken. Ihrem nervösen Blick nach zu urteilen, hatte sie eigene Sorgen. »Hm. Ich hoffe, mein Gemahl wird ebenso umsichtig sein, mich zuvor zu betäuben.«

»Euer …« Nesta ließ ihren Blick über die hohe Tafel wandern und verharrte bei Robert de Beaumont, Elizabeths Gemahl, der sich lachend mit seinem Sitznachbarn unterhielt. Er war ein gutaussehender Mann mit graumeliertem Haar, und er war einer der mächtigsten Barone in diesem Raum. Gemeinsam mit Elizabeth hatte er an der Jagd teilgenommen, während derer William Rufus ums Leben gekommen war, und Henry nannte ihn einen treuen Freund. Nesta wusste, de Beaumont beging bald seinen fünfzigsten Geburtstag, während Elizabeth in Nestas Alter war. »Aber Ihr seid doch schon seit Jahren mit ihm verheiratet?«

»Das stimmt.« Elizabeth schob den Schleier aus ihrem Gesicht und lehnte sich ein wenig zu ihr vor. Ihr sonst so blasses Antlitz hatte einen bedenklich roten Ton angenommen. »Robert und ich sind schon seit vier Jahren verheiratet, aber …«, sie lächelte zärtlich, »er ließ mich bisher unberührt.«

»Tatsächlich?«

»Ich war zur Zeit unserer Hochzeit elf Jahre alt und manchmal dachte ich, Robert hätte schon vergessen, dass unsere Ehe nicht vollzogen wurde. Aber die königliche Hochzeit scheint ihn daran erinnert zu haben.« Sie schauderte sichtlich. »Er will, dass ich morgen in unser Stadthaus komme. Gott weiß, allein beim Gedanken daran möchte ich sterben.«

Nesta ergriff Elizabeths Hand und drückte sie. Die junge Hofdame gehörte einem großen Adelshaus an, sie genoss Privilegien und ein unbeschwertes Leben, aber vor dem ehelichen Lager war keine Frau gefeit, weder Bauernmagd noch Königin.

Nesta blickte zu Edith, die mit mildem Lächeln dasaß und die diversen Trinksprüche auf ihr Wohl und ihre Fruchtbarkeit über sich ergehen ließ. Sie war in einem Kloster großgeworden. Was wusste sie über diese Nacht? Bestimmt war sie darauf vorbereit worden, und doch hatte Nesta Mitleid mit ihr. Sie konnte nachfühlen, wie es für die schottische Prinzessin sein musste, die an einen fremden Hof gebracht worden war, unter fremde Menschen. Auf Ediths Schultern lastete zudem noch die Verantwortung über ein Königreich. Alle Augen waren auf sie gerichtet und warteten auf einen Fehler. Dabei war Edith nur wenige Jahre älter als Nesta. Noch nicht einmal ihren Namen durfte sie behalten. Die normannischen Lords hatten sich gegen eine schottisch-angelsächsische Königin gesträubt, und so sollte Edith in zwei Tagen als Königin Matilda gekrönt werden. Nesta konnte sich nicht vorstellen, wie sie reagiert hätte, wenn ihr ein normannischer Name aufgezwungen worden wäre.

»Ist es Euch genehm, wenn ich hier bei Euch bleibe?«, fragte plötzlich Elizabeth, die immer noch Nestas Hand festhielt.

Nesta nickte lächelnd. Sie konnte verstehen, dass sich Elizabeth unter den lauten Hofdamen etwas verloren vorkam. Vermutlich war sie deshalb an Nesta herangetreten. »Es wird alles gutgehen«, beruhigte sie die junge Frau, doch Elizabeth sah wenig zuversichtlich aus.

»Meine Kinderfrau sagte am Tag meiner Hochzeit: Der Beischlaf schmerzt immer, Kind. Aber wenn du den Mann vorher in dich verliebt machst, wird er wenigstens versuchen, dich dabei nicht umzubringen. Das übernimmt dann dein erstes Kind.«

Nesta sog scharf die Luft ein. Vielleicht sollte sie Elizabeth vom Stallburschen Eadric und seiner entzückten Magd erzählen, doch sie fürchtete, das würde diese nur noch mehr schockieren. Zudem war sie selbst nun ebenso verunsichert. Unbewusst sah sie zu Henry und fragte sich mit einem bangen Gefühl, ob er ihr jetzt, da er nun tatsächlich selbst geheiratet hatte, einen Gemahl suchen würde.

Seine Exzellenz, der hochwürdigste Herr Bischof von Durham Ranulf Flambard, an Ihre Königliche Hoheit, die Prinzessin von Südwales, Lady Nesta Tudor, Grüße. Es erfüllte mich mit tiefer Freude zu erfahren, dass Ihr Euch im Haushalt unserer allergnädigsten Königin Matilda in Westminster gut eingelebt habt. Ich möchte Euch hiermit daran erinnern, dass Ihr in Lon-

don abseits Eurer noblen Damen auch noch weitere Freunde habt, die täglich an Euch denken und Euer Erscheinen herbeisehnen. Ich erwarte Eure Nachricht.

Nesta verch Rhys ap Tewdwr an Ranulf Flambard, Grüße. Ich bete jeden Tag für Euch und hoffe, Ihr seid wohlauf. Die Weihnachtsfeierlichkeiten, während derer der fränkische Kronprinz Louis bei Hofe verweilte, haben mir leider nicht erlaubt, Euch im Tower zu besuchen. Doch ich bin zuversichtlich, dass mir die allergütigste Königin Matilda gestatten wird, den Hof einen Tag lang zu verlassen, um Euch schon bald zu besuchen.

Allergütigste Lady Nesta, ich bedanke mich für Eure warmen Zeilen und Gebete, die mir in der Kälte meines Verlieses Trost spenden. Ich bin sicher, Euer persönliches Erscheinen wird den Winter vertreiben und den Frühling einziehen lassen. Auch möchte ich Euch Grüße von Eurer Freundin Ansfride of Seacourt bestellen, die ein beschauliches Leben in ihrem Heim in Wytham führt. Ich bete, dass Euch Euer Weg bald zum Tower führen wird, damit ich meiner Nachricht an Ansfride noch ein paar Zeilen von Euch hinzufügen kann. Ich freue mich darauf, Euch zu sehen und unsere Zusammenarbeit fortzusetzen.

»Was lest Ihr da, Lady Nesta?«

Nesta knüllte den Brief in ihren Händen zusammen und blickte erschrocken auf. Die Königin saß starr wie eine Statue auf einem Stuhl vor dem Fenster und ließ sich auf Henrys Geheiß hin malen. Musiker spielten sanfte Lieder, um sie zu unterhalten, während die Damen stickten oder leise miteinander sprachen.

Nesta erhob sich von ihrem Sitzpolster und trat auf sie zu. Die Drohung, welche zwischen den Zeilen von Flambards Nachricht stand, erfüllte sie immer noch mit Entsetzen. Mit ihrem Umzug nach Westminster hatte sie gedacht, Flambard entgehen zu können. Sie hatte gehofft, er würde endlich von ihr ablassen und einen seiner zahlreichen Untergebenen für eine Flucht benutzen. Aber Flambard war es offensichtlich eine grausame Freude, Nesta zu quälen. Sie wusste nicht, wie ernst er es mit seiner Drohung meinte, aber sie wollte es auch nicht darauf ankommen lassen. »Es ist ein Brief von Ranulf Flambard, Eure Hoheit«, sagte sie mit einem Knicks und reichte der Königin das Schriftstück, doch Matilda winkte ab.

»Ranulf Flambard«, sagte sie angewidert. »Sagt, Lady Nesta, was habt Ihr mit diesem fürchterlichen Menschen zu schaffen?«

Der Gedanke, dass sie die Königin um Gnade für den Bischof bitten könnte, verflüchtigte sich. Erneut musste sie lügen. »Er war der Hofkaplan, Hoheit. Er ist ein Kirchenmann. Mein Anliegen ist es ... ihm Trost zu spenden.«

»Trost?« Die Königin riss die dunklen Augen auf und hatte sichtlich Mühe, weiterhin still zu sitzen. »Wisst Ihr denn nicht, welche Verbrechen dieser Mann begangen hat? Er hat sein Volk betrogen, er war einzig auf seinen eigenen Vorteil bedacht, und das will ein Mann der Kirche sein?« Sie schüttelte den Kopf. »Wahrlich, ich hätte Euch besseres Urteilsvermögen zugetraut. Aber Ihr scheint ja schon seit jeher ein Herz für Gefangene zu haben, wenn man an diesen widerwärtigen Sodomiten denkt.«

Nesta zuckte zusammen, und auch die anderen Damen tauschten erstaunte Blicke. Natürlich hatten alle mit einem Ohr gelauscht. »Eure Hoheit«, begann Nesta mit fester Stimme. Sie wusste nicht, woher die Königin von ihrer Freundschaft zu Anskill und den wahren Hintergründen seiner Gefangenschaft gehört hatte, doch vermutlich hatte sie sich über jede Hofdame genauestens informiert, »wenn Ihr von Anskill of Seacourt sprecht – er war mein Freund. Sein Tod war ein schreckliches Unrecht.«

»Euer Freund?! Ihr sucht Euch in der Tat sonderbare Freunde aus, Lady Nesta.«

»Ich ...« Nesta befand es für sinnlos, die Königin über Anskills gutmütiges Wesen aufzuklären. Für die Schottin zählte einzig das Gesetz der Kirche, und das verbot die Sodomie. Manchmal glaubte Nesta, die Königin sei ihrer Hofdamen überdrüssig und sehnte einzig die Gesellschaft von Anselm, dem Erzbischof von Canterbury, herbei. Die beiden waren häufig zusammen, und er schien ihr Vertrauter geworden zu sein. Die Königin hatte einmal geäußert, sie vermisse bei Hofe die Nähe zu Gott.

Nesta machte einen Knicks und wollte sich an ihre Stickarbeit setzen, aber dann blieb sie doch noch bei der Königin stehen. Sie konnte nicht um Gnade für Flambard bitten, doch sie musste ihn noch einmal besuchen, wollte sie verhindern, dass er seiner Drohung Taten folgen ließ. »Eure Hoheit …?«

Die Königin wandte sich ihr wieder zu und bedeutete ihr mit einer ungeduldigen Geste zu sprechen.

»Eure Hoheit. Ranulf Flambard bat mich in diesem Brief um einen Besuch. Wenn es Euch genehm ist, würde ich gerne …«

»Einen Besuch?« Die Königin sprang auf und warf dabei den Stuhl um. Rote Flecken erschienen auf ihrem blassen Gesicht, die sich mit dem purpurfarbenen Schleier, der sich um ihren Kopf und Hals schlang, unangenehm stachen. Bisher hatte Nesta die Königin als warmherzige und eher stille Person gekannt, doch sie wusste, wie wichtig ihr kirchliche Belange waren. »Lady Nesta, Ihr wollt doch nicht wirklich vorschlagen, diesen Verbrecher zu besuchen! Auf welche Weise sollte ein junges Ding wie Ihr einem Mann wie ihm Trost spenden?«

Nesta wollte schon empört ob dieser Anspielung protestieren, fing sich aber schnell wieder. »Er ist eingesperrt, Hoheit, er ist allein, er …«, sie dachte an Flambards höhnische Bezeichnung seines komfortablen Gemachs als »Verlies« und beschloss, seine Geschichte weiterzuspinnen, »er friert und hat keine Hoffnung. Ich bitte doch nur um etwas Menschlichkeit …«

»Menschlichkeit! Wollt Ihr etwa behaupten, ich wäre unmenschlich?«

Nesta biss sich auf die Lippe und ermahnte sich zur Geduld. »Nein, Eure Hoheit. Natürlich nicht. Ich meinte nur, etwas Güte für diesen einsamen Mann würde keinen Schaden anrichten …«

»Genug.« Die Königin ergriff ihren Arm. Sie schloss kurz die Augen und fuhr mit sanfter Stimme fort: »Ich will Euch nichts Böses, noch möchte ich Euch bestrafen. Ich sorge mich lediglich um Euch. Ihr gehört jetzt zu meinem Haushalt, und damit bin ich für Euch verantwortlich. Seht mich als Mutter, die Euch vor Dummheiten bewahrt und auf den rechten Pfad lenkt. Hinter Euch liegt eine grausame Vergangenheit, und mir scheint, Ihr seid von Gottes Weg abgekommen.« Die Königin hob die Hand, noch ehe Nesta etwas erwidern konnte. »Ich verurteile Euch nicht, Kind, Ihr seid ohne Familie aufgewachsen, ohne Mutter, ohne Schwestern – an König Williams Hof! Ihr kamt aus einem wilden Land an einen noch wilderen Hof. Aber jetzt ist alles anders. Lasst mich Euch führen. Ihr werdet sehen, Gottes Pfad ist rein und klar, er wird Euch ins Licht führen.«

Nesta biss die Zähne zusammen. Flambard würde es nicht hinnehmen, wenn sie ihm in einem Brief erklärte, dass sie ihn nicht aufsuchen konnte, da der Weg Gottes leider nicht an seinem ›Verlies‹ vorbeiführte. »Ja, Eure Hoheit. Ich danke Euch.«

Die Königin lächelte und nahm ihr den Brief aus der Hand. »Lasst uns nicht mehr davon sprechen.«

Nesta nickte und wollte sich abwenden, als plötzlich ein Page das Gemach betrat.

»Seine Hoheit, der König!«

Nesta fuhr herum und hielt den Atem an. Im nächsten Moment kam auch schon Henry mit seinem charakteristisch schwungvollen Schritt herein. Sein Knappe David, der Bruder der Königin, folgte ihm.

Sofort sanken alle Damen in einen tiefen Knicks, so auch die Königin und Nesta.

Henry ging an Nesta vorbei und hauchte seiner Gemahlin einen Kuss auf die Stirn. »Ich bin nur auf der Durchreise, Madame, aber ich wollte Euch Guten Tag sagen.«

Nesta versuchte sich unauffällig zurückzuziehen, doch da schien Henry der umgestoßene Stuhl und die bestürzten Blicke des Malers, der Musiker und Hofdamen aufzufallen.

»Was ist hier los?« Er wandte sich an Nesta, als hätte er bemerkt, wie sie sich davonstehlen wollte.

Nesta blieb stehen und sah ihn stumm an. Sie wusste nicht, was sie sagen sollte.

»Nun?«, drängte Henry weiter, doch da ergriff seine Gemahlin das Wort.

»Ach, nur ein kleines Missverständnis. Lady Nesta dachte, es wäre angemessen, Ranulf Flambard im Tower zu besuchen. Ich habe ihr erklärt, dass das nicht möglich ist.«

»Ihr wolltet Flambard besuchen, Mylady?«

»Ja, Eure Hoheit.«

Henry schnaubte belustigt. »Gütiger Gott, was ist es nur, das Euch zu ihm zieht?« Plötzlich kam er auf sie zu, seine Stimme war ganz nah und kaum mehr als ein besorgtes Flüstern. »Er wird Euch doch wohl keine Schwierigkeiten bereiten?«

Nesta senkte den Blick, als sie den Kopf schüttelte. Es mochte unter den Hofdamen Frauen geben, die mit Flambard im Bunde waren, und so konnte sie ihm nach wie vor nicht die Wahrheit sagen. Ein letztes Mal würde sie zu Flambard gehen und sich anhören, was er zu sagen hatte, nur damit diese Farce ein Ende nahm. Und wenn sie musste, würde sie selbst bis nach Wytham reiten, um Ansfride zu warnen. »Ich weiß, dass Ranulf Flambard für seine Verbrechen büßen muss. Er bat mich um einen Besuch, und ich wollte ihm diese kleine Gnade nicht verwehren.«

Henry atmete hörbar ein. »Nun, ich versprach Euch, dass ich Euch nicht verbieten würde, ihn zu besuchen, auch wenn ich es nicht gerne sehe. Dieses Versprechen werde ich nicht brechen.«

»Henry!«

Er ignorierte den empörten Ausruf seiner Gemahlin. »Sucht Euch angemessene Begleiter, Lady Nesta, die für Eure Sicherheit garantieren, und bleibt nicht länger als einen Tag fort.«

Es war totenstill geworden. Der gesamte Raum schien den Atem anzuhalten.

»Ladys.« Nur noch die Schritte des Königs waren zu hören, als er das Gemach genauso schnell verließ, wie er es betreten hatte.

Nesta hob langsam den Blick und bemerkte, dass sie von allen angestarrt wurde, mitunter auch von der Königin. Ihr Herz schien in der Kehle zu pochen.

»Nun, Lady Nesta.« Die Königin ließ sich auf ihrem Stuhl nieder, den der Maler zwischenzeitlich wieder aufgestellt hatte. Ein nichtssagendes Lächeln lag auf ihrem Gesicht, doch ihre Stimme troff vor Hohn. »Ihr solltet gehen und Euren … Besuch vorbereiten. Ich bin sicher, es werden sich ein paar holde Ritter finden, die mit ihrem Leben für Euch einstehen würden.«

Die Ruderblätter tauchten gleichmäßig ins Wasser und wieder auf. Es war ein immer wiederkehrendes Geräusch, das einschläfernd wirkte. Doch Nesta konnte nicht an Schlaf denken, während sie in einem Flusskahn über die Themse zum Tower of London gerudert wurde. Die Anspannung war kaum noch auszuhalten, ihre Hände hatten sich um die Rockfalten gekrallt, und ihr Kiefer schmerzte bereits, so sehr biss sie die Zähne zusammen. Sie hatte die letzten Nächte nicht geschlafen. Henry hatte vor dem gesamten Haushalt der Königin Partei ergriffen – für sie. Ob er wusste, was er damit getan hatte? Ob es ihn kümmerte, mit welch frostiger Höflichkeit die Königin Nesta nun behandelte? Und auch die Hofdamen verhielten sich anders. Manche hatten sich von Nesta abgewandt, andere sprachen plötzlich mit ihr, als wären sie Freundinnen. Nesta fühlte sich mehr als unwohl in ihrer Haut, und jetzt musste sie auch noch Flambard besuchen, der für all das verantwortlich war. Er würde ihr wieder drohen, vielleicht eröffnete er ihr auch einen Fluchtplan, den sie unterstützen sollte, und Nesta wusste beim besten Willen nicht, was sie tun sollte. Sie wollte diese dunkle Wolke, die sie ständig begleitete, endlich vertreiben.

»Hm, die Gerüchte scheinen wahr zu sein.« Richard de Clare beugte sich vor, um ihr ins Gesicht zu blicken. »Nur jemand, der sich den Unmut der Königin zugezogen hat, sieht derart verdrießlich drein.«

Nesta seufzte. »Können wir bitte nicht darüber sprechen?«

»Die Königin wird sich schon wieder beruhigen«, warf Lady Elizabeth de Beaumont ein, die sich bereiterklärt hatte, Nesta zu begleiten. »Du bist einfach zu schön, Nesta, mit deinen grasgrünen Augen und deinem rotgoldenen Haar. Außerdem überragst du gerade sie besonders. Es ist sicher nicht das erste Mal, dass die Damen dir daher nicht gerade liebenswürdig gegenübertreten.« Elizabeth lächelte ihr aufmunternd zu. Eingewickelt in ihrem Umhang saß sie auf dem schmalen Holzbrett und kniff jedes Mal die Augen zusammen, wenn die eisige Gischt auf ihr Haupt niedernieselte. Ihr Verhalten Nesta gegenüber hatte sich durch den Vorfall mit Henry nicht geändert. Weder hatte sie sich zurückgezogen, noch heuchelte sie unangebrachte Liebenswürdigkeiten. Sie verhielt sich ganz natürlich, und seit Ansfrides Fortgang hegte Nesta die Hoffnung, endlich wieder eine Freundin gefunden zu haben.

Richard de Clare hob die Arme. Er begleitete sie mit Henrys Erlaubnis und hatte sich freudig bereiterklärt, die Feierlichkeiten von Mariä Lichtmess für einen Gefangenenbesuch zu opfern. »Was? Alle sprechen davon, dass der König sich für dich gegen die Königin gestellt hat, und ihr wollt mir nichts Genaueres erzählen?«

»Du hast doch bestimmt schon alles von den Hofdamen erfahren«, erwiderte Nesta und versuchte vom Thema abzulenken. »Welche ist es denn gerade, der du das Herz brichst?«

»Oh, keine bestimmte. Die schönsten Damen sind ja leider schon verheiratet.« Er grinste und verneigte sich leicht in Lady Elizabeths Richtung, die daraufhin sofort errötete und die Augen niederschlug. »Ich bin froh, wenn ich diesem Hühnerhaufen mal entgehe«, erklärte Richard lachend. »Ich habe es nicht eilig, so schnell wieder zurückzukehren.«

Nesta entfuhr ein weiteres Seufzen. »Da geht es mir nicht anders. Ich fühle mich, als lebte ich in einer Eishöhle.«

»Das wird sich legen«, sagte Elizabeth, und auch Richard nickte bekräftigend.

»Wer weiß, wie lange du noch bei Hofe bist.« Er räusperte sich. »Der König wird sich doch bestimmt bald nach einem Gemahl für dich umsehen?«

»Ich weiß es nicht. Ich glaube, er hat große Sorgen, auch wenn ich die genauen Hintergründe nicht kenne. Vielleicht macht ihm sein Bruder Schwierigkeiten.«

»Mag sein.« Richard streckte seine langen Beine aus, soweit es in dem kleinen Kahn möglich war, und blickte ans Ufer. Der Wind blies einzelne Strähnen seines feinen kastanienbraunen Haars in sein Gesicht, das er auf Kinnlänge abgeschnitten hatte. »Und gibt es schon Freier?«, fragte er dann plötzlich, ohne seinen Blick vom Londoner Ufer zu nehmen, an dem vereinzelt Boote vertäut lagen und Händler Waren ausluden.

Nesta zuckte mit den Schultern. Dies war kein Thema, über das sie gerne nachdachte. Doch sie musste sich eingestehen, dass sie eine Ehe inzwischen beinahe herbeisehnte. Bei Hofe fiel es ihr schwer, über ihre Gefühle für Henry hinwegzukommen, und an der Seite der Königin schien sie keinen Platz zu haben. Mit einem Ehemann könnte sie eine Familie gründen, sie könnte ihren eigenen Haushalt führen, Kinder bekommen, lieben und geliebt werden, Frieden finden.

»Nesta?« Richard wandte sich ihr zu. »Wo bist du mit deinen Gedanken?«

Sie lächelte müde. »Ich dachte an die Ehe, Richard. Daran, wie es wäre, eine Familie zu haben.«

»Und?« Seine Stimme klang rau. »Sagt dir dieser Gedanke zu?«

Nesta sah ihm in die blauen Augen, die sie aufmerksam beobachteten. »Ja. Ja, ich denke, das würde mir gefallen.«

»Die Ehe ist etwas Heiliges«, ließ sich Elizabeth vernehmen. Die Dame war zwei Tage nach der königlichen Hochzeit mit geschwollenen und geröteten Augen an den Hof zurückgekehrt, hatte Nesta aber versichert, dass es ihr gutginge. Sie wäre jetzt eine Frau – eine Ehefrau. Nesta wollte nicht näher darüber nachdenken, was es bedeutete, eine Ehefrau zu sein, wenn es einen so elend wie Elizabeth aussehen ließ. Elizabeth aber sprach nur zärtlich von ihrem Gemahl und fand kein böses Wort, also beschloss Nesta, dass sie ihre eigenen Erfahrungen machen musste, um das Geheimnis zu verstehen.

Beim Tower wartete bereits der Constable auf sie, was sie überraschte. Zwar hatte sie ihm eine Nachricht über ihren Besuch zukommen lassen, nachdem Flambard darauf bestanden hatte, ihn ausgerechnet zu Lichtmess zu besuchen, aber sie hatte den Constable für zu beschäftigt gehalten, um sie persönlich zu begrüßen.

»Der Bischof wird sich sehr freuen, Euch zu sehen, Mylady«, sagte er und hieß auch ihre beiden Begleiter willkommen. »De Clare, Lady Elizabeth. In der Halle wartet ein spätes Frühstück auf Euch.« Er wandte sich an Nesta. »Wollt Ihr ebenfalls etwas zu Euch nehmen, oder begebt Ihr Euch unverzüglich zum Bischof?« Er blickte ihr eindringlich in die Augen, als wolle er sie zu einer bestimmten Antwort zwingen, aber Nesta hatte ohnehin nicht vor, länger als notwendig zu bleiben.

»Wenn es Euch recht ist, besuche ich den Bischof sofort.«

»Wie Ihr wünscht.« Er lächelte und winkte ein paar Mägde herbei. Zwei von ihnen trugen gemeinsam ein kleines Weinfass, eine andere eine Platte mit Speisen. »Kleine Gaben, um Euren

Besuch und dieses heilige Fest zu feiern«, sagte der Constable auf Nestas verblüfften Gesichtsausdruck hin.

Sie begaben sich die Außentreppe des Great Towers hoch, und während Richard und Elizabeth weiter zur Halle gingen, fand Nesta sich erneut unter dem Torbogen im ersten Stock wieder.

Die Wachen ließen Nesta und die Mägde, ohne Fragen zu stellen, durch. Der Constable verabschiedete sich, und auch die Mägde ließen Nesta allein, nachdem sie das Essen und die Getränke abgestellt hatten.

Ranulf Flambard erhob sich schwerfällig aus dem Bett, dessen Vorhänge zurückgezogen waren. »Lady Nesta!«, rief er mit heiserer Stimme aus, als hätte er sie lange Zeit nicht mehr benutzt. Nesta blieb regungslos bei der Tür stehen und versuchte ihr Entsetzen zu verbergen. Der Bischof war ein alter Mann geworden. Sie wusste, er war kaum älter als vierzig, sein Haar war aber schon früh ergraut. Jetzt aber war es schütter und schlohweiß geworden. Seine runden Wangen waren eingefallen, von seinem fleischigen Doppelkinn war nur noch ein hängender Hautlappen geblieben. Sein Hemd hing schlaff an seinem Körper. Die funkelnden Knopfaugen wirkten trübe. Der Constable hatte bestimmt alles in seiner Macht Stehende getan, um den Aufenthalt des Bischofs angenehmer zu gestalten. So fiel ihr auf, dass das Stroh frisch war und ein Kohlenbecken gegen die Kälte kämpfte. Doch gegen die feuchten Mauern und die Winterluft, die zwischen den Ritzen der Fensterläden hereinströmte, konnte er nichts ausrichten. Wann hatte der Bischof zuletzt den Himmel gesehen?

»Ihr seht betroffen aus, Mylady. Habt Ihr einen anderen Anblick erwartet?«

Nesta räusperte sich und wies zum Tisch. »Sir, Ihr solltet Euch stärken, Ihr …«

Flambard hob die Hand. »Alles zu seiner Zeit. Ständig dieselben vier Wände vor mir zu sehen hat leider etwas auf meinen Appetit geschlagen. Das Essen läuft mir schon nicht weg. Und?«

Er bewegte sich gebückt auf den Tisch zu und ließ sich mit einem schweren Stöhnen auf dem Stuhl nieder. »Wie lebt es sich so als Hofdame einer Königin? Ich nehme an, in Westminster ist es nicht halb so unfreundlich wie im Tower. Und mit Feuerholz und Kohle wird wohl auch nicht gespart.«

Nesta schluckte. Sie verabscheute diesen Mann, und doch empfand sie plötzlich Mitleid. »Der König hält sich kaum in Westminster auf«, sagte sie leise und blieb weiterhin an der Tür stehen. »Ich bekomme ihn so gut wie nie zu Gesicht. Es ergab sich keine Gelegenheit …« Sie brach ab.

»Ha. Das überrascht mich nicht.« Er lehnte sich in seinem Stuhl zurück und legte die Handflächen aneinander wie zum Gebet.

»Sagt, mit wem seid Ihr hier?«

»Lady Elizabeth de Beaumont hat mich begleitet, und Richard de Clare.«

»Hm. Ich erinnere mich an die beiden. Ich habe de Beaumont mit seiner kindlichen Braut vermählt, müsst Ihr wissen. Hach, die beiden waren ja so verliebt. Wie viele Kinder haben sie nun schon in die Welt gesetzt?«

Nesta zog verwirrt die Augenbrauen zusammen. Wieso sprach er über solch belanglose Dinge, anstatt ihr zu drohen und sie zur Fluchthilfe zu zwingen? »Sie sind noch kinderlos«, antwortete sie, ohne Flambard aus den Augen zu lassen. Etwas stimmte nicht.

»Oh?« Er zuckte mit den Schultern. »Und der junge de Clare? Wie alt ist er jetzt? Achtzehn, neunzehn? In wessen Dienst steht er nun, da sein Herr Tyrell … entschwunden ist.«

Nesta unterdrückte den Schmerz, der bei der Erwähnung von Tyrell immer noch Besitz von ihr ergriff. Sein Name stand im Zusammenhang mit allem, was sie verloren hatte: Anskill, Ansfride und die fröhliche Zeit, die sie zusammen erlebt hatten. »Richard de Clare steht in königlichem Dienst, Sir.«

»Schön, schön. Gut für ihn. Dieser Junge wird es noch weit bringen. Ja, ja.« Er schob die üppig gefüllte Platte zu sich heran, rührte die Speisen aber nicht an. »Dann erzählt mir, was sonst noch da draußen vor sich geht.«

»Sir.« Nesta trat vorsichtig näher an den Gefangenen heran. »Wieso bin ich hier? Ich konnte beim König nichts erreichen, also wieso wolltet Ihr mich sehen?«

Flambard sah sie übertrieben überrascht an. »Na, um etwas Abwechslung in die Eintönigkeit meines Gefangenendaseins zu bekommen, natürlich. Das zumindest seid Ihr mir für meine Ratschläge und Informationen schuldig.«

Nesta biss sich auf die Unterlippe. Monatelang hatte Flambard sie wie ein böser Schatten begleitet, sie hatte ihren König, ihre Königin und die wenigen Freunde, die sie hatte, belogen. Sie hatte kaum noch andere Gedanken als Ansfrides Sicherheit, und als zu Weihnachten ein Brief ihrer Freundin angekommen war, hatte sie es noch nicht einmal gewagt, ihr für die warmen Zeilen zu danken und ihr zurückzuschreiben. Und nun saß sie hier vor diesem verwirrten alten Mann, der einfach nur plaudern wollte.

»Dies ist mein letzter Besuch«, stieß sie wütend aus. Ihr Herz schlug ihr bis zum Hals, und ihre Hände waren plötzlich schweißnass – sie hatte sich von Flambard zu einer Figur in seinen makabren Spielchen machen lassen. Sie war die Tochter eines Königs, und es war Zeit, dass sie sich wieder so verhielt. »Ihr werdet mich nie wieder sehen, Sir, und dieser Tag ist der letzte, an dem mir Euer Name über die Lippen kommt. Euer Schicksal tut mir aufrichtig leid, ich wünsche niemandem etwas Schlechtes. Noch nicht einmal Euch. Aber Eure Briefe werden unbeantwortet bleiben, Eure Drohungen ungehört. Sollte Ansfride etwas geschehen, wird Euch nichts mehr vor dem König retten. Ihr seid nicht dumm, Ihr wisst das genau, ansonsten hättet Ihr Ansfride längst etwas angetan.« Plötzlich hielt sie inne. Es war alles so klar! Sie schüttelte den Kopf über ihre eigene Torheit. »Wie konnte ich es nicht erkennen? Ihr könnt Ansfride gar nichts antun! All das waren leere Drohungen, um mich zu quälen und einen Keil zwischen mich und den König zu treiben! Ich werde Henry von Euren Intrigen erzählen. Er soll erfahren, wie Ihr der Mutter seiner Kinder gedroht habt!«

Flambard sah sie von seinem Tisch aus amüsiert an. Nicht das geringste Anzeichen von Unmut stand in seinem Gesicht. Schließlich zuckte er mit den Schultern und griff nach einem Apfel. »Also schön.« Er sah zu ihr auf und biss hinein. Der Saft rann über sein Kinn hinab. »Dann geht, Nesta«, sagte er kauend. »Möge der Herr Euch ein langes und friedliches Leben schenken. Ihr habt mir gut gedient. Lebt wohl.«

Nesta sah ihn voller Verachtung an. Sie hätte sich ohrfeigen können, dass sie vor diesem Scheusal Angst gehabt hatte. Gleichzeitig erinnerte sie sich an das letzte Mal, als Flambard ihre Freunde indirekt bedroht hatte.

»Geht«, wiederholte er und winkte sie mit dem Apfel in der Hand hinaus. »Ich brauche Euch nicht mehr. Nun geht schon.«

»Und Ansfride?«

»Die gute Ansfride of Seacourt ist sicher. Sie wusste nichts von Tyrells Tat und half ihm auch nicht bei der Flucht. Sie ist mir gleichgültig. Ihr habt mein Wort, dass ihr nichts geschieht.«

Einen Moment lang starrte sie ihn noch ungläubig an, dann drehte sie sich um und klopfte an die Tür. Irgendetwas stimmte hier nicht. Das alles ging zu leicht. Die Worte hatten sich befreiend angefühlt, aber gleichzeitig blieb ein ungutes Gefühl.

»Ach, Lady Nesta?«

Sie hielt inne. Ihr Instinkt hatte sie nicht getäuscht. Angespannt blickte sie über die Schulter zurück in Flambards lächelndes Gesicht. »Sir?«

Flambard wies auf das Weinfass neben dem Tisch. »Überbringt den Wachen doch bitte meine Einladung, diesen ausgezeichneten Wein mit mir zu teilen. Schließlich feiern wir heute das Fest der

Opferung Jesu im Tempel. Wenn ich schon die Lichterprozession versäume, so will ich wenigstens nicht allein trinken.«

Nesta nickte und schritt eilig hinaus, kaum dass der Riegel auf der anderen Seite zurückgeschoben wurde.

Sie fand Richard und Elizabeth in der Halle, die in Abwesenheit des Hofes ungewohnt fremd erschien. Niemals hätte sie gedacht, dass dieser vor Leben und Farbe sprühende Ort derart still sein konnte. Aber für nostalgische Gefühle über ihre glückliche Zeit mit Ansfride, Anskill und Tyrell hatte sie keine Zeit. Sie musste mit Henry sprechen und die ganze Geschichte mit Flambard klarstellen. Sie musste ihn warnen und Ansfride eine Nachricht zukommen lassen, um ihr zu erklären, weshalb sie sich in den letzten Monaten zurückgezogen hatte. Wie hatte sie nur so lange in solch alberner Angst erstarren können? Doch Flambard würde weiterhin seine Flucht planen, er würde andere erpressen, bedrohen und für seine Zwecke benutzen. Er musste aufgehalten werden.

Doch zu ihrem Entsetzen teilte man ihr in Westminster mit, dass der König gleich nach dem Kirchgang nach Winchester aufgebrochen war. »Nesta, was ist los? Du bist kreidebleich.«

Nesta fuhr herum und griff nach Richards Hand. »Du musst zum König reiten!«, stieß sie aus. »Bitte, Richard, Flambard führt etwas im Schilde. Er hat mich erpresst …«

»Jetzt beruhige dich erst mal.« Richard legte seine andere Hand um ihre verkrampften Finger. Er blickte über sie hinweg zu Elizabeth, die bereits zum Wohntrakt der Königin lief. »Sag mir, was los ist.«

Nesta schüttelte den Kopf. »Ich kann es nicht erklären. Sag dem König, dass Flambard mir gedroht hat, dass er drohte, Ansfride of Seacourt zu töten, und dass er zu fliehen versuchen wird. Mehr weiß ich nicht, es ist eher so ein Gefühl …«

Richard starrte sie einen Moment lang aus großen Augen an, aber dann nickte er. »Ich reite bei Tagesanbruch los.«

Dankbar schloss sie ihn in die Arme, doch die innere Unruhe wollte nicht weichen. Zitternd vor Anspannung kehrte sie zurück in die Gemächer der Königin, die sich südlich der großen Halle erstreckten, und kam ihren Aufgaben nach. Jeden Moment erwartete sie, einen Boten des Königs eintreten zu sehen, auch wenn sie wusste, dass dies Unsinn war. Winchester lag siebzig Meilen entfernt, und Richard war noch gar nicht losgeritten. Zwar hatte Flambard ihr versichert, dass Ansfride nichts geschehen würde, doch sie traute ihm nicht über den Weg. Irgendetwas plante er, obwohl sie nicht genau sagen konnte, was.

Am nächsten Morgen lauschte Nesta gemeinsam mit den anderen Damen einem Barden, den die Königin hatte zu sich rufen lassen. Nesta konnte der Poesie und den endlosen Liedern nur wenig abgewinnen, ihr fehlte die Geduld dazu, und heute kam ihr dieser Zeitvertreib wie Folter vor. Aber die Königin bekam bei den kaum verständlichen Versen leuchtende Augen. Sie hatte sich nicht zu Nestas Besuch geäußert und ignorierte sie weitestgehend. Nesta hegte die Hoffnung, dass diese Angelegenheit bald vergessen wurde. Doch dann schwangen plötzlich die Türen der Gemächer auf, und eine Handvoll Soldaten mit dem Wappen des Erzbischofs auf der Brust stürmten herein.

»Lady Nesta Tudor! Ihr seid verhaftet wegen der Mithilfe zur Flucht des Gefangenen Ranulf Flambard.«

Nestas Herz schien stehenzubleiben. Ihr ganzer Körper gefror. Sie hörte die entsetzten Aufschreie der Damen und Elizabeths Wimmern neben sich, doch sie war zu keiner Regung fähig. Zwei der Soldaten packten ihre Oberarme und zogen sie auf die Füße. Mit grobem Griff ihrer gepanzerten Hände hielten sie sie fest, und erst da wurde ihr der Ernst der Lage wirklich bewusst. Die Luft strömte zurück in ihre Lungen, und sie gab einen Laut des Protests von sich. Hilfesuchend blickte sie zur Königin, die reglos und mit einem leisen Kopfschütteln, das Enttäuschung ausdrückte, dasaß und Nesta ansah.

»Eure Hoheit!«, rief Nesta. »Ich habe nichts getan!«

Doch niemand reagierte. Die Männer zerrten sie aus dem Gemach, und obwohl Nesta sich nicht wehrte, lockerten sie ihren Griff nicht. Nesta verlor den Überblick, alles um sie herum drehte sich, sie atmete schnell und bekam doch keine Luft. Die Männer führten sie durch die düsteren Gänge des Wohnkomplexes hinaus in den Hof und weiter durch feinen Nieselregen zu den Bauten der Westminster Abbey hinüber, deren Türme sich vor einem bedrohlich schwarzen Horizont abzeichneten. Dunkle Punkte tanzten vor ihren Augen, als man sie plötzlich in einen fensterlosen Raum brachte, der lediglich durch eine einzige Lampe beleuchtet wurde. Es war nicht mehr als eine kleine Kammer, in der sie sich jetzt befand. In der Mitte stand ein Tisch, und dort saß der Erzbischof von Canterbury.

»Ah, Lady Nesta.« Sein Ton war frostig, und seine dunklen Augen in dem faltigen Gesicht wirkten noch viel kälter. »Da seid Ihr ja. Nehmt Platz.«

Sie wurde Anselm gegenüber auf einen Hocker niedergedrückt und von zwei Soldaten flankiert. »Exzellenz«, begann sie, doch der Erzbischof winkte mit seiner knochigen Hand ab, an der ein Bischofsring funkelte.

»Ehe Ihr das Wort an mich richtet, besinnt Euch auf Gottes Gebote, Kind. Ihr sprecht hier mit einem vom Heiligen Vater berufenen Bischof, und jedes Wort kommt einem Eid gleich. Und jetzt …« Er nahm ein Schriftstück zur Hand und betrachtete es mit einem tiefen Seufzen. »Sagt mir, Lady Nesta, habt Ihr Ranulf Flambard zur Flucht verholfen?«

Nesta riss die Augen auf. Sie hatte es gestern befürchtet, vielleicht sogar geahnt. Ranulf Flambard war also tatsächlich entkommen. Dieser listige Teufel! Deshalb also hatte er ihr nicht mehr gedroht, deshalb hatte er sie gehen lassen!

»Lady Nesta. Habt Ihr …«

»Nein!« In ihren Ohren begann es zu rauschen, und sie hörte

das Pochen ihres eigenen Herzschlags. »Ich schwöre es, niemals hätte ich …«

»Ah, ah, ah. Ich scheine mich verhört zu haben.«

»Aber …«

»*Habt Ihr* Ranulf Flambard zur Flucht verholfen?«

»Nein!«, versuchte sie mit fester Stimme zu betonen, doch ihre Kehle wurde immer enger. Wieso wurde sie befragt? Sie hatte Flambard erklärt, dass sie ihn nicht mehr sehen wollte. Und selbst wenn sie gewollt hätte, sie hätte den Mann wohl kaum unauffällig aus seinem Gefängnis heraustragen können.

Der Geruch von alten Kleidern stieg ihr in die Nase und machte ihr das Atmen schwer. Der Erzbischof strich sich mit der Hand über das sorgfältig nach hinten gekämmte graue Haar, das seine lange Nase und das vorstehende Kinn betonte. »Also gut.« Er winkte in eine der dunklen Ecken, von wo sich ein Junge aus den Schatten löste. Nesta hätte schwören können, dass dort vorhin noch niemand gewesen war. Ein Schauer durchlief ihren Körper. »Das hier wird wohl noch länger dauern«, sagte er dem Jungen, der sich daraufhin verneigte und den Raum verließ.

Nesta blickte zu den beiden Wachen hoch, die regungslos dastanden und sie keines Blickes würdigten. Als sie wieder zum Erzbischof sah, wurde sie vom stechenden Blick seiner hervorquellenden Augen getroffen.

»Mylady Nesta, ich frage Euch noch einmal und bitte Euch dieses Mal noch freundlich, Euch die Antwort gut zu überlegen. Habt Ihr Ranulf Flambard zur Flucht verholfen?«

Nesta starrte ihn fassungslos an. Sie begriff, dass der Erzbischof sich seiner Sache sicher war, dass ihn ihre Unschuldsbeteuerungen gar nicht interessierten. Sie merkte, wie ihr Tränen der Hilflosigkeit in die Augen stiegen, und blinzelte wütend dagegen an.

Anselm nickte langsam. »Wir wissen, dass Ihr Ranulf Flambard ein Weinfass zugeschmuggelt habt, in dem ein Seil versteckt war.«

Sie schüttelte den Kopf. »Exzellenz, wovon sprecht Ihr?«

»Habt Ihr ein Seil, versteckt in einem Weinfass, zu Ranulf Flambard geschmuggelt?«

»Nein!«

»Habt Ihr Ranulf Flambard ein Weinfass gebracht?«

Entsetzen griff mit kalten Fingern nach ihr. Der gestrige Tag erschien vor ihrem inneren Auge. »I… ich …«

»Habt Ihr Ranulf Flambard ein Weinfass gebracht?«

Nesta schüttelte verzweifelt den Kopf, um Klarheit in ihre Gedanken zu bringen. »Ich habe ihn besucht, ja. Und man brachte ihm … ein paar Mägde brachten ihm ein Weinfass zur Feier von Mariä Lichtmess.«

Der Erzbischof lächelte. »Zur Feier von Mariä Lichtmess. Soso.«

Nesta schloss die Augen. Er glaubte ihr nicht. Aus irgendeinem Grund wurde sie der Mittäterschaft an Ranulf Flambards Flucht bezichtigt, und niemand war hier, der ihr helfen konnte.

»Erkennt Ihr diesen Brief?«

Nesta sah auf und war nicht überrascht, Flambards Schreiben an sie vor sich zu sehen.

»Darin steht, dass Ihr und der Gefangene Eure Zusammenarbeit bei einem Besuch fortsetzen werdet.« Der Erzbischof schüttelte den Kopf. »Mehrere Zeugen berichten, dass Ihr Ranulf Flambard gestern nicht zum ersten Mal besucht habt. Zudem blieb eine Nachricht in Flambards Zelle zurück: Bitte richtet Lady Nesta meinen verbindlichsten Dank aus.«

»Ihr versteht nicht!« Ihre Hände klammerten sich an der Tischplatte fest. »Das ist eine seiner Intrigen! Ich habe ihm meine Hilfe verwehrt, und er wollte mir noch ein letztes Mal seine Macht demonstrieren! Außerdem hat er so von den wahren Tätern abgelenkt. Ich bin nicht freiwillig zu ihm gegangen. Er hat mir gedroht«, fuhr sie verzweifelt fort. »Ich musste ihn besuchen. Er wollte Ansfride …«

»Ihr habt Euren König verraten.«

»Nein!« Nesta rang um Atem. »Ich hatte keine andere Wahl! Ich war lediglich einen kurzen Moment bei ihm. Ich … der König wird es verstehen! Lasst mich mit ihm sprechen, er …«

»Natürlich.« Voller Verachtung sah der Erzbischof sie an. »Mit welchen Mitteln will eine wie Ihr den König wohl überzeugen? Allein mit diesen Worten habt Ihr Seine Hoheit schon beleidigt, da Ihr annehmt, er würde Gefühle für sein Mündel über die Wahrheit stellen. Ihr glaubt, mit Eurem hübschen Gesicht, Euren Hexenaugen, seid Ihr unantastbar, könnt Ihr jeden Mann verführen, aber ich muss Euch enttäuschen. Der König achtet das Recht und wird Euch aufs Härteste bestrafen. Wünscht Euch lieber nicht, vor den König zu treten, schließlich ist *er* es, den Ihr aufs Schlimmste getäuscht habt.«

Nesta presste die Zähne zusammen, und eine Träne rann ihre Wange hinab. »Das ist nicht wahr. Wie könnt Ihr es wagen, Ihr …«

»So bestreitet Ihr Eure Schuld?«

»Das tue ich!« Sie richtete sich auf dem Hocker auf.

Ein falsches Lächeln überzog das Gesicht des Erzbischofs. Er nahm die Feder zur Hand, und einige Momente lang war nur das Kratzen auf Pergament zu hören, ehe er seine Befragung fortführte. Immer wieder setzte sie zu Erklärungen an, aber egal, was sie sagte, der Erzbischof drehte ihr jedes Wort im Mund um, beleidigte sie in einem fort. Er stellte ihr immer wieder dieselben Fragen, er wollte wissen, ob sie für Ranulf Flambard ein Boot bereitgestellt hatte, und Nesta erinnerte sich daran, dass der Constable sie zu einem anderen Kahn geführt hatte, da der, mit dem sie gekommen war, schon anderweitig eingesetzt worden war. Der Constable würde seinen Hals nicht riskieren, hatte Flambard gesagt, aber vielleicht hatte er es doch getan, mit Flambards Versprechen, die Schuld Nesta zuzuschieben.

Die Stunden zogen vorüber, und Nesta resignierte langsam.

Sie fühlte sich wieder wie die hilflose Gefangene, die Fremde auf Shrewsbury, denn dem Bischof war deutlich anzusehen, wie sehr er sie verabscheute. Zweimal ging er hinaus und ließ sie mit den Wachen allein. Sie wusste nicht, wie lange er wegblieb. Da der Raum kein Fenster hatte, verlor sie jedes Zeitgefühl. Die Wachen lösten sich auch einmal ab, während es Nesta nicht erlaubt war, sich zu erheben, den Abtritt zu besuchen oder Nahrung zu sich zu nehmen. Es kam ihr vor, als wäre sie schon Wochen hier drin. Ihre Augen fielen immer wieder zu, ihre Glieder schmerzten. Es fiel ihr immer schwerer, die Tränen zurückzuhalten. Sie hielt die Fibel ihrer Mutter so fest umklammert, dass sie schon blutige Spuren auf ihrer Hand zurückließ. Sie würde aber vor diesem widerlichen Freinc nicht zusammenbrechen! So gut es ging, ignorierte sie den Hunger und vor allem den Durst. Der Erzbischof wiederholte immer die gleichen Fragen. Ihr Magen hatte das Knurren längst aufgegeben, und ihre Kehle war so ausgetrocknet, dass sie kaum noch sprechen konnte. Schließlich verfiel sie einfach in Schweigen.

»Habt Ihr Ranulf Flambard am Tag seiner Flucht besucht?« Die Stimme des Erzbischofs war schneidend.

»Habt Ihr Ranulf Flambard ein Weinfass gebracht?«

»Habt Ihr Euer Boot zurückgelassen und seid mit einem anderen heimgefahren?«

»Habt Ihr Ranulf Flambard zur Flucht verholfen?«

Der Erzbischof schob ihr schließlich ein Dokument über den Tisch entgegen, das vor ihren Augen verschwamm. »Dies ist Euer Geständnis. Unterschreibt, und es wird vorbei sein.«

»Nein. Ich habe nichts getan. Bitte, das ist ein furchtbares Missverständnis.« Sie konnte das Flehen in ihrer Stimme nicht mehr unterdrücken.

»Unterschreibt, Lady Nesta.«

»Aber ich …« Ihre Stimme versagte, sie brachte kaum mehr als ein Wimmern zustande.

»Unterschreibt endlich, und Ihr könnt gehen.«

Nesta sah dem Mann ins spitznasige Antlitz. Obwohl sie kaum noch einen klaren Gedanken fassen konnte, obwohl sie langsam das Gefühl hatte, verrückt zu werden, war sie sich sehr wohl bewusst, dass man sie nach einem Geständnis nicht einfach gehen lassen würde. Vielleicht würde man sie aber auch nur vom Hof verbannen, und sie ertappte sich bei dem Gedanken, dass das gar nicht so schlimm wäre, besser jedenfalls, als diese Befragung. Einzig ihr Unwille, eine Tat zuzugeben, die sie nicht begangen hatte, hielt sie noch zurück. Doch sie hatte langsam keine Kraft mehr.

»Unterschreibt, Lady Nesta.«

Nesta nahm die Feder mit zitternder Hand entgegen und blickte auf das Schriftstück. Die Worte waren in lateinischer Sprache geschrieben und so formuliert, dass sie sie kaum verstand. Ihre Lateinkenntnisse waren ausreichend für gewöhnliche Briefe, mehr nicht. Aber sie müsste ja nur unterschreiben. In gewisser Weise hatte sie sich schuldig gemacht. Sie hatte Henry angelogen, sie hatte sich von den giftigen Reden Flambards beeinflussen lassen. Langsam senkte sie die Feder und setzte sie an. Im nächsten Moment wurde die Tür mit solcher Kraft aufgestoßen, dass sie mit einem ohrenbetäubenden Knall an die Wand schlug und wieder zurückprallte.

»Was geht hier vor?!«

Die Feder entglitt ihren Fingern. Sie fuhr herum und wäre bei Henrys Anblick beinahe von ihrem Stuhl gesunken. Ihre angespannten, schmerzenden Muskeln machten es ihr fast unmöglich, aufrecht sitzen zu bleiben. Ein Schluchzen entfuhr ihr, und sie biss sich in die Wange.

»Eure Hoheit.« Der Erzbischof erhob sich, sprang geradezu auf. In seiner Stimme klang Unmut, aber auch eine Spur von Angst mit.

»Was hat das zu bedeuten, Exzellenz? Wieso reitet dieser

Knappe hier fast sein Pferd zu Tode, um mich von Winchester zurückzuholen?«

Nesta blickte an Henry vorbei und entdeckte Richard de Clare, der verschwitzt und voller Straßenschmutz in der Tür lehnte und in den Raum zu spähen versuchte.

»Eure Hoheit«, begann der Erzbischof, aber Henry ließ ihn erst gar nicht zu Wort kommen.

»Da bin ich nur für kurze Zeit fort, und schon erreicht mich die Nachricht, dass Ranulf Flambard entkam und Lady Nesta verhaftet wurde!« Er winkte Richard zu sich. »Hol Lady Elizabeth. Sie soll sofort herkommen.«

»Eure Hoheit. Lady Nesta hat gestanden …«

»Gestanden?!« Henry trat an den Tisch, der als Barriere zwischen ihm und dem Erzbischof stand. Nesta schaffte es gerade noch, den Kopf zu schütteln. Sie hatte nicht unterschrieben. »Lady Nesta hat Euch gar nichts zu gestehen! Ich bin der König! Dies ist nicht Eure Angelegenheit!«

»Bei allem Respekt, Hoheit, aber …«

»Ihr habt Euch an einer Lady vergangen!« Seine Stimme wurde von den steinernen Wänden zurückgeschleudert. Nesta hatte ihn noch nie so brüllen gehört und zuckte kaum merklich zusammen. »Sie ist die Tochter von Rhys Tudor, sie ist von königlichem Blut und mein Mündel! Wie könnt Ihr es wagen, sie ohne meine Erlaubnis derart zu behandeln?«

»Niemand hat sie angefasst. Sie …«

Henry lief so schnell um den Tisch herum, dass der Erzbischof vor Schreck zurücktaumelte und gegen den gepolsterten Stuhl stieß. Nesta riss die Augen auf, als der König den Kirchenmann an seiner Robe packte. »Niemand hat sie angefasst?!«, schrie er in Anselms Gesicht. »Ihr habt sie gefoltert! Mit Nahrungs- und Schlafentzug! Dachtet Ihr, dies vor mir verbergen zu können? Ihr haltet sie hier wie einen gemeinen Schächer fest!« Er stieß den Erzbischof von sich, der zurück gegen die Wand taumelte.

Mit vor Entsetzen entstelltem Antlitz starrte er den König an, als hätte dieser vor, ihn auf der Stelle hinzurichten. Doch Henry wandte sich nur abrupt ab und blieb bei Nesta stehen.

»Kommt, Mylady.« Er half ihr auf die Beine, denn Nesta hatte keine Kraft mehr. Sie war zu lange regungslos verharrt und sank sofort gegen Henrys Brust. »Verzeiht«, murmelte sie, doch sie hörte nur ein tiefes Knurren aus seiner Kehle in Anselms Richtung.

Er legte seinen Arm um ihre Taille, hob sie hoch und trug sie hinaus in den von diffusem Lampenschein erhellten Gang.

»Eure Hoheit«, krächzte sie aus ihrer ausgedörrten Kehle. »Wie lange … wie lange war ich …«

»Einen Tag lang und eine halbe Nacht.« Seine Stimme war tonlos und fremd.

Nesta nickte und schloss erschöpft die Augen. »Und Ansfride? Hat Richard dir …«

»Ansfride wird nichts geschehen.«

»Ich muss dir erklären. Flambard … er …«

»Wir sprechen morgen darüber. Wenn Ihr wieder bei Kräften seid.«

Auf dem Hof kam ihnen schon Elizabeth mit Richard entgegengelaufen. Die Dame trug lediglich einen Umhang über ihrem Nachthemd, ihre goldenen Locken hingen unter der Schlafhaube in ihre vor Müdigkeit geschwollenen Augen. Mühsam versuchte sie, mit einer Hand ihre Kerze vor dem Regen zu schützen. Als sie Nesta sah, schlug sie die andere vor den Mund.

»Oh, Heilige Maria!«

»Sie soll sich stärken und schlafen«, sagte Henry immer noch genauso gefühllos. »Morgen früh soll sie zu mir gebracht werden.«

Er setzte sie behutsam ab, und Richard machte schnell einen Schritt vor, um sie zu stützen. Ohne ein weiteres Wort ging Henry in Richtung Halle davon. Nesta fuhr herum. »Eure Hoheit!«

Henry blieb stehen und blickte über die Schulter zurück. In der Schwärze der Nacht konnte sie einzig seine Silhouette erkennen. Sie hatte das Gefühl, sich keinen Moment länger auf den Beinen halten zu können. »Ich war es nicht. Ich hab ihn nicht befreit.«

Die Zeit schien stillzustehen. Nesta starrte in die Dunkelheit und hatte das Gefühl, dass Henry sie endlich ansah. Im nächsten Moment erklangen seine Schritte, die sich eilig entfernten.

Nestas Beine fühlten sich immer noch schwer an, als sie am nächsten Morgen zu Henrys Gemächern geführt wurde. Die Schrecken des letzten Tages saßen tief in ihren Knochen. Richard hatte am Vortag gerade aufbrechen wollen, als er von Nestas Verhaftung gehört hatte. Ihm war bewusst gewesen, dass er als Knappe nichts ausrichten konnte, aber er hatte auch gewusst, dass Henry diesem Verhör nie zugestimmt hätte. So hatte er zwei Gründe gehabt, wie der Wind gen Süden zu reiten. Er hatte ihr das Leben gerettet, dessen war Nesta sicher, denn der Erzbischof hatte dafür gesorgt, dass die Nachricht von Flambards Flucht den Palast verspätet verließ. Und Nesta wusste, dass sie ihm nicht viel länger hätte standhalten können und sie ohne Richard eine geständige Verräterin wäre. Elizabeth hatte die ganze Nacht geweint. Auch sie war befragt worden, hatte aber bald wieder gehen dürfen. Nachdem sie Nesta dazu gebracht hatte, eine Suppe zu essen, und ihr dann im Vorraum der Gemächer der Königin bei den anderen Hofdamen auf ihr Schlaflager geholfen hatte, war Nesta sofort eingeschlafen. Die Königin hatte sich bei der Morgentoilette verhalten, als wäre nichts geschehen. Dann war ein Bursche gekommen, um Nesta zu holen, und jetzt stand sie vor den Gemächern des Königs und wartete.

Sie wurde bald eingelassen und fand sich in einem von Bogenfenstern beleuchteten Empfangsraum wieder, in dem sich auch ein paar Höflinge aufhielten. Sie versammelten sich um den Tisch, an dem der König über ein Schriftstück gebeugt saß. Als Nesta angekündigt wurde, schickte Henry die Männer mit einer fahrigen Geste hinaus, ohne von der Arbeit aufzublicken. Die Türen schlossen sich, und Nesta wurde sich plötzlich darüber im Klaren, dass sie ganz allein beim König war. Er war ihretwegen zurückgekommen, hatte aber auch den Eindruck gemacht, als wäre er wütend auf sie.

»Eure Hoheit«, brachte sie mit leiser Stimme hervor und sank in einen Knicks.

Henry winkte ihr, ohne aufzublicken. »Erhebt Euch«, sagte er und schrieb weiter an seinem Dokument. »Ihr seid wohlauf?«

Nesta schluckte. »Ja, Eure Hoheit.«

»Gut.« Er legte die Feder zur Seite und lehnte sich in seinem gepolsterten Stuhl mit der hohen Rückenlehne zurück. Von dort ließ er seinen Blick mit ausdrucksloser Miene über sie wandern, sodass es unmöglich war festzustellen, was er dachte. »Ranulf Flambard entkam vorletzte Nacht«, unterbrach er dann plötzlich das Schweigen. »Die Wachen waren allesamt betrunken.« Er schüttelte bitter den Kopf und erhob sich. »Er teilte den von Euch gebrachten Wein großzügig, und als die Wachen ihren Rausch ausschliefen, ließ er sich schließlich mit dem Seil durchs Fenster hinab, wo ein Kahn auf ihn wartete.«

Nesta hatte das Gefühl, eine Schlinge würde sich um ihren Hals festziehen. Nur ein abgemagerter, kleiner Mensch wie Flambard konnte durch das Fenster gepasst haben. »Es tut mir leid. Ich hätte es ahnen sollen … aber ich schwöre, ich habe ihm den Wein nicht gebracht.«

»Was tut Euch dann leid?« Er ließ sich auf der Tischkante nieder, und seine goldgesprenkelten Augen funkelten sie wütend an.

»Es tut mir leid, dass ich Euch nicht von Anfang an die Wahrheit gesagt habe. Flambard drohte Ansfride, er sagte, wenn ich ihm nicht helfe, wenn ich Euch nicht um Gnade für ihn bäte, dann ... dann bringt er sie mit dem Tod Eures verstorbenen Bruders in Verbindung.«

Henrys Ausdruck gefror, seine Lippen pressten sich aneinander. »Ansfride hatte nichts damit zu tun«, sagte er schließlich leise. »Ich hatte Euch befohlen, zu mir zu kommen, sollte Flambard ...«

»Aber das wollte ich doch!« Es kümmerte sie nicht, dass Henry sofort die Augenbrauen zusammenzog, als sie ihn unterbrach. »Ich hatte Angst! Vor Flambards Spionen, davor, dass Ansfride etwas geschehen könnte! Ich fürchtete, wenn ich mich Euch anvertraute, würde er davon erfahren. Flambard sagte, Ihr könntet bei einer Anschuldigung gegen Ansfride nichts unternehmen, genauso wenig wie bei Anskill. Er sagte ...«

»Er sagte offensichtlich viele Dinge, und Ihr habt ihm mehr geglaubt als mir, als ich Euch sagte, dass ich Euch beschützen würde.« Keine Sanftheit lag in seiner Stimme, nur Kälte. »Ihr hättet zu mir kommen sollen, von Anfang an. Ihr hättet mich nicht belügen dürfen.«

Nesta senkte den Blick. »Ich weiß. Das war ein Fehler. Ich habe ihm geglaubt. Gestern im Tower wurde mir mein Irrtum bewusst. Ich wollte Euch danach sofort die Wahrheit sagen, aber Ihr wart nicht da, und Richard ...«

»Dann sagt es mir jetzt. Von Beginn an. Was habt Ihr wann mit Flambard besprochen?«

Nesta sprach. Sie begann bei ihrer ersten Unterredung mit dem Bischof außerhalb der Kirche, als er sie auf Anskill und Tyrell aufmerksam gemacht hatte. Sie erzählte von den Besuchen, ihren Lügen, ihrer Sorge um Ansfride. Sie gestand, dass sie einen Fluchtversuch gefürchtet hatte, dass Flambard Andeutungen gemacht hatte, beteuerte aber auch, dass sie niemals daran beteiligt gewesen war. Als sie endete, sah Henry ihr immer noch prüfend ins Gesicht.

»Wisst Ihr«, sagte er plötzlich mit leiser Stimme, die sie zusammenzucken ließ, »ich könnte Euch den Hals umdrehen. Jetzt in diesem Moment kann ich meine Hände kaum davon abhalten, Hand an Euch zu legen.«

Nesta starrte ihn aus großen Augen an.

»Wisst Ihr denn, was Ihr da getan habt?« Seine Worte waren nun kaum noch mehr als ein Flüstern. »Euer fehlgeleitetes Urteilsvermögen hat einem Feind des Reiches zur Flucht verholfen. Ihr habt Euch selbst in allergrößte Gefahr gebracht. Der Erzbischof hätte ein Geständnis aus Euch herausgepresst, und dann hätte nicht einmal mehr ich Euch schützen können.«

»Aber …«

Er stand abrupt auf. »Wollt Ihr mir darin widersprechen?!«

Sie hob ihren Kopf an, obwohl sie keine bewusste Entscheidung dazu getroffen hatte. Irgendetwas geschah mit ihrem Körper. Die Angst der letzten grauenvollen Stunden in der kleinen Kammer des Erzbischofs, das tiefe Gefühl, ungerecht behandelt zu werden, mischten sich zu einer hitzigen Wut, die aus ihr herausbrechen musste. Es war, als hätte sich ein lange schwelender Funke zu einem Waldbrand entzündet. »Ja«, presste sie hervor, woraufhin Henrys Augenbrauen hochflogen. »Ja, beim heiligen David, ich will *Euch* widersprechen.« Ihre Hände zitterten so stark, dass sie sie ineinander verschränkte, aber die Worte sprudelten weiterhin aus ihr heraus. Sie hatte Henry längst verloren, nichts, das sie sagte, konnte diesen Umstand noch verschlimmern. »Jeder Mann hätte dem Bischof das Seil hineinschmuggeln und einen Kahn bereitstellen können. Mein Besuch war dazu nicht notwendig. Aus reiner Bosheit wurde ich in diese neuerliche, lächerliche, höfische Intrige hineingezogen. Ich wurde benutzt, und dass ich dies zuließ, tut mir aufrichtig leid. Das ist aber kein Grund, mich anzuschreien oder mir gar den Hals umzudrehen. Denn nicht ich habe den Wein getrunken und meine Wache verschlafen, genauso wenig habe ich ein Seil in das Fass gelegt oder ein Boot bereitgestellt. Ich folgte meinem Gewissen, hatte Angst um einen weiteren geliebten Menschen. Denn dass diese einem hier nur allzu leicht genommen werden können, habe ich unter Eurem Bruder gelernt.« Sie atmete schwer und schnell und konnte nicht glauben, was sie da sagte. »Zudem hast du gesagt, ich solle dich Henry nennen und frei sprechen …« Sie schluckte. »Eure Hoheit.«

Henry sah sie aus großen Augen und mit geöffnetem Mund an, doch Nesta wollte ohnehin auf keine Antwort warten. Mit wirbelnden Röcken drehte sie sich um und stürmte zur Tür. Sie hatte gerade den Knauf berührt, als Henrys Handfläche neben ihrem Kopf gegen das Holz schlug.

Nesta zuckte zusammen und blickte hoch. Henrys hochgewachsene Gestalt ragte dicht neben ihr auf. Einzelne Strähnen hingen in sein schmales Gesicht, denn sie wurden heute nicht vom Stirnreif gehalten. Seine Augen schienen ein Feuer in sich zu tragen, das Nesta in sich selbst brennen spürte.

»Allmächtiger!«, stieß er aus und starrte sie an, als wäre sie eine Erscheinung. Sein Atem strich über ihr Haar, als er sich zu ihr hinablehnte. »Was fällt dir ein?« Widersprüchliche Gefühle spiegelten sich in seinem Gesicht.

Nesta erwiderte einen Moment zornig funkelnd seinen Blick, riss dann die Tür auf und schloss sie ohne einen Abschiedsgruß hinter sich. Sie blickte in die Gesichter der wartenden Bediensteten und konnte sich nicht bewegen. Fassungslos stand sie da und fragte sich, was gerade geschehen war.

Nesta lief zurück in die Gemächer der Königin und kramte fieberhaft in ihrer Truhe, um die Fibel ihrer Mutter herauszuholen. Nach all den Wirrungen der letzten Monate war ihr Kopf plötzlich ganz klar. Der gestrige Tag und die Nacht der Entbehrungen, verbunden mit der Verzweiflung, hatten etwas in ihr geweckt, das sie erst jetzt, da sie den roten Drachen in Händen hielt, wirklich verstand. Bisher hatte sie sich Henry gegenüber stets unterlegen gefühlt. Die Liebe zu ihm hatte sie geblendet und keines klaren Gedankens fähig gemacht. Doch jetzt war er verheiratet. Ihre Liebe war vergeudet, und sie musste ihr Leben leben. Nicht aber als Normannin. Gütiger Gott, sie hatte sich in eine stille, vereinsamte Hofdame verwandelt. Wo war ihr walisisches Blut geblieben? Ihre Würde! Sie war fast sechzehn Jahre alt und kein Kind mehr. Sie war eine Prinzessin, und es wurde Zeit, dass sie sich die Worte ihrer Mutter wieder ins Gedächtnis rief. Die Normannen mochten ihr Land erobert haben und über sie verfügen, aber sie würde sich nie wieder selbst verleugnen.

»Lady Nesta, kommt her.«

Die Stimme der Königin riss sie unwillkürlich aus ihren Gedanken. Sie steckte die Fibel an ihren Bliaut und erhob sich.

»Prior Turgot«, wandte die Königin sich an den angelsächsischen Mönch an ihrer Seite. »Wir sprechen morgen weiter. Ich danke Euch.« Der Mönch packte seine Schreibutensilien zusammen und verschwand mit gefühlten hundert Verbeugungen zwischen den schweren Vorhängen zum Vorraum. »Er schreibt eine Biografie über meine Mutter«, wandte sich die Königin erklärend an Nesta. »Habt Ihr schon einmal von Margarethe aus Schottland gehört?«

Nesta schüttelte den Kopf. »Nein, Eure Hoheit, ich bedaure zu sagen, dass mir dieser Name unbekannt ist.«

Die Königin zuckte mit den Schultern. »Nun, ich nehme an, Eure Ausbildung unter diesen … Walisern war wohl nicht so umfangreich, wie es sich für eine Prinzessin gebührt.«

»Ich würde eher sagen, sie wurde vorzeitig abgebrochen. Zumindest hat man mir beigebracht, den Stolz meiner Herkunft zu tragen.«

»Stolz?« Die Königin stieß einen Laut der Verachtung aus und erhob sich. Gemächlichen Schrittes ging sie auf ein brusthohes Pult zu, auf dem eine aufgeschlagene Bibel lag. »Kommt her,

Lady Nesta. Von nun an werdet Ihr jeden Tag darin lesen. Ihr werdet schon bald lernen, dass Stolz eine Todsünde ist, genauso wie Neid und Wollust.«

»Hoheit?«

Die Königin sah ihr nicht in die Augen und blätterte in dem wertvollen Buch. »Ihr werdet mir jeden Morgen die sieben Todsünden aufzählen, Lady Nesta, und vor uns allen eine Geschichte aus der Bibel wiedergeben. Eure Mutter mag versäumt haben, Euch im christlichen Glauben zu erziehen, aber ich werde diesen Fehler nicht wiederholen. Ihr lebt in meinem Haushalt, Lady Nesta, und werdet Euer heidnisches Gebaren schon bald ablegen.«

Nesta senkte den Blick, damit die Königin ihr ihren Zorn nicht vom Gesicht ablas. Ihre Mutter hatte nicht versäumt, sie im christlichen Glauben zu erziehen. Mit Wehmut dachte sie an den gütigen Pater Urban, der ihr weniger die Todsünden nahegebracht, sondern öfter von Liebe und den Wundern des Glaubens gesprochen hatte. Sie starrte auf die Bibel. Bis auf wenige Gebete, die sie noch als Kind gelernt hatte, wusste sie nichts darüber. »Ich spreche kaum Latein. Ich fürchte, ich kann das nicht lesen.«

Die Augenbrauen der Königin hoben sich, und ihre Lippen wurden schmal. Dann schüttelte sie sich, als wolle sie Schmutz von sich loswerden. »Es wird sich ein Lehrmeister für Euch finden lassen. Oder … Nein …« Ihre Mundwinkel verzogen sich zu einem Lächeln. »Der Hof ist wohl nicht der richtige Ort, um Eure versäumte Ausbildung nachzuholen. Ihr werdet nach Romsey Abbey gehen. Meine Tante, die Äbtissin Cristina, wird Euch lehren.«

Nesta blickte sie bestürzt an. »In ein Kloster, Eure Hoheit? Aber ich bin doch viel zu alt für solch eine Ausbildung. Ich bin heiratsfähig, und der König …«

»Der König!« Sie fuhr zu Nesta herum, und ihre Wangen färbten sich rot. »Der König ist Euer Vormund. Ich bin seine Gemahlin und somit ebenfalls für Euch verantwortlich. Ich werde Euch die Mutter sein, wo der König versäumt, Euer Vater zu sein. Und jetzt geht.« Sie wies mit einer harschen Geste zur Tür. »Der Erzbischof wartet, um Euch die Beichte abzunehmen.«

Nesta starrte die Königin an und wusste nicht, ob sie lachen oder schreien sollte. Sie wusste aber, dass es ratsam war zu schweigen, und so machte sie nur einen Knicks und verließ unter den neugierigen Blicken der anderen Damen das Gemach.

Du schaffst dir Feinde, Nesta.« Richard wies nach vorn, wo die Königin in Begleitung anderer Damen durch die Gärten unweit der Abtei spazierte. Sie genossen die ersten Anzeichen des Frühlings und den blassen Sonnenschein, der sich zwischen den einzelnen Wolken hindurchkämpfte. Ein paar Herren hatten sich ihnen angeschlossen, und so hatte Richard die Gelegenheit ergriffen, um mit Nesta zu sprechen.

»Ich habe nichts getan«, erwiderte sie leise und ignorierte die neugierigen Blicke mancher Damen, die immer wieder zu ihnen sahen. Nesta und Richard hatten sich etwas zurückfallen lassen, was bestimmt als unsittlich galt und der Königin wohl bald einen neuen Grund geben würde, sie zurechtzuweisen.

Richard schnaubte. »Sieh sie dir an. Sie reden schon darüber, dass du und ich …« Er schüttelte den Kopf. »Natürlich tue ich alles, um diese Gerüchte zu widerlegen, aber da schon Gerüchte über dich und den König kursieren …«

»Das ist doch Unsinn!«

»Unsinn, der auch der Königin zu Ohren kam. Zudem verhält sich der König, als wäre es wahr.«

Nesta blickte auf. »Was willst du damit sagen?«

»Gestern Abend«, Richard beugte sich ein wenig zu ihr herunter. »Kurz nach seiner Ankunft führte der König einen Streit mit seiner Gemahlin. Das war nicht zu überhören. Wir Knappen bekamen vom Vorraum aus alles mit.«

Ihr Magen zog sich zusammen. »Worüber haben sie sich gestritten?«

»Der König weigerte sich, dich in ein Kloster zu schicken. Dann meinte die Königin, dass du eine walisische Heidin ohne Erziehung oder Gottesfurcht wärst und eine fundierte Ausbildung erhalten müsstest. Sie mache sich Sorgen um dich, denn in deinem jetzigen Zustand wärst du eine Zumutung für jeden Gemahl. Der König erwiderte daraufhin, dass du sein Mündel wärst und lange genug wie eine Gefangene behandelt wurdest und sie sich mit Verlaub um die Bildung ihrer anderen weitaus hirnloseren Damen kümmern solle. Diese Worte haben sich natürlich wie ein Lauffeuer verbreitet ... Wenn du mich fragst, hat er gar nicht so unrecht.«

»Gütiger Himmel.« Nesta entwich der Atem. »Wieso macht er das? Damit bringt er mich nur in noch größere Schwierigkeiten.« Sie wies nach vorne zu den kichernden Hofdamen. »Sie alle sehen mich an, als wäre ich eine Hure, dabei sind sie es doch, die sich zu jedem dahergelaufenen Knappen legen.« Sie warf Richard einen Blick zu. »Entschuldige. Ich meinte damit nicht ...«

»Schon in Ordnung. Ich weiß, dass du tugendhaft bist, Nesta, aber du scherst dich zu wenig um die Etikette ...« Er seufzte tief. »Die anderen verstehen es, ihre Taten zu verbergen, und das ist alles, was zählt. Niemanden interessiert, was wir treiben, solange man uns nicht öffentlich erwischt.« Er zwinkerte ihr zu. »Du aber gibst dich ungeniert, sagst zu oft, was du denkst, anstatt was gehört werden will, und hast die Zuneigung des Königs. Das allein schafft dir schon viele Neider. Und dass der König stets für dich einsteht, macht es auch nicht besser.«

»Ich muss mit ihm sprechen.«

»Damit wirst du warten müssen. Er ist schon wieder abgereist.« Seine Stimme wurde zu einem Flüstern, das über den Gesang der Vögel kaum noch zu hören war. »Es geht um Ranulf Flambard.«

»Hat man ihn gefunden?«

»Er ist in die Normandie geflohen.«

Nesta zuckte mit den Schultern. »Das ist wenigstens relativ weit weg.«

»Er ist in die Normandie geflohen – zu Robert Curthose.«

»Großer Gott, zum Bruder des Königs? Was hat er vor?«

»Genau das, was du wahrscheinlich befürchtest. Zudem hat ihn seine Mutter begleitet, mit all seinen Schätzen. Du musst wissen, Flambards Mutter ist eine Zauberin und mit dem Teufel im Bunde.«

Nesta winkte ungeduldig ab. »Für manch einen Normannen bin ich das auch. Aber was weißt du über Curthose?«

»Robert Curthose kam zu spät vom Kreuzzug, um die Krone Englands an sich zu nehmen. Er scheint es hingenommen zu haben, schließlich hat er in der Normandie eigene Sorgen, und er hat bisher auch keine Anstalten gemacht, etwas gegen den König zu unternehmen. Aber jetzt ist Flambard bei ihm und …«

»… träufelt Gift in seine Ohren …«

Richard nickte. »Flambard weiß genau, was er sagen muss, um Curthose aufzuwecken. Er weiß auch, wie es um die Barone Englands steht – wer damals nur widerwillig Henrys Krönung zustimmte, wer käuflich ist, wer welche Worte hören muss, um die Seiten zu wechseln.«

»Du glaubst, Curthose würde gegen Henry vorgehen? Gegen seinen eigenen Bruder?« Sie strich sich mit der Hand über die Augen und widerstand dem Drang laut aufzuschreien. »Meine Güte, was habt ihr Normannen nur mit England? Er würde wirklich Krieg in dieses Land bringen, um einen guten König zu stürzen? Wofür? Ist ihm die Normandie nicht genug? … Richard, sollte das tatsächlich passieren, wird man mir dafür die Schuld geben. Die Königin glaubt schon so immer noch, ich hätte etwas mit Flambards Flucht zu tun.« Dabei war es mitunter der Constable des Towers gewesen, der Flambard geholfen hatte. Ihm war aber nichts nachzuweisen, und so hatte Henry ihn lediglich mit einer Geldbuße wegen mangelnder Pflichterfüllung bestraft.

»Nesta.« Richard drückte ihre Schulter. »Mach dir keine Gedanken. Es wird sich schon alles klären. Der König hat bereits Soldaten nach Pevensey geschickt, um die Küste zu sichern, und seine Schiffe kreuzen im Kanal. Robert Curthose ist machtlos. Das Volk liebt den König und …«, er warf ihr einen Blick zu, »seine Königin.«

»Natürlich.« Nesta lächelte freudlos. »Das Volk will sie auch nicht in ein Kloster sperren und zur Nonne machen. Dem Volk gegenüber ist Matilda eine wahrhaftige Königin. Fromm und tugendhaft. Kein Wunder, dass Henry sie geheiratet hat.«

»Er wusste, dass er jede Hilfe brauchen kann. Und durch seine Ehe stehen ihm sowohl die Angelsachsen als auch die Schotten zur Seite. Es wird eine schwere Zeit auf ihn zukommen. Aber ich bin zuversichtlich. Es gibt genügend Barone, die Henry treu ergeben sind.« Er grinste zu ihr hinab. »Die de Clares zum Beispiel.«

Nesta legte ihm die Hand auf den Arm. »Du bist ein guter Mann, Richard. Und ein wahrhaftiger Freund. Ich bin froh, dass ich dich habe.«

Er legte seine Hand auf die ihrige. »Nun, wenn die Königin meint, du wärst eine Zumutung für jeden Gemahl, und wenn Henry dich nicht loskriegt, dann nehme ich dich einfach. Wales hat mir schon immer gut gefallen.«

Sie lachte laut auf, was die neugierigen Köpfe der Hofdamen wieder in ihre Richtung lenkte. Nesta vermisste Elizabeth, die wegen ihrer Schwangerschaft nach Hause geschickt worden war. Es kam ihr vor, als würden ihr die Freundschaften, die sie schloss, allesamt wieder entrissen werden. Als würde sie für eine Sünde bestraft. Vielleicht hatte die Königin recht. Vielleicht war sie wirklich eine heidnische Barbarin, und Gott hatte sich von ihr abgewandt. Richard war einer der wenigen, der seit Shrewsbury an ihrer Seite geblieben war.

»Ich würde dich heiraten«, murmelte sie und drehte sich verblüfft um, da Richard plötzlich stehengeblieben war. Mit seinen großen blauen Augen sah er sie an und schüttelte den Kopf. Dann räusperte er sich und schloss wieder zu ihr auf. »Nun«, meinte er, »dann muss ich ja nur noch meine Ausbildung überstehen, zum Ritter geschlagen werden, Titel und Ländereien meines Vaters erben oder mir selbst welche erkämpfen, und … ach ja: den König überzeugen.« Er sah zu ihr hinab. »Und wenn Robert Curthose wirklich an unseren Küsten landet, komme ich wohl schneller, als gut für mich ist, dazu, mir meine Sporen zu verdienen.«

Nesta schauderte. »Lass uns beten, dass es nicht soweit kommt.«

Die Pfarrkirche lag friedlich und verlassen da. Zu diesen frühen Morgenstunden fand Nesta hier zu etwas Ruhe. Es war der einzige Ort, den ihr die Königin aufzusuchen erlaubte, wenn sie ihr nicht gerade anderweitig zur Verfügung stand. Im Grunde diente diese Kirche den einfachen Leuten der Umgebung als Gotteshaus, das Königspaar und andere Hochwohlgeborene besuchten eher die Abtei, doch Nesta fühlte sich hier wohler als in der prunkvollen Westminster Abbey.

Den Kopf über die gefalteten Hände gesenkt, kniete sie vor der Statue der Heiligen Jungfrau Maria und betete für all jene, die ihr wichtig waren: für die Seelen ihrer Eltern, für Hywel, der in Shrewsbury Abbey zu Gott gefunden hatte, für Gruffydd, von dem sie nicht mehr als die vagen Informationen eines normannischen Ritters hatte, für Ansfride in ihrem Heim Wytham bei Oxford, für Tyrell – wo auch immer er jetzt sein mochte –, für

Elizabeth de Beaumont, die ihr erstes Kind trug, und für alle anderen in ihrem Herzen. Fast alle von ihnen waren unerreichbar weit fort und nur noch eine blasse Erinnerung in ihrem Gedächtnis. Nur an Henry versuchte sie nicht zu denken. Seit ihrem Streit hatte sie ihn nicht mehr gesehen. Ihr Wutausbruch war ihr inzwischen unangenehm – schließlich hatte Henry sie aus Anselms Fängen gerettet, was sie mit keinem Wort des Dankes erwähnt hatte. Doch es fiel ihr leichter, nicht an seine guten Taten zu denken, wollte sie den nicht enden wollenden Schmerz in ihrem Herzen endlich niederringen.

»Mylady.«

Nesta riss die Augen auf und blickte auf den Schatten, der vor ihr auf den Steinboden geworfen wurde. Sie hatte ihn aber ohnehin schon an der Stimme erkannt. Erschrocken packte sie ihre Röcke, um sich zu erheben, doch Henry legte ihr die Hand auf die Schulter und kniete neben ihr nieder.

»Bleib, Nesta«, sagte er leise und senkte den Kopf zum Gebet. »Du warst schließlich zuerst hier.«

»Eure Hoheit …« Sie räusperte sich und fragte sich, was er hier in dieser kleinen Kirche tat und ob er immer noch wütend auf sie war. Doch zu ihrer Überraschung wandte sich Henry ihr zu und sah sie mit seinen vertrauten Augen direkt an. Nesta räusperte sich. »Ich hätte nicht erwartet, Euch hier anzutreffen.«

Henry seufzte. »Es ist der einzige Ort, der mir etwas Ruhe gönnt. In der Abteikirche treffe ich allzu schnell auf den Erzbischof.« Er wandte sich ab und faltete die Hände. Dann warf er ihr aber doch noch einen Blick zu. »Ich würde meinen, du bist aus dem gleichen Grund hier?«

Nesta nickte und versuchte den Schmerz, den seine Gegenwart in ihr auslöste, zu unterdrücken. Ihn so nahe zu spüren, ohne ihn jemals erreichen zu können, ließ die altbekannte Sehnsucht wie eine Wunde aufbrechen. Sie erinnerte sich noch zu gut an ihre erste Begegnung, an seinen ehrlichen Blick und an die in der Halle gesprochenen Worte, die Arnulf de Montgomery in die Schranken verwiesen hatten. Was war seither nur geschehen?

»Ich bete für Matilda«, sagte Henry unvermittelt, ohne sie anzusehen. »Sie erwartet ein Kind.«

Erneut konnte sie nur nicken, denn diese Nachricht war für sie nichts Neues. Unter den Hofdamen gab es kaum noch ein anderes Thema. »Ich freue mich für Euch, Hoheit«, sagte sie schlicht. »Das ist ein wahrer Segen.«

»Das ist es.« Sie spürte, wie er sie wieder ansah. »Um ehrlich zu sein, hätte ich nicht erwartet, dich in der Kirche zu finden, denn mir schien, du wärst kein besonders gläubiger Mensch.«

»Ich bin Christin, Eure Hoheit, auch wenn mich hier jeder für eine Heidin hält.«

»Henry.«

Sie sah ihn fragend an, und er nickte auffordernd. »Henry«, erinnerte er sie lächelnd. »Ist es nicht das, was du mir neulich an den Kopf geworfen hast?«

Nesta zwang sich, seinem Blick standzuhalten, und nickte. »Henry«, fuhr sie fort. »Ich glaube an Gott, seinen Sohn Jesus Christus und die Heilige Jungfrau Maria. Ich gebe mir alle Mühe, den Erwartungen, die mir auferlegt werden, zu entsprechen, doch viele Dinge werden mir wohl immer fremd erscheinen.«

»Willst du in ein Kloster?«

Sie schloss kurz die Augen. Nein, das wollte sie nicht, sie war nicht wie Hywel, es wäre für sie nur ein weiteres Gefängnis. Doch dann erinnerte sie sich an Richards Worte. »Bitte«, flüsterte sie und hob die Hand, um seinen Arm zu ergreifen, besann sich aber eines Besseren. »Ich flehe dich an, führe keinen Streit mit deiner Gemahlin – nicht meinetwegen.«

»Ah.« Ein Mundwinkel hob sich, als er langsam nickte. »Die Spatzen pfeifen es schon von den Dächern.« Er schnaubte durch die Nase. »Mach dir keine Gedanken. Ich versprach dir einst, du wärst an meiner Seite sicher. Wenn du in ein Kloster willst, werde ich dich gehen lassen, aber ich werde dich nicht gegen deinen Willen in eines schicken.«

Ein erleichtertes Seufzen entfuhr ihr. »Danke.« Sie machte eine kurze Pause und fügte hinzu: »Du lässt mich also gehen?« Die formlose Anrede machte sie offener, als sie vielleicht sein sollte, und auch die seltene Abgeschiedenheit gab ihr einen trügerischen Moment lang das Gefühl, als wären sie wieder die Freunde von einst. »Lässt du mich auch zu einem Ehemann gehen?«

Henry lachte laut auf, und der wunderbare Klang hallte immer und immer wieder durch das Gewölbe. Dann blickte er sie eine gefühlte Ewigkeit schweigend an. »Hast du denn schon jemanden ins Auge gefasst?«

Ihre Wangen begannen zu glühen, und sie senkte schnell den Blick. »Nein«, murmelte sie, »doch einsamer als hier bei Hofe kann ich mich in Gesellschaft eines Ehemannes wohl nicht fühlen.« Nesta wollte gar nicht daran denken, an einen fremden Mann gegeben zu werden. Sie konnte sich eigentlich nichts Schlimmeres vorstellen, doch wie würde ihre Zukunft an der Seite der Königin aussehen? Da ihr einzig Schweigen antwortete, blickte sie wieder hoch und erschrak bei Henrys düsterer Miene.

»Du bist sechzehn Jahre alt«, sagte er leise, als würde er zu sich selbst sprechen. »Natürlich denkst du an einen Gemahl. Was für ein Vormund bin ich, dir dieses Glück zu verwehren?« Er seufzte und erhob sich, ohne seine Gebete gesprochen zu haben. »Du hast recht, Nesta«, sagte er und blickte auf sie hinab, »du solltest heiraten. Ich sollte mich mit dem Gedanken anfreunden, dich loszulassen.«

Nesta öffnete den Mund zu einer Erwiderung. Unwillkürlich streckte sie die Hand nach ihm aus, aber Henry rauschte schon mit fliegendem Umhang hinaus. Wie lange schon, versuchte sie sich mit demselben Gedanken anzufreunden?

Nesta waren die höfischen Feste nicht mehr fremd, schließlich hatte sie besonders während Williams Herrschaft einige erlebt. Aber die Feier zu Henrys dreiunddreißigstem Geburtstag war etwas Besonderes. Sie hatten sich in der gigantischen Westminster Hall versammelt, die einst Henrys Bruder William hatte erbauen lassen. Gerne hatte der verstorbene König damit geprahlt, dass diese Halle die größte Englands, ja gar ganz Europas wäre, und Nesta fiel es nicht schwer, dies zu glauben. Gerade wegen dieser Größe fanden sie hier nur selten zusammen, denn zumeist speisten die Damen unter sich im Gemach der Königin, oder sie fanden sich alle in einer kleineren Halle, die an den Wohnkomplex anschloss, wieder.

Große Bogenfenster ließen das letzte Abendlicht herein, und in zwanzig Fuß Höhe führten Arkadengänge über die gesamte Seite der Halle, von wo aus das fröhliche Geschehen beobachtet werden konnte. Je ein Dutzend Eichenpfosten stützten das hölzerne Dach zu den Längsseiten, zwischen denen sich Grüppchen zusammenstehender Feiernder eingefunden hatten.

Das Fest unterschied sich nicht maßgeblich von denen unter König William. Nesta saß an der hohen Tafel neben dem Lordkanzler und ließ ihren Blick durch die Halle wandern. Musiker spielten auf ihren Instrumenten und erfüllten den hohen Raum mit dem Klang von Flöten, Trommeln und Fideln. Das Mahl war längst vorbei, und die längsseitigen Tafeln waren zur Seite geschoben worden, um Platz zum Tanzen zu schaffen. Überall wurde gelacht und geplaudert, es wurde geschäkert und geneckt, und Ritter sangen mit mehr oder minder wohlklingenden Stimmen Lieder über die Schönheit der Königin und ihrer Damen – anders als zu Williams Zeiten, denn damals waren Lieder über die Dirnen gesungen worden. Heute allerdings war nirgendwo auch nur eine einzige Frau zweifelhafter Herkunft zu sehen. Hofdamen und Höflinge unterhielten sich und tanzten in sittsamer Manier, aber keine Dame räkelte sich auf dem Schoß eines

Herrn, niemand verlor Kleidungsstücke, und jeder behielt seine Hände bei sich. Es war ein harmloses Treiben, das selbst die Königin und Anselm zu akzeptieren schienen. Die Menschen waren heiter, aber nicht hemmungslos, und sie liebten das Königspaar, besonders die Angelsachsen, denen Henry wieder einen Platz bei Hofe verschafft hatte. Die Normannen hingegen schienen weniger zufrieden. Manche von ihnen nannten das Königspaar ganz offen »Godric und Godiva«, denn ihr Hof wäre weit englischer als normannisch. Zudem sah Henry mit seinen dunklen Locken, die ihm schon bis zur Schulter reichten, eher wie ein Angelsachse aus. Da er in England geboren war und die englische Sprache beherrschte, fühlten sich die Angelsachsen ihm verbunden. Seine Ehe hatte ihm natürlich ebenfalls Sympathien im englischen Volk eingebracht, und ihn schienen die boshaften Scherze der Normannen nicht zu kümmern.

Doch Nesta war sich nicht sicher, ob man die Unzufriedenheit der Normannen noch als Scherz abtun konnte. Und tatsächlich entdeckte sie ein paar normannische Barone, die in den Schatten unter den Arkadengängen zusammenstanden und miteinander sprachen. Ihre Mienen waren ernst, ja fast schon erbost. Nesta erkannte Robert de Beaumont, Elizabeths Gemahl, unter ihnen, der auffällig gestikulierte und ein ganz rotes Gesicht hatte. Er schien ein Streitgespräch mit Robert de Bellême zu führen, Arnulf de Montgomerys Bruder. Es war nicht nur die Verwandtschaft zu ihrem einstigen Vormund, die Nesta bei de Bellêmes Anblick Bauchschmerzen bereitete. Der mächtige Baron hatte wie alle aus der Sippe der Montgomerys durchtriebene Augen, getarnt in einem ansehnlichen Äußeren. Sie konnte nur hoffen, dass Elizabeths Gemahl standfest blieb und sich nicht von der Boshaftigkeit dieser Familie vergiften ließ. Denn sie hatte Richards Worte nicht vergessen: Robert Curthose und Ranulf Flambard planten etwas. Und es gab genügend Barone, die sich nur allzu gerne Versprechungen machen ließen.

Nesta warf Henry einen Blick zu, und als hätte er ihre Regung vernommen, wandte er sich ihr zu. Ihre Blicke trafen sich, und Nesta wies mit einer kaum merklichen Kopfbewegung zu den Baronen. Als Henry die Versammlung in den Schatten neben der Tür bemerkte, zogen sich seine dunklen Augenbrauen zusammen, dann nickte er kurz in ihre Richtung. Im nächsten Moment sprang er so unvermittelt auf, dass Nesta zusammenzuckte.

»Mylord de Beaumont!«, rief er durch die Halle. Sofort erstarrten die Barone, die Musik verstummte. Mit bleichen Gesichtern, aber einem Lächeln, wandten sie sich dem König zu. Elizabeths Gemahl trat etwas näher an die Tafel heran ins Licht.

»Eure Hoheit.«

»Robert.« Henry schüttelte missbilligend den Kopf. Alle Blicke waren zur hohen Tafel gerichtet. »Schande über Euch, Mylord«, sagte er mit ernstem Blick. »Da steht Ihr nutzlos in der Gegend herum, während die jungen Damen hier vor Langeweile vergehen. Oder sind Eure alten Knochen schon zu morsch, als dass Ihr Lady Nesta zum Tanz führen könntet?«

Robert de Beaumont wandte sich an Nesta. »Es wäre mir eine Ehre«, sagte er und kam auf sie zu. Nesta warf einen verärgerten Blick zu Henry, doch dieser führte schon wieder eine Unterhaltung mit seinem Lordkanzler Roger le Poer. Er hatte de Beaumont zwar von den anderen Baronen getrennt, doch sie hatte nicht mit hineingezogen werden wollen. Doch nun blieb ihr nichts anderes übrig, und Nesta nahm zum ersten Mal an diesem Abend an den Tänzen teil.

Sie folgte den Schritten des Vortänzers mit der Fidel in der Hand und bewegte sich mit den anderen im Kreis. Auch hatte sie Gelegenheit, sich nach Elizabeth zu erkundigen, aber leider gelang es ihr nicht, mehr über de Beaumonts Gespräch mit den anderen Baronen zu erfahren. Gerade, als sie sich fragte, wie sie dies ansprechen konnte, nahm Richards Vater, der Earl of Clare, de Beaumonts Platz ein.

Trotz der Ablenkung fühlte sich Nesta bald wieder unwohl auf der Tanzfläche, sie spürte Blicke auf sich, die wie Finger über ihren Körper zu tasten schienen. Hin und wieder ertappte sie auch Henry dabei, wie er sie beobachtete, und Nestas erhitztes Gesicht schien noch an Wärme zuzunehmen. Immer wieder dachte sie an seine zärtlichen Blicke in der Kapelle, die ihr einen Hinweis auf seine Gefühle gaben. Manchmal lag sie des Nachts wach und stellte sich vor, alles wäre anders, und er würde sie noch einmal küssen.

Doch sie nahm auch den abschätzigen Blick der Königin wahr, deren Augen immer wieder zur Tanzfläche wanderten. Nesta fasste an die Drachen-Fibel an ihrem Ausschnitt, die sie kaum noch ablegte. Niemals wieder wollte sie vergessen, woher sie stammte und wer sie war. Das Schmuckstück erinnerte sie daran und schien sie ein Stück weit aufzurichten, wo sie sich in den letzten Jahren nur allzu leicht gebeugt hatte. Ja, sie fühlte sich anders und hatte in den letzten Monaten das Kind in sich abgelegt. Die Folter des Erzbischofs, der Verlust so vieler Freunde, Flambards Verrat … sie war eine andere, und der Drache war die einzige Konstante im schnellen Leben bei Hofe. Das durfte sie niemals vergessen.

Nesta sah wieder zur hohen Tafel und bemerkte, wie Henry sie ansah. Obwohl er sich immer noch unterhielt, verfolgte er sie mit seinen Blicken. Nesta versuchte ihn zu ignorieren und lächelte de Clare zu, als sie sich mit den anderen in der Reihe zur Musik bewegte. Sie wusste, sie überragte die anderen Frauen, weshalb sie selten an den Tänzen teilnahm. Doch jetzt stellte sie sich ihre Mutter in ihrer unerschütterlichen Ruhe vor, die stets Würde und Haltung bewahrt hatte. Nesta hoffte, ihr in diesem Moment zu ähneln und den Drachen mit Recht zu tragen. Sie tanzte noch an der Seite des Earl of Surrey, der dabei aber immer wieder sonderbare Blicke zur Königin warf, und schlussendlich reihte sich Richard de Clare neben ihr ein. Entgegen den streng vorgegebenen Schritten löste sich Richard aber immer wieder aus dem Kreis und tanzte vor ihr her. Er näherte sich ihr, entfernte sich wieder und umtanzte sie mit ausschweifenden Gesten, die alle Blicke auf sich lenkten. Sie hatte schon häufiger Herren bei dieser Art des tänzerischen Umwerbens beobachtet, doch wie aus dem zornesroten Antlitz des Earl of Clare zu schließen, war der über das Verhalten seines Sohnes alles andere als froh.

»Hör auf damit«, zischte Nesta, als Richard sich ihr wieder näherte. Sie konnte seinen geröteten Augen ansehen, dass er bereits zu viel getrunken hatte, denn allein vom Rauch der Halle hatten sie bestimmt keinen solch fiebrigen Glanz angenommen. Richard hörte sie nicht oder wollte sie nicht hören. Doch Nesta bemerkte schon die verkniffene Miene der Königin, die solch ein Schauspiel bestimmt nicht guthieß.

»Richard!« Sie schritt weiter mit den Tanzenden, hätte den jungen Mann aber am liebsten geohrfeigt, damit er wieder zu sich kam. Sie wollte nicht derart im Mittelpunkt stehen, die Gerüchte um sie waren ohnehin schon böse genug. Sie hatte niemandem Grund zu schlechten Reden geben wollen, wo sich doch jedermann über ihren mangelnden Anstand beschwerte. Das Schimpfen über ihre Herkunft, die Gerüchte über angebliche Männergeschichten schmerzten sie mehr, als sie sich eingestehen wollte. Niemals hatte sie eine Frau werden wollen, die als Dirne bezeichnet wurde. Sie wollte wie ihre Mutter sein, aber wie sollte sie, wo doch die anderen bestimmten, wie sie gesehen wurde?

Sie atmete tief durch und warf einen Blick zur hohen Tafel. Die Königin und Anselm echauffierten sich deutlich, und als auch Richard in deren Richtung blickte, winkte der König ihn plötzlich zu sich.

Nesta erstarrte, wurde aber von den anderen sofort weitergeschoben. Sie geriet im Tanzkreis an eine Position, von der aus sie die hohe Tafel nicht mehr einsehen konnte. Als sie wieder bessere Sicht hatte, erkannte sie, dass Richard nicht am Fuße des Podests stehengeblieben war, sondern dass Henry ihn hochgerufen hatte. Mehr noch – Richard trat auf seine Aufforderung hin bis zu seinem Platz heran. Dann packte Henry plötzlich Richards Unterarm und zog ihn zu sich herunter. Mit einem Lächeln im Gesicht flüsterte er Richard etwas ins Ohr, aber Nesta erkannte sogar aus dieser Entfernung, mit welcher Kraft er Richards Unterarm umklammerte. Dann ließ er ihn abrupt los und scheuchte ihn davon. Kaum jemand schien etwas davon bemerkt zu haben, zumindest tat jeder so, als wäre nichts vorgefallen. Die Gespräche wurden weitergeführt, und der Vortänzer gab den Takt an. Aber Nesta konnte ihren Blick nicht abwenden. Richards Haut hatte die Farbe der gekalkten Wand angenommen, und seine Augen wirkten starr. Gemessenen Schrittes verließ er die Tafel und kurz darauf die Halle. Er sah kein einziges Mal mehr in ihre Richtung.

Eine Berührung an der Schulter riss sie aus dem Schlaf. Mit einem Keuchen fuhr sie hoch und blinzelte in die Dunkelheit.

»Sch, sch.« Eine Hand legte sich über ihren Mund, und Nesta riss erschrocken die Augen auf. Sie tastete zur Seite, wo sich die anderen Damen in ihre Decken gerollt hatten, aber der Klang der vertrauten Stimme ließ sie abrupt innehalten.

»Leise, Nesta. Komm, steh auf.« Ihr Arm wurde gepackt, doch Nesta riss sich los.

»Richard?« Sie konnte in der Dunkelheit nur seine Stimme erkennen. Er trug immer noch dasselbe Festgewand von vorhin, und der Gestank des Hallenrauchs und Weins haftete ihm an. »Was machst du hier?« Mühevoll rappelte sie sich auf und tastete nach ihrem Umhang. Zwar war es dunkel, aber es war trotzdem unschicklich, einem Mann nur im Nachthemd gegenüberzustehen. »Wenn dich hier jemand sieht, was fällt dir ein …«

»Der König will dich sprechen.«

Sie nahm ihre Hände von der Truhe am Fuße der Bettstatt und drehte sich zu Richard um. Eine der Damen seufzte im Schlaf, eine andere drehte sich mit raschelnden Decken um. Nestas Herz schlug schneller. Mit schwachen Beinen ging sie näher an Richard heran und drückte den Umhang an ihre Brust. »Jetzt?«

Seine Stimme war rau, als er sprach, und sein Atem verströmte den süß-säuerlichen Geruch von Cidre. »Ich soll dich zu ihm bringen. Jetzt.«

Ihr Blick fiel zu den schweren Vorhängen, die den Vorraum vom Gemach der Königin trennten. Ihr Magen zog sich zusammen. »Wieso?«, hauchte sie und blickte zu Richard auf. Doch er sagte nichts und sah sie nur mit seinen in der Dunkelheit funkelnden Augen an.

Er schüttelte den Kopf und wies zur Tür. »Na komm schon. Der König wartet nicht gerne.«

»Aber …« Nesta wies zu ihrer Truhe. »Ich muss mich doch ankleiden, ich kann nicht einfach so hinausgehen!«

Eine weitere Dame drehte sich im Schlaf von einer zur anderen Seite, und Richard warf ihr einen eindringlichen Blick zu. »Nesta, dafür ist keine Zeit.« Er löste den Umhang aus ihren verkrampften Fingern und legte ihn ihr über die Schultern. Dabei sah er ihr kein einziges Mal ins Gesicht.

Im nächsten Moment öffnete er schon die Tür und führte sie am Arm hinaus in den gespenstisch düsteren Gang, der einsam und fremdartig verlassen wirkte. Nesta schritt besorgt neben ihm her. Richards Griff war fest und unnachgiebig, er sprach kein Wort mehr und war so still, als würde er nicht einmal mehr atmen. Niemals hätte Nesta gedacht, dass die belebten Mauern von Westminster derart stumm daliegen konnten. Keine Menschenseele begegnete ihnen, und in Nesta nahm das Gefühl zu, hier vollkommen falsch zu sein. Als Richard die Tür zum Gemach des Königs öffnete, wollte sie nichts anderes als weglaufen.

»Richard!«, zischte sie und fasste ihn am Ärmel. »Was hat das zu bedeuten?«

Ein Seufzen entfuhr ihm, mehr aber nicht, als er sie in den

verlassenen Vorraum schob und sie weiterführte. Nesta wunderte sich darüber, dass der Knappe David nicht hier war, aber im Grunde war sie froh. Der Bruder der Königin war der Letzte, den sie jetzt sehen wollte.

»Richard.« Sie versuchte es noch einmal und bohrte ihre Fingernägel in seine Haut. »Was hat der König vorhin an der Tafel zu dir gesagt?«

Richard blieb vor den Vorhängen stehen und blickte auf sie hinab. Seine Lippen waren eine schmale Linie in dem blassen Gesicht, das in der Dunkelheit wie ein Totenschädel aussah. Seine Finger lösten sich von ihrem Arm. »Ich solle nicht vergessen, wo mein Platz ist«, antwortete er ihr schließlich, und noch ehe sie etwas erwidern konnte, teilte er die Vorhänge und trat in das königliche Gemach ein.

Sanfter Kerzenschein erhellte den Raum, blendete aber im ersten Moment so, als hätte sie direkt in die Sonne geblickt. Nesta konnte kaum etwas erkennen und schlang aus einem Impuls heraus ihren Umhang fester um sich. Ein etwas muffiger Geruch der schweren Vorhänge und Wandteppiche lag in der Luft, aber auch etwas Süßes, wie Obst oder fruchtiger Wein.

»Eure Hoheit.« Richard wandte sich ab und verschwand wie eine geisterhafte Erscheinung, und erst da bemerkte Nesta den König, dort, wo sich das riesige, von dicken Stoffen verhängte Bett befand. Ihre Augen weiteten sich, als er in nichts als einem knöchellangen Nachthemd und einem golddurchwebten Umhang auf sie zukam.

»Nesta.« Seine Stimme klang sanft und glitt mit einem eisigen Schauer über ihren Körper. »Wieso siehst du mich an, als wollte ich dich überfallen?«

»Wieso bin ich hier?« Ihre Stimme klang seltsam hohl.

»Komm.« Er hielt ihr seine Hand entgegen und wies zu den beiden Stühlen unter den Wandteppichen. »Ich muss mit dir sprechen.«

»Jetzt?« Es war ihr immer noch nicht möglich sich zu bewegen. »Kann das nicht bis morgen warten?«

»Ich denke nicht.« Er kam auf sie zu. »Bitte, Nesta, sieh mich nicht an, als wäre ich ein Fremder.«

Nesta bemühte sich, das Zittern zu unterdrücken. Sie fröstelte, obwohl es in dem Raum angenehm warm war.

Henry fuhr sich erschöpft durchs Haar. Er trat noch näher an sie heran, über sein Gesicht flackerte ein Farbenspiel aus Licht und Schatten. »Eine schwere Zeit steht uns bevor«, sagte er und legte seine Hände auf ihre Schultern. Die Berührung sandte eine Welle der Wärme durch ihren Körper. »Diesem Land steht eine schwere Prüfung bevor, und ich als König muss meinem Volk Sicherheit geben. Aber …«, er blickte ihr in die Augen, der Kerzenschein spiegelte sich in seinem dunklen Blick und ließ die goldenen Sprenkel darin leuchten, »ich kann mich nicht konzentrieren, Nesta. Ich bin der König und kann an nichts anderes denken als an dich.«

»Henry …« Sie ballte die Hände zu Fäusten. Der Drang zurückzuweichen und ihm näherzukommen kämpften gegeneinander, und beide Möglichkeiten erschienen ihr falsch. »Bitte, lass mich …«

Sein Zeigefinger verschloss ihre Lippen. »Siehst du es denn nicht, Nesta? Siehst du nicht, dass ich mich mit jeder Faser meines Körpers nach dir sehne? Dass ich dich aus ganzem Herzen liebe?«

»Aber …« Ihr Atem wurde immer schneller. »Die Königin …«

»… ist keine Närrin. Sie kennt die Gründe, aus denen unsere Ehe geschlossen wurde. Ich schätze und respektiere sie. Aber dich, Nesta, dich liebe ich.«

In ihrem Kopf rauschte es. »Das ist falsch.« Sie versuchte zurückzuweichen, aber Henry hielt sie fest.

»Liebst du mich denn nicht?«

»Doch, aber …«

»Liebe geht nicht mit einem ›aber‹ einher, Nesta.«

»Aber …« Sie sah ihn aus großen Augen an. »Du bist verheiratet! Du hast einen Schwur geleistet.«

Seine Finger strichen über ihren Hals und schienen ihre Haut zu verbrennen. »Den Schwur, meine Gemahlin zu ehren – das tue ich. Ihr beizustehen – auch das tue ich.« Sein Kopf senkte sich zu ihr herab.

»Ihr treu zu sein!« Nesta wich zurück. »Bitte, sie ist deine Königin. Sie …«

»… weiß um mein Herz.« Er sah sie beinahe flehend an. »Nesta, bitte, es ist nicht ungewöhnlich, sich in politisch geschlossenen Ehen … eine Gefährtin zu nehmen.«

»Eine Mätresse.« Sie spuckte das Wort aus, das sie niemals in Verbindung mit ihrem Namen hatte hören wollen. Sie wollte eine Ehefrau sein, keine Hure. »Deshalb bin ich also hier?« Ihr versagte die Stimme, und sie fasste an ihre Brust, um nach dem Drachen zu greifen, doch sie hatte die Fibel nicht angelegt. »Wie kannst du so etwas von mir verlangen? Wie sollte ich der Königin jemals wieder unter die Augen treten?«

Sein Blick wurde härter. »Sie hat es zu akzeptieren.«

»Und ich? Habe auch ich diese Entscheidung zu akzeptieren?«

Einen Moment lang sah er sie schweigend an, dann fuhr er sich mit der Hand über den Nacken und wandte sich ab. »Wieso stellst du mich dar, als wäre ich ein Unhold, wo ich doch nur meinem Herzen folge?«

Nesta widerstand dem Drang, die Hand nach ihm auszustrecken. »Du bist der König«, sagte sie leise, »du bist niemals ein Unhold. Aber ich wäre eine Hu…«

Henry fuhr zu ihr herum und verschloss ihren Mund mit seiner Hand. »Nicht.« Er beugte sich über sie und sah ihr eindringlich in die Augen. »Dieses Wort soll niemals deinen Mund verlassen. Und jeder, der es wagt, es mit deinem Namen in Verbindung zu bringen, wird meinen Zorn zu spüren bekommen.«

Nesta riss ihren Kopf zurück. »Aber sie reden doch schon jetzt!« Sie spürte Tränen, die sich in ihren Augen sammelten. »Sie glauben, ich läge in deinem Bett, und wo wir schon davon sprechen, nicht nur in deinem.«

»Ach, lass sie reden, das tun sie ohnehin, egal, was davon der Wahrheit entspricht. Wenn du jetzt aus dieser Tür hinausgehst, wird es für die anderen keinen Unterschied machen. Meine Gefühle für dich sind kein Geheimnis, Nesta. Vergiss alle anderen. Nur wir beide zählen.« Sein warmer Blick ruhte auf ihr, und Nesta wollte in diesem Moment nichts anderes, als in seinen Armen zu liegen.

»Wie sollte ich …« Sie senkte den Blick und atmete tief durch. »Ich werde eines Tages heiraten müssen, wie soll ich jenem Mann erklären …?«

»Nesta.« Henry hob ihren Kopf sacht an und sah ihr in die Augen. »Du sagtest, du liebst mich. Und ich liebe dich. Worin liegt da die Sünde? Willst du dich nicht lieber einer Person hingeben, der du schon dein Herz geschenkt hast, als einem Fremden?« Seine Hände strichen sanft über ihre Schultern und unter ihr Haar in ihren Nacken. »Nesta«, flüsterte er beschwörend, »beende meine Qualen. Wenn du jetzt aus dieser Tür gehst, werde ich dich nicht aufhalten. Ich werde dir einen guten Gemahl finden, so, wie du es verdienst.« Seine Fingerspitzen wanderten nach vorne über ihren Hals und ihr Schlüsselbein. »Aber gehe nur, weil du es so willst, nicht, weil andere es verlangen.« Seine Lippen streiften die ihrigen, und Nesta hatte das Gefühl, in sich zusammenzusinken. Ihre Lider wurden schwer und schlossen sich, und als sie erneut seinen Mund auf dem ihrigen spürte, ließ sie das prickelnde Brennen zu, sodass es wie ein Feuer durch ihren Körper loderte. Es schmerzte und fühlte sich zugleich angenehm an. Seine Hände, die ihr Hemd von den Schultern schoben, schienen es nur noch weiter zu schüren.

»Nesta«, seufzte er mit rauer Stimme an ihrem Ohr und küsste die Mulde zwischen ihrem Hals und der Schulter. »Sag mir, dass du hier bleibst. Sag mir, dass du bei mir bleiben willst.«

Sie wollte die Augen öffnen, fühlte sich dazu aber nicht mehr in der Lage. Nichts als ein Seufzen entkam ihr als Antwort, als er sie näher an sich heranzog. Die nagenden Zweifel in ihrem Hinterkopf verflüchtigten sich. Er liebte sie, und sie liebte ihn, aus ganzem Herzen. Wie sollte sie da seinen Worten widerstehen?

Nesta spürte, wie Henry die Verschnürung ihres Hemdes löste, und plötzlich fiel der Stoff gemeinsam mit ihrem Umhang zu Boden, wo er sich um ihre Füße legte. Kälte erfasste sie, und die Gewissheit, gänzlich unbekleidet zu sein, erweckte sie aus ihrem traumgleichen Zustand. Mit einem Keuchen riss sie die Augen auf und begegnete Henrys fiebrigem Blick. Sie wollte die Arme vor ihrer Brust verschränken, ihre Scham bedecken, aber seine glühenden Augen ließen sie regungslos verharren. Niemals zuvor war sie auf solch eine Weise angesehen worden. Sie stand da, wie Gott sie erschaffen hatte, und mit jedem weiteren Moment, da seine Blicke wie Berührungen über sie glitten, nahm die Hitze in ihr zu. Sie wich nicht zurück, als Henry ihr langes Haar zur Seite strich und ihre Brüste vollständig entblößte. Stattdessen hob sie den Kopf ein Stück an, richtete sich auf und blickte ihm direkt in die Augen. Sie hatte eine Entscheidung getroffen, Gott mochte sie dafür richten, aber sie liebte diesen Mann.

Das weiche Kerzenlicht ließ die Konturen verschwimmen und verlieh Henrys Haut einen goldenen Glanz. Ihre Bewegungen erschienen ihr unwirklich langsam, als sie ihre Hände hob und sie auf seine glatten Wangen legte. Ohne ihren Blick von seinen dunklen Augen abzuwenden, trat sie näher an ihn heran, sodass sie den weichen Stoff seines Hemdes auf ihrer nackten Haut spürte. In seinem Blick lag einen Moment lang Wachsamkeit, er schien überrascht, doch dann hob sich Nesta auf die Zehenspitzen und küsste ihn, wie sie es in ihren Träumen schon so oft getan hatte. Ihre Hände gruben sich in seine Locken und zogen seinen

Kopf zu sich herunter. Sie spürte seinen Oberlippenbart an ihrem Mund, und seine Wangen waren nicht ganz so glatt, wie sie sich unter ihren Händen angefühlt hatten. Doch das kümmerte sie nicht. Ihr Herz schlug gegen seines, ihr Atem vermischte sich mit dem seinen, und als Henry zurücktrat und sein eigenes Hemd ablegte, spürte sie auch seine Haut auf der ihren. Sie wagte es nicht, an ihm hinabzublicken, sie spürte sein Verlangen deutlich an ihrem Körper, doch sie fürchtete, der Mut würde sie verlassen, wenn sie es mit eigenen Augen erblickte. Ihre Finger strichen über seinen schlanken Körper, der straff und glatt war, und jede ihrer Bewegungen wurde mit Henrys schneller werdendem Atem belohnt, in das sich ein tiefes Stöhnen mischte. Doch dann hielt Henry plötzlich ihre Handgelenke fest.

Ein leises Lachen ließ seine Brust erzittern, und Nesta blickte verwundert auf. »Hab ich etwas falsch gemacht?«, fragte sie, was ihn diesmal laut auflachen ließ.

»Oh süße Nesta.« Er schob seinen Arm unter ihre Kniekehlen und hob sie hoch. Nesta schrie vor Schreck auf, lachte dann aber ebenso, als er sie durch das Gemach trug, die Vorhänge zur Seite schob und sie schließlich sanft auf die vielen Polster und Decken niederließ, die sich kühl auf ihrer erhitzten Haut anfühlten. Sie blickte von dem unglaublich weichen Bett hoch zu Henry, der über ihr stand. Einzelne schwarze Strähnen hingen ihm in die Stirn, aber auch auf seiner Brust sprossen ein paar Haare. Nesta folgte mit ihrem Blick der dunklen Linie von seinem Bauchnabel weiter hinunter und hielt den Atem an.

»Hast du Angst?«, fragte Henry mit heiserer Stimme, was sie augenblicklich mit einem Kopfschütteln beantwortete, ohne darüber nachzudenken. Im Grunde fürchtete sie sich nicht. Sie wusste schließlich, wie angenehm sich seine Berührungen auf ihrer Haut anfühlten, wie zärtlich seine Hände waren. Aber da war immer noch dieses Stechen in ihrem Magen, das auch ihren Körper zittern ließ.

»Nein«, stieß sie aus. »Ich habe keine Angst vor dir.« Um ihren Worten Nachdruck zu verleihen, öffnete sie leicht ihre Schenkel, doch Henry schüttelte den Kopf. Mit einem angedeuteten Lächeln auf den Lippen legte er sich neben sie und küsste sie erneut. Seine Hände strichen behutsam über ihren Körper und ließen sie vergessen, wo sie war. Er berührte sie an Stellen, die ihr Madame de Mabile stets anzufassen verboten hatte, und ließ Lichter vor ihren geschlossenen Lidern tanzen. »Nesta«, flüsterte er immer wieder und ließ sie vor Glück erzittern.

Sie bemerkte kaum, wie er sich auf sie legte, einzig das angenehme Gewicht auf ihrer Brust zeigte ihr, was ihre Augen nicht mehr sehen konnten. Sie hörte seinen schnellen Atem an ihrem Ohr, der über ihren Nacken kitzelte, und ihr eigenes leises Keuchen.

Der Schmerz kam unerwartet. Nesta sog scharf den Atem ein und riss die Augen auf. Sie sah Henrys sanften Blick, voller Wachsamkeit, und biss die Zähne zusammen. Der Schmerz war unwichtig. Sie hatte schon Höllenqualen durchlitten, während ihr Körper unversehrt geblieben und einzig ihre Seele erschüttert worden war. Körperlicher Schmerz war nichts, das sie schrecken konnte. Es zählte nur dieses neuartige Gefühl der Verbundenheit mit dem Wissen, etwas Großartiges zu teilen. Sie war sein, und er war der ihrige.

Da hol mich doch der Teufel.« Henry rollte sich von ihr herunter und verdeckte seine Augen mit dem Unterarm. Sein Atem ging immer noch hörbar schnell, und auch Nesta fand nur allmählich wieder zu sich. »Die anderen haben wenigstens so getan, als hätten sie noch einen Funken Schamgefühl.«

Nesta erstarrte, als wäre das Blut in ihren Adern gefroren. Eiseskälte zog durch ihren erhitzten Körper, doch sie sah sich nicht dazu in der Lage, nach der Decke zu greifen. Mit großen Augen starrte sie auf den karmesinroten Baldachin, der sich über ihr von Bettpfosten zu Bettpfosten spannte. »Es … wenn ich …« Ihre Stimme versagte, und es gelang ihr kaum die Tränen zu unterdrücken. »Wenn ich mich falsch verhalten habe …«

»Falsch?« Henry drehte sich zu ihr um und stützte den Kopf in seine Hand. Mit einem tadelnden Schnalzen strich er ihr Haar von der Stirn. »Rede keinen Unsinn.« Er küsste sie sanft auf die Lippen. »Ich wusste es schon, als ich dir das erste Mal in die Augen blickte. Du bist kein Mensch für falsche Zurückhaltung, du schenkst Liebe mit einer Großzügigkeit, die ich noch nie zuvor erlebt habe. Das Feuer in deinen grünen Feenaugen hat diese Leidenschaft schon versprochen, ehe du selbst wusstest, dass sie in dir ist.« Einer seiner Mundwinkel hob sich, und seine Augen funkelten. »Aber ich wusste es.«

Sie warf eines der kleinen Kissen nach ihm. »Du Lump!«

Er ließ seinen Kopf lachend zurück auf sein Kissen sinken und atmete tief ein. »Hätte ich mich nicht um ein Königreich zu kümmern, würde ich dieses Bett niemals wieder verlassen.« Seinen Worten zum Trotz, schwang er die Beine auf den Boden und erhob sich. Nesta sah ihm hinterher, als er sich zum Abtritt begab, und betrachtete seine Silhouette in der Dunkelheit. Sie konnte nicht glauben, dass dies tatsächlich geschehen war. Sie hatte sich Henry de Normandie hingegeben, und es war wundervoll gewesen. Ein Schauer zog über ihren Körper, als sie daran dachte, wie Henry sie berührt und geküsst hatte. Einzig ein leiser Schmerz war zurückgeblieben, doch er fühlte sich angenehm an.

Seufzend drehte sie sich herum und vergrub ihr Gesicht in dem weichen Federkissen. Sie meinte zerspringen zu müssen, das Glück hinauszuschreien, aber sie erlaubte sich nur ein leises Kichern. Als sie Henrys Schritte schließlich wieder vernahm, blickte sie hoch. Er war vor dem Bett stehengeblieben und sah auf sie hinab. »Hm«, machte er. »Wer hätte das gedacht.«

Nesta zog die Augenbrauen zusammen, doch als sie seinem

Blick folgte, entdeckte sie dunkle Blutstreifen auf dem Laken neben sich. »Was meinst du damit?«, fragte sie und sah wieder zu ihm hoch. »Dachtest du, ich … ich wäre keine …«

Henry strich sich das Haar aus der Stirn. »Nun, so wie du gerade …« Er schüttelte den Kopf. »Ich war mir nicht sicher. Zudem lebst du schon so lange bei Hofe, und glaub mir, wahrscheinlich bist du eine der wenigen. Und Richard de Clare, dieser Heißspund, umgarnt dich schon viel zu lange.«

Nesta lachte laut auf. »Richard und ich sind gute Freunde. Wir könnten Geschwister sein.«

»Meine süße Nesta. Du bist alles andere als eine Schwester für ihn.« Henry legte sich wieder neben sie und strich eine Haarsträhne zurück über ihre Schulter. »Ich sollte dich schonen«, murmelte er und ließ seine Hände über ihren Hals weiter hinabstreichen. »Wenn du das möchtest, solltest du jetzt gehen. Aber wenn du hierbleibst …« Er blickte zu ihr hoch, und Nesta lächelte, als sie seinen dunklen Blick bemerkte, den sie nun zu deuten wusste. Mit beiden Händen drückte sie ihn von sich in die Kissen und beugte sich über ihn.

»Ich bleibe«, flüsterte sie und legte all ihr Glück in den Kuss, in der Hoffnung, dass es niemals endete.

Noch vor dem Morgengrauen kam Richard, um sie zurück in die Gemächer der Königin zu geleiten. Wie schon am Abend zuvor blickte er ihr kein einziges Mal ins Gesicht, doch diesmal tat Nesta es ihm gleich. Sie konnte ihm nicht in die Augen sehen, ihre glühenden Wangen waren beschämend genug, und das Schweigen zwischen ihnen schien vor unausgesprochenen Vorwürfen lauter als jeder Schrei. Sie spürte ganz deutlich, dass Richard sie für ihre Sünde verachtete, und jetzt, da der Zauber von Henrys Gemächern zurücklag, spürte sie einen Druck in ihrer Brust, als liege ein Stein darauf. Vielleicht rührte dieses Gefühl auch daher, dass sie plötzlich mit jedem Schritt entsetzliche Schmerzen litt und sich kaum besser als humpelnd fortbewegen konnte. Schmerzen, die in den einsamen Gängen der schlafenden Burg nichts Magisches mehr an sich hatten. Auch ihre Lider waren schwer, denn sie hatte diese Nacht nicht geschlafen. Henry und sie hatten sich noch zweimal geliebt, und Nesta hatte sich wie in einem Traum gefühlt. Doch jetzt stand sie vor der Tür der wahren Königin und hätte in Tränen ausbrechen mögen. Sie sehnte sich Henrys sanfte Stimme herbei, die sie stets zu beruhigen vermochte und ihr alle Zweifel nahm. Ohne diese Stimme schrie ihr Gewissen viel zu laut. War ihr Verhalten einer walisischen Prinzessin würdig? Wie hätte sich ihre Mutter benommen? Was hätte Ansfride gesagt?

Nesta schüttelte den Kopf. Sie konnte niemanden fragen, denn sie war allein. Sie hatte nur Henry, der seit ihrer ersten Begegnung in Shrewsbury stets zu ihr gehalten hatte. Ihren letzten Freund Richard schien sie verloren zu haben, denn wer wollte schon mit des Königs Dirne befreundet sein?

»Mylady Nesta.« Er verneigte sich formvollendet und öffnete ihr die Tür zu den Gemächern.

Nesta sah zu ihm hoch und wollte etwas sagen, doch da wandte er sich schon ab und ging mit weitgreifenden Schritten davon.

Obwohl Nesta sich noch vor dem Erwachen der anderen Damen für den Tag zurechtgemacht hatte, beschlich sie das Gefühl, dass ihr jeder ansah, wo sie letzte Nacht gewesen war. Getuschelt hatten die adligen Töchter und Ehefrauen schon davor, aber die Blicke erschienen ihr heute schärfer denn je. Einzig die Königin schien von alldem nichts zu bemerken. Sie sprach mit dem Mönch Turgot aus Durham, der über ihre Mutter schrieb, und hielt ihre Damen dazu an, dem Gesprochenen zuzuhören. Nesta saß also an ihrem Stickrahmen und lauschte den Geschichten einer Frau, die – Matilda und Turgot nach zu urteilen – eine Heiligsprechung verdiente. Da war Nesta ganz anderer Meinung, als sie hörte, dass Margarethe von Schottland ihre Kinder mit der Rute gezüchtigt hatte, um ihnen schon früh den Wert von Tugendhaftigkeit und Frömmigkeit einzubläuen. Nestas Mutter hatte ihre Kinder niemals geschlagen. Zugegeben, die Kinderfrauen hatten hin und wieder in ihrer Not die Hand gehoben, aber mehr als einen Klaps hatten sich die Kinder niemals eingefangen.

Nesta betrachtete die Königin aus den Augenwinkeln, die in gerader Haltung auf ihrem gepolsterten Stuhl saß, die Hände im Schoß verschränkt, und dem Mönch mit ihrer sanften Stimme von ihrer geliebten Mutter erzählte. Die Königin war im Kloster groß geworden, und der Glaube schien das zu sein, an dem sie sich in der Not festhielt und das ihr Kraft gab, so wie der Gedanke an die walisischen Feste und Spiele und das fröhliche Lachen Nesta Stärke verliehen. Matildas Heim war die Kirche, Nestas Heim war das wilde Wales. Sie hielten beide an dem fest, das ihnen etwas bedeutete, und versuchten, in einer fremden Umgebung zu überleben.

Augenblicklich fühlte sie sich noch elender beim Gedanken an das, was sie in der letzten Nacht getan hatte. Ihre Wangen begannen zu glühen, und die Erinnerung an Henrys Hände erweckte die Hitze in ihrem Körper, was sie zu einem noch schlechteren Menschen machte. Das Wissen um die Sünde ihrer Tat, um den Treuebruch gegen die Königin, gegen sich selbst und ihren zukünftigen Gemahl, ging mit der Liebe zu Henry Hand in Hand. Glück und Schmerz, konnte sie das eine nicht ohne das andere erlangen?

Matilda wusste um die Gefühle ihres Gemahls, das hatte Henry ihr versichert, und ebenso kannte sie die Gründe für die Ehe. Ob sie Henry liebte, so wie Nesta? Konnte sie einen Ehemann überhaupt so lieben, wie sie Jesus Christus liebte?

Ein tiefes Seufzen entfuhr ihr, was die Königin sofort in ihrer Rede innehalten ließ. Mit einem sanftmütigen Lächeln nahm sie Prior Turgots Hände in die ihrigen und dankte ihm für seine Mühen, ehe sie ihn entließ. Dann wandte sie sich Nesta zu. »Lady Nesta, kommt her.« Sie stützte ihre Hände auf die Armlehnen und erhob sich. Nesta eilte sofort zu ihr, um ihr hochzuhelfen, doch die Königin war schneller. Zwar war es noch sehr früh in der Schwangerschaft, und es zeichnete sich noch kaum eine Wölbung unter dem indigoblauen Bliaut ab, aber Nesta wusste, dass die zarte Frau schon jetzt unter frühzeitlichen Beschwerden litt.

»Mir ist unwohl, Lady Nesta«, sagte die Königin und ergriff ihre Hand. Fast hätte Nesta die Berührung abgeschüttelt, da ihr der Vorwurf direkt durch die Haut zu fahren schien. »Kommt, lasst uns etwas an die frische Luft gehen.«

Die anderen Hofdamen blieben auf Wunsch der Königin zurück in den Gemächern, und so sah sich Nesta der unangenehmsten Situation ausgesetzt, die sie sich nur vorstellen konnte. Sie war allein mit der Königin. Sie war allein mit der Gemahlin ihres Geliebten.

»Dies ist ein wunderbares Land, meint Ihr nicht auch, Lady Nesta«, brach die Königin das Schweigen, als sie durch die Gärten spazierten, in denen die Obstbäume bereits bunt blühten. »So voller Farben – und damit meine ich nicht nur die prächtige Landschaft, sondern vor allem die Vielfalt der Menschen.« Sie warf ihr einen Blick zu. »Seht uns beide an. Meine Mutter war eine angelsächsische Prinzessin und mein Vater schottischer König. Ihr seid Waliserin durch und durch. Und doch leben wir hier in diesem Land der Normannen und schmieden ein neues Reich.« Sie seufzte. »Es gibt noch so viel zu tun, um dieses Land zu einem besseren zu machen. Aber wir werden Großes vollbringen. An Henrys Seite werde ich dem englischen Volk beistehen.«

Nesta schwieg, denn sie wusste nicht, wie sie dieses plötzliche vertrauliche Gespräch deuten sollte. Es war ihr unangenehm, vollkommen allein mit der Königin zu sein, die sie sonst selten beachtete, und noch viel unangenehmer war es, ihren Visionen zu lauschen. Früher war sie an Henrys Seite durch den Park spaziert und hatte ihm zugehört.

»Was sind Eure Träume, Lady Nesta? Was möchtet Ihr in Eurem Leben Großartiges erreichen?«

Nesta sah zur Königin hinab, die ihr nur bis zur Schulter reichte, und überlegte, ob sie ihre eigenen Visionen teilen sollte. Im Grunde konnte ihr solch eine harmlose Offenbarung bestimmt nicht schaden. »Ich wünsche mir ein Heim, Eure Hoheit«, sagte sie leise, »eine Familie. Und ich sehne mich nach meiner Heimat.«

Die Königin brach so plötzlich in schallendes Gelächter aus, dass Nesta zusammenzuckte. »Ihr nehmt mich auf den Arm.« Sie hielt sich die Hand gegen die Brust. »Das kann unmöglich Euer Ernst sein! Ihr wollt tatsächlich behaupten, Ihr seid eines dieser einfältigen Dinger, die ihren Lebensinhalt in der Jagd nach einem Ehemann sehen? Ich hätte Euch wahrlich größeren Ehrgeiz zugetraut. Ihr solltet Euer Leben der Kirche widmen, ehe Ihr es noch gänzlich vergeudet.«

Nesta presste die Lippen aufeinander, erwiderte aber nichts, da sie fürchtete, wieder einmal höfische Gesetze zu übertreten. Zu ihrem Pech blieb die Königin aber stehen und wandte sich ihr zu.

»Was wollt Ihr sagen?«, verlangte sie zu wissen und machte eine auffordernde Handbewegung. »Nur zu. Ich fände es interessant zu erfahren, was Ihr an einem einfachen Leben als Gemahlin und Hausherrin so anziehend findet.«

»Eure Hoheit, ich halte ein Leben als Gemahlin und Hausherrin keineswegs für einfach.« Sie wies auf den Unterleib der Königin. »Und Ihr dürft das Muttersein nicht vergessen.«

»Ich bitte Euch. Jede Magd kann heiraten und Kinder in die Welt setzen. Ich dachte, Ihr strebtet nach Höherem, nach Einfluss.«

Beinahe hätte Nesta gelacht. »Ich strebe nach Frieden, Hoheit. Und dieses einfache Leben, wie Ihr sagt, erfordert meiner Ansicht nach mehr, als es den Anschein macht. Ich glaube, für eine glückliche Ehe bedarf es mehr als Liebe. Es braucht Einfühlungsvermögen, gegenseitigen Respekt, Kompromissbereitschaft und innere Stärke. Um sein Leben dem Wohl von anderen zu widmen, muss auch der Wille zur Opferbereitschaft gegeben sein. Ein Zuhause, ein Ort, an den man gehört, und Menschen, die man liebt, sind ein wertvolles und, wie mir scheint, sehr seltenes Gut. Sie sind keineswegs selbstverständlich. Das Streben danach mag mich einfältig machen, aber ich denke nicht, dass mein Leben damit vergeudet wäre. Ich weiß, ich bin in Euren Augen ungebildet und genoss keine klösterliche Erziehung. Ich weiß von kirchlichen Belangen kaum mehr als ein Bauernkind. Aber ich weiß, was Glück bedeutet. Ich kannte es einst, vor langer Zeit. Und ich werde es wiedererlangen.«

Die Königin sah sie vollkommen ausdruckslos an, und Nesta verschränkte die Hände ineinander.

Plötzlich wandte die Königin sich ab und setzte ihren Spaziergang fort. »Ihr macht es einem schwer, Euch zu verachten, Lady Nesta.« Sie sah über die Schulter zurück zu ihr. »Aber Ihr solltet wissen, dass, wenn Ihr tatsächlich nach einem Heim und einer Familie strebt, Ihr es Euch nicht leichter macht.«

Henry im Kettenhemd war ein ungewohnter Anblick. Es kam Nesta so vor, als hätte er eine Verkleidung angelegt, als spiele er Krieger. Doch leider war es kein Spiel, es war purer Ernst. Die polierten Eisenglieder funkelten in den einzelnen Sonnenstrahlen, die sich zwischen den Wolken ihren Weg zur Erde erkämpften. In seinem von einem Goldreif gekrönten Helm, den er unter dem Arm trug, konnte man sich spiegeln. Er sah zu prächtig aus für die Schlacht, eher als würde er zu einer Parade durch die Stadt reiten.

Nesta ballte die Hände zu Fäusten und beobachtete die an ihr vorbeilaufenden Soldaten. Der Lärm der gepanzerten Männer und Pferde hallte durch den Hof und klingelte in ihren Ohren. Sie sah die Königin an Henrys Seite, sah, wie er sich von ihr verabschiedete. In Nestas Richtung warf er keinen einzigen Blick. Sie hatten jede Nacht zusammengelegen, doch heute schien er sie nicht einmal zu kennen. Dies war der Preis für ihre Sünde, und sie wurde immer wieder daran erinnert. Vor seinen Männern gab es nur seine Gemahlin, es gab nur die Königin, und hätte Nesta nicht solche Angst um ihn, wäre ihr die Rolle als Schatten nicht so schwergefallen. Sie hatte sich schon letzte Nacht von ihm verabschiedet, aber die Waffen, die grimmigen Gesichter der Männer und die angstvollen Mienen der Frauen erfüllten die Luft mit einer ansteckenden Unruhe.

Die Königin trat zurück und verabschiedete sich ebenfalls von Anselm, dem Erzbischof von Canterbury. Nach den Ereignissen um Ranulf Flambards Flucht war Nesta ihm aus dem Weg gegangen, und auch er schien nicht gerade darauf bedacht, ihr zu begegnen, hielt er sie doch für eine walisische Heidin. In all seiner Pracht präsentierte er sich an diesem Morgen: mit der von Edelsteinen und Goldfäden geschmückten Mitra und dem ebenso goldenen Krummstab. Er beabsichtigte, Henry und die Armee persönlich in den Süden zu begleiten, was Nesta nur noch unruhiger werden ließ. Sie traute diesem Mann nicht, schon gar nicht in so schwierigen Zeiten.

Henry zog in den Krieg gegen seinen Bruder Robert Curthose und ließ die Königin als Regentin über das Reich zurück. Er wollte nach Pevensey reiten, um dem Herzog der Normandie von dort aus eine Flotte entgegenzusenden, aber wenn diese ihn nicht aufhalten konnte, käme es zum Krieg auf englischem Boden. Zu Pfingsten hatte Henry seine Barone zu sich bestellt, um sich noch einmal ihrer Treue zu versichern, doch nicht alle waren gekommen, und manche hatten sich zögerlich verhalten.

Wer würde an Henrys Seite stehen, wenn die fremde Armee den Kanal überquerte? Wer würde überlaufen?

Nesta schauderte und zog den Umhang an ihrer Brust fester zusammen, der durch den scharfen Wind wild um sie flatterte. Der Sommer war längst angebrochen, doch mit den schlechten Nachrichten war auch das Wetter unfreundlicher geworden.

Weitere klirrende Schritte erklangen neben ihr, und als Nesta den Kopf drehte, erkannte sie Richard de Clare, der gerade aus dem Torhaus trat. Seit jenem ersten Abend, an dem er sie zu Henrys Gemächern geführt hatte, herrschte Schweigen zwischen ihnen, und sie wusste nicht, was sie ihm sagen sollte. Ihm gegenüber schämte sie sich für ihr Verhalten. Doch jetzt ritt er in den Krieg. Er war zwar noch nicht zum Ritter geschlagen worden, in seinem Alter würde er aber bereits an den Kämpfen teilnehmen. Er war erst neunzehn Jahre alt – zu jung, um zu sterben.

Ohne darüber nachzudenken, streckte Nesta die Hand aus und packte seine gefütterte Weste, die ihn kaum vor Schwertstichen schützen würde.

»Richard!«, flüsterte sie und zog ihn zu sich in den Schatten der Mauern.

Richard blickte mit hochgezogenen Augenbrauen auf sie hinab. »Was ist?« Er wies mit dem Kopf zu den wartenden Pferden. »Ich bin in Eile.«

»Du!« Sie hätte ihn schlagen mögen. »Du nimmst dir gefälligst Zeit, um mir zu versichern, dass du lebendig zurückkommst!«

»Was schert es dich?«

Empört sah sie ihn an. »Wie kannst du so etwas sagen?« Sie zog ihn etwas zu sich herab. »Ich zumindest halte dich immer noch für meinen Freund!«

Richard schnaubte und befreite mit einem Ruck seinen Arm. Ohne sie noch einmal anzusehen, drehte er sich um und marschierte davon.

Nesta glaubte, ihr müsse das Herz zerspringen. Sie durfte sich nicht von Henry verabschieden, und Richard wollte tatsächlich nichts mehr mit ihr zu tun haben.

»Richard!«, zischte sie noch einmal, und zu ihrer Überraschung blieb er tatsächlich stehen. Mit einem tiefen Seufzen drehte er sich zu ihr um.

»Herrgott nochmal«, knurrte er. »Ich pass schon auf mich auf.«

Nesta nickte und zwang sich zu einem Lächeln. Als er sich wieder abwandte, sank sie gegen die Mauer. Bring sie wieder zurück, flehte sie stumm. Bring sie wieder zu mir zurück.

Musiker und Poeten gingen in den Gemächern der Königin ein und aus und lenkten die Damen mit ihren Liedern über Heilige von der nagenden Ungewissheit ab. Einzig Nesta war wie immer viel zu ruhelos, um Versen zu lauschen, und fand an Reimen nichts Beruhigendes. Die Kriegslieder in ihrer Heimat hatten sie nie berühren können, und jene über die Kirche taten es noch weniger.

Elizabeth war fort, Richard im Krieg, und ihre düsteren Gedanken wurden zu ihrem ständigen Begleiter. Sie träumte von Schlachten, von Blut und Schreien, während fröhliches Flötenspiel durch die Hallen klang. Eine verhöhnende Ablenkung, die zu absurd war, um Nesta zu erreichen. Und so stickte und nähte sie mit einem Eifer, der ihr nicht nur das Lob der Königin einbrachte, sondern auch die Bewunderung anderer Damen. Sogar zum Lesen der Bibel raffte sie sich auf, um ihr Latein zu schulen und in mühsamer Konzentration Zeile für Zeile in fremde Geschichten zu entfliehen. Die Königin war der festen Überzeugung, für Nestas Bekehrung verantwortlich zu sein, und Nesta widersprach ihr nicht. Sie konnte der Königin ja nicht sagen, dass der Gedanke an den König und die Gefahr, in die er sich begab, sie fast in den Wahnsinn trieb. Sollte Henry etwas zustoßen, hätte sie nicht nur ihre Liebe verloren, sondern auch ihren Schutz.

Als die erste Nachricht vom König eintraf, schwand in ihr jede Hoffnung. Robert Curthose war nicht, wie erwartet, im mit

Männern und Schiffen vorbereiteten Pevensey gelandet, sondern ein gutes Stück weiter an der Küste in Portsmouth. Der Bote berichtete von den Gerüchten im königlichen Heer: Angeblich waren es Flambard und seine zauberische Mutter gewesen, die Curthose ein ungehindertes Vorbeikommen an Henrys Flotte gesichert hatten. Jetzt war der Feind nur wenige Stunden von Winchester entfernt und konnte den königlichen Schatz an sich reißen. Henry schrieb in seinem Brief an die Königin, dass die Armee seines Bruders von bescheidener Stärke war, aber ein Gutteil seiner Barone hatte ihn verraten und sich nach der Landung Curthose angeschlossen. Jetzt marschierte Henry ebenso mit dem Rest seines Heeres Richtung Winchester. Womöglich war er längst dort, womöglich kämpfte er gerade.

Nesta starrte auf das Muster im Stickrahmen vor sich und versuchte, das Rauschen der aufgeregten Gespräche um sie herum auszusperren. Sie sollte dankbar sein, dass die Königin die Nachrichten mit ihren Damen teilte, aber sie konnte an nichts anderes denken als an den verratenen König, der womöglich seine Krone an einen für Nesta Fremden verlor. Was für ein Mann war Robert Curthose? Wie veränderte ein Kreuzzug einen Menschen? Würde er tatsächlich bis zum Äußersten gehen und seinem eigenen Bruder in einer Schlacht entgegentreten?

»Lady Nesta, ich habe hier einen Brief für Euch.« Die Stimme der Königin riss sie aus ihren düsteren Gedanken.

Sie blickte auf und sah, wie die Königin ein geöffnetes Schreiben in ihren Händen drehte. Einen Moment lang fürchtete Nesta, dass Henry nicht nur der Königin, sondern auch ihr eine Nachricht hatte zukommen lassen, doch dem zufriedenen Gesichtsausdruck der Königin nach zu schließen, war dies nicht der Fall. Nervös stand Nesta auf und überlegte, wer ihr schreiben könnte. Es gefiel ihr nicht, dass die Königin ihre Briefe las, aber nach der Angelegenheit mit Flambard galt Nesta augenscheinlich nicht mehr als vertrauenswürdig.

»Er ist von Eurem Bruder«, sagte die Königin und ließ Nestas Herz damit schneller schlagen. Angst und Freude hielten sich die Waage. War es eine gute oder schlechte Nachricht? »Ich sehe, er lebt in Shrewsbury Abbey. Ein walisischer Fürstensohn, der zur Abwechslung einmal nicht eine Axt schwingt, sondern zu Gott gefunden hat.« Sie sah Nesta über den Brief hinweg an, zog die Augenbrauen zusammen und lächelte plötzlich. »Ich möchte, dass Ihr ihm sogleich antwortet.« Sie wies zum Schreibpult. »Ihr solltet den Kontakt mit Eurem Bruder pflegen, ist er doch alles, was Euch von Eurer Familie geblieben ist.«

»Ich habe noch einen Bruder, Hoheit. Er lebt in Irland.«

Die Königin schüttelte ungeduldig den Kopf und reichte ihr den Brief. »Ich wünsche, dass Ihr ihm häufiger schreibt. Nicht nur wird dies Euer Latein verbessern, sondern auch Eurer Seele helfen, Gott näherzukommen.«

Nesta verbiss sich den Kommentar, dass ihre Seele Gott nahe genug war, und schloss ihre Finger um den Brief. Hywel hatte ihr geschrieben, die Herablassung der Königin kümmerte sie nicht.

Geliebte Schwester, begann der Brief nach dem formalen Gruß. *Es ist schon viel zu lange her, seit mich eine Nachricht von dir erreichte. Bestimmt sind deine Tage mit der ehrenvollen Aufgabe erfüllt, unserer über alles geliebten Königin aufzuwarten. Es erfreute mich so sehr zu hören, dass du am Hof die Führung einer der gottesfürchtigsten und gütigsten Damen dieses Landes erhältst. Ich sehne den Tag herbei, an dem ich dich wieder in die Arme schließen kann, aber das Wissen, dass du gut aufgehoben bist, macht das Warten leichter. Möge Gott stets eine schützende Hand über dich halten und dich und die Königin segnen.*

Hywel

Nesta schloss ihre Finger um den Brief zur Faust und biss sich auf die Lippe. Es wunderte sie nicht, dass die Königin sofort von ihrem klerikalen Bruder angetan gewesen war, aber Nesta kamen die Zeilen distanziert und hohl vor. Sie hätten von einem Fremden stammen können. Gleichzeitig war aber schon allein der Anblick seiner Handschrift erwärmend, und Nesta wusste, dass Hywel ihr kaum Neuigkeiten über Gruffydd oder andere heikle Angelegenheiten in einem Brief mitteilen konnte. Vielleicht ahnte er, dass ihre Briefe zuerst den Weg zur Königin fanden. Im Kloster Shrewsburys lebte er nicht fernab weltlicher Belange, die Mönche dort waren sehr wohl am Königshof interessiert. Die Verhaftung eines Bischofs hatte gewiss für Aufsehen gesorgt, genauso wie dessen abenteuerliche Flucht. Hywel mochte mehr wissen, als er in diesem Brief zu erkennen gab, und Nesta erschienen seine Zeilen wie ein Aufmunterungsversuch. Er hatte sie nicht vergessen.

Eine Antwort an Hywel zu verfassen lenkte sie immerhin von ihrer Angst um Henry ab, und obwohl sie ihrem Bruder nichts von ihren wahren Gefühlen offenbaren konnte, war es doch befreiend, Schriftzeichen zu formen, die Hywel mit eigenen Augen sehen konnte. Inmitten all der höflichen Floskeln schufen sie dadurch eine Verbindung. Und weil ihr diese Beschäftigung so gut tat, schrieb sie auch noch an Ansfride, um sich nach ihrem Wohlergehen zu erkundigen. Am liebsten hätte Nesta die langen Tage des Wartens damit verbracht, Ansfride zu besuchen und einen Rat bei ihrer Freundin einzuholen. Sie wollte ihr das Herz ausschütten, aber eine Reise war in diesen ungewissen Zeiten zu gefährlich. Niemand wusste, was in Winchester vor sich ging, wie der Disput enden würde, und so blieb Nesta nichts anderes übrig, als auch noch Elizabeth zu schreiben und ihr alles Gute für ihr erstes Kind zu wünschen.

Der Juli zog heiß und drückend dahin, und es war an einem besonders unerträglich schwülen Nachmittag, dass ein Reiter inmitten einer Staubwolke in den Hof preschte. Nesta kam gerade von der Kirche, die ihr in Abwesenheit des Erzbischofs tröstlich erschien, und führte den Boten sofort zur Königin. Gespannt warteten alle auf eine Regung ihrer Herrin, während diese die

Zeilen las, und studierten ihre Züge. Schließlich huschte ein Lächeln über das sonst so strenge Antlitz.

»Meine Damen, ich darf euch mitteilen, dass der König wohlauf und bereits auf dem Heimweg ist.« Die Königin knüllte den Brief in ihrer Hand zusammen und schickte den jungen Ritter, der die Nachricht überbracht hatte, mit einem freundlichen Dank hinaus. Nesta hatte gehofft, Richard de Clare würde als Bote fungieren, denn sie hatte nichts von ihm gehört. Sie wusste noch nicht einmal, ob er noch lebte, oder was im Süden des Landes vorgefallen war.

»Fand eine Schlacht statt, Eure Hoheit?«, fragte eine der Damen, die vor der Königin eine Schale lauwarmes Wasser auf den Boden stellte. »Wurde der Herzog besiegt?«

Die Königin lehnte sich in ihrem Stuhl zurück und stellte mit einem zufriedenen Seufzen ihre Füße in das angenehme Nass. »Nein«, antwortete sie schließlich mit geschlossenen Augen und legte die Hand auf den Bauch. »Es gab keine Schlacht. Der König konnte seinen Bruder davon überzeugen aufzugeben. Lady Nesta.« Ohne aufzusehen, winkte sie in ihre Richtung und überreichte ihr den Brief. »Legt den Brief in meine Schatulle neben dem Bett.«

Nesta nahm das Schreiben entgegen und trat in den von Vorhängen abgetrennten Schlafbereich. Der Brief in ihrer Hand wog schwer wie ein Stein. Sie wusste, er war von Henry verfasst worden, das hatte der Ritter gesagt, doch die Königin hielt sich über den Inhalt bedeckt. Was war geschehen? Wenn es keine Schlacht gegeben hatte, mussten alle wohlauf sein. Richard war gesund.

Nesta blieb vor dem Regal neben dem Bett stehen und blickte auf die edelsteinbesetzte Schmuckschatulle und dann auf den Brief in ihrer Hand. Sie musste wissen, was vorgefallen war. Was hatte Henry der Königin geschrieben?

Mit wild schlagendem Herzen blickte sie über die Schulter zurück zu den schweren Stoffen, die sie vor den Augen der anderen schützten, und lauschte. Bis auf das Murmeln leiser Gespräche konnte sie nichts vernehmen. Sie mochte sich gar nicht ausdenken, welche Strafe ihr blühte, wenn sie dabei erwischt wurde, wie sie den Schriftverkehr der Königin las. Doch andererseits … Nesta faltete das Schreiben auseinander und atmete tief durch. Ihre Hände zitterten, als sie auf die dunkle Tinte blickte. Sie musste sich beeilen, ehe ihre Abwesenheit bemerkt wurde …

Madame, ich schreibe Euch in größter Eile. Gemeinsam mit dem Erzbischof von Canterbury – ich danke Euch für den Rat ihn mitzunehmen – zog ich von Pevensey aus meinem Bruder entgegen. Doch Anselms wohlüberlegte Worte konnten den Großteil meiner normannischen Barone nicht davon abhalten, mich zu verraten, allen voran der Earl of Surrey, der mir immer noch die Hochzeit mit Euch vergrämt, hatte er doch selbst ein Auge auf Euch geworfen. Auch der Earl of Shrewsbury mit seinen Brüdern und mein Vetter, der Earl of Cornwall, schlossen sich Robert an, was mich aber nicht sonderlich überraschte, waren wir uns doch nie sehr zugetan. Die Angelsachsen blieben ausnahmslos loyal, Gott möge diese treuen Seelen schützen, ebenso wie einige der Männer, die meinem Vater bereits ergeben waren. Ich wüsste nicht, was geschehen wäre, wenn die Beaumont-Brüder übergelaufen wären, doch Robert und der Earl of Warwick blieben wie eh und je treu an meiner Seite, ebenso der Lord of Gloucester, mein treuer Berater Richard de Redvers und der Sheriff von Norfolk und Suffolk, Robert Bigot.

Ich versichere Euch, Madame, die Verräter werden büßen. Ihretwegen verlor ich weitreichende Gebiete in der Normandie und wurde gezwungen, meinem elenden Bruder eine jährliche Zahlung von dreitausend Mark Silber zuzusagen, um Blutvergießen abzuwenden.

Schon bald reise ich zu Euch zurück, geliebte Matilda. Ich kann es kaum erwarten, Euch wiederzusehen.

Euer ergebenster Henry

Nesta blickte auf den Brief und wusste nicht, was sie mehr erschütterte. Die zärtlichen Zeilen am Ende oder die Darlegung der politischen Lage zu Beginn. Sie hätte nicht überraschter darüber sein können, dass Henry seiner Gemahlin so ausführlich über die Vorgänge im Land berichtete. Henry schien sogar ihren Rat in politischen Belangen zu suchen. Denn es war schließlich die Idee der Königin gewesen, Anselm mit Henry zu schicken. Er hatte sie als Regentin zurückgelassen, was allgemeine Verwunderung ausgelöst hatte. Doch Henry schien ihr zu vertrauen.

Nesta schloss die Augen und versuchte sich auf die Fakten der Schilderung Henrys zu konzentrieren. Ihr einstiger Vormund Arnulf de Montgomery, der Bruder des Earl of Shrewsbury, hatte Henry also verraten. Genauso wie der König war Nesta über diesen Treuebruch nicht im Geringsten erstaunt. Über Robert de Beaumonts Treue war sie ebenso erleichtert wie Henry. Elizabeths Gemahl war ein mächtiger Baron, und nachdem sie ihn bei Henrys Geburtstagsfeier zusammen mit dem Earl of Surrey und anderen Verrätern gesehen hatte, war sie vom Schlimmsten ausgegangen. Doch er war standhaft geblieben, und Nesta war vor allem auch für Elizabeth dankbar. Henrys Krone war gerettet und er selbst gesund und munter. Da keine Schlacht stattgefunden hatte, schien alles wieder gut zu werden.

Nur weshalb hatte die Königin ausgerechnet Nesta den Brief gegeben, um ihn zurückzulegen? Hatte sie sie in Versuchung bringen wollen? Oder war es gar ihr Wunsch gewesen, dass Nesta die Zeilen las, damit ihr vor Augen geführt wurde, wie Henry zu der Königin stand?

Ein Geräusch hinter den Vorhängen riss sie aus ihren Gedanken. Schnell legte sie den Brief in die Schatulle und ging zurück zu den Damen.

Die Tür des königlichen Gemachs fiel mit einem Knall zu, der sie zusammenzucken ließ. Nesta war allein beim König, nachdem sie ihn die letzten Tage kaum zu Gesicht bekommen hatte. Und wenn sie ihm begegnet war, dann nur in Gegenwart anderer. Doch jetzt hatte Richard sie aus dem Vorraum der schlafenden Hofdamen geholt, als hätte es den Konflikt mit Robert Curthose nie gegeben. Sogar zu einer Umarmung hatte er sich hinreißen lassen, auch wenn er wortkarg geblieben war. Nesta nahm sich vor, mit ihm zu sprechen und einen Versuch zu unternehmen, ihre Freundschaft zu retten, aber jetzt rasten ihre Gedanken um die Begegnung mit Henry. Zitternd vor Aufregung nahm sie ihren Blick von der Tür und schritt zwischen den Vorhängen hindurch in den von Kerzenlicht erleuchteten Raum.

Es hatte fast schon schmerzhafte Selbstbeherrschung gekostet, Henry mit seinen Baronen und Soldaten in den Hof reiten zu sehen, ohne sich vor Glück über seine Wiederkehr in seine Arme zu werfen. Genauso ihn in der Halle zu beobachten, räumlich nah und doch unerreichbar.

Henry stand, nur mit einem Umhang über dem Nachthemd, vor der Feuerstelle und blickte in die Flammen. Er bemerkte sie nicht, und da Richard gleich verschwunden war, ohne sie anzukündigen, wusste er nicht, dass sie bereits hier war.

Nesta nahm sich einen Augenblick Zeit, um sein vom flackernden Lichtspiel beschienenes Antlitz zu betrachten. Die dunklen Locken trugen einen goldenen Schimmer, und seine gebräunte Haut verlieh ihm das Aussehen einer Bronzestatue. Die Angst fiel von ihr ab, und als sie sich endgültig durch die Vorhänge schob, fuhr Henry zu ihr herum.

»Nesta.« Seine goldgesprenkelten Augen trugen die Flammen in sich und funkelten mit einer Zärtlichkeit, die ein wildes Kribbeln in ihrem Bauch hervorrief. »Endlich.«

»Eure Hoheit.« Nesta machte Anstalten in einen Knicks zu sinken, als Henry das Gemach mit weitgreifenden Schritten durchmaß und sie an den Oberarmen packte. Ungestüm zog er sie hoch, und im nächsten Moment verschmolzen seine Lippen mit den ihrigen.

Wie ein Blitz fuhr die Berührung durch ihren Körper und vertrieb auch noch den letzten Rest von Anspannung aus ihren Gliedern. Sie klammerte sich an ihm fest, ließ ihre Hände über seinen Körper, durch sein Haar, an seine Wangen streichen, nur um sicherzugehen, dass er Wirklichkeit war.

»Du bist hier«, stieß sie aus und wusste nicht, ob sie ihn ansehen oder weiterküssen sollte.

Henry lachte und strich ihr mit beiden Händen das Haar zurück. »Ich bin hier, und nichts wird mich so schnell wieder von dir fortreißen.«

»Das rate ich dir auch.« Nesta schlug lachend mit der Faust gegen seine Schulter, und plötzlich kam ihr das bange Warten weit entfernt vor. »Du musst mir alles erzählen«, sagte sie und ließ immer noch ihre Hände über seine Brust und seinen Hals wandern. »Du musst mir sagen, wem ich deine sichere Rückkehr verdanke, sodass ich ihn in meine Gebete einschließen kann.«

Henry schlang seinen Arm um sie und presste sie fest an sich. »Alles, meine Liebste. Ich werde dir alles sagen. Nachher.« Seine Lippen fanden erneut die ihrigen, und Nesta ließ sich von der Sehnsucht und Leidenschaft hinforttragen. Sie liebten sich, als gäbe es kein Morgen, und lagen danach lange beieinander, ehe Henry das Schweigen brach.

»Es ging dir gut, während ich fort war?«

Nesta drehte sich in seinem Arm herum und blickte hoch in sein schläfriges Gesicht. Sie hatten sich noch nicht einmal die Mühe gemacht, die Vorhänge der Bettstatt zuzuziehen, und so spendeten die letzten Kerzen fahles Licht. »So gut es mir im Anbetracht der Umstände gehen konnte.« Sie ließ ihre Hand über seinem Herzen ruhen, um es schlagen zu spüren. »Ich war so einsam, und als Richard mich endlich zu dir …« Sie brach ab und stützte sich auf einen Ellbogen, um Henry direkt in die Augen zu sehen.

»Was ist los?«, wollte er wissen.

Nesta biss sich auf die Unterlippe. »Kannst du nicht einen anderen finden, der mich nachts zu dir bringt?« Sie sah ihn bittend an. »Richard de Clare ist mein Freund, und ich will nicht, dass er mich nur noch als … als …«, sie atmete tief durch, »als deine Geliebte sieht.«

Henry lachte. »Du meinst, Richard ist in dich verliebt, und du fändest es grausam, ihn weiterhin mit unseren Gefühlen füreinander zu quälen.«

Nesta schubste ihn neckend. »Richard glaubt nur, dass er in mich verliebt ist. Er liebt alle Frauen, aber ich fürchte, er könnte den Respekt vor mir verlieren.«

»Wenn er den Respekt vor dir verliert, weil du deinem Herzen folgst, verdient er deine Freundschaft nicht.« Er richtete sich halb auf und küsste sie auf den Mund. »Außerdem ist der ganze Hof in dich verliebt, wie soll ich da jemanden auswählen, ohne einen anderen zu einem gebrochenen Herzen zu verdammen?«

»Unsinn!«

»Du bist zu schön, Nesta.« Henry zog sie an sich und bettete ihren Kopf auf seine Brust. »Aber ich werde Richard von seinem Leid befreien. Ich verspreche es dir.«

Nesta lächelte, fand aber schnell wieder zum nötigen Ernst zurück. »Was wird mit den Männern geschehen, die dich verraten haben? Ich hörte, du warst gezwungen, Ranulf Flambard zu begnadigen und ihm seinen Bischofssitz zurückzugeben.«

Henry schloss seine Arme beschützend um sie. »Keine Sorge. Flambard geht mit meinem Bruder zurück in die Normandie. Es ging ihm einzig um die Gelder von Durham, die er als Bischof bezieht. Aber du hast recht: Flambard ist begnadigt. Der Vertrag von Alton, durch den ich nicht nur Geld, sondern auch Land verloren habe, war natürlich sein Einfall. Auch ist neben all den anderen Unsinnigkeiten festgelegt, dass die Barone der jeweiligen Gegenseite begnadigt werden.«

Nesta blickte zu ihm hoch. »Aber das kannst du doch unmöglich gutheißen! Was ist mit dem Earl of Shrewsbury? Und mit seinem Bruder …« Sie schluckte den Widerwillen, den Namen auszusprechen, hinunter. »Arnulf de Montgomery. Soll er ungeschoren davonkommen?«

Ein leises Lachen ließ Henrys Brust erzittern. Sanft streichelte er durch ihr Haar. »Meine rachsüchtige, kleine Waliserin.« Er hauchte ihr einen Kuss auf den Scheitel. »Sei unbesorgt. Ich werde Möglichkeiten finden, die Schuldigen zu bestrafen. Denn meine Barone können laut Abkommen immer noch als Verräter für andere Belange angeklagt werden. Mehr noch: Mein Bruder muss die Verurteilten ebenso als Verräter anerkennen, so wie ich es andersherum tun muss. Die ganze De-Montgomery-Bande ist berüchtigt für ihre Grausamkeit. Es wird sich schon etwas finden lassen, um sie ihrer gerechten Strafe zuzuführen.« Plötzlich richtete er sich auf, und als Nesta ihm gegenüber auf dem Bett saß, umklammerte er ihre Oberarme. »Willst du mir dabei behilflich sein, die de Montgomerys zu stürzen?«, fragte er mit einem fast schon kindlichen Lächeln, das sie an ihre Brüder vor einem Streich erinnerte.

Gebannt sah Nesta ihn an. »Wie?«

»Ich will, dass du mir alles erzählst, jede Erinnerung, die du an deine Gefangennahme hast, jeden Tag unter den de Montgomerys in Shrewsbury, jede Grausamkeit, die du erfahren, beobachtet oder von der du gehört hast. Ich will alles wissen.«

Nesta schluckte. Sie erinnerte sich nur ungern an diese Zeit, wollte sich nicht zurück in ihre Rolle als Gefangene und Opfer versetzen. Doch sie dachte an ihr Land, an das, was de Montgomery den Menschen dort antat, und nickte schließlich. »Ich hoffe, du hast etwas Zeit – das ist eine lange Geschichte. Ich würde alles tun, um Arnulf de Montgomery vernichtet zu sehen. Der

Tag, an dem er meine Heimat verlässt, ist ein guter Tag für das walisische Volk.« Und womöglich würde dann auch ihr Bruder aus dem Exil heimkehren.

Arnulf de Montgomery ist nach Irland geflohen.« Henry stürmte in sein Gemach, in dem Nesta auf ihn gewartet hatte, und breitete die Arme aus. »Was sagt Ihr dazu, Mylady?«

Nesta zog ob der förmlichen Anrede die Augenbrauen zusammen, doch dann bemerkte sie, dass Henry nicht allein war. Robert de Beaumont war gleich hinter ihm eingetreten. Sie hatte angenommen, allein mit ihm zu sein, aber Elizabeths Gemahl war in letzter Zeit häufig an Henrys Seite zu sehen. Schon vor der Rebellion waren die beiden Freunde gewesen, aber die Treue des Barons während dieser schwierigen Zeit schien die beiden Männer noch einmal fester aneinandergeschweißt zu haben.

»Eure Hoheit.« Nesta sank schnell in einen tiefen Knicks. Zu ihrer Überraschung zog Henry sie aber hoch und wies zu seinem Freund. »Die Nachricht hat uns gerade eben erreicht. Kommt schon, Robert, erzählt Lady Nesta, was Ihr herausgefunden habt.«

De Beaumont verneigte sich mit der Hand auf der Brust vor ihr. Sein graudurchwebtes Haar war glatt zurückgekämmt und betonte den kurzgehaltenen Bart, der das wettergegerbte Antlitz zierte. Ein Umhang mit Fuchsfell verlieh seiner Erscheinung etwas Nobles, genauso die schimmernden Ketten um seinen Hals und die Ringe an seinen Fingern. »Mylady.«

Nesta knickste. »Mylord de Beaumont.« Sie war immer noch überrascht über dieses Zusammentreffen, doch da fuhr de Beaumont schon fort: »Arnulf de Montgomery floh ins Exil an den Hof seines Schwiegervaters König Muirchertach Ua Briain.«

»Er hat gehört, dass ich Nachforschungen über ihn und seine ganze Sippschaft anstellen lasse, und da wurde es ihm zu heiß.« Henry ging zu seinem Schreibtisch und de Beaumont folgte ihm.

»Werdet Ihr seine Auslieferung fordern?«, wollte der Baron wissen, woraufhin Henry stehenblieb. Er warf Nesta einen Blick zu und nickte schließlich bestimmt. »Das werde ich, und wenn dieser irische Hinterwäldler sich weigert, verhänge ich ein Handelsverbot mit Irland. Mal sehen, wie er dann zu seinem Schwiegersohn steht. Arnulf de Montgomery ist mit einer Unmenschlichkeit und Grausamkeit gegen die walisischen Einwohner vorgegangen, die sich mit nichts rechtfertigen lässt. Zudem hat er zweimal gegen einen von Gott gesalbten König rebelliert. Es wird Zeit, dass er dafür zur Rechenschaft gezogen wird. Und Lady Nesta, eine Prinzessin von Wales, die einmal unter de Montgomery zu leiden hatte«, er lächelte ihr zu, »soll Zeugin werden, dass sich der englische König für Gerechtigkeit in ihrer Heimat einsetzt.«

Nesta erwiderte das Lächeln und spürte eine tiefe Wärme, die sich in ihrer Brust ausbreitete. Deshalb also ließ er sie an einem Gespräch mit de Beaumont teilnehmen. Er schenkte ihr den Triumph über die Befreiung ihrer Heimat von einem der grausamsten Männer, denen Nesta je begegnet war. In den letzten Wochen hatte Nesta dem König in den wenigen Momenten, die sie zusammen verbracht hatten, von all den Dingen erzählt, die man sich in Shrewsbury über de Montgomery, des Teufels Sohn, berichtet hatte. Auch hatte sie ihm unter Tränen vom Angriff auf die Kirche in Dinefwr, von der Schändung der Frauen, der Entweihung des Gotteshauses und der Ermordung eines Priesters erzählt. Aber Henry hatte auch andere ausgeschickt, um Nachforschungen einzuholen, und Nesta war zuversichtlich, dass ihrer Heimat endlich Gerechtigkeit widerfahren würde.

Henry wandte sich an de Beaumont. »Ich muss mir noch überlegen, wem ich die Lordschaft von Pembroke gebe und wie ich das übrige Land verteile. Lady Nestas Bruder Gruffydd Tudor soll das Land rund um Dinefwr bekommen, schließlich ist dies seine Heimat.« Er wandte sich an Nesta, der bei diesen Worten kurz das Herz stehen geblieben war. »Wie nennt Ihr dieses Gebiet, Mylady?«

»Ich …« Nesta schluckte, sie konnte noch gar nicht glauben, was Henry da sagte, »in Wales ist das Land in Cantrefi eingeteilt, Eure Hoheit. Eine Hundertschaft, jede mit seinem eigenen Gericht und Herrn. Das Fürstentum meines Vaters Deheubarth besteht aus dreizehn Cantrefi. Dinefwr liegt im Cantref Mawr – einem der größten. Mein ehemaliges Zuhause.«

Henry sah sie zärtlich an. »Dann soll es der Cantref Mawr sein.« Er blickte wieder zu de Beaumont, der hochaufgerichtet neben dem Schreibtisch stand. »Der Bote, der dem irischen König meine Nachricht bezüglich de Montgomery bringt, soll auch gleich Lady Nestas Bruder aufsuchen. Stellt Gruffydd Tudor die Lordschaft über Mawr in Aussicht. Wollen wir sehen, ob er sich dann dazu herablässt, mir zu antworten.«

»Eure Hoheit …« Nesta hatte das Gefühl, Gruffydd verteidigen zu müssen. »Mein Bruder ist …« Weiter kam sie nicht, denn plötzlich wurde ihr bewusst, dass sie Gruffydd gar nicht kannte. Sie wusste nicht, was für ein Mensch aus ihm geworden war und welche Beweggründe er hatte, die Einladungen des Königs zu ignorieren.

Henry winkte ab. »Keine Sorge, Mylady. Die Sturheit eines jungen Hitzkopfs ist nichts, das ich nicht nachvollziehen könnte. Auch kenne ich den walisischen Stolz.« Er zwinkerte ihr zu. »Er wird schon noch zur Einsicht kommen.« Seufzend ließ er sich auf den gepolsterten Stuhl am Schreibtisch fallen und nahm eines der Dokumente zur Hand. »Was wisst Ihr über den Earl of Shrewsbury?«, wollte er dann von de Beaumont wissen. »Ist er dem Beispiel seines Bruders gefolgt und geflohen?«

Der Baron schüttelte den Kopf. »Robert de Bellême hält sich in seinen Ländereien in Shropshire auf und scheint sich ziemlich sicher zu fühlen. Mit dem Tod seines Schwiegervaters erbte er die Grafschaft Ponthieu auf dem Festland, und nun kann es kaum ein anderer Baron an Macht und Reichtum mit ihm aufnehmen. Er könnte ohne Schwierigkeiten eine Armee aufstellen.«

»Das werden wir ja sehen. Welche Vergehen können wir ihm bisher anlasten?«

Ein abfälliges Schnauben entfuhr dem Baron. »Die Liste wird immer länger, Hoheit. Schändlichkeiten, die ich vor Mylady …«, er nickte Nesta zu, »nicht aussprechen möchte.«

»Lady Nesta kann nichts so schnell erschrecken, glaubt mir.«

De Beaumont rang einen Augenblick deutlich mit sich, ehe er gepresst hervorbrachte: »Folterungen von Männern und sogar Frauen. Es heißt, er habe …«, er warf Nesta einen Blick zu, ehe er Luft holte und fortfuhr, »es heißt, er habe persönlich den Augapfel eines Gefangenen mit dem Fingernagel entfernt.«

Nesta schlug sich die Hand vor den Mund. Ihr wurde übel, und sogar Henry verzog das Gesicht.

»Und die anderen Verräter?«, fragte er. »Was haben wir gegen sie in der Hand? Ich will nicht, dass sie sich nur wegen des Abkommens mit meinem Bruder sicher fühlen. Sie haben gegen ihren König rebelliert.«

De Beaumont strich sich mit der Hand über das Kinn. »Der Sheriff von Leicester Ivo de Grandmesnil scheint sich einige Scharmützel mit seinen Nachbarn geliefert zu haben.«

Henry nickte. »Private Kriegsführung. Ein Gesetzesbruch.« Den Blick in sich gekehrt, lehnte er sich zurück und schwieg einige Augenblicke lang, ehe er schließlich den Kopf schüttelte. »Nein. Der Sheriff von Leicester nahm zusammen mit meinem Bruder am Kreuzzug teil und fühlte sich ihm gegenüber wohl deshalb zur Treue verpflichtet.«

»Ich darf Euch daran erinnern, dass der Sheriff von Leicester bei der Belagerung von Antiochia schändlich floh und frühzeitig vom Kreuzzug zurückkehrte.« De Beaumont verschränkte die Arme vor der Brust.

»Der Kreuzzug ist nicht meine Sache«, erwiderte Henry und

warf einen Blick in ein aufgeschlagenes Buch mit Zahlenkolonnen. »Nein, der Sheriff von Leicester ist ein Feigling und keine Gefahr. Ich bin geneigt, ihm zu vergeben – von ihm hole ich mir lieber zurück, was ich meinem Bruder geben musste. Setzt Euch mit ihm in Verbindung, und findet heraus, was er für eine Begnadigung zu zahlen bereit ist.« Er nickte dem Baron zu und winkte ihn davon. »Robert.«

De Beaumont verneigte sich vor Henry und noch einmal vor Nesta, ehe er das Gemach verließ.

»Du vertraust ihm vorbehaltlos.« Nesta sah zu den Vorhängen, hinter denen de Beaumont verschwunden war.

Henry blickte von seinen Schriftstücken auf. »De Beaumont? Ja, das tue ich. Robert ist loyal, daran habe ich keinen Zweifel. Er diente schon meinem Vater. In der Schlacht bei Hastings, in der die Angelsachsen fielen und mein Vater das Land eroberte, hielt Robert bereits ein Kommando. Er war fünfzehn und überzeugte schon damals mit seinem Verstand. Er ist mir ein guter Ratgeber.«

»Ebenso wie seine Gemahlin mir«, sagte Nesta.

»Elizabeth de Beaumont.« Henry rückte seinen Stuhl so zurecht, dass er Nesta vor den zugezogenen Vorhängen seiner Bettstatt ansehen konnte. »Damals Elizabeth de Vermandois. Sie war eine ausgezeichnete Partie aus altem fränkischem Adel. Ihr Großvater war König der Franken. Robert erzählte mir, dass die Hebamme sicher ist, Elizabeth bekommt Zwillinge, und jetzt ist der Arme ganz außer sich vor Sorge.« Er lächelte, ehe er plötzlich den Blick senkte und fast schon wehmütig zu Boden sah. »Er vergöttert sie.«

Nesta schluckte gegen den Kloß, der sich plötzlich in ihrer Kehle gebildet hatte. »So wie du deine Gemahlin?«

Mit deutlicher Bestürzung sah Henry hoch. »So wie ich *dich* vergöttere, Nesta.« Er erhob sich und kam auf sie zu. »Du bist meine einzige Freiheit, meine Zuflucht. Ich trage eine enorme

Verantwortung, und nur in deinen Armen spüre ich die Last von meinen Schultern weichen.« Sanft küsste er sie auf die Lippen und strich anschließend mit dem Finger darüber. »Außerdem brauche ich dich, um mein Wissen über Wales zu verbessern«, neckte er sie, und Nesta stieß ihn leicht mit der Schulter an.

»Es tut mir leid, dass du so schändlich verraten wurdest. Das hast du nicht verdient. Du bist ein guter König, Henry.«

Henry grinste sie an, ehe er mit den Schultern zuckte. »Viele Barone, die damals mit meinem Vater nach England kamen, sind schon zu mächtig – darunter auch Shrewsbury. Sie haben keinen Grund mehr, mir treu zu bleiben, denn ich kann ihnen nichts mehr geben. Mein Vater entlohnte sie für ihre Dienste bei der Eroberung dieses Landes, aber jetzt … Ich kann mich nur noch auf die Engländer verlassen, aber das reicht nicht. Ich muss mich an die Jungen halten, an die Ehrgeizigen. Sie wollen noch etwas von mir. Ich muss normannische Edelmänner aufbauen, die die alten Verräter von ihren Plätzen verdrängen. Jede Entscheidung, die ich jetzt treffe, mag über Glück oder Unglück in der Zukunft bestimmen.«

»Du wirst die richtigen Entscheidungen treffen.« Nesta nahm sein Gesicht in beide Hände und sah ihn eindringlich an. »Ich liebe dich, Henry.«

»Du bist eine erstaunliche Frau, Nesta.« Henry legte seine Hand auf die ihrige und drückte sie. »Ich will nicht mehr über Politik sprechen, aber ehe ich tue, was ich wirklich will …«, er küsste sie auf die Nasenspitze, und Nesta lachte, »… möchte ich dir noch eines sagen: Die Vernichtung Shrewsburys wird nicht leicht, die de Montgomerys sind sowohl hier in England als auch in der Normandie und in Wales mächtig. Mächtiger als alle anderen. Arnulf ist in Irland, aber um Shrewsbury zu vernichten, braucht es mehr. Also habe ich beschlossen, mir selbst ein Bild der Lage zu machen und Wales einen Besuch abzustatten. Ich will mit meinen Lords in den walisischen Marken sprechen und mich nicht länger auf Berichte verlassen. Bisher war Wales eine Angelegenheit der Marcher Lords, die ihre eigenen Gesetze hatten und taten, was ihnen gefällt. Aber ich bin der König, und ich muss sie unter Kontrolle halten. Dazu muss ich die Waliser verstehen. Und hier kommst du ins Spiel.«

Nesta ließ ihre Hände sinken und trat einen Schritt zurück. »Was meinst du damit?«

»Ich meine, dass du mich nach Wales begleiten wirst.«

Ein glückliches Lachen entfuhr Nesta. Schnell schlug sie die Hand vor den Mund. Doch genauso schnell, wie das Glück gekommen war, traf sie die Erkenntnis. »Die Königin … Ich kann nicht so für alle sichtbar …«

Henry lächelte und legte seine Hand an ihren Hals. »Die Königin und auch alle anderen wissen, wie ich zu dir stehe. Niemand würde sich über unsere Reise wundern. Zudem ist es wohl nicht verboten, dass ein König mit seinem Mündel ihr walisisches Heim besucht, um ihr Land besser verstehen zu lernen. Die Königin kommt auch erst nächstes Jahr nieder. Sie wird sich aufs Land zurückziehen. Nach Sutton oder Winchester. Willst du nicht?«

Ein Lächeln stahl sich in ihr Gesicht. »Doch, ich will.«

Cardiff, Südwales, Oktober 1101

Der gesamte Haushalt hatte sich am Fuße des grasbewachsenen Hügels versammelt und ging auf ein Knie nieder, als der König durch das Torhaus in den Hof ritt. Nesta hielt sich an seiner Seite und kam sich beim Anblick der Männer und Frauen, die in dieser ehrerbietigen Haltung verharrten, fremd vor. Sie konnte sich noch gut an König Williams Besuch in Shrewsbury erinnern, und wie eindrucksvoll ihr dieser Einzug erschienen war. Es war ein sonderbares Gefühl, nun auf der anderen Seite zu stehen und zu beobachten, wie Mägde, Köchinnen und andere Bedienstete zu ihnen hochzuspähen versuchten.

Zum ersten Mal wurde ihr bewusst, wie anders sie auf die Menschen in ihrem fellgefütterten Umhang, der sie vor dem scharfen Oktoberwind schützte, wirken musste. Auf der prächtigen Stute mit dem sandfarbenen Fell und der nachtschwarzen Mähne hatte sie nicht mehr viel gemein mit der schäbig gekleideten Gefangenen von Shrewsbury. Nesta hatte ihr Haar in einem Netz zusammengefasst, damit es ihr beim Reiten nicht ständig ins Gesicht wehte, und die Drachen-Fibel zeigte jedem, dass sie eine Prinzessin von Wales war. Henrys dunkler Lockenschopf wurde von einem Goldreif geschmückt, und die Ritter mit den roten Bannern an seiner Seite ließen keinen Zweifel an seinem Status. Sie waren nur mit kleinem Gefolge unterwegs, was Nesta in dem Gefühl bestärkte, endlich ein Stück Freiheit erlangt zu haben.

Ein Knecht kam herbeigelaufen und half Nesta vom Pferd,

während Henry den Burgherrn Robert FitzHamon, den Lord of Gloucester, begrüßte.

»Nesta, kommt her.« Henry winkte sie zu sich und legte zärtlich seine Hand auf ihre Schulter. »Ihr kennt Sir Robert?«

Nesta nickte. »Es ist schön, Euch wiederzusehen, Mylord.« Der ergraute Herr war ihr schon das eine oder andere Mal bei Hofe begegnet, und er hatte Henry im Konflikt mit seinem Bruder zur Seite gestanden. Das war aber nicht der Grund, weshalb ihr dieser Name und das faltige Gesicht in Erinnerung geblieben waren. Robert FitzHamon hatte einst gegen ihren Vater gekämpft, das hatte sie vor ein paar Jahren bei den Gesprächen an der Tafel vernommen. Damals hatte ihr Vater das Fürstentum östlich von Deheubarth gehalten – Morgannwg –, und der Fürst dieses Landes hatte Hilfe bei den Normannen gesucht, um sein Reich von ihrem Vater zurückzuerobern. Robert FitzHamon und ein Dutzend Ritter waren daraufhin zu seiner Unterstützung gekommen und hatten Nestas Vater besiegt. Der einstige Fürst von Morgannwg hatte sein Reich dadurch aber nicht zurückgewonnen, denn die Normannen hatten es für sich behalten und waren immer weiter nach Wales vorgedrungen. Nesta stand dem Mann mit zwiespältigen Gefühlen gegenüber. Einerseits war er überaus höflich zu ihr und seinem König gegenüber loyal, andererseits konnte sie nicht anders, als in ihm den Feind ihres Vaters zu sehen. Manchmal schien es ihr, als stünde sie auf einer Brücke: Auf der einen Seite war Wales und auf der anderen das normannische England. Beide Seiten zerrten an ihr, und die Angst zu stürzen war allgegenwärtig.

»Lady Nesta.« Der Burgherr verneigte sich knapp. »Es ist mir eine Ehre, Euch auf Cardiff Castle willkommen zu heißen.« Er wies zu der kleingewachsenen Frau an seiner Seite, die Nesta auf sonderbare Weise bekannt vorkam. Sie konnte aber nicht sagen, woher. »Erlaubt mir, Euch meine Gemahlin vorzustellen – Sybil de Montgomery.«

Nesta zuckte kaum merklich zusammen. Sie schaffte es gerade noch, der Dame mit dem Mausgesicht und den hellen Augen zuzunicken, als ihr und Henry auch schon die Töchter vorgestellt wurden. FitzHamon war also mit einer Montgomery verheiratet. Dem Alter nach zu urteilen, musste die Dame eine Schwester von Arnulf und dem Earl of Shrewsbury sein – die Schwester von Verrätern. Mit aller Mühe schaffte sie es, der Frau ein Lächeln zu schenken, die unter gesenkten Lidern hervor zu ihr hochblickte. Nesta versuchte, ihre schlechten Erinnerungen mit dem Namen Montgomery nicht auf diese Frau zu übertragen. Nestas eigener Bruder hielt sich im Exil auf und lebte ein Leben, von dem sie keine Vorstellung hatte. Es war bestimmt nicht leicht, zwischen den Brüdern und dem königstreuen Gemahl zu stehen. Wenn Gruffydd sich nur melden würde, anstatt sich in Schweigen zu hüllen.

Henry und FitzHamon sprachen über die Zustände in Wales, jetzt da die Lords mit den größten Besitzungen nach ihrem Verrat geflohen waren. Der Earl of Shrewsbury und der Earl of Chester hatten den Norden unter Kontrolle gehalten. Doch Shrewsbury verschanzte sich in seinen Burgen an der walisischen Grenze, und der fettleibige Chester, auf dessen Burg Nesta den Fürsten von Gwynedd getroffen hatte, war vor kurzem gestorben und hatte einen siebenjährigen Erben hinterlassen. Nesta wusste, Henry fürchtete, die plötzliche Instabilität könne zu Aufständen führen.

»Es ist nicht sicher, weiter in den Westen vorzudringen«, warnte FitzHamon, als sie sich auf den Weg zur Halle begaben. Über eine steile Treppe gingen sie den Hügel hinauf zu der aus Holzbalken errichteten Burg, und Nesta versuchte, die vielen Blicke der anderen zu ignorieren. Fast meinte sie Madame de Mabile flüstern zu hören: »des Königs Dirne.« Natürlich war das unmöglich. Die Dame war weit weg in Shrewsbury, womöglich lebte sie gar nicht mehr, aber manche Blicke schienen dasselbe Missfallen in sich zu tragen. Ich bin eine Prinzessin, versuchte sich Nesta vorzubeten, nicht des Königs Hure. Er hat mir sein Herz geschenkt, und etwas anderes erwarte ich nicht von ihm.

»Ist es immer noch unruhig?«, wollte Henry wissen. Er hielt sich an FitzHamons Seite, während Nesta den beiden Stufe für Stufe folgte.

FitzHamon nickte. »Gerald de Windsor hatte die Lage gut unter Kontrolle, aber mit de Montgomerys Flucht ist er nach England zurückgekehrt. Vielleicht zieht Ihr es in Erwägung, ihn wieder als Kastellan von Pembroke Castle einzusetzen, auch wenn er de Montgomerys Mann war? Er versteht es, mit den Walisern umzugehen.«

»Das hörte ich bereits. Er soll einer Belagerung standgehalten haben?«

»Standgehalten ist gut! Die ganze Garnison war schon kurz vorm Verhungern, die Vorräte waren alle verbraucht. Und was macht de Windsor? Schlachtet die letzten vier Schweine, die sie noch haben, zerlegt sie und hängt sie über die Palisaden als Geschenk für die Waliser. Dann schreibt er einen Brief an de Montgomery, mit der Nachricht, dass er keine Unterstützung schicken muss, da sie noch gut vier Monate aushalten können und auch keine Vorräte brauchen. Dieser Brief wird zufällig in der Nähe des walisischen Lagers fallengelassen, und schon ziehen die Waliser ab.«

Henry lachte. »Nun, de Windsor hat eine durchaus humorvolle Art, um das, was ihm anvertraut wurde, zu verteidigen.«

»Humorvoll und effektiv. Er war auch schon dabei, Pembroke Castle auszubauen.« Ein kehliges Lachen erklang. »Er scheint sich da drüben am Ende der Welt wahrhaftig wohlzufühlen. Jetzt, da er weg ist, kann es schon wieder unruhig werden.«

»Hm.« Henry warf Nesta einen kurzen Blick über die Schulter zu, und Nesta spürte förmlich, wie ihr alle Farbe aus dem Gesicht wich. Allein die Erwähnung von Gerald de Windsor hatte sie beinahe stolpern lassen, aber Henrys nachdenklicher Blick gefiel ihr ganz und gar nicht. »Er scheint dafür geschaffen, sich mit den Walisern auseinanderzusetzen«, murmelte er, »er sollte nicht nur Constable einer Burg sein. Er braucht Wurzeln.«

»Das sehe ich genauso. De Windsor ist ein …«

»Er ist de Montgomerys Mann«, unterbrach Nesta leise und bewirkte damit, dass beide Männer stehen blieben und sich zu ihr umdrehten. FitzHamon hob die Augenbrauen, während sich Henrys zusammenzogen.

Henry stieß ein tiefes Seufzen aus und fuhr sich mit der Hand über die Augen. »De Windsor war im tiefsten Wales, als mein Bruder gegen mich zog. Ihr verurteilt ihn ohne Grund.«

Nesta sah ihn ungläubig an. Sie konnte nicht glauben, dass Henry das gerade zu ihr sagte. Wie konnte er auch nur einen Moment lang daran denken, Gerald de Windsor Land in *ihrer* Heimat zu geben? Schlimm genug, dass er sich dort breitmachte und gegen ihre Leute kämpfte. Arnulf de Montgomery war endlich weg, und nun sollte de Windsor seinen Platz einnehmen?

Sie kam nicht dazu, ihre Gedanken auszusprechen, denn da schob sich Sybil de Montgomery vor.

»Lady Nesta«, sagte sie sanft. »Ihr seid bestimmt müde. Wollt Ihr mich nicht begleiten, um den Straßenstaub abzuwaschen und Euch ein wenig auszuruhen?«

Nesta warf der Dame einen Blick zu und bemerkte, dass die Männer ihren Weg sogleich fortsetzten. Unschlüssig stand sie da und überlegte, ob sie ihnen nicht lieber hinterhergehen sollte, aber Lady Sybil ergriff mit erstaunlicher Kraft ihren Arm. Mit einem Lächeln im Gesicht beauftragte sie ihre Töchter, das Gefolge des Königs zu versorgen, ehe sie sich ihr zuwandte.

»Es ist nicht klug, dem König zu widersprechen«, sagte sie leise und führte sie durchs obere Torhaus in den Hof. »Manchmal ist es besser, seine Gedanken für sich zu behalten.«

Nesta schüttelte den Kopf. »Der König wies mich einst an,

stets frei zu sprechen. Und meistens sind wir einer Meinung. Anscheinend haben sich die Zeiten geändert.«

»Der Ort und die Zeit sind entscheidend, Kind. Teilt ihm Eure Gedanken zur rechten Zeit mit. Ihr wollt ihn doch nicht bloßstellen?«, sie hielt kurz inne, bevor sie fortfuhr: »Mylady Nesta, ich weiß um Eure Erfahrungen mit meinem Bruder – glaubt mir, ich habe ähnliche Erinnerungen. Doch vielleicht irrt Ihr Euch in de Windsor – er scheint mir ein ehrenwerter Mann zu sein … und gewitzt, nach allem, was man hört.«

Nesta sah Lady Sybil stumm an. Sie konnte sich nicht vorstellen, dass sich ihre Meinung über de Windsor je ändern würde. Doch vielleicht war auch dies nicht der richtige Zeitpunkt, um Lady Sybil ihre Gründe nahezulegen.

»Seid Ihr schon lange unterwegs?«, fragte die Dame des Hauses, als sie Nesta weiter in ein Gemach über der Halle führte.

Nesta nickte und nahm auf Lady Sybils Anweisung hin auf einem Stuhl neben dem Fenster Platz. »Wir verließen London vor einer Woche und machten in Oxford und Gloucester halt.«

»Und der König will tatsächlich weiter in den Westen vordringen?« Lady Sybil nahm die Schale Wasser entgegen, die eine Magd hereinbrachte, und stellte sie neben Nesta auf dem Tisch ab. »Es sind gefährliche Zeiten. Selbst hier, wo ich England nahe bin, fühle ich mich nicht sicher.«

»Dies ist mein Land, Madame, ich fürchte die Waliser nicht. Ich bin eine von ihnen.«

Lady Sybil hielt mit dem nassen Leinen in der Hand inne und wandte sich ihr zu. »Ihr reitet an der Seite des englischen Königs, Mylady Nesta. Seid Ihr wirklich noch eine von ihnen?«

Nesta sah die Dame schweigend an und nahm schließlich das Leinen entgegen, um sich den Staub von Gesicht und Hals zu waschen. Sie liebte einen Normannen. Hieß das, dass sie nicht mehr Waliserin sein konnte?

Gedankenversunken berührte sie den Drachen an ihrem Umhang und beschloss, ihrem Bruder zu schreiben. Wenn er auf Henrys Nachrichten nicht reagierte, konnte sie es noch verstehen, aber *ihr* musste er zumindest antworten. Alles würde sich fügen, sobald er erst wieder zurückgekehrt war.

Nach dem gemeinsamen Abendessen in der Halle fragte sie Henry um Erlaubnis. Ohne seine Zustimmung konnte sie keine Nachricht nach Irland schicken, doch Henry erklärte sich sofort einverstanden. Er betonte erneut, wie wichtig ihm eine Verbindung mit dem Erben von Rhys ap Tewdwr war, und so verfasste Nesta die Zeilen:

Geliebter Bruder,
ich bete, dass dich dieser Brief in guter Gesundheit antrifft und du wohlauf bist. Du hast auf die Einladung Seiner Hoheit, des Königs, nicht reagiert, daher möchte ich dich hiermit bitten, ein Treffen mit Seiner Hoheit zu vereinbaren. Er wird dir Land in unserer Heimat geben, er ist ein gütiger und gerechter Mann. Kehre heim, kleiner Bruder, du fehlst mir. Dein Platz ist in Wales, nicht in Irland, vergiss das nicht.
In Liebe Nesta

Cardigan, Westwales, Februar 1102

Eine Antwort auf ihre Nachricht an Gruffydd erreichte Nesta erst im nächsten Jahr, als sie sich mit Henry in Cardigan, an der Westküste von Wales, aufhielt. Die Lordschaft dieser Gegend war nach dem Fall de Montgomerys an Richard de Clares Vater gegangen, das hieß, dass Richard all dies einmal erben würde. Henry hatte sein Versprechen gehalten und Richard nicht länger in seine Beziehung mit Nesta hineingezogen. So nahm der Knappe auch nicht an dieser Reise teil, sondern stand im Dienst der Königin. Nesta war froh darüber, zumal sie vor ihrer Abreise wieder des Öfteren Zeit miteinander verbracht und beinahe zu der alten Verbundenheit zurückgefunden hatten.

Nesta genoss es, durch die Siedlung zu spazieren und die walisische Sprache zu hören. Es war ungewohnt für sie, Marktplätze in Wales zu sehen, da es hier so etwas früher nicht gegeben hatte. Damals waren Händler mit ihren Karren von Hof zu Hof gefahren, aber Nesta waren Märkte aus England bekannt, und so fühlte sie sich in dieser walisisch-normannischen Mischung der Kulturen durchaus wohl. Sie liebte den Blick auf den Fluss, der ein Stück weiter nördlich ins Meer mündete, und das Gefühl, walisische Erde unter den Füßen zu spüren. Sie war zwar meilenweit von ihrem Heim entfernt, das damals niedergebrannt war, aber seit sie durch die dichten Wälder und über die weiten Wiesenlandschaften gereist war, fühlte sie sich wieder zu Hause. Auf ihrem Weg entlang der Küste hatte sie die Berge der Brecon Beacons betrachtet und sich an die Geschichten ihrer Mutter erinnert. Einst waren auf den Gipfeln der Berge Leuchtfeuer zur Warnung vor Angriffen entzündet worden, und Nesta hatte beim Anblick der fernen Gebirgskette die alte Ehrfurcht vor der Geschichte ihres Landes ergriffen.

Es war angenehm, nicht nur die normannische Sprache zu hören, sondern auch jene, in der sie träumte. Eine Zeitlang war sie sogar alleine in Cardigan gewesen, da Henry über Weihnachten zurück nach England gereist war. Doch er hatte sein Versprechen gehalten und war schon im Februar zu ihr zurückgekehrt.

Der Bote fand sie auf einem ihrer Spaziergänge zum Fluss, wo ein schmaler Pfad zwischen dem weiten Röhrichtfeld hindurch zum Wasser hinabführte. Der Constable von Cardigan begleitete sie, während Henry zur Jagd geritten war. Henry ließ es sich nicht nehmen, in halsbrecherischem Galopp durch die Wälder zu reiten und Wild zu erlegen. Er liebte die Jagd und vollzog die strengen Forstgesetze mit aller Härte, während Nesta mit diesem Zeitvertreib nur wenig anfangen konnte.

»Es ist eine Nachricht meines Bruders«, erklärte sie dem Constable, der ihr in den letzten Monaten ein steter und schweigsamer Begleiter geworden war. Voller Vorfreude öffnete sie den Brief, nachdem der Bote sich verabschiedet hatte. Sie blickte auf die fein säuberliche Schrift, die zweifelsohne von einem Kleriker stammte, und spürte, wie sich ihre Brust zusammenzog.

An Lady Nesta Tudor, Grüße.
Ich bin Gruffydd ap Rhys, der Sohn des Fürsten von Deheubarth. Deheubarth ist mein, und ich werde nicht vor dem Feind kriechen, um ein Fleckchen Land unter freincischer Vorherrschaft zurückzuerhalten. Wenn ich nach Wales zurückkehre, dann nur mit einer Armee.

Der Brief entglitt ihren Fingern und sank unnatürlich langsam auf den Kies zwischen den vermoderten Schilfrohren hinab.

»Lady Nesta?« Der Constable hob das Pergament auf und trat vor sie, um ihr ins Gesicht zu blicken. »Mylady, ist Euch nicht wohl? Habt Ihr schlechte Nachrichten erhalten?«

Nesta starrte immer noch zu Boden. »Er nennt mich ›Tudor‹.«

Einen Moment lang war es still, dann war ein Räuspern zu hören. »Ist das denn nicht Euer Name?« Der Constable reichte ihr den Brief, und Nesta nahm ihn mit klammen Fingern entgegen. Apathisch schüttelte sie den Kopf.

»Nein«, murmelte sie in die kühle Luft, die vom Geruch nasser Erde und Pflanzen erfüllt war. »So nennen mich die Normannen. Nesta Tudor. ›Tewdwr‹ war der Name meines Großvaters.« Sie legte die Hand auf ihre Brust und atmete tief durch. Das Rauschen des Wassers dröhnte in ihrem Kopf. Ihr Bruder hatte sie mit einem normannischen Namen angesprochen, als wäre sie tatsächlich eine von ihnen. In keinem Wort war seine Zuneigung zum Ausdruck gekommen, da war lediglich Zorn gewesen. Und wollte er tatsächlich mit einer Armee zurückkehren? Hatte er vor, gegen Henry zu kämpfen und Wales bluten zu lassen? Das durfte er nicht! Er durfte nicht Krieg in dieses Land bringen, nachdem der Kampf gegen Henrys Bruder nur so knapp abgewehrt worden war. Zudem war es unmöglich, die Normannen zu schlagen, diese Erfahrung hatte schon Nestas Vater machen müssen. Auch hatte ihr Vater eine Einigung mit dem verstorbenen König gefunden, statt blind in den Krieg zu ziehen. Wieso erkannte Gruffydd diese Notwendigkeit nicht? Wieso sah er nicht die Realität der Situation, so wie Hywel, anstatt in dem Groll zu ersticken, den sie schon vor Jahren abgelegt hatte. Wenn er einfach herkommen würde, könnte er sich ein Heim in Wales aufbauen. Das Fürstentum Deheubarth gab es nicht mehr, das hatte Nesta begriffen. Alles, was sie wollte, war, mit ihrem Bruder dorthin zurückzukehren und in Frieden zu leben, ohne Schlächter wie die de Montgomerys in der Nähe.

Nesta blickte auf und bemerkte den sorgenvollen Blick des Constables, der sie aus verengten Augen ansah. Er war nicht so hochgewachsen wie Henry und befand sich fast auf Augenhöhe mit ihr. Das Kettenhemd und das gegürtete Schwert ließen ihn aber größer aussehen, als er war. Sie fühlte sich in seiner Begleitung sicher, denn seine stahlblauen Augen in dem schmalen Gesicht strahlten Güte aus. Er war in Henrys Alter, aber anders als der König wirkte Stephen noch sehr jungenhaft, in seinem Blick schien eine fast schon kindliche Arglosigkeit zu liegen, derer sie sich vom ersten Tage an anvertraut hatte. Worte waren so gut wie nie gesprochen worden, doch es schien ihr, sie hatte mit dem Constable einen Freund gewonnen.

Ohne den Blick von ihm abzuwenden, trat sie langsam rückwärts Richtung Fluss. Der Constable beobachtete jede ihrer Bewegungen wachsam und wirkte angespannt. Als sie den Kies unter ihren Füßen abfallen spürte, blieb sie stehen, erwiderte seinen Blick noch einen Moment lang, ehe sie sich umdrehte und die Hand ausstreckte. Sie beugte sich vor und ließ den Brief ihres Bruders in den von den Gezeiten aufgewirbelten Teifi fallen. Ihr Hals schnürte sich zu, als sie Gruffydds Worten hinterherblickte, dem Schreiben, das er in seinen Händen gehalten hatte. Außer der Drachen-Fibel besaß sie nichts von ihm. Doch diese Zeilen waren zu gefährlich. Henry durfte sie niemals zu Gesicht bekommen, und Nesta musste sie vergessen und dafür beten, dass Gruffydd zur Vernunft kam.

Aber wir müssen zurückkehren!« Nesta sah Henry fassungslos an, der, ohne sie zu beachten, mit grimmiger Miene aus dem Fenster zum Fluss blickte. »Henry!« Sie packte seinen Arm und wollte ihn zu sich ziehen, als er plötzlich zu ihr herumfuhr. Vor Schreck wich sie einen Schritt zurück.

»Es ist noch genügend Zeit«, knurrte er und durchschritt den Raum, um sich Wein nachzuschenken. »Roger le Poer kann mich noch etwas länger entbehren. Er führt meine Angelegenheiten ausgezeichnet und …« Er warf ihr über den Rand des Kelchs hinweg einen Blick zu. »Habe ich nicht erst vor zwei Wochen den Sheriff von Leicester empfangen, gemeinsam mit de Beaumont, um den Verräter zu begnadigen? Ich kann mein Reich auch von hier aus regieren.«

Nesta hob die Arme. »Der Lordkanzler mag dich entbehren können, aber deine Gemahlin doch nicht! Deine Tochter!« Sie ging auf ihn zu und führte seine Hand mit dem Kelch zum Tisch, damit er ihn abstellte. Dann küsste sie seinen Handrücken. »Henry, du bist Vater geworden. Du hast eine kleine Prinzessin bekommen. Willst du sie nicht kennenlernen?«

Er hob die Augenbrauen und lächelte. »Du überraschst mich immer wieder, Nesta. Solltest du nicht froh darüber sein, dass ich lieber hier bei dir bleibe, als zu meiner Gemahlin zurückzukehren?« Noch ehe sie sich versah, hatte er sie hochgehoben und auf das Bett geworfen. Sie lachte, als er sich vor ihr auf die Bettkante kniete und ihre Knie auseinanderdrückte. »Oder bist du meiner schon überdrüssig?«

Nesta wiegte den Kopf hin und her, dann packte sie seine Arme und zog ihn zu sich herunter. »Ich werde deiner niemals überdrüssig, Henry«, flüsterte sie und küsste ihn zärtlich. Sie grub ihre Hände in seine Locken und genoss das ihr allzu bekannte Ziehen in ihrem Bauch, das sich immer tiefer ausbreitete. Sein Gewicht auf ihr gab ihr das Gefühl, dass ihr niemals wieder etwas geschehen konnte.

»Du machst mich noch wahnsinnig«, lachte Henry, als er sich von ihr löste und ihr ins Gesicht blickte. Er wollte sie noch einmal küssen, aber Nesta drückte die Hand gegen seine Brust.

»Wir müssen zurückkehren, Henry.« Sie sah ihm in die goldgesprenkelten Augen und erkannte den Missmut darin. »Es ist schon März. Du wirst gebraucht.«

Er ließ den Kopf auf ihre Schulter sinken. »Jetzt habe ich tatsächlich das Gefühl, du willst mich loswerden.«

»Das ist das Letzte, was ich will.« Sie streichelte ihm über den Kopf. Die Nachricht von der Geburt der Prinzessin hatte sie zuerst getroffen. Sie war daran erinnert worden, dass ihre gemeinsame Zeit in Wales begrenzt war und er in Wirklichkeit einer anderen gehörte. Nur zu gerne hätte sie vergessen, dass England existierte, dass er der König war und er eine Königin hatte. Aber es war doch seine Tochter, seine Familie. Sie war hin- und hergerissen zwischen ihrem Wunsch, Henry für sich zu behalten und dem Hof zu entrinnen, und dem Wissen, was das Richtige war. Niemals könnte sie weiterhin hier in Frieden leben, wenn in England eine Mutter mit ihrem Kind wartete.

Sie strich mit ihren Fingerknöcheln über seinen Rücken hinab und spürte sein Verlangen. »Eine Prinzessin, Henry.« Ihre Stimme geriet ins Schwärmen. Wie wundervoll musste es sein, seine Liebe einem Kind schenken zu dürfen. »Du hast eine kleine Prinzessin.«

Henry hob den Kopf und sah sie an. Einzelne Strähnen fielen ihm ins Gesicht, und Nesta widerstand nur schwer dem Drang, sie ihm zurückzustreichen. Seine zusammengezogenen Augenbrauen ließen sie aber regungslos verharren. Plötzlich entrang sich ihm ein Knurren, er hob ihre Röcke und seinen Bliaut, nestelte die Beinlinge auf und drang so ungestüm in sie ein, dass ihr die Luft wegblieb. Er hatte augenscheinlich nicht vor, die Angelegenheit weiter zu besprechen.

»Der Earl of Shrewsbury hat nicht nur in Wales unerlaubt Burgen errichten lassen, sondern auch in England – Bridgenorth, um genau zu sein.«

Henry nahm seinen Blick von den Flammen der Feuerstelle in der Halle und sah seinen Besucher Robert de Beaumont ernst an. »Jetzt haben wir ihn«, sagte er mit einer kalten Ruhe, die Nesta eine Gänsehaut verursachte. Sie befanden sich allein in der Halle, denn Henry hatte alle fortgeschickt, um ungestört mit seinem Freund sprechen zu können. Einzig Nesta hatte er gebeten zu bleiben.

»Die Marcher Lords haben sich schon vor langer Zeit ein eigenes Gesetz für ihre walisischen Gebiete zurechtgebogen«, sagte Henry mit deutlicher Verachtung, »ich habe es genauso wie meine Vorgänger akzeptiert. Sollen sie ihre Burgen hier bauen und sich gegenseitig bekriegen. Aber in England … das ist eine andere Angelegenheit. In England herrscht englisches Recht. Und Shrewsbury hat dagegen verstoßen.« Er lachte auf. »Sagt, Robert, wie viele Gesetzesübertretungen können wir dem guten de Bellême mittlerweile anlasten?«

De Beaumont grinste, erstaunlich jungenhaft. Generell kam er ihr ungewohnt lebhaft vor, was daran liegen mochte, dass Elizabeth zwei gesunde Söhne zur Welt gebracht hatte und selbst wohlauf war. »Fünfundvierzig, Eure Hoheit.«

»Gut. Dagegen kann laut Vertrag noch nicht einmal mein Bruder etwas sagen. Beordert Shrewsbury und seinen Bruder für Ostern nach Winchester«, trug er de Beaumont auf. »Mal sehen, was die beiden zu ihrer Verteidigung vorzubringen haben. Macht ihnen klar, dass – sollten sie meiner Einladung nicht folgen – sie zu Gesetzlosen erklärt werden.«

De Beaumont nickte, und nachdem Henry ihn entließ, blieben Nesta und der König allein in der Halle zurück.

»Hast du etwas von deinem Bruder gehört?«, wollte Henry plötzlich wissen, als er von der Feuerstelle zum Podest an der Stirnseite schritt. Nesta erstarrte und sah ihm regungslos hinterher. Sie musste ihn belügen. Schon wieder. Aber wenn Henry von Gruffydds feindlichen Absichten erfuhr, würde er auch den Cantref Mawr an einen Normannen geben, und ihre Heimat wäre für immer verloren. Ihr Bruder müsste im Exil bleiben oder schlimmer noch: würde getötet werden.

»Nein«, sagte sie, woraufhin Henry den Kopf schüttelte. Er

nahm seinen Kelch mit dem dunklen Ale von der Tafel und ließ sich auf den Stufen des Podests nieder. Von dort blickte er zu ihr auf.

»Hilf mir, Nesta«, sagte er müde. »Was ist Gruffydds Problem? Er ist der Erbe eines walisischen Fürsten – eines gefallenen Fürsten –, und ich bin bereit, ihn zu einem mächtigen Lord zu machen und seine noble Herkunft anzuerkennen. Warum weigert er sich, mein Angebot anzunehmen?«

Nesta verschränkte ihre Hände ineinander. »Ich glaube …« Sie atmete tief durch und rief sich die erschütternden Zeilen des Briefes ins Gedächtnis. »Gruffydd sieht ganz Deheubarth als sein Erbe an. Er wurde so erzogen. Er wurde zum Fürsten erzogen.«

»Aber Deheubarth gibt es nicht mehr.« Henry sprach leise, und wie er so auf den Stufen saß, mit einem Kelch in der Hand, wirkte er wie ein ganz normaler Mann, nicht wie ein König. »Er kann einen Teil davon zurückhaben.«

Nesta seufzte schwer. »Es ist nicht nur das«, sagte sie und ging auf ihn zu. »Du willst ihm Mawr als Lehen geben – so etwas gibt es in Wales nicht. *Gab* es in Wales nicht«, verbesserte sie sich. »Henry, du bist der König, und alles Land in England gehört dir. Du gibst deinen Baronen Grafschaften als Lehen. Es ist nicht ihr Land, sie halten es nur *für dich*. Du kannst es ihnen jederzeit wieder wegnehmen. Und diese Barone geben wiederum ihren Rittern Lehen, damit sie das Land für sie verwalten – auch das ist nicht ihr Land. Die Ritter schulden den Baronen Abgaben und die Barone dir. Sie müssen für dich kämpfen und haben auch andere Verpflichtungen im Gegenzug für das Land. In Wales ist das anders, Henry. Wenn hier einem Mann Land gehört, dann gehört es ihm, und er hat niemanden über sich, dem er Treue schuldet.«

»Wie kann es dann sein, dass es Fürsten in Wales gibt, Nesta? Wie kann es sein, dass die Lords deinem Vater treu waren und für ihn gekämpft haben, wenn sie es ihm nicht schuldeten?«

»Die *uchelwyr* – also die Lords in Wales – sind von nobler Geburt. Ihnen gehört Land, sie verwalten es nicht nur, es gehört ihnen. So ist auch der Fürst eines Landes nicht mehr als ein *uchelwyr*, der von den anderen als ihr Anführer anerkannt wird. Sie schwören ihm die Treue im Gegenzug für Gefälligkeiten, Geschenke, Heiratsbande …« Sie hob die Hände. »Ein Fürst muss sich die Treue seiner Lords verdienen. Er muss großzügig sein, er muss stark sein, und vor allem muss er von nobelstem Blute sein.«

Henry lachte. »Ich habe schon mitbekommen, dass einem Waliser nichts über eine reine Blutlinie geht.«

»Aber jetzt siehst du, Henry, weshalb mein Bruder sich so sträubt. Ein walisischer Lord schwört seinem Souverän nur für eine gewisse Zeitlang die Treue. Es ist ein Pakt für eine Gegenleistung und auf Dauer begrenzt. Der Lord ist immer noch sein eigener Herr. Sollte Gruffydd dein Angebot aber annehmen, wärest du sein Souverän – und das für immer. Er würde dir Abgaben und Kriegsdienst schulden, er wäre … dein.«

Henry stellte seinen Kelch neben sich ab und strich sich ein paar Haarsträhnen aus der Stirn. »Glaubst du das wirklich?«

Nesta biss sich auf die Lippe und nickte. »Dein Vater gab den de Montgomerys Land in England und Wales, und du nimmst es ihnen wieder. So etwas wäre in Wales niemals einfach so mit einem Beschluss möglich. Ein *uchelwyr* kann nur dann sein Land verlieren, wenn ein anderer es erobert – wenn er es sich erkämpft. Damit will ich nicht sagen, dass ich nicht gutheiße, dass de Montgomery vertrieben wurde, ich …« Sie zuckte hilflos mit den Schultern. »Ich möchte nur, dass du Gruffydds Art zu denken verstehst, dass du verstehst, wie er erzogen wurde. Seinem Glauben nach ist er Herr über dieses Land, und niemand steht über ihm.«

»Aber, Nesta, du sagst es doch selbst: Manche Lords dürfen ihr Land nicht auf Gedeih und Verderb behalten. Es muss eine Instanz über ihnen geben, die Gerechtigkeit garantiert. Es muss ein Gesetz geben, an das sie sich halten müssen. Du warst noch so jung, als du Wales verlassen musstest, aber du musst doch wissen, dass in Wales ständig jeder mit jedem im Krieg lag. Fürsten und *uchelwyr* kämpften gegeneinander. Es herrschte ein ständiger Kampf um Land und Macht. Bündnisse wurden geschlossen und wieder gebrochen, es herrschte Chaos …«

Nesta senkte den Blick. »Ich weiß das. Denk nicht, dass ich Gruffydds Meinung ausnahmslos teile. Ich sehe im Lehnswesen viele Vorteile, vorausgesetzt der König ist gerecht und gut.«

»Ach, Nesta. Du bist wahrhaftig die Tochter eines Königs.« Henry streckte die Hand nach ihr aus und zog sie auf seinen Schoß. »Ich verspreche dir, ich werde niemals gegen deinen Bruder ziehen, solange er mich nicht dazu zwingt. Ich verspreche dir, ich werde stets den friedlichen Weg gehen, sofern sich einer bietet.«

Nesta schlang ihre Arme um ihn und bettete ihren Kopf auf seinen Scheitel. »Und was ist mit Shrewsbury? Wird er sich ergeben?«

Henry strich ihr zärtlich über den Arm. »Das wird sich zeigen. Aber so, wie es aussieht, ist unsere friedliche Zeit in Cardigan vorbei, meine Liebste. Bald muss ich tatsächlich zurückkehren.«

»Du sprichst nur von dir. Was ist mit mir?« Sie richtete sich auf seinem Schoß auf und sah in sein ernstes Gesicht.

Henry presste die Lippen aufeinander und sah sie einige Augenblicke lang nur stumm an. Dann seufzte er. »Nesta, ich sehe doch, wie glücklich du hier bist. Du gehst auf wie eine Blume, die aus einem finsteren Kerker in die Sonne gepflanzt wurde. Bei Hofe hast du dich doch nie richtig wohl … richtig *frei* gefühlt. Und jetzt, da ich mich um Shrewsbury kümmern muss, werde ich kaum Gelegenheit haben, zu dir nach Westminster zu kommen. Wir würden uns kaum sehen. Wie soll ich es über mich bringen, dich wieder nach England zu bringen, wo du dich doch jeden Moment nach Wales sehnst?«

Nesta schluckte gegen die Enge in ihrem Hals. »Aber wenn ich hierbleibe, werden wir uns gar nicht mehr sehen. Wie soll ich ohne dich …« Sie atmete tief durch. »Du wirst mir so unglaublich fehlen.«

»Ich werde dich besuchen, sofern es sich einrichten lässt, ich verspreche es dir. Und sobald sich die Lage um Shrewsbury etwas entspannt hat, werden wir wieder mehr Zeit füreinander haben. Dann wird es auch bei Hofe wieder ruhiger sein.«

Nesta nickte. Im Grunde hatte Henry recht. Allein vor dem Gedanken, zur Königin und den schnatternden Hofdamen zurückzukehren, graute ihr. Hier in Cardigan konnte sie frei atmen, auch wenn die Burg nicht gerade komfortabel war und nach einem Angriff der Waliser vor ein paar Jahren immer noch Schäden aufwies. Sie war auch schon im Winter ohne Henry hier gewesen. Es war ja nur für kurze Zeit. »Vergiss mich nicht«, sagte sie und lehnte ihre Stirn gegen die seinige.

Henry hielt sie fest an sich gedrückt. »Es wird kein Moment vergehen, in dem ich nicht an dich denke.«

Cardigan, Westwales, Sommer 1102

Ist Euer Pferd lahm, Sir Stephen?«, rief Nesta über die Schulter zurück, wo der Constable hinter ihr herritt. In wildem Galopp preschte sie über die schier endlosen Wiesen, vorbei an weidenden Schafen und einzelnen Gehöften. Sie hielt sich entlang des Flusses, und schon nach kurzer Zeit erreichte sie das Mündungsgebiet, wo sich der Teifi verbreiterte und das Land schließlich in sanften Klippen zum Meer hin abfiel.

»Mylady, ich bitte Euch!« Der Constable schloss zu ihr auf, doch Nesta dachte gar nicht daran, ihr Pferd zu zügeln. Die Kraft der Stute schien mit jeder Bewegung ihrer Muskeln in Nesta überzugehen. Sie genoss den Wind, der durch ihr Haar wehte, und die Freiheit der weiten Landschaft. Endlich war die morgendliche Übelkeit gewichen, und Nesta fühlte sich lebendiger denn je. Nur wenige Wochen nach Henrys Abreise hatte sie bemerkt, dass sie ein Kind trug – Henrys Kind! Immer noch meinte sie vor Glück über das Leben unter ihrem Herzen zu zerspringen, und wäre nicht die allgegenwärtige Sehnsucht nach Henry, hätte sie ihr Leben in Cardigan als perfekt bezeichnet. Ungeduldig wartete sie auf ein Wort des Königs, denn sie hatte ihm durch einen Boten des Constables von der guten Nachricht berichten lassen. Noch hatte sie nichts gehört, doch Nesta wusste, dass der Hof weit weg war und sie zu lange gezögert hatte, um Henry von ihrer Schwangerschaft zu erzählen. Sie hatte erst ganz sicher sein wollen. Jetzt genoss sie einfach das wunderbare Gefühl auf dem Rücken dieses Pferdes. Sie musste das Beste daraus machen, solange sie hier war. Das fiel ihr nicht schwer, als sie die Küstenlinie entlanggaloppierte und das bunte Farbenspiel auf den Wiesen betrachtete. Leimkräuter mit weißen und rosafarbenen Blüten, blaue Hasenglöckchen und das gelbe Leuchten von Ginster mischten sich zu einem wunderbaren Farbenspiel, das sich über die Klippen erstreckte. Sie ritt so weit, bis der Boden vor ihr plötzlich endete und steil ins Meer hinabfiel. Die Rufe von Seevögeln hallten über das beständige Rauschen, und Nesta sah sogar einen Rotmilan über dem Wasser kreisen. Der Greifvogel schwebte lautlos dahin – ein König der Lüfte. Einen Moment lang fragte sie sich, ob er gar *ihr* Rotmilan sein könnte, aber das war wohl ziemlich unwahrscheinlich.

»Was ist das für eine Insel?«, fragte sie den Constable, der neben ihr zum Stehen kam. Brummend schwang er sich aus dem Sattel und kam mit rotem Gesicht auf sie zu. Er ergriff die Zügel ihrer Stute und hieß sie mit einer Kopfbewegung abzusteigen.

»Nun?«, beharrte sie, als sie seiner Aufforderung folgte, und deutete zu der felsigen Erhebung, die sich unweit der Küste aus dem blauen Wasser erhob. »Wie nennt Ihr diese Insel?«

»Mylady.« Der Constable fuhr sich mit der Hand über den dunklen Schatten an seinem Kinn. »Ihr könnt nicht … Ihr seid …« Er hob die Hände. »Habt Ihr eine Ahnung, wie gefährlich es ist, in dieser Geschwindigkeit zu reiten? Dann noch in Eurem Zustand …«

»Ich bitte Euch.« Nesta wandte sich lächelnd ab und blickte wieder aufs Meer hinaus, das sich unter einem grauen Himmel erstreckte. Die Wolken hingen so tief, als wollten sie das Wasser berühren. »Ich reite, seit ich ein kleines Mädchen bin. Ich falle nicht herunter. Auch meine Mutter ritt, wenn sie ein Kind erwartete.«

»Ich zweifle nicht an Euren Fähigkeiten, Mylady. Aber die Stute bräuchte sich nur vertreten und stürzen und dann …«

Sie warf ihm einen Blick zu. »Was für ein Schwarzseher Ihr doch seid, Constable.« Sie sah in sein schmales Gesicht, das von kastanienbraunem Haar umrahmt wurde, und bemerkte, dass es beim richtigen Lichteinfall rötlich schimmerte. Er könnte ein Waliser sein, fuhr es ihr durch den Kopf. Ihr Bruder Gruffydd hatte ebenfalls dunkles Haar, aber auch bei ihm war ein roter Schimmer von ihrer Mutter miteingeflossen.

Ein Geräusch lenkte ihre Aufmerksamkeit wieder zur Insel. Es hatte fast wie das Bellen eines Hundes geklungen, aber doch wieder völlig anders, fremdartig.

Angestrengt suchte sie die Insel nach der Ursache ab und erkannte plötzlich einen dunklen, kleinen Kopf, der nahe der Felsen aus dem Wasser spähte. Als sie genauer hinsah, bemerkte sie weitere dieser Kreaturen auf dem felsigen Plateau, die sie vorhin noch für Bodenerhebungen gehalten hatte. Sie waren größer als ein Hund, mit schwerfälligen Körpern, und soweit sie sehen konnte, hatten sie auch keine Beine, sondern große, breite Flossen, mit denen sie sich über den Boden schoben. Eines dieser Tiere sprang gerade ins Wasser.

»Das sind Robben«, erklärte der Constable und wies zur Insel. »Keine Sorge, sie sind harmlos.«

»Sie sind wunderschön.« Nesta konnte ihren Blick nicht abwenden und beobachtete, wie die Tiere nahe beieinanderlagen und sich ausruhten. Sie vermochte ein halbes Dutzend von ihnen auszumachen. »Dieser Ort scheint mir wie verzaubert.«

Der Constable erwiderte nichts, aber sie spürte, dass er in ihre Richtung blickte. Dann riss er plötzlich den Arm hoch. »Seht nur!«

Nesta blickte in die entsprechende Richtung und fuhr zurück, als plötzlich mehrere silberfarbene Fische wie Schwerter aus dem Wasser stießen. Sie schienen riesig, viel länger, als Nesta groß war, und schossen wie Pfeile durch die Wellen. Dabei sprangen sie immer wieder hoch, bis sie hinter der Insel verschwanden.

»Gütiger Herr im Himmel«, stieß sie aus und presste ihre Hand gegen die Brust. »Erinnert mich daran, dass ich niemals einen Schritt in dieses Wasser setze.«

»Das sind nur Delfine.« Der Constable lachte leise neben ihr und ging dann zu den grasenden Pferden, um ihr den Schlauch mit dem verdünnten Bier zu bringen.

Dankbar trank Nesta und blickte weiterhin auf diese magische Welt, die sich ihr hier offenbarte. Dabei erfüllte sie ein tiefer Frieden, wie sie ihn schon lange nicht mehr erfahren hatte. Unbewusst legte sie die Hand auf ihren Unterleib, der zu ihrem Leidwesen immer noch kaum gewölbt war, und stellte sich das Kind vor, das sie, so Gott wollte, Ende des Jahres in Händen halten würde. Der Gedanke, Mutter zu werden, erschien ihr immer noch ungewohnt, gleichzeitig aber auch so wundervoll, dass sie es besser ohne Henry aushielt, als sie gedacht hatte. Jetzt, da sie sich hier in dieser stillen Umgebung befand, mit nichts als der Natur um sich herum, hatte sie es nicht eilig, zurück in die stinkende Stadt zu kommen. Zu Menschen, die sie verabscheuten, und zu Mauern, die sie einsperrten. »Dort drüben ist Irland, nicht wahr?«, fragte sie an den Constable gewandt. Sie versuchte Land am Horizont zu erkennen, aber da war nichts als das Meer, das sich in der Ferne mit den Wolken verband. »Ob mein Bruder jetzt wohl ebenfalls in meine Richtung blickt?« Sie seufzte. »Ihr habt nie etwas von dem Brief erwähnt, den ich letztes Jahr hier erhielt.«

»Hättet Ihr über den Inhalt sprechen wollen, hättet Ihr wohl etwas gesagt.«

Nesta warf ihm einen Blick zu und nickte. Sie hoffte, er würde diese Geste als Dank verstehen. »Ich muss meine Familie schützen«, sagte sie schließlich und blickte wieder zu den Robben mit ihren großen dunklen Augen. Ihre Hand lag immer noch auf ihrem Bauch, und manchmal meinte sie, das Leben darin wahrhaftig spüren zu können. Dieses Kind war jetzt auch ihre Familie.

Eine Berührung an ihren Lippen riss sie aus dem Schlaf. Nesta schreckte hoch und erkannte eine Gestalt im Mondlicht, die sich über sie beugte. Sie hatte den Fensterladen nicht geschlossen, um etwas kühle Nachtluft in das Zimmer zu lassen und dem Regen zu lauschen. Jetzt war sie froh über das bisschen Licht. »Wer …?« Sie griff zur Seite, auf der Suche nach etwas, das sie als Waffe benutzen konnte, als sie ein leises, wohlbekanntes Lachen hörte.

»Henry.«

»Wen hast du denn erwartet?«, fragte er leise und ließ sich auf ihrer Bettkante nieder.

Nesta stieß einen Freudenruf aus und schlang so ungestüm ihre Arme um seinen Hals, dass sie ihn beinahe umgeworfen hätte. »Wehe, du bist nur ein Traum«, schluchzte sie und spürte beschämt wieder einmal Tränen ihre Wangen hinablaufen. Seit sie ihren Körper mit einem Kind teilte, weinte sie ständig.

Henry zog sie fest an sich, und Nesta atmete den Geruch von Pferd und Regen ein. Endlich war er wieder da.

»Ich kann nicht glauben, dass du den ganzen Weg hierhergekommen bist.«

»Ich kann nicht glauben, dass ich es so lange ohne dich ausgehalten habe«, flüsterte Henry in ihr Haar und strich ihr über den Rücken. »Fast schon hatte ich vergessen, wie sich dein Körper in meinen Armen anfühlt.« Er lehnte sich ein wenig zurück und ließ seinen Blick über sie wandern. Nass hingen ihm die Locken in die Stirn, und Nestas Augen füllten sich erneut mit Tränen beim Gedanken, dass er sofort zu ihr geeilt war, anstatt sich erst umzuziehen und zu wärmen.

»Ich lasse nach einem Kohlenbecken schicken.« Sie schwang ihre Beine aus dem Bett und richtete sich auf. »Und dein Knappe. Du musst doch einen Jungen haben, der dir mit der Rüstung hilft. Du erkältest dich noch und …«

»Nesta, warte.« Henrys sanfte Stimme ließ sie innehalten. Sie drehte sich zu ihm, und plötzlich ergriff er ihre Hand und zog sie zu sich heran. Zärtlich legte er seine Hände auf die winzige Wölbung ihres Bauches und küsste sie.

Weitere Tränen befreiten sich, als sie ihre Finger in seine Locken grub und auf ihn hinabsah, wie er seine Stirn gegen ihren Unterleib lehnte. »Wenn du so weitermachst, wirst du mich nur weinend zu Gesicht bekommen«, sagte sie halb schluchzend, halb lachend und streichelte seinen Nacken. Sie konnte sich nicht erinnern, je so glücklich gewesen zu sein, doch ein Klopfen an der Tür bereitete dem Moment ein jähes Ende. Mägde erstürmten das Gemach, entzündeten Kerzen und brachten ein bescheidenes Mahl mit kaltem Braten und Bier. Henrys Knappe half ihm aus dem Kettenhemd, und Wasser zum Waschen wurde heraufgebracht. Eine Ewigkeit schien zu vergehen, bis sie endlich wieder allein waren und sich an dem Tisch gegenüber dem Bett niederließen.

»Die ganze Burg wird mich verfluchen, weil ich hier unangekündigt mitten in der Nacht auftauche. Genauso wie meine Männer in den letzten Stunden.« Henry lachte, als er nach dem Holzbecher griff. »Aber ich wollte nicht noch mehr Zeit verschwenden und die Nacht in einem Kloster verbringen. Also ritten wir das letzte Stück gleich weiter, auch wenn mir selbstmörderische Absichten unterstellt wurden.«

Nesta lächelte. Sie konnte immer noch nicht ganz glauben, dass er wahrhaftig hier war. »Niemand würde je wagen, dich zu verfluchen, Hoheit«, sagte sie und bemerkte, wie sein Blick immer wieder zu ihrem Bauch wanderte. Stolz legte sie ihre Hand darauf. »Ich hatte Angst, wie du reagieren würdest. Ich fürchtete, du wärst böse auf mich.«

»Böse?« Henry lehnte sich vor und legte seine Hand auf die ihrige. »Wieso, um alles in der Welt, sollte ich böse über eine solch wunderbare Nachricht sein? Es ist nur natürlich, dass aus unserer Liebe ein Kind entsteht. Ich hatte mich schon gefragt, warum es nicht schon eher dazu gekommen war.«

»Ich glaube …«, Nesta lachte bei dem Gedanken, »unser Kind sollte auf walisischem Boden gezeugt werden.«

»Eigentlich hatte ich vor, dich zurück an den Hof zu bringen, aber jetzt …« Henry strich sich müde mit der Hand über die Augen. »Du wirst mir fehlen, aber es ist besser, wenn du vorerst hierbleibst.«

Nesta nickte, sie wollte nirgends anders hin, auch wenn ihr beim Gedanken an einen Abschied von Henry schon jetzt das Herz schwer wurde. Aber sie trug ja einen Teil von ihm in sich.

»Du musst müde sein.« Nesta stand auf und trat hinter ihn, um seine Schultern zu massieren. Fast schon kam es ihr vor, als wäre sie seine Ehefrau, und sie wären ganz normale Menschen. Als wären sie eine Familie.

Henry legte den Kopf in den Nacken und schloss die Augen. »Du hast keine Vorstellung, wie müde ich bin. Ich wollte dich unbedingt sehen und dir persönlich sagen, dass du das Kind, falls es ein Junge wird, Henry nennen musst.«

Nesta hielt inne. Sie hatte noch gar nicht über einen Namen nachgedacht, da für sie ohnehin immer nur ein walisischer Name in Frage gekommen war. Wenn sie genauer darüber nachdachte, freute sie sich aber, dass Henry ausgerechnet ihrem Sohn seinen Namen weitergeben wollte. »Das werde ich.« Sie küsste ihn auf die Stirn und ließ ihre Hände über seine Brust hinabgleiten.

»Und ich bin aus noch einem Grund hier.« Henry öffnete die Augen. »Ich suche wie immer deinen Rat in walisischen Belangen.«

Nesta lehnte sich zu ihm vor, um ihm ins Gesicht zu blicken. Sie wusste, er hatte genügend Berater, die ihm helfen konnten, und seine Zuversicht in ihr Wissen ehrte sie. »Was ist geschehen?«

Henry richtete sich auf und drehte sich zu ihr um. Sanft umschloss er ihr Handgelenk und zog sie auf seinen Schoß. »Morgen, Liebste. Morgen ist immer noch Zeit, um sich den Kopf zu zerbrechen. Heute möchte ich nur feiern, dass ich dich endlich wiederhabe.«

Sie liebten sich langsam und vorsichtig. Für Nesta war dies eine ganz neue Erfahrung. Sie fühlte sich kostbar und geliebt und wünschte, die Zeit anhalten zu können.

Doch der Morgen kam, und nach dem Frühstück unternahm sie mit Henry einen Ausritt. Sie wollte ihm die Küste zeigen, um sein Anliegen wenigstens nicht in der finsteren Halle besprechen zu müssen. Ein paar Soldaten folgten ihnen in höflichem Abstand. Henry war nur mit kleinem Gefolge gekommen, da er es so eilig gehabt hatte und vorausgeritten war, wie er ihr erzählte, aber es würden noch weitere Männer nachkommen.

»Ich hörte, du reitest zu schnell und unvorsichtig«, sagte Henry, als sie dem Fluss zur Bucht folgten. Dichtes Buschwerk verdeckte den Blick auf das blaue Band, doch Nesta wusste, weiter vorne, wo sich der Teifi zu einem breiten Ästuar ausdehnte, hatten sie freie Sicht.

»Ich reite nicht zu schnell«, erwiderte Nesta. »Der Constable ist nur übervorsichtig, das ist alles.«

»Ich will, dass du besser auf dich achtgibst.«

»Aber …«

Henry warf ihr von seinem Pferd aus einen Blick zu, und Nesta verstummte. Es kam selten vor, dass er sie derart entschlossen ansah – dass er sie wie ein König ansah –, und Nesta wusste, in diesen Momenten war es besser zu schweigen.

»Wie du vielleicht gehört hast, kam Shrewsbury zu Ostern nicht an den Hof, um sich für seine Verbrechen zu verantworten«, sagte Henry und machte damit der Unbeschwertheit ein Ende. Natürlich interessierte Nesta sich für die Vorgänge bei Hofe und vor allem für den Untergang der de Montgomerys. Sie wollte Henry auch helfen, wo sie nur konnte, und war dankbar für sein Vertrauen. Allerdings kamen ihr die Kämpfe des Königs nach der friedlichen Zeit hier weit entfernt und fast schon unwichtig vor.

Es war schwer, in einer solchen Idylle zu leben und sich gleichzeitig über Politik Gedanken zu machen.

»Ich habe davon gehört«, sagte sie.

Henry lenkte sein Pferd nah an ihre Seite. »Arnulf de Montgomery widersetzte sich dieser Aufforderung ebenso und unterstützt jetzt seinen Bruder. Shrewsbury glaubt, es mit mir aufnehmen zu können. Er hat sich auf einen Bürgerkrieg vorbereitet, seine Burgen verstärkt und sogar Söldner angeheuert. Ich habe eine Armee aufgestellt und bereits eine seiner Burgen eingenommen, aber er ist mächtig. Er hat auch Waliser, die für ihn kämpfen. Nesta, ich will die Sache mit den de Montgomerys ein für alle Mal beenden. Ich will, dass die Waliser für mich kämpfen.«

Nesta sah ihn ungläubig an. »Nach allem, was du mir erzählst hast, litten die Waliser am meisten unter Robert de Bellême. Die Ländereien rund um Shrewsbury grenzen an Powys. Wieso sollten die Fürsten von Powys ihrem Unterdrücker helfen?«

Henry atmete erleichtert aus. »Du weißt also, dass es mehrere Fürsten in Powys gibt. Ich hatte gehofft, du kannst mir ein paar Einblicke geben, die meine Barone nicht haben.«

»Natürlich. Das Erste, was ein Waliser lernt, ist, aus welcher Linie er stammt und wie diese mit anderen verbunden ist. Es ist die oberste Pflicht einer Königstochter, die noblen Familien zu kennen.« Sie zuckte mit den Schultern. »Ich mag mich wenig in anderen Belangen auskennen, aber über den walisischen Adel kannst du mich alles fragen.«

»Ich wusste, du würdest mich nicht enttäuschen.« Er berührte ihren Arm mit seiner behandschuhten Hand, ehe sie gemeinsam eine steile Böschung hochritten, um einem Dickicht aus gelbem Stechginster auszuweichen. »Was weißt du über sie?«

Nesta ließ ihren Blick über die Wiesenebene schweifen, die von rosafarbenem Leimkraut übersät war. »Nun, wie du vielleicht weißt, erbt in Wales nicht der älteste Sohn, sondern das Land wird zwischen allen Söhnen aufgeteilt – legitim wie illegitim.«

Henry schnaubte. »Diese Eigenheit ist mir bekannt. Perfekte Zustände für Machtkriege und um aus einem starken Land viele kleine zerrüttete zu machen.«

»Als der Fürst von Powys starb, ging sein Land an seine drei schrecklichen Söhne. Ich weiß aber nicht, ob noch alle am Leben sind. Bei Hofe habe ich zu wenig darüber erfahren.«

»Sie leben. Cadwgan, Maredudd und Iorwerth. Alle drei kämpfen für Shrewsbury.«

»Und sind zudem mit mir verwandt. Sie sind Vettern meiner Mutter.«

Henry sah sie erstaunt an. »Tatsächlich? Das war meinen Beratern nicht bekannt.«

»Gut, eine liebevolle Familie sind wir nicht gerade. Die Familienbande haben Cadwgan nicht davon abgehalten, meinen Vater anzugreifen. Er musste nach Irland fliehen, und als er mit einer dänischen Flotte zurückkehrte, besiegte er Cadwgan und tötete zwei seiner Neffen.«

»Du weißt es vielleicht nicht, aber kurz nach dem Tod deines Vaters griff Cadwgan erneut Deheubarth an. Er muss sich wohl gedacht haben, dass mit dem Tod des Fürsten die Ernte reif zum Pflücken ist und er sich nur noch bedienen muss, aber er wurde von den Männern meines Bruders zurückgetrieben.«

Nesta biss die Zähne zusammen. »So hatte der normannische Einfall wohl immerhin *etwas* Gutes. Das Land meines Vaters ging nicht an seinen walisischen Feind.« Sie schüttelte bitter den Kopf. »Die Fürsten von Powys fielen seit jeher in Deheubarth ein. Unser Land ist fruchtbar und Powys eher unwirtlich. Auch um dieses Gebiet hier …«, sie umfasste das Land mit einer ausschweifenden Geste, »stritten sich die Fürsten. Jeder wollte es haben, aber es gehörte uns – es war Teil von Deheubarth.«

»Du meinst Ceredigion?«

»Ja, der Fluss hier«, sie wies auf den Teifi, »ist die südliche Grenze. Im Norden grenzt Ceredigion an Gwynedd und im Osten an

Powys. Deshalb versuchten auch alle, das Land an ihr Fürstentum anzuschließen, nur meinem Vater gelang es.« Sie lachte, als sie Henrys verblüffte Miene bemerkte. »Auch das sind Dinge, die eine Königstochter wissen muss, Henry. Wäre mein Leben anders verlaufen, wäre ich an einen walisischen Fürsten oder *uchelwyr* verheiratet worden. Ich hätte dessen Krieger und Gefolgsleute begrüßen und ihnen Geschenke machen müssen. Und es wäre wohl schändlich gewesen, hätte ich nicht gewusst, woher diese Krieger und Lords kommen, wie die Grenzen ihrer Ländereien verlaufen, wer mit wem im Streit ist und welchen Stand sie haben.«

Henry schnaubte belustigt. »Keiner meiner Berater, noch nicht einmal ein gekaufter Waliser, kann mir dieselben Einblicke geben wie du, Nesta.« Er seufzte schwer und warf einen Blick zurück zu ihrem Gefolge. »Cadwgan von Powys hat jedenfalls bekommen, was er wollte. Ganz Ceredigion jenseits dieser Burg ist sein. Shrewsbury gab es ihm, genauso gab er ihm Land in Powys zurück. Nach allem, was du mir erzählt hast, bezweifle ich aber, dass Cadwgan dieses Land als Lehen ansieht und Shrewsbury als seinen Herrn. Schließlich nennt er sich immer noch Fürst, auch wenn er kaum mehr als der Vasall eines Normannen ist. Aber er hat seinen Einfluss gestärkt. Er kämpft für Shrewsbury, und ich muss ihn unbedingt auf meine Seite ziehen.«

Sie erreichten die Küste, und das Rauschen des Meeres und Schreien der Vögel erfüllten die Luft. Nesta brachte ihre Stute zum Stehen. »Cadwgan wird nicht für dich kämpfen, Henry. Denn die Frage ist doch: Wen fürchtet Cadwgan mehr?« Sie drehte sich im Sattel zu Henry um und strich sich die Haarsträhnen zurück, die ihr der salzige Wind immer wieder ins Gesicht wehte.

Henry stützte sich auf dem Sattelknauf ab und sah sie einige Augenblicke lang stumm an. Schließlich lächelte er. »Ich sehe, du bist kurz davor, mir die Lösung für mein Dilemma zu offenbaren.«

Sie sah ihn grinsend an, wurde dann aber gleich wieder ernst.

»Cadwgan hat sich durch sein Bündnis mit Shrewsbury zum mächtigsten der Brüder erhoben und wird das niemals aufs Spiel setzen. Zudem sitzt Shrewsbury direkt vor Cadwgans Haustür, ihre Länder grenzen aneinander. Ohne Zweifel hat Cadwgan unter Shrewsbury gelitten und wurde erniedrigt. Ein Bündnis mit ihm schafft Cadwgan Sicherheit und das Land, das er immer schon wollte.« Sie umfasste noch einmal die Küste von Cardigan, auch wenn Cadwgans Land nördlich von hier begann – ein fruchtbarer Landstrich mit Zugang zum Meer. »Cadwgan sieht Shrewsburys Stärke, und natürlich wagt er es nicht, sich gegen ihn zu stellen. Für ihn bist du weit fort, aber Shrewsbury kann sofort Rache üben. Was, wenn Shrewsbury gewinnen sollte?«

Henrys Augenbrauen zogen sich zusammen, doch Nesta ließ ihn gar nicht zu Wort kommen. »Sollte Shrewsbury siegreich aus dieser Affäre herausgehen, obwohl Cadwgan für dich kämpft, dann muss Cadwgan sich mit Shrewsbury auseinandersetzen, und das wird er nicht riskieren.«

»Aber wenn ich gewinne und er auf Shrewsburys Seite bleibt, muss er sich mit mir auseinandersetzen.«

»Du hast keine Liste von fünfundvierzig Grausamkeiten, die großteils gegen sein Volk begangen wurden, Henry. Er fürchtet Shrewsbury mehr als dich.«

»Und was soll ich deiner Ansicht nach nun tun? Ich brauche die Waliser auf meiner Seite, will ich Shrewsburys Burgen einnehmen.«

Nesta schwang sich aus dem Sattel und nahm ihre Stute am Zügel. »Cadwgan hat immer noch Brüder«, sagte sie nachdenklich und schlenderte zum Abgrund.

Henry folgte ihr zu Fuß, während ein Knappe sein Pferd übernahm. Er hielt sie am Arm fest. »Du glaubst, sie würden sich gegen Cadwgan stellen? Gegen den eigenen Bruder?«

Nesta lachte. »Der Ehrgeiz von Brüdern dürfte dir nicht fremd sein, Henry.«

»Normannischer Ehrgeiz«, erwiderte er mit einem bitteren Lächeln. »Du sagst, Waliser besitzen ebenso wenig Ehre?«

»Ich sage, dass es Maredudd und Iorwerth bestimmt nicht gefällt, wenn sich ihr älterer Bruder über sie hinweghebt und ausgerechnet mit dem Mann Bündnisse schließt, der sie wie Untergebene in ihrem eigenen Land behandelt. Nicht, wenn sie dabei leer ausgehen. Sie …« Ein schriller Vogelschrei ließ sie zusammenzucken. Mit plötzlich wild schlagendem Herzen blickte sie hoch und erkannte erneut einen Milan, der über ihr kreiste. Sie wusste nicht, was es war, doch sein Anblick erfüllte sie mit einem Kribbeln, das ihren ganzen Körper durchzog. »Das kann nicht sein«, murmelte sie und starrte den prächtigen Raubvogel wie gelähmt an. Sie schüttelte den Kopf, schloss kurz die Augen und sah auf einmal die Halle ihres Vaters vor ihrem inneren Auge – das dämmrige Licht, den Rauch, die Krieger auf den Bänken. Es musste ein besonderer Anlass gewesen sein, Weihnachten vielleicht, und durch den Mittelgang schritten drei Männer in dicken Fellumhängen, die argwöhnisch beäugt wurden. Es waren die Vettern ihrer Mutter, die Feinde, die ihren Vater angegriffen hatten und jetzt Frieden halten sollten. Das Zischen geflüsterter Gespräche erfüllte die Halle, doch die Männer aus Powys gingen ungerührt weiter. Was sagten ihre Gesichter? Was lag hinter dem trüben Schleier, den die Zeit über ihre Erinnerungen gelegt hatte? Es waren drei Brüder … »Iorwerth«, sagte sie entschlossen und fuhr zu Henry herum, der sie fragend ansah.

»Was …?«

»Es ist Iorwerth, Henry. Er ist der Jüngste, der Wagemutigste, der Ehrgeizigste. Schon als ich ein Kind war, sangen sie Lieder über Maredudd, den Mutlosen, der im Schatten seines älteren Bruders stand. Das mittlere, stets kränkliche Kind, das zu einem schwachen Mann heranwuchs. Mein Vater spottete gerne über den unnützen Sohn seines Feindes, jetzt erinnere ich mich wieder. Ja, ich sehe ihn deutlich vor mir, höre die Lieder … Maredudd wird Cadwgan überallhin folgen, aber nicht Iorwerth.« Sie packte Henrys Hand und sah ihm eindringlich in die Augen. »Es ist Iorwerth. Henry, vertrau mir, Iowerth wird für dich kämpfen.«

Nesta traute ihren Augen nicht, als sie am nächsten Morgen die Nachzügler aus Henrys Gefolge in den Hof reiten sah. Unter ihnen befand sich eine Dame mit dunklem Schleier und blassem Antlitz. Sie war sehr dünn und verschwand fast unter dem Umhang. Trotzdem erkannte Nesta sie sofort.

»Das Reisetempo einer Dame war mir zu langsam«, sagte Henry, als er an ihre Seite kam. »Ich ließ ihr eine Eskorte und eilte voraus, aber wie ich deinem Gesichtsausdruck entnehme, ist meine Überraschung geglückt.«

Schon wieder flossen Tränen ihre Wangen hinab, als sie Henry kurz umarmte und, ohne länger zu verharren, auf die Pferde zueilte.

»Ansfride!«, rief sie und wischte sich ungeduldig die nassen Wangen ab. Sie war überwältigt vor Glück.

Die Dame schwang sich aus dem Sattel, noch ehe einer der Burschen ihr Pferd festhielt, und rannte ihr mit gerafften Röcken über den matschigen Hof entgegen.

»Nesta! Ich kann es nicht glauben!« Sie fielen sich in die Arme und lachten und weinten. Nesta konnte nicht fassen, dass Ansfride tatsächlich hier war. Immer wieder umarmte sie sie fest. Am Tag von Ansfrides Abreise hatte sie gefürchtet, sie nie wiederzusehen, und jetzt fand ihr Treffen ausgerechnet in Wales statt! Es gab so vieles, das sie ihr zeigen wollte, so vieles, das sie ihr sagen und erzählen musste.

»Du solltest dich nicht so aufregen.« Henry kam wie aus dem Nichts und legte ihr die Hand auf die Schulter. »Schön, dass du dich freust, aber denk an unser Kind.«

»Ach, Nesta, du bist eine richtige Frau geworden. Schöner

denn je. Die Schwangerschaft tut dir wahrlich gut.« Ansfride sah zu Henry auf. »Wer hätte gedacht, dass die Prinzessin nur ein bisschen walisische Luft braucht, um sich in sprühendes Leben zu verwandeln?«

»Walisische Luft werdet ihr nun beide genießen, während es für mich zurück nach England geht.« Er führte seine Hand an Nestas Wange. »Lady Ansfride bleibt das ganze Jahr über hier und versprach mir, gut auf dich achtzugeben, bis unser Kind geboren wird.«

Nesta biss sich auf die Unterlippe. »Ihr werdet mir fehlen, Hoheit. Gebt auf Euch acht«, flüsterte sie mit gesenktem Kopf, da sie nicht allein im Hof waren. Sie hatte gewusst, dass er heute abreisen wollte, und sich auf den Abschied eingestellt. Ansfrides überraschender Besuch machte es ihr leichter, und doch fürchtete sie um Henry, nun, da der Konflikt mit Shrewsbury zu eskalieren drohte. Dass sogar sein Pferd schon bereitstand, erschreckte sie.

Sanft hauchte er ihr einen Kuss auf die Stirn, ehe er sich abwandte und einen seiner Ritter herbeiwinkte. »Sir William. Nehmt eine Handvoll Männer, und reitet voraus. Sucht mir Iorwerth ap Bleddyn in Powys. Er soll mich auf dem Weg nach England treffen.«

»Eure Hoheit.« Der Ritter verneigte sich und wollte sich abwenden, doch Henry hob die Hand.

»Er ist Waliser, William. Er wird Euch nicht einfach so zuhören und mit Euch kommen, nur weil Ihr ihn darum bittet. Macht ihm klar, dass es Vorteile für ihn haben wird, wenn er meiner Einladung folgt und seine Männer versammelt. Seid überzeugend, und enttäuscht mich nicht. Stellt ihm die Ländereien seines Bruders Cadwgan in Powys und Ceredigion in Aussicht. Sollten wir Shrewsbury gemeinsam besiegen, kann er sie haben. Zudem verspreche ich ihm Land in Dyfed, Cydweli, Gower und Ystrad Tywi.«

»Henry!« Nestas Kopf schoss hoch, und sie packte seinen Ärmel. »Das kannst du nicht machen! All diese Ländereien …«

»Nesta.« Plötzlich stand Ansfride neben ihr und versuchte sie fortzuziehen, doch Henry bedeutete ihr mit einem Kopfschütteln, es nicht zu tun.

Mit einer Miene, die sie noch nie bei ihm gesehen hatte, wandte er sich ihr zu und blickte auf sie hinab. Aus den Augenwinkeln bemerkte Nesta, wie sich seine Männer diskret zurückzogen, und ihr war klar, welchen Fehler sie gemacht hatte. Doch der Schock über diese Worte hatte sie jede Vernunft vergessen lassen und erfüllte sie immer noch mit kalter Wut.

»Henry …«, begann sie, weniger entschuldigend als drängend. Im Moment waren ihr die Anwesenden gleich. Doch noch ehe sie mehr sagen konnte, packte Henry grob ihren Arm und zerrte sie über den Hof unter das vorstehende Strohdach des Stalls.

»Nesta, nie, *nie* wieder widersprichst du …!«

»Dyfed, Cydweli, Gower und Ystrad Tywi liegen in Deheubarth«, fuhr Nesta dazwischen und befreite mit einem Ruck ihren Arm. »Ich habe dir nicht geholfen, damit du das Land meines Vaters an seine Feinde verscherbelst! Weißt du, wie viel Blut unter den Fürsten von Deheubarth vergossen wurde, in meiner Familie, um unser Land vor den Wölfen von Powys zu schützen, und nun wirfst du es ihnen zum Fraß vor?! Wie meinst du, wird Iorwerth es den Menschen dort danken, dass sie seiner Familie so lange standgehalten haben?«

»Nesta, ich warne dich …«

»Warne mich!«, rief Nesta außer sich. »Meinem Bruder, dem rechtmäßigen Erben von Deheubarth, dem wahren Fürsten über dieses Land, gewährst du gnädigerweise den Cantref Mawr, während du an Powys …«

Unvermittelt packte Henry mit beiden Händen ihr Gesicht und drängte sie zurück, bis sie mit dem Rücken gegen die Stallwand stieß. »Dein Bruder ist ein Nichts, Nesta«, knurrte er knapp vor ihrem Gesicht. »Ein Kind im Exil. Er ist nur das, was ich aus ihm zu machen bereit bin, verstehst du das? Er ist kein Fürst, du sprichst Verrat, wenn du etwas anderes behauptest. Um Shrewsbury zu schlagen, würde ich Iorwerth von Powys noch viel mehr versprechen.« Seine goldgesprenkelten Augen schienen sie zu durchbohren, und jedes Wort kam ihr vor wie ein Schlag in die Magengrube. »Shrewsbury hat einen Bürgerkrieg angezettelt, er lehnt sich gegen seinen König auf und zieht mit einer ganzen Armee durch *mein* Land. Und wenn ich Iorwerth dein ganzes verfluchtes Deheubarth geben muss, damit er sich gegen ihn stellt, dann soll er es haben.«

Nesta riss ihren Kopf zurück, und seine Hände glitten von ihr ab. Sie fühlte sich hintergangen und hätte über ihre eigene Dummheit schreien können. Iorwerth auf Henrys Seite zu holen war ihre Idee gewesen, und Henry benutzte sie gegen sie. Wie hatte sie nur vergessen können, dass sie nicht auf der gleichen Seite standen. Nesta hatte ihr Volk und ihre Familie verraten. Sprachlos vor Zorn sah sie ihn an.

Henry erwiderte ihren Blick, und seine Gesichtsmuskeln zuckten. Dann wandte er sich plötzlich ab und rief die Männer zum Aufbruch.

Nesta sank gegen die Stallwand in ihrem Rücken und presste ihre Hand gegen ihren Bauch.

»Er steht unter gewaltigem Druck, Nesta.« Ansfride kam an ihre Seite und legte ihr den Arm um die Schultern. »Der Konflikt mit seinem Bruder, der Verrat so vieler Barone und jetzt auch noch der Earl of Shrewsbury. Du darfst ihn nicht auch noch vor seinen Männern in Frage stellen. Lass ihn seinen Kampf ausfechten, und bis dahin habt ihr euch beide wieder beruhigt.« Sie legte ihre Hand auf Nestas, die immer noch auf ihrem Bauch ruhte. »Das hier ist jetzt alles, worüber du dir Gedanken machen musst. Wir beide werden Kleider nähen und reden, bis wir heiser sind. Vergiss Henry einfach für eine Weile. Er ist mit seinem

Land verheiratet, das weißt du. Dieses Land wird im Moment angegriffen, und da kann er nicht richtig denken. Wir beide machen uns jetzt erst mal eine schöne Zeit, und du zeigst mir ein bisschen von deinem Wales, was hältst du davon?«

Nesta nahm langsam den Blick von Henry, der sich gerade aufs Pferd schwang, und blickte Ansfride ins eingefallene Gesicht. Das, was soeben vorgefallen war, war so viel größer als ein Mann unter Druck, der nicht wusste, was er tat. Es war kein kleiner Streit, nach dem sie einfach wieder zur Tagesordnung übergehen konnte. Henry hatte ihr Vertrauen verraten – wenn er ihr Land tatsächlich an ihren Feind gab, klebte Blut an Nestas Händen. Das Blut ihres Volkes. Am liebsten wäre sie davongelaufen. Doch momentan konnte sie nichts tun, als abzuwarten und zu hoffen, dass Henry doch nicht so kaltherzig und dumm war, einen erneuten Konflikt in Wales auszulösen.

Was sie jedoch tun konnte, war, sich ein wenig um Ansfride zu kümmern. Sie schien nur noch ein Schatten ihrer selbst zu sein, vielleicht konnte sie ihr hier ein wenig Lebensfreude wiedergeben.

»Wie kommt es, dass du hier bist?«, fragte Nesta mit kontrollierter Stimme.

Ansfride half ihr, sich aufzurichten, und führte sie über den Hof zum Turm. Henry war bereits fort. Die letzten Bannerträger verschwanden gerade durchs Torhaus. »Henry bestellte mich zu sich an den Hof«, erzählte sie und rieb ihr über den Arm, als versuche sie, sie zu wärmen. »Er verheiratet meine Tochter Juliane in die Normandie, um sich einen Verbündeten zu sichern. So macht er es im Moment mit all seinen Bastarden, die alt genug sind. Er braucht Bündnisse und hat kaum noch etwas anderes im Kopf. Außer dich natürlich«, neckte sie. »Die Nachricht von deiner Schwangerschaft erreichte ihn, als ich noch bei Hofe war, und in einem Gespräch kam uns dann die Idee, dass ich ihn zu dir begleiten könnte. Zuhause ist es einsam, und die Königin würde mich als einstige Geliebte Henrys und Witwe eines Verräters niemals aufnehmen. Du siehst, Nesta, Henry kam den weiten Weg zu dir, weil er dich liebt.«

Nesta schüttelte den Kopf. »Er kam zu mir, weil er mein Wissen über Wales nutzen wollte.«

»Ach Unsinn!« Ansfride blieb stehen und drehte Nesta zu sich herum. »Jeder dieser vertrottelten Speichellecker bei Hofe kann ihm etwas über Wales erzählen. Er kam deinetwegen. Er liebt dich, auch wenn er es nicht immer zeigen kann. Komm …« Sie wies zum Turm. »Lass uns nicht mehr über Henry sprechen. Du bist eine werdende Mutter und sollst nur schöne Gedanken haben.« Sie wollte sich abwenden, doch Nesta ergriff ihre Hand.

»Ansfride … Wieso sagst du nicht: Ich hab's dir doch gleich gesagt?«

Ansfride sah sie an und seufzte. »Ach, Kind, das würde ich niemals sagen. Ausgerechnet ich! Dazu habe ich gar kein Recht. Du bist deinem Herzen gefolgt, und das macht dich zu einem wunderbaren Menschen, Nesta. Nun konzentriere dich auf das Leben in dir, und öffne dein Herz dafür. Glaube mir, dadurch erlangst du eine reinere Liebe, als du von einem Mann je bekommen kannst.«

Ansfride verstand sich darauf, Nesta abzulenken und den düsteren Schatten, den Henrys Abschied geworfen hatte, zu vertreiben. Es brauchte Zeit, doch als Nesta das Leben in ihr wahrhaftig zu spüren begann, wie es trat und sich bewegte, rückten Henry, der Earl of Shrewsbury und der ganze Hof in weite Ferne. Inmitten all der Pracht und im Vergleich zum spürbaren Leben in ihrem Leib war das blendende Licht des Königs nicht mehr als ein fahler Schein. Sie genoss die Gesellschaft des Constables, der ihr mit seiner Anwesenheit das Gefühl von Sicherheit bot, mit seiner schweigsamen Art aber nicht in den Frieden ihrer eigenen kleinen Welt eindrang. Meist begleitete er sie und Ansfride, und selbst wenn es Ansfride zu unwirtlich draußen war, ließ er sich nicht davon abhalten, ihr auf Schritt und Tritt zu folgen. Er fürchtete wohl den Zorn des Königs, sollte ihr oder Ansfride etwas geschehen.

Es war, als befänden sie sich in Cardigan am Ende der Welt, und da es an der westlichen Küste von Britannien lag, traf das auch schon fast zu. Der Herbst zog farbenprächtig vorüber, und die Natur bereitete sich auf den bevorstehenden Winter vor. Nesta betrachtete die Bauern auf den Feldern, die die Ernten einbrachten, und die Hirten auf den Weiden, die das Vieh zur Schlachtung auswählten. Wäre der Constable nicht so sehr auf ihre Sicherheit bedacht, würde sie den ganzen Tag lang durch buntes Laub laufen.

Fast schon hatte Nesta die Konflikte in England rund um den König und Shrewsbury vergessen, aber als sie an einem empfindlich kühlen Nachmittag in die Halle trat, um einen weiteren Spaziergang mit dem Constable zu unternehmen, hörte sie ihn mit seinen Männern sprechen.

»Die Menschen in der Stadt müssen gewarnt werden. Ich will jeden Mann, der in der Lage ist, eine Waffe zu halten, morgen früh im Burghof sehen.« Der Constable stand in seinem Kettenhemd inmitten der rauen Garnisonsbesatzung und erlangte mit seinem ruhigen, ernsten Ton die Aufmerksamkeit aller. Nesta war schon aufgefallen, dass die Männer ihm großen Respekt entgegenbrachten, und wenn er sprach, hörte man ihm andächtig zu. »Dass in England Ruhe herrscht, bedeutet, dass es hier bald sehr unruhig werden wird. Iorwerth wird nicht lange fackeln.« Er blickte an den Männern vorbei, und als er Nesta im Schein der offenen Tür erkannte, eilte er sofort auf sie zu.

»Mylady.« Sein Blick fiel sorgenvoll auf ihren gewölbten Bauch und zurück in ihr Gesicht. »Ich ersuche Euch dringend, die Burg nicht mehr zu verlassen.«

»Was ist geschehen?« Eine düstere Vorahnung überkam sie, schließlich hatte der Constable von Iorwerth gesprochen.

Die Männer der Garnison kamen auf sie zu, neigten kurz ihre Köpfe und verließen schließlich die Halle, um den Auftrag des Constables zu erfüllen. Nesta ließ sich auf einer der längsseitigen Bänke nieder.

»Iorwerth von Powys zieht seine Männer zusammen«, sagte der Constable, als er an ihr vorbei zur Tafel griff und einen Becher auffüllte. »Dem König gelang es, Shrewsbury mit Iorwerths Hilfe zu besiegen, aber …«

»Wartet.« Nesta sah zu ihm hoch. »Shrewsbury ist besiegt?«

Der Constable nickte. »Eine Burg nach der anderen nahm der König ein. Shrewsbury schickte nach seinem Bruder, der auch kam, aber Arnulfs Unterstützung aus Irland hielt sich in Grenzen, denn sein irischer Schwiegervater mischt sich nicht gerne ein.« Er reichte Nesta den irdenen Becher. »Dann schickte Shrewsbury auch noch nach dem Norwegerkönig Magnus, der sich gerade auf der Insel Man befindet, aber auch er verweigerte seine Hilfe. Also blieb ihm nichts anderes übrig, als auch noch seine letzte Burg – Shrewsbury Castle – aufzugeben und Henry die Schlüssel der Stadt auszuhändigen.«

»Shrewsbury Castle.« Nesta schloss einen Moment lang die Augen. Erinnerungen ihrer Zeit auf dieser schrecklichen Burg brandeten über sie hinweg. Jetzt war die gesamte Familie ihres Feindes geschlagen und aus Wales vertrieben. »Was ist aus Shrewsbury geworden? Wurde er verhaftet?«

»Der König gestattete ihm und seinem Bruder, ins Exil zu gehen.«

Ein Seufzen entfuhr ihr. Zwar hätte sie die beiden lieber eingesperrt gesehen, aber immerhin befanden sie sich jetzt in einem anderen Land. »Das sind wahrlich gute Nachrichten.«

»Für England bestimmt, aber Iorwerth ist auf Rache aus.«

Nesta blickte auf. »Er bekam seine versprochenen Ländereien nicht.«

»So ist es. Iorwerth hätte niemals all das Land bekommen

können, denn das hätte ihn viel zu mächtig gemacht. Zwar steht es Iorwerth frei, sich die Gebiete seines Bruders in Powys und Ceredigion zu nehmen, aber Cadwgan wird sich nicht so leicht von seinem jüngeren Bruder vertreiben lassen. Mit Shrewsbury stand Cadwgan auf der Verliererseite, aber er wird seinem verhassten Lehnsherr bestimmt keine Träne nachweinen. Jetzt sitzt er unbehelligt und neu erstarkt in Powys.«

Nesta unterdrückte ein bitteres Lachen. »Und der König wird auch nicht gegen ihn vorgehen, nicht wahr? Wieso sollte er auch seine eigenen Männer nach Wales schicken, wenn sich zwei Brüder in ihrem Machtkampf gegenseitig aufreiben. Er hat, was er wollte. Shrewsbury ist fort, und solange die Waliser sich gegenseitig bekriegen, sind sie schwach.«

Mit verblüffter, fast schon erschrockener Miene sah der Constable sie an. Wie erwartet, äußerte er sich nicht zu den Methoden des Königs, sondern hüllte sich in Schweigen.

Nesta seufzte. »Was ist mit dem restlichen versprochenen Land?«, wollte sie wissen. »Gower, Cydweli, Dyfed und Ystrad Tywi. Was ist mit dem Land meines Vaters?«

»Iorwerth bekam nur einen geringen Teil davon.«

Erleichtert atmete sie auf, doch dann kamen ihr die Worte des Constables in den Sinn. Iorwerth war auf Rache aus. Er würde sich seine versprochenen Ländereien einfach nehmen und damit erneut Feuer und Blut über ihre Heimat bringen. Henrys Versprechen war eine Katastrophe für Deheubarth, das hatte sie in dem Moment erkannt, in dem Henry die Worte ausgesprochen hatte. Es spielte keine Rolle, ob Henry beabsichtigt hatte, das Versprechen zu halten oder nicht. Es war erneut ihr Volk, das bezahlte.

»Der König teilte die versprochenen Gebiete zwischen Iorwerth von Powys und Hywel ap Goronwy auf«, drang die Stimme des Constables in ihre Gedanken. »Hywel ap Goronwy unterstützte den König ebenso gegen Shrewsbury und erhielt ähnliche Versprechungen.«

»Hywel aus Brycheiniog?« Nesta sah den Constable entsetzt an, und als dieser nickte, stieß sie den Atem aus. »Der König hält eine brennende Fackel über einen Strohhaufen. Ich erinnere mich an Hywels Vater, ein gefährlich ehrgeiziger Mann. Ich weiß, dass auch diese Familie stets ein Auge auf das Land meines Vaters hatte. Sie nannten sich Fürsten, obwohl sie doch nur *uchelwyr* über ein paar Landstriche waren.«

»Hywel ap Goronwy kämpft schon seit Jahren um Brycheiniog, das er als sein Erbe ansieht. Auch belagerte er einst gemeinsam mit Powys Gerald de Windsor in Pembroke, auch wenn es de Windsor gelang, die Belagerung aufzuheben.«

»Ich habe davon gehört. Schweine sollen dabei eine Rolle gespielt haben.« Sie seufzte. »Hat Hywel Brycheiniog jetzt zurückbekommen?«

Der Constable schüttelte den Kopf. »Brycheiniog ist bereits in normannischer Hand, und der König kann es seinen Lords nicht wegnehmen. Es gehört Bernard de Neufmarché.«

Nesta atmete tief durch. Es war dieser Mann, gegen den ihr Vater in die Schlacht nach Brycheiniog gezogen war. Womöglich war er es, der ihren Vater getötet hatte. »Also gab der König Hywel anderes Land, um ihn ruhigzustellen, auch wenn er Iorwerth damit vor den Kopf stößt.«

»Vor allem, da Iorwerth nicht nur für den König kämpfte, sondern auch noch den eigenen Bruder an den König übergab.«

Nesta fuhr zum Constable herum. »Etwa Maredudd, den Mutlosen? Cadwgans treues Anhängsel?«

»Genau.« Der Constable hob die Schultern. »Maredudd sitzt jetzt im Kerker von Shrewsbury Castle, ausgeliefert vom eigenen Bruder, der sich Macht und Reichtum dafür versprach …«

»Mein Gott.«

»Und deshalb, Mylady«, sagte der Constable eindringlich, »kann es hier bald sehr gefährlich werden. Ich bitte Euch …«

Nesta hob die Hand. »Ich verstehe die Gefahr, Constable. Ich werde die Burg nicht mehr verlassen.« Sie wusste, dass Cardigan Castle die letzte Burg entlang der walisischen Mark war. Einen Steinwurf weiter könnten jederzeit Kämpfe ausbrechen. Cadwgan, der mit Shrewsbury seinen Herrn verloren hatte und alles zu verlieren drohte, Iorwerth, der sein versprochenes Land gewinnen wollte, und Hywel ap Goronwy, der sein Erbe Brycheiniog bestimmt nicht völlig aus den Augen verloren hatte und seine neu erlangten Ländereien schützen musste – sie alle würden kämpfen. Und dann waren da auch noch die Normannen. Für einen Waliser zählte der Beschluss eines Normannen über eine Landübergabe wenig. Wer einem Waliser Land wegnehmen wollte, musste es mit Waffengewalt tun. Plötzlich fand sich Nesta in einem Brandherd wieder, und sie betete, dass sie und ihr Kind in Sicherheit waren.

»Ich werde dem König eine Nachricht zukommen lassen«, riss der Constable sie aus ihren Gedanken.

Nesta sah zu ihm hoch. Sein Blick aus stahlblauen Augen beunruhigte sie. Fragend sah sie ihn an, und schließlich atmete er tief aus.

»Mylady, ich fürchte, es ist hier nicht länger sicher für Euch. Solltet Ihr in die Hände der Waliser fallen …«, er presste die Lippen aufeinander, »sie könnten Euch zu einer Ehe zwingen. Wer auch immer eine Verbindung mit Euch erlangt, hat den Schlüssel, um all die Kriegsherren aus dem Fürstentum Eures Vaters zu den Waffen zu rufen. Das können wir nicht riskieren.«

»Was habt Ihr vor?«

»Die Reise nach England ist bereits zu gefährlich, und in Eurem Zustand …« Er fuhr sich mit der Hand über den kurzgehaltenen Bart an seinem Kinn. »In Pembroke ist es sicher, Mylady. Der König setzte Gerald de Windsor wieder als Kastellan von Pembroke Castle ein. Diese Burg ist eine Festung, sie kann nicht eingenommen werden, und Gerald de Windsor kann Euch beschützen, wie ich es nie könnte. Er wird in der Lage sein, die Situation in Südwales wieder unter Kontrolle zu bringen.«

Nesta erhob sich. »Ich glaube nicht, dass ich in Pembroke sicherer wäre als hier«, sagte sie und versuchte zu verbergen, wie sehr sie der Gedanke an de Windsor beunruhigte. Es graute ihr davor, ihr Kind in de Windsors Nähe zur Welt zu bringen und in seiner Gegenwart leben zu müssen, nachdem sie gerade erst de Montgomery losgeworden war. »Ihr seid bestimmt genauso fähig wie Gerald de Windsor.«

Der Constable lächelte, aber es war ein müdes, fast schon trauriges Lächeln. »Euer Vertrauen ehrt mich, Mylady, aber … leider bin ich das nicht.«

Henry antwortete auf keines der Schreiben des Constables, was vielleicht auch damit begründet werden konnte, dass Iorwerth in der Nähe von Pembroke und weiter östlich Unfrieden stiftete. Ceredigion blieb weitestgehend verschont, und so bekam Nesta außer der angespannten Stimmung kaum etwas von den Unruhen im Land mit. Ihre Spaziergänge mit Ansfride beschränkten sich auf den Burghof, und hin und wieder besuchte sie die Stadt, aber sie wurde ohnehin schnell müde und ging nicht mehr gerne allzu weit fort. Schließlich fiel der erste Schnee, und damit begannen die Schmerzen. Sie begleiteten Nesta mehrere Tage lang, trotzdem bestand sie darauf, wenigstens ein bisschen an die frische Luft zu gehen, um ihre angespannten Muskeln zu lösen.

»Bald ist es soweit«, sagte Ansfride an einem Novembermorgen zu ihr. »Du solltest dich jetzt wirklich schonen und hinlegen.«

Nesta winkte ab, sie spürte das Bedürfnis sich zu bewegen, und so schickte sie nach dem Constable, um in die Stadt zu gehen.

Als sie ins aufkommende Schneegestöber hinaustrat, sah sie ihn bereits warten. »Sir Stephen.« Sie bewegte sich schwerfällig auf den Constable zu und widerstand nur schwer dem Drang, ihr Gesicht vor Schmerz nicht zu verziehen. Das Ziehen malträtierte ihren unteren Rücken und wurde von Mal zu Mal schlimmer. Es hörte zwar immer wieder auf, kehrte aber noch intensiver zurück.

»Mylady, Ihr seht blass aus.« Er wies hoch zum Himmel. »Ich halte es ohnehin für einen schlechten Zeitpunkt, um einen Spaziergang zu unternehmen.«

Nesta blies langsam die angehaltene Luft aus. »Womöglich habt Ihr recht. Ich fühle mich auch nicht besonders wohl.«

»Soll ich …?«

Nesta winkte ab und drehte sich um, damit sie vor dem nächsten Krampfanfall in sicherer Entfernung war und er sich nicht unnötig sorgte. Diese Krämpfe begleiteten sie nun schon seit so vielen Tagen, wenn sie auch stärker geworden waren. Bestimmt war alles in Ordnung. Sie musste sich nur etwas ausruhen. Ansfride hatte ihr erklärt, dass sich das erste Kind meist Zeit ließ und solche Schmerzen schon Wochen vor der Niederkunft nichts Unübliches waren.

Doch sie hatte kaum drei Schritte zurückgelegt, da krümmte ein neuerlicher Krampf ihren Körper, so unerwartet heftig, dass sie beide Hände auf ihren Bauch presste und ein Stöhnen ausstieß. Sie hätte noch Zeit haben müssen, dieser Schmerz war viel zu schnell gekommen.

»Lady Nesta.« Der Constable war sofort an ihrer Seite und sah besorgt auf sie hinab. »Erlaubt mir, Euch in Euer Gemach zu führen. Soll ich nach der Hebamme rufen? Mir scheint … ich …«

»Um Himmels willen, Nesta!« Ansfride eilte die Außentreppe des Turms zu ihr hinunter. »Ich sagte doch, du sollst dich ausruhen! Ist es etwa soweit?«

Nesta brachte ein gequältes Lachen zustande. »Ich glaube schon«, presste sie zwischen zusammengebissenen Zähnen hervor. Sie streckte die Hand zur Seite, damit der Constable ihr half, aber er rührte sich nicht und starrte sie nur aus großen blauen Augen an, die Stirn in Falten gelegt.

»Würdet Ihr mir helfen?«, keuchte sie und hielt ihm ihre Hand entgegen.

»Jetzt stellt Euch nicht so an.« Ansfride schlug ihm gegen die Brust. »Sie bekommt ein Kind, Eure Mutter machte dasselbe durch, als sie Euch zur Welt brachte.«

Röte überzog das Gesicht des Mannes, doch er fasste sich ein Herz und umschloss ihre Finger. Den kettenhemdgekleideten Arm legte er nach einem kurzen Augenblick des Zögerns um ihre Taille, und schließlich hielt er sie so sanft, dass sie die Berührung kaum spürte. Ansfride wies indessen die Magd an, nach der Hebamme aus der Stadt zu schicken, und dann führten die beiden Nesta auch schon zum Gemach über der Halle. Sie hatten kaum die Tür erreicht, da platschte plötzlich etwas auf den Holzboden, und Nesta spürte Nässe an sich hinabfließen. »Oh!«, stieß sie aus und blickte mit großen Augen an sich hinab.

»Jesus Christus«, murmelte der Constable neben ihr, und die Röte in seinem Gesicht wich einer kränklichen Blässe.

»Fallt jetzt bloß nicht um«, drohte Ansfride und ergriff Nestas anderen Arm.

»Ihr habt keine Kinder?«, fragte Nesta belustigt an den Constable gewandt, kniff aber sofort wieder die Augen zusammen, als ein neuerlicher Krampf sie heimsuchte. Haltsuchend packte sie den Arm des Constables und grub ihre Finger in das Kettengeflecht. Sie verspürte einen solch gewaltigen Druck nach unten, dass sie das Gefühl hatte, jeden Moment zusammenbrechen zu müssen. »Heilige Maria, hilf mir«, keuchte sie und krümmte sich.

»Du darfst jetzt nicht mehr laufen«, sagte Ansfride. »Die Nabelschnur könnte vorfallen und das Kind ersticken. Constable, Ihr werdet sie tragen.«

»Ich … natürlich. Wenn Ihr erlaubt, Mylady Nesta?«

Nesta ließ ihren Blick über den schlanken Constable wandern, der sie gerade mal um eine Handspanne überragte, und sah dann an ihrem gewölbten Körper hinab. Sie hatte wenig Hoffnung, dass er sie tragen konnte. Sie war aber auch nicht in der Lage, ihm zu antworten, da die nächste Wehe – mittlerweile hatte sie keine Zweifel mehr daran, dass es sich bei diesen Krämpfen um Wehen handelte – sie überrollte. An den Constable geklammert, stand sie nur knapp vor ihrem Gemach und konnte nicht weiter. Doch da nahm der Mann all seinen Mut zusammen, schob seinen Arm unter ihre durchnässten Röcke und hob sie ohne merkbare Kraftanstrengung hoch. Ansfride stieß die Tür zum zwielichtigen, von einem winzigen Fenster mit Licht erfüllten Raum auf, und der Constable ließ sie behutsam auf die Decken sinken. Unschlüssig blieb er am Fuße des Bettes stehen. Nesta bemerkte ihn kaum, denn ihr wurde schwindlig, was sich mit jedem ihrer schnellen Atemzüge verschlimmerte. Ihr ganzer Körper begann zu zittern.

»Wollt Ihr hier Wurzeln schlagen, Constable?« Ansfride scheuchte ihn hinaus. »Macht Euch lieber nützlich und seht, wo die Kohlenbecken und das heiße Wasser bleiben.«

Nesta musste lachen. Plötzlich kam ihr das Bild von Madame de Mabile in den Sinn. Sie hatte nie bemerkt, wie ähnlich sich die beiden Frauen sein konnten. Schließlich erklang auch schon die nicht minder herrische Stimme der Hebamme und riss sie ein wenig aus der Benommenheit. Gemeinsam mit zwei Mägden erstürmte die verblüffend junge Frau ihr Gemach. Vor Nestas Augen verschwamm alles hinter einem trüben Schleier. Sie wusste nicht, wie viel Zeit verging, es konnten Minuten oder auch Stunden sein, in denen sie einzig und allein auf ihren Körper horchte und in einem Zustand von Schmerz und unbändiger Stärke trieb. Bis plötzlich der Schrei ihres Kindes zu ihr hindurchdrang.

»Ein Junge«, sagte die Hebamme mit zufriedenem Lächeln, als sie ihr das Bündel reichte. Nesta streckte ihre zitternden Hände aus und konnte nicht fassen, wie lieblich sich das Weinen ihres Kindes anhören konnte. Es war die Stimme ihres Sohnes. Er schrie in die Welt hinaus und verkündete seine Ankunft.

Das Gewicht überraschte sie, als sie ihn entgegennahm, doch das lag vermutlich an ihrer Schwäche.

»Er ist perfekt«, hörte sie Ansfride murmeln.

Vorsichtig drückte Nesta ihren Sohn an ihre Brust und blickte in das rote, vom Schreien verzerrte Gesichtchen. Dichtes, schwarzes Haar stand wild vom Kopf ab und brachte sie zum Lachen. »Er ist wunderschön«, flüsterte sie voller Ehrfurcht und konnte den Blick nicht von ihm abwenden. Sie konnte nicht glauben, dass sie das Leben, das sie eben noch in ihrem Körper gespürt hatte, plötzlich in Händen hielt.

»Henry«, flüsterte sie und küsste ihn auf die Stirn. Sie mochte im Streit mit dem König auseinandergegangen sein, aber er war immer noch der Vater ihres Sohnes, und sie liebte ihn. Um ihren Sohn aber vom Vater zu unterscheiden, beschloss Nesta, den Kleinen Harri zu rufen – die walisische Aussprache von Henry. Als sie daran dachte, dass dies den König vermutlich ärgern würde, musste sie lächeln.

Zärtlich strich sie mit den Fingern über Harris Wange. Mit einem Mal war nichts mehr wichtig. Da waren nur ihr Sohn und sie. Sie waren eine Familie, und nichts anderes zählte. Sie brauchte niemand anderen mehr, zumindest nicht im Moment. Ansfride schien dies zu verstehen, denn sie half den Mägden, das beschmutzte Leinen wegzuräumen, und ließ sie anschließend mit Harri allein. Bestimmt würde es nicht lange dauern, bis der König von seinem Sohn erfuhr, und er würde sie besuchen. Dann konnten sie über alles sprechen und vielleicht wieder zueinanderfinden.

Die nächsten Wochen verbrachte sie im Bett mit ihrem Kind. Sie ließ den kleinen Harri bei sich schlafen, stillte ihn und betrachtete ihn den ganzen Tag und auch die Nacht hindurch. Jede Bewegung seiner kleinen Hände, das Engelslächeln, seine blauen Augen, die mit der Zeit dunkler wurden – all das erschien ihr immer noch wie ein Wunder. Ansfride wich ihr kaum von der Seite und war entzückt von dem kleinen Wurm, wie sie ihn nannte. Sie half Nesta bei der Versorgung und brachte ihr alles bei. Nesta wusste nicht, was sie ohne ihre Freundin getan hätte, und im ersten Moment fühlte sie sich hilflos, als Ansfride noch vor Weihnachten abreisen musste. Die Vermählung ihrer Tochter stand bevor, und es war ein weiter Weg zurück nach England.

Doch Nesta war von solch einer Liebe für ihren Harri erfüllt, dass sie schnell über den Abschied von Ansfride hinwegkam. Zwar wartete sie immer noch auf ein persönliches Erscheinen des Königs, aber sie wusste, der Winter war eine schwierige Zeit zum Reisen. Hätte die frische Luft und die Natur sie nicht mit solcher Sehnsucht erfüllt, wäre sie wohl niemals wieder aus ihrem Nest hervorgekrochen. Doch mit dem Ende der Wochenbettzeit begann sie wieder ihre Spaziergänge. Diesmal trug sie aber den kleinen Harri in eine dicke Decke gewickelt mit sich. Die anderen Frauen nannten sie leichtsinnig, aber Nesta hatte bei sich zu Hause die Frauen mit ihren Kindern zu allen Jahreszeiten draußen gesehen. Es machte die Kinder stark.

»Henry FitzRoy«, sagte der Constable, als sie zum ersten Mal mit ihrem Sohn in den Hof trat. In höflichem Abstand blieb er vor ihr stehen und betrachtete sie mit dem Kind. Nesta erwartete weitere Worte, vielleicht auch Glückwünsche oder Fragen nach ihrem Befinden, nachdem sie sich wochenlang nicht gesehen hatten, aber der Constable schwieg, und so setzte sie ihren Weg zum Fluss fort. Henry FitzRoy, dachte sie, als sie mit der Hand über den kleinen Kopf strich und den leisen Schnarchgeräuschen lauschte. Henry, Sohn des Königs. Das würde von nun an sein Name sein. Ein guter Name, wie sie fand.

»Gibt es Neuigkeiten aus England?«, fragte sie den Constable, als sie durch das Torhaus gingen. »Hat Henry … ich meine, der König … hat er mir eine Nachricht zukommen lassen?«

»Bisher noch nicht, Mylady.« Sie folgten dem Pfad über frostig knirschende Erde den Hügel hinab zum Fluss. »Aber Ihr wisst ja, wie lange ein Bote von hier nach London benötigt. Bestimmt wird uns bald eine Nachricht erreichen.«

Nesta lachte. »Dann wollen wir hoffen, dass er seinen Sohn zu Gesicht bekommt, ehe dieser zu laufen beginnt.« Sie atmete tief die kalte Winterluft ein und schloss kurz die Augen. »Es ist so schön hier«, sprach sie ihren Gedanken schließlich laut aus und widerstand nur schwer dem Drang, das restliche Stück des Hügels hinabzulaufen. Es lag kaum Schnee, aber morgens war die Wiese von Reif bedeckt. Die Welt schien stillzustehen, um ihrem Sohn Zeit zum Wachsen zu geben. Um ihnen beiden Ruhe zu schenken. »Ich könnte für immer hierbleiben.«

Da der Constable nicht antwortete, drehte sie sich zu ihm um. Meist folgte er ihr in geringem Abstand. »Habt Ihr denn nie etwas zu sagen?«, seufzte sie. »Mir scheint, Ihr antwortet stets nur, wenn ich Euch eine direkte Frage stelle.«

»Verzeiht, Mylady.« Er räusperte sich. »Es ist in der Tat ein wunderbarer Ort.«

Nesta schüttelte ob seiner Reserviertheit den Kopf und ging lächelnd weiter. »Ein sonderbarer Mensch«, flüsterte sie dem kleinen Harri zu und betrachtete erneut voller Liebe die kleine Nase, den Schwung seiner Lippen und die Pausbäckchen. Wenn er sie anlächelte oder im Schlaf ein liebliches Schmatzen von sich gab, meinte sie jedes Mal vor Liebe bersten zu müssen. Niemals hätte sie gedacht, dass solch eine Liebe existieren konnte, so rein und unverdorben. Sie nahm alles ein und füllte eine Leere in ihr, von der sie nicht gewusst hatte, dass sie da gewesen war.

Da es für Harri der erste Ausflug in die raue walisische Welt war, machte sie sich bald wieder auf den Rückweg. Sie achtete kaum auf den vor ihr liegenden Pfad, denn sie konnte den Blick nicht von ihrem friedlich schlafenden Kind nehmen. So lange sie ihn trug, war er zufrieden und genoss die Wärme und Sicherheit ihrer Nähe.

»Mylady.«

Nesta blickte auf und erkannte eine schlanke Gestalt mit dunklem Haar, die sich von den düsteren Wolken abhob. Der Fremde kam den Hügel herab auf sie zu, und Nesta umklammerte Harri fester.

»Es ist der junge de Clare«, sagte der Constable, und sofort waren ihre Sorgen dahin. Schon bald erkannte sie das freundliche Gesicht mit den blitzblauen Augen und dem schelmischen Lächeln.

»Richard«, begrüßte sie ihn mit aufrichtiger Freude, als er sie erreichte. »Wie schön dich zu sehen! Bist du hier, um dir dein Erbe anzusehen? Dein Vater hat sich in all der Zeit nicht einmal blicken lassen.«

»Er ist kein Freund der walisischen Abgeschiedenheit.« Er verneigte sich knapp vor ihr und nickte dem Constable zu. »Sir Stephen.«

»De Clare.«

Richards Blick kehrte zurück zu ihr, und ein Lächeln breitete sich in seinem Gesicht aus. »Das Muttersein steht dir. Du bist schöner denn je.«

»Ach, hör doch auf, du Schmeichler.« Sie wandte sich an den Constable und unterdrückte ein erleichtertes Seufzen. Richard behandelte sie wie eine Freundin. »Ihr müsst wissen, Sir«, sagte sie an den Constable gerichtet, »Richard de Clare hält bei Hofe den Ruf eines Herzensbrechers, und er kann nicht anders, als diesem Ruf ohne Unterlass gerecht zu werden.«

Der Constable blickte Richard ins Gesicht, aber seine Miene war nichtssagend. Es war keine Überraschung, dass er schwieg.

»Nun?« Sie wandte sich wieder an den Neuankömmling. »Was führt dich wirklich hierher?«

Richard zog einen Brief hervor, blickte dann aber auf das Deckenbündel in ihren Armen, anstatt ihr das Schriftstück zu reichen. »Das ist also Henry FitzRoy.« Er trat näher heran und lächelte auf ihr schlafendes Kind hinab. »Hm. Er sieht kräftig aus.«

Nesta strahlte. »Das ist er. Henry wird begeistert sein, wenn er ihn sieht.«

Ein Schatten huschte über Richards Antlitz, und er seufzte tief. »Hier.« Er hielt ihr den Brief entgegen. »Vom König. Er will, dass du zurückkehrst.«

Nestas Augen verengten sich. »Er kommt nicht hierher?« Sie blickte auf den Brief und wusste nicht, ob sie sich darüber freuen oder ängstigen sollte. »Dann werden wir also nach England gehen.« Ein ungutes Gefühl beschlich sie bei diesem Gedanken, aber solange sie mit ihrem kleinen Harri zusammen war, würde sie sich überall einleben. Seufzend wandte sie sich an den Constable. »Würdet Ihr ihn kurz halten, damit ich den Brief lesen kann?«

Die Augenbrauen des Constables flogen in die Höhe. Er blickte auf ihren Sohn und wieder zurück zu ihr und trat kaum merklich einen Schritt zurück. »Mylady, ich … ich glaube, das ist keine …«

»Ach, gib ihn mir«, ließ sich Richard vernehmen und streckte die Arme aus.

Nesta lachte. »Sag, Richard, wie viele Kinder hast du mittlerweile in die Welt gesetzt, oder hast du schon zu zählen aufgehört?«

Er grinste und hob die Schultern. Geschickt nahm er ihren Sohn an sich und klopfte ihm sanft auf den Rücken, als er wegen der Unterbrechung des Schlafes kurz wimmerte. Sofort war der Junge wieder still und schmiegte sich in Richards Arme.

Nesta betrachtete die beiden noch einen Moment lang, doch dann entfernte sie sich ein paar Schritte und öffnete den Brief.

Meine über alles geliebte Nesta. Mit größter Freude erhielt ich die Nachricht von der Geburt unseres Sohnes. Ich wusste, du würdest mich nicht enttäuschen. Mit jeder Faser meines Körpers sehne ich deine Rückkehr herbei, und ich ersuche dich, baldmöglichst aufzubrechen. Nimm dir eine Woche, um eine ver-

trauensvolle Amme zu finden und dich zu verabschieden, und dann kehre zu mir zurück, um die langen Winternächte mit mir zu vertreiben.

Dein treuer Diener, Henry.

Nestas Lächeln gefror. Sie las die Zeilen noch einmal, doch der Inhalt änderte sich nicht. Es musste sich um ein Missverständnis handeln. Bestimmt hatte Henry »*eure* Rückkehr« schreiben wollen, anstatt »deine«. Aber was hatte es mit der Amme auf sich?

»Richard?« Ihre Stimme zitterte, und sie hatte das Gefühl, dass der Boden unter ihren Füßen schwankte. Mit aller Kraft klammerte sie sich an den Gedanken, dass Henry seine Worte nur unglücklich formuliert hatte, anders konnte sie sich nicht auf den Beinen halten.

»Wie lauten deine Anweisungen?«, brachte sie mühsam hervor und drängte die Tränen zurück.

Der Constable kam auf sie zu. »Ihr seid blass, Mylady. Wir sollten zurück zur Burg gehen.«

Nesta ignorierte ihn und blickte Richard ins angespannte Gesicht, aus dem jedes Lächeln gewichen war. »*Wie* lauten deine Anweisungen?!«

»Ich soll dich zurück an den Hof begleiten. Ich habe Soldaten bei mir, die für deine Sicherheit garantieren werden.«

»Mich?« Ein Lachen entfuhr ihr. Schnell schlug sie die Hand vor den Mund, doch sie konnte nicht aufhören. »Was meinst du damit? Wir sind doch zu zweit!«

»Nesta …«

»Nein.« Sie schüttelte den Kopf, ununterbrochen. »Das kann nicht sein Ernst sein. Das würde er mir nicht antun. Er würde mir nicht mein Kind wegnehmen.« Abrupt hob sie den Kopf. Plötzlich fand sie den Anblick ihres Sohnes in Richards Händen unerträglich. »Gib ihn mir«, forderte sie, um Ruhe in der Stimme bemüht.

Doch Richard rührte sich nicht. »Du solltest dich erst beruhigen, Nesta. Du bist tatsächlich sehr blass und …«

»Gib ihn mir, Richard! Sofort!«

Harri brach in klägliches Weinen aus, sodass Nesta nicht länger wartete. Sie entriss Richard ihr Kind und drückte es an sich.

»Schon gut«, flüsterte sie und spürte die heißen Tränen, die sich nun doch befreiten. Harri schrie immer weiter, und Nesta konnte sich gerade noch zusammenreißen, um nicht in sein Klagen miteinzufallen. Mit eiligen Schritten ging sie den Hügel hinauf und ließ Richard und den Constable zurück. »Alles ist gut, mein Kleiner«, murmelte sie und rang um Atem. »Deine *mam* geht nirgendwohin. Ich bleibe bei dir. Ich bleibe bei dir.«

Nesta, es sind jetzt zehn Tage. Wir müssen aufbrechen.«

»Dann geh.« Nesta blickte nicht zu Richard hoch, der voller Ungeduld vor ihr stand, und spielte weiterhin mit dem kleinen Harri. Wenn sie ihn unter dem Kinn kitzelte, lächelte er sie an. Seine Augen waren mittlerweile braun geworden, aber manchmal glaubte sie, sie trugen doch einen grünen Schimmer in sich.

Sie hielten sich in der Halle auf, wo sich um diese Tageszeit kaum jemand befand, und genossen die Wärme der Feuerstelle. Nur zwei Wachen außer Dienst saßen nahe der Tür an einer längsseitigen Tafel und tranken Cidre. Ein paar Hunde lagen faul zu ihren Füßen im Stroh.

»Nesta, ich bitte dich. Du hast noch nicht einmal eine Amme ausgewählt.«

»Eine ist furchtbarer als die andere.«

»Du hast sie noch nicht einmal richtig angesehen.«

»Na, mein Kleiner?« Sie ließ Harri an ihrem Finger saugen. »Bist du etwa schon wieder hungrig? Natürlich bist du das. Du willst doch groß und stark werden.« Ohne Richard eines Blickes zu würdigen, erhob sie sich von der Bank und schritt zur Tür.

»Nesta …« Er schloss zu ihr auf und verstellte ihr den Weg. »Der König wird über unsere Verspätung sehr ungehalten sein.«

»Das versteht er schon, wenn ich ihm sage, dass ich keine passende Amme fand. Er will seinen Sohn schließlich nicht von irgendjemandem aufziehen lassen.«

»Henry FitzRoy wird hier in Cardigan gut bewacht, und wenn er alt genug ist, wird er eine hervorragende Ausbildung genießen. Es wird ihm an nichts fehlen.«

Nesta funkelte ihn zornig an. »Bis auf seine Mutter.«

»Großer Gott, Nesta. Du …«

»Gib den Weg frei. Mein Sohn ist hungrig, und ich werde ihn in meinem Gemach stillen. Ich nehme an, du willst mir dabei nicht zusehen.«

Richard seufzte und trat zur Seite. »Du kannst nicht ewig so weitermachen«, sagte er, als sie die Halle verließ. »Der König wird dich holen.«

»Soll er doch«, murmelte sie und biss die Zähne zusammen, als sie ihren Sohn ansah. Er war alles, was zählte.

In ihrem Gemach ließ sie sich in den dick gepolsterten Stuhl neben der Kohlenpfanne nieder, den der Constable eigens für sie hatte herbringen lassen, und öffnete die Verschnürung ihres Bliauts. Sie schob ihr Unterkleid über die Schulter und legte den bereits wild schmatzenden Harri an.

Beinahe hätte sie geschluchzt, als er seine kleine Hand auf ihre Brust legte und sie vertrauensvoll ansah, während seine allerliebsten Schluckgeräusche die Stille durchbrachen. Allein der Gedanke daran, dass er von einer anderen Frau gestillt wurde, dass eine andere ihn hielt und ihm beim Schlafen zusah, zerriss ihr schier das Herz.

Tränen flossen wie jeden Tag über ihre Wangen, und Nesta wischte sie zornig weg. Sie durfte nicht weinen. Alles würde gut werden. Henry würde herkommen. Und wenn er seinen Sohn erst mal sah, würde ihn dieselbe Liebe für dieses wunderbare

Wesen erfüllen wie sie. Er würde nicht mehr verlangen, dass sie sich von ihm trennte. Er würde verstehen.

Nach zwei weiteren Wochen kamen Reiter in den Hof geprescht. Nesta lief zum Fenster und blickte in den Nebel hinaus, sie konnte aber kaum etwas erkennen. Der Graupel schien aufgehört zu haben, also nahm sie der Magd ihren Sohn ab, wickelte ihn warm ein und lief mit ihm zusammen hinaus in den weißen Dunst. Schon auf der Außentreppe hörte sie die erhobenen Stimmen.

»Sollte ich sie mit Gewalt mitnehmen?!«, rief Richard deutlich aufgebracht. »Sie vielleicht auf ein Pferd binden? Ich habe versucht, an ihre Vernunft zu appellieren, aber …«

»Du bist auch zu nichts nütze. Deinetwegen werde ich von Küste zu Küste gejagt, um ein störrisches Weib zu holen, nur weil du nicht in der Lage bist, einen einfachen Befehl auszuführen. Was glaubst du, was der König jetzt von dir hält, he? Du kannst froh sein, wenn er dir nächstes Jahr nicht den Kopf von den Schultern trennt, anstatt dir den Ritterschlag zu erteilen.«

»Mylord de Clare.« Nesta trat auf die Männer bei den Pferden zu und drückte den kleinen Harri schützend ein wenig fester an sich. »Es ist eine wahre Freude, Euch hier zu sehen. Ich habe mich schon gefragt, wann Ihr Eure walisischen Besitzungen mit Eurer Anwesenheit beehrt.«

»Mylady.« Richards Vater verneigte sich knapp. »Ich komme auf des Königs Geheiß. Er ersucht Euch inständig, an den Hof zurückzukommen. Meine Männer werden für Eure Sicherheit garantieren.«

Nesta setzte ein frostiges Lächeln auf, das ihren Schreck verbergen sollte. »Ich fürchte, Mylord, Eure Mühe war vergebens. Ich gehe erst, wenn ich ein anständiges Mädchen für meinen Sohn …«

»Ah.« Der Earl nickte und wies zu den im dichten Nebel verschwindenden Pferden. »Ælfthryd, komm her.« Eine Frau nahm

Gestalt an, das Haar unter einer geschnürten Haube verborgen, den Blick gesenkt, sodass kaum etwas von ihrem Antlitz zu erkennen war. Sie war klein und füllig und hatte vom Wind gerötete Haut.

»Mylady. Der König war so gütig, Euch die schwere Entscheidung der Wahl einer Amme abzunehmen, und lässt Euch diese Londoner Kaufmannswitwe überbringen, die sich von nun an Eures Sohnes annehmen wird. Sie verlor kürzlich ihr eigenes Kind und ist geeignet, den jungen Henry FitzRoy zu ernähren.«

Nesta fuhr zurück und schlang ihre Arme noch fester um ihren schlafenden Sohn. Henry war nicht selbst gekommen. Er hatte den Earl of Clare geschickt, damit er sie holen kam, und er wollte ihren Sohn bei dieser fremden Angelsächsin zurücklassen! Das durfte nicht geschehen.

Mit rasendem Herzen blickte sie zu der armen Frau, die ihr Kind hatte zu Grabe tragen müssen und nun durch das ganze Land geschleppt worden war. Es gelang ihr nicht, Mitgefühl für sie zu empfinden. Da war nur die Angst um ihr eigenes Kind. Wie sollte sie weiterleben, ohne Harris zufriedenes Seufzen zu hören, jeden Tag neue Dinge mit ihm zu erleben und seine Nähe zu spüren? Wie sollte sie auch nur einen einzigen Tag seines Lebens versäumen, ohne zu zerbrechen? Niemals hätte ein Waliser das von ihr verlangt! Keine Waliserin gab ihr Kind fort!

»Wir reiten morgen früh. Gebt Eure Instruktionen an die Amme weiter, und packt Eure Habe. Ich dulde keine Verzögerungen.«

Weiterer Hufschlag war zu hören, als noch ein Reiter durch das Torhaus hereinpreschte. Nesta erkannte ihn erst, als er direkt neben der Versammlung hielt. Es war der Constable, der von der Stadt her kam.

»Was geht hier vor?«, verlangte er mit ungewohnt herrischer Stimme zu wissen.

Doch als der Earl of Clare – sein Dienstherr – vortrat, verneigte er sich, und sein strenger Ausdruck wurde wachsamer. »Mylord. Willkommen auf Cardigan Castle. Ich wusste nicht, dass …«

»Ich bin hier, um Lady Nesta zu holen«, unterbrach der Earl of Clare ihn ungeduldig.

Der Constable warf Nesta einen Blick aus schreckensstarren Augen zu. Er sah zu ihrem Sohn hinab und wieder in ihr Gesicht.

»Ihr solltet keine Zeit vergeuden«, meinte der Earl an Nesta gewandt. »Ich werde morgen früh reiten, und Ihr werdet mich begleiten.«

Nesta unterdrückte ein Schluchzen, drehte sich um und stürmte zurück in den Turm. Sie hörte den Earl und Richard, die sofort wieder zu streiten begannen, doch sie hatte keine Gedanken für die beiden übrig. Sie hatte das Gefühl zu ersticken. Verzweifelt schnappte sie nach Luft, doch in jeden Atemzug mischte sich ein wimmernder Laut, der den Druck auf ihrer Brust verstärkte. Tränen verschleierten ihre Sicht, als sie ihr Gemach erreichte. Um Hilfe suchend drehte sie sich im Kreis, ihren Sohn an sich gedrückt, aber natürlich war niemand hier. Was sollte sie nur tun?

Ein Klopfen an der Tür ließ sie herumfahren.

»Mylady«, erklang die Stimme des Constables. »Seid Ihr wohlauf?«

Nesta konnte nicht antworten. Das Gewicht des kleinen Harri war plötzlich mehr, als sie tragen konnte, und so sank sie schluchzend in die Knie und legte ihn auf ihrem Schoß nieder. Vor und zurück schaukelnd beugte sie sich über ihn und hielt ihn an ihre Brust, wo er ihr Herz schlagen hören konnte.

»Bitte nicht«, wimmerte sie immer wieder. »Bitte nicht. Nimm ihn mir nicht weg. Bitte nicht. Bitte nicht.« Sie konnte nicht glauben, dass Henry ihr das tatsächlich antat – ihr Henry, der doch stets ihr Retter gewesen war. Wie konnte er ihr den gemeinsamen Sohn entreißen? Hatte er denn gar kein Herz?

Eine Berührung an der Schulter schreckte sie hoch. Nesta fuhr zur Seite und sah den Constable, der neben ihr kniete. In seinen blauen Augen lag tiefes Mitleid.

Nesta wusste nicht, weshalb er hier war, wollte ihn aber auch nicht sehen. Sie wollte allein sein. Allein mit Harri. Doch der Constable dachte offenbar nicht daran, jetzt zu gehen. Kühner als sie ihn je erlebt hatte, ergriff er ihre Arme und zwang sie dadurch, ihn anzusehen.

»Flieht«, flüsterte er völlig unerwartet und mit ungewohnter Eindringlichkeit.

»Was?« Sie sah ihn aus großen Augen an, woraufhin er sich zu ihr vorbeugte und noch näher kam.

»Ich kann Euch helfen«, sagte er so leise, dass sie ihn kaum hören konnte. Sie roch den Vormittagsregen und sein Pferd an seiner Kleidung, und sein Atem strich warm über ihr Gesicht. Sein braunroter Oberlippen- und Kinnbart war kaum mehr als ein Schatten, der seine schmalen Lippen umrahmte, und sein Haar hing ihm in nassen Strähnen in die Stirn. Seine schmächtige Statur ließ ihn unscheinbar erscheinen, aber seine Augen bewiesen ihr einmal mehr aufs Neue, dass sie ihm vertrauen konnte. »Ich beschaffe Euch ein Pferd«, fuhr er drängend fort. »Proviant, ich kann Euch aus der Burg bringen. Reitet in den Süden – nach Pembroke Castle. Im Norden ist es nicht sicher. Ihr …«

»Zu Gerald de Windsor?«

Der Constable nickte. »Er kann Euch nach Milford Haven bringen, und von dort nehmt Ihr ein Schiff nach Irland. Geht zu Eurem Bruder und …«

»Aber Gerald de Windsor würde mir niemals helfen.«

»Aber natürlich würde er das.«

Nesta schnaubte. »Er würde mich, ohne zu zögern, an den König übergeben, in der Hoffnung, ein Stück walisisches Land als Gegenleistung zu erhalten.«

»Ihr irrt, Mylady, das würde er niemals tun, ich kenne ihn. Doch wenn ihr ihm nicht traut … Und wenn Ihr Euch allein bis zur Küste durchschlagt?« Seine Augen verengten sich, als verwerfe er diesen Vorschlag sofort wieder.

Nesta blickte auf den kleinen Harri hinab und versuchte zu ermessen, ob sie es vielleicht doch schaffen könnte. Es war nicht weit, und sie kannte das Land in dieser Gegend. Bei Nacht war es gefährlich, die Wälder und Sümpfe konnten ihnen zum Verhängnis werden. Auch wimmelte es in dieser Gegend vor Gesetzlosen und umherziehenden Räuberbanden. Jene Waliser, die alles verloren und zu Verbrechern gemacht worden waren, kümmerte es wohl wenig, dass Nesta eine von ihnen war. »Ich weiß es nicht«, flüsterte sie und zwang die Tränen zurück. »Kann ich riskieren, mein Kind zu gefährden? Die Kälte …«

Der Constable nahm seine Hände von ihr und blickte zu Boden. Einen Moment lang verharrte er so, doch als er wieder zu ihr hochblickte, stand Entschlossenheit in seinem Gesicht. »Ich begleite Euch«, sagte er ernst. »Ich bringe Euch und Euren Sohn sicher bis zur Küste.«

Nesta sah ihn aus großen Augen an. »Das könnt Ihr nicht«, hauchte sie. »Ihr würdet alles verlieren. Sie würden Euch jagen.«

»Dann gehe ich mit Euch nach Irland. Ich bringe Euch zu Eurem Bruder und trete in die Dienste eines Iren. Mein Schwert wird mich schon ernähren.«

»Seid Ihr wahnsinnig?« Nesta wagte nicht zu hoffen, dass sie tatsächlich mit ihrem Sohn zusammenbleiben könnte. Doch der Constable schien sich äußerst sicher.

»Denkt nach, Mylady. Wenn Ihr Euch nicht Gerald de Windsor anvertrauen möchtet, braucht Ihr einen anderen Mann an Eurer Seite. Alleine würdet Ihr niemals ein Schiff besteigen können. Wer würde eine unverheiratete Frau mit einem Säugling mit sich nehmen? Und wenn doch, zu welchem Preis?« Seine Augen weiteten sich. »Heiratet mich«, stieß er plötzlich aus.

Nesta riss die Augen auf. »Was?«

»Ohne Gemahl gelangt Ihr niemals sicher und unversehrt

nach Irland, und auch dort würdet Ihr es schwer haben. Ihr wisst nicht, in welchen Umständen Euer Bruder lebt. Kann er eine Mutter und ihren Säugling versorgen? Denkt an Euren Sohn.«

»Constable …«

»Ich könnte Euch und den kleinen Henry ernähren, Mylady. Ich bin ein guter Kämpfer. Ich mag nicht danach aussehen, aber ich bin schnell und geschickt. Ich könnte in einer Burggarnison dienen oder Leibwächter eines hohen Herrn werden. Für einen wie mich gibt es immer Möglichkeiten.«

»Aber Constable, ich …«

»Nein, nein.« Seine Augen funkelten vor Aufregung, und seine Wangen hatten eine leichte Röte angenommen. »Sorgt Euch nicht, Mylady. Ich erwarte keine Liebe von Euch, keine Treue oder das eheliche Lager. Ich schwöre es Euch. Lasst mich Euch nur beschützen und für Euren Sohn sorgen.«

Nesta starrte den Constable an und wusste nicht, was sie sagen sollte. Niemals hätte sie solch ein Angebot erwartet. Er würde alles aufgeben, um ihr zu helfen. Welcher Mensch beging eine solch selbstlose Tat?

»Ich …« Konnte sie dem König, dem Mann, den sie liebte, den Rücken kehren und seinen Sohn außer Landes bringen? Wenn sie sich gegenüber ehrlich war, stimmte sie der Gedanke daran, Henry nie wieder zu sehen, weit weniger traurig, als sie angenommen hatte. Allein die Trennung von ihrem Sohn bereitete ihr Schmerzen. Sie könnte ohne den König leben. Aber nicht ohne ihren Sohn.

»Euer Leben hier …«, begann sie, doch der Constable winkte ab.

»Ich kann in Irland genauso gut leben wie hier. Ich habe keine Familie, Mylady, ich bin frei und ungebunden. Niemand würde mich vermissen. Ich musste noch nie für jemanden sorgen, außer für mich selbst. Ich habe keine Wurzeln und keine Heimat. Irland könnte mein Zuhause werden.«

Nesta blickte auf den kleinen Harri hinab und atmete tief durch. Für ihn wäre sie über glühende Kohlen bis nach Irland gelaufen. Sie konnte sich nicht von ihm trennen und musste gegen den Befehl des Königs verstoßen. Sie würde das Angebot annehmen. Irgendwann würde Henry sie vielleicht verstehen.

»Constable, ich …« Ein Poltern vor der Tür ließ sie innehalten. Der Constable sprang sofort auf die Beine und durchmaß den Raum mit nur wenigen Schritten. Er riss die Tür auf und gab damit den Blick auf drei Soldaten des Earls frei, die sich davor postiert hatten.

»Was hat das zu bedeuten?«, verlangte er zu wissen.

»Befehl des Earl of Clare.«

»Er lässt sie bewachen?« Der Constable blickte über die Schulter zurück zu ihr, und in seinen Augen las Nesta die Wahrheit, die sie selbst schon erkannt hatte. Die Flucht würde nicht gelingen. Nicht, wenn sie ohne Unterlass von Soldaten bewacht wurde. Der Earl musste solch ein Vorhaben geahnt haben.

Nesta schloss die Augen und hob ihren Sohn an ihr Gesicht, um ihn zu küssen. Ich habe verstanden, wandte sie sich stumm an den Herrn, dies ist meine Strafe für die Sünden, die ich offenen Auges begangen habe.

Sie hatte sich darauf vorbereitet. Die ganze Nacht war sie mit dem kleinen Harri zusammen im Bett gelegen und hatte versucht, sich zu verabschieden. Doch jetzt, da die Amme vortrat und ihren Sohn entgegennehmen wollte, konnte sie ihn nicht aus den Händen geben.

»Gütiger Gott, Lady Nesta. Es ist ganz natürlich, dass sich eine Amme um ein hochwohlgeborenes Kind kümmert«, erklang die ungeduldige Stimme des Earls, der bei seinem Pferd wartete und mit dem Fuß einen sich immer wiederholenden Takt auf den Boden klopfte. Der Frühnebel hing noch dicht über dem

Fluss und hüllte die Burg in seinen weißen Schleier. Er verbarg, wie viele Männer bereits auf sie warteten, um sie mitzunehmen. »Mylady …«

Nesta schüttelte den Kopf. »Für einen Freinc vielleicht«, flüsterte sie und presste den kleinen Harri fest an sich. »Bitte tut das nicht.«

»Nesta«, sagte Richard sanft. »Du wirst ihn doch wiedersehen. Du wirst ihn besuchen können. Komm, mach es nicht schwerer, als es ohnehin schon ist.« Er versuchte ihr Harri aus den Armen zu nehmen, aber sie drehte sich weg. Ein schweres Seufzen erklang. Aus den Augenwinkeln bemerkte sie, wie der Earl seinen Männern ein Zeichen gab und diese vortraten, doch da stellte sich der Constable vor sie.

»Es schadet niemandem, wenn sie sich noch verabschiedet«, sagte er in tödlicher Ruhe und schirmte sie vor den Blicken der anderen ab. Der Earl gab seine widerwillige Zustimmung, aber Nesta achtete gar nicht mehr auf ihn.

»Ich liebe dich, Harri«, flüsterte sie und strich mit zitternden Fingern über das schwarze, seidenweiche Haar. »Vergiss das nie, mein Sohn. Du hast eine *mam*, die dich aus ganzem Herzen liebt. Ich werde jeden Tag an dich denken. Ich werde zu dir zurückkehren, mein Kleiner. Ich liebe dich so sehr, ich …« Große Hände erschienen in ihrem Blickfeld und schlossen sich um Harris Bauch. Nestas Kopf fuhr hoch.

»Wage es nicht«, fauchte sie, als sie Richard erkannte. »Nimm deine Hände von ihm.«

»Es ist soweit, Nesta.«

»Nein!« Sie versuchte Harri festzuhalten und ihn an sich zu pressen, aber Richard war zu stark. Er entriss ihr ihren Sohn, der von dem Tumult aufwachte und bitterlich zu weinen begann.

»Harri!« Nesta wollte ihm hinterher, aber zwei Soldaten hielten sie fest. Mit aller Kraft wehrte sie sich gegen die eisernen Griffe. Sie schrie und weinte und verfluchte die Männer, die ihr

ihr Kind entrissen, doch sie gaben nicht nach. »Gebt ihn mir zurück!«, schrie sie mit solch schriller Stimme, dass sie sich selbst kaum wiedererkannte. »Gebt mir mein Kind!« Ein Raubvogelruf mischte sich in ihre eigenen Schreie, und Nesta wusste nicht, ob sie sich das nur einbildete oder tatsächlich hörte. Es schien ihr, als klage der Vogel mit ihr.

Sie sah, wie die Amme ihren schreienden Sohn entgegennahm und mit ihm auf dem Weg zur Burg im weißen Dunst verschwand. Da waren nur noch Harris Schreie, die aus dem Nichts zu ihr drangen.

Das durfte nicht die Wirklichkeit sein. »Bitte. Lasst mich zu ihm. Er weint. Bitte!« Sie wurde zu einem Pferd geschoben, doch ihre Beine konnten sie nicht mehr tragen. Weinend brach sie in die Knie und schlug die Hände vors Gesicht. Sie taten es tatsächlich. Sie verlor ihren Sohn, ihre Liebe, ihr Leben. Ihr Herz schien in Flammen zu stehen und vor Schmerz zu verglühen. Das Weinen ihres Kindes war verstummt, bestimmt war er schon in der Burg. Er war fort.

»Mylady.« Es war die Stimme des Constables, knapp neben ihr. »Ich schwöre bei meinem Leben, ich werde auf Euren Sohn achten. Ihm wird es an nichts fehlen, und ich lasse Euch regelmäßig Nachrichten zukommen.«

Nesta hörte ihn kaum. Seine Worte konnten sie nicht trösten, doch sie hatte auch keine Kraft mehr, um sich weiterhin zu wehren, als Richard sie auf die Beine zog und sie auf ihr Pferd hob. Nesta blickte auf die dunkle Mähne ihrer Stute hinab und sah sich nicht mehr um. Sie wollte keinen letzten Blick auf die Burg, wo ihr Sohn bei einer Fremden war. Sie wollte die idyllische Landschaft nicht sehen, damit sie sie in Erinnerung behielt, wie sie sie an glücklichen Tagen betrachtet hatte. Sie sah auch den Constable nicht mehr an, der für die gescheiterte Hoffnung stand. Sie sah niemanden an, als sie wie betäubt zurück nach England ritt.

Westminster, Südostengland, Februar 1103

Nesta hatte vergessen, wie schrecklich London war. Sie war keine Freundin von Städten und suchte die Weite der Natur, doch es war ihr unvorstellbar, wie *irgendjemand* freiwillig in London leben konnte. Inmitten ihrer Eskorte, angeführt vom Earl of Clare, ritt sie durch die engen Gassen, auf denen der Unrat von Mensch und Tier lag, und betrachtete die darin wühlenden Schweine. Ochsen zogen Karren, Berittene kreuzten ihren Weg, und alle hinterließen ihren Schmutz auf dem Schneematsch. Hinter den sicheren Mauern der Burg hatte sie stets gemeint, der Gestank käme einzig über die Themse, doch jetzt erkannte sie, dass ganz London ein übelriechender Ort war. Eingezwängt zwischen dem Fluss und den alten Römermauern wusste niemand wohin mit all dem Unrat. Die Nachttöpfe wurden ebenso auf die Straßen geleert wie Innereien und Knochen von Tieren, die bei der Zubereitung der Speisen übrigblieben. Hunde wühlten darin herum und fraßen Dinge, von denen Nesta gar nicht wissen wollte, was es war. Womöglich kamen ihr der Gestank, der Lärm und die vielen Menschen nur so auffällig vor, da sie sich so lange auf dem Land aufgehalten hatte, doch sie konnte sich nicht vorstellen, dass sie sich jemals wieder daran gewöhnte. Cardigan war ein Paradies im Vergleich zu London. Und in Cardigan befand sich ihr Sohn.

Nesta atmete tief durch und zwang sich, auf ihre Umgebung zu achten. Erst jetzt, da sie sich Westminster näherten, erwachte sie aus ihrer Apathie, und der Schmerz drohte sie zu überwältigen.

Sie musste sich ablenken, wenn sie nicht mitten auf der Straße einen weiteren Weinkrampf erleiden wollte.

Ein Großteil der eng aneinander gebauten Häuser war aus Holzbalken und Lehm errichtet, doch sie passierten auch immer wieder neuere Bauten aus Stein. Die Gassen waren nicht befestigt, wie auf so manchen Passagen nach Wales, wo sie alte Römerstraßen benutzt hatten. Unter den Hufen ihres Pferdes spritzte Schlamm hoch, denn es hatte den ganzen Vormittag geregnet. Es war nicht weit vom Tor bis zur Westminster Hall, doch aufgrund der vielen Menschen und Tiere kamen sie nur langsam voran. Nicht nur einmal verstopfte ein steckengebliebener Karren den Weg, und sie mussten warten, bis er wieder befreit worden war.

Kurz vor ihrem Ziel passierten sie schließlich eine Straßenkreuzung, an der ein Erhängter an einem Holzpfosten baumelte. Fliegen umschwärmten ihn, und als sie unter ihm hindurchritten, stoben auch ein paar Krähen davon. Nesta verbat es sich, den Toten näher anzusehen, und krallte die Hände in die Mähne ihrer Stute. Sie war noch nicht einmal achtzehn Jahre alt und fühlte sich bereits wie eine alte Frau.

In Westminster schien die Zeit stehengeblieben zu sein. Nichts hatte sich verändert. Und auch, als sie in neue Gemächer – mit einer Verbindungstür zu Henry – gebracht wurde, kam es ihr einen Moment lang so vor, als wäre sie nie weggewesen. Doch dann erinnerte der Stich in ihrer Brust sie daran, dass dies nicht ihr Platz war. Sie musste heim, nach Cardigan.

Der König sprach Recht in der großen Halle, wurde ihr gesagt, und wäre nicht zu sprechen. Also wusch sie sich den Reiseschmutz ab, legte neue Kleider an und folgte dem Pagen zu den Gemächern der Königin, die sie zu sich gerufen hatte. Nesta hatte gehofft, diesen Tag ihrer Ankunft in Ruhe ausklingen lassen zu können und die letzten Stunden damit zu verbringen, in ihrem Gemach an den kleinen Harri zu denken, doch offenbar sollte sie schon jetzt wieder ihren Pflichten als Hofdame nachkommen.

Ihr Vormund, ihr Geliebter, der Vater ihres Sohnes, ihr König hatte es so entschieden.

Es war gewohnt ruhig, als sie das Gemach der Königin betrat. Ein paar Hofdamen sprachen leise miteinander, doch die meisten hörten dem Barden zu, der der Königin ein schottisches Lied vortrug. Als Nesta vom Sekretär angekündigt wurde, verstummten sie sofort.

»Lady Nesta!« Die Königin setzte ein Lächeln in ihrem etwas runder gewordenen Gesicht auf. Als Nesta an ihr hinabsah, bemerkte sie, dass dies nicht das Einzige an der Königin war, das runder geworden war.

Schnell gemahnte sie sich an ihre Manieren und sank in einen tiefen Knicks. »Eure Hoheit.«

»Steht auf.«

Nesta erhob sich und blickte wachsam zur Königin, die sie mit einer ungeduldigen Geste näher winkte. »Kommt her.«

Mit schwachen Beinen trat sie vor. Die Königin erwartete also wieder ein Kind. Henry hatte bei ihr gelegen – natürlich, darüber war sie nicht überrascht. Umso mehr verblüffte sie, dass ihr der gewölbte Bauch der Frau, oder der Gedanke an Henry und die Königin, fast schon gleichgültig war. Ihr Herz fühlte sich wie ein Gefäß an, das einzig mit Schmerz gefüllt war. Für Henry war darin kein Platz mehr. Ob es der Königin bei Nestas Anblick aber ebenso erging, vermochte sie nicht zu sagen. Bestimmt war der Königin der Grund für Nestas Fernbleiben vom Hof bekannt, doch sie ließ sich nichts anmerken.

»Es freut mich zu sehen, dass Ihr wohlbehalten zu uns zurückgefunden habt«, riss die Königin sie aus ihren Gedanken. »Es heißt, dass es wieder ruhiger in Wales geworden ist, aber trauen darf man den Walisern dennoch nicht.« Ihre Augen verengten sich, als gefiele ihr nicht, was sie da eben gesagt hatte. »Den meisten«, fügte sie dann plötzlich hinzu. »Nicht allen. Manchen kann man durchaus trauen.«

Nesta hatte keine Kraft, um sich über die Bedeutung dieser Worte Gedanken zu machen. Sie war zwar körperlich anwesend, aber ihr Geist war weit fort.

Bis plötzlich Kinderlachen hinter den Vorhängen zur Schlafstatt erklang. Nesta fuhr herum und spürte, wie sich ihre Brust zusammenzog.

»Ach richtig«, drang die Stimme der Königin in ihr Bewusstsein. »Ihr seid Prinzessin Matilda noch nie begegnet. Lady Juliana! Bringt die Prinzessin doch einen Augenblick her.«

Die Vorhänge teilten sich, und ein dunkelhaariges Mädchen kam auf wackeligen Beinchen auf sie zu. Lady Juliana führte das Mädchen zur Königin, die es auf den Schoß hob und Nesta zulächelte.

»Lady Nesta, die Prinzessin von England – Matilda.«

Nesta starrte ins Antlitz des pausbäckigen Mädchens, blickte auf den dunklen Schopf und spürte, wie ihre Knie zu zittern begannen. Harri, dachte sie und schluckte gegen die plötzliche Enge in ihrer Kehle. Dies war Harris Halbschwester.

»Lady Nesta?«

»Verzeiht.« Schnell sank sie in einen Knicks und senkte den Blick. Ihre Beine konnten sie kaum noch tragen. »Es ist mir eine Ehre, Euch kennenzulernen, Prinzessin Matilda.«

»Lady Nesta.« Die Königin bedeutete ihr mit einer Handbewegung aufzustehen, was Nesta lediglich aus den Augenwinkeln wahrnahm. Die Stimme der Königin klang ungewohnt zärtlich. »Lauft doch schnell in die Küche, und sagt den Frauen dort, dass sie für die Prinzessin zur Feier des Tages Äpfel mit Honig zubereiten sollen.« Sie strich ihrer Tochter über den Kopf. »Du magst doch Honig, nicht wahr? Der ist süß.«

Nesta starrte auf die beiden und wusste erst nicht, was sie tun sollte. Die Königin könnte einen Pagen in die Küche schicken, doch Nesta ahnte, dass ihr der Schmerz ins Gesicht geschrieben stand. Eine ihrer mühsam zurückgehaltenen Tränen befreite sich, und so wartete sie nicht länger, wandte sich dankbar ab und stürmte aus dem Gemach. Mit gerafften Röcken rannte sie durch die Gänge und hielt erst inne, als sie in der kalten Winterluft draußen angekommen war. Sie hatte das Gefühl zu ersticken. Keuchend lehnte sie sich gegen die Steinwand in ihrem Rücken und legte die Hand an ihre Kehle. Ich kann nicht, dachte sie ununterbrochen, ich kann nicht hierbleiben, ich kann nicht atmen, ich kann nicht. Wieso hatte Henry sie nur zurückgeholt, wieso hatte er ihr das angetan? Wie konnte er jemanden, den er liebte, so sehr verletzen? Das Licht wird schwinden, hatte Ansfride vor Jahren zu ihr gesagt, und bei Gott, sie hatte recht behalten. Wie sehr sich Nesta ihre Freundin zurückwünschte. Drei Kinder hatte Ansfride Henry geboren, und dreimal hatte sie diese zurücklassen müssen, um zu Henry zurückzukehren.

Nesta keuchte auf. Henry hatte sie zu sich geholt, um wieder bei ihr zu liegen. Sie würde erneut ein Kind von ihm empfangen. Nein, das durfte nicht geschehen. Sie könnte es nicht noch einmal ertragen. Sie musste für Harri kämpfen, doch mit weiteren Kindern würde alles nur noch schwieriger werden. Aber wie sollte sie sich davor schützen?

Nesta saß im Nachthemd auf einem Stuhl neben dem Bett und starrte zur Verbindungstür. Sie hörte Stimmen dahinter und Männerlachen.

Sie wusste nicht, ob Henry sie an diesem Abend aufsuchen wollte, doch sie ging davon aus. Weshalb sonst hätte er sie so dringend zu sich an den Hof rufen sollen? Sie erwartete ihn und bohrte vor lauter Ungeduld ihre Fingernägel in die Handflächen. Seit ihrem Aufbruch von Cardigan wurde sie jeden einzelnen Moment daran erinnert, dass ihr Sohn nicht bei ihr war. Ihre Brüste waren voll und schmerzten, und den ganzen Tag über war Milch aus ihnen geflossen. Nesta hatte ein Leinentuch straff herumgewickelt, doch sie spürte das Ziehen und konnte nicht vergessen, wie Harris Hand auf ihrer Brust gelegen und wie er sie angesehen hatte. Jeder Schluck des Salbeiaufgusses, der laut der Hebamme die Milchbildung unterbinden würde, trieb ihr Tränen in die Augen.

Als endlich die Tür aufschwang, sprang sie vor Schreck hoch. Ihr Herz klopfte bis zum Hals.

»Nesta.« Henry kam mit seinem charakteristisch schwingenden Schritt in ihr Gemach und lächelte sie mit aufrichtiger Wärme an. Er sah fast so aus, wie sie ihn in Erinnerung gehabt hatte. Seine dunklen Locken waren etwas länger, und seine Wangen wurden von einem dunklen Schatten bedeckt, aber im Grunde war er derselbe.

Nesta sah ihn an und spürte, wie sich ihr Magen verkrampfte. Es war Widerwillen, den sie bei seinem Anblick empfand, sonst nichts. Der Drang, die Hände nach ihm auszustrecken und ihm ganz nah zu sein, war nicht da. Sie spürte auch nicht mehr seine Energie, die früher jeden Raum eingenommen hatte, und sie sah ihn nicht mehr in strahlendem Licht. Er war ein einfacher Mann von durchschnittlicher Größe, der in einem schwach beleuchteten Raum stand. Doch von ihm hing ihre und Harris Zukunft ab. »Oh Nesta, es ist schön, dich zu sehen.«

Nesta sank in einen Knicks und senkte den Blick. »Eure Hoheit.«

»Ach, lass diesen Unsinn.« Seine langgliedrigen Finger umschlossen ihre Arme, doch am liebsten hätte sie die Berührung abgeschüttelt. Als er sie hochzog und seine Lippen auf die ihrigen presste, schloss sie die Augen und unterdrückte den Drang zurückzuweichen. Dies ist der Vater deines Sohnes, der Mann, den du liebst, sagte sie sich, doch sie empfand nichts als Verzweiflung und Abscheu. Sie wusste, er war ihre einzige Hoffnung, um Harri zurückzubekommen, doch den Schmerz, den er ihr zugefügt hatte, würde sie niemals vergessen.

Seine Hände wanderten ihren Hals hinab und nestelten die

Verschnürung ihres Nachthemds auf. Nesta wich zurück. Es war nicht nur die Angst vor einer weiteren Schwangerschaft. Sie wollte seine Hände nicht auf sich spüren.

Henrys Augen verengten sich. »Was ist los?«

Fassungslos schüttelte sie den Kopf. Es überraschte sie, dass er tatsächlich nicht nachvollziehen konnte, wie es ihr in diesem Moment ging. »Ich bin eben erst angekommen«, erklärte sie kühl und hielt den tiefen Halsausschnitt zusammen. »Ich will mit dir über unseren Sohn reden.«

»Dafür ist immer noch Zeit.« Er schlang seinen Arm um ihre Taille, doch Nesta wand sich aus seinem Griff.

Henry seufzte. »Sag nicht, dass du nach all der Zeit immer noch böse wegen unserer kleinen Auseinandersetzung bist. Ich habe Iorwerth dein teures Land doch nicht gegeben. Du weißt, du darfst mir nicht widersprechen, und du weißt, wie wichtig Shrewsburys Vernichtung war.«

»Shrewsbury interessiert mich nicht«, presste sie um Ruhe bemüht hervor. »Es geht mir um unseren Sohn.« Rückwärts ging sie ums Bett herum, damit das Möbelstück zwischen ihnen stand. »Er hat dein Haar und deine Augen.«

»Ja, er ist ja auch mein Sohn.« Er lachte verwirrt und auch etwas ungeduldig auf. »Was machst du da? Komm her. Du hast mir gefehlt, und ich habe so lange auf dich gewartet.«

»Ich habe nachgedacht.« Nesta ignorierte seinen nach ihr ausgestreckten Arm und setzte sich auf die Bettkante. Decken und Kissen trennten sie von ihm. »Wenn ich etwas außerhalb von London leben könnte, mit unserem Sohn, dann wäre es möglich, dass du uns jederzeit besuchst. Wir wären nicht weit fort von hier. Aber der kleine Henry hätte seine Mutter, und du könntest ihn auch öfters sehen. Cardigan ist doch so weit weg. Hier in der Nähe könnten wir alle zusammen sein.«

Ein Schatten legte sich über sein Antlitz. »Wie kommst du darauf?«

»Es wäre doch eine hervorragende Lösung.«

Seine Miene versteinerte, und eine Ewigkeit schien zu vergehen, in der er sie nur anstarrte. Schließlich sprach er leise: »Ich hielt es für einen Irrtum. Ein Missverständnis. Irgendetwas überaus Wichtiges musste dich aufgehalten haben. Dies war die einzige Erklärung, die ich mir für deine Verspätung geben konnte. Aber jetzt sehe ich, dass die leise Stimme in meinem Hinterkopf recht hatte. Du *wolltest* mir fernbleiben.«

Nesta erwiderte nichts. Den Schmerz in seinen Augen hatte sie nicht erwartet, und die Erinnerung an ihre Gefühle für ihn erfüllte sie mit schlechtem Gewissen. »Henry …«

Schnaubend schüttelte er den Kopf und vergrub beide Hände in seinem Haar. Einen Moment lang wandte er sich ab und starrte zur Verbindungstür. Dann sah er sie über die Schulter hinweg an. »Es ist der Constable – Stephen de Mareis.«

»Was?!« Nesta sprang aus dem Bett und eilte auf ihn zu. Sie streckte die Hand nach ihm aus, aber Henry ging ein paar Schritte fort.

»Ich verschloss meine Ohren vor dem, was sie mir berichteten«, sagte er, und seine Stimme kam ihr immer fremder vor. Unglaublich kalt. »Deine Spaziergänge mit ihm, die vertrauten Gespräche … *Seinetwegen* wolltest du nicht zurück. Ich habe mich in dir getäuscht.«

»Das ist nicht …«

Er fuhr zu ihr herum, seine vor Zorn glühenden Augen ließen sie erstarren. »Nach allem, was wir hatten, nach allem, was ich für dich getan habe, wendest du dich nicht nur einem anderen zu, sondern machst mich auch noch vor meinen Baronen zum Narren!«

»Nein, Henry!« Sie ging auf ihn zu und ergriff seine Hand. Zuerst wollte er sie ihr entziehen, aber Nesta schloss auch die zweite Hand um die seinige und hielt sie fest. »Der Constable bedeutet mir nichts, zwischen uns war nie etwas, bitte, du musst mir glauben. Unser Sohn war es, der mich in Cardigan hielt, er ist es, der mich immer noch zurückzieht. Ich will doch nur mein Kind! Wie konntest du mich von ihm trennen?«

»So hielt der Constable von Cardigan nicht um deine Hand an?«

Nesta trat verblüfft einen Schritt zurück, und diese Reaktion schien Henry Antwort genug zu sein, denn er sah sie betroffen an. »Es ist wahr.«

»Nein!« In ihrem Kopf begann es zu rauschen. »So war es nicht, du verstehst nicht, er wollte nur …« Sie verstummte abrupt. Er wollte nur den Sohn des Königs und seine Geliebte in ein anderes Land bringen. Diese Wahrheit hätte den Constable noch mehr gefährdet als ein vielleicht töricht ausgesprochener Antrag.

»*Was* wollte er, Nesta?«

Sie schloss die Augen. Sie wusste nicht, woher Henry von all dem erfahren hatte. Es konnten nur die Männer des Earl of Clare vor der Tür gewesen sein, die dem König alles berichtet hatten. Blieb nur zu hoffen, dass sie tatsächlich nur Bruchstücke rund um den Heiratsantrag vernommen hatten.

»Ich will mein Kind«, flüsterte sie und blickte zu ihm hoch. »Gib mir Harri zurück, ich flehe dich an.«

»Harri?!« Sein Ausdruck verdüsterte sich noch mehr. »Hast du etwa vor, einen Waliser aus meinem Sohn zu machen?«

Nesta blinzelte die Tränen aus den Augen und ballte die Hände zu Fäusten. »Seine Mutter ist Waliserin«, zischte sie leise.

Henry nickte langsam. »Fürwahr, das ist sie.«

Lange sahen sie einander an, suchten in den Augen des anderen den Grund für diese plötzliche Entzweiung, forschten nach dem, was sie einst verbunden hatte. Gleichzeitig schien das Starren auch ein Machtkampf zu sein, und Nesta gab nicht nach.

Schließlich brach Henry das Schweigen: »Du kannst mir nicht erzählen, dass ein Säugling der Grund für dein Verhalten ist.

Du bist eine leidenschaftliche Frau, Nesta, ich muss es wissen. Hast du dein Herz einem anderen Mann geschenkt? Sag mir die Wahrheit, und womöglich werde ich dir eines Tages vergeben.«

»Es ist die Wahrheit! Wir sprechen nicht von *einem* Säugling, sondern von meinem Sohn!« Ein Zittern des Zorns ergriff Besitz von ihrem Körper. »Cardigan ist mir gleichgültig, der Constable ist mir gleichgültig, schicke mich, wohin du willst, aber gib mir mein Kind zurück!«

»Nesta …« Zum ersten Mal schien er ihre Worte ernst zu nehmen. Sein Blick wurde etwas weicher. »Was hast du denn erwartet? Natürlich kann eine Mutter von solch hohem Stand sich nicht selbst um ihre Kinder kümmern. Sie hat andere Verpflichtungen. Henry ist ein Königssohn, ich habe ihn anerkannt, und eines Tages wird er Lord über weitreichende Gebiete in deiner Heimat werden. Du siehst doch die Königin. Auch ihre Tochter hat eine Amme, und in ein paar Jahren wird die Prinzessin ins Kloster gehen, um eine ihrem Stand angemessene Ausbildung zu erhalten. Genauso wird unser Sohn lernen, was es heißt, ein normannischer Ritter und Herr zu sein. Unser Sohn ist nicht irgendwo – er steht jetzt unter dem Schutz des Earl of Clare und wird eines Tages in dessen Dienst treten, um zu einem wahrhaftigen Ritter heranzuwachsen. Und nach allem, was ich hörte, vertraust du doch dem Constable, also …«

»Ich vertraue niemandem, wenn es um mein Kind geht«, erwiderte Nesta und bemühte sich, Ruhe zu bewahren. »Henry, wieso sollte ich jemand anderem die Verantwortung für mein Kind geben, wenn niemand es so lieben kann wie ich? In Wales verlassen Eltern genau aus diesem Grund ihre Kinder nicht. Man kann niemandem in solchem Maße trauen, um das Leben des eigenen Kindes in fremde Hände zu legen. Und er ist doch noch so klein, er braucht seine Mutter … er wird nicht verstehen, warum ich nicht bei ihm bin.«

»Das mag in Wales so sein«, erwiderte Henry mit vor Zorn

bebender Stimme. »Denn Waliser kennen keine Loyalität, das hast du selbst gesagt. Treue geht mit Gegenleistungen einher, und jeder fällt dem anderen in den Rücken. Einem Waliser würde ich mein Kind auch nicht anvertrauen.«

Nesta sog scharf den Atem ein. Die kaltgesprochenen Worte machten ihr nur allzu deutlich klar, was zwischen ihnen zerbrochen war. Immerhin war ihre Beziehung darauf aufgebaut, dass Henry die Vorurteile gegen sie und ihr Volk nie geteilt hatte.

Doch noch ehe sie etwas sagen konnte, setzte Henry sich in Bewegung und ging zur Verbindungstür. »Willkommen zurück am englischen Hof, Lady Nesta. Am Hofe eines Normannen. Ich hoffe, Ihr genießt Euren Aufenthalt, denn nach Wales werdet Ihr so schnell nicht wieder zurückkehren.«

Wie eine Schlafwandlerin erlebte Nesta einen Tag nach dem anderen, denn Henry hörte sie nicht mehr an. Ihre Gedanken waren bei ihrem kleinen Sohn, der sie vermutlich schon vergessen hatte, und sie vermied die Gesellschaft von anderen, soweit es ihr möglich war. Selbst Richard de Clare ging sie aus dem Weg, und sie beglückwünschte ihn auch nicht, als er seinen langersehnten Ritterschlag erhielt. Sie bedauerte, welch ein Mann aus dem rotwangigen Jungen von einst geworden war und was der Hof aus ihrer Freundschaft gemacht hatte. Dieser Ort schien alles zu zerstören, das gut und schön war. Nesta hatte erwartet, Richard würde ihr helfen, damit sie mit ihrem Sohn zusammenbleiben konnte, aber er hatte ihr ihr Kind aus den Armen gerissen. »Es ist die gottgegebene Ordnung, dass den Befehlen des Königs gehorcht wird«, sagte er eines Tages, als er sie im Garten beim Spielen mit der Prinzessin fand, »der König ist von Gott gesalbt, und wer bin ich, um mich über dieses Gesetz zu erheben?«

Manchmal dachte Nesta zurück an jenen Moment, als sie Henry zum ersten Mal begegnet war. Damals war er alles für sie gewesen. Ein Versprechen, eine Hoffnung. Jetzt hatte er ihr alles genommen. Jedes Mal, wenn sie Harri zur Sprache brachte, hieß Henry ihr zu schweigen oder wandte sich ab. Er behandelte sie wie eine Fremde, und Nesta litt unter der Einsamkeit und Kälte des Hofes. Noch nicht einmal der Sommer vermochte ihr Herz zu erwärmen, denn sie dachte nur daran, wie viel sie bereits in Harris Leben versäumt hatte. Als die Nachricht von Iorwerths Gefangennahme den Hof erreichte, verspürte sie Bedauern anstatt Freude. Iorwerth sollte als Sohn von Powys ihr Feind sein, aber Nesta sah in seinem Beispiel einzig und allein die niederdrückende Macht der Normannen. Nun war ein weiterer Waliser von altem Blute besiegt – betrogen und bestraft. Genauso fühlte sich auch Nesta. Im August schien der Herr die Gebete des gesamten Landes zu erhören, denn die Königin brachte einen Thronfolger zur Welt. Henry war so glücklich, wie Nesta ihn nur selten erlebt hatte, und damit keimte nach langer Zeit wieder Hoffnung in ihr auf. Jetzt, da er einen legitimen Sohn hatte, ließ er Nesta vielleicht zurück zu Harri.

Der Anblick des dunkelhaarigen Prinzen war nicht leicht für sie, doch die Aussicht auf eine Wiedervereinigung mit ihrem Sohn gab ihr Kraft. Sie wusste, sie musste den richtigen Zeitpunkt abwarten, denn noch warf Henry ihr immer wieder verstohlene Blicke zu. Seit ihrer Rückkehr war er ihr nie zu nahe gekommen, aber Nesta erkannte die Sehnsucht in seinen Augen, die Begierde. Manchmal ertappte sie sich selbst beim Wunsch nach Nähe, nach der alten Vertrautheit zwischen ihnen. Doch ihre Gefühle für Henry schienen ihr plötzlich wie ein verblasster Traum. Nestas Entschlossenheit, Harri zurückzubekommen und nicht noch einmal vom König ein Kind zu empfangen, war so viel stärker als der Wunsch, diese Gefühle wiederzuerlangen. Henry musste sie gehen lassen, doch dafür musste er sie vollkommen aus seinem Herzen verbannen. Mit seinem legitimen Sohn war ein erster Schritt getan, doch es war noch nicht genug.

Es wurde ein langer Winter, aber ihr Durchhaltevermögen wurde belohnt. Anfang des Jahres begann Henry, der Hofdame Sybil Corbet seine Aufmerksamkeit zu schenken. Nesta hatte sich bewusst im Hintergrund gehalten, damit er sie vergaß, und sie schien erfolgreich gewesen zu sein. Sybil Corbet war eine Adlige mittleren Alters, die schon einmal Henrys Herz hatte gewinnen können. Jetzt, da der König eine Rückkehr zu ihr in Erwägung zu ziehen schien, sah Nesta ihre Freiheit näher rücken. Henrys Zuneigung zu einer anderen Frau machte sie traurig, denn vergessen konnte sie ihre einstige Verbindung nicht. Doch im Moment wollte sie nur noch fort vom Hof. Als ihr Lager zurück in den Vorraum der Königin verlegt wurde, war sie sicher, endlich in Vergessenheit geraten zu sein.

Mit zitternden Beinen, aber voller Entschlossenheit, ging sie in die große Halle, um den König zu bitten, sie nach Cardigan zurückkehren zu lassen. Dabei hielt sie sich stets im Schatten unter den Arkadengängen, um den Blicken der anderen zu entgehen. Es hielt sich zu ihrem Glück kaum jemand hier auf, einzig vorne auf der Empore beim König scharwenzelten ein paar Höflinge herum.

Nesta löste ihre ineinander verschränkten Hände voneinander, atmete tief durch und trat zu den Stufen des Podests ins Licht. Ein paar Ritter verdeckten den Blick auf den König, doch als einer von ihnen ein Stück zur Seite trat, erkannte Nesta plötzlich Gerald de Windsor, der an Henrys Seite saß und volltönend lachte. Die beiden Männer und noch ein paar andere tranken zusammen, und de Windsor schien die gesamte Versammlung prächtig zu unterhalten.

Nesta erstarrte und schluckte gegen die Enge in ihrer Kehle. Mit einem Mal hatte sie das Gefühl, jemand hielte sie daran gepackt und drückte ihr die Luft ab. Solange Henry im Gespräch war, konnte sie ihr Anliegen nicht vortragen, schließlich war de Windsor von weither gekommen. Henry würde sie nicht an einen ruhigeren Ort begleiten, und vor den anderen wollte sie nicht über ihren Wunsch sprechen. Sie war ohnedies noch nicht bemerkt worden, und so wandte sie sich ab und schlich zurück zu den Stützpfeilern. Sie würde es heute Abend noch einmal versuchen, und dann konnte sie, sofern Henry zustimmte, schon in wenigen Tagen abreisen.

Nesta lief über den Hof zu den Gärten, wo sich ihrem Wissen nach die Königin mit ihren Damen und der Prinzessin aufhielt. Es war befremdlich für sie, dass die Königin ihre Kinder ohne Widerspruch in die Hände einer Amme legte und mit Freuden davon sprach, die Tochter schon in wenigen Jahren zur Ausbildung in ein Kloster zu schicken.

Vereinzelte Schneeflocken tanzten durch die Luft und gaben den grauen Mauern unter dem ebenso grauen Himmel etwas Fröhlichkeit zurück. Doch es waren zu wenige, um den Boden zu bedecken. Das meiste Weiß des Winters war längst geschmolzen.

Schnelle Schritte auf dem Kiesweg hinter ihr ließen sie aufhorchen. Nesta blickte über die Schulter zurück und riss die Augen auf. Sofort wandte sie sich wieder nach vorne und beschleunigte ihren Schritt. Doch de Windsor hatte mit seinen langen Beinen einen unbestreitbaren Vorteil.

»Mylady Nesta.« Mit einem breiten Lächeln im Gesicht stellte er sich ihr in den Weg. »Ihr seid schnell wie ein Reh beim Anblick eines Jägers.« Die kleinen Fältchen um seine Augen vertieften sich. Wie eine unüberwindbare Wand stand er in seinem Kettenhemd und dem pelzgefütterten Umhang vor ihr, der ihn noch mächtiger erscheinen ließ. Sein goldenes Haar fiel ihm etwas länger in den Nacken als bei ihrer letzten Begegnung und kräuselte sich über der Kapuze aus Eisengeflecht, die sich locker um seinen Hals wand. Er war älter geworden, aber immer noch erfüllte er sie mit einer Mischung aus Furcht und Zorn.

»Sir Gerald.« Sie gab sich keine Mühe zu einem freundlichen Tonfall. Dafür hatte sie keine Kraft mehr. »Ihr in England? Nach allem, was man so über Euch hört, seid Ihr in Wales unentbehrlich.«

»Nun. Der König ruft, und ich eile herbei.«

Nesta hob die Augenbrauen. »Der König hat Euch zu sich befohlen? Weshalb?«

Ein Grinsen ließ tiefe Grübchen in seinen Wangen entstehen, die ihn aussehen ließen wie einen jungen Lausebengel. »Wie neugierig Ihr seid, Lady Nesta.«

»Ich bin vor allem eins: in Eile.« Sie nickte ihm noch kurz zu und schickte sich an, an ihm vorbeizugehen, doch de Windsor vertrat ihr sofort den Weg.

»Wartet.«

Sie blickte zu ihm hoch. Das allzu bekannte Gefühl der Bedrohung kroch langsam ihren Rücken hinab.

Sein Ausdruck wurde ernst. Er wies zu den nahe aneinander gebauten Vorratshäusern, zwischen denen dunkle Gassen zur Flussseite führten.

Nesta rührte sich nicht und starrte ihn nur ungläubig an.

Ein Seufzen entfuhr ihm. »Ihr solltet wissen, dass Sir Stephen, der Constable von Cardigan, einer meiner engsten Freunde ist. Ich war vor meiner Reise nach England bei ihm.«

Überrascht ging sie einen Schritt auf ihn zu. »Ihr …«

»Kommt.« Er legte seine Hand auf ihren Arm, eine Berührung, die sie zusammenzucken ließ. De Windsor schien es nicht zu bemerken, denn seine Finger schlossen sich um ihren Arm, und ohne sich um ihre Anspannung zu kümmern, führte er sie vom Hof in einen der finsteren Hauswinkel. Nestas Gedanken rasten. Nie im Leben hätte sie die Möglichkeit in Betracht gezogen, dass ein gütiger Mann wie der Constable tatsächlich mit de Windsor befreundet war. Ja, der Constable hatte behauptet, dass man de Windsor trauen konnte, aber wahrhaftige Freunde? Hatte er ihren Sohn in Cardigan gesehen? Weshalb war es immer de Windsor, der ihr Nachrichten überbrachte? Zuerst von ihrem Bruder und jetzt gar von ihrem Sohn?

»Sir …« Ihr Herz schlug ihr bis zum Hals. »Habt Ihr … habt Ihr Harri – habt Ihr meinen Sohn gesehen?«

De Windsor nickte langsam, und seine Lippen wurden zu einer schmalen Linie, die hinter dem kurzgehaltenen Bart fast verschwand. Ein paar Momente lang sah er sie nur mit seinen sturmgrauen Augen an, ehe er seufzte und sich mit der Hand übers Kinn strich. »Es betrübte mich zu hören, wie wenig Vertrauen Ihr immer noch in mich habt.«

Nesta hob die Augenbrauen. Sie konnte sich nicht vorstellen, dass der Constable tatsächlich ihre Worte und die Fluchtgedanken preisgegeben hatte. Solche Äußerungen waren gefährlich. »Ich halte Euch für einen königstreuen Mann«, erwiderte sie knapp.

Der Ritter schnaubte halb belustigt. »Erstaunlich, wie beleidigend das klingen kann.«

Stoisch erwiderte sie seinen Blick, bis sie es nicht länger aushielt. »Sir.« Sie straffte die Schultern und atmete aus. »Wie geht es ihm?«

»Verzeiht.« De Windsor griff an seinen Schwertgurt und hielt plötzlich ein kleines, gefaltetes Tuch in Händen.

»Was ist das?«, fragte sie.

»Seht selbst.«

Nesta nahm das Tuch mit zitternden Händen entgegen und schlug es auseinander. Ihr Herz setzte einen Moment lang aus. Eine schwarze Haarlocke, die mit einem Faden zusammengehalten wurde, kam zum Vorschein. Harris Haarlocke. Einen Laut der Freude und des Schmerzes unterdrückend schlug sie die Hand vor den Mund. Tränen schossen ihr in die Augen.

Sanft strich sie mit dem Daumen über das seidig weiche Haar und erinnerte sich, wie sie Harri über den Kopf gestreichelt hatte. Das Schluchzen befreite sich zu plötzlich, als dass sie es hätte verhindern können. Bald beging ihr kleiner Harri seinen ersten Geburtstag. Womöglich machte er schon seine ersten Versuche zu laufen. Und sie war hier und führte ein nutzloses Dasein.

Ihre Beine hielten sie nicht länger, und sie sank in die Knie. Immer noch starrte sie auf die Locke, dabei wurde sie von einer Flut an Bildern ihres Sohnes überrollt. Gib ihn mir zurück, flehte sie stumm, ich habe gebüßt, jetzt gib ihn mir zurück.

»Ihr habt immer noch Freunde, Lady Nesta«, erklang plötzlich de Windsors Stimme, seltsam rau und tonlos. Nesta blickte zu ihm hoch und sah ihn durch ihren Tränenschleier an. »Sir Stephen de Mareis«, sagte er schnell und wies mit der Hand auf die Haarlocke, »er ist immer noch Euer Freund. Ihr solltet wissen, dass er gut auf Euren Sohn achtgibt.«

Aus den Augenwinkeln bemerkte Nesta, wie de Windsor davonging, doch sie konnte sich nicht dazu aufraffen, wieder unter die Augen der anderen zu treten.

Gerald de Windsor reiste nicht sogleich wieder ab. Er hielt sich jeden Tag an des Königs Seite auf und machte es ihr unmöglich, Henry alleine zu sprechen. Es schien ihr, als balanciere sie auf einem Seil, wie die Gaukler auf den walisischen Festen im Frühsommer. Einerseits wollte sie unauffällig bleiben und niemanden bei Hofe an ihre Existenz erinnern, am wenigsten den König, andererseits musste sie aber ausgerechnet Henrys Aufmerksamkeit gewinnen, damit er sie zu einem Gespräch einlud. Es galt einen Mittelweg zu finden, und nach einer weiteren quälend langen Woche, in der Henry und sein neuer Freund de Windsor ständig auf der Jagd gewesen waren, ließ der König sie plötzlich in den Abendstunden zu sich in sein Gemach rufen.

Die Einladung kam unerwartet, denn Henry hatte niemals den Anschein erweckt, als bemerke er ihre Anwesenheit, doch offenbar hatte er sie noch nicht ganz vergessen. Blieb nur zu hoffen, dass er seine fleischlichen Bedürfnisse bei Sybil Corbet befriedigte und Nesta einzig zu einem Gespräch zu sich holte. Das stechende Gefühl in ihrem Bauch ließ sich durch diesen Gedanken aber nicht vertreiben, und so knetete sie nervös ihre Finger, während sie darauf wartete, vorgelassen zu werden. Als der Kämmerer sie schließlich einließ, zwang sie sich, einmal tief ein- und auszuatmen, um die Unruhe zu vertreiben. Dies war ihre wahrscheinlich letzte Gelegenheit, ihn umzustimmen, dachte sie.

Henry saß auf der Kante seines mit Dokumenten übersäten Tisches und blickte ihr entgegen.

»Eure Hoheit.« Sie blieb in ausreichender Entfernung stehen und sank in einen Knicks. Henry wartete, bis der Kämmerer sie verlassen hatte, ehe er ihr aufzustehen bedeutete.

Als er plötzlich mit ausgestreckten Armen auf sie zukam und seine Hände auf ihre Schultern legte, konnte sie sich nur schwer davon abhalten, vor ihm zurückzuweichen.

»Wie schön du bist, Nesta.« Seine langen Finger strichen ihren Hals hinauf und umschlossen schließlich ihre Wangen. »Im ganzen Land werden Lieder über dich gesungen, weißt du das?«

Nesta schüttelte den Kopf und blickte zu Boden. Weshalb war sie hier?

»Es ist die Wahrheit«, beharrte Henry und ließ seine Hände zu ihrer Erleichterung sinken. »Du bist die schönste Frau von ganz Wales und England.« Er schlenderte zum Weinkrug und schenkte für sich und Nesta ein. »Du magst von Zeit zu Zeit etwas schwierig sein – das habe ich de Windsor auch gesagt –, aber du hast durchaus deine Vorzüge.« Lachend kam er mit dem Wein auf sie zu und hielt ihr einen Kelch entgegen. »Wir mögen dich für dein häufig … *unangebrachtes* Verhalten tadeln, aber wir sind nicht blind. Nimm.« Er drückte ihr den Kelch in die zitternde Hand. »Es ist noch nicht zu spät, um zu lernen, wie sich eine ehrbare Frau benimmt. Eine Ehefrau.«

Der Kelch entglitt ihren Fingern und sprang laut klirrend auf dem Boden auf. Der Wein ergoss sich über den Saum ihres Kleides.

»Herrgott, Nesta!« Henry hob die Hände. Sie wollte etwas sagen, doch er ließ sie nicht zu Wort kommen. »Du machst es einem wirklich nicht leicht.« Er lehnte sich wieder gegen die Tischkante. »Aber so bist du nun einmal. Du sollst nicht glauben, ich hätte dir meine Gunst versagt und dich vergessen. Dem ist nicht so. Ich dachte sehr häufig an dich, Nesta. Ja, ich gelangte zu der Ansicht, dass es nicht deine Schuld ist. Du bist, wer du bist, daran kannst du nichts ändern. Du bist …«

Nesta sog scharf den Atem ein. »Henry! Wovon sprichst du?«

»… eine Frau, die niemals die Lehren Gottes vernahm«, fuhr er fort, als hörte er sie gar nicht. »Du hättest noch als Mädchen in den Schoß der Kirche geführt werden müssen, heute sehe ich meinen Fehler. Damit hat meine werte Gemahlin recht. Ich sehe aber auch ein, dass es zu spät für dich ist.« Er zuckte mit den Schultern. »Darin stimme ich nicht mit ihr überein. Es wäre eine Verschwendung, dich in ein Kloster zu schicken. Nicht deiner Schönheit wegen. Selbst wenn du hässlich wärst, läge dein Wert immer noch in deiner königlichen Herkunft.«

Nesta schüttelte langsam den Kopf. »Wann ist das nur passiert?«, flüsterte sie und verspürte plötzlich Trauer bei seinem Anblick. Es bestürzte sie, was aus ihnen geworden war, was aus Henry geworden war. Jenem Mann, der voller Tatendrang und mit den wunderbarsten Visionen durchs Leben gewandelt war und der sie stets so liebevoll angesehen hatte.

»Du hast mich enttäuscht«, sagte Henry leise und sah sie aus verengten Augen an. »Wir beide – wir waren eine Einheit, wir waren wie füreinander geschaffen. Du weißt, wovon ich spreche, du weißt, wie es zwischen uns war. Doch du hast mich betrogen.«

Nesta schüttelte stumm den Kopf. »Ich habe niemals …«

»Du hast«, Henry erhob sich vom Tisch, »mich betrogen, indem du dich von mir abgewandt hast. Nach allem, was uns verband, hast du mich von dir gewiesen, als kümmere ich dich nicht mehr.«

»Henry.« Nesta atmete tief durch. »Ich bin jetzt eine Mutter. Du hast mir mein Kind genommen.«

Er sah sie ungläubig an. »Ich dachte, ich wäre dir wichtiger als alles andere. Jede Mutter muss sich von ihrem Kind trennen, aber du machst darum solch ein Aufheben! Hast du erwartet, dass ich unseren Bastard hier bei Hofe herumlaufen lasse?«

Nesta zuckte zusammen. »Ich hatte erwartet, dass du mir nie sehenden Auges Schmerzen zufügen würdest. Ich dachte, du würdest mich nie wie eine herkömmliche Mätresse behandeln.«

»Ja, das war mein Fehler.« Er hob die Schultern. »Ich habe das walisische Blut in dir unterschätzt und dir falsche Hoffnungen gemacht. Wie dem auch sei. Ich habe es schon angesprochen«, einen Augenblick meinte Nesta, echten Schmerz in Henrys Augen zu sehen. »Du bist achtzehn Jahre alt, und ich habe es zu lange vor mir hergeschoben. Du wirst gleich nach Ostern Gerald de Windsor heiraten.«

Nesta taumelte wie durch einen Hieb zurück und presste die Hand gegen ihre Brust. Sie hatte es geahnt. Nach all den vielen Gesprächen zwischen den beiden Männern hatte sie es tief in ihrem Inneren geahnt, und doch traf sie diese Verkündung wie ein Schlag ins Gesicht. »Nein.« Sie bemühte sich zu einem entschlossenen Ausdruck. »Ich werde diesen Mann nicht heiraten.«

»Ach, nicht?«

Nesta ging auf ihn zu. »Henry, ich bitte dich.« Sie nahm seine warme Hand in die ihrige. »Nach allem, was zwischen uns war, wie wir einst füreinander empfanden – gib mich nicht an den Mann, der zugesehen hat, wie meine Mutter getötet und mein Bruder verstümmelt wurde. Lass mich nach Cardigan gehen, zu meinem Sohn. Zu *unserem* Sohn. Ich werde dich niemals behelligen. Vergiss einfach, dass wir existieren, vergiss …«

Mit einem Ruck entzog er ihr seine Hand. »Verstehst du denn

immer noch nicht?« Seine goldgesprenkelten Augen funkelten. »Du bist keine einfache Bauersfrau, Nesta! Du bist zu wichtig, als dass du es dir leisten könntest, in Vergessenheit zu geraten. Nach Cardigan willst du? Um als Metze des Constables zu leben und meinen Sohn im Schatten dieser Sünde großzuziehen?«

»Wie oft muss ich dir noch sagen …«

»Du musst gar nichts mehr sagen. Du heiratest Gerald de Windsor.«

»Nein.«

Seine Augenbrauen flogen in die Höhe, doch Nesta ließ ihn nicht zu Wort kommen. »Das kannst du mir nicht antun! Wenn du es verlangst, werde ich heiraten. Mir ist bewusst, dass dies meine Pflicht ist, und ich werde sie erfüllen. Aber nicht de Windsor, Henry, bitte. Gib mich an jemand anderen.«

Ein donnerndes Lachen schlug ihr entgegen. »Dein Temperament war einst unterhaltsam, aber nun überschreitest du Grenzen. Glaube mir, meine Entscheidung ist wohl durchdacht. Du bist eine Prinzessin von Wales, und ich werde dich nicht an irgendjemanden verschenken. De Windsor stammt aus einer angesehenen Familie, sein Vater diente schon meinem Vater, er hält Windsor Castle und ist ein fähiger Kommandant. Seine Männer lieben ihn, er hält die Waliser unter Kontrolle, wie es kein anderer je geschafft hat. Und dies allein ist mehr wert, als du dir vorstellen magst. Die Waliser brauchen jemanden, der ihnen den Wind aus den Segeln nimmt, und daher kehrst du zu ihnen zurück. Du wirst sie besänftigen. Mit dir werden sie wieder eine Herrin ihres eigenen Schlags haben. Oder dachtest du, ich verheirate dich nach England, wo du nutzlos dein Leben fristest? Du wirst die Waliser bändigen – auch deinen Bruder.«

Nesta erhob sich schweigend. Sie wusste, Widerworte waren zwecklos, und sie würde sich nicht auch noch ihren Stolz durch nutzloses Flehen nehmen lassen. »Und wenn ich de Windsor heirate«, sagte sie mit leiser Stimme. »Wirst du unserem Sohn erlauben, bei mir zu leben? Ob Cardigan oder Pembroke, welchen Unterschied macht das schon?«

Henry warf ihr einen Blick zu. »Damit du ihn als Waliser großziehst? Ihn gar von deinem aufwieglerischen Bruder beeinflussen lässt und er ein Streiter der walisischen Fürsten wird? Ein Rebell mit königlichem Blut in seinen Adern? Du musst verrückt sein anzunehmen, ich würde solch ein Risiko eingehen.«

Nesta starrte ihn ungläubig an. »Du kannst unmöglich glauben …«

»Genug.« Er richtete sich auf. »Du heiratest nach Ostern hier in Westminster, damit ich dich als dein Vormund übergeben kann. Danach brechen du und dein Gemahl sofort auf. Und unser Sohn bleibt, wo er ist.«

Mit diesen Worten ging Henry einfach an ihr vorbei zur Tür. Dort hielt er noch einmal inne. »Leb wohl, Nesta.«

Sie drehte sich nicht mehr zu ihm um. Nach einer halben Ewigkeit hörte sie schließlich die Tür und seine Schritte, die im Vorraum verhallten. Erst dann entfuhr Nesta ein verzweifeltes Schluchzen. Sie schlug ihre Hände vors Gesicht. Jede Hoffnung war dahin.

Die kleine Gesellschaft hatte sich am Portal der Pfarrkirche im Schatten der Westminster Abbey versammelt und lauschte dem jungen Geistlichen, der Nesta und Gerald de Windsor voller Enthusiasmus verheiratete. Der Frühnebel hing noch tief zwischen den Häusern und kroch von der Themse zur Kirche hin.

Nesta atmete langsam und gleichmäßig und beobachtete die Atemwölkchen, die sich mit dem Dunst vermischten. Kälte kroch über ihren nackten Hals und ihr Gesicht. Die Feuchtigkeit legte sich auf der fast weißen Seide ihres Bliauts nieder, den sie auch zu Henrys Krönung getragen hatte, und beschlug die Drachenfibel, auf die sie nicht hatte verzichten wollen. Zu diesem Anlass war ihr Bliaut ein wenig geändert worden: Jetzt säumte ein dunklerer, eleganter Brokat die weiten Ärmel und den Halsausschnitt.

Bis auf den König, die Königin, ein paar ihrer Damen und zwei von de Windsors Gefolgsmännern war der Kirchhof verlassen. Für ausschweifende Feierlichkeiten hatte es sowohl an Zeit gemangelt als auch an der Bereitschaft der Braut, ihre Eheschließung zu etwas Größerem zu machen, als sie war – ein simpler Vertrag zwischen zwei Männern über eine Frau und ihre Ländereien. Henry war ihrem Wunsch gefolgt, die Zeremonie in kleinem Rahmen abzuhalten, und schien mit Ungeduld darauf zu warten, dass der Geistliche, der über das unzerstörbare Band zwischen Eheleuten sprach, bald endete, um die Angelegenheit abzuschließen.

Nesta hatte sich gefügt – welch andere Wahl hätte sie gehabt? Schon als sie von zwei Damen zur Kirche geführt worden war, hatte sie sich gefühlt, als schreite sie zum Schafott. Doch sie hatte den blumengeschmückten Kopf hochgehalten und war aufrecht über den Hof zu ihrem Bräutigam geschritten, einen Punkt gleich neben ihm fixierend. An der Hochzeit konnte sie nichts ändern, doch es war ihre Entscheidung, ob sie dieser Prüfung mit Würde begegnete. Nur ansehen konnte sie de Windsor nicht, denn dann hätte sie ein gnadenloses Bild ihrer Zukunft vor Augen. Noch hüllte der Nebel die Wahrheit in gnädige Schleier, und sie war nicht bereit, diesen eher zu lüften als notwendig.

Zur offenkundigen Enttäuschung des Geistlichen, der wohl sein erstes Paar verheiratete, sagte Nesta ihre Gelöbnisse mit weit weniger Inbrunst auf als erwartet, und auch ihr Angetrauter sprach schnell und tonlos. Als Henry sie an de Windsor übergab, war ihr seine Berührung fast noch unangenehmer als die ihres Bräutigams. Sie hatten nicht mehr miteinander gesprochen, und so versuchte Nesta sich damit zu trösten, dass Pembroke Castle nur wenige Stunden von Cardigan entfernt lag. Wenn sie de Windsor gnädig stimmte, erlaubte er ihr womöglich, ihren

Sohn zu besuchen. Das war mittlerweile alles, worauf sie hoffte. Sie hatte eingesehen, dass sie Harri verloren hatte. In unzähligen durchwachten Nächten hatte sie die Endgültigkeit hinter Henrys Worten verstanden. Zugleich hatte sie sich in ihre Zukunft als Gerald de Windsors Gemahlin gefügt. Wenn sie Glück hatte, führten ihn seine Pflichten des Öfteren fort, und sie könnte ihr Leben in Wales, fernab des Hofes, in Frieden verbringen.

»… ernenne ich euch hiermit zu Mann und Weib.«

Nesta zuckte zusammen und starrte den Geistlichen mit seiner liturgischen Kleidung und dem breiten, stets lächelnden Mund ungläubig an. Es war vollbracht. Sie war jetzt tatsächlich eine verheiratete Frau, die Gemahlin von Gerald FitzWalter de Windsor. Am vierten Finger ihrer linken Hand trug sie nun einen schmalen Silberring, der sie mit dem Mann an ihrer Seite verband.

Nesta wagte es nicht, zu ihm aufzublicken. Den Blick stoisch geradeaus gerichtet, folgte sie dem Pfarrer in die Kirche zur Messe und sprach die Gebete. Sie fürchtete, was sie sehen würde, wenn sie zur Seite blickte – ihren Gemahl, an den ihr Leben unwiderruflich gebunden war, oder den Mann in der Kirche von Dinefwr, über dessen Kettenhemd blutrot das Kerzenlicht geflackert war. Sie wollte ihn für die Beteiligung an der Zerstörung ihres Heims nicht verachten, sie hatte keine Wahl dazu getroffen. Eher wünschte sie sich, dass sie eine auf Höflichkeit und womöglich gar eine auf Respekt basierende Beziehung zu ihm entwickeln konnte. Lieben würde sie ihn niemals, doch sie war jetzt seine Frau, und nichts, das sie tat, könnte dies ändern. Nesta war sich darüber im Klaren, dass ihr noch schwere Prüfungen auferlegt werden würden – sie mochte gar nicht an die heutige Nacht denken –, doch sie würde ihrem Mann gehorchen, so wie sie es soeben geschworen hatte.

Nasse Tropfen auf ihrem Gesicht rissen sie aus ihren Gedanken. Der Pfarrer war soeben dabei, Gerald de Windsor und sie mit Weihwasser zu besprenkeln, dann sagte er weitere Gebete auf.

Nesta kniete vor dem Altar, den Kopf über die gefalteten Hände gesenkt, und bemühte sich, den Worten des Pfarrers zu folgen. Doch ihre Konzentration schweifte immer wieder zu de Windsor, den sie nur als gewaltigen Schemen an ihrer Seite erkennen konnte. Obwohl sie ihn nur am Rande ihres Blickfelds ausmachte, nahm sie seine Präsenz überdeutlich wahr, und es gelang ihr kaum noch, den Blick gesenkt zu halten. Sie hatte ihn schon früher angesehen, tadelte sie sich selbst, heute wäre es nicht anders.

Nesta atmete tief ein und presste die Handflächen fest aufeinander. Dann hob sie ein wenig den Kopf und blickte zur Seite.

Als Erstes sah sie das Kettengeflecht, das seine Arme bedeckte, und sie widerstand nur schwer dem Drang, ein verächtliches Schnauben auszustoßen. Wer, in Gottes Namen, trug ein Kettenhemd zu seiner Hochzeit? Fürchtete er, sie würde ihn am Kirchenportal erdolchen? Hatte er gar vor, seine Rüstung auch während der Hochzeitsnacht zu tragen?

Ein Kichern stieg in ihr hoch, und Nesta biss sich schnell auf die Unterlippe. Ihr Blick wanderte weiter hinauf, und so erkannte sie, dass er zumindest einen mitternachtsblauen, mit Gold- und Silberornamenten verzierten Rock über das Eisengeflecht gestreift hatte. Das Leinen war so dunkel, dass es fast schwarz wirkte, und es ließ sein goldenes Haar, das sich im Nacken kräuselte, nur noch heller scheinen. Zu ihrer Verblüffung hatte er sich zu diesem Anlass den Bart weggeschabt, sodass seine Backenknochen und das markante Kinn noch stärker zum Ausdruck kamen.

Plötzlich drehte er seinen Kopf in ihre Richtung und sah auf sie hinab. Nesta erstarrte, als sie in seine sturmgrauen Augen blickte, die im diffusen Licht der Kirche dunkler wirkten. Die goldenen Augenbrauen zogen sich ein wenig zusammen. Feine Lachfältchen umrahmten seine Augen, und als er plötzlich einen Mundwinkel zu einem angedeuteten Lächeln zur Seite zog, grub sich ein tiefes Grübchen in seine Wange. Einen Moment lang sah er freundlich aus.

Nesta senkte schnell wieder den Blick und murmelte die Worte des Gebets vor sich hin.

Nach der Messe warteten zu ihrer Überraschung schon gesattelte Pferde im Hof. Eine Handvoll von de Windsors Gefolgsleuten stand bereit zum Aufbruch. Sie hatte nicht erwartet, tatsächlich sofort nach der Trauung abzureisen, doch als Henry zu ihr kam, um sie mit einem keuschen Kuss auf die Stirn zu verabschieden, konnte sie gar nicht schnell genug wegkommen.

Jetzt war sie auf sich allein gestellt, und schon bald wäre sie Herrin ihres eigenen Haushalts. Sie war darauf vorbereitet worden, doch Madame de Mabiles Instruktionen lagen lange zurück.

Nesta dachte darüber nach, wie ihr Leben nun aussehen mochte, als sie inmitten einer Schar Soldaten gen Westen ritt. Die Männer schwiegen fast die ganze Zeit, nur hin und wieder scherzten sie untereinander oder sprachen derb vor sich hin. Sie schienen ihre Anwesenheit ganz vergessen zu haben. Nesta blickte auf die weiten Hügel, die sich bis zum Horizont erstreckten und von den ersten Sonnenstrahlen, die mittags durch den Nebel brachen, in goldenes Licht getaucht wurden. Sie beobachtete die geschorenen Schafe auf den sattgrünen Weiden, die von ihrem Winterkleid befreit worden waren, und stellte sich vor, dass sie in die Freiheit ritt. Die bösartige Stimme, die ihr einflüsterte, dass sie sich lediglich in einen neuen Käfig begab, ignorierte sie geflissentlich. Alles war besser als der Hof, sagte sie sich, der ihr in den letzten Jahren so viel genommen hatte. Manchmal fragte sie sich sogar, ob sie in Shrewsbury, unter Madame de Mabiles Fuchtel, nicht doch glücklicher geworden wäre.

Sie ritten den ganzen Tag. Nur einmal machten sie eine Pause, um sich mit Pökelfleisch und Fladenbrot zu stärken. Nesta war zuletzt auf ihrem Weg von Cardigan nach London so weit geritten, und ihr Gesäß fühlte sich bereits wund an. Zwischen ihren Fingern hatten sich Blasen gebildet, dort wo die steifen Lederzügel ihre Haut aufgescheuert hatten, und als sich vor ihr die Sonne in einem rostroten Schein niedersenkte, wurden ihr schon die Lider schwer.

»Hinter diesem Hügel liegt Moulsford«, erklang plötzlich de Windsors raue Stimme neben ihr.

Nesta riss den Kopf hoch und blickte sich um. War sie etwa eingeschlafen? Das konnte nicht sein, schließlich hatte sich ihre Umgebung nicht verändert. Sie blinzelte immer noch gegen die letzten grellen Strahlen der Aprilsonne, und auch der Hügel schien ihr derselbe. Doch de Windsor hatte sie aus einer Art Dämmerzustand gerissen – plötzlich war sie hellwach. Sie waren ihrem Ziel nahe, die Nacht würde bald hereinbrechen. Die Nacht …

Nesta warf de Windsor einen flüchtigen Blick zu. Sein Haar leuchtete unter der Glut des Abendrots, und seine Wangen und das Kinn waren von Bartstoppeln bedeckt. Es sah aus, als wäre seine gebräunte Haut mit Goldstaub benetzt worden.

»Moulsford?«, fragte sie, um Gleichmütigkeit bemüht. »Werden wir in einer Herberge übernachten?«

Schweigen folgte, dann brach er plötzlich in schallendes Lachen aus. Nesta fuhr zu ihm herum. »Was ist daran bitteschön so lustig?«

De Windsor schüttelte den Kopf. »Ihr wisst noch nicht einmal, wen Ihr geheiratet habt.« Auch seine Männer grinsten, was Nesta die Hitze ins Gesicht trieb.

»Nun«, sagte sie schärfer als gewollt. »Dann erleuchtet mich … Gemahl.«

Seine Augen funkelten vor Belustigung wie zwei Kristalle unter seinen goldenen Wimpern. »*Madame.*« Er fasste die Zügel in einer Hand zusammen, legte die andere an die Brust und neigte seinen Oberkörper in ihre Richtung. »Erlaubt mir, mich Euch vorzustellen: Mein Name ist Gerald FitzWalter de Windsor, Lord of Moulsford in Berkshire, Constable of Windsor und Pembroke, und dank Euch, werteste Gemahlin, Lord of Carew in Südwales.«

Nesta sah sich erstaunt um. »Also dann gehört all das …«, sie umfasste die weite Hügellandschaft mit einer Handbewegung, »es gehört Euch?«

»Nun. Ich halte es als Lehen für den König. Aber ja, ganz recht. Es gehört mir, soweit einem Mann, der nicht König ist, etwas gehören kann.«

»Und wir … wir bleiben hier?« Sie versuchte ihre Stimme ruhig klingen zu lassen, aber die Vorstellung, länger in England, einen halben Tagesritt vom Hof entfernt, zu verweilen, behagte ihr ganz und gar nicht.

»Wir bleiben nur diese Nacht«, sagte de Windsor und schlug die Fersen in den Bauch seines Pferdes, um es den letzten Hügel hinaufzutreiben. »Danach reiten wir weiter nach Wales.«

Nesta senkte vor Erleichterung die Lider, schloss dann aber zu de Windsor auf und blickte auf das kleine Dorf hinab, das sich unweit der Themse an den Hügel einer Burg drängte. Abseits davon erstreckte sich das Flickenmuster aus Feldern und Ackerstreifen, auf denen Bauern ihre Ochsen aus dem Pflug spannten und sich in ihre Katen zu einer warmen Mahlzeit begaben. Nesta stellte sich gerne vor, wie es war, ein Heim zu haben, gemeinsam mit der Familie zu speisen und ihre Lieben mit Honigkuchen zu verwöhnen. Die Realität sah wohl anders aus, doch zumindest konnte sie sich tatsächlich an einer warmen Mahlzeit erfreuen. Sie fanden sich in der Halle ein, wo nach all den Beglückwünschungen, die Nesta mit einem duldsamen Lächeln über sich ergehen ließ, endlich Speis und Trank gereicht wurden. Das angelsächsische Gesinde bedachte sie mit argwöhnischen Blicken, aber auch de Windsor fand sich der Neugierde ausgesetzt, da er wohl nur selten seinen englischen Besitz besuchte. Der Constable der Burg schien ihr ein freundlicher Mann. Er sprach lange mit seinem Herren über Ausbesserungsarbeiten, einen Gerichtstag und das Säen des Sommergetreides auf den Feldern, doch Nesta konnte ihnen nur noch mit halbem Ohr zuhören. Einerseits war sie vom langen Ritt so ermüdet, dass sie kaum noch die Augen offenhalten konnte, und andererseits war sie von einer tiefen Unruhe ergriffen. Dies war ihre Hochzeitsnacht.

Nesta hatte die körperliche Vereinigung kennengelernt und sollte nicht so nervös sein wie eine Jungfrau, die gerade ihr Ehegelübde abgelegt hatte. Und doch fürchtete sie de Windsor. Es war nicht der körperliche Schmerz, vor dem sie solche Angst hatte, obwohl ihr beim Blick auf den hünenhaften Ritter doch sehr bang wurde. Nein, es war eher die Angst davor, ihre Gefühle nicht kontrollieren und ihren Stolz nicht aufrechterhalten zu können. Was, wenn sie anfangen würde zu zittern oder ihn anflehen würde, sie nicht zu berühren?

Nesta verabschiedete sich schon früh von der Tafel und wurde von einer Magd in eine Kammer über der Halle geführt, die eigens für das Brautpaar hergerichtet worden war.

Um etwas innere Ruhe bemüht, ließ sie sich von der Magd aus den Kleidern helfen und wusch sich mit einer angenehm duftenden Seife den Reiseschmutz vom Körper. Der Boden unter ihren nackten Füßen war mit frischem Stroh und wohlriechenden Kräutern bedeckt, und drei Kohlenbecken vertrieben die Kälte der ersten Frühlingsnächte. Auf einem von ihnen stand ein Krug Wein zum Wärmen, und Nesta widerstand nur schwer der Versuchung, den gesamten Inhalt zu leeren. Stattdessen schlüpfte sie in das bereitgelegte Nachthemd und ließ sich von der Magd ihr feuchtes Haar auskämmen, bis es seidig glänzend über ihre Schultern zum Bauchnabel hinabfloss.

Es war ihr unangenehm, alleine zu bleiben, aber sie fürchtete, die Unruhe nicht länger verbergen zu können. Also schickte sie die Magd weg, öffnete die Fensterläden und blickte in den bewölkten Himmel hoch. Womöglich war de Windsor über einem Becher englischen Mets eingeschlafen. Doch der Gedanke hatte sich kaum in ihren Kopf geschlichen, als die Tür aufflog.

Nesta fuhr herum und blickte auf de Windsors Gestalt, die den Rahmen zur Gänze ausfüllte. Der schneidende Wind fuhr ihr durchs offene Fenster in den Nacken und ließ sie frösteln. Mit einem Mal war ihre Kehle ganz trocken.

Ohne ein Wort trat er in die Kammer, schloss die Tür hinter sich und lehnte sich dagegen, als wolle er den Ausgang versperren. Zu ihrer Überraschung hatte er sein Kettenhemd abgelegt – er hatte also doch keine so große Angst vor ihr –, und sein helles Haar fiel ihm nass in den Nacken. Er trug nichts als ein Hemd und Beinlinge, was ein ungewohnter und zugleich auch beunruhigender Anblick war. Seine mächtige Erscheinung rührte also nicht von der Rüstung her, denn jetzt sah sie sehr genau, wie dieser Mann gebaut war. Henry war ein Gelehrter gewesen, de Windsor war ein Soldat.

Nesta wollte nichts lieber, als mit der Wand in ihrem Rücken zu verschmelzen, und presste sich dagegen, doch da schalt sie sich eine Närrin. Sie fühlte sich nun doch wie eine Jungfer, für die das eheliche Lager noch Schrecken zu offenbaren hatte. Dabei war sie mindestens genauso erfahren wie de Windsor.

Mit aller Würde, die sie aufbringen konnte, richtete sie sich auf und schloss die Läden hinter sich. Als sie sich wieder umdrehte, stand de Windsor immer noch genauso an der Tür und sah sie an.

»Nur um eines sofort klarzustellen«, sagte er dann plötzlich mit rauer Stimme in die Stille, die einzig durch das Knistern der Kohlepfannen und das Raunen der Stimmen unter ihnen an Vollkommenheit verlor. »Ob es Euch gefällt oder nicht, Madame, diese Ehe *wird* vollzogen.«

Nesta hob die Augenbrauen. Solche Unverblümtheit hatte sie nicht erwartet, doch wenn sie darüber nachdachte, war sie ihr lieber als ein befangenes Herantasten. Dies war ein Vertrag, der noch unterzeichnet werden musste. »Ich habe nichts anderes erwartet«, erwiderte sie und war stolz, dass ihre Stimme nicht im Geringsten zitterte.

De Windsors Mundwinkel zuckten. »Da ist sie wieder, dieselbe Märtyrermiene, mit der Ihr zur Kirche geschritten seid.«

»Ich kenne meine Pflichten.«

»Gut.« Er stieß sich von der Tür ab. »Behaltet Euch dies im Gedächtnis, denn die Ehe wird nicht heute vollzogen.«

»Wie bitte?« Sie sah ihn aus großen Augen an, wie er sich streckte und zum Bett hin schlenderte. »Wie meint Ihr das?«

Mit einem süffisanten Lächeln hielt er inne und wandte sich ihr zu. »Ich habe Euch Eures Landes wegen geheiratet, Madame«, sagte er und ging weiter zum Bett, »wir werden zu gegebener Zeit einen Erben für diese Ländereien zeugen. Doch dieser Erbe wird *mein* Blut in sich tragen, nicht das des Königs.«

Nesta zuckte zusammen. »Ihr meint doch nicht ...«

»Ich meine gar nichts. Aber ich gehe kein Risiko ein – nicht in solchen Belangen. Also wenn Ihr jetzt die Kerze löschen würdet? Morgen liegt ein weiter Weg vor uns.« Er ließ sich aufs Bett sinken, das unter seinem Gewicht laut knarrend nachgab, und blickte mit schalkhaft blitzenden Augen über die Schulter zurück zu ihr. »Es sei denn, Ihr besteht auf einen Vollzug in dieser Nacht.«

Nesta hob den Kopf ein wenig an. »Ich bin bereit, meine Pflicht zu tun, Gemahl. Sagt Ihr mir nur Bescheid, wenn Ihr es auch seid.« Mit diesen Worten blies sie die Kerzen aus und tapste durch die pechschwarze Kammer in Richtung Bett. Ihre Sinne schienen auf unnatürliche Weise geschärft, und so hörte sie ihn leise in sich hineinlachen und schließlich das Rascheln der Decken, verbunden mit einem weiteren Knarren, als er sich hinlegte. Der Geruch der Kräuter stieg ihr in die Nase und vermischte sich mit dem der Seife auf ihrem Körper. Die Kohle glühte rot in der Dunkelheit, vermochte aber kein Licht zu spenden, und so dauerte es eine Weile, bis sie ihre Schlafstätte ertastet hatte.

Als wäre es das Natürlichste der Welt, legte sie sich hin und hüllte sich in die Decke, die sie sich mit de Windsor teilte. Sie erwartete, dass er jeden Moment den Arm nach ihr ausstreckte, doch er regte sich nicht, und so schloss sie die Augen und hoffte trotz seiner unmittelbaren Nähe, Schlaf finden zu können.

Carew Castle, Südwestwales, April 1104

Sie war zu Hause. Das spürte sie mit jeder Faser ihres Seins, mit Leib und Seele. Zwar war es nicht der Ort, an dem sie aufgewachsen war – dieser lag fünfzig Meilen entfernt –, aber es war trotzdem ihr Land. Zuerst war es ihr befremdlich erschienen, die vielen Burgen in ihrer einstigen Heimat zu sehen, die wie gigantische Maulwurfshügel aus der Erde ragten, aber sie hatte sich schon auf ihren früheren Reisen durch Wales an diesen Anblick gewöhnt – an den Beweis der normannischen Vorherrschaft.

Die wunderbare Landschaft von Cardigan hatte sie damals für sich eingenommen, doch Carew stand dieser in nichts nach. Wie gebannt saß sie auf ihrem Pferd und blickte über das seichte Watt zur Burg hinüber, die am Flussufer auf einer felsigen Erhebung thronte. Der Carew River erstreckte sich ein paar Meilen weiter westlich von hier zu einer ausgedehnten Meeresbucht – dem Milford Haven, wie ihr Gerald erklärte –, von dort fuhren Schiffe nach Irland, und auch Gruffydd musste damals bei seiner Flucht hier vorbeigekommen sein.

Ein Stück weiter, dort, wo das Wasser tiefer war, glitten Schwäne unter dem Blätterdach eines nahen Waldes hindurch, dessen Bäume sich ehrerbietig über den Fluss beugten. Und zur anderen Seite, nahe der Burg, waren die Katen des Dorfes zu sehen. Ein paar Kinder wateten ganz in der Nähe durchs seichte Wasser und nutzten die Ebbe, um Muscheln zu sammeln. Als Geralds Pferd schnaubte, blickten sie hoch und erstarrten. Einer von den Jungen sprang sofort hoch und lief, wie von tausend

Teufeln verfolgt, inmitten glitzernder Wassertropfen zurück ans Ufer ins Dorf. Die anderen Kinder folgten ihm und scheuchten die Vögel auf, die in den Pfützen des Watts Nahrung gefunden hatten. Aufgeregte Rufe erschollen, doch Nesta konnte sie über das Kreischen der Vögel nicht verstehen.

»Großartig«, brummte de Windsor neben ihr. »Jetzt wissen alle, dass wir hier sind.«

Nesta legte die Stirn in Falten. »Ist das schlimm?«

»Ihr werdet es erfahren. Diese Dörfler sind sonderbare Leute, voller Groll und Bitternis. Ihr solltet Euren Umhang enger ziehen, Madame. Es würde mich nicht wundern, wenn wir sogleich mit Schmutz beworfen werden.«

Ein Lachen entfuhr ihr. »Das glaube ich nicht.«

»Ihr werdet es erleben, Madame«, ließ sich ein junger Ritter aus de Windsors Gefolge bedeutungsschwer vernehmen. Sein Name war William de Barry aus dem nahegelegenen Manorbier Castle. Er war de Windsors Knappe gewesen, nach dem Ritterschlag aber weiterhin im Dienst seines Herrn verblieben, um sich sein täglich Brot zu verdienen. Er war zwar der Erbe von Manorbier, aber bis sein Vater – ein flämischer Ritter, der sich bei der Eroberung Englands verdient gemacht hatte – verstarb, musste er sehen, wo er blieb.

Auf dem weiten Weg hierher hatte Nesta Gelegenheit gefunden, die Gefolgsleute de Windsors ein wenig näher kennenzulernen, und zu ihrer Überraschung schienen sie alle ehrenwerte Männer zu sein.

»Ich glaube Euch kein Wort, Sir William«, erklärte sie und wandte sich wieder an de Windsor. »Wenn sich die Bauern und Fischer tatsächlich derart respektlos verhalten … Wieso lasst Ihr Euch dieses Verhalten dann gefallen?«

De Windsor hob die Augenbrauen und hatte sichtlich Mühe, seine Belustigung zu verbergen. »Wäre es Euch lieber, ich würde sie für das bisschen Dreck auf meinem Pferd und Umhang auspeitschen lassen? Würde das eher in das Bild passen, das Ihr von mir habt?«

»Natürlich nicht. Aber Ihr habt recht, ich hatte Euch nicht als einen Mann gesehen, der vor ein paar Unfreien zurückweicht.«

»Dann bereitet Euch darauf vor, noch häufiger überrascht zu werden.« Er zwinkerte ihr zu und trieb sein Pferd vom Sandhügel ins flache Wasser hinab. Nesta und die anderen folgten ihm zum anderen Ufer, wo sie die grasbewachsene Böschung hochritten und sich plötzlich einer Menschenmenge gegenübersahen. Verblüfft holte sie Atem.

Unweit der strohgedeckten Hütten, die sich alle um eine kleine Dorfkirche drängten, hatten sich die Leute versammelt und blickten ihnen entgegen. Sie alle hielten etwas in Händen.

Nesta sah zu de Windsor, der mit dem Kopf zum nahen Hügel wies, auf dem sich ein aus Steinquadern erbauter, von einer hölzernen Palisade umgebener Turm erhob.

»Entlang des Ufers gelangen wir ebenso zur Burg«, sagte er und wandte sich dann an de Barry: »Nimm ein paar Männer mit, und sieh zu, dass sie wieder ihrer Arbeit nachgehen. Ich hätte wissen müssen, dass sich das Gerücht meiner Hochzeit unter den Walisern wie ein Lauffeuer verbreitet.«

»Ihr habt ja aus Euren Absichten kein Geheimnis gemacht, Mylord«, erwiderte de Barry grinsend. »Und die fahrenden Händler lassen sich solch eine Information bestimmt gut bezahlen.« Der junge Ritter winkte zweien der Männer und ritt an, doch Nesta hielt ihn auf:

»Wartet!« Sie sah zwischen de Barry und de Windsor hin und her. »Auspeitschen lasst Ihr sie nicht, aber wie eine Herde Schafe davontreiben? Mir scheint, ich lag doch nicht so falsch, *Mylord*. Lasst mich mit ihnen reden … bitte.«

De Windsor hob die Hände, er klang ungeduldig. »Ich bewahre Euch vor einem wenig freundlichen Empfang. Sie werden Euch als meine Gemahlin sehen, nichts sonst.«

Ein Kopfschütteln war alles, was Nesta darauf erwiderte, ehe sie, ohne darüber nachzudenken, die Schenkel zusammendrückte und ihre Stute zur immer größer werdenden Menschenansammlung lenkte. Die Bauern kamen aus dem Dorf und von den nahen Feldern herbeigelaufen, als hätten sie ihre Ankunft tatsächlich erwartet. Nesta wusste, de Windsor mochte recht haben, schließlich hatte er mit den Dörflern mehr Erfahrung. Ihre Ehe mit einem Normannen konnte ihr übelgenommen werden, aber ein wenig Dreck würde sie verkraften, und vielleicht gelang es ihr, die Menschen in ihrer Sprache zu besänftigen.

De Windsor und die anderen schlossen sofort zu ihr auf und flankierten sie, aber Nesta hatte nur Augen für die in einfache Wollhemden gekleideten Waliser, von denen die meisten barfuß unterwegs waren. Nesta biss die Zähne zusammen und hielt den Kopf hoch. Zu ihrer Überraschung löste sich plötzlich eine Frau mit einem tattrigen Greis an der Hand aus der Gruppe und kam ihr entgegen. Sie machten keinen besonders kriegerischen Eindruck, und so überlegte Nesta nicht lange. Den Protest ihres Gemahls ignorierend, schwang sie sich aus dem Sattel und ging den beiden entgegen.

»*Merch brenin.*« Der Greis streckte seine zitternde Hand nach ihr aus, und Nesta ergriff sie überrascht, aber ohne zu zögern. Der alte Mann hatte sie als Königstochter angesprochen. Milchige Augen blickten ihr aus einem zerfurchten und von Altersflecken übersäten Gesicht entgegen.

»Verzeiht, Herrin«, sagte die junge Frau an seiner Seite. »Er bestand darauf, mit Euch zu sprechen, und ließ sich durch nichts davon abbringen.«

Nesta lächelte. »Hier bin ich«, sagte sie sanft und drückte die knochige Hand. Es tat so gut, walisische Worte zu formen. »Es freut mich, dich kennenzulernen.«

»Edle Nesta.« Seine Stimme war heiser und wurde von einem Rasseln begleitet, aber der Mann schien noch vollkommen Herr seiner Sinne. »Dass ich das noch erleben darf. Die Nachfahren von Hywel dem Guten kehren in dieses Land zurück. Es hieß, die Freinc hätten uns besiegt, aber ich sagte ihnen, dass die Briten nicht geschlagen werden können. Ich kämpfte einst gegen die Angelsachsen und siegte. Gegen Harold Godwinson, der von den Freinc vernichtet wurde! Wären meine Muskeln noch so kräftig wie vor ein paar Jahren, würde ich meinen Bogen auch heute noch gegen die elenden Freinc spannen.«

»Du bist ein mutiger Mann.«

»Euer Vater war mutig, Herrin. Gott sei seiner Seele gnädig.«

»Möge er in Frieden ruhen«, fügte die walisische Frau hinzu.

Nesta bekreuzigte sich. »Amen«, flüsterte sie und dachte nun zum ersten Mal seit Langem wieder wehmütig an ihren Vater zurück. Dankbar lächelte sie den beiden zu.

»Er kam hier einst vorbei«, sagte der Alte mit erhobenem Finger, »da war er noch ein junger Bursche. Ich möchte Euch bei Gelegenheit davon erzählen.«

Nesta schluckte den Kloß in ihrem Hals hinunter. »Das wäre wunderbar«, sagte sie mit zitternder Stimme. »Ich danke dir.«

Mit einem Mal drängten immer mehr Leute an Nesta heran, und jetzt erkannte sie, was sie in Händen hielten. Kein verfaultes Gemüse oder Steine, sondern gelbe Narzissen.

»Willkommen daheim, Herrin«, murmelten die Frauen und streckten ihr freundlich lächelnd die Blumen entgegen. Die Kinder sahen mit großen Augen zu ihr auf und umklammerten ihre Röcke. »Willkommen, Herrin. Willkommen zurück.«

Nesta starrte in die Gesichter ihrer Landsleute und konnte nicht glauben, was hier geschah. Nach all den Jahren der Ablehnung wurde sie an einem Ort aufgenommen, der ihr ein Zuhause sein sollte. Sie hatte gefürchtet, die Waliser würden sie dafür verurteilen, dass sie als Gemahlin eines Normannen zurückkehrte, doch sie schienen die Ritter auf ihren Pferden ganz vergessen zu haben.

»Willkommen daheim.« Die Worte rauschten durch ihren Kopf, sie erklangen immer und überall, während die Leute sie in ihren Kreis schlossen – wie eine große Umarmung.

Strahlend vor Glück warf sie de Windsor und seinen Männern einen Blick zu, und als sie den verdatterten Ausdruck im Gesicht ihres Gemahls erkannte, konnte sie sich ein triumphierendes Grinsen nicht verkneifen.

Sie sprach mit jedem Einzelnen der Siedler und war überrascht, neben den Fischern und Feldarbeitern auch einen Schmied zu treffen. Die ganze Siedlung war ein ungewohnter Anblick für sie, denn auch wenn sie wusste, dass normannische Burgen immer von einem Dorf umgeben waren, dessen Bewohner dem Burgherrn dienten, hatte es dies in ihrer Heimat früher nicht gegeben. Die Fürstensitze ihres Vaters waren von keinen Siedlungen umschlossen worden, denn die Waliser zogen stets mit ihrem Vieh durchs gesamte Land. Sie brachten ihre Abgaben an den Königshof, und fahrende Händler boten ihre Waren feil. Schmiede waren ebenfalls rar gewesen, denn in der Kriegsbande oder anderen im Haushalt hatte es immer jemanden gegeben, der Töpfe hatte herstellen können oder ein Pferd beschlagen. Genauso waren unter den Männern jene gewesen, die mit Leder für Zäume und Schuhe hatten umgehen können. Alles andere war erbeutet, ertauscht oder gekauft worden.

Doch hier hatten sich Waliser zu einer Siedlung zusammengeschlossen und die Grenze zwischen normannischen und walisischen Gebräuchen zum Schmelzen gebracht. Hier waren Waliser, die auf Feldern arbeiteten, obwohl der Ackerbau in Wales stets eine untergeordnete Rolle gespielt hatte. Als Nesta früher mit ihrer Familie durchs Land gereist war, hatte sie kaum Felder gesehen, dafür aber unzählige Schaf- und Rinderherden. Waliser lebten fast hauptsächlich von ihrem Vieh, aber die Normannen hatten den undurchdringbaren Wäldern etwas Platz abgerungen und bestellten jetzt den fruchtbaren Boden Deheubarths.

Zu ihrer Überraschung störte diese Verschmelzung der Kulturen Nesta nicht, denn sie fühlte sich längst beiden zugehörig. Einzig die Schnelligkeit, in der dieser Wandel vonstattenging, erschreckte sie ein wenig. In Cardigan hatte sie nie auf solch deutliche Weise erkannt, wie viel sich in den zehn Jahren seit dem Überfall auf ihr Heim verändert hatte.

Immer noch überwältigt, nahm Nesta die Blumen entgegen, die sie bald kaum noch tragen konnte, und lauschte den Freudebekundungen über ihre Rückkehr. Doch dann drängte sich de Windsor plötzlich auf seinem kräftigen Ross in die Menge und führte ihres am Zügel mit sich. »Kommt, Madame«, sagte er, nicht barsch, aber bestimmend, und erntete dafür feindselige Blicke sowie walisische Verwünschungen, die er wohl nicht verstand. »Lasst uns weiterziehen, ehe wir hier noch den ganzen Tag vergeuden.«

Nesta biss sich auf die Lippe. Sie wollte gerne noch bleiben, doch es war wohl besser, de Windsor zu gehorchen, zumal sie später mit Sicherheit noch Gelegenheit dazu finden würde, ins Dorf zurückzukehren. Also verabschiedete sie sich und ritt nun weitaus glücklicher, als sie es je zu träumen gewagt hatte, an der Seite ihres Gemahls zur Burg.

Doch sie hatten kaum die Brücke über den Graben überquert, da strömten auch schon hier die Menschen zum Torhaus, und auch sie hielten Blumen in ihren Händen.

»Da hol mich doch der Teufel«, stieß de Windsor aus, und die Männer lachten leise in sich hinein. Zwei Mädchen, an der Schwelle zur Frau, mit leuchtend goldenem Haar rannten über den Burghof auf sie zu.

»Lady Nesta!«, riefen sie im Chor und strahlten voller Bewunderung zu ihr hoch. »Willkommen in Carew! Wir haben so lange auf Euch gewartet.«

»Ich …« Nesta kam gar nicht dazu etwas zu sagen, denn de Windsor schwang sich neben ihr aus dem Sattel und baute sich vor den Mädchen auf. »Herrgott! Was habe ich euch gesagt? Ihr sollt euch am Tag unserer Ankunft nicht sehen lassen! Was ist daran so schwer zu verstehen?«

»Aber …«

»Los! Weg mit euch!« Er sah sich im Hof um, der über und über mit bunten Stoffstreifen und Blumen geschmückt war. Die Herren hatten sich alle in einer Reihe aufgestellt und die Frauen ein Stück weiter von ihnen entfernt ebenso. »Und was soll das alles hier?« Er fuchtelte mit der Hand zu den Männern, von denen sich ein bereits älterer Soldat löste und auf sie zukam. »Seid ihr denn alle wahnsinnig geworden?«

Die beiden Mädchen blickten zu Boden und ließen die Schultern sinken. Nesta glitt mit Hilfe des herbeigeeilten Knechts vom Pferd und starrte de Windsor an. »Sie wollen uns nur eine Freude bereiten«, sagte sie sanft, um ihn nicht noch weiter aufzuregen, doch da fuhr er schon zu ihr herum.

»Ihr versteht das nicht!«

Nesta öffnete den Mund zu einer Erwiderung, doch da ergriff das kleinere der Mädchen das Wort: »Aber es ist wahr, Papa … ich meine Mylord. Wir wollten Lady Nesta nur willkommen heißen. Im Dorf sagen sie, sie sei eine echte Prinzessin und sie …«

De Windsor fuhr zu den Mädchen herum und starrte sie an, die Hände zu Fäusten geballt. »Schert euch weg«, knurrte er beunruhigend leise. Das Geschrei hatte weniger bedrohlich gewirkt. »Los, verschwindet, ehe ich euch fortschaffen lasse. Los!«

Nesta zuckte zusammen. Reglos blickte sie den Mädchen hinterher, die schluchzend zur Treppe liefen, welche den Hügel hinaufführte.

De Windsor kam auf sie zu und strich sich seufzend mit der Hand übers Kinn. »Verzeiht.« Er hob die breiten Schultern, und seinem angespannten Kiefer war immer noch anzusehen, wie zornig er war. »Ich hatte vor, Euch die beiden in aller Ruhe vorzustellen. Sie hätten Euch nicht so überfallen dürfen.«

Nesta sah zu ihm hoch. Sie hätte die beiden auch sehr gerne jetzt kennengelernt. »Mich wundert eher, dass Ihr es geschafft habt, zwei so reizende Geschöpfe hervorzubringen.« Dann wandte sie sich abrupt ab und ging an ihrem Gemahl vorbei zu dem grauhaarigen Mann, der zwei Schritte von ihnen entfernt wartete. Er war kaum höher gewachsen als sie selbst und sehr schlank, was das Kettenhemd nicht verbergen konnte. Um die Hüften hatte er ein Schwert gegürtet.

»Mylady Nesta.« Er verneigte sich formvollendet, als sie vor ihm stehenblieb. »Erlaubt mir, Euch in Carew Castle willkommen zu heißen. Mein Name ist Simon FitzWalter. Ich bin der Kommandant der Garnison.«

»FitzWalter?« Sie warf de Windsor einen Blick zu, der sich an ihre Seite gesellt hatte.

»Mein Halbbruder«, erklärte dieser.

Nesta zog die Augenbrauen hoch und sah zwischen den beiden Männern hin und her, die nicht unterschiedlicher hätten aussehen können. Simon musste der Ältere sein. Nesta nahm an, dass er fünfundvierzig bis fünfzig Jahre zählte, während ihr Gemahl unlängst seinen vierunddreißigsten Geburtstag gefeiert hatte. Und da Simon seinem jüngeren Bruder diente, musste er illegitimer Herkunft sein. Ein Bastard. So wie die beiden Mädchen. So wie Harri.

Nesta setzte ein Lächeln auf, übergab die Blumen dem verblüfften de Windsor an ihrer Seite und ergriff schließlich beide Hände des nicht weniger verwunderten Kommandanten. »Ich freue mich, Familie zu treffen, Schwager«, sagte sie mit ehrlicher Freude. »Für mich ist hier noch alles neu, und ich hoffe auf Euer Verständnis und Eure Geduld. Ich werde mein Bestes geben.«

Simon FitzWalter sah zu seinem Bruder hoch und machte einen so verwirrten Eindruck, als hätte sie eine fremde Sprache gesprochen. Da Nesta aber nicht vorhatte, sich noch weiter mit den normannischen Gebräuchen aufzuhalten, gegen die sie augenscheinlich verstoßen hatte, ging sie weiter zu den anderen Männern und Frauen, während de Windsor mit den gelben Narzissen in Händen folgte. Sie lernte die Garnisonsbesatzung kennen, sowie zwei Mägde und eine Köchin. Alle drei Frauen waren Waliserinnen aus dem Dorf, und Nesta war froh, auch innerhalb der Palisaden etwas Heimat zu finden. Es war ein kleiner Haushalt, anders als sie es vom Hof gewohnt war, aber Nesta war überglücklich. Es war *ihr* Haushalt, und sie würde ihn gut führen.

Nach all den Begrüßungen und Beglückwünschungen begleitete Nesta die Magd Ethil zu den Gemächern über der Halle und begutachtete alles. Es gab ein Gemach für Nesta und Gerald, eines für Simon FitzWalter, der während Geralds häufiger Abwesenheit als sein Stellvertreter fungierte, und ein Gemach für die beiden Mädchen, die Köchin und die Mägde. Die Garnisonsbesatzung schlief unten in der Halle, worüber Nesta froh war. Es freute sie, dass die Frauen nicht inmitten der Soldaten übernachten mussten, wie sie es schon in vielen anderen Burgen gesehen hatte.

Ethil begleitete sie in ihre Kammer, die klein war, aber trotzdem eine unbestreitbare Gemütlichkeit ausstrahlte. Ein großes Bett, das von einem zimtfarbenen Baldachin mit gestickten Orchideen überspannt wurde, nahm beinahe den gesamten Raum ein. Einfach gehaltene Truhen ohne unnötige Schnitzereien und Verzierungen boten Raum für ihre Kleider. Die Binsen unter ihren Füßen waren frisch und dufteten, genauso wie die farbenfrohen Blumen auf dem Tisch neben dem Fenster. Die Wände waren weiß gekalkt und ebenso rein und sauber wie alles andere hier. Gerald hatte ihr auf dem Weg erzählt, dass er die Burg vor wenigen Jahren im Auftrag des Königs gebaut hatte, also war sie noch sehr neu. Zuvor hatte sich hier ein walisisches Fort befunden, das nach der normannischen Herrschaftsübernahme verlassen worden war.

Als ein Klopfen an der Tür erklang und daraufhin die andere Magd Ellen gemeinsam mit der Köchin den Badezuber hereintrug, schloss Nesta vor Dankbarkeit die Augen. Ein Bad wäre jetzt genau das Richtige.

Mit einem Lächeln im Gesicht löste sie die Bänder ihres Schleiers, der jetzt, da sie verheiratet war, ihr Haar bedeckte, und strich mit den Fingern über ihre Kopfhaut. Es gefiel ihr, den Schleier zu tragen, denn er machte sie zu einer ehrbaren Frau. Jetzt war sie nicht mehr des Königs Hure, doch es war ein unbeschreiblich angenehmes Gefühl, wieder frische Luft in ihrem Haar zu fühlen. Ethil half ihr aus den Kleidern, während Ellen und die Köchin den Zuber Eimer für Eimer füllten. Daraufhin verschwanden die beiden sofort, um ihren Aufgaben in der Küche und in der Halle nachzukommen.

»Ihr seid Schwestern, nicht wahr?«, fragte Nesta Ethil, als sie sich ins lauwarme Wasser gleiten ließ, das ihr kaum über die Hüften reichte. Sie wollte sich lediglich etwas waschen und die Frau nicht allzu lange von ihrer Arbeit abhalten. »Ihr seht euch sehr ähnlich, du und Ellen.«

Ethil trat hinter sie und band ihr Haar hoch, damit es nicht nass wurde. »Ich bin die ältere«, sagte sie und begann damit, ihr den Rücken zu schrubben. »Unsere Eltern starben, als …«, sie räusperte sich, »vor ein paar Jahren. Wir kamen beim Bruder meiner Mutter unter, doch der starb bald darauf ebenso, und seine Frau konnte uns nicht mehr alleine ernähren. Als der Lord diese Burg erbaute, fanden wir hier einen Platz.«

Nesta drehte sich im Wasser um und legte ihre Hand auf Ethils Unterarm. »Ihr habt hier ein sehr schönes Zuhause«, sagte sie und fragte sich, weshalb so viele aus Ethils Familie gestorben waren. Hatten sich die Männer den Rebellen angeschlossen? Das war sehr wahrscheinlich. De Windsor hatte gemeint, viele der Einheimischen wären nach der Eroberung dieses Gebiets durch de Montgomery in die Berge gezogen, fort von den Normannen. Etwas, das Nesta gut verstehen konnte, wenn sie daran dachte, wie de Montgomery hier gewütet haben musste. Aber jene Waliser, die nicht schnell genug die Flucht ergriffen hatten, waren in die Leibeigenschaft geraten und bestellten jetzt für die Normannen die Felder. Wenn man de Windsor Glauben schenken konnte, waren viele aber auch freiwillig geblieben und hatten sich, wenn auch mit zusammengebissenen Zähnen, gefügt. Mit ihren zerstreuten Höfen und Katen wären die walisischen Hirten und Bauern sowohl normannischen Übergriffen als auch plündernden Walisern ausgeliefert gewesen. Als Angehörige eines normannischen Dorfs, im Schutze einer Burg, erhielten sie aber Sicherheit. De Windsor verteidigte dieses Dorf und all jene in seinem Verantwortungsbereich, nicht nur gegen andere normannische Lords, sondern auch gegen Männer wie Iorwerth von Powys, der jetzt mit seinem Bruder Maredudd im Kerker von Shrewsbury saß, oder andere Rebellen, die den Normannen mit der Plünderung ihrer Dörfer und Städte Schaden zufügen wollten. Es war eine Zweckgemeinschaft, und Nesta hoffte, als Bindeglied bestehen zu können.

Abends in der Halle fand sich der gesamte Haushalt zum Mahl ein, einzig die wachhabenden Männer an den Palisaden würden sich später in der Küche selbst versorgen. Es gab köstlichen Eintopf aus Lauch, Lammfleisch und Zwiebeln, dazu knuspriges Fladenbrot.

Im Vergleich zu den üppigen und ausgefallenen Speisen bei Hofe war dies nur ein bescheidenes Mahl, aber Nesta konnte sich nicht daran erinnern, dass ihr je etwas besser geschmeckt hatte. Genussvoll löffelte sie die Suppe und sog den Duft ihrer Kindheit ein. Es gefiel ihr, dass die Mägde nicht in der Küche aßen, sondern sich an einem Platz am unteren Ende der Halle einfanden. Nachdem sie ihre Herren und auch die Soldaten versorgt hatten, setzten sie sich zusammen und führten leise Gespräche. Gerne hätte Nesta sie zu sich geholt, um sich mit ihnen in ihrer Muttersprache zu unterhalten, aber das wäre wohl nicht angemessen gewesen.

Es war ein vollkommener Abend, nur zwei Personen fehlten.

»Wo sind Eure Töchter?«, flüsterte sie de Windsor zu, als sie nach ihrem Becher griff.

De Windsor blickte auf seine Schale hinab. »Ich nehme an, sie waren müde und haben sich bereits schlafen gelegt.«

»Ihr meint, Ihr habt ihnen nicht erlaubt, an diesem Mahl teilzunehmen.«

Nun warf er ihr einen kurzen Blick aus seinen Sturmaugen zu. »Sie hätten mir gehorchen müssen. Es ist kein Benehmen, wie ein Rudel Hunde, das sich über die Heimkehr ihres Herrn freut, über den Hof zu laufen. Ich wollte mit Euch sprechen, ehe sie Euch derart mit ihrer Existenz in Verlegenheit bringen.«

»Was meint Ihr damit?«

Schweigen folgte, während er seine Schale leerte, doch nachdem er auch den letzten Bissen Brot verschlungen hatte, wandte er sich ihr zu. »Ich weiß, dass es nicht leicht für Euch ist, meine Bastarde um Euch zu haben. Ihr seid achtzehn Jahre alt und nun schon Stiefmutter von …«

Nesta erhob sich abrupt von der Tafel, woraufhin die anwesenden Männer der Garnison ebenfalls aufsprangen.

»Ich bitte um Verzeihung«, sagte sie mit einem bemühten Lächeln in die Runde. »Die Reise hat mich ermüdet.« Sie legte die Hand auf de Windsors Schulter und beugte sich zu ihm hinab, bis ihre Lippen beinahe seine stoppelbärtige Wange berührten. »Nennt sie nie wieder so«, flüsterte sie wütend. »Nie wieder.« Sie richtete sich auf und verließ, ohne sich nach de Windsor umzusehen, die Halle. Sie wusste, es war vielleicht nicht gerecht, dass de Windsor gar versucht hatte, auf ihre Gefühle Rücksicht zu nehmen. Doch sie hatte genug von dem hässlichen normannischen Gerede über uneheliche Kinder. Was konnten die armen Mädchen dafür, dass ihr Vater sie außerhalb des Ehebettes gezeugt hatte? Was konnte ihr armer Sohn dafür, dass seine Mutter nicht bedachter gehandelt hatte?

De Windsor kam abends nicht in ihr Gemach. Nesta nahm an, dass er in der Kammer seines Bruders untergekommen war. Ihr war es recht, denn die Vorstellung, erneut an seiner Seite zu schlafen, bereitete ihr großes Unbehagen. Bei jeder kleinsten Regung fürchtete sie, er würde sich auf sein Recht berufen. Zu ihrem Glück meinte er, sie könnte von Henry ein Kind erwarten, und obwohl ein Teil von ihr sich unwohl bei dem Gedanken fühlte, dass das Bild von ihr als Henrys Mätresse in seinem Kopf so allgegenwärtig war, wollte sie auf den Schutz, den ihr diese Meinung gewährte, nicht verzichten. Umso länger er dachte, sie hätte einen Bastard im Bauch, desto länger ließ er sie in Ruhe.

Als sie sich morgens in die Halle begab und würzigen Haferbrei zu sich nahm, der ihr angenehm warm den Magen füllte, stellte sie fest, dass de Windsor schon fort war. Auch die Mägde hatten sich bereits an die Arbeit gemacht, während ein paar Männer am unteren Ende der Halle würfelten. Nesta beendete ihr Frühstück und wollte sich auf die Suche nach de Windsors Töchtern machen, als ein Mönch in dunkler Benediktinerkutte die Halle betrat. Mit verengten Augen sah er sich im Zwielicht um, und als er sie schließlich ausmachte, kam er mit festen Schritten auf sie zu.

»Madame.« Er nickte ihr zu und nahm sogleich auf der Bank neben ihr Platz. »Vergebt mir, dass ich nicht eher zu Euch kam, doch ich fand, der Aufruhr im Dorf wäre für den ersten Tag genug an Aufregung.« Ein röchelndes Lachen erklang aus seiner Kehle, als er sich kopfschüttelnd über die Tonsur strich, die seine riesigen, abstehenden Ohren betonte. »Das sind schon sonderbare Leute, fürwahr, aber ich sehe, Ihr habt diesen … Überfall gut überstanden.«

»Bruder …«

»Gilbert«, der Benediktiner verneigte sich knapp, »aus Abbotsbury Abbey. Ich bin geweihter Priester und wurde vor wenigen Jahren hierher gesandt, um die Obhut über dieses Dorf zu übernehmen. Ich würde mich auch sehr geehrt fühlen, Euch als Hauskaplan zu dienen, Madame, sofern Ihr nicht schon selbst einen ernannt habt?«

Nesta ließ ihren Blick auf dem Ordenspriester ruhen und versuchte, hinter den honigbraunen Augen in dem weichgezeichneten Gesicht zu lesen. Seit Ranulf Flambard und Anselm of Canterbury war sie Kirchenmännern gegenüber misstrauisch, doch es gelang ihr nicht, Falschheit im Blick ihres Gegenübers zu erkennen.

»Ich nehme an, man findet Euch in der Dorfkirche?«, fragte sie, ohne auf seine Worte einzugehen.

Der Pater nickte übereifrig. »Ich bewohne eine kleine Kate gleich neben der Kirche, Ihr werdet sie nicht verfehlen. Gerne werde ich Euch aber auch in Euren Gemächern die Messe lesen und die Beichte abnehmen, genauso wie Eurem Gemahl. Aber …« Er senkte ein wenig die Stimme und lehnte sich zu ihr vor, »für die Dorfbewohner wäre es wohl ein bedeutsames Zeichen, wenn Ihr sonntags die Messe in der Kirche besucht.«

Nesta legte die Stirn in Falten. »Wieso das?«

»Nun, ich will ehrlich zu Euch sein, Madame: Ich fürchte um die Seelen dieser braven Leute. Meine Kirche steht leer, niemand kommt zur Messe, und ich habe noch keine einzige Beichte abgenommen. In all den Jahren! Lieber gehen sie mit ihren Problemen zum Dorfältesten, der zwar ein paar Jahre in einem Kloster verbrachte, aber nur, um dort Asyl zu suchen. Er ist doch kein Priester! Er war ein herkömmlicher Krieger!«

Nesta sah ihr Gegenüber erschüttert an. »Eure Kirche steht seit all der Zeit leer?«

Der Mann nickte mit deutlichem Bedauern. »Ich gebe mein Bestes, um die Leute auf Gottes Pfad zu lenken, aber sie verachten Lord Carew für alles, was unter de Montgomery geschah, und auch mich sehen sie an, als wäre ich ein Abgesandter des Teufels höchstpersönlich. Hätten sie nicht solche Angst vor den marodierenden Rebellen und den anderen Lords dieser Gegend, hätten sie längst das Weite gesucht. Es gefiel ihnen auch nicht, dass ihr alter Pfarrer fortgeschickt wurde. Aber er war verheiratet! Könnt Ihr das denn glauben? Ja fast schon gebaren sich die Menschen hier wie eine Bande wilder Heiden.«

Nesta biss die Zähne zusammen. Schon wieder dieses Vorurteil. Dabei fand Nesta überhaupt nichts Anstößiges daran, wenn Priester heirateten. Pater Urban, der Hofkaplan ihres Vaters, war ebenfalls verheiratet gewesen, so wie viele andere walisische Kirchenmänner. Für die Normannen war dies aber ein unbeschreibliches Vergehen. Sie nahmen sich lieber Mätressen. »Diese Menschen sind bestimmt keine Heiden, Pater«, sagte sie, um Nachsicht bemüht. Bestimmt hatte der Priester es unter all den Walisern nicht leicht gehabt. »Sie sind Christen wie Ihr und ich und dienen Gott ebenso treu wie alle anderen. Dass sie sich Euch nicht anvertrauen, mag daran liegen, dass Ihr Normanne seid und sie Waliser. Sprecht Ihr denn überhaupt ihre Sprache?«

»Die Sprache des Herrn kennt keine regionalen Unterschiede. Sein Wort ist sein Wort und für alle verständlich.«

»Ich bezweifle, dass auch nur einer dieser Bauern Latein spricht, und welcher Sinn liegt in einer Beichte, wenn Ihr die Sünde nicht verstehen könnt?«

»Ich bin durchaus in der Lage, etwas Walisisch zu verstehen, Madame, aber wie Ihr schon richtig vermutet, vertrauen mir die Menschen nicht, weil ich Normanne bin. Sie wollen einen walisischen Priester. Aber wenn Ihr Euch mir anvertraut oder gar mit den Menschen sprecht, können wir sie gemeinsam auf Gottes Pfad zurückführen. Auf Euch würden sie hören, Madame.«

Nesta erhob sich. So wie es aussah, musste sie schneller als gedacht zwischen Normannen und Walisern vermitteln. »Ich werde tun, was ich kann, Pater.«

Geralds Töchter waren weder in der Küche noch in den Gemächern, doch Nesta wollte unbedingt mit ihnen sprechen. Da sie sie aber nirgends finden konnte und keine weitere Zeit vergeuden mochte, begann sie erst mal mit ihrer Arbeit. Sie besprach den Speiseplan mit der Köchin und ging mit ihr die Vorräte durch, nur um festzustellen, dass die Waliserin hervorragend zurechtkam. Das war nicht weiter verwunderlich, bedachte man, dass die Frau auch vor Nestas Ankunft für die Versorgung der Burg zuständig gewesen war. Nesta fand es aber wichtig zu zeigen, dass sie ihre Verantwortung ernstnahm. Madame de Mabile hatte immer betont, dass eine Burgherrin stets wissen musste, was in ihrem Haushalt vor sich ging, und deutlich machen musste, dass nichts ohne ihr Wissen geschehen durfte.

Anschließend lief sie zwischen den freilaufenden Hühnern über den Hof und sah im Stall nach dem Rechten, wo Ethil die beiden Ziegen molk. Ellen wusch im Wassertrog vor der Küche die Schalen des Frühstücks aus, und die Köchin kümmerte sich bereits um die Aale, die ihr ein Fischer aus dem Dorf vom morgendlichen Fang brachte. Jeder hatte etwas zu tun, und da Nesta nicht untätig bleiben wollte, nahm sie sich einen Weidenkorb aus der Küche und brachte darin ihre von der Reise verschmutzten Kleider und die gebleichten Leinentücher aus der Halle zum Fluss, um sie zu waschen. Bei Flut war ein Gutteil des am Vorabend trockengelegenen Ästuars überschwemmt, und erst jetzt erkannte Nesta, wie breit der Fluss an dieser Stelle war. Am gräsernen Ufer kniete sie nieder und schrubbte die Wäschestücke mit Aschenlauge. Einzig ihr wertvolles seidenes Kleid ließ sie in einem Bottich einweichen, um es schonender vom Schmutz zu befreien. Ihre Hände waren bereits rot und rissig, doch das machte ihr nichts aus. Sie mochte diese Art von Arbeit, noch mehr, da sie sie nicht für Fremde, sondern für sich und ihren Haushalt erledigte. Sie wusste, sie könnte diese Aufgabe ihren beiden Mägden auftragen, aber Nesta hatte ja gesehen, dass sie bereits mehr als genug zu tun hatten. In einem derart kleinen Haushalt war es wichtig zusammenzuhalten, fand sie, und auch wenn ihre Mutter beim Anblick ihrer Hände in Aschenlauge aufgeschrien hätte, fühlte sie sich nicht erniedrigt, wenn sie ihre eigene Wäsche wusch. Ihr Gemahl war nicht besonders wohlhabend, das war ihr bewusst. Seine Macht lag nicht in großen Besitztümern, sondern in seinen Fähigkeiten, auf die der König zählte. Das Land hier würde wohl gerade so viel hergeben, was sie zum Überleben brauchten. Die Überfälle der Waliser machte ihre Lage nicht leichter, und auch wenn Nesta höheren Komfort gewohnt war, fühlte sie sich schon jetzt zu Hause. Glücklich und erschöpft hängte sie die Wäsche zum Trocknen auf und ging zurück in die Burg. Der schwere Schlüsselbund an ihrem Gürtel klirrte bei jedem Schritt, doch er war mehr als nur der Zugang zu jeder Kammer in dieser Burg – er zeichnete sie als Herrin des Hauses aus, und allein dieser Gedanke ließ ihr jede Arbeit leicht von der Hand gehen.

Am Nachmittag verließ sie erneut die Burg, um zum Fluss zu gehen, doch diesmal schlenderte sie entlang des Ufers, zwischen Schafherden hindurch, umging das Dorf und begab sich schließlich zum Wald. Sie wollte sehen, ob sie dort Beerensträucher oder nutzbare Bäume finden konnte, wo vielleicht Eicheln oder Nüsse zu sammeln waren, doch auf dem Weg wurde ihre Aufmerksamkeit von einem hohen Steingebilde abgelenkt.

Wachsam ging sie näher entlang des festgetretenen Streifens im Gras, der einen schmalen Pfad bildete, und entdeckte schließlich ein keltisches Hochkreuz am Wegrand. So, wie es die Art ihrer Vorfahren war, umschloss ein Ring die Balken des Kreuzes, das hoch in die Luft ragte. Nesta hatte schon einmal als Kind solch ein Gebilde gesehen, doch sie konnte sich nicht mehr daran erinnern, wo das gewesen war. Dieses hier war aus Kalkstein erschaffen worden und fast dreimal so hoch wie sie. Fein gearbeitete Linien und Zeichen waren in den Stein gemeißelt.

Fasziniert strich sie mit der Hand darüber und schritt um das Kreuz herum.

»Der Name Maredudd ap Owain steht in lateinischer Sprache darauf.«

Nesta erschrak und blickte hinter dem Stein hervor zum Pfad. De Windsor näherte sich ihr mit verschränkten Armen. Sie hatte ihn schon an der Stimme erkannt, und immer noch zuckte sie bei deren Klang unwillkürlich zusammen.

»Wisst Ihr, wer das war?«, fragte er und legte die Hand auf den Stein, um mit den Fingern den Linien zu folgen.

Nesta kam zögerlich um das Gebilde herum auf ihn zu und blickte auf die Zeichen. »Ich glaube, er war …«, sie ging gedanklich in der Familiengeschichte zurück und versuchte sich an Pater Urbans Worte zu erinnern, der ihre Vorfahren immer wieder mit ihr durchgegangen war, »er war der … Neffe meines Urgroßvaters, ja richtig. Von Cadell ap Einion.«

Gerald pfiff anerkennend durch die Zähne. »Beeindruckend.«

Nesta lächelte. Er war nicht der Erste, der die walisische Besessenheit, was ihre Vorfahren und Familiengeschichten betraf, erstaunlich fand. Ohne zu ihm aufzusehen, legte sie ebenfalls ihre Hand auf den rauen Stein. Es gefiel ihr, den verschlungenen Linien zu folgen, so als verbargen sie einen geheimen Weg. »Nach all der Zeit in Wales solltet Ihr verstehen, dass die Waliser einen vielleicht übertrieben großen Wert auf ihren Stammbaum legen.«

Er lächelte. »Und worauf legt *Ihr* Wert?«

Nesta blickte zu ihm hoch. »Ihr müsst nicht charmant sein, Mylord. Ich bin Eure Gemahlin. Ihr müsst mich nicht mehr für Euch gewinnen.«

De Windsors Augen lächelten auf sie hinab, und plötzlich spürte sie eine Berührung an ihrer Hand. Gleichzeitig blickten sie zurück auf den Stein, und Nesta erkannte, dass die Linien ihre Hände zueinandergeführt hatten. Es war ein sonderbarer Anblick: ihre kleine, zarte Hand mit den schlanken Fingern, die sich dank Ringelblumensalbe wieder vom Waschen erholt hatte, neben seiner Kriegerhand. Die Knöchel seiner kräftigen Finger waren rau und leicht gerötet, vereinzelte goldene Härchen wuchsen an den unteren Fingergliedern. Es war eine Hand, die zu seiner gesamten Erscheinung passte und fürs Grobe gemacht worden war, ganz anders als Henrys zierliche Gelehrtenhände.

De Windsor räusperte sich neben ihr und blickte ebenso auf das ungewohnte Bild.

Nesta zog schnell ihre Hand zurück. »Wart Ihr auf der Suche nach mir, oder ist dieses Zusammentreffen unbeabsichtigt?«

Auch Gerald nahm seine Hand fort und schob den Daumen in den Schwertgurt. »Die Wachen sagten, dass Ihr Euch zu weit von der Burg entfernt habt. Ich wollte sichergehen, dass Ihr wohlauf seid, und die Gelegenheit zu einem Gespräch nutzen.«

Ihre Augenbrauen flogen in die Höhe. »Zu weit von der Burg entfernt? Bin ich etwa Eure Gefangene?«

De Windsor wies mit dem Kinn zum naheliegenden Wald. »Es ist gefährlich hier, Madame. Uns schützt nichts als diese Palisade vor den Walisern da draußen. Es kommt immer wieder zu Überfällen, und das ganz in der Nähe. Ihr seid völlig allein hier, ohne jeden Schutz.« Er seufzte. »Ich bitte Euch nur, entfernt Euch nicht außer Sichtweite der Wachen. Und geht niemals allein.«

Nesta nickte, wenn auch widerwillig. »Wo sind Eure Töchter?«, fragte sie dann unvermittelt, was ihn sofort zu Boden blicken ließ.

»Es war nicht meine Absicht, Euch zu beleidigen oder gar zu verletzen, Madame.« Er lehnte sich mit dem Rücken an den Stein. »Die Mutter der Mädchen starb vor fünf Jahren in der Normandie. Zuerst brachte ich die Kinder nach Pembroke und dann hierher. Beatrice ist zwölf und bald alt genug, um zu heiraten, aber noch kann ich mir keine Mitgift leisten.« Er sah wachsam auf sie hinab. »Zudem sollte ich für *unsere* Töchter sparen, um ihnen eine angemessene Heirat zu ermöglichen.«

»Macht Euch darüber keine Gedanken.« An Kinder mochte sie gar nicht denken, denn dann musste sie sich auch mit der notwendigen Zeugung befassen. Sie atmete tief durch. »Der Name der Älteren ist also Beatrice.«

Gerald nickte. »Nach meiner Mutter.« Er kniff die Augen zusammen und fluchte. »Es tut mir so leid, Nesta. Ich verschwendete damals keinen Gedanken an eine Hochzeit, geschweige denn an legitime Kinder. Ich lebte für den Augenblick und …«

»Die Jüngere heißt Agnes, nicht wahr?«

Er wich ihrem Blick aus. »Ja.«

»Nach der Mutter des Kindes?«

Ein belustigtes Schnauben erklang. »Woher wusstet Ihr das?«

Nesta wog den Kopf hin und her. »Habt Ihr es denn noch nicht gehört? Ich bin eine walisische Zauberin.«

Er stieß ein ansteckendes tiefes Lachen aus. »Ihr seid bestimmt vieles, aber keine Zauberin.« Sein Ausdruck wurde wieder ernster. »Ich weiß nicht wohin mit ihnen, sie liegen mir sehr am Herzen. Aber wenn ihre Anwesenheit Euch beleidigt …«

»Gerald, ich bitte Euch! Redet keinen Unsinn. Ihr missversteht mich. Wisst Ihr denn nicht, dass man in Wales keinen Unterschied zwischen illegitimen und legitimen Kindern macht? Ihr solltet ihnen nicht das Gefühl geben, weniger wert zu sein. Schon gar nicht mir zuliebe.« Einen Moment lang sah er sie prüfend an, ehe er sich etwas zu ihr vorlehnte.

»So viele Jahre bin ich nun schon in Wales, und doch überrascht es mich, wie viel Herz Euer Volk in bestimmten Dingen hat«, murmelte er nachdenklich.

Sie rang mit sich. Die Bilder jener Nacht würden sie wohl immer verfolgen. Und doch musste sie einen Gedanken äußern, den sie nun schon lange mit sich herumtrug: »Nun, es ist ja so, dass ich einem der Mädchen mein Leben verdanke …«, ohne aufzusehen spürte sie, dass er neben ihr ganz still wurde. »Ich werde Euch nicht anlügen. All das hier …«, sie hob etwas hilflos die

Hände, »unsere Situation ist nicht gerade leicht für mich. Aber für Eure Töchter werde ich versuchen, eine Mutter zu sein. Oder wenigstens eine Freundin.«

Etwas Sonderbares lag in seinem Blick, an der Art, wie seine sturmgrauen Augen auf ihr ruhten. »Das ist mehr, als ich erwarten konnte.«

Nesta blickte auf die einzelnen Grasähren hinab, die zwischen der zertrampelten Erde des Pfades hervorlugten. »Habt Ihr sie geliebt?«, fragte sie schließlich und sah wieder zu ihm hoch. »Agnes?«

Gerald hob die breiten Schultern und fuhr sich mit der Hand übers Kinn. »Ja«, meinte er dann nachdenklich. »Ich habe sie wohl so geliebt, wie ein junger Mann die Tochter des Tuchmachers lieben kann.« Er sah sie eindringlich an. »Und habt Ihr den König geliebt?«

Nesta widerstand dem Drang wegzusehen und hielt seinem prüfenden Blick stand. »Ich habe ihn wohl so geliebt, wie ein unerfahrenes Mädchen eben ihren Ritter liebt.«

Seine Lippen wurden zu einer schmalen Linie. »Aber jetzt liebt Ihr ihn nicht mehr.«

»Nein, es sind zu viele Dinge …« Sie zögerte. »Wie kommt Ihr darauf?«

»Ich hielt Euch stets für einfältig, Nesta, aber so einfältig, dass Ihr einen Mann liebt, nachdem …« Er zuckte mit den Schultern. »Wie gesagt, der Constable von Cardigan ist mein Freund.«

Und hatte ihm alles erzählt. Einen Moment lang überlegte Nesta, ob de Windsor ihr tatsächlich geholfen hätte, nach Irland zu gelangen. Sie war sich nicht mehr sicher.

»Ihr habt mich meines Landes wegen geheiratet«, sagte sie, ohne Bitterkeit darüber zu empfinden, »und für die Stellung, die ich Euch in Wales verschaffe. Sollten meine Gefühle für Euch nicht einerlei sein?«

Gerald schüttelte den Kopf. »Auch ich werde Euch nicht anlügen, Nesta. Es gefällt mir nicht, was zwischen Euch und dem König war. Ich denke, keinem Mann würde das gefallen. Aber ich bin wohl der Letzte, der sich ein Urteil darüber erlauben darf.« Ein Grinsen vertiefte die Lachfältchen um seine Augen, und erneut zeigten sich die Grübchen. »Und ich habe Euch nicht nur Eures Landes wegen geheiratet, Madame.«

»Ach nein?«

»Nein«, sagte er plötzlich völlig ernst.

Nesta widerstand dem Drang, nach dem wahren Grund zu fragen, und ignorierte das plötzliche Kribbeln in ihrer Magengegend.

Da sie seinen Blick nicht länger erwidern konnte, sah sie wieder auf das Hochkreuz und legte ihre Hand auf die Linien. Zu ihrer Überraschung erschien seine Hand erneut neben der ihrigen, gerade so, dass er sie nicht berührte. »Dies hier ist mein Heim, Nesta«, sagte er leise und wies mit der anderen Hand zum Fluss hinüber. »Zumindest steht es einem Heim näher als alles, was ich je hatte. Ich habe vor, hier zu leben und hier zu sterben. Aber es ist auch Euer Heim. Ich will es nicht von Euch stehlen, sondern mit Euch teilen, nachdem ich daran beteiligt war, Euer Zuhause mit Blut zu besudeln. Ihr habt recht: Ihr verschafft mir mit Eurem Stand unter den Walisern Sicherheit und Macht. Ein guter Grund für eine Eheschließung. Aber ich will auch für Euch Sicherheit und Frieden.«

»Ihr fühlt Euch schuldig? Deshalb habt Ihr mich geheiratet?«

»Vielleicht. Es graute mir davor, Euch als Ehefrau eines Mannes wie de Montgomery zu sehen. Ich traute keinem der möglichen Freier, und die einzige Möglichkeit, Euch in einem sicheren Zuhause zu wissen, war die, Euch selbst zu heiraten. Ich glaube, unser Bündnis kann uns beiden dienen.«

Nesta starrte auf seinen kleinen Finger, der sich ein wenig zur Seite streckte, sodass er ihren Daumen streifte. Die Berührung schoss wie kleine, zuckende Blitze in ihren Bauch. Sie nickte schwach.

De Windsor atmete hörbar ein. »Eines kann ich Euch aber versprechen: Von mir droht Euch keine Gefahr, Nesta. Ich werde Euch niemals vorsätzlich Schmerzen zufügen. Vielleicht bannt diese Gewissheit den Schreck aus Euren Augen, der mir stets entgegenblickt.«

Nesta sah erstaunt auf, blickte aber sofort wieder auf das Hochkreuz. Sie hatte nicht gewusst, dass ihr ihre Gefühle so leicht anzusehen waren, schließlich war sie stets darum bemüht gewesen, stark vor ihm zu wirken.

Er seufzte schwer. »Wir beide haben bereits geliebt, Nesta, und ich sehe deutlich, dass Ihr nicht mehr das Kind von einst seid. Ihr habt Euch verändert, ich ebenso. Jetzt müssen wir beide lernen, wie man in einer Ehe liebt.«

Nesta presste die Lippen aufeinander. Sie wusste nicht, ob sie es jemals wieder wagen würde zu lieben. Hätte sie auf ihren Verstand anstatt auf ihr Herz gehört, wäre ihr viel Leid erspart geblieben. Ihr Fehler ließ sich nicht mehr rückgängig machen, und Nesta wollte das auch nicht, denn er hatte ihr Harri beschert. Aber in Zukunft würde sie nie wieder so unvorsichtig sein. Sie würde versuchen, Gerald eine gute Ehefrau zu sein und ihn als den Mann zu sehen, der er war. Dieses ehrliche Gespräch gab ihr Hoffnung auf ein respektvolles Miteinander. Aber lieben würde sie ihn niemals. Daher konnte sie auch nichts darauf erwidern.

Gerald sah sie noch einen weiteren Moment nachdenklich an, ehe er seine Hand vom Stein sinken ließ und sich aufrichtete. »Leider muss ich mich auch sogleich von Euch verabschieden, Madame. Meine Pflichten in Pembroke rufen mich.«

Nesta machte einen Schritt auf ihn zu. Sie wusste nicht, was er jetzt von ihr erwartete. Wie sollte sie ihren Gemahl angemessen verabschieden? »Ich …«

Gerald winkte ab. »Bleibt nicht zu lange hier. Wie gesagt: Hier draußen kann es gefährlich werden.« Er verneigte sich knapp vor ihr und ging davon.

Nesta sank gegen das Hochkreuz in ihrem Rücken und blickte ihm hinterher.

Nesta fand Geralds Töchter jenseits des Dorfes am Flussufer, wo sie im Schilf hockten und in die Kronen der Bäume hochsahen. Schon von weitem konnte Nesta ihr Kichern hören, doch als die Mädchen Schritte hinter sich vernahmen, fuhren sie zu ihr herum. Zuerst wurden ihre Augen in den blassen Kindergesichtern riesig, und sie schienen wie erstarrt. Doch dann sprangen sie auf und knicksten ungelenk. »Madame«, sagten sie wie aus einem Munde, und Nesta hatte Mühe, nicht zu lachen.

»Euer Vater bricht auf«, sagte sie und blickte ebenfalls hoch ins schimmernd grüne Blätterdach, dem der Aprilregen seine Leuchtkraft zurückgegeben hatte. Sie überlegte, ob sie sich den beiden noch einmal in aller Ruhe vorstellen und ihnen erklären sollte, was sie von ihrer zukünftigen Beziehung erwartete. Doch dann entschied sie, sich einfach normal zu geben, um abzuwarten, wie die Mädchen sie aufnahmen.

»Dort oben ist ein Nest.« Die Jüngere der beiden deutete aufgeregt die Eiche hoch. »Blaumeisen brüten in der kleinen Höhle im Stamm. Beatrice ist ganz versessen auf Vögel und ich … ja, ich mag sie auch. Besonders die mit den langen Stelzen.« Sie wies zum Fluss hinaus, wo auf der anderen Uferseite im seichten Watt Vögel mit langen, dürren Beinen im Schlamm pickten. »Sind sie nicht lustig? Nur leider schießt Onkel Simon sie lieber tot, weil sie so gut schmecken.«

Nesta schmunzelte und war froh, dass sich zumindest Agnes ihr gegenüber nicht befangen gab. »Und welcher ist dein Lieblingsvogel?«, fragte sie Beatrice, die nur wenig größer als ihre Schwester war, dafür aber nicht so dürr. Ihr herzförmiges Gesicht, das von goldenem Haar umrahmt wurde, war immer noch sehr kindlich, obwohl sie schon an der Schwelle zur Frau stand.

Den Blick zu Boden gerichtet, zuckte Beatrice mit den Schultern. »Ich mag sie alle, denke ich. Solange sie fliegen können.«

Nesta betrachtete das Mädchen und verspürte plötzlich den Drang, es in die Arme zu nehmen. Dafür war es aber wohl noch etwas zu früh, und so wies sie zurück zur Burg. »Kommt mit. Sagt eurem Vater Auf Wiedersehen. Und danach könnte ich eure Hilfe gebrauchen.«

»Aber die Blaumeisen!«, protestierte Agnes.

Beatrice verpasste ihr sofort einen Stoß. »Still«, zischte sie und zog ihre Schwester weiter.

Nesta lächelte. Sie fühlte sich an ihre Geschwister erinnert und genoss die Bilder jener unbeschwerten Zeit, die vor ihrem inneren Auge vorbeizogen. Auf dem Weg zur Burg erzählte sie den Mädchen noch von ihrem Lieblingsvogel, dem Rotmilan, und hoffte, ihren Stieftöchtern bald näherzukommen.

Während der nächsten Tage begann auch Beatrice etwas aufzutauen. Sie blieb immer noch zurückhaltend und schien es sich zur Aufgabe gemacht zu haben, die übermütige Agnes im Zaum zu halten, aber während sie zusammen Hemden flickten und sich um die Versorgung der Soldaten kümmerten, wich der wachsame Ausdruck in ihren Augen. Es wurden anstrengende, aber erfüllende Tage.

Nesta hatte selten Muße, um von der Palisade aus auf den Fluss und auf das gerodete Umland hinauszublicken. Der Wald war zurückgedrängt worden, damit Feinde sich nicht anschleichen konnten und gleich gesehen wurden. Jetzt weideten Schafe auf den Wiesen rund um die Burg. Gleich hinter dem Dorf wurde die Landschaft von Ackerstreifen geprägt, wo die Bauern schufteten und ihren Beitrag leisteten.

Einmal meinte Nesta Rauch im Nordosten aufsteigen zu sehen, und sie alarmierte sofort ihren Schwager Simon. Doch dieser meinte nur, sie müsse sich an diesen Anblick gewöhnen, und dass sich Gerald darum kümmern würde. Für Nesta war es fast unerträglich, untätig zu verharren, während da draußen Gehöfte brannten und ihr Gemahl sein Leben im Kampf riskierte. Was würde aus ihr werden, wenn er fiel? Würde sie an den nächsten weitergegeben werden?

Auch der Blick zur anderen Seite, nach Nordwesten, fiel ihr schwer, denn dort hielt sich nur wenige Stunden entfernt ihr Sohn auf.

Mittlerweile wusste sie gar nicht mehr, ob sie auf einen Besuch in Cardigan hoffen oder sich mit einem endgültigen Verlust abfinden sollte. Ihren Sohn nur für kurze Zeit zu sehen, nur um ihn dann wieder zu verlieren, wäre mehr, als sie ertragen konnte. Sie war hin- und hergerissen zwischen dem Wunsch, ihn noch einmal in die Arme zu schließen, und der Angst vor diesem grauenvollen Schmerz.

Die wenige freie Zeit, die ihr blieb, verbrachte sie im Dorf, sprach mit den Menschen und besuchte regelmäßig die Messe in der Dorfkirche, sehr zur Freude Pater Gilberts. Es gelang ihr auch, ihre beiden walisischen Mägde und die Köchin zu überreden, sie dabei zu begleiten. Nesta war zuversichtlich, dass sich bald mehr anschließen würden, doch es gab noch viel zu tun.

Im Moment genoss sie dieses einfache Leben, bei dem man nur allzu leicht vergessen konnte, dass Orte wie der Hof existierten. Bis einige Wochen nach Geralds Aufbruch ins nahe Pembroke ein Reiter kam, um seine Rückkehr anzukündigen. Sofort machten sich Nesta und die anderen an die Arbeit, um ihn gebührend willkommen zu heißen und ihm ein ordentliches Heim zu präsentieren.

Nesta stand bis zu den Knien im Flusswasser und schnitt mit einer Sichel Schilfrohr ab, während Ethil und Ellen die alten Binsen aus den Gemächern entsorgten. Agnes und Beatrice knieten indessen am Ufer und legten das Schilf zusammen, um es später zur Burg zu tragen. Sie alle waren zu einer Einheit geworden, die schnell und effizient arbeitete, und Nesta war dankbar dafür.

Die Junisonne brannte auf sie herab und brachte ihr Gesicht zum Glühen, während ihre Füße vor Kälte bereits taub waren. Als sie ausreichend Schilf geschnitten hatte, wankte sie aus dem eisigen Wasser, löste die hochgebundenen Röcke und ließ sich stöhnend neben den Mädchen ins Gras sinken. »Ich kann mich nicht mehr bewegen«, keuchte sie und ließ die Sichel aus ihren zerschundenen Händen fallen.

»Lasst uns Euer Haar flechten, Madame«, bat Agnes und drehte den Kopf so, dass Nesta die bunten Wildblumen in der goldenen Lockenpracht bewundern konnte. »Nur solange wir uns ausruhen, ehe wir zur Burg gehen. Beatrice hat schon an mir geübt, aber sie kann das Flechten mit Blumen noch nicht so schön wie Ihr. Dürfen wir es an Eurem Haar noch einmal versuchen?« Sie wies auf die verstreuten Blumen neben sich, und da Nesta wusste, dass sie nicht aufgeben würde, ehe sie ihren Willen bekam, richtete sie sich seufzend wieder auf. Mit einem Blick überprüfte sie, ob auch niemand in der Nähe war, und löste schließlich die Verschnürung ihres Schleiers. Es tat gut, das seidene Tuch abzunehmen und den Wind durch ihr Haar streicheln zu spüren. Einen Moment lang schloss sie vor Wohlgefallen die Augen und genoss die warmen Strahlen der Sonne und die gleichzeitige Kühle, die vom Fluss herwehte.

Sie fühlte sich wie eine Katze, die gestreichelt wurde, als die Finger der Mädchen durch ihr Haar strichen, und am liebsten hätte sie geschnurrt. Allmählich kehrte die Wärme in ihre Füße zurück, und das Brennen ihrer Hände ließ nach.

»Ist es so richtig, Madame?«

Nesta drehte den Kopf zu ihr. »Nenn mich Nesta, wenn wir alleine sind, und ich bin sicher, es sieht wunderschön aus.« Sie wies mit der Hand zur Burg. »Aber ihr müsst euch beeilen. Wir haben noch viel zu tun. Und vor dem Abendessen müsst ihr mir noch in der Küche beim Abschöpfen des Rahms für die Butter helfen.«

»Das können doch auch Ethil und Ellen machen«, protestierte Agnes.

Nesta hob tadelnd einen Finger. »Die beiden bereiten schon das Mahl vor und haben damit alle Hände voll zu tun. Oder wollt ihr heute vor leeren Schalen sitzen? Ich glaube, die tapferen Männer, die bei jedem Wetter draußen auf den Palisaden stehen, wären darüber wenig erfreut. Und denkt daran, dass morgen euer Vater zurückkommt. Ihr wollt ihm doch erzählen, wie fleißig ihr während seiner Abwesenheit wart.«

Beatrice, die schräg vor ihr hockte und an den vorderen Strähnen von Nestas Haar zupfte, zog eine Grimasse, die ihr rundes Gesicht noch lieblicher aussehen ließ. »Also schön.« Sie rutschte näher heran und hob eine Blumenkette auf. »Werdet Ihr uns dann vom König, der Königin und all den prächtigen Rittern bei Hofe erzählen?«

Nestas Lächeln gefror. Schnell versuchte sie, wieder eine undurchschaubare Miene aufzusetzen. Bei Hofe hatte sie gelernt, wie sie ihre Gefühle verbarg, auch wenn ihre Maske zu leicht Risse bekam. »Es sind doch auch hier Ritter«, wich sie aus und wies über die Wiese zur Burg. »Dein Vater ist ein Lord und hält in Wales und sogar in England Ländereien für den König. Er ist ein bedeutsamer Mann.«

»Wirklich?« Auch die zierliche Agnes ließ sich nun vor ihr nieder, um ihren Worten zu lauschen. Die Augen des Mädchens leuchteten. »Ich dachte, Papa ist ein grantiger Mann, den man ans andere Ende der Welt geschickt hat, damit er niemanden stört.«

Nesta verkniff sich ein Lachen und wischte einzelne Blüten von ihrem Rock. Sie hätte zu gern Geralds Gesicht bei diesen Worten gesehen. Doch sie fühlte sich auch dazu verpflichtet, den Mädchen ein Bild ihres Vaters zu schaffen, auf das sie mit Stolz blickten, so wie Nesta zu ihrem Vater aufgesehen hatte. Sie hatte ihre Meinung über de Windsor, doch manchmal fragte sie sich, ob sie ihn nicht gemocht hätte, wären die Umstände ihrer ersten Begegnung andere gewesen.

»Vor unserer Abreise nach England«, erzählte sie den beiden mit gesenkter Stimme, als verriete sie ein Geheimnis, »da speiste euer Vater jeden Tag an der hohen Tafel an der Seite des Königs! Sie ritten gemeinsam zur Jagd, und der König zog ihn all seinen anderen Gefolgsleuten vor. Er schätzte seine Gegenwart sehr. Und euer Vater ist auch nicht hier in Wales, damit man bei Hofe nichts von ihm bemerkt, sondern weil er ein hervorragender Kommandant ist und nur einem Mann wie ihm eine solch schwere Aufgabe anvertraut werden kann.«

»Wegen der Rebellen?«

Nesta schluckte. »Richtig. Wegen der Rebellen.«

»Warum hassen uns die Waliser so sehr?«, wollte Beatrice wissen. »Sie haben uns nicht nur einmal mit Schmutz beworfen, und sie gehen nicht in die Kirche. Wir wagen uns gar nicht mehr ins Dorf, weil sie uns böse Blicke zuwerfen und so schauerlich zischen.«

»Ich mag sie nicht«, ließ sich Agnes im Brustton der Überzeugung vernehmen. »Sie sind böse und gottlos.«

»Nein, das sind sie nicht.« Nesta strich sich eine Haarsträhne aus dem Gesicht und nahm Agnes an der Hand. »Du musst wissen, einst lebten diese Menschen in Freiheit, es war ihr Land, sie bewegten sich darin, ohne fürchten zu müssen, von Fremden überfallen zu werden.«

»Wieso überfallen? Die Rebellen sind es doch, die *uns* überfallen!«

»Sie kämpfen um ihre Freiheit, Agnes. Sie wollen zurück, was einst ihnen gehörte, sie wollen keine Angst mehr haben. Du sagst, du fürchtest dich, aber so geht es den Walisern schon seit langer Zeit. Die Normannen …« Nesta blickte zum Fluss hin und überlegte, wie weit sie gehen konnte. Sie wollte den Vater der beiden nicht schlechtreden, genauso wenig den König, denn das wäre Verrat, doch lügen mochte sie auch nicht. »Die Normannen kamen ungebeten in dieses Land, und sie nahmen sich, was ihnen nicht gehörte.«

»Das glaube ich nicht«, schnappte Agnes, »dies ist unser Land, sieh nur die Burg da drüben.«

Nesta senkte den Kopf. »Du hast recht.« Sie seufzte tief und blickte den Mädchen wieder in die Gesichter. »Jetzt ist es euer Heim. Einst war es aber das der Waliser. Die Dörfler da draußen haben das Recht, darüber wütend zu sein. Oder wärt ihr es nicht, wenn plötzlich andere Leute hierherkämen und ihr für sie auf den Feldern arbeiten müsstet?«

»... wenn sie hierherkommen und eure Familie bis zum kleinsten Kind abschlachten und euch als Gefangene mitnehmen.«

Nesta fuhr hoch, und auch die Mädchen sprangen sofort auf die Füße. »Pa... Mylord!« Sie vollführten einen linkischen Knicks, und Nesta starrte ihren Gemahl, der in seinem Kettenhemd und mit gegürtetem Schwert vor ihr stand, überrascht an. Nie zuvor hatte sie ihn derart erschöpft gesehen, seine Augen wirkten müde, sein Haar war vom Helm und Wind zerzaust, und von seiner Wange lief ein blutverkrusteter Kratzer den Hals hinab.

»Ich dachte, Ihr kämt erst morgen«, sagte sie frostiger als sie wollte.

De Windsor lächelte, und zwei tiefe Einkerbungen erschienen auf seinen stoppelbärtigen Wangen. »Das solltet Ihr glauben, ja.« Er ließ seinen Blick über sie wandern, und jetzt erreichte das Lächeln auch seine Augen. »Ihr seid zwar eine walisische Prinzessin, aber mir kommt Ihr eher wie die Königin der Wälder und Wiesen vor.«

Nesta fasste an ihren Kopf und schnappte nach Luft. Sofort hob sie ihren Schleier vom Boden auf und wollte ihn anlegen, doch de Windsor hob die Hand. »Nicht«, bat er, ungewohnt sanft und betrachtete sie weiterhin mit einem Funkeln in den Augen. Nesta spürte, wie ihre Wangen heiß wurden, und sie konnte nichts anderes tun, als seinen Blick zu erwidern. Doch plötzlich schüttelte de Windsor den Kopf, räusperte sich und wandte sich an die Mädchen. »Was macht ihr hier?«

»Binsen schneiden«, erwiderte Agnes, ohne ihren Verdruss über diese mühselige Tätigkeit zu verbergen.

Ein verächtliches Schnauben schlug ihr entgegen. »Mir scheint, Lady Nesta macht die ganze Arbeit«, erwiderte er und wies auf Nestas gerötete Füße und den nassen Saum ihrer Röcke.

Die Mädchen senkten die Blicke, aber die kleinere bewies ihren Mut, als sie das Wort an ihren Vater richtete: »Wieso habt Ihr so abscheuliche Dinge über uns Normannen gesagt … Mylord?«

Gerald warf Nesta einen Blick zu, wandte sich dann aber an die Mädchen. »Weil sie wahr sind, Kinder. Ihr seid alt genug, um zu wissen, dass all das, was ihr hier seht, mit Blut erbaut wurde. Aber jetzt genug. Ich erkläre es euch ein anderes Mal.« Er wies auf die gestapelten Schilfrohre. »Bringt die hier in die Halle, und helft dann in der Küche. Lady Nesta und ich haben noch etwas zu besprechen.«

Nesta hob die Augenbrauen, kam aber zu keiner Erwiderung, da de Windsor schon mit einer knappen Bewegung des Kinns in Richtung Burg wies. Die Versuchung an Ort und Stelle zu verharren war groß, doch Nesta wollte keinen Streit, schon gar nicht vor den Mädchen. Also folgte sie ihm durchs Torhaus in den Hof, sah die Pferde, die gerade weggeführt wurden, und die Männer, die mit Gerald gekommen waren. Begrüßungen wurden ausgetauscht, und schließlich führte Gerald sie die steile Holztreppe zu den Gemächern oberhalb der Halle hoch.

Ethil und Ellen waren gerade dabei, das Frauengemach auszufegen, doch Gerald schickte sie ohne Umschweife fort. Niemand sollte hochkommen und sie stören, was in Nesta allmählich ein Gefühl der Beunruhigung auslöste.

»Was wollt Ihr?«, fragte sie ihn, als sie in ihr Gemach traten und Gerald die Tür hinter sich schloss.

»Ihr schuftet Euch noch zu Tode.« Sein Ton klang beiläufig. Er ging an ihr vorbei zum Tisch, nahm den Krug in die Hand und leerte den abgestandenen Wein des Vortages mit einem Zug.

Nesta beobachtete ihn aus verengten Augen. »Ich erledige meine Pflichten.«

»Ah.« Er ließ den Krug sinken und wandte sich ihr wieder zu, ein leises Lächeln spielte um seine Lippen, es war beunruhigend. »Wo wir gerade davon sprechen …«

Ihre Augen weiteten sich. Unwillkürlich blickte sie zur Tür, was ihm ein kehliges Lachen entlockte.

»Kommt her.« Er winkte sie mit einem Finger zu sich, doch Nesta rührte sich nicht.

»Warum?«

»Wisst Ihr das denn nicht?«

Ein Lachen entfuhr ihr, wie so oft, wenn sie weglaufen wollte. »Jetzt?!«

»Wieso nicht?«

»Es ist mitten am Tag!«

»Na und? Niemand wird heraufkommen, dafür habe ich gesorgt.« Provozierend langsam löste er den Schwertgurt und ließ ihn zu Boden gleiten.

Nesta stemmte eine Hand in die Seite. »Was würde Pater Gilbert dazu sagen?«

Sein Lachen wurde zu einem belustigten Schnauben. »Ich gebe einen Dreck auf das, was Pater Gilbert sagt. Wenn er meint, es wäre eine Sünde, mich bei Tageslicht zu meiner Frau zu legen, dann werde ich es ihm eben beichten. Später.« Er hob die Hände. »Würdet Ihr mir jetzt aus dem Kettenhemd helfen, oder soll mir eine Magd dabei behilflich sein?«

Nesta biss sich auf die Unterlippe und ging auf ihn zu, seine vor Vergnügen funkelnden Augen verfolgten jede ihrer Bewegungen.

»Nehmt die Arme hoch«, wies sie ihn tonlos an. Als er ihrer Aufforderung folgte, packte sie das Kettenhemd und zog daran, bis sie de Windsor daraus befreit hatte. Nun stand er nur noch in Hemd und Beinlingen vor ihr. Sein Haar stand ihm wirr zu allen Seiten vom Kopf ab. Der Geruch von Pferd und Staub ging von ihm aus.

Schnell trat sie wieder zwei Schritte zurück.

»Was habt Ihr?«, wollte er wissen. »Wie es scheint, erwartet Ihr kein Kind vom König, also wird es Zeit, unsere Ehe rechtsgültig zu machen und keine weitere Zeit zu vergeuden.«

Sie zwang sich, ruhig zu atmen. Er hatte recht, und doch hatte sie sich nach ihrem Gespräch beim alten Hochkreuz in Sicherheit gewogen und keinen Gedanken mehr an diese Notwendigkeit verschwendet.

Er erwiderte ihren Blick und verschränkte die Arme vor der Brust, was seine hünenhafte Gestalt noch betonte. »Es sei denn, es gibt einen Grund, der dagegenspricht. Ihr sagtet doch, Ihr wäret bereit, Eure Pflicht zu tun, und ich solle zu Euch kommen, wenn ich es bin. Nun, ich bin bereit, und hier bin ich.«

Nesta starrte aus großen Augen in sein Gesicht und schüttelte den Kopf. Sie war bereit gewesen, damals, am Tag ihrer Hochzeit. Sie hatte sich tagelang darauf vorbereitet, hatte sich gedanklich darauf eingestellt und sich in ihr Schicksal gefügt. Doch nun erschien ihr diese Forderung wie ein Überfall.

»Was seht Ihr mich so schreckensstarr an?«

Nesta hob den Kopf. Sie hatte keine andere Wahl. Sollte sie schreien oder weglaufen und sich vor dem gesamten Haushalt zum Gespött machen? Er war ihr Gemahl, und sie war seine Frau.

Mit schwachen Beinen ging sie auf ihn zu, legte den Kopf in den Nacken und blickte zu ihm hoch.

»Da ist sie wieder«, murmelte er. »Die heroische Märtyrerin.« Seine Hand hob sich langsam und zog an der Verschnürung ihres Überkleids. Ein Zittern überfiel ihren Körper, und sie biss die

Zähne zusammen. Das letzte Mal war lange her und aus Verliebtheit geschehen. Dieses Mal würde es ein rein körperlicher Akt sein. Aber sie hatte schon einiges überstanden. Sie würde auch das hier überleben.

Das Überkleid fiel von ihren Schultern und umschlang ihre Füße.

»Ich habe den ganzen Wein getrunken«, murmelte er plötzlich nachdenklich. Aus verengten Augen blickte er auf sie hinab und legte die Hand ans Kinn. »Wenn Ihr etwas trinken wollt, kann ich noch nach welchem schicken.«

Nesta blickte ihm in die Augen. »Ich bin keine Jungfer mehr, die Ihr betäuben müsst … Gemahl.«

Er lachte laut, trat einen Schritt zurück und strich sich das goldene Haar aus dem Gesicht. »Herrgott. Da wollte ich Euch nur ein wenig erschrecken, und nun kommt Ihr mir mit so etwas. Ich kann Herausforderungen nicht widerstehen.« Genauso plötzlich, wie er zu lachen begonnen hatte, wurde sein Ausdruck wieder ernst. Seine Sturmaugen schienen sie zu durchbohren, als er sich gegen den Tisch lehnte und sie betrachtete. »Madame, ich fürchte, aus dem Spaß wird jetzt Ernst.«

Nesta bemühte sich, das herausfordernde Funkeln in seinen Augen zu erwidern, aber in ihrem Inneren bebte sie vor Anspannung.

Gerald schüttelte den Kopf. »Ich werde Euch nicht zwingen, Nesta. Dies ist keine Art, eine Ehe zu beginnen.«

Nesta senkte den Blick. Eine unermessliche Last schien von ihren Schultern zu fallen, doch die Erleichterung hielt nur kurz an. Wie viele Nächte sollte sie neben ihm schlafen, ohne zu wissen, wann er einforderte, was ihm zustand? Wie lange würden seine Leute auf einen Erben warten, ohne zu reden? Gerüchte verbreiteten sich schnell, und im Grunde war Nesta kein Mensch, der weglief. Die Ungewissheit und das bange Warten wären wohl schlimmer, als es einfach hinter sich zu bringen.

»Ich bin hier«, sagte sie, wobei ihre Stimme nur ein wenig zitterte. »Ihr seid hier. Diese Ehe muss vollzogen werden.«

Gerald nickte langsam, ohne den Blick von ihr abzuwenden. Dann stieß er sich vom Tisch ab und richtete sich zu voller Größe auf. Einen Moment lang stand er unschlüssig da, doch dann zog er sich das Hemd über den Kopf und offenbarte Arme, an denen sich sonnengebräunte Haut über den prallen Muskeln spannte. Auf seiner breiten Brust kringelten sich Haare wie Golddraht, und an seinem Bauch zeichneten sich deutlich die einzelnen Muskelstränge ab. Wieder ertappte Nesta sich bei dem Gedanken, dass wenn ihre erste Begegnung eine andere gewesen wäre, wenn sie ihn nicht jahrelang als ihren Feind gesehen hätte, sie sich wohl hätte eingestehen müssen, dass sie noch nie einen beeindruckenderen Mann gesehen hatte.

Um ihren Blick von ihm loszureißen und ihre zitternden Hände zu beschäftigen, öffnete sie ihr Unterkleid, ließ es zu Boden sinken und stieg aus den vielen Stoffen zu ihren Füßen. Kühle Luft umschmeichelte sie und jagte ihr einen Schauer den Rücken hinab, sodass sie am ganzen Körper Gänsehaut bekam. Als sie wieder hochblickte, bemerkte sie, dass Gerald nicht mehr atmete. Mit deutlich angespanntem Kiefer starrte er sie regungslos an, obwohl ihr Körper großteils von ihrem offenen Haar bedeckt wurde, in das die Mädchen Blumen geflochten hatten. Plötzlich hatte sie das Bedürfnis sich zu bedecken, und so wandte sie sich ab. Was für ein himmelschreiend unkluger Gedanke es doch gewesen war, sich ihm hinzugeben! Sie hätte gehen sollen, als sie noch gekonnt hatte.

Im nächsten Moment lagen Geralds Hände auf ihren nackten Schultern. Unwillkürlich zuckte sie zusammen. Sie konnte sich noch gut daran erinnern, wie seine breiten Finger über den Stein beim Hochkreuz gestrichen waren und sie sich gedacht hatte, dass diese Hände fürs Grobe geschaffen waren.

»Nesta?« Seine Hand fuhr unter ihr Kinn und hob es mit sanfter Kraft, sodass sie gezwungen war, seinem Blick zu begegnen. »Sagt, hasst Ihr mich noch immer für die Taten, die ich vor elf Jahren beging?«

Ihre Kehle schnürte sich zu. Sie hatte ihn gehasst, genauso wie de Montgomery, doch es war ein kindlicher Hass gewesen, hilflose Wut. Tief im Inneren hatte sie immer gewusst, dass er ihr zu helfen versucht hatte. Nur war sie zu verzweifelt gewesen, um sich das einzugestehen. Sein Anblick brachte viele schmerzhafte Erinnerungen mit sich. Mit einem Mal sah sie Gerald wieder vor sich, so wie er damals ausgesehen hatte – Anfang zwanzig, mit einem noch etwas schmaleren Gesicht, dessen Züge aber nicht mehr jungenhaft gewesen waren. Das Haar hatte er viel kürzer getragen, seine Wangen waren glatt gewesen, und obwohl er schon damals hochgewachsen und breit gebaut war, so war er doch noch kein solcher Hüne gewesen. Die vielen Jahre als Soldat hatten ihn dazu gemacht. Sie erinnerte sich auch an seine Stimme, die drängend auf sie eingeredet hatte. Damals hatte sie die normannischen Worte nicht verstanden, doch jetzt kannte sie sie plötzlich. »Sei still, bitte, um der Liebe Christi willen, sei still. Sie bringen dich um. Sei still. Bitte, Mädchen, du musst ruhig sein. Alles wird wieder gut.«

Langsam, aber mit Nachdruck lehnte sie den Kopf zurück, sodass sie seiner Berührung entging und ihm in die Augen sehen konnte, ohne dass er sie festhielt. »Ich hasse Euch nicht mehr«, sagte sie mit fester Stimme. »Aber das ist im Moment alles, was ich Euch geben kann.«

Geralds Züge verhärteten sich, und er sah sie prüfend an. Schließlich nickte er. »Es wird reichen.« Er lehnte sich zu ihr vor, bis sie seinen Atem auf ihrem Gesicht spüren konnte. »Fürs Erste.« Er hob seine Hand und legte sie auf ihren nackten Arm. Nesta spürte deutlich die Schwielen, als er über ihre Haut strich, unter ihr Haar und in ihren Nacken. Sein Druck verstärkte sich, er wollte sie an sich ziehen, doch Nesta trat zurück. Ohne ihn anzusehen, schritt sie von ihm fort und legte sich ins Bett. Sie wollte es endlich hinter sich bringen, solange sie den Mut dazu fand. Sie zog die Wolldecke über ihren Körper und bemühte sich um einen ruhigen Atem.

Sein Schatten fiel auf sie, als er plötzlich neben dem Bett stand. Nesta blickte hoch und sah in sein Gesicht, das von Falten an der Stirn gezeichnet wurde, während er gedankenvoll auf sie hinabblickte. Zu ihrer Schande spürte sie, wie die Angst zurückkehrte. Erinnerungen an ihre Familie, an den verheerenden Abend in Dinefwr und die Männer, die ihr alles entrissen hatten, überfluteten sie. »Nesta, wollt Ihr das auch wirklich?«

Nesta krallte die Hände in die Federmatratze und nickte. »Diese Ehe muss vollzogen werden«, wiederholte sie. Gerald presste die Lippen aufeinander. Sie wusste nicht, was er hatte hören wollen, doch es schien nicht das gewesen zu sein. Ohne weitere Umschweife fasste er an sich hinab und nestelte die Beinlinge auf. Nesta rutschte in die Mitte des Bettes, legte sich zurück und blickte zum Fenster hin, vor dem weiße Schäfchenwolken über den veilchenblauen Himmel schwebten. Die Matratze senkte sich knarrend neben ihr nieder, die Decke wurde gehoben, und dann lag sein warmer Körper an ihrem. Sie spürte sein Verlangen deutlich an ihrem Oberschenkel, und als seine raue Hand ihr Knie berührte, schloss sie die Augen.

Sanfter als sie es einem Mann wie ihm je zugetraut hätte, streichelte er über ihr Bein zur Hüfte hoch, berührte mit der anderen ihren Bauch, und dann küsste er plötzlich ihre Schulter. Nesta stieß den angehaltenen Atem aus. Sie ertrug es nicht. Diese Zärtlichkeit …

Henry war zärtlich zu ihr gewesen, nur um ihr alles zu entreißen, das ihr etwas bedeutet hatte. Sie wollte keine Zärtlichkeit, sie wollte keine Leidenschaft, dies war ein Vertrag. Und womöglich ging aus diesem Vertrag ein Kind hervor, dem sie ihre Liebe schenken konnte, doch niemals wieder würde sie sich einem

Mann derart öffnen wie Henry, nur damit er ihre Verletzlichkeit ausnutzte. Also ergriff sie seine Hand und nahm sie weg.

Gerald blickte hoch, seine hellen Augenbrauen zogen sich zusammen. »Ein denkbar schlechter Augenblick, um seine Meinung zu ändern«, sagte er rau und ließ seinen forschenden Blick über ihr Gesicht wandern. »Habt Ihr Eure Meinung geändert?«

Nesta schüttelte den Kopf. »Hört nur damit auf«, flüsterte sie. »Hört auf mit … tut es einfach.«

Abrupt setzte er sich auf und sah auf sie hinab. Mit einem ungläubigen Schnauben schüttelte er den Kopf, seine Miene wurde abweisend. Nesta glaubte schon, er würde einfach gehen, doch dann nickte er, mit einem bitteren Zug um den Mund. Er bedeutete ihr mit einer auffordernden Handbewegung, sich wieder hinzulegen, und schob ihre Knie auseinander, nicht grob, aber auch nicht mehr so sanft wie zuvor.

Nesta konzentrierte sich auf einen gleichmäßigen Atem, als er die Decken zur Seite warf und sich seine hünenhafte Gestalt über sie beugte. Er ließ ihr Haar so, wie es war, obwohl es ihre Brust bedeckte, und bemühte sich, sie nicht mehr zu berühren. Die Ellbogen neben ihr abgestützt, drang er langsam in sie ein, immer nur ein klein wenig weiter, und doch biss Nesta die Zähne zusammen. Sie hätte es wissen müssen. Sie konnte nur froh sein, dass sie vorhin nicht hingesehen hatte, sonst hätte sie wohl den Mut verloren. Sie hatte das Gefühl, dass eine Vereinigung ihrer Körper aufgrund seiner Größe nicht möglich war, und ballte die Hände zu Fäusten. Sie wollte ihn von sich stoßen, sich winden und entkommen. Stück für Stück drang er immer weiter vor, bis sie eins wurden. Sie presste die Lippen fest aufeinander, um nur ja keinen verräterischen Laut des Schmerzes freizugeben.

Gerald schloss die Augen, wofür sie dankbar war. Henry hatte sie stets angestarrt, was ihr anfangs liebevoll erschienen war, doch heute wusste sie, dass es Begierde gewesen war, die sie in seinem Blick gesehen hatte.

Unsagbar langsam und vorsichtig bewegte Gerald sich in ihr. Auch achtete er darauf, dass er sein Gewicht stets abstützte, und doch meinte sie vor Schmerz vergehen zu müssen. Sein schneller werdender Atem strich über ihren schweißnassen Hals, und als er zunehmend die Kontrolle über seine Selbstbeherrschung verlor, stieß Nesta ungewollt ein Wimmern aus und drückte mit beiden Händen gegen seine Schultern. Doch er schien ihre Berührung kaum zu spüren, und so ballte sie die Hände an seiner Brust zu Fäusten und presste die Augen zu, um die letzten wenigen Momente zu überstehen. Tränen flossen unter ihren geschlossenen Lidern hervor und über ihr heißes Gesicht. Ihr Atem kam in abgehackten Stößen, und als sie ein Beben durch seinen Körper fahren spürte, stieß sie gemeinsam mit ihm ein Stöhnen aus, auch wenn ihres von Erleichterung herrührte.

Genauso behutsam, wie er eingedrungen war, löste er sich wieder von ihr, doch Nesta zuckte trotzdem kurz zusammen und schluckte den Aufschrei hinunter. Zu ihrer Überraschung ließ sich Gerald nicht neben ihr ins Bett fallen, sondern sprang sofort auf und griff nach seinen Kleidern. »Ist es das, was Ihr wolltet?«, fragte er leise, heiser, ihr den Rücken zugewandt.

Als Nesta nichts erwiderte, drehte er sich um, ließ wachsam seinen Blick über sie gleiten, öffnete den Mund, als wolle er etwas sagen, doch dann machte er abrupt kehrt und verließ den Raum. Nesta konnte die Tränen nun nicht mehr zurückhalten. Sie sagte sich, dass es so besser war. Dass sie nur ein Kind empfangen und dann lange nicht mehr bei de Windsor liegen musste. Doch es war nicht der Schmerz zwischen ihren Beinen, der die Tränenflut nicht abebben ließ. Sie fühlte sich auf einmal sehr allein, und ihr war kalt.

Es fiel ihr schwer, sich nach diesem ehelichen Zusammentreffen aus ihrem Gemach zu wagen, doch sie musste zumindest versuchen so zu tun, als wäre nichts gewesen. Gerald verhielt sich beim Nachtmahl nach außen hin natürlich. Er sprach mit seinen Töchtern und seinem Bruder, nur an sie richtete er kein einziges Mal das Wort. Nesta beobachtete ihn aus den Augenwinkeln, aber er würdigte sie keines Blickes. Sie konnte den Schmerz in ihrem Herzen nicht ignorieren, wenn sie an die Wochen zuvor und an ihr vertrautes Gespräch zurückdachte. Sie hatte sich bemüht, den Mann und nicht den Krieger in ihm zu sehen – und entdeckt hatte sie einen Menschen, der ehrlich war, seine Kinder liebte und sie immer gut behandelt hatte. Und nun war da diese kalte Gleichgültigkeit, und sie wusste nicht, wie sie sie wieder rückgängig machen sollte. Sie hätte ihm vorspielen müssen, dass alles in Ordnung war, doch stattdessen hatte sie sich tatsächlich wie eine unerfahrene Jungfrau benommen, die gegen ihren Willen genommen wurde. Am schlimmsten war aber, dass sie sein Bild nicht aus dem Kopf bekam. Immer wieder sah sie vor sich, wie er sich über sie beugte, wie sich die Haut über seinen Schultern und Muskeln spannte, und sie ertappte sich jedes Mal beim Wunsch zu wissen, wie es gewesen wäre, hätte sie die Hände nach ihm ausgestreckt. Wie wäre es gewesen, wenn sie sich von diesen starken Armen hätte umfangen lassen? Dies waren unwillkommene Gedanken, und als sie gleichzeitig mit Gerald nach dem Becher griff, den sie sich teilten, und sich ihre Finger berührten, zuckte sie vor Schreck zurück. Ertappt bei ihren Gedanken, als könne Gerald allein durch diese winzige Berührung spüren, dass sie gleichzeitig von ihm weglaufen, ihm aber auch näherkommen wollte.

Gerald verbrachte die Nacht nicht in ihrem Gemach, doch zum ersten Mal fand sie deshalb nur wenig Schlaf.

Als sie am nächsten Morgen die Treppe im Rundturm zur Halle hinunterging, hörte sie sofort seine Stimme. Er schien sich am Fuße der Treppe aufzuhalten, im Vorraum, der durch eine Bretterwand von der Halle getrennt war. Einen Moment lang hielt sie inne, von widersprüchlichen Gefühlen geplagt. Sie atmete tief durch und versuchte sich zu zwingen, die alte Verachtung für ihn wieder hochkommen zu lassen, wohlwissend, dass das kaum möglich war. Doch wie sonst sollte sie den enttäuschten, abgeklärten Blick vergessen, den er ihr zugeworfen hatte, ehe er aus ihrer Kammer gestürmt war?

»Hywel wird entweder nicht kommen oder einen Hinterhalt planen.«

Nesta horchte auf. Dies war die Stimme ihres Schwagers Simon. Vorsichtig schlich sie ein paar Stufen weiter hinunter, um besser hören zu können.

»In welchen Hinterhalt soll ich schon geraten?«, erwiderte Gerald, er klang ungeduldig und noch gereizter als sonst. »Pembroke ist eine Festung, die nicht eingenommen werden kann – Hywel hat es versucht und ist gescheitert. Vielleicht will er sich unsere Palisaden ansehen und eine Schwachstelle suchen, aber die wird er nicht finden. Und er wird kommen. Sein Barde sagte es mir zu. Mach dir nicht immer so viele Sorgen, Bruder. Hywel weiß, dass er sich auf Verhandlungen einlassen muss, will er seinen Kopf behalten. Das letzte Mal hatten wir ihn fast, und er spürt, wie heiß der Wind ist, der ihm plötzlich entgegenweht.«

»Aber wenn er sich tatsächlich mit Powys verbündet …«

»Hywel wird sich nie im Leben mit Cadwgan von Powys verbünden. Jetzt, da er Iorwerth los ist, teilt Cadwgan seine Macht mit niemandem. Und er wird nicht riskieren, den König nach de Bellêmes Rebellion noch weiter gegen sich aufzubringen. Er hat alles, was er wollte, und solange seine Brüder im Kerker von Shrewsbury sitzen, gehört es ihm allein. Nein, Hywel steht allein und …«

Nesta hatte genug gehört. Sie straffte die Schultern und ging um die letzte Wendung die Stufen hinab. »Ihr sprecht von Hywel ap Goronwy?«

Die beiden Männer fuhren zu ihr herum und sahen sie an, als stünde ein Geist vor ihnen.

Simon rührte sich als Erster. »Madame.« Er deutete eine Verbeugung an. »Wir hörten Euch nicht kommen.«

Nesta lächelte. »Das liegt daran, dass ich leichtfüßig bin und kein Kettenhemd trage, das bei jedem Schritt klirrt, als liefe eine ganze Armee durchs Treppenhaus.« Sie warf ihrem Gemahl einen Blick zu, der letzte Nacht lautstark wankend ins Gemach seines Bruders getorkelt war. Gerald erwiderte ihren Blick mit unbewegter Miene. »Ihr wollt Euch mit Hywel treffen?«

»Ich wüsste nicht, wieso Euch das interessieren sollte.«

Nesta biss die Zähne zusammen, dankte gleichzeitig aber dem Herrn, dass Gerald ihr einen Grund gab, zornig auf ihn zu sein. »Ich hatte in den letzten Wochen viel Zeit, die Rauchsäulen seiner ruhmreichen Raubzüge zu bewundern. Ich nehme an, er hat sich nun endlich mit dem Verlust von Brycheiniog abgefunden und lenkt sein Auge auf den Westen von Dyfed, nachdem der König ihm lediglich den Osten gab. Also auf Euer Land.«

Gerald baute sich vor ihr auf. »Woher wisst Ihr das alles?«

Nur mit Mühe konnte sie sich davon abhalten, sich auf die Zehenspitzen zu stellen, ihm ihren Finger in die Brust zu bohren und ihn darauf hinzuweisen, dass sie durchaus in der Lage war, die politischen Zusammenhänge ihres Landes zu verstehen. Schließlich zuckte sie jedoch nur beiläufig mit den Schultern. »Zauberei.«

Aus den Augenwinkeln bemerkte sie, wie Simon sich mit der Hand über das stoppelbärtige Kinn strich, um ein Grinsen zu verbergen, während Gerald sie anfunkelte. »Ich treffe Hywel in drei Tagen in Pembroke, und seine Überfälle werden ein Ende nehmen.«

»Mit welchen Versprechungen wollt Ihr ihn überzeugen?«

Gerald setzte ein liebenswürdiges Lächeln auf, das nicht zynischer hätte ausfallen können. »Keine Versprechungen, Madame. Drohungen.«

»Und Ihr glaubt, das wird Hywel beeindrucken?«

»Oh, ich bin mir sicher.«

»Dann sollte ich Euch begleiten.«

»Was?« Das überhebliche Lächeln gefror.

Nesta stemmte die Hände in die Hüften. »Was läge näher? Mein Vater war Fürst dieser Ländereien, und Hywels Vater war … nun ja, nicht gerade das, was ich einen mächtigen Mann nennen würde.« Sie trat dicht vor ihn hin, legte den Kopf in den Nacken und sah ihm in die Augen. »Ich trage das Blut von Rhodri dem Großen in mir, der schon vor über zweihundertfünfzig Jahren über dieses Land herrschte. Meine Ahnen waren Könige und kämpften noch vor Christi Geburt gegen die Römer. Mein Vorfahr führte den Widerstand gegen Caesar, und wenn Ihr glaubt, das würde ein kleines Scheusal wie Hywel aus Brycheiniog nicht beeindrucken, dann täuscht Ihr Euch, Gemahl.«

Gerald starrte sie an, und sie starrte zurück, entschlossen, nicht nachzugeben. Sie wollte zu diesem Treffen, sie wollte Frieden in Wales. Sie war hier, weil sie die walisischen Rebellen zum Niederlegen ihrer Waffen bringen sollte, und vielleicht konnte Gerald mit ihr an seiner Seite tatsächlich mehr erreichen.

»Also *ich* bin beeindruckt«, ließ sich Simon hüstelnd vernehmen, was Gerald zornig zu seinem Bruder herumfahren ließ.

»Unterstütze sie nicht auch noch bei dieser hirnrissigen Idee!«, fluchte er.

»Ich kann Euch helfen«, sagte Nesta.

Gerald sah sie aus verengten Augen an. »Das ist zu gefährlich.«

»Ihr sagtet vorhin selbst, dass keine Gefahr droht. In Pembroke sind wir sicher, und wenn Ihr Hywel tatsächlich beeindrucken wollt …«

Simon lachte auf. »Ja, dann solltest du deine Frau mitnehmen, Gerald. Beeindrucken wird sie auf alle Fälle.«

Nesta schenkte ihm ein Lächeln, was Gerald nur noch mehr aufzubringen schien. »Ich sagte nein.« Er wandte sich ab und öffnete die Tür zur Halle, doch Nesta folgte ihm. »Ich kenne Männer wie Hywel. Lords, die sich nicht mit dem zufriedengeben wollen, was sie haben. Das ist ein uralter walisischer Konflikt. Ich weiß, wie man damit umgeht, was sie erwarten …«

»Ihr wart ein Kind, als Ihr Eurem letzten walisischen Adligen begegnet seid. Ich hingegen habe seit Jahren mit ihnen zu tun.«

»Und trotzdem werdet Ihr sie nie so verstehen wie ich. Hywel und sein Gefolge werden Euch anders sehen, mit mir an Eurer Seite. Ihr seid jetzt nicht mehr nur der Freinc, der für einen ehrgeizigen Teufel Land hält. Ihr seid vom König auserwählt, um über dieses Land zu herrschen.« Sie packte seinen Ärmel und brachte ihn zum Stehen. Verblüfft sah er auf sie hinab, doch Nesta fuhr fort: »Ihr habt die Tochter des letzten wahren britischen Fürsten geheiratet. Unsere Kinder werden das alte keltische Blut in sich tragen und Freinc und Briten vereinen. Ihr habt den Platz meines Vaters eingenommen, und ich stehe an Eurer Seite. Sie werden Euch respektieren …«

Gerald rührte sich nicht und sah schweigend auf sie hinab. Dann fluchte er plötzlich, befreite mit einem Ruck seinen Arm und ging davon.

Pembroke wirkte schon von weitem kalt, unfreundlich, zu groß, zu grob und abweisend. Und doch beeindruckte die Burg Nesta, je weiter sie sich näherte. Es schien, als liege der aus Holz errichtete Turm auf einer Insel, denn die felsige Erhebung war von drei Seiten von Wasser umschlossen und nur von einer zugänglich. Sie strahlte etwas Unnahbares aus, gleichzeitig schmiegte sich das silberblaue Band des Flusses aber friedlich plätschernd um die Anlage und schuf tanzende Nebelschleier. Die aus angespitzten Holzpfählen errichtete Palisade auf dem Erdwall wirkte wenig einladend, versprach aber Sicherheit. Nesta verstand, wieso Gerald diese Burg hielt und sogar nach de Montgomerys Verrat wieder als Kastellan eingesetzt worden war. Es war nicht nur so, dass Gerald die Burg bereits erfolgreich verteidigt und ausgebaut hatte, sie schien ein Teil von ihm zu sein. Das erkannte sie, als sie ihm einen Blick zuwarf und den Stolz in seinen Augen las, während er seinen Blick über das Ungetüm schweifen ließ.

Er schien zu bemerken, dass sie ihn ansah, denn er drehte den Kopf in ihre Richtung, trieb sein Pferd an und murmelte: »Lasst es uns hinter uns bringen.«

Nesta biss die Zähne zusammen. Auf dem Weg hierher hatte er nur das Wort an sie gerichtet, wenn es sich nicht vermeiden ließ. Nun ritt er voraus, und als sie ihm hinter seinem Freund de Barry und zwei weiteren Rittern durchs Torhaus folgte, konnte sie ihn schon nicht mehr sehen. Doch der Anblick, der sich ihr bot, lenkte Nesta sofort ab. Dies war eine Festung in der walisischen Mark und keine Wohnburg. Es wimmelte geradezu vor rauen Kriegern, deren einzige Aufgabe darin bestand, gegen Waliser zu kämpfen und das Land gegen sie zu halten. Sie schienen zäh wie die Burg, und nicht nur ein Kopf drehte sich mit deutlicher Überraschung in ihre Richtung. Nesta wusste nicht, ob sie jemals solch angespanntes Schweigen gehört hatte, das bald ins Raunen von flüsternden Gesprächen überging. Klirrende Schritte kamen von überallher, als sich dienstfreie Wachen näherten, um den Kastellan der Burg zu begrüßen. Eine Magd, die gerade Wasser in einen Trog schüttete, hielt in ihrer Arbeit inne und spähte zu ihnen herüber. Vermutlich hatte noch nie eine Lady die Burg betreten, und die Menschen hier sahen aus, als hätten sie in ihrem Leben noch keine gesehen.

Gerald ging weiter vorne auf ein paar Männer in Kettenhemden zu, während de Barry ihr aus dem Sattel half. Der Widerwille war ihrem Gemahl anzusehen, als sie an seine Seite trat und er sie als seine Ehefrau vorstellte. Stets stand er halb vor ihr, den Arm leicht zur Seite gestreckt, als wollte er sie mit seinem Körper verbergen. Es war schwer zu sagen, ob diese Geste beschützend sein sollte oder ob er sich ihrer schämte. Den Männern war ihr

Befremden über ihre Anwesenheit jedenfalls anzusehen, als sie ihre Glückwünsche aussprachen. Alle wussten von Hywels bevorstehendem Besuch, und niemand konnte sich vorstellen, was Nesta hier zu suchen hatte. Langsam fragte sie sich, ob ihr Kommen eine gute Idee gewesen war. Mit einem hatte Gerald recht: Es war lange her, und sie war noch ein Kind gewesen, als sie das letzte Mal als Fürstentochter gegolten hatte. Viel hatte sich seitdem verändert. Stumm ließ sie sich schließlich von einer Magd in Geralds Gemach führen und bereitete sich gedanklich auf den nächsten Abend vor, an dem Hywel ap Goronwy erwartet wurde. Sie ging früh schlafen und starrte zu den Deckenbalken hoch, im Versuch, sich an ihre Mutter zu erinnern. Dies war ihre erste Prüfung, wenn auch nicht als Fürstin, sondern nur als Gemahlin eines Marcher Lords, aber die Aufregung war dieselbe. Sie musste sich beweisen, vor Gerald, vor all seinen Männern, vor Hywel und vor allem vor ihr selbst. Woher hatte ihre Mutter diese ruhige Würde genommen? Wie hatte sie sogar Krieger mit einem Blick einzuschüchtern vermocht? Nesta wusste, es war die Aufgabe einer Fürstin, die Krieger ihres Mannes, seine Verbündeten und all jene, die es werden sollten, mit großzügigen Geschenken zu bedenken, doch Nesta besaß nichts. Als walisische Frau hätte sie ihr eigenes Vermögen und ihr eigenes Einkommen gehabt. Ihr hätte ein Teil der Abgaben zugestanden, auch ihre Mitgift wäre die ihrige gewesen. Doch normannische Frauen besaßen nichts, und Nesta konnte kein Stück Stoff kaufen ohne die Zustimmung ihres Gemahls. Es musste also ohne Geschenke gehen.

Das Knarzen der Tür ließ sie hochfahren. Licht ergoss sich aus dem Treppenhaus in den Raum, und eine hünenhafte Gestalt zeichnete sich davor ab. Sie hätte es wissen müssen, schließlich gab es hier keinen diskreten Bruder, bei dem er übernachten konnte, und die Garnison hätte es wohl befremdlich gefunden, hätte er sich bei ihnen in der Halle niedergelegt.

So leise wie möglich, ließ sie sich wieder zurücksinken, hielt den Atem an und versuchte, die nervenzerreißende Anspannung zu ignorieren. Das Rascheln seiner Kleider erfüllte den Raum, und schließlich senkte sich das schmale Bett neben ihr. Nesta wartete darauf, dass er sie berührte, ja beinahe sehnte sie sich danach, doch er bewegte sich nicht.

»Ihr könnt wieder atmen, Madame«, erklang seine raue Stimme, leise und kaum mehr als ein Flüstern, doch Nesta zuckte trotzdem zusammen.

Sie wartete darauf, dass er noch mehr sagte, doch es blieb still.

Hywel ap Goronwy war eine groteske Gestalt. Auf spinnendürren Beinen stolzierte er in die hell erleuchtete Halle, die über und über mit Öllichtern und Kerzen erfüllt war, um zu beweisen, dass es hier an Wohlstand nicht fehlte. Sein Oberkörper war wie ein Fass geformt, und das weite Tuch, das er über eine Schulter geworfen hatte und ihm bis zu den Oberschenkeln fiel, konnte seinen Wanst nicht verbergen. Der dunkle Oberlippenbart verlief bis zu den Wangen hinaus und war dicht und buschig, anders als das strähnige Kopfhaar, das über die kahlen Stellen gekämmt war.

Er war alles andere als eine beeindruckende Erscheinung, aber Nesta wusste, ein Mann musste nicht gut aussehen, um kämpfen und eine Armee führen zu können. Dass Hywel bereits mächtiger war als je einer seiner Vorfahren, bewies das. Der König hatte ihm Land gegeben, um ihn aus dem ewigen Streitpunkt Brycheiniog wegzuholen und somit den treuen Baron Bernard de Neufmarché in diesem Gebiet zu entlasten. Gleichzeitig aber auch, um Iorwerths Macht zu beschneiden. Doch wer stellte sich nun Hywels Macht entgegen?

Nesta blickte auf den breiten Rücken ihres Gemahls, der ein Stück vor ihr am Fuße des Podests stand, der Flame William de Barry an seiner Seite. Niemand in der Halle trug Waffen, und doch war Nesta nervös. Zu gerne hätte sie in Geralds Gesicht gelesen, zu erkennen versucht, was er dachte. Sein kühles Verhalten ihr gegenüber zermürbte sie, besonders da sie das Gespräch mit Hywel fürchtete. Gerald und sie sollten eine Einheit bilden, zumindest für ein paar Stunden, denn wenn Hywel die Unstimmigkeiten zwischen ihnen bemerkte, hätten sie verloren.

Die Gruppe Waliser blieb vor Gerald stehen, und Hywel stellte seine Gefolgsleute vor. Nesta versuchte genau hinzuhören und zu erkennen, bei welchem Namen Hywel auf welchen Mann deutete, ehe de Barry den Männern in fließendem Walisisch Plätze am oberen Ende der Halle zuwies. Der Flame war in Wales geboren, wie er ihr erzählt hatte, zwar auf einer normannischen Burg, aber die Kinder, mit denen er aufgewachsen war, waren zum Großteil Waliser gewesen.

Hywel, ein weiterer Waliser seines Gefolges und Gerald kamen die beiden Stufen aufs Podest hoch. Nesta atmete ruhig ein und aus, setzte eine nichtssagende Miene auf und trat einen Schritt vor. Ihr langes Gewand strich über die Binsen, und der seidene Schleier in heller Farbe umspielte ihr Haar, das sie mehrfach geflochten und hochgesteckt hatte, damit sich keines aus der Kopfbedeckung löste. Sie trug ein schlichtes Gewand, die Cotte in dunklem Grün, das Oberkleid etwas heller. Auch hatte sie auf jeglichen Schmuck außer ihren Ehering verzichtet, in der Hoffnung, bescheiden, aber auch anmutig in der Schlichtheit ihrer Aufmachung zu wirken.

»Gott sei Euch wohlgesonnen«, begrüßte sie den einstigen Feind ihres Vaters und jetzigen Widersacher ihres Gemahls in walisischer Sprache. *Gott möge Euch und Euren fetten Wanst von der Burgmauer in den Fluss schleudern*, war das, was sie dachte. »Seid willkommen auf Pembroke Castle.«

Hywel ap Goronwy zog seine buschigen Augenbrauen zusammen und starrte sie mit offenstehendem Mund an. Er schien jeden hier erwartet zu haben, vielleicht sogar einen bewaffneten Krieger, der ihn niederstreckte, aber nicht eine Waliserin. Einen

Moment lang schien er sie nicht zuordnen zu können – eine Frau in normannischem Gewand an der hohen Tafel eines Normannen, die Walisisch sprach –, doch dann veränderte sich der Blick in seinen eng beieinanderliegenden Augen, und Nesta hatte Mühe, ihre gleichmütige Maske aufrechtzuerhalten. Sein Blick war stechend, er schien ihr die Haut vom Leibe schmelzen zu wollen, um in ihr Innerstes zu blicken. »Nesta ferch Ryhs. Ich hörte von Eurer Vermählung. Hier hätte ich Euch allerdings nicht erwartet.«

»Wo sonst sollte ich sein, wenn nicht an der Seite meines Gemahls?«

Ein Laut, halb Schnauben, halb Grunzen, entrang sich ihm, der nicht missfälliger hätte klingen können. »Ja, Euer Vater stellte sich schon gerne auf die Seite der Freinc. Ich hätte Euch nirgends anders erwarten sollen. Vergebt meinen Fehler.« Mit einem gemurmelten »hwren« ging er an ihr vorbei und ließ sich mit seinem Gefolgsmann an der Tafel nieder.

Er hatte sie eine Hure genannt, und der plötzlichen Anspannung Geralds entnahm sie, dass seine Walisisch-Kenntnisse soweit ausreichten, um es verstanden zu haben. Wie angewurzelt blieb er stehen.

Lass dich nicht reizen, wollte sie ihm sagen, doch das war schlecht möglich. Sie wollte ebenfalls Platz nehmen, doch Gerald rührte sich nicht. Nesta überlegte nicht länger. Sie ging zu Hywel an die Tafel, zog eine Augenbraue hoch und sagte freundlich lächelnd: »Vielleicht hätte mein Vater mich tatsächlich an einen Freinc gegeben, um den Frieden in seinem Land zu wahren. Denn er war nicht nur ein großer Krieger, sondern auch ein kluger Herrscher. Doch er kam nicht dazu, mir einen passenden Gemahl zu finden, da er die Huldigung Eures Vaters annahm und ihm zur Hilfe eilte. Ich erinnere mich sogar an Goronwy.« Sie bemerkte, wie sich Hywels Hände an der Tischplatte verkrampften. Es gefiel ihm nicht, dass er zu ihr aufsehen musste, aber jetzt war es zu spät, sich noch einmal zu erheben. »Ich war noch ein kleines Mädchen, aber den Anblick, wie ein *uchelwyr* mit solch hohen Ambitionen das Knie vor meinem Vater beugt, werde ich immer in Erinnerung behalten.«

Empört nach Luft schnappend, starrte Hywel sie an. Doch er fing sich sogleich und zischte: »Ihr habt die Arroganz einer Waliserin, aber jedem Eurer Worte ist anzuhören, dass Ihr unter ruchlosen Freinc aufgewachsen seid und nie gelernt habt, was sich für eine Frau gebührt. Eure Mutter würde sich im Grabe umdrehen, könnte sie sehen, was aus Euch geworden ist.«

»Meine Mutter hätte Euch sicher nicht so höflich empfangen«, erwiderte Nesta immer noch freundlich lächelnd, auch wenn dieser gut gezielte Hieb sie geschmerzt hatte. Entschlossen griff sie nach Geralds Hand, nicht nur um ihn davon abzuhalten, die Friedensgespräche zu beenden, ehe diese überhaupt begonnen hatten, sondern auch, um sich festzuhalten. Sie zitterte.

Geralds Blick haftete weiterhin auf seinem Gast, doch er setzte sich endlich in Bewegung und nahm neben Hywel Platz. Erst dann ließ er ihre Hand los. »Was ging da eben vor?«, flüsterte er, blickte aber an ihr vorbei zu de Barry, der an ihrer anderen Seite Platz nahm. Der junge Flame zuckte grinsend mit den Schultern und strich sich über das glatte Kinn. »Lady Nesta erinnerte unseren Gast lediglich daran, wo er steht«, murmelte er in seine Hand und lehnte sich dann ein wenig näher zu ihr. »Madame, es ist eine Freude, Euch hier zu haben.«

Nesta lächelte ihm zu, doch Gerald brummte nur und wandte sich an Hywel: »Eine beeindruckende Armee, die Ihr da vor meinen Toren zusammengezogen habt«, sagte er in französischer Sprache. De Barry öffnete den Mund, um zu übersetzen, doch der Mann an Hywels Seite übernahm dies und flüsterte seinem Herrn Geralds Worte zu. Dabei ließ er seine normannischen Gastgeber und vor allem Nesta nie aus den Augen.

Hywel verzog den Mund zu einem halben Lächeln, was den

Schnurrbart zucken ließ. »Beeindruckend genug, um mir die Burg freiwillig zu geben?«

De Barry wiederholte die Worte für Gerald, der daraufhin laut lachte. Er wandte sich wieder an seinen Gast. »Seht Euch gut um. Dies wird das erste und einzige Mal sein, dass Ihr Pembroke von innen seht. Ihr seid schon einmal gescheitert, und damals hattet Ihr Powys an Eurer Seite. Heute steht Ihr allein.«

Ein Schulterzucken, dann griff Hywel nach dem Ale, das gerade eingeschenkt wurde. »Sagt mir die Wahrheit, Freinc. Für wie viele Tage hattet Ihr damals noch Vorräte? Bestimmt nicht für vier Wochen.«

Gerald hob ebenfalls seinen Becher. »Wir hatten nichts mehr«, antwortete er wie beiläufig, was Hywel einen Moment lang in seiner Bewegung innehalten ließ. Sein Begleiter hob eine Augenbraue und warf seinem Herrn einen fast schon verächtlichen Blick zu, doch Hywel bemerkte nichts davon, denn er starrte Gerald an, und eine gefährlich aussehende Röte breitete sich in seinem Gesicht aus.

Ohne Zweifel war es damals Hywels Entscheidung gewesen, die Belagerung abzubrechen, denn seine Männer sahen sich kopfschüttelnd an.

»Macht Euch nichts daraus. Ich hoffe, die Schweine haben Euch geschmeckt«, sagte Gerald mit übertriebener Liebenswürdigkeit.

Hywel breitete die Hände aus. »Und welche Methode wollt Ihr jetzt anwenden, damit ich mich nicht länger an Eurem Vieh und Eurem Getreide bediene? Wollt Ihr mir wieder ein paar Schweine schenken, oder glaubt Ihr, es ist genug, Euch hinter einer Ehefrau aus dem Hause von Dinefwr zu verstecken?«

»Das eine wie das andere würde Euch wohl kaum davon abhalten, weiterhin in West-Dyfed einzufallen. Nein, ich gebe Euch lieber einen Rat: Begnügt Euch mit dem Osten von Dyfed, den der König Euch in seiner Gnade als Lehen gab.«

»Und wenn nicht?«

»Dann werdet Ihr auch den verlieren.«

Raunen erklang von den Plätzen unter dem Podest, wo ein paar Gefolgsleute Hywels saßen. Sie hatten die Übersetzung wohl verstanden und tauschten Blicke, während der Mann an Hywels Seite längere Zeit ins Ohr seines Herrn murmelte. Nesta betrachtete ihn nun etwas genauer. Er war als Gwgan ap Meurig vorgestellt worden, und da er Hywel als Übersetzer diente und den Platz an seiner Rechten innehielt, musste er ein enger Vertrauter und Freund sein. Doch sein Name sagte Nesta nichts, er gehörte also keinem noblen Geschlecht an. Vermutlich hatte er sich als Krieger ausgezeichnet und so seinen Aufstieg ermöglicht. Sein Gewand war fein wie das von Hywel, doch Gwgan war eher lang und dürr, sein Schnurrbart bescheidener. Dass er in diesen Zeiten die französische Sprache erlernt hatte, war für Nesta jedoch ein noch deutlicheres Zeichen, dass er ein kluger Mann sein musste.

»Was will Euer freincischer König schon tun?«, brach Hywel das kurzzeitige Schweigen, während dem Speisen aufgetragen worden waren. »Soll er mir den Osten Dyfeds doch wegnehmen, das heißt nicht, dass ich auch gehen werde.«

»Erinnert Ihr Euch an William FitzBaldwin, den verstorbenen Sheriff von Devon?« Gerald griff nach den Krebsen und drehte die Scheren ab.

»Wieso sollte er mich kümmern? Wie Ihr schon sagtet, er ist tot und seine Burg in Rhyd-y-gors verfällt zur Ruine.«

»Das muss nicht so bleiben.« Mit geschickten Fingern entfernte Gerald den Kopf des Krebses und holte das Fleisch aus dem Panzer. Nesta konnte nicht anders, als ihn für seine Gelassenheit zu bewundern. Sie bekäme keinen Bissen hinunter. Sie fühlte die Blicke der Männer an den unteren Tafeln, die sie genauestens musterten. Jene Waliser gehörten dem *teulu*, der Kriegsbande Hywels an, und waren die Söhne, Enkelsöhne und Vettern hoher

Herren. Nestas Teilnahme an diesem Treffen schien sie genauso zu befremden wie die Normannen am Vortag, doch das war ein gutes Zeichen. Sie waren überrascht, und jedes Mal, wenn Nesta mit Gerald sprach, steckten sie die Köpfe zusammen, um aufgeregt zu tuscheln. Eine Frau, die einen Mann beriet, war ungewöhnlich, aber eine Waliserin von derart noblem Blut, die einem Normannen zur Seite stand, war für diese Männer wohl ein Schock. Gerald mochte dagegen gewesen sein, sie mitzunehmen, und Nesta hatte kurz gezweifelt, aber die Reaktion von Hywels Männern bewies, wie wichtig dieses Zeichen ihres Zusammenhalts war. Nesta war die letzte erreichbare Nachfahrin aus ihrem Haus, und ihr Name bedeutete Einfluss. Hywel und all jene, die ihn unterstützen mochten, sahen nun deutlich vor sich, welcher Macht sie sich entgegenstellen mussten. Vielleicht zweifelten sie, ob sich der Aufwand noch lohnte. Hywel war zäh, das war ihr von Anfang an bewusst gewesen, aber wenn sie seine Überfälle stoppen wollten, mussten sie zu ihm durchdringen – oder zu jemand anderem.

»Der Sheriff hat einen Bruder«, sagte Gerald nach einer kurzen Pause, in der er seine Worte hatte wirken lassen. »Richard. Er ist schon seit Längerem an Land in Wales interessiert, und der König ist geneigt, ihm seinen Wunsch zu erfüllen. Er sähe Rhyd-y-gors gerne wieder aufgebaut.«

»Aber das Land ist *mein*! Der König gab es *mir*!«, entfuhr es Hywel in einem unangenehmen Kreischen.

Nesta hob die Augenbrauen. Hywel hatte seine Beherrschung verloren und damit Schwäche gezeigt, aber was viel wichtiger war: Gwgan ap Meurig an seiner Seite verengte die Augen und blickte zu Boden, als wäre ihm Hywels Verhalten peinlich.

»Gwgan«, sagte sie in die angespannte Stille, die Hywels Ausbruch gefolgt war. »Bitte vergebt mir, doch Euer Name ist mir nicht geläufig. Ich war wohl zu lange in England, um den Überblick über die Noblen dieses Landes zu halten.«

Alle Köpfe drehten sich zu ihr. Gerald warf ihr einen eher irritierten Blick zu, Hywel zog finster die Augenbrauen zusammen, doch Gwgan lächelte ihr zu. »Ich fürchte, es liegt nicht an Euch, sondern an meiner unbedeutenden Herkunft, edelste Nesta. Mein Großvater war noch ein Unfreier, während es meinem Vater gelang, sich in Goronwy ap Cadwgans Diensten als Bogenschütze auszuzeichnen. Ich hatte die Ehre, mit seinem Sohn Hywel«, er wies zu seinem Herrn, »aufgezogen zu werden und darf mich jetzt über solches Vertrauen erfreuen, dass Hywel sogar seinen Sohn in meine Obhut übergab.«

Nesta bemühte sich ihre Überraschung zu verbergen. Der so beiläufig erwähnte letzte Satz hatte in Wales große Bedeutung.

»Bei dir lernt er, wie die Welt wirklich ist«, winkte Hywel kauend ab, »während er an meinem Hof von Speichelleckern umgeben ist, die ihn zu einem verweichlichten und unfähigen Bürschchen gemacht haben. Kein Junge kann in seinem Elternhaus zu einem Mann heranwachsen, darin stimme ich mit den Iren und den Freinc überein. Umso schneller sie von ihrer Mutter wegkommen, umso besser.«

»Eine für einen Briten eher ungewöhnliche Einstellung«, erwiderte sie so gleichmütig wie möglich. »War es nicht stets eiserne Regel, Kinder in der Obhut ihres Heims zu belassen, denn nur dort könnten sie im eigenen Sinne erzogen werden?«

»Vielleicht wart Ihr tatsächlich zu lange in England, um noch zu verstehen, wie dieses Land sich verändert hat.« Hywel schlürfte ein Stück Aal in seinen Mund, und Nesta kämpfte gegen das Zucken ihrer Gesichtsmuskeln, die sich angewidert verziehen wollten. Sie blickte zu Gwgan, dessen Kiefer so angespannt wirkte, als drohte er jeden Moment auseinanderzubrechen.

»Euer Sohn ist alles andere als verweichlicht«, sagte er leise, was seine Gefühle aber nicht verbergen konnte. »Er mag nicht so wild sein wie seine Brüder, aber Ihr habt allen Grund, mit Stolz auf ihn zu blicken, spannt er doch einen Bogen, als biege er ein paar Schilfhalme. Gott weiß, wie lange ich dazu gebraucht habe, aber der Junge hat eine Stärke in sich, die seinesgleichen sucht.«

»Das nützt ihm nichts, wenn sein Herz weich ist.« Er sah zu Gerald, und seine Lippen verzogen sich höhnisch. »Macht Euch nur keine Hoffnungen, Freinc. Ich habe noch weitere, durchaus fähige Söhne, die mir nachfolgen werden.«

Gerald neigte den Kopf, als könne er dem nicht widersprechen, und Gwgan wandte mit einem kaum merklichen Kopfschütteln den Blick ab, enttäuscht. Nesta unterdrückte ein Lächeln, und als plötzlich Hywels Barde an die Tafel trat, sich verneigte und ein Lied über Hywels große Heldentaten anstimmte, lehnte Nesta sich unauffällig zu Gerald hinüber.

»Ich muss allein mit Gwgan ap Meurig sprechen«, flüsterte sie.

Gerald sog hörbar den Atem ein. »Wieso?« Er sah sie nicht an, gab weiterhin vor, dem Lied zu lauschen.

Nesta ergriff den Krug und schenkte ihm nach, um ihm noch etwas näher zu kommen. Sein Geruch stieg ihr in die Nase, ihm schien stets etwas vom Wald anzuhaften, das ein wenig von Leder und Pferd überlagert wurde. Nach den wenigen gemeinsamen Nächten hatte sie sich fast schon daran gewöhnt. »Vertraut mir.« Sie wusste, sie führten keine ideale Ehe, aber hier ging es um so viel mehr. »Hywel wird niemals nachgeben, dieses Gespräch führt zu nichts. Wir müssen Gwgan auf unsere Seite ziehen. Gwgan hat Hywels Sohn.«

»Einen Sohn, den Hywel offensichtlich verabscheut.«

»Sein Sohn ist auch nicht von Belang, sondern das Zeichen, das Hywel setzt, indem er Gwgan die Fürsorge seines Fleisches und Blutes anvertraut. Mit dieser Auszeichnung erklärt er Gwgan zu seinem engsten Vertrauten und bedeutet allen anderen, dass Treue belohnt werden kann. Hywel muss seine Männer irgendwie an sich binden, denn sie fangen an, an ihm zu zweifeln. Seht Euch um. Hywel kämpfte schon zu lange vergebens um Brycheiniog, und die Raubzüge nach Dyfed führen zu nichts. Seine

Männer wollen Ergebnisse, sie wollen Land und Reichtümer, die Hywel ihnen zweifelsohne versprochen hat. Ein Waliser dient seinem Herrn für eine Gegenleistung und nur so lange, wie sein Herr sich seine Treue verdient. Das ist anders als bei euch. Bei den Walisern gibt es keine Lehnstreue und Schwüre, die ein Leben lang andauern. Manche von Hywels Männern werden offen für einen neuen Herrn sein, sofern es ihnen dienlich ist. Und dieser Weg führt über Gwgan.« Nesta legte ihre Hand auf seinen Arm. »Ich weiß, was ich tue. Beschäftigt Hywel, und verschafft mir eine Gelegenheit, Gwgan zu sprechen. Ihr habt nichts zu verlieren.«

Plötzlich wandte Gerald den Kopf und sah ihr in die Augen. Sein durchdringender Blick erschien ihr wie eine Prüfung, um ihre Willensstärke zu testen, und Nesta erwiderte ihn, ohne den ihrigen abzuwenden. Eine Ewigkeit schien zu vergehen, und Nesta spürte ihr Herz schneller schlagen. Schließlich seufzte Gerald auf. »Und wie wollt Ihr Gwgan allein erwischen? *Falls* ich dem zustimme.«

»Mir scheint, unsere Gäste hecken selbst gerade einen Plan aus«, erklang de Barrys Stimme an ihrer Seite. Nesta sah an Gerald vorbei zu Hywel und Gwgan und bemerkte, dass die beiden eindringlich flüsterten. Was wollten sie? Ihre Lage war aussichtslos, das mussten sie doch einsehen, denn Geralds Worte waren keine leere Drohung gewesen. Richard FitzBaldwin würde kommen, um die Burg von Rhyd-y-gors wiederaufzubauen und damit ein Bollwerk der normannischen Macht inmitten von Hywels Land errichten. Ehe es jedoch dazu kam, musste Hywel entmachtet werden, denn sein Zorn würde sich erneut gegen Siedlungen und Dörfer richten, denen er alles nahm, was sie zum Überleben brauchten. In seiner Sturheit würde er kämpfen bis zum letzten Mann und dabei durch einen See aus dem Blut Unschuldiger waten.

»Brillant im Krieg, so wie Urien es einst war«, drang die Stimme des Barden in ihre Gedanken, »handelt er mit der ungestümen Vehemenz der Geier. Segler der tiefen See, Gewissen ohne Angst, der Pfeiler von hunderttausend Männern, Fackel der Zuflucht, Anker der Truppen, Verkörperung der Verteidigung der Freiheit …«

Verteidigung der Freiheit … Wie könnte Krieg zur Freiheit führen? Krieg führte immer nur zu noch mehr Krieg.

»Ich sorge dafür, dass Gwgan die Halle verlässt«, erklang plötzlich de Barrys Flüstern an ihrem Ohr. »Ich denke, Ihr habt recht, Madame. Wir müssen über Gwgan gehen.«

Nesta warf Gerald einen Blick zu, um zu sehen, ob er die Worte seines Freundes gehört hatte, doch er blickte geradeaus zum Barden. Eine Magd trat heran und stellte eine weitere Platte Schalentiere ab, und Nesta nutzte die Gelegenheit.

»Wie konnte das passieren?«, rief sie aus und erhob sich von der Tafel, sich der Blicke aller Anwesenden bewusst. Die Magd hielt erschrocken inne und sah sie mit offenstehendem Mund an, doch Nesta konnte nur hoffen, dass sie mitspielte. »Sag in der Küche, dass ich gleich da bin. Und gib ein paar Männern Bescheid, wir werden Hilfe brauchen.« Sie winkte die Magd davon, die sich erst nicht rührte, dann aber hinausrannte, und wandte sich schließlich an die Herren der hohen Tafel. »Bitte entschuldigt mich. Möchte ich verhindern, dass die Köchin neben der Küche die gesamte Burg in Brand setzt, muss ich Euch leider für einen Moment verlassen.«

Sie lächelte noch einmal gezwungen und verließ dann mit eiligen Schritten die Halle. Orangefarbenes Zwielicht empfing sie, die Abenddämmerung brach herein, und vom Küchenhaus her erklangen aufgebrachte Stimmen.

Nesta seufzte und ging darauf zu, denn es würde bestimmt noch etwas dauern, bis de Barry Gwgan hinauslocken konnte.

»Aber was genau hat sie denn gesagt?«, hörte sie eine schrille Frauenstimme.

»Das weiß ich nicht. Sie sagte, sie würde gleich kommen und …«

Nesta öffnete die Tür, heißer Dampf fuhr ihr ins Gesicht, und zuerst konnte sie lediglich die Umrisse der Köchin und Mägde erkennen. Doch dann blinzelte sie die Feuchtigkeit aus ihren Augen und sah sich um. Sofort wandten sich ihr alle Köpfe zu, und eine nach der anderen knickste.

»Madame.« Die Köchin trat nach vorne und knetete ihren Kittel. »Kann ich …«

Nesta hob die Hand. »Keine Sorge, es ist alles in bester Ordnung. Ihr habt gute Arbeit geleistet. Bitte vergebt mir, falls ich euch erschreckt habe. Ich musste nur …«

»… ganz schnell frische Luft schnappen?«, erklang eine männliche Stimme hinter ihr.

Nesta fuhr herum und setzte rasch ein nichtssagendes Lächeln auf. Das war aber schnell gegangen – sonderbar schnell. »Gwgan! Wurde es Euch in der Halle etwa auch zu stickig?«

Der Waliser lächelte unverbindlich. »Wir brechen auf, und ich gehe, um den Männern bei den Pferden Bescheid zu geben.«

»Dann ist das Gespräch also beendet.«

»Mein Herr wird über die Worte Eures Gemahls nachdenken und dann entscheiden, ob er die Kämpfe einstellt und sich zurückzieht.« Gwgan wies mit dem Kopf in den Hof hinaus und Nesta folgte ihm.

»Wie wird Hywel sich entscheiden?«, fragte sie, als sie die Küchentür schloss und mit ihm zum äußeren Hof schritt, wo die Ställe lagen.

»Wie würdet Ihr Euch entscheiden?« Gwgan deutete zu den Wäldern, deren Baumwipfel hinter den Palisaden im Wind wogten. »Es ist auch Euer Land, das von den Freinc geraubt wurde. Wollt Ihr es nicht wieder in britischer Hand sehen?«

»Ich will es in den Händen meines Vaters sehen, aber da dies nun einmal unmöglich ist …«

»Was ist mit Eurem Bruder? Er ist der rechtmäßige Erbe und könnte sein Land zurückgewinnen.«

»Dafür ist es zu spät.« Sie blieb stehen, und als Gwgan sich ihr zuwandte, sah sie ihm direkt in die Augen. »Welchen Preis müsste unser Volk für die gewaltsame Rückerlangung in britische Hand bezahlen? Wie viele haben es bereits versucht und sind gescheitert? Meint Ihr nicht, dass bereits genug Blut geflossen ist? Wenn wir so weitermachen, werden wir uns selbst ausrotten. Wenn wir die normannische Präsenz in Wales annehmen, auch das Gute sehen, das sie bringen, können wir auf friedliche Art dafür sorgen, dass das alte britische Blut und die alten Traditionen erhalten bleiben. Sollte mein Bruder je nach Hause zurückkehren, so wünsche ich mir, dass er ein friedliches Leben voller Glück mit seiner Familie verbringen kann.«

»Ein Mann seiner Herkunft wird niemals den Weg des Friedens gehen und sein Erbe kampflos aufgeben.«

»Nein, und deshalb wünsche ich mir, dass mein Bruder in Irland bleibt.« Die Worte fielen ihr schwer und schmerzten sie, aber sie mussten ausgesprochen werden, um Gwgan aufzuzeigen, wie wichtig es war, die Kämpfe einzustellen. »Es gibt Hoffnung für unser Volk, Gwgan.« Sie hielt sich davon ab, seinen Arm zu ergreifen, um die Dringlichkeit ihrer Worte zu betonen, hielt seinen Blick aber gefangen. »Der britische Adel kann immer noch über das Land herrschen und seinem Volk Sicherheit bieten.«

»Unter freincischer Vorherrschaft.« Gwgans Miene blieb nichtssagend, er ließ sich nicht anmerken, ob Nestas Worte ihn berührten. »Solange wir tun, was sie sagen, lassen sie uns gnädigerweise etwas Macht in unserem eigenen Land – da, wo noch etwas übrig ist und sich die Freinc nicht bereits alles genommen haben.«

»Wir müssen retten, was noch zu retten ist, ja, ehe die Briten vollkommen vernichtet werden. Die Freinc herrschen über uns, Gwgan, das lässt sich nicht mehr ändern, Ihr wisst das. Genauso wisst Ihr, dass die Freinc die Ordnung in unserem Land halten werden, während es zuvor von Stammesfehden aufgerieben wurde. Es kann ein Land des Friedens werden, dafür müssen sich die letzten britischen Führer aber fügen und ihr Land sichern, ehe auch sie ausgelöscht werden.«

Gwgan seufzte tief, dann wandte er sich ab und blickte eine Weile stumm zum Turm hoch.

Nesta wagte es kaum auszuatmen, sie fürchtete, nicht zu ihm durchgedrungen zu sein.

»Wart Ihr schon einmal in Milford Haven?« Sie trat vor ihn hin und wies gen Nordwesten. »Von den Wehrgängen aus ist es möglich, bis zum Hafen zu blicken. Ein atemberaubender Anblick, wie ich gestern feststellen durfte. Ich würde es Euch gerne zeigen.«

Gwgan blickte auf sie hinab und zögerte einen Moment, doch dann nickte er. Gemeinsam nahmen sie die Treppe neben dem Torhaus und begaben sich auf den Wehrgang der Palisade. Ein paar Wachen warfen ihnen Blicke zu, während sie dem Verteidigungsring folgten, aber Nesta kümmerte sich nicht um sie.

»Hywel hat seinen Anteil von Dyfed verloren«, sagte sie, um Sachlichkeit bemüht. »Der König wird Rhyd-y-gors wiederaufbauen lassen. Hywel muss sich zurückziehen, er hat immer noch Gower und andere Landstriche. Er soll sich damit zufriedengeben, ehe er auch diese verliert und seine Linie unter den Herrschern dieses Landes ausgelöscht wird.«

»Ist dies wirklich das, was Ihr ihm raten würdet? Das, was Ihr *wollt*? Ist in Eurem Herzen nicht der geringste Wunsch nach Rache?« Er deutete zum Turm, wo wohl immer noch Gerald, Hywel und de Barry widerwillig zusammensaßen. »Ausgerechnet jenem Mann, der Euer Land in Schutt und Asche legte, wurdet Ihr gegeben, und trotzdem wollt Ihr ihn nicht vernichtet sehen?« Unglaube klang aus seiner Stimme, als er stehenblieb und die Hände hob. »Ich habe mit den Männern gesprochen, ich habe ihre

Gesichter gesehen. Ihr habt sie verwirrt, Nesta, nein, entrüstet, indem Ihr Euch derart offen auf die Seite eines Freinc gestellt habt – ausgerechnet jenes Freinc. Wieso tut Ihr das?«

Nesta sah ihn überrascht an. »Ihr dachtet, ich würde Eure Sache unterstützen … Hywel und all seine Männer hätten mich gerne leidend gesehen, mein Schicksal beklagend und nach Rache rufend. Ihr hättet gerne gesehen, wie ich Hywel anflehe, mich von meinem freincischen Gemahl zu befreien?« Sie blickte zu Boden, bevor sie ihn lächelnd ansah. »Nun, um ehrlich zu sein, hätte ich das vor ein paar Jahren noch getan. Doch ich war ein Kind, und nun muss ich einsehen, dass keine Hilfe kam. Dachtet Ihr wirklich, ich würde Hywel bitten, meinen Namen und meinen Einfluss mit sich zu nehmen, um sich selbst im Namen der britischen Freiheit immer mächtiger zu machen? Er, der nur sinnlos plündert und nicht einen Funken Ehre besitzt. Seid Ihr deshalb hier? Ich könnte mich offen gegen meinen Gemahl stellen und die Briten zum Widerstand rufen, ich könnte meinem Bruder in Irland schreiben, auf dass er zurückkehre und die Männer unseres Vaters in einen verlorenen Freiheitskampf führe. Einsam und eingesperrt in Carew wäre ich Euch dienlicher gewesen, die Tochter des Fürsten von Deheubarth in den Fängen eines blutrünstigen Freinc! Aber ich muss Euch enttäuschen. Jedes Wort, das ich Euch gesagt habe, entspricht der Wahrheit, und so müsst Ihr leider zu Eurem Herrn zurückgehen und ihm sagen, dass er mich nicht bekommen wird. Er wird sich keine Loyalität mit meinem Namen erkaufen, seine Männer werden ihn verlassen, stehen sie doch jetzt schon kurz davor.« Sie blickte zwischen den angespitzten Holzpfählen hindurch aufs Flussland. »Und wenn Ihr klug seid, macht Ihr den Anfang.«

Gwgan war still, mit unbewegter Miene blickte er in die Ferne, und Nesta zwang sich, ihm seine Gedanken zu lassen.

»Erstaunlich«, sagte er plötzlich leise an ihrer Seite. »Ihr wisst mehr, als Euch irgendjemand zutrauen könnte, und habt uns durchschaut. Es stimmt, Ihr wart Hywels letzte Hoffnung, und die habt Ihr ihm jetzt vor aller Augen genommen.«

Nesta zuckte mit den Schultern, und Gwgan fuhr fort: »Es war ein schwerer Schlag für den Widerstandskampf, als der König Euch ausgerechnet an de Windsor gab. Die Tochter des letzten wahren britischen Königs, verheiratet mit dem mächtigsten Freinc in dieser Gegend.«

Nesta wies hinaus aufs Flusstal, hinter dem sich die Sonne rotglühend niedersenkte. Schon am Vortag war sie hier hochgekommen und hatte gestaunt, dass sie tatsächlich bis zum Milford Haven blicken konnte. Eine tief ins Landesinnere führende Bucht bahnte sich durchs grüne Flachland und verbreiterte sich in der Ferne, bis nur noch das blaue Meer zu erkennen war. Unzählige kleinere Flussläufe und auch größere Flüsse verbanden sich mit der breiten Wasserstraße, die sich um die Halbinseln wand und sich in kleineren Becken ins Land dehnte. Die Briten nannten diesen natürlichen Hafen *Aberdaugleddau* – Mund der zwei Flüsse Cleddau. Schiffe tummelten sich im Hafen, und vereinzelte befuhren die Wasserwege – sowohl große Handelsschiffe als auch Ruderboote der Fischer.

»Ja, ich trage mein Los«, sagte sie leise und blickte weiterhin in die Ferne. »Doch man kann die Zeit nicht zurückdrehen, und es ist sinnlos, Verlorenes zu beklagen. Es geht mir gut, Gwgan.« Sie sah ihn neugierig an. »Wie kommt es, dass Ihr Französisch sprecht?«

Gwgan zuckte mit den Schultern. »Ich war mehrere Jahre lang ein Gefangener der Freinc. So hatte ich wohl nichts Besseres zu tun, als ihre Sprache zu lernen.« Ein bitteres Lachen entfuhr ihm. »William FitzBaldwin war ein guter Gefängniswärter. Bis auf meine Freiheit fehlte es mir an nichts auf seiner Burg. Ihr habt recht, nicht alle Freinc sind schlecht.«

»Wollt Ihr deshalb, dass Hywel sich zurückzieht, jetzt, da er mich nicht benutzen kann und sein Kampf verloren ist?«

Gwgan riss die Augen auf und starrte sie an, als hätte sie ihn geohrfeigt. Dann warf er einen schnellen Blick am Turm vorbei zum Hof, wo sein Herr womöglich schon auf ihn wartete. Nesta sah ihn erwartungsvoll an, und als er bemerkte, dass sie keine Ausflüchte akzeptieren würde, seufzte er. »Ich will Frieden«, sagte er leise.

Nesta seufzte. »Den will ich auch.«

»Gwgan wird Euch drei Tage nach Pfingsten im Hafen von Tenby treffen.«

Gerald blieb auf halbem Weg in die Kammer stehen und starrte sie an. Dann besann er sich, schloss die Tür und machte eine auffordernde Handbewegung. Nesta erhob sich vom Bett. Sie hatte lange gewartet, um ihn ungestört zu sprechen, doch nach Hywels Aufbruch hatten die Männer noch gefeiert, und Geralds fiebrigem Glanz in den Augen entnahm sie, dass er den Wein nicht unberührt gelassen hatte. »Er wird Hywel nicht betrügen, sagt er, aber jetzt, da der König mit weiteren Normannen in dieser Gegend droht, sieht er keinen Sinn in erneuten Kämpfen. Er wird Euch zu Verhandlungen treffen und auf Hywel einwirken.«

»Und wenn Hywel sich nichts von den Nachfahren Unfreier sagen lässt?«

»Gwgan ist Hywels engster Vertrauter, das habt Ihr selbst gesehen. Und Hywel wird erkennen, dass es immer weniger werden, die ihm folgen. Seine Männer haben das Vertrauen in ihn verloren.«

Ergeben hob Gerald die Hände. »Also schön … Gemahlin, Tochter des rechtmäßigen Fürsten.« Er schlenderte auf sie zu. »Das habt Ihr geschickt eingefädelt.« Er blieb zwei Schritte vor ihr stehen und sah mit müden Augen auf sie hinab. Dann fuhr er sich mit der Hand übers Kinn. »Wer sagt mir, dass ich in keine Falle laufe?« Er ließ die Hand sinken und baute sich vor ihr auf.

»Dass Ihr nicht mit Hywel ap Goronwy und seinem Handlanger Gwgan meinen Untergang geplant habt? Werdet Ihr mir persönlich das Messer in den Rücken stoßen? Hywels Frau ist noch nicht lange tot. Mit Euch an seiner Seite wäre er noch mächtiger, er würde der im Moment mächtigste Fürst in Wales werden. Mit Euch an seiner Seite hätte er die Möglichkeit, all die Kriegsherren, die Eurem Vater ergeben waren und jetzt gegen ihn kämpfen, zu seiner Unterstützung zu rufen.«

Entsetzt sah Nesta ihn an. Bei dem absurden Gedanken, Hywels Frau freiwillig ersetzen zu wollen, rümpfte sie angewidert die Nase.

»Was ist?«, wollte er von ihr wissen und lehnte sich zu ihr vor. Sein Atem strich über ihr Gesicht.

Nesta trat von ihm zurück. »Wie könnt Ihr so etwas nur behaupten?«, fragte sie, im Bemühen, nicht zu schreien. »Ich dachte …« Sie schüttelte mit einem bitteren Lächeln den Kopf. »Ich dachte, wir hätten heute zusammengearbeitet. Ich dachte, Ihr würdet mir vertrauen.«

»Wieso solltet Ihr Euch nicht mit ihnen verschwören? Ihr seid eine von ihnen, und wir sind uns beide bewusst, dass Euch jeder Tag an meiner Seite eine Qual ist.«

»Das ist nicht …« Nesta biss sich auf die Lippe. »Ich bin *keine* von ihnen«, erwiderte sie so bestimmt, sie konnte. »Denkt Ihr etwa, Eure Gedanken wären neu für mich? Natürlich weiß ich, dass Hywel mich benutzen wollte. Aber habe ich Euch heute nicht bewiesen, dass mein Platz hier ist?«

»Ist er das?« Gerald sah ihr eindringlich in die Augen. »Es kann kein Zufall sein, dass Hywel seinen Vertrauten genau in jenem Moment hinausschickt, um die Pferde bereitzustellen, in dem Ihr die Halle verlasst. Ihr wolltet ja so gerne mit Gwgan allein sprechen, und noch ehe de Barry etwas sagen konnte, erfüllten Hywel und Gwgan Euren Wunsch und …«

»Natürlich wollte Hywel, dass Gwgan mit mir spricht, damit

ich meinen Bruder oder andere meiner Familie für ihn kämpfen lasse. Doch sein Plan schlug fehl! Gwgan will den Krieg genauso wenig wie ich! Hywel war ein Feind meiner Familie, und jetzt bringt er Feuer und Tod in meine Heimat. Wir mögen beide Waliser sein, doch das heißt nicht, dass wir uns ähnlich sind! Ich will, dass dieses Land zur Ruhe kommt, und solange Männer wie Hywel ap Goronwy frei herumlaufen, wird dies nie der Fall sein! Ihr könnt Gwgan dazu bringen, Hywel an den König auszuliefern.«

Gerald schüttelte den Kopf und ging an ihr vorbei zum Fenster. »Ihr habt die Möglichkeit, Euch von den Normannen zu befreien und ein Leben unter Walisern zu führen. Ihr habt die Möglichkeit, eine walisische Fürstin zu werden, so wie es Euch bestimmt war. Ihr habt die Möglichkeit, Rache zu üben.« Er sah über die Schulter zurück. »Wieso solltet Ihr von all dem absehen?«

»Ich will keine Rache.« Nesta zwang sich, den Schmerz über das mangelnde Vertrauen zu ignorieren. »Rache führt immer nur zu weiterer Rache. Ich will mich unbesorgt vor die Palisaden begeben, ich will, dass reisende Händler zu uns durchdringen, dass es sicher ist, den Hafen zu besuchen. Ich will, dass unsere Kinder in Frieden aufwachsen. Ist das denn so schwer zu verstehen?«

»Unsere Kinder?« Gerald drehte sich wieder zu ihr um und sah sie an, seine angespannten Züge wurden etwas weicher. Dann seufzte er und strich sich ein paar Haarsträhnen aus der Stirn. »Herrgott, Nesta.« Er klang müde und verzweifelt, und das berührte sie stärker, als sie verstehen konnte. »Was soll ich nur mit Euch machen?«

Nesta presste die Lippen aufeinander. Im Grunde konnte sie sein Misstrauen verstehen. Sie kannten sich kaum. »Ich werde Euch nicht betrügen«, sagte sie leise und atmete tief durch. »Ich war von Beginn an ehrlich zu Euch.«

»Ja, das wart Ihr.« Sein Blick fiel zum Bett und wieder zurück zu ihr. Plötzlich schüttelte er den Kopf und ging zur Tür. »Ich werde Euch jetzt allein lassen.«

»Ihr geht?«

Ein bitteres Lachen entfuhr ihm. »Mich beschäftigte die Frage, was ich eher aushalten kann: Eine weitere Nacht an Eurer Seite oder die Verwunderung meiner Männer. Ich kam zu einer Entscheidung. Aber ehe ich Euch nun in Ruhe schlafen lasse, muss ich Euch noch eines sagen: Ihr werdet nicht mit nach Tenby kommen.«

»Aber …«

Er warf ihr einen scharfen Blick zu. »Ihr werdet aus zwei Gründen nicht mitkommen, und dabei spielt es keine Rolle, ob Ihr mit Hywel konspiriert oder nicht: Zum einen darf ich nicht riskieren, dass sie Euch bekommen, sollte es eine Falle sein. Zum anderen habt Ihr selbst schon gesagt, dass es kaum sicher ist, sich von einer Burg zu entfernen. Auf dem Weg nach Tenby könnten wir von allen möglichen Gesetzlosen und Rebellen überfallen werden. Das ist zu gefährlich. Morgen bringe ich Euch zurück nach Carew, und alles Weitere werden wir dann sehen.«

Nesta nickte, wenn auch widerwillig. Sie wusste, es hatte keinen Sinn, dagegen zu protestieren, zumal sie sich der Gefahr durchaus bewusst war. Hywel wollte sie für seine Zwecke benutzen, und was läge näher, als Gerald zu töten und sie in eine Ehe zu zwingen?

Gerald verneigte sich knapp. »Gute Nacht, Madame.«

Drei Wochen nach ihrer Rückkehr nach Carew keimte der erste Verdacht in ihr auf. Dann übergab sie sich eines Morgens und gewann Gewissheit: Sie erwartete Geralds Kind.

Freude und Furcht hielten sich die Waage, denn sie wusste nicht, wie Gerald reagieren würde. Ihr Verstand sagte ihr, dass er sich freuen würde, schließlich mochte sie seinen Erben tragen.

Auch hatte Gerald keinen Grund, ihr ihr Kind wegzunehmen, doch von Henry hätte sie das auch nie erwartet. Vielleicht würde er behaupten, das Kind stamme von jemand anderem, denn dass er ihr nicht vertraute, war nach dem Treffen mit Hywel in Pembroke offensichtlich. Sie waren ja auch nur einmal beieinander gelegen, und als ehemalige Mätresse konnte sie schlecht mit ihrer Tugendhaftigkeit argumentieren. Diese Angst schnürte ihr die Kehle zu, und so wagte sie es nicht, Gerald eine Nachricht zukommen zu lassen. Er hielt sich in Pembroke auf, stellte Eskorten für Händler, sah zu, dass niedergebrannte Höfe wieder aufgebaut wurden, und er fiel in Hywels Land ein, um Vieh und Getreide zurückzuerbeuten. All ihre Hoffnungen lagen auf dem Treffen mit Gwgan im Juni, doch bis dahin mussten die Menschen in diesem Land essen, und Gerald beschaffte es ihnen.

Nach Carew kam er kein einziges Mal, und als sein Bruder Simon anfing, ihr sonderbare Blicke zuzuwerfen, wusste sie, dass ihr Zustand kein Geheimnis mehr war.

»Ich will ihm selbst davon erzählen«, sagte sie eines Morgens im Juni, als sie zu ihm in die Halle trat. Er saß über Schriftstücke gebeugt und studierte eine Liste der Abgaben. Doch jetzt sah er auf, das dichte graue Haar zurückgekämmt und der Bart gestutzt. Er hatte dieselben grauen Augen wie Gerald, doch selbst wenn er ernst dreinblickte, schienen sie ein Lächeln in sich zu tragen.

»In zwei Wochen findet das Treffen mit Gwgan in Tenby statt«, sagte er stattdessen. »Meinst du nicht, mein Bruder sollte zuvor davon erfahren?«, er blickte mit hochgezogener Augenbraue auf ihren Bauch.

»Weil es eine Falle sein und er umkommen könnte?« Sie hasste diesen Gedanken, der sie schon seit Wochen verfolgte. Nicht nur, weil sie und ihr ungeborenes Kind dann in großer Gefahr wären. Auch zerrte Geralds lange Abwesenheit an ihr. Sie würde nicht zugeben, dass sie ihn vermisste, er hatte sich offensichtlich von ihr abgewandt, doch sie wollte nicht, dass ihm etwas geschah.

»Ich werde ihm davon erzählen, wenn er nach Carew kommt – wann auch immer das sein mag.«

»Wenn du ihm eine Nachricht zukommen lässt, wird er sofort herkommen.«

Nesta schüttelte den Kopf. Er hatte sie aus Mitleid geheiratet, obwohl er ihr misstraute, und sie wollte nicht, dass er aus Mitleid herkam. »Lass mir noch etwas Zeit, Schwager. Ich werde es ihm sagen.« Sie sah ihm bittend in die Augen und hoffte gleichzeitig, dass sie nicht zu verzweifelt wirkte.

Simon hob die Hände, was sie als Einverständnis wertete, doch als er sich wieder seiner Arbeit widmen wollte, trat Nesta näher an die Tafel und warf einen Blick auf die Schriftstücke. »Ich möchte etwas Tuch kaufen, um neue Kleider für die Mägde und die Wachen zu nähen.«

Verblüfft blickte er hoch. »Kleider für die Mägde und Wachen?«

»Es ist meine Pflicht, den Haushalt dreimal jährlich mit neuer Kleidung zu versorgen, und jetzt möchte ich damit beginnen. Ich weiß, dein Bruder überlässt dir die Finanzen und daher …«

»Dreimal jährlich?« Mit einer Mischung aus Belustigung und Schock sah er sie an.

Nesta hatte nichts anderes erwartet. »Ich weiß, es ist bei euch nicht üblich, aber die Kleidung wird bereits dünn, und an walisischen Höfen ist es Tradition, dass …«

»Du bist keine walisische Fürstin, Nesta, so schwer es mir auch fällt, dich daran erinnern zu müssen.«

Sie sah ihn ungeduldig an. »Das ist mir durchaus bewusst. Doch meine Mägde sind Waliserinnen, die Köchin ist Waliserin. Ich finde, sie haben ein Anrecht darauf, und gestern hast du davon gesprochen, dass ein paar Nordmänner von der Küste von Burg zu Burg ziehen, um Proben ihrer Waren vorzuzeigen. Ich würde sie mir gerne ansehen und dann zum Hafen reiten und …«

Simon hob die schmucklose Hand. »Damit Gerald mit all seinem Zorn über mich kommt? Er würde mir den Kopf abreißen, wüsste er, dass ich seine schwangere Gemahlin zum Hafen gehen lasse, damit sie dort mit ein paar Wikingern feilscht.«

»Simon, ich würde ja nicht alleine gehen. Ich finde jemanden, der mit mir reitet. Wo soll ich sonst günstiges Tuch bekommen? Du weißt, den Nordmännern ist es nicht erlaubt, im Landesinneren ihre Waren feilzubieten, sie dürfen lediglich an den Küsten Handel treiben, und da sie nicht zu mir kommen können, muss ich eben zu ihnen. Es heißt, sie hätten die außergewöhnlichsten Waren …«

»Es tut mir leid.« Simon sah sie mit ehrlichem Bedauern an, aber er hob die Hand, um sie am Weitersprechen zu hindern. »Ich kann dich nicht gehen lassen, das weißt du.«

»Ja … weil das hier ein Gefängnis ist«, murmelte Nesta und hatte Mühe, ihre Enttäuschung zu verbergen. Sie brauchte etwas zu tun, eine Abwechslung von den täglich gleichen Aufgaben und Gesichtern. Die Schwangerschaft und Sorge machten sie rastlos, und selbst die Dörfler lächelten schon bei ihrem Anblick, weil sie sich ständig bei ihnen herumtrieb. So wie es unter Walisern Brauch war, standen die Türen ihrer Häuser stets für jeden Gast offen, und für ihre ehemalige Prinzessin sowieso. Nesta spielte mit den Kindern im Dorf, lauschte den Geschichten und Sorgen der Bewohner und überredete sie dazu, in die Kirche zu gehen. Der stets mit sorgenvoller Miene dreinblickende Pater Gilbert blühte auf und las Messen für Nesta, da sie die Waliser von Carew zurück zu Jesus Christus geführt hatte. Es waren anstrengende und aufregende Wochen gewesen, aber Nesta wollte nicht länger hierbleiben. Sie musste andere Landschaften sehen, sie war hier in Wales, und es prickelte in ihren Adern, um wie ihre Familie früher von Ort zu Ort zu ziehen.

»Es tut mir leid, wenn du dich hier gefangen fühlst, aber glaub mir, es ergeht nicht nur dir so.« Simon verschränkte die Hände über den Pergamenten und zuckte mit den Schultern. »In diesen

Zeiten ist es für jedermann gefährlich, sich nach draußen zu wagen. Sieh dir die Proben an, wenn der Nordmann kommt, und ich schicke jemanden nach Milford Haven, um mit den Wikingern zu verhandeln. Nur versteh, wir hatten viele Probleme mit Plünderern, die Truhen sind nicht gerade voll. Vielleicht fängst du erst mal mit weniger an. Es muss nicht der gesamte Haushalt auf einmal neu eingekleidet werden.«

Nesta nickte, sie würde trotzdem versuchen, für jeden warme und widerstandsfähige Kleidung zu besorgen. Sie wäre so gerne selbst geritten, doch wenn er sie so anlächelte, konnte sie ihm nicht böse sein. Bestimmt wäre er ein guter Onkel für ihr Kind, und sie konnte schon jetzt vor ihr sehen, wie er mit ihren Söhnen und Töchtern Späße trieb. »Also schön. Aber …«, sie sah ihm eindringlich in die Augen, »mein Geheimnis bleibt vorerst ein Geheimnis.«

Simon nahm ein neues Schriftstück zur Hand. »Warte nicht zu lange, Nesta. Du hast nichts zu befürchten.«

Ich schulde dir eine Entschuldigung.«

Nesta fuhr derart zusammen, dass sie sich mit der Nadel in den Finger stach. Sie ließ ihre Näharbeit sinken und blinzelte in die Herbstsonne, vor der sich eine schlanke Gestalt abzeichnete. Sie hatte sich nicht getäuscht: Simon stand vor ihr, und seinem zerknirschten Ausdruck nach zu urteilen, war irgendetwas passiert.

»Simon!« Sie legte die Näharbeit zur Seite und erhob sich – sofort wurde ihr schwarz vor Augen. Sie war zu lange in der Sonne gesessen und zu abrupt aufgestanden. Die Angst vor schlechten Nachrichten von Gerald tat ihr Übriges, um ihr Herz stolpern zu lassen. Schnell blinzelte sie gegen die Dunkelheit, die sich über ihre Augen gelegt hatte, griff möglichst unauffällig an die warme Wand in ihrem Rücken und spürte plötzlich einen starken Griff um ihren Arm.

»Geht es dir gut?« Seine alarmierte Stimme riss den Schleier von ihren Augen, und als Nesta hochsah, erkannte sie die Sorge in seinem Blick.

»Natürlich.« Sie lächelte möglichst unbeschwert und wies zum Himmel hoch. »Nur die Sonne. Mir war etwas heiß.«

Simon blickte missbilligend drein. »Du solltest zu den Mägden in die Halle gehen, wo es kühler ist.« Er sah auf ihren gewölbten Bauch hinab und seufzte. »Du hast ihm immer noch nichts gesagt.«

»Worüber wolltest du mit mir sprechen?« Nesta hob die Augenbrauen und bedeutete ihm damit, dass sie nicht über ihre Schwangerschaft reden wollte. »Wieso schuldest du mir eine Entschuldigung?«

Simon wies an sich hinab, und erst jetzt bemerkte sie, dass er die Tunika trug, die sie für ihn genäht hatte. »Ich hatte dich unterschätzt, Nesta. Nie hätte ich für möglich gehalten, dass du mit so wenigen Mitteln den ganzen Haushalt neu einzukleiden vermagst.« Er strich über das glatte Tuch, das zum Teil aus dem Muster eines Nordmannes stammte und in walisischer Art geschnitten war. Sie hatte erst unbarmherzig mit dem Mittelsmann der irischen Wikinger verhandelt und ihn dann dazu gebracht, dass seine Herren mit ihren Langschiffen den Fluss bis zur Burg herauffuhren, sodass sie hier, umringt von Simon und ihren Wachen, hatte einkaufen können. Dabei hatte sie so viele Tuchproben wie möglich herausgeschlagen, die sie für Borten und Ornamente benutzt hatte. Die Mägde waren etwas einfacher ausgestattet worden, aber für Simon hatte sie etwas Besonderes nähen wollen. Auch für die Ärmsten aus dem Dorf hatte sie noch etwas erstanden, aber die meisten waren schon damit zufrieden gewesen, die fremdartigen Männer und ihre Schiffe am Ufer anzusehen.

»Ich hatte Hilfe beim Nähen, und von meiner Mutter hieß es einst, sie ließe die Nordmänner in Tränen ausbrechen, da sie nicht nachgab, ehe sie alles hatte, was sie wollte, zu dem Preis, den sie bestimmte.«

»Nun, du machst deiner Mutter auf jeden Fall Ehre. Tränen sah ich zwar keine, aber der eine oder andere Nordmann raufte sich durchaus die Haare.« Er blickte die Treppe hoch zur Halle und presste die Lippen aufeinander. Nesta spürte, wie die böse Vorahnung zurückkehrte.

»Was ist los? Ist es wieder Hywel?« Das Treffen mit Gwgan in Tenby war gut verlaufen, es war keine Falle gewesen. Doch Gwgan verhielt sich zögerlich, er wollte lediglich mit Worten auf Hywel einwirken, brachte es aber nicht über sich, seinen Herrn zu betrügen. So gingen die Kämpfe immer weiter, während denen Hywel stets aus dem Hinterhalt im Schutze der Wälder angriff und wieder verschwand, ehe Gerald ihn stellen konnte.

»Nein, nein.« Simon wandte sich ihr wieder zu. »Nur das Übliche, fürchte ich. Aber ich habe einen Brief für dich, er trägt das Siegel vom Abt aus Shrewsbury, was ich mir ehrlich gesagt nicht erklären kann.«

Nesta begann zu strahlen, und fast hätte sie Simon einen Kuss auf die Wange gegeben. »Keine Sorge, Schwager, ich habe nichts angestellt. Der Brief ist bestimmt von meinem Bruder Hywel, der in Shrewsbury Abbey zum Mönch geworden ist.« Sie lachte, und plötzlich schien ein Teil ihrer Last von ihr abzufallen.

»Na, dann ist ja gut.« Simon wies den Turm hoch. »Der Brief liegt in meiner Kammer auf dem Tisch, du kannst ihn dir gerne holen. Ich muss noch mit den Wachen reden.«

Nesta ging sofort in Simons Gemach und entdeckte den Brief von Hywel auf dem zerfurchten Tisch. Sie wollte ihn sogleich öffnen, doch dann blieb ihr Blick bei einem anderen Schriftstück hängen. Es trug das königliche Siegel. Was wollte Henry von Gerald? Vermutlich ging es um die aufständischen Waliser, doch Gerald war nicht hier. Hastig brach Nesta das Siegel und starrte mit einem erstickten Luftholen auf die Zeilen:

»Roger le Poer, Bischof von Salisbury und Lordkanzler von England, an Gerald de Windsor, Lord von Carew, Grüße. Eurem Ansuchen über die Übernahme der Obhut von Henry FitzRoy wird nicht stattgegeben. Der Junge bleibt im Haushalt von Cardigan unter der Vormundschaft des Earl of Clare.«

Nesta ließ das Schreiben zurück auf den Schreibtisch sinken. Es war weniger der Beschluss, dass sie Harri nicht zurückbekam, der sie so erschütterte – sie hatte nie etwas anderes erwartet –, sondern dass Gerald versucht hatte, ihn aufzunehmen. Die königlichen Mühlen mahlten langsam, und ein Bote brauchte lange vom Westen Wales bis an den Hof. Gerald musste schon vor längerer Zeit um Harri gebeten haben, vielleicht sogar zu ihrer Hochzeit. Er hatte versucht, sie mit Harri zu vereinen. Er war gescheitert, ja, aber er hatte es versucht.

Carew Castle, Südwestwales, Februar 1105

Nesta eilte über die Wiese zum Dorf und hielt ihre Röcke mit einer Hand hoch. Der Umhang flatterte hinter ihr her, und die fellbesetzte Kapuze war längst von ihrem Kopf gerutscht. Sie bahnte sich ihren Weg zwischen Katen, Pferchen, Gärten und Ställen hindurch und hielt auf die Kirche im Herzen des Dorfes zu. Sie sah die Menschenansammlung schon von weitem und beschleunigte ihren Schritt. Ihr Atem kam in schweren Stößen, im unteren Rücken spürte sie einen schmerzhaften Druck, ihre Gedanken rasten, und als sie die hochaufragende Gestalt inmitten der aufgebrachten Waliser entdeckte, meinte sie, ihr Herz stolpern zu spüren. Abrupt blieb sie stehen und suchte Halt an der Wand neben sich. »Gütiger Gott.«

»Versteht doch«, sagte Gerald langsam und mit einem Hauch von Ungeduld in der Stimme. »Ihr müsst zuerst die Erlaubnis bei mir einholen, ehe ihr euch vermählt. Versteht ihr das? Zuerst fragt ihr mich, und wenn ich meine Einwilligung gebe, könnt ihr heiraten.«

Das Brautpaar warf sich verwirrte Blicke zu und sah dann hilfesuchend zu den Dörflern vor der Kirche. Doch auch von ihnen wusste niemand etwas zu sagen. Sie alle standen mit eingezogenen Köpfen und tief in die Gesichter gezogenen Kapuzen da und rieben die Hände aneinander, um sie zu wärmen. Der Februar war der kälteste Monat des Jahres und hatte die Wiese vor der Burg mit glitzerndem Reif überzogen.

Nesta lehnte an der Wand einer Kate im Schatten des Strohdachs und beobachtete die bunte Hochzeitsgesellschaft, die von Geralds Männern umringt wurde. Ethil war aus dem Dorf zu ihr gelaufen, um sie zu holen und ihr von dem Tumult zu berichten. Doch mit Gerald hatte sie nicht gerechnet. Ihn nach so langer Zeit plötzlich wieder vor sich zu sehen, nahm ihr die Luft zum Atmen. Er hatte sich monatelang nicht sehen lassen, noch nicht einmal zu Weihnachten hatte er es geschafft, zu ihr zu kommen, denn Hywel plünderte mit einer Grausamkeit, die all seine vorherigen Raubzüge lächerlich erscheinen ließen. Der König hatte den Bruder des verstorbenen Sheriffs von Devon tatsächlich mit der Wiederherstellung von Rhyd-y-gors betraut, und Hywel war über die normannische Einmischung in seinem Land derart aufgebracht, dass er nicht mehr zu bremsen war. Fast täglich kamen Flüchtlinge zur Burg, die um Essen und etwas Wärme flehten, und sowohl die Häuser im Dorf als auch die Burg waren überfüllt von heimatlosen Walisern. Nesta hatte die letzten Monate damit verbracht, Wunden zu versorgen, Kindern Milch zu geben und Trost zu spenden, doch stets hatte die Angst um Gerald sie begleitet. Sie trug sein Kind, und nun war es in Gefahr, vaterlos aufzuwachsen. Ein Risiko bestand angesichts seiner Position und Lage immer, aber Hywel war stärker geworden. Mit jedem Reiter, der durchs Torhaus gekommen war, hatte Nesta Nachricht von Geralds Tod befürchtet, doch jetzt war er zurück. Er stand mit seinem Pelzumhang über dem Kettenhemd da, sein goldenes Haar wehte im eisigen Wind um sein von der Kälte gerötetes Antlitz, und sein kurzer Bart schien Frost in sich zu tragen. Sie konnte sich einfach nicht rühren, sie konnte ihn nur ansehen, als wäre er ein Trugbild.

Die Eltern der Braut traten vor und erklärten Gerald auf Walisisch, dass das junge Paar heiraten *musste*, dabei verwendeten sie keine besonders freundlichen Worte und nannten Gerald einen Haufen freincischer Scheiße.

Schließlich fasste sich Pater Gilbert ein Herz und trat zwischen seinen Herrn und die aufgebrachten Waliser. »Erst fragen«, stammelte er in gebrochenem Walisisch und gestikulierte in Geralds Richtung, »dann heiraten.« Er führte die Hände vor dem Brautpaar zusammen. »Versteht ihr? Nichts geschieht ohne das Einverständnis von Lord Carew.«

Weitere verständnislose Blicke folgten, genauso wie Flüche und Verwünschungen.

Nesta erwachte aus ihrer Starre und löste sich aus ihrem Versteck im Rücken der Versammlung. Die Hand auf ihren gewölbten Bauch gelegt, ging sie mit rasendem Herzen über den Platz vor der Kirche, und als der erste der Waliser sie entdeckte, teilte sich die Menge. Verbeugungen wurden ausgeführt und Segensworte gesprochen.

Nesta nickte den Menschen zu und blieb schließlich vor ihrem Gemahl stehen, der sie anstarrte, als stünde die Heilige Maria persönlich vor ihm.

»Nesta!«, stieß er aus, als er seinen Blick über sie wandern ließ. Offensichtlich hatte Simon sein Versprechen gehalten und nichts von ihrem Zustand verraten. Jetzt neigte sich ihre Schwangerschaft bereits dem Ende zu. »Wann …« Er zog die Stirn in Falten, als dachte er angestrengt nach. »Wieso habt Ihr mir nicht eher davon erzählt?«

»Ich …« Die Worte blieben ihr im Halse stecken. Sie wollte sagen, dass sie ihm nicht unnötig habe Sorgen bereiten wollen, aber sie konnte ihn nicht anlügen. Die Wahrheit konnte sie ihm aber auch nicht sagen, zumal ihr ihre Angst seit dem Brief über Harri so falsch und unbegründet vorkam. Er schien sie ohnehin in ihren Augen zu lesen, denn er ließ seine Hand sinken.

»So denken wir stets das Schlechteste voneinander«, sagte er, weniger bitter als erstaunt. Er fuhr sich mit der Hand durch die Haare und starrte sie erneut ungläubig an. Dann begannen seine Mundwinkel plötzlich zu zucken, als kämpfe er gegen ein Lächeln an. Seine gerade noch müden und sorgenvollen Augen strahlten auf, als hätte jemand eine Kerze dahinter angezündet. Und dann brach sich das Lächeln Bahn – nein, es war ein Grinsen, das sein gesamtes Antlitz in eine Maske reinster Freude verwandelte, und Nesta konnte nicht anders, als ebenso zu lächeln und die Freude, die von ihm ausging, in ihr zu spüren. Die Anspannung wich aus ihren Gliedern, und sie hatte das Gefühl, jeden Moment in sich zusammenzusinken. Doch da packte Gerald sie plötzlich um die Taille, riss sie an sich und wirbelte sie herum.

Nesta schrie überrascht auf, doch noch überraschter war sie, dass dieser Laut einem Lachen sehr nahe stand und keine Spur von Angst in sich trug. Sie legte ihre Hände auf seine Schultern und schloss die Augen, genoss das Gefühl der Drehung und des Windes, bis sie wieder Boden unter den Füßen spürte. Außer Atem sah sie zu ihm hoch, und als er seine Hand auf ihre Wange legte, hatte sie zum ersten Mal nicht den Wunsch zurückzuweichen.

Die Hochzeitsgesellschaft um sie herum brach in lauten Jubel aus, und ein paar der Männer klopften Gerald gar freudestrahlend auf die Schulter.

»Ihr seid zurück.« Ihre Hand kribbelte von dem Wunsch, ihn anzufassen, um sicher zu sein, dass er Wirklichkeit war. Seine Rückkehr sollte sie nicht derart in Aufregung versetzen, doch sie fühlte sich, als wäre ein schwerer Stein von ihrer Brust genommen worden. Damit er aber nichts davon merkte, wandte sie sich erst mal an das Brautpaar. »Cadell, Gwladys. Ihr wisst doch, dass Eheschließungen erst mit eurem Herrn besprochen werden müssen.« Sie warf dem griesgrämigen Vater der Braut einen Blick zu. »Es war nie anders – auch als es noch keine Freinc hier gab, musstet ihr eurem Herrn eine Abgabe für das Weggeben einer heiratsfähigen Tochter bezahlen. Mein Gemahl verlangt von euch lediglich, ihn vorher aufzusuchen, damit er Einwände vorbringen kann, falls es denn etwas zu beanstanden gäbe. Das ist eine reine Formalität.« Die Brautmutter öffnete den Mund, als wollte sie etwas sagen, doch Nesta ließ sie nicht zu Wort kommen. »Ich weiß, es war dringend, und Lord Carew war längere Zeit nicht hier. Aber jetzt ist er da, und ich bin sicher, er gibt den beiden seinen Segen.« Sie wandte sich an Gerald und lächelte, nicht nur um den Walisern zu zeigen, dass sie ihm vertraute, sondern auch, weil sie bei seinem Anblick gar nicht anders konnte. »Nicht wahr? Ihr habt doch nichts dagegen einzuwenden, dass Cadell und Gwladys heute heiraten.«

Gerald zuckte kurz zusammen, als wäre er aus tiefsten Gedanken aufgeschreckt. Sein Blick haftete immer noch auf ihrem Bauch. Jetzt sah er zu ihr hoch, weiter zu den Brautleuten und dann wieder zu ihr. »Natürlich nicht«, sagte er, lächelte dem Brautpaar zu und blickte sehnsüchtig und erschöpft zur Burg.

Nesta hob die Hände. »Wunderbar. Dann steht den Feierlichkeiten ja nichts mehr im Wege. Scheut euch nicht, mit euren Angelegenheiten zu uns zu kommen, vor Lord Carew habt ihr nichts zu befürchten. Wir sind immer für euch da. Ich wünsche euch Gottes Segen für diese Verbindung und …«, sie streichelte lächelnd über den wollenen Umhang, der ihren runden Unterleib verhüllte, »viele Kinder.«

Die Waliser sahen zwischen ihr und Gerald hin und her. Es war so gut wie nie vorgekommen, dass Gerald und sie gemeinsam im Dorf gewesen waren und die Einwohner sie zusammen gesehen hatten. Wildeste Gerüchte über den freincischen Unhold und die britische Königstochter waren kursiert. Nestas Leben müsse wie die Hölle auf Erden sein, hatte es einmal geheißen. Die Frauen hatten Nesta in ihre Gebete eingeschlossen, damit sie als Ehefrau eines Mannes wie Gerald nicht zerbrach. Und obwohl Nesta sich alle Mühe gegeben hatte, den Hass auf Gerald im Dorf zu verringern, war dieser Moment der Freude entscheidend.

Mit einem Lächeln nickte sie Gerald noch einmal zu und

wandte sich schließlich ab, um es den Walisern, ihrem Gemahl und Pater Gilbert zu überlassen zu einer Verständigung zu kommen. Sie konnte nicht immer als Brücke zwischen den beiden Parteien fungieren. Pater Gilbert machte außerdem schon erstaunliche Fortschritte im Walisischen, sehr zur Freude der verwitweten und unverheirateten Frauen, die noch immer nicht verstanden, dass ein Priester nicht heiraten durfte. Die Grenzen zwischen Walisern und Normannen begannen aber langsam zu schmelzen.

Möglichst gelassen machte Nesta sich auf den Rückweg, um in der Burg auf Gerald zu warten, denn sie brauchte einen Moment, um sich zu sammeln. Geralds Anwesenheit machte sie nervös. Er war so lange weggewesen, und sie hatte so viele Schreckensszenarien vor sich gesehen, genauso hatte sie nachts geträumt, dass sie ihm bei seiner Rückkehr vor Glück in die Arme fiel. Sie wusste nicht mehr, was sie fühlen sollte. Sie atmete tief durch und beschloss, erst einmal in der Burg Bescheid zu sagen und dafür zu sorgen, dass ihr heimgekehrter Gemahl und seine Männer eine anständige Mahlzeit bekamen.

Schritte erklangen hinter ihr, und dann umschlang eine Hand ihren Oberarm und zwang sie zum Stehenbleiben. »Wie fühlt Ihr Euch?« Gerald wies an ihr hinab, ein fast kindliches Lächeln im Gesicht. »Ist alles in Ordnung? Mit euch beiden?«

Nesta strich sich über den Bauch. Sie musste sich wohl eher als gehofft ihren durcheinandergeratenen Gefühlen stellen. »Ich fühle mich, als hätte ich ein Fass verschluckt, aber ansonsten geht es uns bestens.«

Diese Worte zauberten ein Grinsen in sein Gesicht, das nicht stolzer hätte ausfallen können. Er öffnete den Mund, als wolle er etwas sagen, doch da wurden sie plötzlich von seinen Männern umzingelt.

»Gut gemacht, Gerald.« Eine Hand drosch auf seine Schulter. »Ich beglückwünsche Euch, Mylord.«

»Ein wahrer Segen, Mylord.«

»Na, wenn das nicht ein Erbe ist, Gerald. Sieh dir diesen Bauch an.«

Gerald zuckte zusammen und fuhr zu seinen Männern herum, während Nesta geduldig das Schauspiel beobachtete. »Schert euch weg«, fuhr er die grinsenden Soldaten und Ritter an. »Lasst euch in der Halle zu essen und zu trinken geben. Ich habe mit meiner Gemahlin zu sprechen.«

Weitere Glückwünsche wurden ausgesprochen und Schläge auf den Rücken oder die Schulter verteilt, ehe Gerald und Nesta allein am Rande des Dorfes zurückblieben.

Unvermittelt fasste er ihren Oberarm, führte sie über den Trampelpfad zur Burg hin und polterte dabei: »Aber was denkt Ihr Euch eigentlich dabei, hier draußen in der Kälte herumzustehen? Ihr könntet Euch den Tod holen!«

Nesta hatte Mühe, neben ihm herzulaufen, und als er dies bemerkte, wurde er sofort langsamer. Ohne sie loszulassen, ging er mit ihr zu den Gemächern hoch.

»Ich hoffe doch sehr, Ihr begeht diese Treppe nicht zu schnell. Sie ist steil, und die Stufen sind besonders um diese Zeit oft feucht und rutschig. Ihr könntet ...«

»... ausrutschen und zu Tode kommen, ich weiß, Euer Bruder wird nicht müde, mir das zu sagen.«

Ein Blick aus seinen Sturmaugen traf sie, ehe er die Tür zu ihrem Gemach aufstieß. »Was soll das?« Er sah sich um, drehte sich im Kreis und schien etwas zu suchen. Mit wenigen Schritten durchmaß er die Kammer und schloss mit einem Knall die Fensterläden. »Hier drin ist es kalt und zugig, wie auf einem Heuboden. Wieso brennen die Kohlenbecken nicht?«

»Hier hält sich doch niemand auf.«

»Und wieso nicht?«

Nesta hob die Hände. »Ich bin doch unten in der Halle oder in der Küche oder im Stall. Ich habe Aufgaben zu erledigen.«

Seine Wangen hinter dem dichten goldenen Bart färbten sich rot. »Seid Ihr von Sinnen? Ihr könntet dem Kind schaden!«

»Großer Gott, Gerald. Ich erwarte ein Kind, ich bin nicht krank.«

»Noch nicht.« Er wies zum Bett. »Legt Euch sofort hin. Ich werde noch weitere Kohlenbecken holen und nach etwas Warmem zu essen schicken. Ihr bewegt Euch hier nicht mehr raus, habt Ihr mich verstanden?«

»Bis zur Niederkunft?« Nesta begann seinen Ausbruch mit Humor zu sehen. Der Schock über seine Rückkehr ließ allmählich nach. Gerald hielt mit dem Türknauf in der Hand inne und blickte über die Schulter zurück. »Zumindest bis ich sicher sein kann, dass Euch Euer unbedachter Spaziergang ins Dorf nicht geschadet hat.« Mit diesen Worten rauschte er hinaus, und Nesta hörte seine schweren Schritte auf der Treppe und seine volltönende Stimme Befehle rufen. Nur wenige Augenblicke später kamen Ellen und Ethil, die zusammen ein Kohlenbecken trugen und es, genauso wie die beiden vorhandenen, entzündeten. Die Köchin brachte erwärmten Wein und eine Schale Suppe. Ihre Augen lachten verschmitzt, bestimmt war sie über die Sorge ihres Herrn ebenso belustigt wie Nesta. Schlussendlich kamen auch noch Beatrice und Agnes mit weiteren Decken.

»Wir erwärmen im Herdfeuer noch ein paar Steine, damit du es bei den Füßen schön warm hast«, sagte Beatrice und schüttelte die Decken auf. »Willst du dich nicht hinlegen?«

Nesta seufzte. »Sagt eurem Vater, dass ich die letzten Monate hervorragend ohne ihn zurechtkam, ich werde die nächsten Wochen auch noch überstehen.«

Die Mädchen warfen sich Blicke zu, dann trat plötzlich Agnes vor. »Bitte, Nesta, leg dich hin. Vater hat gesagt, dass er uns zur Verantwortung zieht, wenn du nicht zur Vernunft kommst.«

»Wunderbar.« Nesta blickte auf ihren Bauch hinab. »Junge oder Mädchen, bleibt nur zu hoffen, dass du nicht allzu sehr nach deinem Vater kommst.« Sie lächelte, und eine ihr wohlbekannte Zärtlichkeit ergriff Besitz von ihrem Herzen. Bald schon würde sie ein kleines Kind in Händen halten. Wie es Harri wohl erging?

Der Schmerz brannte sich durch ihre Brust. Schnell atmete sie ein und schüttelte den Kopf, um diesen Gedanken abzuwerfen. Sie durfte der Vergangenheit nicht nachweinen. Sie hatte jetzt eine Familie, so wie sie es sich stets erträumt hatte. Und diesmal würde ihr niemand ihr Kind wegnehmen. Dieses Kind war das ihrige, es war im ehelichen Lager gezeugt worden, und niemand konnte es ihr entreißen, einzig Gott. Ergeben legte sie sich unter die vielen Decken und trank die köstliche Suppe mit dem winterfesten Lauch. Sie musste zugeben, dass ihr die Ruhe guttat, besonders, da sie immer häufiger an Rückenschmerzen litt. Wieder ergriff sie beim Gedanken an Gerald ein warmes Gefühl.

Ein Lachen entrang sich ihr, das in der Stille der verlassenen Kammer widerhallte. Sie musste verrückt geworden sein. Ihr Gemahl war ein Rüpel und Grobian und traute ihr nicht über den Weg. Und doch war da ein Moment gewesen, als er ihre Schwangerschaft erkannt hatte, in dem sie wahrhaftige Liebe in seinen Augen gelesen hatte. Solch tiefempfundene Freude würde ihr bei seinem Antlitz wohl immer sonderbar vorkommen. Doch sein Anblick hatte sie berührt.

Ein Klopfen an der Tür riss sie aus ihren Gedanken. Als daraufhin Gerald eintrat, begannen ihre Wangen vor Scham über ihre wirren Gefühle zu glühen.

»Ist Euch zu warm?« Er legte die Hand über eins der Kohlenbecken, um zu sehen, wie heiß es war. »Soll ich die Läden ein wenig öffnen? Jetzt seid Ihr ja zugedeckt.«

Nesta schüttelte den Kopf. »Mir ist nicht zu warm.«

»Vielleicht zu kalt? Ich kann weitere Decken bringen.«

»Es geht mir ausgezeichnet.«

Gerald nickte und rieb die Finger aneinander. Etwas verloren stand er mitten im Raum und sah sich um, als suche er Weiteres, das es zu beanstanden gab. Nesta wusste, sie sollte ihn nicht nach den Kämpfen fragen, wo er doch gerade erst erschöpft zurückgekehrt war. Doch sie wollte so gerne wissen, wie lange er dieses Mal bleiben konnte und in welche Gefahren er sich bei seinem Fortgang erneut stürzen musste: »Ist es vorbei?«

Gerald hielt in seinem unruhigen Gang inne und wandte sich ihr zu. Einen Moment lang schloss er die Augen, doch dann kam er auf sie zu und ließ sich auf der Bettkante nieder. Er hob die Hand und legte sie vorsichtig auf ihre Schulter. »Vergebt mir. Ich tat Euch Unrecht. Ich hätte Euch vertrauen müssen, denn Ihr hattet recht. Ich habe mich mit Richard FitzBaldwin und Gwgan ap Meurig getroffen. Richard hält die Burg von Rhyd-y-gors und ist am häufigsten Hywels Ziel. Gwgan folgte unserer Einladung bereitwillig, denn er ist derselben Ansicht wie wir: Es ist genug. Hywel muss gestoppt werden.« Er drückte leicht ihre Schulter. »Ich verspreche Euch, Madame, bald wird dieses Elend ein Ende finden. Im Frühling werden die Menschen da draußen wieder Häuser und genügend zu essen haben.«

»Es gibt nichts zu vergeben. Ich habe Euch meinerseits lange genug misstraut.« Nesta bemühte sich um einen zuversichtlichen Ausdruck.

Gerald sah ihr einen Moment lang in die Augen, bevor er den Kopf schüttelte und dann lächelnd missbilligend schnalzte. »Die Menschen kommen auch eine Weile ohne Euch zurecht. Ich hörte, Ihr arbeitet härter als jede Magd. Versprecht mir, dass Ihr damit aufhört.«

»Ich erledige diese Aufgaben gerne.«

»Aber Ihr müsst Euch jetzt schonen.«

Nesta seufzte und schmiegte ihren Kopf in die Kissen. Einen Moment lang herrschte Schweigen zwischen ihnen, ehe sie wieder zu ihm hochblickte. »Wie lange werdet Ihr diesmal bleiben?«

Ein Schatten huschte über sein Gesicht. »Nicht sehr lange. Es gibt zu viel zu tun, und Hywel bleibt gefährlich.« Er zuckte mit den Schultern. »Auch in England herrscht Unruhe.«

Nesta hob die Augenbrauen. England. Der Hof. Henry. All das schien inmitten des Kampfes und Leids so weit fort. Hatte sie tatsächlich einst prunkvolle Kleider und Geschmeide getragen und ihre Zeit damit verbracht, der Königin aufzuwarten? »Ich weiß nicht, ob ich etwas davon hören möchte.«

»Auch nicht, dass Erzbischof Anselm damit drohte, den König zu exkommunizieren?«

»Wirklich?« Nur schwer verbarg sie ein Schmunzeln. Schon vor Nestas Abreise hatte es Dispute zwischen den beiden Männern über die Ernennung von Bischöfen gegeben. »Lasst uns nicht darüber reden«, bat sie trotzdem. »Mich interessiert nicht, was bei Hofe vor sich geht oder wieso Simon davon sprach, dass der König mit einer Armee in die Normandie ging, wo sein Bruder herrscht. All das …«, sie legte die Hand auf ihren Bauch, »spielt hier keine Rolle.«

Sein Daumen streichelte über ihr Schlüsselbein. »Wie Ihr wünscht. Doch eines muss ich Euch sagen, Madame. Ich erhielt eine Nachricht vom König und …«

Nesta hob die Hand. »Ich weiß.« Sie bemühte sich zerknirscht auszusehen, doch sie vermutete, dass sie scheiterte. »Ich habe den Brief gelesen. Ich weiß, was Ihr für mich und Harri zu tun versucht habt und ich …« Sie legte ihre Hand auf die seinige, welche immer noch auf ihrer Schulter ruhte. Es war erstaunlich, wie leicht es ihr fiel, ihn zu berühren. »Ich bin Euch von Herzen dankbar.«

Gerald zog die Augenbrauen zusammen und sah sie einen Moment lang verwirrt an, doch dann schüttelte er den Kopf. »Das meine ich nicht.« Er lehnte sich ein wenig weiter zu ihr hinunter. »Hywel ist eine große Gefahr, die wir hoffentlich bald los sind, aber im Norden, in Powys, war es schon viel zu lange viel zu ruhig. Iorwerth und Maredudd sind eingesperrt, aber Cadwgan darf nicht vergessen werden. Wer weiß, vielleicht genießt er tatsächlich friedliche Tage im Norden, aber falls er die Zeit der Unruhe hier im Süden nutzt und etwas plant …«, er lächelte, was im deutlichen Widerspruch zu seinen Worten stand, »für diesen Fall soll ich eine Burg in der Nähe von Cardigan errichten, um die Grenze von Ceredigion zu schützen, das Cadwgan hält. Der König übertrug mir die Lordschaft von Emlyn, Nesta. Sobald das Wetter es zulässt und Hywel mich in Ruhe lässt, werden die Arbeiten an der Burg beginnen – ich habe bereits jemanden dort hingeschickt, um den besten Platz zu finden. Und wenn die Burg fertig ist …«, tiefe Grübchen gruben sich in seine Wangen, als er mit dem Daumen von ihrer Schulter zu ihrem Hals strich und ein angenehmes Ziehen in ihrem Bauch hervorrief, »dann würde ich gerne mit Euch …«, er schloss kurz die Augen, und als er wieder aufsah, lag Wärme in seinem Blick, »mit *euch beiden* unseren Wohnsitz dorthin verlegen.«

Nesta hörte es in ihren Ohren rauschen. »Nach Cardigan?«

»Nach Emlyn, nur wenige Meilen von Cardigan entfernt.«

Tränen füllten ihre Augen. Sie würde in Harris Nähe leben! Sie würde ihn besuchen können! Schnell sah sie weg. »Gerald … ich weiß nicht, was ich …«, sie räusperte sich und konnte nicht verhindern, dass ihr eine Träne die Wange hinablief. »Verzeiht. Die Schwangerschaft macht mich rührselig.«

Gerald klopfte ihr auf die Schulter und erhob sich. »Ich lasse Euch besser ruhen.«

Wie vom Blitz getroffen fuhr sie hoch. »Werdet Ihr denn nicht hier … schlafen?«

Reglos sah er sie an, dann verzog er den Mund zu einem bedauernden Lächeln. »Ihr braucht Ruhe, Madame.« Mit diesen Worten ließ er sie allein.

Nesta zog die Decke bis zum Kinn hoch und dachte an das Kind in ihrem Bauch und an Harri, den sie womöglich bald wiedersehen würde. Und an den Mann, den sie immer seltener als de Windsor, den Kommandant von Arnulf de Montgomery, sah, sondern als Gerald, ihren Mann.

Nur zwei Wochen nach Geralds Ankunft setzten bei Nesta die Wehen ein. Die erfahrene Frau aus dem Dorf, die schon bei vielen Geburten in der Umgebung zugegen gewesen war, musste sich kaum um Nesta kümmern, denn es war eine leichte und schnelle Niederkunft. Sie hatte ohnedies keine Zeit dazu, denn Gerald steckte immer wieder den Kopf zur Tür herein und musste von ihr hinausgescheucht werden. Dabei vergaß Nesta fast den Schmerz. Das Bild der beiden, die sich am Fuße ihrer Bettstatt stritten und sich in zwei verschiedenen Sprachen verfluchten, war so absurd, dass sie die Wehen unter Lachen verbrachte. Schließlich bat Nesta ihren Gemahl, der sie in den letzten Tagen wie ein zerbrechliches Gut behandelt hatte, in der Halle zu warten. Sie waren sich nicht mehr so fremd, wie noch vor einem Jahr, aber Nesta wollte gegen Ende nun doch ihre Ruhe. Sie hörte ohnedies seine Schritte vor der Kammer, wo er rastlos auf und ab lief, und auch die Stimmen seiner Männer, die ihn in die Halle zu locken versuchten.

Als Nesta den ersten Schrei ausstieß, war plötzlich ein Poltern auf der Treppe zu vernehmen, das von einer halben Armee zeugte, die sich auf der Flucht befand.

Einzig Gerald blieb zurück, denn sofort klopfte es an der Tür. »Ist alles in Ordnung?«, erklang es dumpf aus dem Gang. »Kann ich helfen?«

Nesta keuchte auf, halb lachend, halb vor Schmerz. Helfen?

Es wunderte sie nicht, dass die Tür mit dem ersten Schrei ihres Kindes aufflog und ein goldgelockter Hüne mit weit aufgerissenen Augen hereinstürmte. Schwer atmend und bleich wie eine gekalkte Wand blieb er stehen und starrte sie an, als sie gerade ihr Kind entgegennahm. »Ein Sohn«, sagte die Waliserin, was Gerald wohl verstanden hatte. Ihr schien es, als schwanke er hin und her, und so zielstrebig er eingedrungen war, so hilflos wirkte er jetzt.

Nesta konnte ihm aber keine Aufmerksamkeit mehr schenken. Sie betrachtete ihren Sohn, der sofort still wurde, als sie ihn an sich drückte. Mit wachen Augen sah er sie direkt an, und Nesta stiegen Tränen in die Augen. Es war, als wüchse ihr ein weiteres Herz, anstatt dass sich ihre Söhne eines teilten. Das eine Herz gehörte Harri und das andere ihrem Neugeborenen. Der Schmerz des einen erreichte das andere nicht. Denn es war neu und unbeschadet.

Ein Lachen entrang sich ihr, als sie das helle Haar entdeckte. Geralds Sohn, dachte sie und blickte zu ihm auf.

»Wenn Ihr auch nur versuchen solltet, mir dieses Kind wegzunehmen«, sagte sie vollkommen ernst, »dann töte ich Euch im Schlaf.«

Gerald sah sie ausdruckslos an, lange, und ohne sich Gefühle anmerken zu lassen. Die Waliserin wickelte inzwischen das verschmutzte Leinen zusammen, legte frisches aus und schlich sich leise hinaus.

»Ihr wollt ihn selbst stillen?«, fragte er schließlich.

Nesta schüttelte den Kopf. »Nein. Ich *werde* ihn selbst stillen.«

Da lächelte er plötzlich, seufzte und kam wacker auf sie zu. Neben dem Bett ging er auf ein Knie nieder und blickte in das rosige Gesichtchen.

Zischend entwich ihm der Atem. »Nesta«, flüsterte er und sah mit glänzenden Augen zu ihr hoch. Er schien vollkommen entrückt, sein Mund stand offen, und sein ganzer Körper schien zu zittern. »Das ist mein Sohn.«

Nesta lachte überglücklich auf. »Ja.« Sie sah ihm in die tränenunterlaufenen Augen. »Das ist Euer Sohn.«

Im nächsten Moment lagen seine Hände auf ihren Wangen, und seine Lippen pressten sich auf die ihrigen. Nesta erstarrte vor Schreck. Doch sie verspürte nicht den geringsten Drang zurückzuweichen. Da war nur diese enorme Gefühlsflut, die völlig unerwartet über sie hinwegbrandete und ihr den Atem raubte. Ihr Herz begann zu rasen, ihr ganzer Körper wurde in Anspannung versetzt, und als Gerald sich löste und seine Stirn gegen die ihre lehnte, schloss sie ohne bewusste Entscheidung die Augen und sog seinen süßen Atem ein, der über ihr Gesicht strich. Dieser Moment schien ihr wie ein Traum. Es musste an den Empfindungen der Geburt liegen, anders konnte sie sich den Wunsch, die Arme um ihn zu legen und sich gemeinsam mit ihrem Kind an ihn zu schmiegen, nicht erklären. Sie war tatsächlich enttäuscht, als Gerald zurückwich und wieder auf den Kleinen hinabblickte.

Seine große Hand legte sich über die Decken, die ihn umhüllten, und sein Zeigefinger strich über die Wange dieses stillen Geschöpfes, das ihr wahrhaftig wie ein von Gott gesandter Engel erschien. »Ich möchte ihn gerne William nennen«, sagte er und ließ sie damit aus ihrem schwebenden Zustand erwachen. Beim Namen »William« dachte sie sofort an Henrys Thronfolger oder an den verstorbenen König William Rufus.

»Nach meinem verstorbenen Bruder, der mir als Kind sehr nahestand«, fügte Gerald erklärend hinzu.

Nesta atmete auf und nickte. »Einverstanden.«

Nesta ließ ihren Sohn bei sich im Bett schlafen und verbrachte jede freie Minute mit ihm. Eifersüchtig bewachte sie die Mägde, die ihn wickelten, wuschen oder herumtrugen, während Nesta etwas zu sich nahm oder den Abtritt aufsuchte. Sie genoss jeden Moment der Zweisamkeit, der ihr noch blieb. Die Wochenbettzeit war die glücklichste seit Langem, und das Wissen, dass sie sich am Ende nicht von ihrem kleinen Will trennen musste, versetzte sie in eine nicht zu trübende Hochstimmung. Den Gedanken an Harri und dass sie ihn nach ihrem Umzug in die neue

Burg vermutlich treffen würde, verdrängte sie geflissentlich. Zu viele Ängste suchten sie deswegen heim, und sie wollte diese besonderen Momente nicht mit Furcht verbringen, die womöglich sogar haltlos war. Schließlich konnte es durchaus möglich sein, dass Harri ihr freundlich begegnete und sie nicht nur als Fremde sah. Der Constable von Cardigan hatte ihr schon zwei Mal durch einen Kleriker geschrieben, dass der Junge wohlauf war und jeden Abend Geschichten über seine Mutter hörte.

Gerald kam häufig zu ihr und betrachtete immer noch völlig verwundert das bezaubernde Wesen, das sie geschaffen hatten. Niemals hätte Nesta sich träumen lassen, dass ihn die Geburt seines Sohnes so tief berührte. Schließlich hatte er schon zwei Kinder – Kinder, die ebenso jeden Moment, den sie zwischen ihren Aufgaben finden konnten, dazu nutzten, um ihren kleinen Bruder zu sehen. Die ganze Burg schien wie verzaubert. Abends hörte sie die Männer unten in der Halle lachen und auf Nestas und Wills Wohl singen, tagsüber kamen die Köchin, Ethil und Ellen und zankten sich darum, wer den Sonnenschein mit dem goldenen Schopf nun halten durfte.

Einmal kam Gerald mit einer Wiege in der Hand in ihre Kammer. Sie war aus hellem Holz und wunderschön gearbeitet.

Nesta riss bei ihrem Anblick die Augen auf. »Oh, sie ist bezaubernd.« Sie sah zu Gerald hoch, der das Schmuckstück neben ihrem Bett abstellte. »Habt Ihr die etwa gemacht?«

Er gab ein grunzendes Geräusch von sich und schüttelte den Kopf. »Dafür sind meine Hände nicht geschaffen, fürchte ich. Es war de Barry. Dieser junge Tropf bildet sich ein, wir hätten unseren Sohn nach ihm benannt.«

Nesta lachte. »Nun, Sir William beweist zumindest, dass auch gute Männer diesen Namen tragen.« Sie kniff die Augen ein wenig zusammen. »Verzeiht. Ich kannte Euren Bruder nicht, der bestimmt ein wundervoller Mensch war. Ich verbinde keine guten Erinnerungen mit diesem Namen.«

»Dann werdet Ihr jetzt welche bekommen«, sagte Gerald sanft und blickte auf den schlafenden Will hinab, der friedlich schnarchend auf Nestas Brust lag. Plötzlich wurde sein Ausdruck ernster. »Ich muss wieder nach Pembroke«, sagte er, ohne den Blick von seinem Sohn abzuwenden. »Hywels Fall steht kurz bevor.«

Nesta nickte und wunderte sich über den drückenden Schmerz in ihrem Bauch, der sie beim Gedanken an Geralds Abreise überkam. Sie waren jetzt eine Familie, und er gehörte zu ihnen. Es gefiel ihr nicht, wenn er sich von ihnen entfernte. Bestimmt rührten ihre Gefühle für Gerald von der Liebe zu ihrem Sohn her, die sich selbsttätig auf den Vater übertrug, aber so absurd diese Empfindungen auch waren, so real waren sie, und das ängstigte sie ein wenig. Vielleicht war es ganz gut, ein wenig Abstand zu ihm zu gewinnen, um sich wieder zu besinnen.

Nach Geralds Abreise und dem Ende der Wochenbettzeit ging Nesta mit dem kleinen Will ins Dorf, wo er von allen bewundert und mit Segensworten bedacht wurde. Sie unternahm auch Spaziergänge zum Hochkreuz, um sich nicht zu weit von der Burg zu entfernen. Dabei strich sie jedes Mal über den Stein und dachte daran, wie Geralds und ihre Hände zueinandergefunden hatten. Immer wieder folgte sie dem verschlungenen Muster, um den Grund für diese Zusammenkunft zu erfassen, doch sie ging jedes Mal wieder ratlos zurück zur Burg.

Die Wochen vergingen, und Nestas Kräfte kehrten allmählich zur Gänze zurück. Schließlich ging sie auch wieder ihrer Arbeit nach. Dazu band sie sich den kleinen Will mit einem Tuch an die Brust, wo er immer bei ihr sein konnte, und so hatte sie auch beide Hände frei, um ihre Pflichten zu erledigen.

Sie war gerade dabei, die vom Winter doch sehr leer gewordenen Vorratshäuser auszukehren, als plötzlich ein Schatten auf sie fiel. Nesta blickte hoch und erkannte eine dunkle Silhouette in der offenen Tür stehen. Sie wusste sofort, dass es Gerald war, und lächelte bei seinem Anblick. »Ihr seid zurück«, sagte sie mit echter Freude und richtete sich auf. Sie stellte den Reisigbesen zur Seite und zog das Tuch zurecht, in dem der kleine Will an sie geschmiegt an seiner Hand saugte.

Gerald kam auf sie zu. »Die Sehnsucht trieb mich her«, sagte er sanft und legte seine Hand auf Wills Kopf. Dann beugte er sich hinunter und küsste ihn auf den goldenen Flaum. »Wie groß du geworden bist.« Nesta ertappte sich bei dem Wunsch, dass die Sehnsucht ihn auch zu ihr getrieben hatte, doch Gerald blickte nur konzentriert auf das Kind in ihren Armen.

Nesta rieb die Hände aneinander. Das Schweigen zwischen ihnen war zermürbend. In der Behaglichkeit ihrer Kammer war ihr Geralds Nähe ganz natürlich erschienen, doch jetzt, da jeder wieder seinem Alltag nachging, wusste sie nicht, wie sie sich ihm gegenüber verhalten sollte. Die Schwangerschaft und auch das Wochenbett waren vorüber, sie waren verheiratet, und Nesta ertappte sich immer öfter dabei, wie sie mit Zärtlichkeit an ihn dachte. Zu lebhaft erinnerte sie sich noch an diesen überraschenden Kuss, der Gefühle in ihr erweckt hatte, die jetzt wieder in ihr hochloderten. Doch ihr war auch bewusst, dass Gerald sie zwar respektvoll als Mutter seines Kindes sah, sie aber als Frau schon sehr lange nicht mehr berührt hatte. Wieso sehnte sie sich dann so danach, sich an seine breite Brust zu schmiegen und von seinen kräftigen Armen festgehalten zu werden?

»Wie geht der Bau voran?«, fragte sie mit ungewohnt hoher Stimme, die in der Stille der Kammer nur noch fremder klang.

Gerald räusperte sich. »Gut. Sobald unser Sohn etwas älter ist, packen wir unsere Habe und …«, er lächelte auf sie hinab, »gehen nach Emlyn.«

Nesta schloss die Augen und seufzte. »Es wird mir schwerfallen, all das zurückzulassen, aber ich freue mich auch.«

Erneutes Schweigen breitete sich aus, während dem sie etwas verloren in der zwielichtigen Vorratskammer standen. Dann rührte Gerald sich plötzlich, verneigte sich knapp und ging einfach hinaus. Nesta sank gegen die Wand in ihrem Rücken. Was geschah nur mit ihr?

Nesta spazierte gemeinsam mit Will in seinem Tuch durch das Dorf und brachte dem alten Cynfyn die letzten Reste des getrockneten Spitzwegerichs, der seinen unerbittlichen Husten mildern sollte. In den nächsten Monaten würde sie neuen sammeln, um sich wieder einen Jahresvorrat anzulegen, so wie ihre Mutter es früher getan hatte. Den kleinen Will ließ sie während ihres Besuchs in Cynfyns Hütte bei Ethil, die sie ins Dorf begleitet hatte und draußen wartete, damit Will sich nicht ansteckte. Nesta musste sich eingestehen, dass ihr ein paar Augenblicke ohne ihre liebliche Last auch wieder ganz guttaten.

Also gab sie Cynfyns Schwiegertochter Branwen genaue Anweisungen für den Aufguss und sprach eine Weile mit ihnen über ihren Vater und die »guten, alten Zeiten«, als dies noch walisisches Land gewesen war.

»Es ist immer noch britisches Land«, sagte Nesta milde an Cynfyn gewandt, der zusammengesunken auf einem Schemel vor dem Herdfeuer saß, während Branwen Wasser kochte. »Niemand sagt, dass wir zu Freinc werden sollen. Aber vielleicht nehmen ja die Freinc etwas von den Briten an.« Mit diesen Worten verabschiedete sie sich und ging gut gelaunt hinaus in die milde Aprilsonne, wo schon ihr Sohn auf sie wartete. Sie wunderte sich selbst über ihre Worte, doch Gerald erschien ihr gar nicht mehr so sehr wie einer der Normannen bei Hofe. Er war rauer, unbezähmbar und wild, ganz so wie ein Waliser. Mit Normannen verband Nesta stets die Höflinge mit ihren Honigzungen, die sagten, was man hören wollte, und einem dann ein Messer in den Rücken stachen, sobald man sich abwandte. Gerald erschien ihr ganz anders, besser.

Ein Ziehen breitete sich in ihrem Unterleib aus, und sie schüttelte verblüfft den Kopf. Ihre Gedanken wurden von Tag zu Tag absonderlicher. Wenn er in ihre Kammer kam und sie mit seinen leuchtenden Augen ansah, begann ihr Herz ganz wild zu flattern. Sie blickte auf seine schwieligen Hände und stellte sich vor, wie es war, sie auf sich zu spüren. Dann errötete sie jedes Mal und gab Gerald Grund zur Belustigung. Manchmal schien es ihr, als wisse er genau, woran sie dachte. Sein Blick wurde sonderbar, dunkler, und er verabschiedete sich ganz schnell. Fast war sie abends enttäuscht, wenn er sie verließ und sich in die Kammer seines verschwiegenen Bruders zurückzog. Immer öfter fragte sie sich, wie es wohl gewesen wäre, wenn sie sich ihm ganz und gar hingegeben hätte. Wenn sie nicht mit Widerwillen, sondern mit Offenheit der ehelichen Vereinigung begegnet wäre. Der Schmerz von damals war nicht mehr als eine blasse Erinnerung.

»Herrin ... Ihr glüht ja.« Ethil sah ehrlich besorgt aus und wies zur Burg. »Ist Euch nicht wohl? Wollt Ihr zurückgehen?«

»Nein.« Nesta schüttelte lachend den Kopf und folgte weiter dem Pfad durchs Dorf. »Es geht mir ausgezeichnet, zumindest glaube ich das.« Womöglich verlor sie gar ihren Verstand.

»Nun.« Ethils Lippen verzogen sich zu einem breiten Grinsen. »Ihr seht auch sehr glücklich aus, wenn ich das so sagen darf, Herrin. Sehr glücklich.«

Nesta blickte auf Will hinab, der die Nähe zu ihr genoss und selig vor sich hinschlief und seufzte. »Das bin ich.« Sie blickte hoch und sah sich zwischen den mit Weißdornzweigen und Maiblumen geschmückten Katen um. Es war der letzte Tag des Aprils, an dem der morgige erste Mai – Calan Haf – gefeiert wurde. An diesem Abend wollte sie Will in Ethils Obhut übergeben und das erste Mal seit Langem wieder einer walisischen Tradition zusehen. Teilnehmen mochte sie daran nicht, dafür waren ihr die Dörfler immer noch zu fremd, und da die Leute Nesta als ihre Herrin betrachteten, gehörte sie auch nicht richtig zu ihnen. Doch sie würde aus der Ferne beobachten, was ihr durchaus genügte.

Sie hatten beinahe die Kirche erreicht, als ihnen schon Pater Gilbert mit geraffter Kutte entgegeneilte.

»Madame!«, rief er von weitem, sichtlich aufgebracht. »Madame!« Schwer atmend blieb er vor ihnen stehen und presste seine Hand an die hagere Brust. »Oh, welch Glück, dass ich Euch hier antreffe. Ich wollte mich schon auf den Weg zur Burg begeben, aber ich glaube, die Leute werden auf Euch eher hören als auf unseren verehrten Lord Carew.«

Nesta sah den Pater erwartungsvoll an und streichelte über Wills Rücken. »Wie kann ich Euch helfen, Pater Gilbert?« Sie ahnte bereits, was dem Kleriker missfiel, und spürte eine Welle des Missmuts in sich aufsteigen.

»Na seht Euch doch um!« Mit leuchtend rotem Gesicht wies er auf die geschmückten Katen. »Teufelszeug! Ihr müsst sie davon abhalten, dieses heidnische Ritual zu vollziehen.«

Ethil, die mittlerweile etwas Französisch sprach und vieles verstand, schnappte empört nach Luft, aber Nesta warf ihr einen mahnenden Seitenblick zu, ehe sie sich wieder an den Pfarrer wandte. »Ihr übertreibt, Pater«, sagte sie sanft, um ihn nicht noch mehr zu erregen, »das ist doch kein Ritual, es ist ein Fest, um den Sommer zu begrüßen, mehr nicht.« Sie wies auf die Weißdornzweige. »Die hier stehen für Fruchtbarkeit und Wachstum, wir beten für eine gute Ernte und gesunde Herden. Verzeiht mir, aber ich sehe darin nichts Teuflisches.«

»Unsinn«, zischte Pater Gilbert, und die Röte breitete sich bis zu seinen abstehenden Ohren aus. Wie ein *Ellyllon* vom kleinen Volk sprang er vor ihr herum. »Ich wurde nicht nur einmal Zeuge dieses abscheulichen … Fests, und ich wollte Euch letztes Jahr nicht damit behelligen, da Ihr Euch ja erst richtig einleben musstet. Aber dieses Jahr, Madame …«

»… dieses Jahr wird *Nos Calan Haf* ebenso gefeiert. Kein Schaden entsteht, wenn wir den Dörflern dieses simple Fest erlauben.« Und mir, fügte sie still hinzu und ertappte sich bei einem Lächeln. Schnell gemahnte sie sich wieder an einen entschlossenen Ausdruck und wies zur Burg. »Begleitet mich doch«, sagte sie und setzte sich auch schon in Bewegung. »Sprecht mit meinem Gemahl darüber, ich bin sicher, er wird Euch nichts anderes sagen als ich.«

»Madame, ich muss mich doch sehr wundern.« Der Pater lief eiligst neben ihr her über den ausgetrockneten und staubigen Pfad. »Ihr als Herrin von Carew Castle seid den einfachen Leuten aus dem Dorf doch ein Vorbild. Was soll nur aus uns werden, wenn sogar Ihr diesem abscheulichen Fest beiwohnt. Wisst Ihr denn nicht, was … was dort … was …«

Nesta schmunzelte. »Ich weiß sehr genau, wie diese Feste verlaufen, Pater. Ihr scheint zu vergessen, dass ich mit ihnen aufgewachsen bin. Aber keine Sorge, ich werde nicht *daran* teilnehmen. Genauso wenig werde ich es aber den Menschen aus dem Dorf verbieten.«

Der Pater grummelte noch weiter vor sich hin, lebte aber sofort wieder auf, als sie Gerald mit seinem Bruder auf der Palisade fanden, wo er vom Winter beschädigte Pfosten inspizierte.

»Mylord!« Der Pater rannte die Holztreppe zum Wehrgang hoch, nur um Gerald noch vor ihr zu erreichen. Gar fürchtete er, sie würde ihren Gemahl beeinflussen.

Genauso wie vorhin noch bei Nesta, empörte er sich leidenschaftlich über die heidnischen Rituale der Waliser und sprang unaufhörlich herum. Nesta fürchtete schon, er könnte in den Hof hinabstürzen, da der Wehrgang zu dieser Seite keine Brüstung aufwies.

Gemächlich schritt sie die Treppe hoch und klopfte Will sanft auf den Rücken, da ihn wohl schon der Hunger plagte und er zu quengeln begann.

»Madame.« Simon eilte ihr entgegen und half ihr die letzten Stufen zum Wehrgang hinauf. Er führte sie sogleich an den Palisadenzaun und stellte sich vor sie, als fürchtete er, der Pater könnte sie und das Kind mit seinen ausschweifenden Gesten noch mit sich hinabreißen.

»Was hat das zu bedeuten?«, wollte Gerald wissen, der immer noch von Pater Gilbert daran gehindert wurde, in Nestas Nähe zu gelangen. »Die Waliser feiern dieses Fest doch jedes Jahr, ohne dass es irgendjemanden geschert hätte.«

»So ist es«, sagte Nesta beschwichtigend. »Es ist ein harmloser Spaß, der aber von einer sehr alten Tradition herrührt und gepflegt werden sollte.«

Der Pater schnaubte. »Es heißt, dass Druiden diese … diese *Rituale* leiten! Dru-i-den!«

»Ich bitte Euch.« Nesta konnte sich das Lachen nicht mehr verkneifen. »Es gibt keine Druiden, wer sagt denn so etwas?« Sie warf einen Blick zu Gerald hoch, der sich mit der Hand über seinen kurzen Bart am Kinn fuhr und sie belustigt ansah. Es schien ihr, als würde ihn das Gebaren des Pfarrers über die Maßen erheitern. Sie fürchtete auch nicht, dass er den Forderungen nachgab, schließlich hatte sie erst gestern mit ihm darüber gesprochen, selbst Weißdornzweige ans Tor zu hängen. Als sie ihm die Bedeutung dieser Tradition erklärt hatte, war sie bis in die Fingerspitzen errötet und sofort wieder geflüchtet, aber zumindest konnte sie sich jetzt dem Pfarrer gegenüber behaupten. Ihr schien es, als würde die Luft in Geralds Gegenwart zittern.

»Es sind keine Rituale«, sagte sie zum gefühlt tausendsten Mal und riss ihren Blick von Gerald los. »Es sind Feierlichkeiten, die den Sommer begrüßen.«

»Weissagungen sollen auch praktiziert werden«, echauffierte sich Pater Gilbert weiter, als hätte er sie nicht gehört. »Niemand kennt die Zukunft außer Gott. Das ist Frevel! Frevel!« Er hob einen Finger. »Feuertänze.« Ein zweiter gesellte sich zum ersten. »Druiden.« Der dritte folgte. »Weissagungen!« Seine ganze Hand fuchtelte vor Geralds Gesicht. »Und Unzucht. *Öffentliche* Unzucht!«

Gerald presste die Lippen aufeinander und hatte augenscheinlich größte Mühe, seinen ernsten Gesichtsausdruck zu wahren. Erneut sah er zu Nesta, und sie spürte, wie ihr unter seinem glühenden Blick ganz heiß wurde.

Fahrig strich sie sich eine Strähne aus dem Gesicht, die sich aus dem Schleier gelöst hatte. »Pater«, sagte sie und musste sich räuspern, da ihr Hals plötzlich trocken war. Sie spürte, wie Gerald sie beobachtete, und das machte sie unsagbar nervös. Geschäftig zupfte sie an Wills Tuch herum, das ihn an Ort und Stelle hielt, während er bereits wild strampelte und Schmatzgeräusche von sich gab. »Ihr kennt doch die Leute aus dem Dorf. Meint Ihr wirklich, einer von ihnen würde sich als Wahrsager hervortun? Und das mit der … der …«, die Hitze erreichte ihre Ohren, »… Unzucht ist doch nichts als ein Vorurteil. Niemand würde dort … also …«

»Und was ist damit, dass sie Kälber und Lämmer ins Feuer werfen?«

Nesta verdrehte die Augen. »Das tun sie doch nur, wenn in der Herde eine Krankheit ausgebrochen ist, um Übel abzuwenden. Unsere Tiere sind alle vollkommen …«

»Aberglaube! Heidnischer Aberglaube!«

»… gesund«, beendete Nesta ihren Satz und atmete tief durch. »Pater, ich bitte Euch, erregt Euch nicht so darüber, das schadet Euch nur und …«

»Mir scheint, am Fest zum ersten Mai ist nichts Anstößiges«, rettete Gerald sie aus ihrer Not und ließ den armen Pater damit erbleichen. »Lady Nesta hat Euch wohl ausreichend erklärt, worum es bei diesen Feierlichkeiten geht. Ihr müsst ja nicht daran teilnehmen. Und jetzt entschuldigt mich, ich habe noch zu tun.« Er zwinkerte Nesta über den Kleriker hinweg zu und wandte sich ab, ohne Pater Gilbert die Möglichkeit zu weiterem Protest zu geben. Schimpfend stapfte der Pfarrer die Treppe hinab, als Gerald dem Wehrgang zur anderen Seite der Palisade folgte.

»Erstaunlich«, meinte Simon neben ihr. »Ich erkenne meinen Bruder kaum wieder.«

Nesta wandte sich ihm zu und zog die Augenbrauen zusammen. »Was meinst du damit?«

»Nun.« Er hob die schmächtigen Schultern. »Er ist so …«, ein Lächeln vertiefte die vielen Falten um seinen Mund, die ihm einen freundlichen Zug verliehen, »… glücklich.«

Nesta blickte zu Gerald, der schon ein gutes Stück voraus auf dem Boden kniete und mit einem kleinen Messer am Holz kratzte. Ein sehnsüchtiges Seufzen entfuhr ihr. »Das bin ich auch«, sagte sie gedankenvoll. »Das bin ich auch.«

Nesta zog die Kapuze noch etwas tiefer in die Stirn und lief über den finsteren Hof zum Tor hin, wobei sie sich stets in den Schatten der Fackeln hielt. Sie hörte zwei der Männer leise miteinander reden und einen anderen ein Lied vor sich hin pfeifen – bestimmt war es der flämische Ritter de Barry, der stets pfeifend umherging und nur selten still sein konnte.

Die Wolken am Horizont waren von unzähligen Feuern erleuchtet, denn heute Abend würde in jedem walisischen Dorf eines entzündet werden. *Beltane* sagten die Iren dazu, wie Gerald ihr erzählt hatte. Wegen seiner Zeit in Irland und den vielen Jahren in Wales war ihm dieses Brauchtum nicht ganz fremd, und es war nicht schwer gewesen, ihn von der Fortführung der Feierlichkeiten zu überzeugen. Nur teilnehmen sollte Nesta nicht daran, doch das hatte sie auch nicht vor; sie wollte es sich nur ansehen. So lange hatte sie schon keine Feuer von *Nos Calan Haf* gesehen, und jetzt, da sie das Gefühl hatte, endlich zu Hause angekommen zu sein und in sich zu ruhen, war sie dieser Tradition noch viel tiefer verbunden. *Calan Haf* bedeutete den Beginn des Sommers, aber für Nesta war damit weniger die Jahreszeit als ihr Leben gemeint. Die schönste und wärmste Zeit ihres Lebens begann, dessen war sie sich sicher, und so wollte sie – wenn auch nur aus der Ferne – an dem Fest teilhaben. Solange Pater Gilbert sie dabei nicht sah, war alles in Ordnung. Der Pfarrer wagte sich ohnedies bestimmt nicht aus seiner Hütte.

Auf Zehenspitzen schlich sie unter den beiden Wachmännern hindurch ins Torhaus und schrie auf, als sich plötzlich eine dunkle Gestalt aus den Schatten löste und ihr den Weg versperrte. »Darf man fragen, wohin Ihr wollt?«

Nesta stieß die Luft aus und presste sich die Hand ans Herz, als sie die Stimme ihres Gemahls erkannte. So als wäre er aus den Wänden geflossen, hatte er sich vom Palisadenzaun gelöst, aber jetzt wusste sie, dass er nur dagegen gelehnt auf sie gewartet hatte. Wie hatte er wissen können, was sie vorhatte?

»Ihr habt mich zu Tode erschreckt«, keuchte sie und schickte sich an, an ihm vorbeizugehen, aber Gerald vertrat ihr den Weg.

»Ihr habt meine Frage nicht beantwortet.«

»Beantwortet sie Euch selbst.« Sie unternahm einen neuerlichen Versuch, das Torhaus zu verlassen und die Wiese zum Fluss zu erreichen, doch natürlich gab es an ihm kein Vorbeikommen. Auf dem Wehrgang über ihr entfernten sich Schritte, womöglich zogen sich die Männer ein wenig zurück, um nicht Zeuge eines Ehestreits zu werden, doch Nesta wäre ihre Anwesenheit auch gleichgültig gewesen. Sie würde zum Dorf gehen, und niemand konnte sie daran hindern.

»Lasst mich vorbei.«

»Ihr könnt Euch unmöglich an diesem Treiben beteiligen. Was auch immer ich zu Pater Gilbert gesagt haben mag – das geht zu weit. Lasst den Walisern ihre Feiertage, aber Ihr müsst hierbleiben.«

Nesta hob den Kopf ein wenig an. »Ach, muss ich das?«

»Nesta.« Er streckte die Hand nach ihr aus, aber sie wich ihm aus. Ein Seufzen entfuhr ihm. »Ihr wisst, was bei solchen … Feierlichkeiten passiert … wie weit sie gehen. Es ist auch nicht sicher da draußen, ohne Schutz.«

Ein Grinsen breitete sich in ihrem Gesicht aus. »Dann begleitet mich doch«, sagte sie in einem Anflug von Verwegenheit und hätte sich fast vor Schreck auf die Zunge gebissen. Als Waliserin war ihr das Treiben bei diesen Festen keineswegs unbekannt, auch wenn sie damals als Kinder rechtzeitig zu Bett geschickt worden waren. Bei Pater Gilbert hatte sie die Ausschweifungen natürlich verharmlost, aber es kam tatsächlich vor, dass sich das eine oder andere Paar ein Plätzchen suchte und dort … Fruchtbarkeit und Wachstum feierte.

Hitze überzog ihre Wangen bei diesem Gedanken, und Nesta dankte stumm der Dunkelheit der Nacht. Auch Geralds Miene konnte sie nicht erkennen, sein Antlitz verschmolz mit den Schatten des Torhauses.

Schweigend standen sie sich gegenüber, und Nesta wollte schon aufgeben und erklären, dass sie sich zurückzog, nur um dieser peinlichen Situation zu entgehen, als sich Gerald plötzlich räusperte und zur Seite trat.

»Es wäre mir eine Ehre, Madame«, sagte er rau und ergriff ihren Arm.

Nesta ließ langsam die angehaltene Luft aus ihren Lungen entweichen und wies zum Fluss. »Ich möchte mir die Feuer nur ansehen«, sagte sie, um Gleichmütigkeit in der Stimme bemüht. »Aus der Ferne.«

»Wie Ihr wünscht.« Er warf einen Blick zurück zur Burg. »Und wo befindet sich unser Sohn heute Abend?«

»Bei Ethil. Er ist gestillt, gewickelt und schläft selig. Allzu lange kann ich aber nicht ausbleiben, denn er ist nachts noch hungrig.« Sie hörte Gerald leise in sich hineinlachen, als er sie auf die rotbeschienene Wiese führte. Bestimmt belustigte es ihn, dass sie den kleinen Will immer noch selbst stillte, doch er hatte ihr gegenüber auch niemals eine Amme erwähnt, wofür sie sehr dankbar war.

Schweigend gingen sie zum Fluss hin, der jetzt bei Ebbe teilweise trockenlag, und lauschten dem dumpfen Klang der Trommeln aus dem Dorf. Gerald wollte darauf zuhalten, aber Nesta führte ihn über die Sand- und Kiesbank zur anderen Uferseite. Erst als sie dem Dorf genau gegenüberlagen, im Schutze der Dunkelheit und unter dem weitgreifenden Astwerk des Waldes, hielten sie inne.

»Wir sind da«, erklärte Nesta und wies über den Fluss, wo am Rande des Dorfes, direkt am Ufer, zwei große Scheiterhaufen brannten. Dunkle Silhouetten tanzten darum herum, und der schnelle Klang von Trommeln hallte zu ihnen herüber, gemeinsam mit dem Lied einer Fidel. Nesta hatte nicht gewusst, dass einer der Dörfler ein solches Instrument besaß und es auch zu spielen vermochte. Doch der Musiker schien ein Künstler zu sein und spielte auf eine Weise, die ihr eine Gänsehaut bescherte. Sie fröstelte und zog den Umhang etwas enger um sich.

»Ist Euch kalt?« Gerald trat etwas näher an sie heran, aber Nesta wich sofort zurück. Seine Gegenwart erfüllte sie mit einer unbestreitbaren Unruhe. Erneut schien die Luft zwischen ihnen wie die Flammen von *Nos Calan Haf* zu knistern und machte es ihr unmöglich, sich natürlich zu verhalten. Gerald zog sich betreten zurück und blickte zum Dorf hinüber, was Nesta leidtat. Sie wollte nicht, dass er sich nicht in ihre Nähe wagte, konnte aber nichts gegen dieses nervöse Flattern in ihrem Inneren ausrichten. So ganz alleine hier draußen schienen ihre unerhörten Gedanken der letzten Tage Gestalt anzunehmen, und sie dachte viel zu häufig daran, wie sich seine Lippen auf den ihrigen angefühlt hatten. Doch dann erinnerte sie sich an den Beutel in ihrer Hand, und sie zog erleichtert den mitgebrachten Schlauch heraus. »Trinkt«, sagte sie und reichte ihn ihrem Gemahl.

»Was ist das?«

»Ihr werdet sehen.«

Zögernd nahm er ihr den Trinkschlauch aus der Hand und nahm einen Schluck. »Hm«, machte er. »Es kommt mir bekannt vor.«

Nesta lächelte. »Es wäre kein *Calan Haf* ohne Meteghlin.« Sie nahm den Schlauch entgegen, den Gerald ihr zurückgab, und probierte ebenfalls von dem köstlichen Getränk. »Es ist ein Honigwein, ähnlich wie der englische Met, den Ihr so mögt«, sagte sie erklärend und blickte wieder zum Dorf hin. »Aber er wird zusätzlich mit Zimt und Nelken gemacht.«

»Schmeckt nicht schlecht.«

»Er ist köstlich.« Sie stellte den Schlauch zu ihren Füßen ab und beobachtete das Treiben auf der anderen Flussseite. Der Geruch des Feuers und der des Waldes mischten sich zu einer lieblichen Erinnerung. So hatte ihre Kindheit gerochen, und Nesta spürte eine stechende Schmermut in sich, die sich mit dem allgegenwärtigen Glücksgefühl verband. Sie schuf jetzt neue Erinnerungen.

Ein paar der Männer sprangen über die Feuer, um ihre Tapferkeit zu beweisen, und Nesta wusste, später würde auch das Vieh zwischen den Feuern hindurchgetrieben werden, um Krankheiten abzuwehren, jedoch *nicht mehr* unter Aufsicht von Druiden, wie Pater Gilbert behauptet hatte.

»Was geht da vor?«, fragte Gerald, der sich mit diesen Worten etwas näher an ihre Seite wagte. Sofort beschleunigte sich ihr Herzschlag.

Nesta konzentrierte sich auf das andere Ufer und versuchte auszumachen, was Gerald meinte. Da erkannte sie, dass eine Strohpuppe etwas weiter westlich vor den Katen aufgehängt und entzündet wurde. Ein Lachen entrang sich ihr. »Das ist *crogi gwr gwellt*«, sagte sie, und als Gerald nur mit hochgezogenen Augenbrauen auf sie hinabblickte, führte sie ihre Erklärung weiter aus.

»Das bedeutet, dass einem Mann die Frau durch einen anderen weggenommen wurde. Der Betrogene verbrennt die Strohpuppe, die den anderen Mann darstellt. Ihr erinnert Euch doch bestimmt an die Hochzeit, kurz vor Wills Geburt?« Gerald nickte, und so fuhr sie fort: »Gwladys war eigentlich mit Meilyr verlobt, traf sich aber zu …«, sie senkte den Blick, »Zusammenkünften mit Cadell im Wald. Nun, diese … Zusammenkünfte blieben nicht ohne Folgen, und sie empfing ein Kind. Also heiratete sie Cadell. Und Meilyr verbrennt da drüben eine Strohpuppe.«

Gerald lachte neben ihr auf. »Ihr nehmt mich auf den Arm.«

»Keineswegs.«

»Und woher wisst Ihr so genau über das Treiben der Dorfleute Bescheid?«, fragte er belustigt.

Nesta hob die Schultern. »Ach, die Leute reden gerne mit mir«, erklärte sie und ließ ihren Blick weiterhin auf den Feuern ruhen, die etwas Magisches an sich hatten. Wenn man lange genug hinsah, erfasste einen eine Art angenehmen Schwindel. Die Trommeln und die Fidel taten ihr Übriges, um ihre Sinne zu verwirren. Sie warf Gerald einen flüchtigen Blick zu, der sie genau zu beobachten schien. »Ich könnte Euch die walisische Sprache lehren.«

»Ich glaube, ich bin unbegabt, was Sprachen betrifft, aber …«, er kam noch ein Stück näher und blickte auf sie hinab, »ich werde es gerne versuchen.«

Nesta lächelte. »Schön.« Ohne darüber nachzudenken, begann sie sich langsam zur Musik hin und her zu wiegen. »Ihr müsst wissen, dies ist die Nacht der Geister«, sagte sie und betrachtete das orangefarbene Flammenspiel, das seinen Schein auf den Fluss warf und zuckende Schatten schuf. »Es heißt, das kleine Volk, die Elfen und Feen und Kobolde, kämen von ihrem Hügel und tanzen mit uns.«

»Lasst das nicht Vater Gilbert hören.«

Nesta schmunzelte. »Er muss nicht alles wissen, nicht wahr?«

Sie schloss die Augen und ergab sich dem Takt der Trommeln, der in ihrer Brust zu pochen schien. Der schrille Laut der Fidel kroch über das Wasser und brachte ihr Blut in Aufruhr. Heiß strömte es durch ihre Adern. Dies war die Musik ihrer Heimat, ihrer Familie, ihres Blutes. Ihre Hand fuhr an ihre Kehle, wo die Drachenfibel ihren Umhang schloss. Sie war heimgekehrt.

»Ihr habt recht«, sagte Gerald so leise, dass sie ihn über das Rauschen der Blätter, der Musik der Dorfleute und dem Krachen des Feuers kaum hörte. »Er muss nicht alles wissen.« Im nächsten Moment lag seine Hand auf ihrer Schulter.

Nesta blieb stehen und öffnete die Augen. Das grelle Licht blendete sie, und doch sah sie nichts anderes mehr als das Leuchten des Feuers, als brenne es direkt vor ihr. Selbst die Hitze konnte sie auf ihrer Haut spüren, als Gerald hinter sie trat und seinen Arm um ihre Taille legte. Ihr Bauch zog sich zusammen, und sie hielt den Atem an.

»Tanzt weiter«, flüsterte er an ihrem Ohr und jagte ihr damit einen Schauer den Rücken hinab. Vorsichtig zog er ihr das Haar aus dem Umhang und breitete es über ihre Schultern aus. Sie hatte es nicht mit einem Schleier bedeckt, da sie angenommen hatte, keiner Menschenseele zu begegnen.

Seine Finger strichen sanft von ihrem Schlüsselbein den Hals hoch und umfassten ihr Kinn, als hielte er wertvolles Geschmeide in Händen.

Nesta begann sich wieder hin und her zu wiegen, kaum merklich, aber doch im Takt der alles einnehmenden Musik. Ganz von selbst fielen ihr wieder die Augen zu, und als Gerald noch näher an sie herantrat, schmiegte sie sich an seine breite Brust, so wie sie es sich schon so oft erträumt hatte. Sie lehnte ihren Kopf gegen ihn, ließ sich von seinen Armen umfangen und bewegte sich zur Musik, als fließe sie durch ihre Adern. Seine Umarmung war fest und unnachgiebig, während seine Hände über ihren Bauch und die Hüften strichen. Nie zuvor hatte sie sich so beschützt und geborgen gefühlt. Ihr schien es, als könne ihr niemals wieder Böses geschehen.

Sein Atem strich von ihrer Schläfe die Wange hinab bis zum Hals, wo seine Lippen sie schließlich berührten. Nesta keuchte auf. Ihre Haut schien unter seiner Berührung zu verbrennen, die tosenden Flammen wüteten plötzlich in ihr. Mit sanftem Druck strichen seine Hände über ihren Körper, während sein schneller Atem ihr die Haut versengte. Die Leidenschaft erwachte so unerwartet in ihr, dass Nesta das Gefühl hatte, eine völlig neuartige Empfindung zu erleben. Niemals hätte sie gedacht, jemals wieder solch ein Verlangen zu verspüren, gleichzeitig befiel sie aber auch Furcht beim Gedanken an ihre letzte Vereinigung mit Gerald. Der Schmerz war nicht der einzige Grund für dieses bange Ziehen in ihrem Magen. Tief verschlossen in ihrem Inneren hegte sie Gefühle für Gerald, die zu stark waren, um sie noch weiter zu unterdrücken, und Nesta wusste nur zu genau, was das letzte Mal passiert war, als sie sich so geöffnet hatte. Wie sollte sie sich jemals wieder derart verletzlich zeigen? Dieser Mann, der sie in ihren Armen hielt und ihr trügerische Sicherheit versprach, bedeutete ihr bereits zu viel.

Nesta hielt in ihrem Tanz inne und verharrte regungslos. Sie spürte, wie Gerald sich ebenfalls anspannte und schließlich die Hände sinken ließ. Er dachte, sie wollte ihn aufhalten, doch das war das Letzte, das sie im Sinn hatte. Zitternd drehte sie sich um und blickte auf seine Brust, die von einem dünn gefütterten Bliaut in dunkler Farbe bedeckt wurde. Dann hob sie den Kopf und sah ihm ins Gesicht. Seine Haut war vom Feuerschein fahl beleuchtet und teilte sich in Licht und Schatten. Sein goldenes Haar wirkte ebenso wie der kurze Bart rötlich, doch seine Augen waren nichts als dunkle, funkelnde Höhlen, die sie anstarrten.

Sein Atem ging genauso schnell wie der ihrige, und ihr schien es, als würde auch er zittern. Ob er wohl ebensolche Angst hatte wie sie, oder rührte das Zittern von der Leidenschaft her, die auch Nesta gefangen hielt? Sie kam zu keinen weiteren Überlegungen, denn als Gerald sich plötzlich zu ihr hinablehnte und sich sein Kopf über sie beugte, verbat sie sich jedes Denken. Seine Hand fuhr unter ihr Haar in ihren Nacken, und er zog sie das letzte Stück zu sich, bis sich endlich ihre Lippen trafen.

Ihr Herz schien stehenzubleiben. Sie schnappte nach Luft, und diesen Moment nutzte er, um seinen Kuss zu vertiefen. Sein Bart kratzte an ihrem Kinn und an den Wangen, sie schmeckte den Zimt des Meteghlins und spürte seinen festen Griff in ihrem Nacken. Willig ließ sie sich näher an ihn ziehen und schlang ihre Arme um seinen Hals. Wie hatte sie nur ein Jahr lang als seine Gemahlin leben können, ohne ihn je zu küssen? Fast schon verzweifelt hielt sie sich an ihm fest, ließ ihre Hände über seine Schultern und Arme streichen, die sie umklammerten, und vergaß, wer sie waren oder wie sie hierhergekommen waren. Da waren nur der Trommelschlag und ihrer beider keuchender Atem, der sich in ihren Mündern verband. Sie roch den Schweiß und das Holz seiner Arbeiten an den Palisaden an ihm und dachte daran, wie froh sie war, den Geruch eines Mannes einzuatmen und nicht den von Lavendel. Sie küssten sich, als wollten sie das gesamte letzte Jahr nachholen und die immer stärker werdenden Gefühle der letzten Wochen nun endlich loslassen.

Ungestüm löste Gerald sich von ihr und zog sie ein Stück vom Ufer weg ins weiche Bett des Waldes. Dort riss er sich den Umhang von den Schultern und breitete ihn auf dem nach Moos und Erde duftenden Boden aus. Nesta trat an ihn heran und zog ihm den Bliaut mitsamt dem Unterhemd über den Kopf, während Gerald ihren Umhang löste und sie mit geschickten Händen ihrer Kleider entledigte. Sie fröstelte, die Nächte waren noch kühl, doch Gerald zog sie sofort in die Wärme seiner Umarmung und strich ihr mit beiden Händen über den nackten Rücken, so lange bis sich ihr angespannter Körper löste und ihr fast schon unerträglich heiß wurde. Seine Haut direkt auf der ihrigen war mehr als sie nach der langen Zeit des unsicheren Wartens ertragen konnte. Das Spiel seiner Muskeln unter ihren Händen gab ihr eine Sicherheit, die sie ein Leben lang ersehnt hatte.

Erneut fanden sich ihre Lippen, und Nesta fühlte sich zunehmend, als wäre sie vom süßen Honigwein berauscht.

Um Atem ringend löste sie sich wieder von ihm und ließ ihre Hände über seine Brust gleiten, dabei zwirbelte sie einzelne Strähnen des goldenen Brusthaars um ihren Finger und küsste schließlich die Mulde unter seinem Hals. Innerlich glühend stellte sie sich auf die Zehenspitzen und fuhr mit ihren Liebkosungen fort, während sie seine Beinlinge aufnestelte und ihn von den letzten hindernden Stoffen trennte. Gerald stöhnte auf und umfasste ihre Oberarme. Sie wusste, er konnte nicht länger warten, und ihr ging es nicht anders. Voller Unglauben darüber, was sie da tat, und doch gleichzeitig sicher über ihre Entscheidung, legte sie sich auf den bereitgelegten Umhang und zog Gerald mit sich. Der immer drängender werdende Klang der Fidel rauschte durch ihre Ohren. Sie ließ sich keine Gelegenheit, um darüber nachzudenken, da waren nur noch Empfindungen, die von der Musik und seiner Nähe ins Unermessliche getrieben wurden. Ihre Lippen fanden sich wieder, und inmitten ihres Kusses drang Gerald ungeduldig in sie ein.

Nesta sog zischend die Luft ein.

Gerald ließ seine Stirn auf ihre Schulter sinken. »Entschuldige«, keuchte er, doch Nesta schüttelte nur den Kopf und schlang ihre Beine um seine Hüften. Sie grub ihre Hände in sein dichtes Haar und zog sein Gesicht wieder zu sich herunter. Jede Selbstbeherrschung war dahin, da war keine Spur mehr von Vorsicht. Sie liebten sich kurz, aber heißblütig, zu lange hatten sie sich belauert und gewartet. Und als Gerald stöhnend über ihr zusammenbrach, wollte Nesta nie wieder von hier fort.

»Herrgott!« Gerald küsste sie auf die Wange und strich ihr das schweißnasse Haar zurück. Nesta musste kichern. Sie war unbeschreiblich glücklich.

»Wieso lachst du?« Er stützte sich auf einen Ellbogen und strich mit einem Finger über ihr Kinn. Nesta sah ihm in die Augen. Die vertrauensvolle Anrede fühlte sich richtig an, und erst jetzt sah sie sich wirklich als seine Frau.

»Nur so«, seufzte sie und schob ihm das Haar aus der Stirn. Auf der anderen Flussseite wurde immer noch gefeiert, und vermutlich waren manche von den Dörflern bereits demselben Zeitvertreib nachgegangen wie Nesta und Gerald. Vielleicht waren sogar welche an ihnen vorbeigekommen, Nesta vermochte es nicht zu sagen.

»Ist dies unsere Hochzeitsnacht?«, fragte sie, was nun Geralds Brust vor Lachen erbeben ließ. Er machte keine Anstalten dazu, sich von ihr herunterzubegeben, und da sie das auch nicht wollte, verschränkte sie ihre Hände auf seinem Rücken. »Ich glaube, jetzt sind wir wirklich verheiratet.«

Gerald schüttelte den Kopf und legte seine Hand an ihre Wange. »Nein, Nesta. Ich war dein Gemahl vom ersten Tage an.« Er küsste sie voller Hingabe auf die Lippen. »Und ich wusste, ich würde dich soweit kriegen, dass du mir verfällst.«

Nesta schlug in gespielter Empörung gegen seine Schulter, aber sie kam zu keiner Erwiderung, da Gerald ihren Mund bereits wieder verschloss und die Tradition von *Nos Calan Haf* ehrte. Es war der Tag, an dem die Fruchtbarkeit und das Wachstum gefeiert wurden.

Ein leises Klopfen riss sie aus dem Schlaf, und zuerst wusste Nesta gar nicht, wo sie sich befand, doch dann kehrte die Erinnerung an die letzte Nacht zurück, und ein Lächeln breitete sich in ihrem Gesicht aus. Sie drehte den Kopf zur einen Seite und blickte auf den schlafenden Will in seiner Wiege neben dem Bett, und als sie zur anderen Seite sah, erkannte sie die Ursache des Gewichts auf ihrer Brust. Gerald lag neben ihr auf dem Bauch, den Arm über sie gebreitet, und goldene Strähnen hingen ihm ins friedlich schlafende Gesicht. All die Härte und Müdigkeit, die sich so oft in den angespannten Zügen um seinen Mund zeigten, waren gewichen. Jetzt hatte sein Antlitz etwas fast schon Kindliches, während seine breiten Schultern und der muskulöse Arm auf ihrer Brust von seiner Kraft zeugten. Zärtlichkeit und Stärke, in Gerald verband sich beides, und Nesta hatte diese Nacht all seine Seiten entdeckt. Ihr Herz war erfüllt von einer Liebe, die ihr völlig neu erschien, sie wurzelte tief und war von einer Reinheit und Bedingungslosigkeit, die sie bisher einzig für ihre Kinder empfunden hatte. Wieso hatte sie sich dieses Gefühl so lange verwehrt? Wie war es Gerald gelungen, all ihre Ängste in nur einer Nacht mit seiner brennenden Leidenschaft und dann wieder seiner hingebungsvollen Sanftheit zu verscheuchen?

»Madame?« Ein Flüstern von der anderen Seite der Tür erinnerte sie daran, dass es ein Klopfen gewesen war, das sie aufgeweckt hatte. Und jetzt wusste sie auch, wer davorstand.

So vorsichtig wie möglich schob sie sich unter Geralds Arm hervor, der ein tiefes Brummen von sich gab, aber nicht aufwachte, und streifte ein Hemd über. Dann öffnete sie die Tür einen Spalt breit und blickte, wie erwartet, in Simons sorgenvolles Gesicht.

»Was ist geschehen?«

Simon blickte auf seine Schuhe hinab, um sie in ihrem unzüchtigen Aufzug in dem knöchellangen Unterhemd nicht anzusehen. »Bitte sag mir, dass mein Bruder hier ist und nicht in einem Feuer der letzten Nacht für ein walisisches Ritual geopfert wurde.«

Nesta biss sich auf die Innenseite der Wange, um nicht zu grinsen. »Traust du das den Dörflern zu?«

»Naja, sie lieben uns nicht gerade, und die Wachen haben berichtet, dass Gerald gestern Nacht noch vors Tor ging – mit dir. Aber nur du bist zurückgekehrt.«

Hitze stieg in ihren Wangen auf, und Nesta schob schnell die Tür ein wenig weiter zu, damit Simon es nicht bemerkte. Sie war allein zurückgekehrt, das stimmte, denn sie und Gerald hatten zu verbergen versucht, wo sie gewesen waren und was sie getrieben hatten – warum wusste sie selbst nicht so genau, denn sie waren ja verheiratet, und es war *Nos Calan Haf* gewesen. Doch sie hatten den Tratsch in Grenzen halten wollen, und Nesta war es auch lieber gewesen, erst Will zu stillen und Ethil zu den anderen Mägden zu schicken, ehe Gerald in ihre Kammer kam. In diese hatte er sich dann auch geschlichen, und sie hatten sich ein weiteres Mal geliebt, langsam und bedächtig, völlig erschöpft und müde, aber doch mit berauschender Intensität. Für Gesprächsstoff hatten sie, wie es schien, trotz ihrer Umsichtigkeit gesorgt.

»Gerald fiel keinem Ritual zum Opfer.« Nicht in jenem Sinn, den Simon befürchtet hatte, dachte sie mit einem Grinsen. »Er ist hier. Es geht ihm gut.« Sie spähte am Türblatt vorbei in Simons erheitertes Gesicht. Er blickte immer noch zu Boden, aber das Lächeln war ihm trotzdem anzusehen.

»Willst du ihn sehen, oder glaubst du mir, wenn ich dir sage, dass ich ihn nicht den Flammen von *Nos Calan Haf* übergab?«

»Ich werde dir wohl glauben müssen«, flüsterte Simon mit zuckenden Wangen, als müsse er jeden Moment laut lachen. »Auch wenn ich mir nicht so sicher bin, dass er sich an den Flammen von *Nos Calan Haf* nicht gewärmt hat.«

»Simon!« Sie wollte die Tür öffnen und ihn gegen die Brust schlagen, dabei überkam sie erneut dieser Glücksrausch, der ihr schon unwirklich erschien.

»Hältst du es nicht eine Nacht ohne mich aus, Bruder?«, erklang plötzlich Geralds vom Schlaf raue Stimme hinter ihr.

Nesta erstarrte und presste ihre Hand gegen ihren Bauch. Das wilde Kribbeln darin war kaum zu ertragen. Im nächsten Moment schlang sich sein nackter Arm um ihre Taille, und er sah über sie hinweg zu seinem Bruder. »Gewöhne dich daran, zukünftig auf meine Gesellschaft verzichten zu müssen.«

»Dem Herrn sei gedankt«, murmelte Simon grinsend.

Nesta kicherte und wollte die Tür schließen, doch Gerald hielt sie noch auf. »Simon?«, sagte er leise, woraufhin sein Bruder aufblickte. »Sieh zu, dass niemand hier heraufkommt. Meine Frau und ich …«, er verstärkte seinen Griff, »haben noch … etwas zu besprechen.« Mit diesen Worten schloss er die Tür und schob den Riegel vor. Nesta konnte das Lachen nicht länger zurückhalten, doch es wurde gedämpft, als Gerald sie in seine Arme zog und gegen seine Brust drückte.

»Wie geht es dir heute?«, fragte er und ließ seine Hand unter ihr Haar gleiten.

Nesta zuckte mit den Schultern. Sie hatte keine Antwort darauf, keine Worte konnten beschreiben, wie sie sich fühlte, während er sie so festhielt und ihr Sohn ganz in ihrer Nähe schlief. Also stellte sie sich nur auf die Zehenspitzen und küsste ihn, als wäre es das Selbstverständlichste der Welt. »Was haben wir zu besprechen?«, flüsterte sie gegen seine Lippen und blickte ihm in die funkelnden Augen, die ihr ganz anders vorkamen als bisher. Lebendiger.

Gerald ließ seine Hand unter ihr Hemd am Schlüsselbein gleiten und zeigte ein schiefes Grinsen. »Ich habe ein Jahr aufzuholen, Nesta. Stets war ich ein ungeduldiger Mann, und was ich im letzten Jahr vollbracht habe, verdient einen Preis.«

»Du sollst ihn bekommen.« Ein leises Schmatzen erklang von der Wiege her, und Nesta drehte sich lachend aus Geralds Armen. »Nachher.« Sie nahm Will auf den Arm und setzte sich auf die Bettkante, um ihn zu stillen. Ehe sie sich jedoch entblößte, blickte sie auf zu Gerald, da sie annahm, er würde den Raum verlassen. Doch er sah zärtlich auf sie hinab, setzte sich neben sie, schlang seine Arme um sie und Will und zog sie an seine nackte

Brust. Das Kinn auf ihrer Schulter abgestützt sah er zu, wie ihr Sohn trank, und Nesta schloss die Augen, um die Freudentränen zu verbergen.

Erst nachmittags gelang es ihnen, die Kammer zu verlassen, und Gerald begleitete sie auf einen Spaziergang zum Hochkreuz. Es war ein sonniger Frühlingsnachmittag, und jeder warme Strahl auf ihrer Haut schien eine Wunde in ihr zu heilen. Der Angriff auf Dinefwr würde stets eine schreckliche Erinnerung sein, aber sie verband ihn nicht mehr mit Gerald. Sie war nach Hause zurückgekehrt, und endlich fühlte sie sich wieder ganz.

Ein schriller Vogelschrei schreckte sie auf. Instinktiv schlang sie ihre Arme fester um Will.

»Nur ein Milan«, sagte Gerald an ihrer Seite und blickte genauso wie sie in den Himmel hoch. Nesta nickte, sie wusste, dass Milane sich in den Flusstälern von Südwales wohlfühlten, schließlich war sie mit ihnen aufgewachsen, aber dieser Schrei ließ etwas in ihrer Brust flattern.

Dort oben, vor dem veilchenblauen Himmel, zeichnete sich die Silhouette eines dunklen Vogels ab, dessen gegabelter Schwanz und die langen Flügel ihn deutlich als Rotmilan auswiesen. Majestätisch ließ er sich treiben, und allein dieser Anblick erfüllte sie mit einer tiefen Ruhe, als hätte der Milan freudige Nachrichten gebracht. Irgendetwas sagte ihr, dass jetzt alles gut werden würde, nicht nur für sie. Wales würde wieder zur Ruhe kommen, denn dort oben flog sein Bote der Freiheit. Es waren absurde Gedanken, aber Nesta konnte sie nicht vertreiben.

Kopfschüttelnd blickte sie auf ihren Sohn hinab, der mit seinen grauen Augen ebenfalls in den Himmel hochsah, als beobachtete er den Vogel.

»Sieh nur, Will.« Sie strich über das zarte Kinn ihres Kindes und wies dann hoch. »Der Milan ist gekommen, um dich zu begrüßen. Er will dir sagen, dass alles gut wird.«

Will sah sie aufmerksam an, als hätte sie ihm gerade ein Geheimnis verraten, während Gerald neben ihr lachte. »Jetzt erinnere ich mich wieder, was bei Hofe über dich gesprochen wurde. Du habest einen Vogel verhext und ihn dann entwischen lassen und dem Lord Falconer damit Schwierigkeiten bereitet.«

»Der Lord Falconer wollte genau wie ich, dass ich ihn entwischen lasse!«, empörte Nesta sich und stemmte ihre freie Hand in die Seite. »Und außerdem habe ich den Milan nicht verhext. Sieh her.« Sie streckte eine Hand dem Vogel über ihr entgegen und rief in walisischer Sprache: »Komm zu mir, Wächter der Briten, ich rufe dich, flieg zu mir.« Sie ließ ihre Hand sinken und lächelte. »Siehst du? Keine Zauberei.«

Gerald hob ergeben die Hände, doch dann erstarrte er, und als Nesta wieder hochsah, erkannte sie, dass der Milan tiefer flog und schließlich irgendwo im hohen Gras abseits des festgetretenen Pfads landete.

»Das ist unheimlich.« Gerald rieb sich übers Kinn und starrte an die Stelle, wo der Vogel verschwunden war.

Nesta seufzte. »Ich bitte dich. Er hat eine Maus gesehen, nichts weiter. Komm.« Sie rückte Will zurecht und trat vom Pfad in die Wiese, ein sonderbares Gefühl im Bauch. Vor Gerald gab sie sich unbeschwert, aber tief im Inneren fühlte sie sich eigenartiger, mit jedem Schritt, den sie sich durch die hohen Grasähren bahnte.

»Erinnere mich daran, dich nie zu reizen, sonst hetzt du mir dieses Vieh noch auf den Hals«, flüsterte Gerald, aber diesmal war Nesta zu keinem Lachen mehr fähig.

Disteln zerrten an ihrem Gewand, doch Nesta achtete nicht darauf. Sie blickte wie gebannt geradeaus und war nicht überrascht, den Milan plötzlich vor sich zu sehen. Sein rotbraunes Federkleid hob sich deutlich vom leuchtenden Grün ab, und er war so groß, dass er ihr bis übers Knie reichen würde, würde sie direkt neben ihm stehen. Er pickte an etwas, das tatsächlich eine Maus sein könnte, aber als er das Rascheln ihrer Schritte vernahm, ruckte sein Kopf hoch.

Nesta sah ihm in die gelblichen Augen, und plötzlich war ihr Hals wie zugeschnürt. »Das ist nicht möglich …« Ihre Hände begannen zu zittern, ihre Knie wurden schwach, und so ließ sie sich mitten in diesem Feld niedersinken.

»Nesta, was …?«

Sie hörte ihn kaum über das Rauschen in ihren Ohren. Der Milan flog nicht weg, wieso flog er nicht weg? Nesta sah auf Will, der den Vogel völlig ruhig betrachtete. Sie fürchtete nicht um ihren Sohn, hatte keine Angst, dass der Raubvogel ihn angreifen könnte, denn sie kannte ihn. Sie hatte ihn freigelassen.

»Unsinn«, sagte sie, um ihre eigene Stimme zu hören. »Er sieht aus wie jeder andere Milan auch. Er kann es gar nicht sein.« Sie sah zu Gerald hoch. Aber ihr Gefühl sagte ihr etwas anderes. Es war ein dummes Gefühl, als wäre sie von einem Zauber befallen worden, der ihr Dinge zeigte, die sie gar nicht sehen konnte. Er zeigte ihr die Seele des Milans, er machte es ihr möglich, diese Seele unter allen anderen wiederzuerkennen. »Er hat es bis hierher geschafft …« Sie schloss die Augen, atmete tief durch, und dann erhob sie sich. Der Milan breitete die Flügel aus und stieg langsam vor ihr in die Lüfte. Nesta sah nachdenklich zu ihm hoch.

»Das ist verrückt«, sagte sie, drehte sich um und stapfte zurück zum Wald. »Das ist vollkommen verrückt.« Sie war so glücklich mit ihrem Sohn und Gerald, dass sie sich ein Zeichen ausdachte, ein Zeichen ihrer Heimat, das ihr sagte, dass sie endgültig zu Hause angekommen war. Aber das wusste sie auch, ohne einem Vogel in die Augen zu blicken.

»Nesta, was hat das zu bedeuten? Der Milan …«

»Nichts.« Sie schüttelte den Kopf, wie um sich selbst von einem Trugbild zu befreien, und ging mit festen Schritten weiter. »Das war nur ein gewöhnlicher Milan.«

»Mag sein … da ich aber bald wieder fortmuss, soll mir recht sein, wenn er über dich wacht, meine walisische Zauberin.« Er ergriff ihren Arm, und Nesta senkte den Blick. Sie wollte nicht, dass er ging, nicht so früh. »Du weißt, ich muss aufbrechen, um Hywel ein für alle Mal zu vernichten. Morgen treffe ich mich mit Richard FitzBaldwin und Gwgan ap Meurig in Rhyd-y-gors. Wir haben einen Plan, zuvor muss ich aber noch nach Pembroke. Aber ich verspreche dir, Nesta, wenn das alles vorbei ist, dann bringe ich dich nach Cardigan, zu deinem Sohn.«

Nesta atmete tief durch. Sie wollte ihm sagen, dass sie ihn liebte, dass sie Todesängste ausstand, allein beim Gedanken, ihn wieder in den Kampf ziehen zu lassen. Sie wollte ihn anflehen, bei ihr zu bleiben, ihr ein paar weitere Tage des Glücks zu schenken, aber nichts davon würde ihm helfen, um zu kämpfen – zu überleben. Sie war die Frau eines Kriegers, und von Kind an hatte sie gelernt, wie sich eine Frau in dieser Situation verhalten musste. Keine Tränen, keine Bitten. Zu oft hatte sie ihre Mutter gesehen, wie sie ihren Vater verabschiedete – bis er eines Tages nicht mehr zurückgekehrt war.

Ihren Sohn fest in den Armen blickte sie hoch in Geralds Gesicht und bemühte sich um einen zuversichtlichen Ausdruck. »Gottes Segen, Gemahl«, flüsterte sie und legte ihre Hand auf seine Wange. »Möge Er dich gesund zu mir zurückbringen.«

Cardigan, Westwales, August 1105

Mit rasendem Herzen sah Nesta sich im Hof von Cardigan Castle um und schlang ihre Arme um den kleinen Will, den sie sich wie immer umgebunden hatte. Ein Knecht eilte herbei und half ihr vom Pferd, während Nesta immer noch nach einem schwarzhaarigen Jungen Ausschau hielt, der sich als ihr Sohn entpuppte. Harri war inzwischen zweieinhalb Jahre alt und müsste doch irgendwo hier unter den anderen Kindern herumlaufen.

Freude und Angst hielten sie gleichermaßen umklammert, als sie sich vom Sattel auf den Boden gleiten ließ. Sie hatte das Gefühl, als könnten ihre Beine sie nicht länger tragen.

»Nesta, geht es dir gut? Du siehst blass aus.« Gerald umfasste sanft ihren Arm und winkte Ethil herbei, damit sie Will entgegennahm. Die Waliserin hatte angeboten, Nesta in ihr neues Heim zu begleiten, während Ellen lieber in Carew zurückgeblieben war, da sie sich verliebt hatte und heiraten wollte. Beatrice und Agnes waren bereits in der neuen Burg in Emlyn, während Nesta und Gerald weiter nach Cardigan gereist waren, um ihren Sohn zu besuchen.

»Es ist alles in Ordnung.« Sie atmete tief durch, übergab Will aber trotzdem an Ethil, da sie sich etwas zittrig fühlte. »Ich bin nur … aufgeregt.«

»Vielleicht hätten wir mit dem Besuch noch warten sollen.«

»Nein!« Nesta zwang sich zu einer zuversichtlichen Miene. »Es ist gut, dass wir hier sind.« Doch als sie den Constable von Cardigan über den Hof auf sich zulaufen sah, war sie sich dessen nicht mehr ganz so sicher. Immer noch hielt sie Ausschau nach Harri, während Sir Stephen seinen Freund Gerald begrüßte und die beiden ein paar höfliche Floskeln tauschten.

Schließlich wandte sich der Constable ihr zu. Seine Haut begann zu glühen und betonte den roten Glanz in seinem dunklen Haar. Womöglich waren ihm seine Worte über die Flucht und Heirat unangenehm, dabei hatte er ihr doch nur helfen wollen. »Madame, es ist eine Freude, Euch wiederzusehen.«

Nesta lächelte freundlich, um ihm die Befangenheit zu nehmen. Auch ihr kam es etwas sonderbar vor, nach all der Zeit wieder hier zu sein. »Die Freude ist auf meiner Seite, Constable. Und ich danke Euch für die Nachrichten, die Ihr mir habt zukommen lassen.«

Der Constable verneigte sich knapp und lud sie schließlich ein, sich in der Halle zu stärken. Ethil zog sich inzwischen zurück, um William zu wickeln, während Nesta sich für eine Begegnung mit ihrem Sohn wappnete. Und tatsächlich – sie hatten kaum auf der schmalen Holzbank am oberen Ende der Halle Platz genommen, als jene Frau eintrat, die einst mit Harri auf dem Arm in der Burg verschwunden war.

Nesta spürte, wie sich ihre Brust zusammenzog und ihr Herz schmerzte. Ein gemeiner Stich der Eifersucht machte sich in ihrem Bauch bemerkbar. Sie reckte den Kopf, um mehr zu erkennen, und da entdeckte sie den schwarzen Schopf des Kindes, das sich an den Rock der Fremden klammerte. Der Schmerz ihres Abschieds kehrte so abrupt zurück, dass er Nesta den Atem nahm. Sie sah den weinenden Säugling vor sich, hörte sein Klagen und Weinen, doch von diesem Kind war nichts mehr übrig. Der kleine Junge, der zu ihr gebracht wurde, war völlig anders.

»Madame.« Die angelsächsische Kinderfrau knickste etwas ungeschickt vor ihr, doch Nesta hatte nur Augen für ihren Sohn. Die Tränen zurückkämpfend erhob sie sich von der Bank und ging vor Harri in die Hocke. Er sieht aus wie Gruffydd, fuhr es ihr durch den Kopf, einzig dass sein Haar pechschwarz war und keine Spur von Rot zeigte. Aber sein Gesicht war genauso schmal, und dunkle Augen sahen sie misstrauisch an. Nesta versuchte zu lächeln, um den Jungen nicht zu verschrecken, doch dieser versteckte sich hinter der Frau, bis der Constable ihn zu sich rief.

»Was ist, Henry?«, fragte er und winkte Harri zu sich. »Komm her, begrüße deine Mutter. Ich habe dir doch gesagt, dass sie dich heute besucht.«

Zögernd trat ihr Sohn vor und sah sie an, als wäre sie eine Fremde. Nesta verstand, dass er noch viel zu klein war, um zu begreifen, was hier vor sich ging, und trotzdem schmerzte diese Reserviertheit. Er war doch ihr Sohn, sie hatte ihn geboren, gestillt, sie hatten zusammen in einem Bett geschlafen. So gerne würde sie die Arme ausbreiten und ihn an sich drücken, aber das hätte er wohl nicht zugelassen. Sie musste Geduld haben, dessen war sie sich bewusst, und doch keimte erneut unbändiger Zorn auf Henry in ihr hoch. Er war schuld an dieser Entfremdung. Doch in Zukunft würde sie sich nicht mehr davon abhalten lassen, ihren Erstgeborenen zu sehen. Sie lebte nun nah genug, um ihn zu besuchen, und das würde sie auch tun. Sie hatten alle Zeit der Welt, um sich anzunähern.

»Ist schon gut«, sagte sie in französischer Sprache, da sie sicher war, dass er die walisische nicht verstand. Er wuchs in einem normannischen Haushalt mit einer angelsächsischen Amme auf. Die Sprache seiner Mutter wäre ihm fremd. »Wir haben noch ganz viel Zeit. Wenn du magst, gehen wir später zusammen hinaus und spielen, in Ordnung?«

Harri sah sie immer noch aus großen Augen an und wich schließlich wieder zurück.

»Verzeiht, Madame«, murmelte die Kinderfrau, doch Nesta schüttelte den Kopf und erhob sich.

Sie wandte sich an Gerald, der ihr Zusammentreffen mit ernster Miene beobachtet hatte. »Bitte entschuldigt mich. Ich muss nach William sehen. Constable.« Sie nickte Sir Stephen zu und verließ gemessenen Schrittes die Halle. Doch kaum hatte sich die Tür hinter ihr geschlossen, sank sie gegen die Wand und brach in unerbittliches Schluchzen aus. Ihr war bewusst gewesen, dass diese Begegnung schmerzen würde, aber wie sehr, übertraf all ihre Vorstellungen. Was hast du nur verbrochen, Henry?, dachte sie, und beim Gedanken an den König wallte plötzlich eine nicht zu unterdrückende Übelkeit in ihr hoch. Die Hand vor den Mund geschlagen, rannte sie um den Hof und übergab sich in einer uneinsehbaren Ecke hinter der Halle. Nach Luft ringend stand sie da und starrte auf den Wein, der im Sand zu ihren Füßen versickerte. Gott, gib mir Kraft, flehte sie und raffte sich auf. Wankend begab sie sich in das Gemach, das für sie und Gerald hergerichtet worden war, und fand dort Ethil mit einem jammernden Will auf dem Arm vor.

»Er ist hungrig, Herrin«, sagte die junge Waliserin etwas verzweifelt.

Nesta nickte und streckte die Arme aus, um Will entgegenzunehmen. Bevor sie ihren Sohn aber anlegte, schlang sie noch den Arm um Ethil und küsste sie auf die Stirn. »Ich danke dir«, flüsterte sie mit tränenerstickter Stimme, »für alles. Ich wüsste nicht, was ich ohne dich tun würde.«

Ethil machte einen etwas betretenen Eindruck, und ihr sonst so blasses Gesicht unter dem dunklen Haar wurde feuerrot. Sie konnte nicht wissen, wie wichtig es für Nesta war, hin und wieder die walisische Sprache zu sprechen und als »Herrin« angesprochen zu werden anstatt als »Madame«. Schließlich lächelte Ethil wieder und machte sich daran, Nestas Truhe auszuräumen, um frische Leinentücher für Wills Windeln vorzubereiten.

Nesta sah sich in der Kammer um und nahm nun zum ersten Mal wahr, dass es genau jene war, in der sie sich während ihrer früheren Zeit in Cardigan aufgehalten hatte. Und sogar der gepolsterte Stuhl stand wieder da, wo sie früher Harri gestillt hatte. Der Constable musste ihn ihr erneut hergebracht haben, oder er war nie fortgewesen.

Die Tränen kehrten zurück, doch Nesta blinzelte sie sofort weg, strich Will über den Kopf und ließ sich in dem gemütlichen Stuhl nieder, um ihren Sohn zu stillen. Er schlief bald darauf ein, denn die Reise hatte ihn angestrengt, doch Nesta konnte nicht bei ihm bleiben. Nachdem sie ihm voller Wehmut eine Weile beim Schlafen zugesehen hatte, verspürte sie das Bedürfnis nach frischer Luft. Sie musste sich bewegen, und so ließ sie Will in Ethils Fürsorge und verließ die Burg auf einem ihr altbekannten Weg.

Der Wind fuhr ihr ins Gesicht und brachte den vertrauten Geruch des Flusses und des leuchtend grünen Schilfs mit sich. Gerne wäre sie an die Küste geritten, um noch einmal die Delfine zu sehen, die wie Schwerter aus den Wellen hervorgestoßen waren, oder die Robben auf der kleinen felsigen Insel. Doch heute musste ihr der Fluss genügen. Sie blieb inmitten des Röhrichtfeldes auf dem schmalen Kiespfad stehen und blickte auf das graue Band, an dem etwas weiter südöstlich auch ihr neues Heim einen Platz gefunden hatte. Sie müsste dort nur einen Kahn besteigen und wäre in wenigen Momenten in Cardigan, bei ihrem Sohn.

Ein Räuspern ließ sie herumfahren, doch der Schreck verflog sofort wieder, als sie den Constable vor sich stehen sah.

»Verzeiht, Madame.«

Nesta winkte ab und richtete schnell ihren Schleier, der vom Wind fast von ihrem Kopf geweht war. »Ist alles in Ordnung?«, fragte sie und blickte an ihm vorbei den Hügel hoch zur Burg, »hat Ethil nach mir geschickt?«

Der Constable schüttelte den Kopf und trat an ihre Seite, um an das andere Ufer zu blicken, wo ein dichter Wald die Landschaft beherrschte. »Ich wollte nur sehen, ob es Euch gutgeht, nachdem …«

»… es geht schon, Sir.« Nesta hob mit einem erzwungenen Lächeln die Schultern. »Ich habe nichts anderes erwartet. Die Zeit wird meinen Sohn und mich schon wieder zusammenführen.«

»Er ist ein stiller Junge, das war er schon immer.«

Nesta senkte den Blick. Sie wusste nichts über den Charakter ihres Sohnes, seine Wünsche, Träume oder Ängste.

Eine Zeitlang standen sie schweigend nebeneinander, ganz so wie früher, während die Wasservögel kreischend über sie hinwegflatterten. Ob der Constable im Moment wohl auch an jene fürchterlichen Momente dachte, in denen ihr ihr Sohn entrissen worden war? Im Nachhinein schämte Nesta sich für ihr Benehmen, doch wahrscheinlich würde sie sich wieder ganz genauso verhalten.

»Ich nehme an, de Windsor … ich meine, Euer Gemahl … er hat Euch damals Henrys Haarlocke gebracht?«, brach der Constable unvermittelt das Schweigen.

Nesta wandte sich ihm zu. »Das hat er, obwohl ich mir damals nicht vorstellen konnte, dass Ihr und er befreundet seid.« Sie lachte beim Gedanken daran, wie sehr sich ihre Meinung über Gerald geändert hatte. Wenn er des Nachts beim Liebesspiel ihren Namen flüsterte, hörte sie nur den Klang tiefer Verbundenheit und nicht mehr das drängende Flehen von damals in der Kirche von Dinefwr. Es fiel ihr nicht mehr so schwer, sich vorzustellen, dass den Constable und Gerald eine Freundschaft verband. Auch Nesta war dem Constable sehr zugetan.

Nachdenklich sah sie ihm in die blauen Augen, die ihr immer noch so offen und warm entgegenblickten, sodass sie zurück in jene Zeit versetzt wurde, in der sie täglich gemeinsam an die Küste geritten waren. In seiner Gegenwart hatte sie sich stets wohl gefühlt, und er war ihr ein guter Freund gewesen. Sie wollte nicht, dass die Art ihres Abschieds zwischen ihnen stand. »Gerald meinte, Ihr wärt immer noch mein Freund.«

»Das bin ich, Madame.« Ein bemühtes Lächeln lag in seinem

Gesicht. »Wenn Ihr etwas braucht ... ich werde immer für Euch da sein.«

»Danke.« Sie legte ihm die Hand auf den Arm. »Das werde ich Euch nie vergessen. Ihr seid in der Tat ein wahrer Freund. Was Ihr für mich geopfert hättet ...«

Der Constable schüttelte den Kopf und wich einen Schritt zurück. »Madame, es gibt zweierlei Gründe, weshalb ich Euch hier aufsuche. Zum einen schickt mich Euer Gemahl, da er selbst in ein wichtiges Gespräch verwickelt ist, über das ich Euch gleich mehr sagen werde. Aber zuerst wollte ich Euch um Verzeihung bitten.« Er wich ihrem Blick aus und sah an ihr vorbei zur Burg. »Mir kam zu Ohren, was bei Hofe über Euch ... und mich gesagt wurde. Das hätte niemals geschehen dürfen, und es tut mir leid, dass ich Euch in Verruf brachte.«

Nesta schüttelte empört den Kopf. »Bitte entschuldigt Euch nicht. Es gibt nichts, das Euch leidtun müsste, Constable, denn wir beide wissen ja, dass wir uns nichts zuschulden kommen ließen.« Sie trat in sein Blickfeld, sodass er gezwungen war, sie anzusehen. Seine Haut unter dem dunklen Bartschatten färbte sich erneut rot, aber Nesta dachte gar nicht daran, sich in schickliches Schweigen zu hüllen. »Der König mag denken, was immer ihm beliebt«, erklärte sie nachdrücklich und stemmte eine Hand in die Seite, »so wie er auch macht, was ihm beliebt, aber wir beide kennen die Wahrheit, und jeder, der Euch unlautere Gedanken oder Taten unterstellt, liegt im Unrecht. Also denkt gar nicht daran, Euch noch einmal für irgendetwas, das während meiner Zeit in Cardigan vorfiel, zu entschuldigen. Wie ich schon sagte: Ihr seid mein Freund, und ich bin Euch sehr dankbar für alles, das Ihr für meinen Sohn tut und für mich getan hättet.«

Der Constable blickte zu Boden. »Madame.« Er strich sich mit der Hand über seinen dunklen Schopf. »Ich wollte nur, dass Ihr wisst, dass ich diese Gerüchte vor Eurem Gemahl richtiggestellt habe.«

Nesta seufzte. »Das ist nett von Euch«, erwiderte sie zähneknirschend. »Aber wenn mein Gemahl auf solch unsinnigen Klatsch hört, verdient er es wohl nicht anders, als daran zu glauben.« Lächelnd fügte sie hinzu: »Dass er es mir damals zugetraut hätte, kann ich ihm nicht verdenken, doch ich bin mir sicher, er hat nicht einen Moment an Eurer Ehre gezweifelt.«

Lachend hob er die Augenbrauen. »Nun, Eure Meinung über ihn scheint sich ja gebessert zu haben. Nachdem Ihr bei unserer letzten Begegnung nicht sehr wohlwollend über ihn gesprochen habt, fürchtete ich schon …« Er sah sie mit einem warmen Lächeln an. »Ihr scheint mir sehr glücklich, Madame, wenn ich das so offen sagen darf.«

Nesta erwiderte sein Lächeln. »Ihr habt recht … Es war ein steiniger Weg, aber ich glaube, der König tat gut daran, mich ihm zur Frau zu geben. Gerald und ich …«

»Ihr müsst nichts sagen. Es ist euch beiden vom Gesicht abzulesen.«

Nesta nickte. »Ihr sagtet, es gäbe noch einen Grund, weshalb Ihr hierherkamt?«

Der Constable hob die Hand. »Richtig. Euer Gemahl bittet Euch zu sich in die Halle, wenn Ihr wieder … wenn Ihr Euch etwas ausgeruht habt. Er spricht gerade mit dem Lord of Cardigan, der Euch gerne sehen würde.«

Nesta stieß den Atem aus. »Der Earl of Clare ist hier? Gilbert de Clare?«

Der Constable sah sie einen Moment lang in offensichtlicher Verwirrung an, dann riss er plötzlich die Augen auf. »Oh, Ihr wisst es noch gar nicht? Gilbert de Clare starb letzten Winter. Sein Sohn Richard erbte seine Ländereien.«

»Richard de Clare …«

»In der Tat. Er kam sofort von der Stadt her, als er von Eurer Ankunft erfuhr, Madame. Jetzt spricht er mit Lord Gerald über die Flamen.«

»Die Flamen?«

»Kommt. Die beiden werden Euch alles erklären, aber wir sollten sie nicht länger warten lassen.«

Friedlich schweigend nebeneinanderher schlendernd machten sie sich auf den Weg zurück zur Burg. Doch sobald sie den Hof betreten hatten, kam Unruhe in Nesta auf. Mit gemischten Gefühlen trat sie schließlich in die Halle und ging auf den dunkelhaarigen Mann zu, der mit dem Rücken zu ihr an der Tafel saß und sich mit Gerald unterhielt. Für sie stand Richard in direkter Verbindung mit dem Hof und allen Schrecken, die dazugehörten. Nicht nur war er derjenige gewesen, der sie in Henrys Gemächer geführt und von dort wieder abgeholt hatte – was zweifelsohne einen Bruch ihrer Freundschaft herbeigeführt hatte –, nein, er hatte nichts getan, um ihr mit Harri zu helfen. Und doch war er einst der ausgepeitschte Knappe auf dem Heuboden gewesen und für lange Zeit ein Freund. Wer würde jetzt vor ihr stehen?

Als Gerald sie erkannte, schlich sich ein Lächeln in sein Gesicht, und sein Ausdruck war voller Zuneigung. Der Kampf gegen Hywel war schnell vorbei gewesen, denn im Grunde hatte es keinen Kampf, sondern einen Hinterhalt gegeben: Hywel hatte in Gwgans Haus übernachtet, und sobald er eingeschlafen war, hatte Gwgan seine Waffen an sich genommen und den Normannen unter Richard FitzBaldwin Einlass geboten. Hywels Männer hatten sich davongemacht, schließlich hatten sie schon lange nicht mehr an ihn geglaubt und wollten nicht ihr Leben für ihn lassen. Hywel war gefangengenommen und kurz darauf hingerichtet worden. Ein unrühmliches Ende für einen walisischen Noblen, das Nesta trotz Hywels Charakters traurig stimmte. Ihr wäre es lieber gewesen, er hätte aufgegeben, ehe es soweit kommen musste.

Richard schien die Veränderung in Geralds Blick zu bemerken, denn er drehte sich um und öffnete in einem stummen Aufschrei den Mund. Mit einem ungläubigen Schnauben erhob er sich und kam mit ausgebreiteten Armen auf sie zu.

»Kann das Nesta Tudor sein?«, fragte er mit seinem ihr wohlbekannten schelmischen Lächeln, und auch Nesta fühlte, wie sich ehrliche Freude in ihr breitmachte. Vertraut legte er seine Hände auf ihre Schultern und küsste sie auf die Wange. »Mein Gott, hätte mir jemand gesagt, dass du noch schöner geworden bist – ich hätte all meine Güter darauf verwettet, dass das nicht möglich ist. Aber sieh dich an …« Er wandte sich an Gerald. »Seht sie Euch an!«

Ein Lächeln breitete sich im Gesicht ihres Gemahls aus, und in seinen Augen glomm ein Hauch von Stolz. »Ich kenne meine Gemahlin sehr gut, Mylord. Es ist dieses Antlitz, das ich jeden Morgen beim Aufwachen sehe.«

Richard schnaubte. »Er will mich vor Neid vergehen sehen, dein werter Gemahl.« Erneut ließ er seinen Blick über sie wandern. »Und ich muss ihm wohl diese Genugtuung geben, Gott möge mir helfen.«

»Und du, *Mylord*, du hast dich nicht im Geringsten verändert.«

Übermütig breitete er die Arme aus und präsentierte seinen schlanken Körper, der in einen leuchtenden Bliaut von bestem Tuch gehüllt war. »Ist es denn zu fassen?«, rief er lachend aus. »Ich? Ein Lord!«

Nesta ergriff seine Hand. »Das mit deinem Vater tut mir leid. Ich hörte erst vorhin von seinem Tod.«

»Ach.« Er hob die Schultern. »Sprechen wir über erfreulichere Dinge.« Mit einer schwungvollen Geste hieß er ihr Platz zu nehmen und setzte sich selbst dicht neben sie. »Ihr müsst mir vergeben, Lord Gerald, aber ich musste allzu lange auf die Gesellschaft Eurer Gemahlin verzichten.«

Gerald strich sich seufzend die goldenen Locken aus der Stirn. »Es wird Euch nicht schwerfallen zu glauben, dass ich solche Annäherungen gewohnt bin, schließlich sind all meine Männer in sie verliebt. Da lernt ein Mann geduldig zu sein.«

Entrüstet riss Nesta die Augen auf. »So ein Unsinn!«

Ein Lachen entrang sich ihm. »Mir ist bewusst, dass du blind dafür bist, Nesta, und das macht dich nur noch liebreizender.« Er wandte sich an Richard, der Nesta den Arm um die Schultern legte. Sofort wurde sein Ausdruck düster. »Meine Geduld kennt aber auch Grenzen«, sagte er knapp, und beim Anblick seiner hünenhaften Gestalt und den eisigen Sturmaugen rückte Richard schleunigst ein Stück von ihr ab.

Ergeben hob er die Hände. »Nun, Ihr seid der Gemahl unserer werten Nesta, aber ich muss Euch sagen, dass sie und mich eine lange und tiefe Freundschaft verbindet. Wir waren einmal unzertrennlich.«

Gerald hob die Augenbrauen, doch Nesta sah Richard ungerührt ins Gesicht. »Für eine Weile, ja«, erwiderte sie, woraufhin Richard zusammenzuckte, als hätte sie ihn geschlagen.

Bei aller Wiedersehensfreude, sie konnte nicht so tun, als wäre nichts geschehen und ihm erlauben, sich derart vor Gerald zu verhalten. Sie war eine verheiratete Frau, und sie befanden sich hier nicht bei Hofe, wo man kokettierte und Spielchen willkommen hieß. Zudem hatte er ihr klar zu verstehen gegeben, dass die Befehle des Königs stets Vorrang hatten, und vom König wollte sie nichts mehr wissen. Richards penibel gepflegtem Äußeren nach zu urteilen hielt er sich die meiste Zeit am Hof auf, was auch seinem Charakter entsprach. Er war ein Mann, der über das angeborene Talent verfügte, sich in der Welt aus Ränkeschmieden und Schönrednern zurechtzufinden, und natürlich schätzten die Hofdamen seine Gesellschaft.

Aus den Augenwinkeln bemerkte sie Geralds schlecht verborgenes Grinsen, und wie er sich schnell mit der Hand über den Bart fuhr, um seine Gesichtszüge wieder unter Kontrolle zu bringen.

»Der Constable meinte, ihr besprecht interessante Dinge über … Flamen?«

Richard nahm den Themenwechsel dankbar an und gab sich nun schon viel ernster. »Das ist richtig.« Er wandte sich ihr zu und legte zu ihrer Erleichterung endlich das höfische Getue ab. »Du musst wissen, Nesta, Flandern wurde Opfer furchtbarer Umweltkatastrophen. Schwere Stürme peitschten das Meer bis weit ins Land und verwüsteten ganze Gegenden. Die Menschen dort verloren alles, das sie besaßen, und kamen nur mit dem Leben davon. Viele von ihnen flüchteten nach England.«

»Das ist ja furchtbar.« Nesta sah zwischen Gerald und Richard hin und her.

Gerald fuhr sich müde durch die Haare, ehe er sagte: »Die Flamen müssen irgendwo unterkommen, in England ist kaum Platz für sie, es gibt kein Land.« Prüfend sah er ihr in die Augen. »Aber in Wales …«

Nesta hielt den Atem an. »Der König plant, walisisches Land an die Flamen zu geben?«

»Land in Südwales, ja.«

»Im Land meines Vaters.«

Richard legte seine Hand auf ihren Arm, aber Nesta zuckte zurück und starrte immer noch Gerald an. »Was hat das zu bedeuten?«

Gerald hob die Hände. »Nesta, dein Land ist verwaist. Die Waliser zogen alle hoch in die Berge. Jemand muss die Felder bestellen und das Vieh hüten. Auch in Carew sind es schon viel zu wenige, die sich darum kümmern, und in Emlyn ist überhaupt niemand mehr.«

»Also holt ihr flämische Bauern, um diese Aufgaben zu übernehmen.« Nesta schüttelte den Kopf. Ihr war bewusst, dass Wales schon vor dem Eindringen der Normannen ein dünn besiedeltes Land gewesen war. Die gewaltigen Menschenmassen und beackerten Flächen hatten sie in England stets erstaunt. Auch hatte es in ihrer Heimat kaum Dörfer gegeben. Sie verstand, dass die Normannen dies ändern mussten und jedes Fleckchen Land nutzen wollten, das sich ihnen erschloss. Doch sie hatte immer angenommen, dass walisische Bauern das übernehmen würden. »Wie gut, dass mein Vater das nicht erlebt. Südwales wird zu einem zweiten Flandern. Die Sprache der Waliser wird in Vergessenheit geraten.«

»Du weißt«, sagte Gerald sanft, »schon jetzt herrschen flämische Lords, die sich bei Englands Eroberung verdient gemacht haben, über Ländereien in dieser Gegend. Du schätzt de Barry – er ist ebenso Flame. Das Gebiet um Haverfordwest wird unter flämische Herrschaft fallen, aber auch im Land der normannischen Lords werden flämische Siedlungen entstehen.« Er sah ihr eindringlich in die Augen. »Damit diese Leute einen Platz zum Leben haben, ein Zuhause.«

Nesta griff nach ihrem Becher, nahm einen tiefen Zug und versuchte, sich mit diesem Gedanken anzufreunden.

Es gefiel ihr nicht, dass weitere Fremde das Land ihrer Vorväter besiedeln sollten, während ihr eigenes Volk getötet oder vertrieben worden war. Aber diese Bauern waren für Nesta auch ein deutliches Zeichen des Friedens. Es wurde kein weiterer ambitionierter Normanne hergeschickt, um auch noch die letzten Briten zu unterdrücken, und das Land ging auch nicht an rivalisierende Waliser, die sich gegenseitig bekriegen und schwächen sollten. Die Konflikte schienen endlich beigelegt, und jetzt konzentrierten der König und seine Marcher Lords sich darauf, dieses Land in eine Blütezeit zu führen.«Also Flamen«, seufzte sie und versuchte sich an einem Lächeln.

Gerald ergriff ihre Hand und strich mit dem Daumen über ihren Handrücken.

Schließlich lenkte Richard das Thema auf die aktuellen Ereignisse bei Hofe, und was um den König herum geschah. Da Nesta nichts davon hören wollte, zog sie sich zurück und begab sich auf die Suche nach ihrem älteren Sohn. Sie fand Harri in der Küche, wo er am Boden saß und mit Holzfiguren spielte.

Tapfer ging sie auf ihn zu und ließ sich neben ihm nieder. Liebevoll betrachtete sie ihn bei seinem Spiel, und ihr Herz machte einen Satz, als Harri ihr nach einer Weile eine der Figuren zuschob.

Cenarth Bychan, Westwales, Januar 1109

Maurice FitzGerald, wirst du wohl zurückkommen!« Nesta hob ihren Jüngsten David aus dem Schnee, der mit seinen eineinhalb Jahren durch die weiße Pracht tapste, und eilte ihrem drittgeborenen Sohn hinterher. Schnell wie der Wind rannte dieser über den Burghof und verschwand im Stall, wo er sich wohl wieder im Heu versteckte. Sein älterer Bruder William, der bald seinen vierten Geburtstag feiern würde, blieb ihm dicht auf den Fersen – bestimmt stiftete er Maurice wieder zu Unsinn an.

»Maurice! William! Ich schwöre bei Gott, wenn ihr nicht auf der Stelle zurückkommt, werdet ihr nicht beim Aufschneiden des *Ystwyll*-Kuchens dabei sein! Dann werdet ihr für den restlichen Tag die Narren sein und habt keine Möglichkeit, König der Feier zu werden. Habt ihr mich verstanden?«

»Die Feier zur Erscheinung des Herrn scheint sie nicht zu kümmern«, erklang Harris Stimme neben ihr, der seine Wollmütze tief in die Stirn gezogen hatte und die Hände in den Achseln barg. »Kann ich sie zurückholen, *Mam*?« Vorfreudige Erwartung klang aus seiner Stimme, er konnte sich wohl selbst kaum davon abhalten, wieder mit seinen jüngeren Brüdern zu raufen.

Nesta verkniff sich ein Lächeln und versuchte streng auszusehen. Sie nahm David auf den anderen Arm, da er wild zu zappeln begann, um wieder in den Schnee zu kommen, und wandte sich Harri zu. »Nein, lass nur, die beiden werden schon sehen, was sie davon haben. Du weißt, Sir Stephen wird jeden Moment hier sein, um dich abzuholen.«

Der Junge brummte, was für Nesta nicht schöner hätte klingen können. Dass Harri hier bei ihr bleiben wollte, erschien ihr jedes Mal wieder wie ein Wunder, und wie immer würde es ihr schwerfallen, ihn gehen zu lassen. Bald wurde er sechs Jahre alt, und der Constable von Cardigan besuchte sie häufig, damit sie ihn aufwachsen sehen konnte. Auch sie nahm jede Möglichkeit wahr, um sich in einem Flusskahn oder zu Pferde nach Cardigan aufzumachen und ihren Ältesten zu besuchen. Es war ein schmerzhafter und langer Prozess gewesen, sich wieder nahezukommen, aber jetzt waren er und seine Brüder unzertrennlich, und er war zu einem wahrhaftigen Teil der Familie geworden.

Das Klappern von Hufen auf gefrorenem Boden lenkte ihre Aufmerksamkeit zum Tor, und als sie den Constable mit ein paar Begleitern einreiten sah, legte sie ihre Hand auf Harris Schulter. Sogar ihre beiden entwischten Söhne lockte die Ankunft des Constables aus dem Stall, auch wenn sie sich im Tor herumdrückten und sich nicht näherwagten. Vom Wohnturm her kam Gerald in Begleitung zweier Flamen aus dem Dorf, die im Frühling mit dem Ausbau der Burg beginnen sollten und bereits alles mit Gerald planten. Die Besiedlung der Flamen war abrupt vonstattengegangen, zumindest war es Nesta so vorgekommen. Von einem Moment zum anderen waren überall fremdsprachige Menschen um sie gewesen, und flämische Lords aus der Nachbarschaft waren zu Freundschaftsbesuchen oder Lagebesprechungen mit Gerald gekommen. Nesta konnte sich in der französischen Sprache mit ihnen unterhalten, auch wenn das Flämische eher dem Angelsächsischen der Engländer glich. Doch die meisten Flamen, vor allem die Noblen, verstanden das Normannische sehr gut. Zwar sehnte Nesta sich danach, ins Dorf zu Walisern zu spazieren, sich mit den Bauern in ihrer Muttersprache zu unterhalten und unter ihresgleichen zu sein, aber die Flamen waren friedfertige Menschen, freundlich und offenherzig. Sie brachten Leben in dieses Land, denn egal, wohin man auch blickte, Ackerstreifen und Herden, Siedlungen und Burgen bevölkerten das einst so unbezähmbare, von Sümpfen und Wäldern beherrschte Deheubarth. Manch neuer Landhalter eröffnete am Hafen Handelsstätten für flämisches Tuch, ein anderer begann eine Zucht von Schlachtrössern, denn flämische Rösser waren die edelsten und zähesten, hieß es. Und auf den Burgenbau verstand sich dieses Volk ebenso, was Gerald sich zu Nutze machte. Seit über drei Jahren lebten sie nun schon in der schnell entstandenen Burg nahe Cardigan, welche die Grenze Ceredigions gegen die nördlichen Fürsten von Wales schützen sollte, doch nun war es an der Zeit, die Anlage auszubauen. Genauso wie in Cardigan, wo ebenfalls Bauarbeiten stattfanden. Denn die alte Burg, die Nesta so vertraut war, sollte zugunsten einer neuen und stärker befestigten Anlage eine Meile flussaufwärts aufgegeben werden. Ein beruhigender Gedanke, Harri in einem komfortableren und vor allem sichereren Zuhause zu wissen.

»Madame.« Der Constable schwang sich aus dem Sattel und verneigte sich vor ihr. Dann zwinkerte er Harri zu. »Bereit, um aufzubrechen?«

»Wenn's sein muss.« Harri seufzte, als lastete das Gewicht der ganzen Welt auf seinen Schultern. Plötzlich spürte sie Geralds schwere Hand auf ihrer Schulter, der von hinten an sie herangetreten war und ihr nun David aus den Armen nahm. Nesta ging vor Harri in die Hocke.

»Wir werden uns bald wiedersehen, Harri, ich verspreche es dir. Deine Brüder und ich werden dich schon bald besuchen kommen.«

»In Cardigan ist es immer so langweilig.« Harri blickte auf und sah sie mit seinen braunen, von grünen Sprenkeln durchsetzten Augen an. Einzelne schwarze Strähnen hingen ihm in die Stirn, und Nesta strich sie ihm zärtlich zurück.

»Kann ich nicht wenigstens David mitnehmen?«, fragte er und wies auf ihren Jüngsten in Geralds Armen. »Er ist so lustig, wenn er hinfällt, und außerdem ist er noch so klein, du brauchst ihn ja gar nicht, *Mam*.«

»Oh, da täuschst du dich aber. Ich brauche all meine Kinder und würde keines von euch missen wollen. Du weißt, du bist etwas Besonderes, und der König will nur das Beste für dich. Du wächst zu einem Lord heran und wirst eines Tages, genauso wie William, über dein eigenes Land herrschen.« Sie hauchte Harri einen Kuss auf die Wange und erhob sich schweren Herzens. »Erinnerst du dich, was du sagst, wenn der Earl of Clare nach Cardigan kommt?«

Harri nickte ernst. »Ich war nur einen Tag zu Besuch hier, in Begleitung des Constables.« Ein Grinsen zog seine Mundwinkel zur Seite. »Und nicht ganz allein von Weihnachten bis zum Dreikönigsfest heute.«

»Das vergisst du am besten ganz schnell wieder und merkst dir nur den ersten Teil.« Gerald strich ihm über die Mütze und legte seinen freien Arm um Nestas Taille. »Der König darf nicht davon erfahren, dass du ohne Sir Stephen hier warst, das weißt du doch, oder?«

»Ja, denn sonst …« Harri zog seinen Daumen schnell über die Kehle, woraufhin der Constable zu lachen begann.

»Nicht dein Kopf wird es sein, der fällt, Junge, sondern meiner. Also sag deiner Mutter Auf Wiedersehen, und danke ihr und Lord Carew für ihre Gastfreundschaft. Es wird Zeit, dass wir aufbrechen.«

Harri tat, wie ihm geheißen, dann rannte er aber noch schnell zum Stall hinüber und schlug seinen Brüdern mit der Faust gegen die Arme, was wohl ein Abschiedsgruß sein sollte. Die drei verabschiedeten sich lautstark und schmiedeten sogleich Pläne, was sie beim nächsten Besuch alles machen wollten, bis der Constable Harri zurückrief.

Nesta lehnte ihren Kopf gegen Geralds Brust und blickte hoch in den bewölkten Himmel. Manchmal fiel es ihr schwer zu glauben, dass der Herr sie mit solchem Glück beschenkt hatte. Sie konnte Harri eine Mutter sein und hatte mit Gerald drei Söhne bekommen, die ihr eine wahre Freude waren. Sie sah ihren Gemahl nicht so oft, wie sie gerne hätte, denn seine Pflichten führten ihn häufig nach Pembroke, aber wenn er hier war, widmete er sich ganz ihr und den Kindern. Der Stolz war seinen Augen stets anzusehen, und Nesta wurde es jedes Mal warm ums Herz, wenn er seine Söhne auf den Schultern trug oder im Spaß mit ihnen kämpfte. Er wünschte sich noch eine Tochter, meinte aber, dass Nesta wohl ihr Leben lang nur Söhne gebären würde.

Am Tag nach dem Fest zur Erscheinung des Herrn verbrachten sie einen jener wertvollen Nachmittage als Familie in der Halle, ehe Gerald zurück nach Pembroke musste. Es war ein wolkenloser Nachmittag und dementsprechend frostig. Zwei Herdfeuer spendeten Wärme, aber zusätzlich waren auch noch Kohlepfannen aufgestellt worden, um die Kälte des schneidenden Windes, der durch den Rauchabzug hereinströmte, zu vertreiben. Die Kinder hatten sich nahe dem Feuer zusammengefunden und unterhielten sich mit Würfelspielen, zu denen sich auch Ethil, Agnes und Beatrice gesellten. Nesta saß in einem bequemen Lehnstuhl neben ihnen und besserte eins von Geralds Hemden aus, während ihr Gemahl sich mit seinem Freund de Barry und dem Hauskaplan Etienne über den nahenden Gerichtstag unterhielt. Der normannische Ordenspriester vertrat Gerald während seiner Abwesenheit, und da er auch fließend Englisch sprach, fiel es ihm leicht, Streitigkeiten unter den Flamen zu schlichten.

Schließlich öffnete sich die Hallentür, und der Kommandant der Garnison trat mit roter Nase und dick gefüttertem Umhang ein, um Besucher zu melden.

»Es sind Waliser, Mylord«, sagte er mit verkniffener Miene und warf Nesta dabei einen abschätzigen Blick zu. »Drei an der Zahl. Der Sprecher sagt, er wäre mit Mylady verwandt.«

Nesta hob die Augenbrauen und bemerkte, dass sich ihr alle

Anwesenden zuwandten. Es war nicht so ungewöhnlich, dass walisische Noble zu einem Gespräch mit Gerald kamen, in den letzten Jahren hatten solche Zusammenkünfte häufig stattgefunden. Darunter waren auch entfernte Verwandte von ihr gewesen oder einstige Verbündete ihres Vaters. Die letzten Jahre waren friedvoll verlaufen, und nachbarschaftliche Zwistigkeiten waren stets schnell beigelegt worden. Geschenke, besondere Jagdrechte, die Unterstützung gegen Gesetzlose … Die walisischen Noblen der Gegend und Gerald hatten sich stets einigen können, und Nesta hatte ihn unterstützt. Doch meistens waren solche Besuche vorher abgesprochen worden. Dass plötzlich mögliche Verwandte vor den Toren standen, kam ihr etwas seltsam vor. Sie wusste nicht genau wieso, aber ein ungutes Gefühl ergriff sie. Es konnte nicht richtig sein, dass dieses idyllische Zusammensein so abrupt unterbrochen wurde. Etwas tat sich vor ihr auf, und diesen Gedanken hatte sie nicht nur, weil sie ihr Glück beinahe schon ungehörig fand. Es war viel zu lange ruhig gewesen.

»Wer ist es?«, wollte Nesta wissen, denn schließlich hatte sie zahlreiche Verwandte in ganz Wales.

Die Miene des Kommandanten, der schon einen Sohn und einen Bruder im Kampf gegen Waliser verloren hatte, wurde noch düsterer. »Owain ap Cadwgan aus Powys, Madame. Er sagt, er sei Euer Vetter.«

Ein Laut des Schreckens entfuhr ihr, und sie schlug die Hand vor den Mund. Plötzlich raste ihr Herz, das Hemd und die Nadel entglitten ihren Fingern. »Cadwgans Sohn.«

»Cadwgan von Powys war all die Jahre friedvoll, Nesta«, hörte sie Gerald sanft von der Tafel sagen. »Er steht treu zum König, es gibt keinen Grund zur Beunruhigung.«

»Und er hat erst neulich eine Normannin geheiratet«, fügte de Barry hinzu. »Sein Widerstandsgeist ist schon vor langer Zeit erloschen.«

Nesta blickte auf und sah in Geralds Augen. Darin erkannte

sie, dass er sie zu trösten versuchte, aber auch er war angespannt. Ihr Verstand sagte ihr, dass sie nichts zu befürchten hatte, aber ihr Bauchgefühl sprach eine andere Sprache. Die Vergangenheit brach über sie herein: der Hass gegen die Fürsten von Powys, der stets in ihrem Heim geherrscht hatte, nachdem Cadwgan einst ihren Vater angegriffen und ihn zur Flucht nach Irland gezwungen hatte. Das Wissen, dass Cadwgan sofort nach dem Tod ihres Vaters in Deheubarth eingefallen war. Der ständige Zwist ihrer beider Fürstentümer um Ceredigion. Die Spottlieder über Cadwgans jüngeren Bruder Maredudd, den Mutlosen, der vom eigenen Bruder ausgeliefert in einem normannischen Gefängnis saß. Die Rebellion Robert de Bellêmes, bei der Cadwgan auf Shrewsburys Seite gestanden war und der König sie um Rat gebeten hatte. Sie hatte den König angefleht, ihr Land nicht an die Wölfe von Powys zu geben, und ihre Worte über Iorwerth verflucht. Iorwerth hatte Rache genommen, als er die versprochenen Ländereien nicht bekommen hatte, und war dann gefangengenommen worden. Cadwgan war sehr mächtig, nun, da seine beiden Brüder eingesperrt waren. Diese Macht war auch der Grund, weshalb Gerald diese Burg errichtet hatte, im Schatten Cardigans. Cadwgan hatte sich in den letzten Jahren tatsächlich ruhig verhalten, aber diese Ruhe konnte für einen Mann, der stets seine gierigen Finger nach Deheubarth ausgestreckt hatte, nicht von Dauer sein. Was hatte er vor, wieso schickte er seinen Sohn hierher?

»Ich wünschte, wir könnten die Tore verschließen und ihn fortschicken«, flüsterte sie, ihre Hände zitterten.

Plötzlich lag eine Hand auf ihrer Schulter, Gerald stand neben ihr und beugte sich zu ihr hinab. »Ich weiß, deine Familie und jene aus Powys verbindet eine lange und blutige Geschichte. Ich weiß, eure Familien waren verfeindet.«

Nesta schüttelte den Kopf. »Meine Mutter war eine Tochter aus Powys. Ihre Ehe mit meinem Vater hätte den Frieden sichern sollen, aber Cadwgan ist … er ist nicht wie seine Brüder, Gerald. Kein Fisch im Strom, der keine eigenen Ambitionen hat wie Maredudd, und auch nicht käuflich ist wie Iorwerth. Cadwgan *ist* Powys, und er will es mächtiger machen, er will immer mehr Land anschließen. *Unser* Land, Gerald.«

»Cadwgan ist alt, er hält Ceredigion, was er immer wollte, und weitreichende Gebiete in seinem einstigen Fürstentum von Powys. Er hat allen Grund, sich friedlich niederzulassen. Womöglich ist er längst des Krieges müde.«

»Und wenn nicht?« Ihr Blick fiel zu ihren Kindern, die lautstark um die Würfel stritten, und ihre Angst verstärkte sich noch. Von Powys und insbesondere von Cadwgan war noch nie Gutes gekommen, und auch wenn sie wusste, dass ihre Kinder sie besonders vorsichtig machten, war dieses Gefühl doch nicht mit jenem bangen Unwohlsein zu vergleichen, das sie bei den Treffen mit anderen walisischen Führern empfunden hatte. Cadwgan war seit ihrer Kindheit eine Schreckensfigur. Er und seine Sippschaft sollten ihrer Familie fernbleiben.

»Erst vor ein paar Tagen hast du mir erzählt, dass Cadwgan ein Fest feierte«, sagte sie und blickte zu Gerald auf, im Bemühen, entschlossen und nicht ängstlich zu wirken. »Dazu lud er all die Noblen seines Landes ein. Auch mein Vater veranstaltete solche Feste, zu denen seine *uchelwyr* kamen – es ist ein Fest, das einem Feldzug vorausgeht. Die Krieger werden noch einmal reichlich beschenkt und die Treue und Unterstützung der Noblen erkauft. Cadgwan hat all die *uchelwyr* seiner Umgebung versammelt – wofür?«

»Es war ein Weihnachtsfest, Nesta.«

»Ja, so scheint es.« Sie atmete tief durch und sah Gerald in die Augen. »Du nimmst mich nicht ernst, Gerald. Du glaubst, die alten Fehden meiner Familie lassen mich Gespenster sehen.«

»Ich nehme dich sehr ernst.« Gerald ging neben ihrem Stuhl in die Hocke und nahm sie an beiden Schultern. »Den Fehler, deine Intuition in walisischen Belangen zu ignorieren, werde ich nicht machen. Aber verstehe, dass ich ihn empfangen *muss*. Es ist meine Aufgabe als Verwalter von Pembroke und als Lord von Emlyn, einen Boten unseres Nachbarn willkommen zu heißen. Wir werden wachsam sein, Nesta, ich werde nicht zulassen, dass dir oder den Kindern etwas geschieht.«

»Ich weiß.« Sie legte ihre Hand auf seine Wange. Dann erhob sie sich mit einem tiefen Seufzen, und Gerald bedeutete dem Kommandanten, den Besuch einzulassen. Wie immer war es dem alten Krieger anzusehen, dass ihn Geralds und Nestas vertraulicher Umgang befremdete. In ihrem Haushalt ging es wenig förmlich zu, und dass Gerald sie – eine walisische Kriegsbeute, die sie in den Augen des Kommandanten war – um Rat fragte und zu Gesprächen mit Männern mitnahm, ärgerte ihn. Er war sehr konservativ und mürrisch, stand jedoch treu zu Gerald, weshalb Nesta ihn, so gut es ging, ignorierte. Oft fehlte ihr Simon, der in Carew das Kommando hielt. In ihrer ohnehin angespannten Verfassung machten die missgünstigen Blicke sie nur noch unruhiger.

»Der Besuch könnte ein Zeichen der Freundschaft sein, jetzt da Cadwgan eine Normannin zur Frau nahm«, sagte Pater Etienne, der nachdenklich seinen Becher in den Händen drehte. »Vielleicht zieht er auch eine Verbindung mit Eurem Haus in Erwägung. Womöglich haben Cadwgan oder sein Sohn Owain Töchter, die sie mit einem Eurer Söhne verloben möchten.«

»Nur über meine Leiche«, zischte Nesta, auch wenn dieser Grund wenigstens nicht von kriegerischen Absichten herrühren würde. Aber Powys hatte noch nie etwas auf eheliche Verbindungen gegeben, hatten sie doch ihre Mutter nach Deheubarth geschickt, nur um dann weiter in diesem Land einzufallen.

»Wir werden sehen, was sie wollen«, sagte Gerald und nahm an der Tafel Platz. Nesta gab Ethil schnell ein Zeichen, die wie immer aufmerksam gewesen war und sie sofort verstand.

Mit dem Versprechen auf weitere Spiele nahm sie die Jungen mit sich, während Agnes und Beatrice in der Küche Bescheid sagen wollten, um Speis und Trank bringen zu lassen.

Nesta rückte ihren Stuhl an Geralds Seite und ließ sich nieder, ein heißes Stechen in ihrer Brust. »Ich habe wirklich kein gutes Gefühl dabei, Gerald«, sagte sie leise. »Gar kein gutes Gefühl.«

»Sorge dich nicht.« Gerald legte ihr die Hand auf den Oberschenkel und zwinkerte ihr zu. »Wir sind nicht wehrlos. Ich habe nicht verlernt, wie man ein Schwert führt. Zudem haben wir hier ein Dutzend grimmiger Krieger, die im Kampf gegen Waliser erfahren sind.« Doch seine Miene wurde sofort wieder ernst, als er sich an de Barry wandte. »Verlass ungesehen die Burg«, trug er ihm leise auf, »nimm noch einen Mann, und dann sieh dich in der Nähe um. Es können unmöglich nur diese drei sein, die hierhergekommen sind. Finde heraus, ob sich in den Wäldern eine Kriegstruppe versteckt, aber bei Gott, sei vorsichtig. Wenn du weitere Männer entdeckst, tu nichts Unüberlegtes. Du kommst sofort zurück und berichtest, hast du verstanden? Lass dich nicht erwischen.«

Der Flame verneigte sich mit düsterer Miene, ergriff sein Schwert und ging mit weitausholenden Schritten zur Tür hinaus, durch die in diesem Augenblick der Kommandant in Begleitung dreier Männer die Halle betrat.

»Prinz Owain ap Cadwgan«, sagte der alte Ritter verdrießlich und trat sogleich zurück, um sich neben der Tür zu postieren, anstatt hinauszugehen. Nesta fiel auf, dass die Waliser keine Waffen trugen, bestimmt waren sie ihnen abgenommen worden, doch wer wusste schon, was sich unter den knielangen Hemden und den Pelzumhängen verbarg? Nesta traute ihnen nicht über den Weg, und es kostete sie ein enormes Ausmaß an Kraft, um ihre Lippen zu einem Lächeln zu verziehen, als sie sich erhob.

»Ah!« Der mittlere der Männer löste sich von den anderen und kam mit einem übermütigen Grinsen und ausgebreiteten Armen auf sie zu. Er war nicht so hoch gewachsen wie Gerald, wirkte eher untersetzt. Seine Lippen wurden von einem dichten, dunklen Bart gesäumt, der sich genauso wie das schulterlange Haar kräuselte und nur notdürftig gekämmt worden war. Die kohlschwarzen Augen in dem jungen Gesicht wirkten aber wach und scharfsinnig. »Liebste Nesta.« Seine Hände mit den kurzen, kräftigen Fingern umschlossen ihre Wangen, und im nächsten Moment lag sein Mund auf dem ihrigen. Der Geruch des Winters und des Waldes haftete seiner Haut und Kleidung an.

Obwohl Nesta wusste, dass die Waliser ihre Familie häufig mit einem Kuss begrüßten, wich sie leicht zurück. Zu einer freundlichen Miene bemüht, blickte sie zu ihrem Verwandten hoch. »Willkommen in Cenarth Bychan, Vetter«, sagte sie mit kaum zitternder Stimme. »Darf ich dir meinen Gemahl Lord Gerald FitzWalter de Windsor vorstellen?«

Gerald, der an sie herangetreten war, nickte kaum merklich und ließ seine Sturmaugen auf dem Prinzen ruhen. In den letzten Jahren hatte er die walisische Sprache zu verstehen gelernt, sprach sie aber nur, wenn unbedingt nötig.

Auch Owain nickte und ließ seinen abschätzenden Blick über den Herrn der Burg schweifen, dann wandte er sich ab und wies auf die beiden Männer in seiner Begleitung. Beide waren, so wie Owain, dunkle und raue Gesellen und sahen sich aufmerksam in der Halle um.

»Mein Bruder Einion«, sagte der Prinz und wies auf den jüngeren der beiden, der kaum mehr als zwanzig Jahre zählen konnte, »und mein Onkel Maredudd ap Bleddyn.«

Nesta riss die Augen auf, und auch Gerald sah den Besucher einen Moment lang völlig verdattert an.

»Maredudd …«, begann er, doch Owain ließ ihn nicht aussprechen. »Mein Onkel hatte das Glück, dem englischen König zu entkommen«, erklärte er triumphierend und sah dabei Gerald unverwandt an. »Ein Hoch auf die schlampige Arbeit der freincischen Baumeister!«

Nesta warf Gerald einen entsetzten Blick zu. Wie kam es, dass sie nichts davon erfahren hatten? War auch Iorwerth, der dritte der Fürstenbrüder, entkommen, der ja Maredudd, den Mutlosen, an Henry ausgeliefert hatte, oder war nur der jüngste von ihnen heimgekehrt? Und was hatte sein Erscheinen zu bedeuten?

Nesta gemahnte sich an ihre Aufgabe als Gastgeberin und bedeutete den Herren an der Tafel Platz zu nehmen. Sie war dankbar für die Ablenkung, während sie Cidre einschenkte und Platten austeilte, doch der flüchtige Moment der inneren Ruhe verflog sofort wieder, als der junge Einion einen Schluck aus seinem Becher nahm und »Freincische Pisse« murmelte. Gerald tat jedoch, als hätte er nichts verstanden, und sah die Männer ungerührt über die Tafel hinweg an. Die angespannte Situation konnte auch nicht gemildert werden, als die Köchin und ihre Helferin ein bescheidenes Mahl aus Käse, Zwiebeln, Brot und Äpfeln sowie eine Schale Bratensaft auftrugen.

Zu ihrer Erleichterung ergriff Pater Etienne die Gelegenheit, um sein Sprachtalent vorzuführen und sich den Walisern in ihrer Landessprache vorzustellen.

»Was verschafft uns die Ehre?«, fragte schließlich Gerald, als Nesta sich neben ihm niederließ. Er sprach langsam und gedehnt, was ihm einen Hauch von Überlegenheit verlieh, obwohl Nesta wusste, dass er die Worte so sorgfältig formulierte, um sie in der walisischen Sprache richtig auszusprechen.

Owain wies mit einer ausschweifenden Bewegung seiner schmucklosen Kriegerhand in Nestas Richtung, die ihm schräg gegenübersaß. »Meine verehrte Cousine ist der Grund«, erwiderte er mit einem wölfischen Lächeln, das Nesta eine Gänsehaut bescherte. »Ich konnte nicht umhin, mich selbst von den Geschichten zu überzeugen.«

»Den Geschichten?«, fragte Gerald rau.

Owain nickte bekräftigend. »Ihr müsst wissen, das ganze Land spricht von ihr. Mein Vater, Fürst Cadwgan aus Powys, gab eine

Feier zu den Weihnachtsfeiertagen, zu der alle *bedeutsamen* Männer aus ganz Wales geladen waren.« Er sah Gerald offen lächelnd ins Gesicht. »Schon bald stimmten die Barden Lieder über die Königstochter von Deheubarth an, die mit ihrer Schönheit und ihrem lebhaften Geist die Freinc verzauberte. Ich konnte nicht anders, als mich selbst davon zu überzeugen, und so nahm ich den Weg über den Fluss auf mich und …«, er breitete die Hände aus, »hier bin ich nun.«

»Hier seid Ihr nun.« Gerald lehnte sich mit dem Becher in der Hand zurück und warf einen flüchtigen Blick zur Tür. Vielleicht wartete er auf de Barrys Erscheinen, um mehr über das Vorgehen draußen vor den Toren zu erfahren, doch nichts regte sich.

»Ein etwas sonderbarer Anlass, meint Ihr nicht?«, fragte er schließlich an den Prinzen gewandt.

»Aber nein.« Owain fuhr sich mit der Zunge über die Lippen und sah Nesta mit unverhohlener Begierde an, was den einzigen Zweck verfolgte, ihren Gemahl zu reizen. »Der Weg hat sich zweifelsohne gelohnt.«

Nesta legte schnell ihre Hand auf Geralds Schenkel unter dem Tisch, um ihn vor unbedachten Äußerungen zu bewahren, und Pater Etienne unterstützte sie in diesem Vorhaben.

»Sagt, wie geht es Eurem Vater?«, fragte er und wandte sich mit gewinnendem Lächeln an den Prinzen. »Ich hörte, er hat sich eine junge Braut aus noblem normannischem Hause genommen.«

Einen Moment lang verdüsterte sich Owains Ausdruck, und auch die beiden anderen blickten mit ernsten, ja fast schon erbosten Mienen auf ihre Speisen hinab. »Er wird träge auf seine alten Tage«, sagte Owain schließlich mit deutlicher Anspannung in der Stimme. »Es ist wahr, er hat sich eine normannische Braut genommen. Die Tochter eines Marcher Lords.« Was der Prinz von seiner neuen Stiefmutter dachte, war ihm allzu deutlich ins Gesicht geschrieben. »Ich erinnere mich noch, als er zusammen mit dem Fürsten von Gwynedd die Normannen in der Schlacht von Coed Yspwys schlug. Ihr werdet es auch nicht vergessen haben, Lord Carew. Damals starb der Earl of Shrewsbury, Hugh de Montgomery.«

»Ihr habt recht«, erwiderte Gerald und strich mit dem Daumen über den Rand seines Bechers. »Ich erinnere mich daran, wie Euer Vater daraufhin nach Irland floh und bei seiner Rückkehr vor Robert de Bellême kroch, um Teile seines Landes zurückzuerhalten.«

Owain sah seinem Gegenüber einen Moment lang reglos in die Augen, dann zuckte er mit den Schultern. »Wie gesagt – er wurde träge. Doch das macht nichts, solange er Söhne hat, die noch das nötige Feuer in sich tragen.« Bei diesen Worten warf er erneut einen Blick in Nestas Richtung, die versuchte, nicht angewidert das Gesicht zu verziehen.

»Feuer wofür?«, fragte sie unschuldig, »Dein fürstlicher Vater und der König haben sich geeinigt. Ich lebe als Fürstentochter von Deheubarth in meiner Heimat, und auch Fürst Gruffudd aus Gwynedd huldigte dem König. Die britischen Fürstentümer haben mit England Frieden geschlossen, also sag mir, Vetter, ist es denn nicht an der Zeit, etwas träge zu werden und in Frieden zu leben?«

Die rauen Knöchel von Owains Hand, die den Becher umschloss, traten weiß hervor, doch in seinem Gesicht lag immer noch ein Lächeln. »Fürwahr, einer nach dem anderen erkannte die Vorteile, die es mit sich bringt, sein Leben auf Knien zu fristen, doch ich, geliebte Cousine, bin ein aufrechter Mann.«

»So seid Ihr gegen eine Verbrüderung mit dem König?«, fragte Gerald beiläufig und trank von seinem Cidre.

Owain blickte seinem Gegenüber in die Sturmaugen und zeigte nicht die geringste Verunsicherung. Dies musste ihm zugutegehalten werden, bedachte man sein geringes Alter und die dementsprechend mangelnde Erfahrung. Wo Gerald schon auf seinen vierzigsten Geburtstag zuging und einen Gutteil davon mit dem Schwert in der Hand verbracht hatte, konnte Owain nicht älter als Nesta sein, die noch keine vierundzwanzig Jahre zählte. Wäre er nicht Cadwgans Sohn, hätte sie sogar Bewunderung für ihn aufbringen können, doch so wie die Dinge standen, war er eine Bedrohung.

»Wenn der König das Land der Briten den Briten lässt und nicht einen Freinc nach dem anderen vor unsere Haustür setzt, kann er gerne Verbrüderung mit mir trinken«, erwiderte Owain mit ruhiger Stimme, doch seine zuckenden Wangenmuskeln konnten seine Gefühle nicht verbergen. »Aber wir Briten werden getötet, vertrieben oder versklavt. Wo ist unser Volk? Ich sehe nur Freinc und Sachsen und Fremde, deren Herkunft ich nicht kenne, aber sie sind keine Briten.«

»Sie sind Flamen«, sagte Nesta und erwiderte den bohrenden Blick ihres Vetters. Der Schein der Feuer flackerte in seinen dunklen Augen, als er langsam nickte.

»Flamen«, wiederholte er, »so bist du jetzt Herrin von Klein Flandern.«

Nesta biss die Zähne zusammen. »Die Flamen bringen uns Wohlstand und Stabilität. Ihre Felder und ihre Herden ernähren uns – so auch die Waliser.«

»Die *Waliser*?« Owain zog die dunklen Augenbrauen in die Stirn. »Nennst du uns schon *Fremde*, genauso wie die Freinc und die Sachsen. Du, eine aus dem Volke der Briten, sagst *Waliser* zu uns? Hast du den Namen deines Landes schon vergessen? Nennst du es tatsächlich *Wales* – fremdes Land –, anstatt *Cymry*? Bist du tatsächlich schon zu einer Freinc geworden?«

»Ich bin Britin«, erwiderte Nesta. »Und ich kenne den Namen meines Landes, doch *Cymry* bedeutet *Landsleute*, was auf eine Einheit unseres Volkes schließen lässt. Aber unser Volk war immer schon gut darin, Landsleute zu bekriegen, daher verstehe ich den Sinn dieses Namens nicht mehr. Einen Frieden, wie wir ihn jetzt hatten, mit einem aufblühenden Land, in dem es keinen Hunger und keine Kämpfe gibt, erlebte ich unter den Briten nicht.«

»So hast du alles vergessen.« Owain flüsterte nur, er schien um jedes Wort zu kämpfen.

Nesta funkelte ihn an. »Ich habe *nichts* vergessen, weder die Gräueltaten der Freinc noch die der Briten. Diese Verbrechen haben Menschen begangen, kein ganzes Volk. Auf beiden Seiten gab es Grausamkeiten, und das Einzige, was für mich zählt, ist der Friede. Dieses Land für die Briten zurückzugewinnen, macht es nicht stärker oder freier. Hast du nicht selbst erst vor wenigen Jahren zwei deiner eigenen Vettern getötet? Wofür? Um Land für deinen Vater zu erschließen? Welchen Sinn siehst du darin, erneut ein Feuer heraufzubeschwören, das dieses Land auf Jahre hinweg in Asche hüllt? Feuer lässt sich schwer kontrollieren, Owain.«

»Dann muss es eben so lange brennen, bis nichts mehr da ist, das es nährt.«

Gerald hob langsam die Hand, seine Stimme war besorgniserregend ruhig. »Seid Ihr hier, um mir zu drohen … Prinz?«

»Ich bin hier, um meine Verwandte zu besuchen, ihr Gottes Segen zu wünschen und …«, er hob seinen Becher, »auf gute Nachbarschaft zu trinken.«

Gerald nickte langsam. »Gut. Denn Bessere haben schon versucht, mich zu vernichten, und ihre Köpfe thronen jetzt auf einem Speer.«

»Ich habe davon gehört.« Owain lächelte, doch es sah eher wie ein Zähnefletschen aus. »Hywel ap Goronwys Kopf verzierte die Palisade von Rhyd-y-gors drei ganze Monate lang, heißt es.«

»Hywel war ein erfahrener Heerführer. Und er fiel.«

»Durch Verrat.«

»Durch Verrat«, bestätigte Gerald und sah dem Prinzen unentwegt in die Augen. »Haltet Ihr Powys etwa sicher vor Verrat? Noch nicht einmal Eurer eigenen Familie könnt Ihr trauen. Wie meine Gemahlin schon sagte, fielen Eure Vettern durch Eure Hand, und Ihr …«, er wandte sich an den entflohenen Maredudd, »verdankt Eurem eigenen Bruder Jahre des Kerkers.«

»Aber jetzt ist er frei«, grinste Owain und zuckte unbekümmert die Schultern, »während Iorwerth immer noch in seinem dunklen Loch hockt. Glaubt mir, mein Onkel hat die freincische Gastfreundschaft nicht vergessen.«

Nesta verbarg ihre zitternden Hände unter der Tafel. Jetzt ergab alles einen Sinn. Cadwgan schien sich tatsächlich mit seinem Land und seiner neuen Frau zu begnügen, aber Owain war jung und hitzköpfig, und Maredudd war auf Rache aus. Maredudd, der Mutlose, trat tatsächlich aus dem Schatten seines älteren Bruders, dem er all die Jahre gefolgt war – und der nichts unternommen hatte, um ihn aus der normannischen Gefangenschaft zu befreien. Nein, Cadwgan hatte sein Leben als letzter Fürst von Powys genossen, während seine Brüder eingesperrt gewesen waren, und er hatte keinen Gedanken an sein treues Anhängsel verschwendet. Natürlich lief Maredudd nun zu einem kampfwilligen Erben über, der ihm Rache versprach. Sie waren nicht nur auf eine Rebellion gegen die Normannen und somit gegen den König von England aus, sondern auch gegen ihren eigenen Fürsten: Cadwgan von Powys.

»Ich wollte dich besuchen, Nesta«, sagte Owain und drehte seine Finger, ohne zu ihr aufzusehen. »Dich daran erinnern, dass die Familie deiner Mutter dich nicht vergessen hat.«

Ich wünschte, sie hätte es getan, wollte sie erwidern, doch ihr war bewusst, welches Spiel hier gespielt wurde. Wenn Owain seinen Vater erst aus dem Weg geräumt hatte, wäre er Fürst, und wenn er Nesta hätte, könnte er Powys und Deheubarth vereinen. Er hätte eine Macht, die den Normannen großen Schaden zufügen könnte. Es lief immer auf dasselbe hinaus.

»Geh mit Gott«, sagte sie mit einem bemüht höflichen Lächeln und wies zur Tür. »Ich danke dir für deinen Besuch, Vetter.«

Owain erwiderte ihr Lächeln, hielt ihren Blick gefangen, während er sich erhob und sich knapp verneigte. Nesta stand ebenfalls auf und ging an Geralds Seite um den Tisch herum, um ihren Besuch zu verabschieden.

»Geht nach Hause«, sagte Gerald freundlich und reichte Owain die Hand zum Kriegergruß. »Ihr seid zu jung zum Sterben.«

Owain schlug ein und umfasste Geralds Unterarm. »Und Ihr zu alt zum Kämpfen.« Er erwiderte das Lächeln und warf dann einen vieldeutigen Blick zu Nesta.

Es war Gerald anzusehen, dass er die Grenzen seiner Beherrschung bald erreicht hatte, und so ging Nesta schnell zu Owain und nickte ihm als Abschiedsgruß zu. »Geh mit Gott«, wiederholte sie leise ihre Worte von vorhin, während sie aus den Augenwinkeln bemerkte, dass Gerald Maredudd verabschiedete und dem Kommandanten winkte, »aber geh, Owain. Hier gibt es nichts für dich.« Sie sah ihrem Vetter eindringlich in die Augen, und Owain erwiderte ihren Blick. Er legte den Kopf ein wenig schief, als versuche er irgendetwas an ihr zu erkennen, dann packte er plötzlich ihren Unterarm. Mit einem Ruck zog er sie näher zu sich und trat dicht an sie heran, bis sich ihre Körper berührten. »Du magst vergessen haben, wer du bist, Nesta, aber ich vergesse es nicht.« Er hauchte ihr einen Kuss auf die Wange, und Nesta zog mit all ihrer Kraft ihren Arm zurück. Lachend ließ er sie los, drehte sich um und ging in Begleitung seines Bruders und Onkels hinaus.

Nesta warf Gerald einen Blick zu, doch der gab bereits Anweisungen an den Kommandanten und hatte von Owains Abschied zum Glück nichts bemerkt. Sofort eilte sie an seine Seite.

»Sollten wir ihn festhalten?«, fragte sie angespannt und starrte auf die geschlossene Hallentür. »Noch sind sie innerhalb der Palisaden. Wenn du sie gefangennimmst …«

»Aus welchem Grund?« Gerald ergriff sacht ihren Arm und

zog sie etwas zur Seite. »Owain hat nichts getan, außer schmähliche Reden von sich zu geben und mich zu beleidigen. Halte ich ihn dafür fest, steht bald ganz Powys vor meiner Tür. Ich muss ihn gehen lassen, Nesta.«

»Gerald, wir sind in Schwierigkeiten.«

»Ich weiß.« Er hob den Kopf und blickte sich in der Halle um. »Hat jemand de Barry gesehen?«

Der Kommandant schüttelte den Kopf, und Gerald fluchte. »Ich will jeden Mann, der eine Waffe tragen kann, auf der verdammten Palisade draußen stehen sehen, habt Ihr mich verstanden? Eimer mit Wasser sollen bereitgestellt werden, und verstärkt das Tor. Gottverdammt!« Er raufte sich die Haare und trat gegen eine der unteren Bänke. »Wo ist de Barry? Ich brauche einen Mann, der nach Cardigan und Pembroke reitet, um Verstärkung zu holen. Wir haben nur ein Dutzend Krieger hier, um die Burg zu verteidigen!« Er atmete tief durch und blickte zur Tür. »Wie viele hat *er*?«

Die Tür flog auf, und Gerald trat, die Hände aneinanderreibend, in die von Kohlepfannen erwärmte Kammer. Es schien Nesta, als wäre er von einer weißen Rauchwolke umgeben, die von seinen frostigen Kleidern aufstieg. Bei nur einer Kerze saß sie in ihrem Stuhl und schaukelte David hin und her, damit er endlich einschlief. Der Junge war um vieles anhänglicher als seine Brüder und suchte auch jetzt noch, da er schon eineinhalb Jahre alt war und längst laufen konnte, bei jeder Gelegenheit ihre Nähe. Als er die schweren Schritte seines Vaters vernahm, zuckte er zusammen.

»Herrgott. Ich kann mich nicht erinnern, dass es in Wales jemals so kalt war.«

Nesta strich David beruhigend über den Kopf und drückte ihn etwas fester an sich. »Immer noch kein Zeichen von de Barry?«, fragte sie besorgt.

Gerald schüttelte den Kopf und hielt seine Hände über das Kohlenbecken neben ihr. »Ich kann keine Männer vors Tor lassen, um nach ihm zu suchen. Wir sind jetzt schon nur noch zu elft. Wir beobachten die Ebene und den Waldrand, Fackeln brennen, aber draußen ist es ruhig.«

»Vielleicht waren es auch nur leere Drohungen. Er wird doch nicht so dumm sein, uns einfach so anzugreifen – gegen den Willen seines Fürsten. Sich gegen einen normannischen König zu stellen ist eine Sache, aber gegen den eigenen Vater und Fürst? Zudem weiß er doch, dass wir ihn erwarten!«

»Wenn er genügend Männer hat, ist ihm das einerlei. Unser einziger Vorteil ist die Burg. Den Graben und den Wall mit der Palisade werden sie nur schwer überwinden. Wir müssen sie auch nur zu einer Seite verteidigen, denn zur Flussseite hin fällt das Gelände zu steil ab.«

Nesta nickte. Riesige Bäume ragten aus Felsspalten, und dichter Wald bevölkerte die zerklüftete Klippe, die in den Fluss abfiel.

»Ich hätte ihn nicht rausschicken dürfen.«

Nesta streckte die Hand nach Gerald aus, aber ihr Gemahl schüttelte den Kopf und fuhr sich unwirsch über die Stirn. »Ich hätte wissen müssen, dass dort draußen Männer lauern, aber ich dachte, de Barry ist am erfahrensten, er wird schon nicht entdeckt werden.« Er lehnte sich gegen die Wand und starrte auf seine Füße. »Ich war für ihn verantwortlich.«

»Du weißt nicht, was dort draußen geschehen ist. Vielleicht hat er sich in der Dunkelheit im Wald verirrt.«

Gerald schnaubte. »De Barry?«

Die Angst um den flämischen Ritter, der ständig nur grinste und pfiff, schnürte ihr die Kehle zu, doch sie durfte ihr jetzt nicht nachgeben, denn Gerald machte sich bereits Sorgen für zwei. »In Ordnung«, sagte sie und erhob sich von ihrem Stuhl. Mit äußerster Vorsicht ließ sie den mittlerweile schlafenden David auf dem Bett nieder und deckte ihn zu. Dann ging sie zu Gerald und legte ihre Hand auf seine verschränkten Arme. »Du magst recht haben«, flüsterte sie und streichelte über seine angespannten Muskeln, damit sie wieder lockerer wurden, »vielleicht geriet de Barry in die Hände von Owains Männern, aber es ist gut möglich, dass er noch lebt. Vielleicht wird Owain versuchen, Lösegeld für ihn herauszuholen. De Barry ist ein Ritter, der Erbe einer Burg. Owain wird nicht so dumm sein, ihn einfach zu töten.«

»Meine Liebste.« Gerald strich ihr sanft über die Wange. »Wir beide wissen, dass der Junge vermutlich tot ist.«

»Nein.« Sie sah ihm direkt in die Augen. »So lange wir seinen Leichnam nicht vor uns liegen sehen, gibt es noch Hoffnung.«

Ein Seufzen entfuhr ihm, dann beugte er sich zu ihr hinab und küsste sie sanft auf die Lippen; die Augen presste er fest zusammen, als wolle er vergessen, welches Unheil der Besuch ihres Verwandten gebracht hatte.

»Ich muss wieder nach draußen«, sagte er schließlich, als er sich von ihr löste. Er warf einen wehmütigen Blick zu seinem Sohn und nahm ihre Hand. »Egal was passiert …«

Nesta schüttelte den Kopf. »Du gehst da hinaus und verbringst eine kalte Nacht bei deinen Männern. Mehr Schrecken wird die Dunkelheit nicht offenbaren.«

Seine Lippen verzogen sich zu einem freudlosen Lächeln, dann drückte er ihre Hand. »Du und die Kinder, ihr verlasst nicht eure Kammern. Ich werde auch noch Ethil Bescheid geben. Niemand geht von hier raus, und wenn …« Er atmete tief durch. »Sollte es zu einem Angriff kommen …«, sein Blick schien einen Moment lang ins Leere zu führen, dann sah er sie voller Traurigkeit an, »nun, ich weiß nicht, was dann zu tun ist.«

»Uns wird nichts geschehen.« Sie legte ihm die Hand auf die kratzende Wange. »Uns wird nichts geschehen«, wiederholte sie noch einmal mit aller Überzeugung, die sie aufbringen konnte.

Gerald nickte, gab ihr noch einen Kuss auf die Stirn und verschwand erneut in der Dunkelheit.

Nesta ließ sich wieder in ihren Stuhl sinken und lauschte dem Knistern der glühenden Kohlen und dem Rascheln des Strohdachs, durch das der eisig kalte Wind fuhr. An Schlaf war nicht zu denken, denn wenn sie die Augen schloss, sah sie Owain mit seinem triumphierenden Grinsen vor sich. Er würde angreifen. Er wollte seinem Vater, seinen Männern und sich selbst etwas beweisen, indem er eine normannische Burg erstürmte. Nur wann würde dieser Angriff erfolgen?

Auf Zehenspitzen schlich sie zur Kammer der Mädchen und Kinder und stellte zufrieden fest, dass alle seelenruhig schliefen. Nur Ethil blickte kurz hoch und machte Anstalten sich zu erheben, doch Nesta bedeutete ihr weiterzuschlafen und legte sich schließlich zu David ins Bett. Immer wieder trieb sie in einem traumgleichen Zustand, in dem sie ihr Heim in Flammen aufgehen sah, doch wenn sie hochschrak, war alles ruhig. Als Gerald zurückkam, war sie längst hellwach und starrte in die Dunkelheit, bis sie Teil von ihr zu sein glaubte.

»Die Sonne wird bald aufgehen«, sagte er leise und kam mit einer Kerze in der Hand zu ihr, um ihr einen Kuss zu geben. Sein Gesicht fühlte sich eiskalt an, genauso wie seine Hände, doch Nesta wollte nichts lieber, als sich an ihn zu schmiegen. Die Nacht war überstanden, und das fahle Morgenlicht würde die Schrecken vertreiben.

»Und de Barry?«, fragte sie vorsichtig nach.

Gerald schüttelte den Kopf, stellte die Kerze ab und öffnete den Schwertgurt. »Beim ersten Tageslicht werden wir nach ihm suchen. Wenn er …« Ein Ruf von draußen ließ sie beide erstarren.

»Was war das?« Nesta erhob sich vom Bett, während Gerald bereits zum Fenster eilte und den Laden aufriss.

»Feuer!«, erklangen die Stimmen von draußen. »Feuer!«

Nesta spürte, wie das Entsetzen mit versengenden Klauen nach ihr griff. Sofort eilte sie an Geralds Seite, der sich schon abwandte. »Die Dächer des Stalls und des Getreidespeichers haben Feuer gefangen. Brandpfeile. Wenn die Männer ihre Posten verlassen, steht Owain der Weg frei.« Er griff nach seinem Schwertgurt, den er in seinem Schreck hatte zu Boden fallen lassen, doch Nesta stürzte ihm hinterher und verstellte ihm den Weg.

»Du gehst da nicht hinaus«, zischte sie leise, um David nicht zu wecken. »Hörst du es denn nicht? Die Kämpfe sind zu nah, sie mögen schon innerhalb der Palisaden sein.«

»So schnell kommen sie nicht herein.«

»Du weißt nicht, wie viele Männer Owain hat, Gerald, aber sehr wohl, wie wenig auf unserer Seite stehen. Wenn es einem einzigen Feind gelang, an einer ungeschützten Stelle einzudringen und sich bis zum Tor durchzuschlagen … Das Tor mag längst für den Rest offenstehen. Ich lasse dich nicht in dieses Inferno gehen.«

»Bist du des Wahnsinns?« Gerald wollte an ihr vorbei, doch Nesta stellte sich mit ausgebreiteten Armen vor die Tür.

»Herrgott!« Seine Stimme war kaum mehr als ein Flüstern, dafür sprachen seine Augen Bände. »Ich muss meine Männer anführen und mit ihnen kämpfen!«

Nesta schüttelte den Kopf. Sie zitterte am ganzen Leib, und ihre Gedanken rasten, aber eines wusste sie genau: Sie durfte Gerald nicht gehen lassen. »Er ist deinetwegen hier«, sagte sie eindringlich, »er will dich töten, verstehst du denn nicht? Du bist ein normannischer Lord und der Grund, aus dem er hier ist. Wenn du tot bist, steht ihm der Weg nach Deheubarth frei – der Weg zu mir! Du darfst nicht sterben, Gerald, verstehst du mich? Du darfst nicht! Deine Männer mögen schon tot sein, aber du bist noch am Leben.« Sie packte seine Hand und zog ihn von der Tür zum Vorhang, der den Raum an der Längsseite teilte.

»Was machst du da?« Gerald packte ihren Arm und drehte sie zu sich um, doch Nesta klappte schon den Holzdeckel des Abtritts zurück und wies darauf.

»Du musst fliehen.«

»Fliehen?!« Seine in der Dunkelheit glänzenden Augen wurden riesig. »Was redest du da? Ich kann doch nicht einfach weglaufen. Herrgott, Nesta, er wird jeden Moment hier sein!«

»Ja, das wird er. Deine Männer waren zweifelsohne in der Unterzahl, sonst hätte Owain nicht angegriffen. Er konnte alles herausfinden, während er hier war. Du kannst ihn nicht allein besiegen.«

»Und doch werde ich kämpfen!«

»Nein, du wirst fliehen!« Sie packte ihn am Umhang. »Gerald, hör mir zu. Wenn du nicht hier bist, kann er nichts tun. Niemandem ist geholfen, wenn du im Versuch, ein Dutzend wütender Krieger zu besiegen, stirbst.«

»Ich soll dich hier zurücklassen?« Seine Hand umfasste mit starkem Griff ihren Nacken, und er zog sie näher, um ihr in die Augen zu blicken. Nesta stolperte ihm entgegen. »Weißt du, was er und seine Leute mit dir machen werden? Und die Kinder!«

»Er wird mir nichts tun, Gerald. Ich bin von seinem Blut, das respektiert er. Ich bin Waliserin, so wie er, und er braucht mich. Er würde mir und den Kindern niemals etwas antun. Du bist der Einzige, der in Gefahr ist, verstehst du das denn nicht?« Sie schloss kurz die Augen und atmete tief durch. »Es mag sein, dass er die Burg besetzt«, sagte sie schließlich, um Ruhe in der Stimme bemüht; ihr schien es, als hörte sie schon Schritte unter sich in der Halle, »oder uns mit sich nimmt, um ein Druckmittel in der Hand zu haben. Aber, Gerald, du kannst uns nicht zurückholen, wenn du tot bist. Du musst Hilfe holen, allein kannst du nichts ausrichten. Wenn du jetzt kämpfst, wirst du mich und deine Kinder tatsächlich im Stich lassen, denn dann ist niemand mehr da! Mein Ehemann wird tot sein und der Vater meiner Kinder! Du musst leben, um uns zu retten!«

»Nein, Nesta. Ich lasse dich nicht hier zurück.«

Sie hatte solch eine Antwort erwartet, und so entriss sie ihm derart plötzlich den Schwertgurt, dass er zu überrascht war, um ihn festzuhalten.

»Was …« Er kam nicht dazu, seine Frage auszusprechen, denn Nesta warf sein Schwert bereits in das schwarze Loch, von wo es in den dichten Wald der Klippe hinabfiel.

Gerald starrte sie mit offenem Mund an. »Was hast du …?«

»Geh.« Sie schob ihn zum Abtritt. »Verschwinde endlich, sie werden gleich hier sein.«

»Nesta …« Sein Widerstand brach, und der Schmerz in seinen Augen war selbst in der nächtlichen Dunkelheit zu sehen. Ohne Schwert konnte er nichts ausrichten, und wenn er blieb, wäre sein Tod gewiss.

Plötzlich schlossen sich seine Hände um ihre Wangen, und er küsste sie mit der tiefen Verzweiflung, die ihre beiden Herzen befiel. »Ich werde zurückkommen«, stieß er aus und hielt ihr Gesicht nah vor seinem. »Ich werde dich und die Kinder hier herausholen.«

»Gerald …« Nesta schob ihn von sich. Die Schritte donnerten von der Treppe her. »Du musst gehen.« Gerald fluchte, riss ein paar Latten aus der Sitzerhöhung des Abtritts, um den Ausstieg zu vergrößern, und wandte sich ihr noch einmal zu. »Ich werde euch holen«, wiederholte er mit all seiner Überzeugung.

Nesta wies auf den schwarzen Schlund, von dem her das Rauschen der Bäume erklang und wartete, bis Gerald die Erhöhung des Abtritts betrat, um in den dichten Wald hinabzuklettern. Sie konnte nur hoffen, dass er sich beim Abstieg entlang der schroffen Klippe nicht verletzte oder gar in den Tod fiel.

Als sein heller Schopf verschwand, eilte Nesta zurück, um David zu holen und zu ihren Kindern zu laufen, doch sie hatte gerade die Vorhänge zugezogen, da flog die Tür auf.

Nesta fuhr herum und sah sich Owain, seinem Onkel und Bruder gegenüber, gefolgt von zwei weiteren Männern, die in die kleine Kammer drängten. Es fiel ihr schwer, die Furcht zu unterdrücken, doch ihr blieb nichts anderes übrig, wollte sie sich und ihre Kinder schützen.

Nach außen hin ungerührt ging sie auf David zu, der seinen Kopf tiefer in die Decken grub, um die lauten Geräusche zu verbannen. »Er ist nicht hier«, sagte sie mit kaum zitternder Stimme an Owain gewandt und hob ihren Sohn hoch. »Er ritt schon vor Stunden fort, um Hilfe aus Cardigan zu holen. Jeden Moment werden freincische Ritter hier eintreffen, also geh, Vetter, solange sich der Schaden, den du angerichtet hast, noch in Grenzen hält.«

Owain starrte sie an. Seine Wangenmuskeln zuckten, so fest biss er die Zähne zusammen, dann stieß er plötzlich einen markerschütternden Wutschrei aus, der einem wildgewordenen Raubtier beim Verlust seiner Beute glich. »Los!« Er winkte zweien seiner Männer. »Durchsucht die Burg, jeden kleinsten Winkel! Findet ihn!« Schwer atmend wandte er sich ihr zu, und Nesta erkannte im schwachen Licht der Kerze, dass sein Gesicht von Blut besudelt war. Ihre Hände schlossen sich noch fester um ihren Sohn, der mit wachem Blick zu den Walisern an der Tür blickte. Er war vollkommen still, so als spürte er in ihrer Nähe keine Gefahr.

»Geh, Owain«, wiederholte sie mit so fester Stimme, wie sie aufzubringen imstande war, doch noch ehe sie weitersprechen konnte, drängten plötzlich weitere Männer herein, und unter ihnen befanden sich die Mädchen und ihre Söhne.

Ihre Kraft schwand, sowohl die innere als auch die ihres Körpers. Willenlos sank sie auf das Bett nieder, da sie sonst Davids Gewicht nicht mehr hätte tragen können.

»*Mam!*« William und Maurice wollten zu ihr, doch einer von Owains Männern verstellte ihnen mit gezückter Waffe den Weg. Nesta war hin und her gerissen zwischen dem Drang, zu ihnen zu laufen, und der Angst, den Tumult dadurch noch zu vergrößern. Womöglich begann David zu schreien, wenn sie nicht weiterhin ruhig blieb, und das könnte Owain reizen, genauso wie ihr Näherkommen. Tränen flossen unaufhörlich über die Wangen ihrer

Söhne, und ihre Gesichter waren vor Angst verzerrt. Beatrice und Agnes hielten sie fest, doch auch ihnen war die Furcht deutlich anzusehen, genauso wie Ethil, die als Letzte in den Raum stolperte.

»Die hier ist Britin«, sagte einer der Krieger und umfasste Ethils dunkles Haar, um sie in Owains Richtung zu drehen. »Was wollt Ihr mit ihr machen?«

Owain machte eine wegwerfende Geste. »Die interessiert mich nicht. Was ist mit ihnen?« Er wies zu Geralds Töchtern, die Nesta einen erschrockenen Blick zuwarfen. Nesta schüttelte kaum merklich den Kopf. Sie mussten Ruhe bewahren, das war das Wichtigste. Wenn erst Weinen und Schreie den Raum erfüllten und Durcheinander ausbrach, würden die Männer nicht mehr klar denken und voreilig handeln. Das durfte nicht geschehen. Owain musste zur Besinnung kommen.

»Sie haben Freincisch gesprochen«, erwiderte der Mann, der die Mädchen hereingeführt hatte, was Owains Lippen zu einem grimassenhaften Grinsen verzog. »Gerald de Windsors Töchter.«

»Was willst du, Vetter?« Sie musste die Aufmerksamkeit von den Mädchen lenken.

»Oh, ich glaube, das weißt du ganz genau.« Er fasste in einer obszönen Geste an seinen Gürtel und warf den Männern lachend einen Blick zu. »Sag mir, wo dein freincischer Gemahl ist, und ich lasse seine Brut am Leben.«

»Ich sagte dir doch schon, er entkam.« Sie wies mit dem Kopf zum Abtritt, denn diese Information konnte keinen Schaden mehr anrichten. Gerald war längst fort, und sie sah keine andere Möglichkeit, um die Mädchen zu schützen.

Owain lachte verächtlich auf. »Was für einen heldenhaften Mann du da geheiratet hast, Nesta. Lässt Frau und Kinder zurück, um sich durch Scheiße in die Freiheit zu wühlen.« Er ging vor ihr auf die Knie und packte ihre Schenkel, um sich dazwischenzuschieben. Nesta fuhr unwillkürlich zurück, riss sich aber schnell wieder zusammen und erwiderte seinen Blick.

»Überlege, was du da tust, Vetter«, sagte sie eindringlich, »mein Gemahl hat mächtige Freunde. Vergiss das nicht.«

»Ach ja?« Owain breitete die Arme aus und sah sich in der Kammer um. »Wo sind diese Freunde jetzt? Ich sehe nur seine Frau, seine Kinder und mich. Es scheint mir, *meine* Freunde …«, er wies zu seinen Männern zurück, »sind mächtiger.«

»Owain …« Sie streckte die Hand nach ihm aus und packte seinen Hemdsärmel. »Prinz! Vetter! Du bist kurz davor, einen hart erkämpften Frieden zu vernichten. Ich flehe dich an …«

Abrupt kam er wieder auf die Beine, sein Blick wurde hart. »Du wagst es noch, die britische Sprache in den Mund zu nehmen und mich Vetter zu nennen, wo du dich mit Vergnügen ins Bett eines hasenfüßigen Freinc legst? Du hättest dich deines Blutes besinnen sollen, als es noch ging. Nun bist du eine freincische Hure, mehr nicht.« Er wies auf David. »Gib ihn her.«

Nesta riss die Augen auf. »Nein!«

Einer der Krieger trat auf Owains Zeichen hin vor, und so sah sie keinen anderen Ausweg mehr und winkte Ethil herbei, die ihr voller Furcht in die Augen blickte.

»Ich werde dir zeigen, was ein richtiger Mann vermag. Ein Brite. Wenn ich mit dir fertig bin, wirst du dich nie wieder zu einem Freinc legen.« Owain nestelte seine Beinlinge auf, was Nesta erstaunlich gefasst hinnahm. Im tiefsten Inneren hatte sie geahnt, dass es so kommen würde, denn egal, was sie Gerald auch gesagt hatte – britisches Blut zählte für Owain wenig. Die Briten hatten sich doch stets gegenseitig bekriegt, und für einen Briten gab es nur einen Weg, seinem Feind gezielten Schaden zuzufügen: Er musste ihn vor allen anderen beschämen, ein Zeichen setzen. So war es immer schon gewesen, und so geschah es noch. Nesta wusste, was jetzt folgen sollte, war kein Akt der Begierde, es war ein Kriegsritual, das vollzogen werden musste, um dem Feind den letzten Hieb zu versetzen. Möglichst unauffällig sah sie sich nach einer Waffe um. Sie wusste, unter dem Kopfkissen lag ein Messer, doch sie wagte es nicht, danach zu greifen. Sie war hier mit ihren Kindern, und wenn sie Owain etwas antat, würden seine Männer sie büßen lassen. Ihr blieb keine andere Wahl, als sich zu fügen.

»Lass die Kinder gehen«, sagte sie tonlos und vermied es, ihren weinenden Söhnen in die Augen zu blicken. Will zählte erst vier Jahre und Maurice nur drei. Sie sollten sich nicht daran erinnern, was sie in ihren Augen gelesen hatten, so wie Nesta des Nachts vom Anblick ihrer Mutter heimgesucht worden war. Es war ihr fast, als wäre sie selbst wieder ein Kind in der Kirche von Dinefwr, nur dass es diesmal Waliser waren, die ihr Heim im Blut ertränkten. Anders als ihre Mutter war Nesta aber nicht gewillt, sich vor ihren Kindern zu opfern, um ihren Feind mit sich in den Tod zu nehmen. Sie war keine Märtyrerin. Sie musste weiterleben, sie *wollte* weiterleben. Vielleicht besaß sie nicht dasselbe Ausmaß an Würde und Stolz wie ihre Mutter, denn sie wusste, sie konnte mit der Schande leben. Einzig beim Gedanken, sich von ihren Kindern zu trennen, brach ihr das Herz. Doch dieser Moment rückte unweigerlich näher.

»Schick die Kinder hinaus«, sagte sie noch einmal, die Tränen zurückkämpfend, doch Owain ignorierte sie und grinste nur.

»Ich bitte dich, ich flehe dich an. Lass sie nicht bei einer solch schändlichen Tat zusehen.«

Ein Schnauben entfuhr ihm. »Sie werden schon bald genug erfahren, dass ihre Mutter eine Hure ist. Welchen Unterschied macht das schon?«

»Owain …«

Er kniete vor ihr auf dem Bett nieder und drückte sie zurück, doch Nesta gab nicht nach. Sie fasste seinen Halsausschnitt und zog ihn näher an sich heran, das Lachen der Männer und Weinen der Kinder in ihren Ohren. »Damit beleidigst du nicht nur einen freincischen Lord«, zischte sie, eine Haaresbreite vor seinem von Blutspritzern übersäten Gesicht, »du bringst Schande über unser

Volk, *unser* Blut. Der König wird davon erfahren, und du wirst nie wieder sicher auf britischem Boden sein.«

Ein Lachen schlug ihr entgegen. »Du denkst doch nicht wirklich, dass sich der König an eine unter vielen Huren erinnert? Du bist schön, Nesta, doch das sind andere auch.« Er schob ihre Röcke hoch, und Nesta zwang sich, ihr Entsetzen zu unterdrücken.

»Owain, die Kinder …«, versuchte sie es noch einmal, und als Owain plötzlich den Arm zurückstreckte und die Kinder mit zweien seiner Männer ungeduldig hinauswinkte, sank sie vor Erleichterung zurück. Die Erleichterung hielt aber nur kurz an, denn schon schlug ihr Owains Zorn auf die Normannen entgegen, und es gab nichts, das sie tun konnte. Reglos lag sie da und betete zur Heiligen Jungfrau Maria um Beistand. Sie konzentrierte sich mit aller Macht auf diese Gedanken, bis sie das Gefühl hatte, ihren Körper zu verlassen, den Schmerz, die Schande, das Weinen, die Schreie und das Lachen – da war nur noch ihre eigene Stimme, die den Himmel anflehte. Sie betete um Schutz – dafür, dass ihren Kindern nichts geschah, und auch dafür, dass Owains Tat ohne Folgen blieb.

Als Owain fertig mit ihr war und seinen Beweis für die immer noch vorhandene Macht der Waliser über die Normannen erbracht hatte, rannte Ethil weinend zu ihr. »Oh, meine Herrin«, schluchzte sie und wollte ihr David zurückgeben, doch Nesta schüttelte den Kopf. Alles um sie herum schien sich zu drehen, und so beobachtete sie wie durch einen trüben Schleier, wie Owain seine Männer zum Aufbruch rief. »Das Feuer wird auf den Turm übergreifen«, sagte sein Onkel Maredudd eindringlich. »Wir müssen fort.«

»Was ist mit ihnen?«, wollte der junge Einion wissen.

Owain warf zuerst Nesta und dann den Kindern, die in der offenstehenden Tür standen, einen Blick zu. »Sie kommen mit«, beschied er schließlich und zog Nesta grob am Arm auf die Beine. Sie hatte Schmerzen, doch sie waren zu ertragen. Im Moment überwog die Sorge. »Lass die Kinder hier«, flehte sie Owain an, und zu ihrer Schande befreiten sich einzelne Tränen. Die Gewalt, die ihr widerfahren war, hatte die Mauern ihres Schutzwalls zum Bröckeln gebracht. »Ich bitte dich, Owain, der Winter wird sie umbringen. Du brauchst sie nicht. Lass sie hier.«

Owain sah sich in der Kammer um und schien nachzudenken. Schließlich nickte er und winkte Ethil zu sich. »Du bleibst mit dem Säugling hier und berichtest dem Freinc, wenn er aus seinem Loch kriecht, was sich zugetragen hat. Sag ihm, seine Frau und seine Kinder sind der Preis für die unzähligen britischen Frauen und Kinder, die unter seinem Schwert fielen. Er soll nicht versuchen, sie zurückzuholen, sonst schicke ich ihm ihre Köpfe. Er hat bezahlt, und andere werden folgen. Die Zeit der Freinc ist vorbei.«

Ethil warf Nesta einen entsetzten Blick zu, doch Nesta nickte nur. David war in Sicherheit, und für die anderen musste sie noch einen Weg finden. Vorerst mussten sie aber gehorchen, und so nahm Nesta ihre Söhne an den Händen, murmelte ihnen beruhigende Worte zu und versprach ihnen, dass alles gut werden würde. Eilig wickelte sie die Kinder in dicke Wolldecken und ließ sie in ihre Lederschuhe schlüpfen, ehe sie in den von brennenden Gebäuden umstandenen Hof gelangten, wo die verstümmelten Leiber von Geralds Männern lagen. Die Sonne wagte sich noch nicht hinter den Hügeln im Osten hervor, doch die Schwärze der Nacht war einem fahlen Licht gewichen, welches das Ausmaß des Schreckens deutlich zeigte.

Gott schien sich von ihr abgewandt zu haben. Womöglich war sie zu glücklich gewesen. Ihr waren unbeschwerte Jahre in reinster Harmonie geschenkt worden, und dabei hatte sie zugelassen, dass ihr Glaube und die Gottesfurcht in den Hintergrund gerieten. Doch nun wurde sie wieder daran erinnert.

Sie hatte keine Gelegenheit, sich von David zu verabschieden, doch sie nahm es hin. Er musste hierbleiben, um sicher zu sein, und so verwehrte sie sich einen letzten Blick auf sein rundes Gesichtchen, als er in Ethils Armen zum Dorf getragen wurde. Sie hatte schon ein Kind verloren, sie müsste daran gewöhnt sein, doch der Schmerz raubte ihr schier den Atem.

Kleine Pferde mit zerzaustem Fell standen am Waldrand bereit, und Nesta erkannte, dass Owain mit gut zwei Dutzend Mann gekommen war. Unter den Wachen hatte wegen des Feuers Unruhe geherrscht, und die Waliser mussten ungesehen an einer schwächer besetzten Stelle eingedrungen sein.

Unwillkürlich sah sie sich in der grauen Dämmerung um, warf einen Blick zurück zu ihrem brennenden Heim und hoffte, dass die Flamen Ethil und ihrem Sohn Unterschlupf gewährten. Dann sah sie Richtung Fluss und ertappte sich bei dem Wunsch, Gerald zwischen den schlanken Stämmen des Mischwaldes hervortreten zu sehen. Sie stellte ihn sich vor, mit dem Schwert in der Hand und einem Kriegsschrei auf den Lippen, doch dort war niemand, und so folgte sie Owain mit ihren Kindern und Geralds Töchtern ins Ungewisse.

Powys, Zentralwales, Januar 1109

Der schrille Schrei eines Raubvogels zerschnitt die Ruhe der Morgendämmerung, die nur von den knisternden Schritten durch gefrorenes Gras an Vollkommenheit verlor. Kaum einer der Männer blickte hoch, auch die Kinder waren immer noch zu geschockt, um anderes zu tun, als vor sich hin zu starren. Niemand kümmerte sich um den Milan, der über ihnen kreiste, doch Nesta verfolgte ihn mit ihren Blicken. Sie verfügte über keine Zauberkräfte, sie bezweifelte sogar, dass dieser Milan irgendetwas mit ihr zu tun hatte, und noch weniger glaubte sie daran, dass es jener aus England war, aber trotzdem gab er ihr Hoffnung. Bleib bei mir, dachte sie, gegen Tränen kämpfend.

Sie fanden nur ein paar Tage Zuflucht vor der Kälte in Owains Halle, die nicht weit vom Fluss entfernt lag, denn Ceredigion war schon vor langer Zeit in den Besitz von Powys gelangt. Doch schon bald nach ihrer Ankunft entdeckten die Männer des Prinzen eine Gruppe normannischer Ritter, die in ihre Richtung unterwegs und zweifelsohne auf der Suche nach Nesta waren. Bei dieser Nachricht begann ihr Herz sofort schneller zu schlagen, denn sie wusste, Gerald würde sie finden und zurückholen. Womöglich hatte er Unterstützung aus Pembroke und Cardigan erlangt und setzte Owain nun nach.

Doch der Prinz dachte nicht daran, sich solch einer Übermacht zu stellen. Überstürzt packten sie unter vorgehaltenen Speerspitzen ihre Habe, wickelten sich in dickste Decken und setzten sich erneut dem Winter aus, um den Suchenden zu entgehen. Sie zogen über hügeliges Land, das von einem frostigen Schleier bedeckt wurde, und versteckten sich in den dichten Wäldern oder finsteren Höhlen in den Bergen bei Elenydd. Sie trotzten dem schneidenden Wind, der über Bergkämme wehte, dem Regen und Graupel, sowie einem Suchtrupp, der aus einer Handvoll flämischer Berittener bestand und von Owains Männern niedergemacht wurde. Nesta wusste gar nicht, wie viel Zeit verging, wie oft der Sonnenuntergang das Land in Finsternis hüllte, die sich am Morgen wieder hob. Irgendwann hörte sie auf, die Tage zu zählen, denn wenn sie sich vor Augen hielt, wie viele Wochen Owain bereits auf dieser Jagd bestand, drohte ihre Hoffnung zu sterben und damit ihre Kraft. So oft stand sie kurz vorm Verzweifeln, doch der Blick in den Himmel und die dunkle Silhouette des Vogels mit dem gegabelten Schwanz ließ sie durchhalten. Er war nicht immer da, manchmal sah sie ihn einen ganzen Tag nicht, doch jedes Mal, wenn sie sich sagte, dass sie verrückt wurde und der Vogel endgültig weg war, tauchte er wieder auf.

Sie versuchte nicht zu fliehen, denn mit den Kindern und Mädchen käme sie zu langsam voran, um den Männern auf ihren robusten Ponys zu entgehen. Owain kannte sich in den Bergen aus und fand Wege und Unterschlupfe, die von einem ungeübten Auge unmöglich auszumachen waren. Nahrung erhielten sie durch mehr oder minder freiwillige Gaben von umliegenden Gehöften, und Wasser schöpften sie aus den zum Teil zugefrorenen Bächen und Quellen. Owain machte seine Drohung nicht wahr und ließ Nesta und die Kinder unversehrt, obwohl sie zweifelsohne von Gerald und weiteren Normannen gejagt wurden. Maredudd hatte seinem Neffen verdeutlicht, dass Gefangene die einzige Waffe gegen die Normannen waren, und so setzten sie ihren Marsch durch unwegsames Gebiet ohne Unterlass fort.

Es dauerte nicht lange, bis Maurice zu husten begann, und auch der sonst so zähe Will wurde immer schwächer. Nesta konnte nichts anderes tun, als ihnen heißes Wasser zu trinken zu geben und sie warm zu halten, denn die von einer dicken Reifschicht überzogene Natur gab nichts an Heilmitteln preis. Jeden wachen Moment, in denen sie ihre Kinder in den Armen hielt und die beiden Mädchen zu beruhigen versuchte, fürchtete sie die Zukunft, fürchtete Krankheit und Tod. Auch sorgte sie sich um ihren Jüngsten David, der in Ethils Obhut zurückgeblieben war.

Wie Rehe im Dickicht bewegten sie sich vorwärts, stets die Meute und Jäger hinter sich. Owain wurde von Tag zu Tag unruhiger, reagierte zunehmend gereizt auf die Ratschläge seines Onkels und zog sich immer häufiger in die Düsternis seiner Gedanken zurück. Nesta glaubte, dass er seine unüberlegte Tat bereute, denn zweifelsohne hatte er nicht mit solch erbitterter Verfolgung gerechnet. Er sollte Gelegenheit zum Nachdenken haben, und so verhielt sie sich still und drang nicht in ihn. Die Ausweglosigkeit seiner Situation musste sich ihm offenbaren, ehe sie mit der Stimme der Vernunft zu ihm sprach.

Doch als auch noch Agnes mit Fieber erkrankte, konnte sie sich nicht mehr länger zurückhalten. Es war nun genug Zeit verstrichen, und sie musste etwas unternehmen.

Vorsichtig legte sie den Kopf des schlafenden Will auf die Decken neben sich und erhob sich vom kalten Steinboden der Höhle. Die Mädchen, die ihr weniger wie Töchter als Schwestern waren, hatten sich aneinandergekuschelt und schliefen nach dem langen Marsch, genauso wie ihre Söhne. Die Männer hatten sich um ein Feuer versammelt, dessen Rauch bereits die gesamte Höhle einnahm und in ihren Augen brannte, doch mittlerweile war Nesta schon daran gewöhnt. Sie fand Owain etwas abseits der anderen. Er saß auf seinem Pelzumhang, war in Decken gehüllt und lehnte an der Wand. Dabei starrte er unentwegt in die Flammen, als wären sie dazu in der Lage, ihm einen Ausweg zu offenbaren.

Seit ihrem Aufbruch hatten sie nur das Nötigste miteinander gesprochen, alles andere wäre fruchtlos und gefährlich gewesen, besonders jetzt, da sie ein beängstigendes Geheimnis hütete. Doch nun war der Moment gekommen, um für ihre Freiheit zu kämpfen.

Die Blicke der Männer ignorierend, ließ sie sich neben Owain nieder. »Ist es wahr, was dein Onkel sagt?«, fragte sie leise über das Gemurmel der anderen. »Gerald wurde nur eine Meile westlich von hier gesehen?«

Owain sah sie nicht an und blickte weiterhin in die Flammen. »Mach dir keine Hoffnungen«, erwiderte er rau. »Er ist ein Freinc. Dies ist mein Land. Er wird uns nicht finden.«

»Vielleicht nicht heute, vielleicht auch nicht morgen.« Sie legte ihm die Hand auf den Arm, woraufhin er sich ihr mit hochgezogenen Augenbrauen zuwandte. »Die Kinder sind krank«, sagte sie beschwörend, »sie sind noch zu jung, um solch ein Leben auf der Flucht zu überstehen. Du siehst doch selbst, dass sie eine Last sind. Ohne sie könntest du dich viel schneller bewegen.«

Owain zog seinen Arm zurück und blickte wieder in die Flammen. »Dann geh zurück zu deinen Kindern, und kümmere dich um sie, ehe ich tatsächlich entscheide, mich von dieser Last zu befreien.«

Ein Pochen stach in ihren Ohren, doch sie durfte jetzt nicht die Beherrschung verlieren. »Diese Tat ließe sich durch nichts entschuldigen, Owain. Noch mögen deine Gründe ehrenhaft sein, aber führe deinen Krieg auf einem Schlachtfeld gegen Männer, und lass ab von unschuldigen Kindern. Deine Feinde werden nicht aufgeben. Sie werden dich bis ans Ende aller Tage jagen, verstehst du denn nicht? Du hast bewiesen, dass du die Freinc reizen kannst, aber jetzt beende dieses Spiel, und lass uns …«

»Spiel?« Owain fuhr zu ihr herum. Seine vom Rauch geröteten Augen starrten sie an, doch er sprach mit leiser Stimme, um die anderen nicht mithören zu lassen. »Wie kannst du unseren Kampf um Freiheit als Spiel bezeichnen?!«

»Verzeih, aber für mich sieht dies nicht nach den überlegten Handlungen eines Kriegsherrn aus. Du hättest wissen müssen, dass es soweit kommt.«

Owain presste die Lippen aufeinander und scheuchte sie mit einer harschen Geste fort. »Wenn du weißt, was gut für dich ist, verschwindest du jetzt.«

Nesta seufzte. »Desto länger du wartest, desto schlimmer wird es, Owain. Wenn du uns jetzt gehen lässt, schaffst du es bis nach Irland. Denk darüber nach, aber nicht zu lange. Die Kinder halten nicht mehr durch, mit ihnen wirst du deinen Verfolgern nicht entkommen.«

Zitternd vor Anspannung, Zorn und Angst erhob sie sich und ging zurück an ihren Platz. Sie musste ihm Zeit geben, über ihre Worte nachzudenken. Jedes weitere Wort hätte ihn provoziert. Es fiel ihr schwer, nach außen hin derart die Ruhe zu bewahren und den Mädchen und ihren Söhnen den so dringend gebrauchten Halt zu bieten. Denn in ihrem Innern nagten der Hunger, die Kälte und die Angst wie gierige Würmer an ihrer Kraft und schwächten sie von Tag zu Tag. Zu gerne würde sie einmal laut schreien, weinen und mit den Fäusten auf Owain und seine Männer losgehen, doch sie war alles, das zwischen den Launen des Prinzen und ihren Kindern stand. Ihre Gefühle durften nicht aus ihr herausbrechen, und so überfiel sie immer häufiger ein Zittern bei dem immensen Kraftakt, ihr Innerstes verschlossen zu halten.

Des Nachts erwachte Nesta von flüsternden Stimmen. Reglos blieb sie liegen, die Arme um Maurice geschlungen, und lauschte dem zornigen Zischen von Owains Männern, die in ihre Umhänge gerollt an der gegenüberliegenden Wandseite der Höhle lagen. Es gelang ihr nicht, die genauen Worte zu verstehen, doch sie erfasste, dass die Männer unzufrieden mit ihrem Herrn waren. »Einfach gehen lassen«, schnappte sie einmal auf, und ihr Herz frohlockte. Wenn Owain erst die Treue seiner Männer verlor, blieb ihm nichts anderes übrig, als das Land zu verlassen und sie freizugeben.

Doch am nächsten Morgen setzten sie ihren Marsch fort und drangen weiter in den Norden vor. Nesta trug den kränkelnden Maurice, während Beatrice ihren Halbbruder Will und ihre Schwester Agnes an der Hand führte. Die ältere von Geralds Töchtern zählte siebzehn Jahre und war erstaunlich reif für ihr Alter. Wenn Nesta daran dachte, dass sie in diesem Alter Harri geboren hatte, konnte sie nur den Kopf schütteln. Sie war so dumm gewesen, dem König derart zu verfallen. Doch Beatrice erschien ihr klüger. Sie beschwerte sich niemals, war noch ruhiger als gewöhnlich und unterstützte Nesta, wo sie nur konnte, während die etwas jüngere Agnes beinahe genauso litt wie ihre Söhne.

Gegen Mittag erklommen sie einen von frostigem Gras bewachsenen Hügel, über den ein kristallklarer Bach zwischen den zerklüfteten Felsen hinabfloss. Sie füllten ihre Trinkschläuche auf und wuschen sich den schlimmsten Schmutz aus den Gesichtern. Für mehr war sowohl die Luft als auch das Wasser zu kalt, also gingen sie weiter und kämpften gegen den zerrenden Wind. Sie hatten gerade den Kamm erreicht, als plötzlich einer der Männer aus der Nachhut zu Owain nach vorne lief. »Sie sind hier!«, rief er aufgeregt und riss sich das wärmende Wolltuch vom Mund. »Die Freinc – sie haben uns eingeholt!«

Owain überlegte nicht lange und rannte über die Wiese zurück. Nesta folgte ihm und erstarrte, als sie ihn einholte. Von ihrem erhöhten Standpunkt aus konnte sie bis ins Tal hinabblicken und erkannte eine Gruppe Reiter. Sie waren zu weit entfernt, als dass sie ihre Gesichter hätte erkennen können, doch es waren zweifelsohne Ritter in Kettenhemden. Wilde Hoffnung keimte in ihr auf. Es musste Gerald sein.

»Einion!« Owain winkte seinen Bruder zu sich. »Du bleibst mit den Bogenschützen hier. Lass die Bastarde nicht auf den Hügel.«

Die Männer mit den fast schulterhohen Bögen stellten sich

am Rande der Hochebene auf, zogen die Pfeile aus ihren Beuteln, die sie um die Hüften geschnallt hatten, und stießen sie vor sich in die Erde. »Wenn der Schuss sie nicht tötet, tut es der Dreck in der Wunde«, erklärte ein Schütze auf ihren fragenden Blick hin.

Owain nickte grimmig. »Derjenige, der mir den Kopf dieses freincischen Feiglings bringt, soll sein Gewicht in Silber aufgewogen bekommen!« Er wies in den Himmel hoch, wo der Rotmilan einen neuerlichen Schrei ausstieß. »Und schießt mir endlich diesen verteufelten Vogel ab!« Grob packte er Nestas Arm und zog sie zurück zu den anderen, wobei es sich Nesta nicht nehmen lassen konnte, noch einmal zurück ins Tal zu blicken. Es war ihr, als spürte sie Geralds Blick auf ihrer Haut. Er war so nah …

»Los, wir gehen weiter! Bewegt euch!«

Die Mädchen sahen mit weit aufgerissenen Augen zu Nesta hoch und stolperten mit den Kindern hinter ihnen her.

»Ich kann nicht«, jammerte Agnes und begann zu schluchzen. »Alles dreht sich.«

»Owain.« Nesta ergriff die Hand ihres Vetters und zwang ihn stehenzubleiben, noch ehe er sein Pony erreicht hatte. »Komm zur Besinnung, du wirst ihnen so nicht entkommen. Wir sind zu langsam. Die Kinder können nicht weiter!«

Owain fuhr sich unwirsch mit der Hand über die Augen. Dann wanderte sein Blick zu den Bogenschützen, weiter zu den Kindern und wieder zurück zu ihr. Sein Atem ging schnell, und einen Moment lang wirkte er eher wie ein gehetztes Reh als ein Krieger.

»Gib sie frei«, sagte sie, um eine sanfte Stimme bemüht, und drückte seine Hand. »Owain, lass sie gehen. Ich bleibe hier. Nur so kannst du noch entkommen.« Ihre Augen füllten sich mit Tränen. Gerald so nahe zu wissen und doch nicht zu ihm zu können war mehr, als sie nach all den Strapazen ertragen konnte.

Owains Ausdruck verwandelte sich in eine Maske der Entschlossenheit. »Er kriegt dich nicht zurück!« Vor Zorn zitternd streckte er die Hand aus und fasste an ihren Unterleib. »Ich weiß, du trägst mein Kind.«

Nesta fuhr zurück und starrte ihn aus großen Augen an. Er konnte unmöglich von ihrer Schwangerschaft wissen! Sie hatte sich nur selten übergeben und ihr Unwohlsein auf die Anstrengung und den Hunger geschoben. Zudem war sie nicht sicher, wessen Kind sie in sich trug. Allein der Gedanke, einen Teil Owains in sich zu tragen, verstärkte die Übelkeit.

»Nein.« Sie schüttelte energisch den Kopf. »Ich war schon schwanger, ehe du nach Cenarth Bychan kamst. Es ist Geralds Kind.«

»Ich glaube dir kein Wort.«

»Aber es ist die Wahrheit!« Verzweiflung machte sich in ihr breit.

Owain zog sie zu den Ponys, gab seinen Kriegern aber ein Zeichen, die daraufhin die Mädchen und ihre schreienden Kinder in die andere Richtung schoben. Hilflos streckten sie die Arme nach ihr aus. Maurice begann zu weinen, während Will sie nur schreckensstarr anblickte. Nesta blieb stehen und deutete unmerklich mit dem Kopf zum Hügel, hinter dem Gerald näherkam.

»Mein Prinz!« Ein Bogenschütze kam zu ihnen zurückgelaufen. »Es kommen noch mehr von ihnen aus dem Wald. Sie versammeln sich am Fuße des Hügels. Es sind ein Dutzend Ritter, aber auch Fußsoldaten und Bogenschützen unter ihnen!«

Owain sah starr vor Schreck an den Rand des Hügels, als sähe er bereits den feindlichen Kriegstrupp darüber hinwegbranden. Seine Hände schlossen sich um die Zügel zur Faust. Schließlich wies er auf das Pony neben ihm. »Steig auf.«

Nesta zögerte nur einen Moment, ehe sie seiner Aufforderung folgte. Die Tränen zurückkämpfend, sah sie ihren Kindern in die entsetzten Gesichter. Sie wusste nicht, ob sie sie jemals wiedersehen oder in ihre Arme schließen würde. Ansfrides Worte fuhren ihr durch den Kopf. Damals hatte Nesta behauptet, dass sie ihre Kinder niemals alleine lassen würde. »Gott gebe, dass Ihr das niemals müsst«, hatte ihre Freundin gesagt, und Nesta fiel es schwer zu glauben, wie sie nur jemals hatte denken können, über ihr Leben selbst entscheiden zu dürfen.

»Sie sollen gehen!«, rief Owain, und beim Klang dieser Worte schloss Nesta einen Moment lang vor Erleichterung die Augen.

»Nesta!« Es war Beatrices Stimme, die sie zwang, sich dem Bild des Abschieds zu stellen. »Madame!« Geralds Tochter wurde gemeinsam mit den Kindern zum Hang geschoben und sah Nesta aus weit aufgerissenen Augen an.

»Geht«, sagte Nesta, doch ihre Stimme war so schwach, dass sie nicht sicher war, ob ihre Worte gehört wurden. Durch einen Tränenschleier blickte sie jedem Einzelnen von ihnen noch ein letztes Mal ins Gesicht. »Geht endlich.«

Owain ergriff die Zügel ihres Ponys und riss es herum. Willenlos galoppierte Nestas Pferd dem seinigen hinterher, und Owains Männer folgten ihnen. Ihre Kinder waren in Sicherheit.

In zwei Tagen erreichen wir die Halle meines Vaters.« Owain ließ sich neben ihr am Feuer nieder und reichte ihr einen Zinnbecher mit erwärmtem Wasser. »Dort finden wir Gelegenheit, unsere Kräfte zu sammeln und zu überlegen … was die Zukunft bringt.«

Nesta nickte knapp und wischte sich verstohlen die Tränen von den Wangen. Seit der Trennung ihrer Kinder ertappte sie sich immer öfters dabei, wie ihre Gefühle sie übermannten. Bemüht gleichmütig streckte sie die Füße der angenehmen Hitze entgegen, während sie eingewickelt in ihren Umhang an einem Baum lehnte und das zuckende Farbenspiel beobachtete. Die anderen Männer waren nicht mehr als schwarze Silhouetten.

»Du hast ohne Zustimmung deines Vaters gehandelt«, sagte

sie schließlich und schloss ihre eisig kalten Hände um den Becher. Dabei strich sie immer wieder mit dem Daumen über den Silberring an ihrem Finger. »Wird er uns empfangen?«

»Er ist mein Vater.«

»Er ist vor allen Dingen der Fürst von Powys. Der Gemahl einer Freinc.«

Owain stach mit einem Stock in die Glut, sodass Funken hochstoben. »Wir werden ihn nicht allzu lange behelligen.«

»Was hast du vor?«

»Weitere Männer gewinnen. Vielleicht schicke ich einen Boten zum Fürsten von Gwynedd. Es fällt mir schwer vorzustellen, dass er sich mit den Freinc abgefunden hat. Es gibt überall noch tapfere Herzen, die sich gegen die Invasoren wehren wollen. Oder ich sende eine Nachricht nach Irland.«

»Und wenn du Männer findest?« Sie ließ ihren Blick über die Runde halb erfrorener Gestalten wandern. »Was wirst du dann tun?«

»Eine Burg nach der anderen angreifen und zerstören. Cenarth Bychan brannte nieder, und dies war erst der Anfang.«

Nesta sah an sich hinab. »Und was ist mit mir?«

Einen Moment lang schwieg er und blickte ebenfalls auf ihren Unterleib, der noch nichts von der Schwangerschaft preisgab. »Wenn ich deinen Mann getötet habe, heirate ich dich«, beschied er schließlich und erhob sich, um sich wieder zu seinem Onkel zu gesellen.

Nesta presste die Lider aufeinander und unterdrückte den neuerlichen Weinkrampf, der ihr die Kehle zuschnürte. Die Angst nagte an ihr, denn allmählich schien es kaum noch Hoffnung zu geben, dass sie jemals wieder nach Hause zurückkehren würde.

Am nächsten Morgen begab sich Owain mit seinem Onkel und einer Handvoll Bogenschützen auf die Jagd. Sie hatten schon zwei Tage nichts mehr gegessen, und Nesta fühlte, wie ihr Körper aufgab. Dies lag weniger an den Strapazen und dem Verzicht, sondern eher an ihrem düsteren Gemüt. Ihr fehlte der Wille, einen Schritt vor den anderen zu setzen, und der Milan, der immer wieder seine Kreise über ihr zog, kam ihr schon bald verhöhnend vor. Erst hatte sie ihn für ein Zeichen der Hoffnung gehalten, aber nun schien es ihr so, als spotte er über sie und ihre absurden Gedanken über eine Verbindung ihrer Seelen. Sie blieb mit einem halben Dutzend Mann zurück und kochte Wasser, damit sie sich zumindest etwas wärmen konnten, während der Rest auf Nahrungssuche war. In den Wäldern des Hochlands gab es ausreichend Wild, hatte Owain ihr versichert. Wäre es schon Frühling, hätte er sich an den Schaf- und Rinderherden, die die Hänge abgrasten, bedienen können, doch da das Land in diesen Höhen immer noch mit Schnee bedeckt war, blieb ihnen nichts anderes übrig, als sich auf das Jagdglück zu verlassen.

Unruhe unter den Kriegern ließ sie aufmerken, und tatsächlich vernahm auch sie ein Rascheln im Dickicht. Es wäre sehr sonderbar, wenn Owain so schnell von der Jagd zurückkehrte, und so griffen die Männer nach ihren Waffen. Im nächsten Moment brach eine Handvoll Ponys aus dem verdorrten Buschwerk und stob auf die Lichtung. Ein ihr fremder Mann in einem mächtigen Fellumhang schwang sich von seinem Reittier und ließ seinen Blick über das Feuer und die erbärmlich ausgezehrten Gestalten wandern. Owains Bruder Einion lief auf ihn zu, und Nesta meinte das Wort »Vater« zu hören. Auch die anderen Männer machten einen betretenen Eindruck, als sie »Fürst« murmelten.

Nesta verharrte an ihrem Platz beim Feuer und warf ein paar weitere Äste hinein. Sie war sich der Blicke der Neuhinzugekommenen sehr wohl bewusst, doch eine sonderbare Gefühlskälte hatte Besitz von ihr ergriffen. So als wäre der Winter durch ihre Haut in ihr Innerstes gefahren. Die Ankunft des Fürsten war ihr gleichgültig, so wie alles andere auch. Sie fühlte sich ihrem schwachen Körper entrückt und hatte noch nicht einmal mehr Kraft, um sich über die Folgen dieses überraschenden Besuchs

Gedanken zu machen. Da war nur der Ring an ihrem Finger, der sie daran erinnerte, wofür es sich lohnte weiterzuleben.

Der Fürst sprach lange mit den Männern, und Nesta meinte hin und wieder ihren Namen zu vernehmen, die Stimmen wurden erhoben und Worte des Zorns gesprochen. Aber auch das kümmerte sie nicht, bis sie plötzlich ein Paar Stiefel aus den Augenwinkeln wahrnahm, die neben ihr hielten.

»Nesta.«

»Mylord«, sagte sie, ohne aufzublicken, und benutzte damit bewusst einen nicht walisischen Titel. Ein hysterisches Kichern stieg ihre Kehle hoch und brach beinahe aus ihr heraus.

»Steh auf, Zauberin.«

Ein weiteres Lachen erschütterte sie, und dieses Mal konnte sie es einfach nicht zurückhalten, bis sie plötzlich von einem Tritt in die Seite getroffen wurde. Nesta fiel durch die unerwartete Wucht ins vermoderte Laub und keuchte auf.

»Steh auf, Zauberin«, wiederholte Cadwgan mit vor Zorn bebender Stimme.

Nesta blickte hoch, ihr verfilztes Haar hing ihr ins Gesicht. »Weshalb bist du gekommen?«, fragte sie formlos. Er war der Vetter ihrer Mutter, und obwohl er der Fürst über Powys war, so war Nesta doch eine Tochter Deheubarths. Er sollte nicht denken, sie fühle sich ihm unterlegen. Da sie aber nicht weiterhin zu ihm hochblicken wollte, erhob sie sich und befand sich fast auf Augenhöhe mit ihm.

Der angespannte Kiefer des alten Mannes bewies, dass ihm ihre Art der Höflichkeit nicht gefiel. Der Bart, welcher die untere Hälfte seines Gesichts verdeckte, war schon weiß, ebenso sein Haar, das an den Schläfen weit zurückwich. Er war der Mann, der ihren Vater einst zur Flucht nach Irland gezwungen hatte und dann von ihm besiegt worden war. Er war die Schreckgestalt ihrer Kindheit.

»Das ist sie also«, murmelte er und schüttelte langsam den

Kopf. »Die berüchtigte Nesta ferch Rhys.« Seine Hand schoss vor und packte grob ihr Kinn. Nesta versuchte ihren Kopf zurückzureißen, doch der Griff war eisenhart, und ihr fehlte die nötige Kraft. Als wäre sie eine Puppe, drehte er ihr Gesicht zu allen Seiten, sein Daumen strich hart über ihre Wange. »Hm, irgendwo unter all dem Dreck ist tatsächlich eine Schönheit verborgen.«

Nesta funkelte ihn wütend an, die Gleichgültigkeit fiel von ihr ab.

Ein Lachen entfuhr ihm. »Ah, jetzt verstehe ich. Diese Augen …« Abrupt ließ er von ihr ab, als hätte er sich an ihrer Haut verbrannt. »Eine *Jili Ffrwtan*«, knurrte er und zog ein langes Messer von seinem Gürtel.

Nesta wich vor Schreck zurück, was den Ausdruck im verlebten Gesicht des Mannes noch verdüsterte. »Da haben wir den Beweis. Sie fürchtet Eisen, so wie alle aus dem Feenvolk.«

Ein kurzer Wink und im nächsten Moment wurden ihre Arme zu beiden Seiten gepackt. Owains Männer machten einen Schritt vor, als wollten sie ihren Fürsten aufhalten, doch sie besannen sich und senkten die Blicke.

»Was redest du da?«, keuchte Nesta und versuchte sich aus den Griffen zu befreien. »Du musst wahnsinnig sein, alter Mann.«

»Ach ja?« Er trat an sie heran und fasste erneut ihr Kinn, damit sie ihn ansehen musste. »Mein Sohn hätte niemals derart unüberlegt gehandelt, du hast ihn verzaubert, ihm mit teuflischer Hilfe den Verstand genommen.« Seine wässrigen Augen waren voller Hass. »*Jili Ffrwtan*«, wiederholte er verachtend und setzte ihr die Klinge an die Kehle.

Nesta erstarrte, sie spürte ihren Herzschlag, der gegen das kalte Eisen schlug. »Komm zu dir«, flüsterte sie und sah dem Mann in die Augen. »Das ist reiner Aberglaube.«

»Aus dem Llyn y Fan Fach bist du gestiegen, um Männer mit deiner Schönheit zu verführen und sie deinem Willen zu beugen. Eine Fee des Sees bist du, und dein Zittern vor dem Eisen gibt mir recht.«

Nesta wusste nicht, was sie sagen sollte, dieser Mann hatte den Verstand verloren. Der Llyn y Fan Fach lag nur wenige Meilen von ihrem einstigen Zuhause Dinefwr entfernt – ein blaues Becken, gesäumt von den steilen Hängen der rauen walisischen Hügel, an dessen Gipfel Leuchtfeuer entzündet worden waren. Ihr Halbbruder hatte sie einst dorthin mitgenommen und ihr alte Sagen über die darin lebenden *Jili Ffrwtan* erzählt. Sie waren schöne Frauen, die dem Feenvolk angehörten und diesen Ort schützten. Ihre Mutter hatte früher ihre Späße mit Nesta getrieben und gemeint, eine *Jili Ffrwtan* wäre gekommen und hätte die wahre Nesta und Tochter des Fürsten mit einem Kind des Feenvolkes vertauscht. Daher hätte Nesta diese klaren, grünen Augen. Nesta hatte nie daran geglaubt, da ihre Mutter ähnliche Augen gehabt hatte, genauso wie das flammende Haar – *Jili Ffrwtan* hatten goldenes Haar –, und Nesta hielt diese Geschichten auch heute für unwahr.

»Dein Sohn ist für die Lage, in der er sich jetzt befindet, ganz allein verantwortlich«, stieß sie aus und versuchte die Klinge an ihrem Hals zu ignorieren. Der Fürst wäre nicht derart unbeherrscht, sie zu töten.

»Er mag eine Burg angegriffen haben, aber dich mit sich zu nehmen, war nicht sein Einfall, Hure. Seine Männer haben mir gesagt, wie du ihn verführtest.«

Empört riss sie die Augen auf. Ihre Angst ob der bedrohlichen Klinge vergessend, zischte sie mit zusammengebissenen Zähnen: »Dein Sohn nahm sich mit Gewalt, was ich ihm freiwillig *niemals* gegeben hätte.«

»Und doch schleichst du Tag für Tag um ihn herum, hast deine Kinder weggeschickt, um ungestört ein gottloses Leben mit ihm zu führen. Ich weiß, mit welchen Augen du ihn ansiehst, wie du ihn umschmeichelst.«

Nesta schnaubte. »Niemals würde ich den Sohn eines Mannes umschmeicheln, der meinem Vater in der Schlacht unterlag und zu seinen Füßen kroch.«

Der Schlag kam so unerwartet und heftig, dass er sie von den Füßen gerissen hätte, doch die Hände, die immer noch ihre Arme umklammerten, bewahrten sie vor einem Sturz und richteten sie wieder auf. Blut sammelte sich in ihrem Mund, doch als sie mit der Zunge über ihre Zähne fuhr, stellte sie erleichtert fest, dass keiner fehlte. Einzig ihre Lippe war aufgerissen.

Ihre Augen füllten sich mit Tränen, was ihr nicht passiert wäre, wäre sie nicht derart entkräftet. Mühsam schluckte sie gegen den Kloß in ihrem Hals und biss die Zähne zusammen.

»Nun nicht mehr ganz so kühn, was?« Er holte zu einem neuerlichen Schlag aus, als ein Ruf ihn plötzlich innehalten ließ.

»Was geht hier vor?!« Owain trat auf die Lichtung und kam mit weitgreifenden Schritten auf sie zu. Er gab die beiden mageren Kaninchen, die er auf einen Ast gebunden hatte, an einen Bogenschützen und baute sich vor seinem Vater auf. Maredudd, der Mutlose, hielt sich an seiner Seite und betrachtete seinen Bruder voller Verachtung.

»Lasst sie sofort los«, befahl Owain, und zu Nestas Erleichterung lösten sich die Griffe auf einen Wink des Fürsten hin sofort. Beinahe wäre sie in sich zusammengesunken, doch sie verbot sich diese Schwäche und zwang ihre Beine, noch etwas länger durchzuhalten.

Der Fürst schüttelte mit vorwurfsvollem Blick den Kopf und sah zwischen seinem Sohn und seinem Bruder hin und her. »Welcher Teufel hat euch nur geritten?«, stieß er schwer atmend aus, und mit einem Mal zeigte sich sein Alter umso deutlicher. »Solch Leichtsinn, solche Unbesonnenheit.«

Owain straffte die Schultern. »Einer muss kämpfen, während du dich mit einem freincischen Kind im Bett vergnügst … *Vater*.«

Der Fürst holte aus und versetzte dem ausgewachsenen Krieger einen Schlag auf den Hinterkopf. Sowohl Owain als auch seine Männer blickten völlig verdattert drein.

»Du einfältiger Bengel!«, japste Cadwgan. »Hast du eine Vorstellung davon, was du angerichtet hast?!« Seine Hautfalten unter dem Kinn zitterten. »Weißt du, wie schwer es war, den König nach dieser unsäglichen Angelegenheit mit Robert de Bellême gnädig zu stimmen und mir mein Land zurückzugeben?!«

»Ja, der *König* nutzt den Zwiespalt in unserer Familie nur zu gern«, erwiderte Owain erbost. »Er gibt dir Land und nimmt es dir wieder, wenn du ihm zuwiderhandelst. Dann gibt er es dir wieder, damit du ihn gegen deine eigene Familie unterstützt, dann nimmt er es wieder. Wie lange soll das noch so weitergehen? Stets im Wissen zu leben, dass der gekrönte Freinc dir dein Land aus einer Laune heraus entreißen kann. *Dein* Land! Niemand sollte in der Lage sein, es dir wegzunehmen. Dies ist Powys, und der König lässt dich gnädig einen Teil davon halten, während der Rest an seine Marcher Lords ging. Es ist ein beschnittenes Fürstentum, für das du da kämpfst. Aber *ich* werde das alte Powys wieder zurückholen.«

»Um selbst als Fürst zu herrschen? Wie lange glaubst du zu überleben, wenn der englische König gegen dich ist?«

»Du lässt es dir unter dem König gutgehen«, erwiderte Owains Onkel Maredudd hasserfüllt. »Während zwei deiner Brüder in englischen Verliesen hockten, hast du dein Land bekommen.«

Der Fürst schnaubte. »Was beschwerst du dich? Du bist doch frei!«

Maredudd kam zu keiner Antwort, denn Owain ergriff bereits das Wort. »Ich wurde zum Krieger erzogen, nicht zum Kriecher.«

»Und ich dachte, ich hätte dich zum Fürsten erzogen, zu einem Mann, der sein Land regieren kann. Ich habe dich zu meinem Erben gemacht, aber nun sehe ich, dass dies ein Fehler war. Ein Fürst muss wissen, wann er kriecht und wann er kämpft, um sich und die Seinen zu beschützen.«

Er wies auf Nesta, die sich unauffällig an einen Baum gelehnt hatte. Sie wollte sich nicht entfernen, um dem Streitgespräch zu folgen, doch die lähmende Schwäche hielt sie fest umklammert.

»Du gibst sie zurück«, befahl der Fürst barsch, was sie sofort wieder ein Stück weit aufrichtete. Dieser alte Kauz könnte ihre Rettung sein! »Du gibst sie an ihren vermaledeiten Freinc zurück und verschwindest aus diesem Land, solange es noch geht!«

Owain riss die Augen auf. »Niemals kriegt er sie zurück!« Er streckte die Hand nach Nesta aus, ohne sie zu berühren. »Sie trägt meinen Sohn! Ich werde sie heiraten und Deheubarth und Powys unter mir vereinen.«

Ein Lachen schlug ihm entgegen, das kalt und vernichtend klang. »Gütiger Herr im Himmel, komm wieder zu Verstand! Wie tief sitzt ihr Zauber bereits? Du sagst, sie erwartet ein Kind? Es könnte von jedem sein, von jedem deiner Männer hier, von jedem Freinc in der Burg von Cenarth Bychan.«

Nesta trat vor. »Es ist von meinem Gemahl«, sagte sie mit bebender Stimme.

Der Fürst hob die Hände. »Na also! Was gibt es da noch zu bereden? Gib die Hure mitsamt ihrer Brut zurück.«

»Sie lügt.« Owain nahm den störrischen Ausdruck eines Kindes an. »Es ist *mein* Sohn.«

»Bei Christus, du kannst noch ein Dutzend Söhne zeugen, aber nicht mit der hier. Sie gehört einem Freinc, verstehst du das denn nicht?!« Er packte den Prinzen am Umhang und zog ihn zu sich heran. »Mein Land brennt, Sohn«, knurrte er nah vor dessen Gesicht, »die Freinc fallen erneut ein und brennen alles nieder, das sich ihnen auf ihrer Suche nach der Hure in den Weg stellt. *Mein Land brennt!*«

Owain riss sich ungestüm los. »Wenn ich sie jetzt zurückgebe, war *alles* umsonst! Wir haben einen Sieg errungen, ein Zeichen gesetzt! Die Freinc behaupten, ihre Burgen wären uneinnehmbar, aber *ich* habe sie niedergebrannt! Andere werden mir folgen!«

»Sie werden dem König deinen Kopf schicken!«

»Nein«, erwiderte Owain, was dem Fürsten die Zornesröte ins Gesicht trieb. »Die Freinc werden aufgeben.«

»Aufgeben?!« Der Fürst warf die Arme in die Höhe. »Siehst du denn nicht, mit welcher Macht sie gegen dich vorgehen? Pembroke, Cardigan, Carew, Manorbier, die Flamen von Prendergast, Rhos – sie alle haben sich vereint und kommen aus dem Süden, während Richard de Beaumis aus dem Osten gegen dich vorgeht.«

»Richard de Beaumis? Der Bischof von London? Wieso sollte der mich kümmern?«

»Er ist nicht nur Bischof von London, du unwissender Junge, sondern auch Justiziar von Shrewsbury. Dachtest du etwa, de Windsor ginge nicht zum König? Dachtest du, der König würde diese Beleidigung so einfach hinnehmen? De Beaumis ist für die walisische Grenze zuständig, und der König hat ihm befohlen, mit aller Härte gegen dich vorzugehen, Owain! Deine Geisel war des Königs Hure, oder hast du das schon vergessen? Du hast nicht nur de Windsor, sondern auch den König beleidigt! Komm zur Besinnung, ehe der König persönlich aus der Normandie zurückkehrt, um dir seine Hure zu entreißen.«

Nesta hörte das Blut in ihren Ohren rauschen. Gerald hatte den König um Hilfe gebeten. Die gesamte Macht der Normannen vereinte sich, um *sie* zu retten. Henry hatte sie nicht vergessen.

Auch Owain schien sich dessen bewusst, denn er wurde merklich blasser. »Nun«, meinte er gespielt gleichmütig, »es sind Freinc, sie werden mich in meinem Land nicht finden.«

Der Fürst nickte. »Die Freinc vielleicht nicht, aber Madog ap Rhiddid bestimmt.« Er sah seinem Sohn prüfend in die Augen. »Du erinnerst dich an deinen Neffen?«

»Also hat er sich von den Freinc kaufen lassen.«

»Nicht nur er. Mittlerweile ist ein hoher Preis auf deinen Kopf ausgesetzt, Junge, und jeder Kriegsherr aus Powys wurde dazu angehalten, dich zu ergreifen und auszuliefern.«

Die Angst war Owain nun deutlich ins Gesicht geschrieben, aber er blieb standhaft. »Du hast ebenso Männer, Vater«, stieß er aus und straffte die Schultern, »die Freinc haben ihre Ländereien im Süden verlassen und brandschatzen in Powys. Dann lass uns gegen ihre Burgen ziehen und eine nach der anderen vernichten. Sie werden nur schwach besetzt sein, und wir haben das Land erobert, ehe sie überhaupt merken, dass wir im Süden sind.«

»Hast du mir nicht zugehört, Junge?!« Der Fürst schüttelte schnaubend den Kopf und wandte sich ab. »Du hast dieses Leid heraufbeschworen. Du willst nicht auf mich hören, so sage ich mich von dir los. Soll sich mein Enkel Madog um dich kümmern und deinen Kopf nach England tragen. Du bist nicht mehr mein Sohn.«

»Vater!« Owain starrte dem Fürsten hinterher, und auch Einion, der jüngere Sohn, wirkte vollkommen erstarrt. Doch dann seufzte der junge Krieger und eilte seinem Vater hinterher. »Ich reite mit dir!«, rief er, was Owains Ausdruck nur noch verzweifelter werden ließ. Nesta überkam kurz ein Anflug von Mitleid, doch dann schüttelte sie den Kopf und besann sich. Ohne noch länger zu warten, eilte sie dem Fürsten nach und ergriff den Zügel seines Ponys. Er war ihre letzte Hoffnung. »Hilf mir«, flehte sie und packte seinen Umhang. »Befreie mich aus den Händen deines Sohnes, und der Krieg wird ein Ende haben.«

Der Fürst entriss ihr seinen Arm. »Mich verführst du nicht, *Jili Ffrwtan*. Geh zu diesem Narren, und stirb mit ihm. Mich soll es nicht mehr kümmern.«

In dieser Nacht ließ Owain doppelt so viele Männer Wache halten wie üblich. Sie waren noch ein gutes Stück den Hang hinabmarschiert und hatten in einer Höhle inmitten des zerklüfteten

Felsens Zuflucht gefunden. Die Stimmung unter den Männern war gedrückt, und Owain sprach kaum noch ein Wort.

Nesta rollte sich im tiefsten Winkel in ihren Umhang und ruhte ihre müden Glieder aus, als der Prinz plötzlich neben ihr niederkniete. Sie waren allein in dieser dunklen Ecke, weiter vorne brannte ein Feuer, um das sich eine Handvoll Männer tummelte. Die anderen waren draußen, um Holz zu sammeln und die Gegend im Auge zu behalten.

»Ist es mein Kind?«, fragte er unerwartet und sah auf sie hinab. Der rote Schein des Feuers legte sich über sein Gesicht und ließ seine Augen glühen.

Nesta erwiderte seinen Blick und überlegte, ob sie ihm die Wahrheit sagen sollte. Sie wusste nicht weshalb, vielleicht verlor sie den Verstand, doch er berührte sie mit seinem verzweifelten Kampf, der schon verloren gewesen war, ehe er begonnen hatte. Manchmal glaubte sie, ihren Bruder Gruffydd und seinen zornigen Brief in ihm zu sehen. Die beiden waren ungefähr im selben Alter, und auch Gruffydd hatte von der Befreiung seines Landes geschrieben. Sie kämpften, weil sie nie etwas anderes gekannt hatten und dazu erzogen worden waren. Sie hatten ihr Land verloren, und Nesta fürchtete so sehr, dass Gruffydd nach Hause kommen und dieselben Fehler wie Owain begehen würde. Sie fürchtete, Gruffydd würde sich einer normannischen Übermacht entgegenstellen und kämpfen. Ja, auf eine verworrene Weise sah sie Gruffydd in ihrem Entführer, ihren Vater, ihre Familie, all die Krieger in ihrem Heim, deren Leben aus Kämpfen bestanden hatte. Sie waren nicht am englischen Hof aufgewachsen, hatten nicht die Unterschiede ihrer Völker kennengelernt. Für sie gab es nur ihr Land und den Kampf um das, was sie Freiheit nannten.

Sie müsste Owain hassen, denn er hatte so viel Leid gebracht, nicht nur ihr, sondern auch ihren Kindern, Gerald und allen anderen in Cenarth Bychan. Und doch bemitleidete sie ihn.

Anders als er, hatte Nesta verstanden, dass Wales nur noch als Teil des normannischen Englands überleben konnte, und sie hatte sich gefügt. Sie hatte einen Normannen lieben gelernt. Doch wenn sie Owain sagte, dass das Kind in ihrem Bauch seines sein könnte, würde er sie niemals gehen lassen, und das war das Einzige, worum ihre Gedanken im Moment kreisten. Sie musste zurück zu ihren Kindern, wollte sie in ihren Armen halten, sie miteinander spielen und streiten sehen, sie wachsen sehen. Und Gerald …

Seufzend richtete sie sich auf und lehnte sich an die raue Felswand in ihrem Rücken. »Ich war schon schwanger, ehe du nach Cenarth Bychan kamst«, sagte sie und blickte ihm direkt in die Augen. Dabei flehte sie stumm, dass sie die Wahrheit sagte. Sie konnte gar nicht daran denken, dass ihr diese dunklen Augen aus dem Gesicht ihres Kindes entgegenblickten. Wäre sie überhaupt in der Lage, es zu lieben? Oder würde sie nur an all das Leid erinnert werden? »Es ist Geralds Kind.«

In stoischer Ruhe hielt er ihrem Blick stand, er wollte sie zermürben, doch Nesta verzog keine Miene. Von ihrer Glaubhaftigkeit hing ihre Zukunft ab – ein Zucken und sie wäre verloren.

»Selbst wenn es nicht meines ist«, sagte er schließlich und lehnte sich neben ihr an die Wand, »kann ich dich nicht gehen lassen. Die Freinc würden glauben, wir wären schwach und hätten aufgegeben.«

Nesta atmete tief durch. »Wer ist Madog ap Rhiddid?«, fragte sie, um ihn an die drohende Gefahr zu erinnern, ohne um ihre Freilassung zu bitten. »Dein Vater erwähnte, dass er dein Neffe ist.«

Owain nickte. »Der Sohn meines verstorbenen Bruders. Wir kamen nie besonders gut miteinander aus. Madog bezeichnet sich als Kriegsherr und schart eine Bande hitzköpfiger Jugendlicher um sich, mit der er immer wieder Raubzüge nach England und in die freincischen Gebiete unseres Landes unternimmt. Er versucht mir meinen Platz als Erbe streitig zu machen und sähe mich lieber tot.«

Nesta schloss die Augen. Eine weitere Gefahr brandete ihr entgegen, denn sie wusste nicht, ob Madog sie tatsächlich freilassen oder auch wieder für seine Zwecke benutzen würde. Sollte sie hoffen, dass Madog sie fand, oder dass Owain weiterhin die Flucht vor ihm gelang? Owains Beschreibung klang, als wäre Madog ihm sehr ähnlich, und so fürchtete sie, dass auch dieser walisische Kriegsherr eigene Ambitionen hatte und zu unüberlegten Handlungen neigte. »Was für ein Mensch ist der König von England?«, drang Owain in ihre Gedanken. Nesta spürte, dass er sie ansah und beobachtete, doch sie würde sich keine Gefühle anmerken lassen.

»Er ist …«, sie überlegte, wie sie ihn beschreiben sollte, »raffiniert«, sagte sie schließlich und beschwor Henrys Bild herauf. »Er weiß, wie er an seine Ziele gelangt. Er kann liebenswürdig sein, aber auch grausam, sein Wort zählt wenig.«

»Hm. Und doch hast du …«

Nesta sah zu ihm hoch. »Sprich nicht von Dingen, die du nicht verstehst.«

»Ich verstehe etwas von Freiheit.« Er sah ihr prüfend ins Gesicht. »Sei ehrlich: Blutet dir nicht das Herz, wenn du all die Burgen in dem Land siehst, das einst das Land deiner Väter war? Wenn Wälder abgeholzt werden, um noch mehr Ackerfläche zu schaffen, wenn Siedler aus fernen Ländern sich breitmachen und ihre Sprache mit sich bringen? Streitrösser aus der Hölle und ihre eisengekleideten Herren begegnen einem auf jedem Pfad, und man weiß nie, ob sie einen am Leben lassen oder sich einen Spaß aus deinem Tod machen.«

»Du hast schon einiges mit den Freinc durchgemacht, nicht wahr?« Er sprach stets mit solcher Leidenschaft von den Fremden, dass sie den Eindruck gewann, er hätte ebenso grausame Dinge erlebt wie sie.

Owain schwieg eine Weile, ehe er das Wort ergriff. Er sprach leise und heiser, was die Tiefe seiner Gefühle noch betonte. »Wir lebten unter dem Einfluss der Herren von Shrewsbury. Zuerst Roger de Montgomery, der eine Burg nach der anderen erbaute und sich damit in unserem Land festsetzte, dann sein Sohn Hugh, den wir schlussendlich besiegten. Arnulf breitete sich in deinem Land aus.« Seine Augen verengten sich zu schmalen Schlitzen. »Ich war noch ein Junge, als ich gegen sie kämpfte, die Freinc. Ich spürte, wie es ist, eine Klinge in einen menschlichen Leib zu stoßen. Ich roch den Gestank des Todes, hörte die Schreie von Sterbenden. Ich kämpfte für mein Land, und es war eine gute Sache.« Er räusperte sich. »Dann kam der andere Sohn Robert de Bellême. Dieser Mann war …« Er schauderte sichtlich. »Immer mehr Land wollte er gewinnen, immer tiefer drangen seine Plünderer vor. Und wir konnten nichts dagegen unternehmen. Ohnmächtig sahen wir zu, wie er die Bauern schröpfte, Frauen vergewaltigte und Männer abschlachtete oder verstümmelte. Mein Vater hatte ihm Treue geschworen, denn de Bellême war zu stark, doch jetzt ist er verbannt, und die Zeit ist gekommen, um uns zurückzunehmen, was uns gehört.«

»Glaubst du tatsächlich, dass dir das gelingt?«

Owains Blick war in sich gekehrt, sein Kiefer spannte sich an. Welche Bilder er im Moment auch vor sich sah, sie mussten grausame Schrecken offenbaren. »Ich werde nicht aufgeben«, erwiderte er schließlich ausweichend.

Nesta lehnte seufzend den Kopf gegen die Wand. Owain konnte dieser Übermacht nicht ewig trotzen. Die Frage war nur, ob sie bis dahin an seiner Seite überleben würde. Nesta hoffte, er würde freiwillig aufgeben und nach Irland fliehen, anstatt sich von den Normannen oder Söldnern ergreifen zu lassen. Sie wollte von ihm fort, aber seinen Tod wünschte sie nicht mehr.

»Du bist mutig, Owain«, sagte sie und legte sich wieder auf ihre Decken, um ihm zu bedeuten, dass sie jetzt schlafen wollte, »aber das ist nicht immer gut.«

»Du bist ebenso mutig.« Er streckte die Hand nach ihr aus und legte sie auf ihren Bauch. Nesta spannte sich unwillkürlich an. Sie wollte nicht von ihm berührt werden, auch nicht durch dicke Umhänge, Kleider und Decken hindurch. Sie hatte nicht vergessen, wie er ihr Gewalt angetan hatte, und es war ihr gleichgültig, ob er den Normannen etwas hatte beweisen wollen. Diese Tat würde sie niemals verzeihen.

»Owain …«, sagte sie mahnend, doch der Prinz ignorierte sie und ließ seine Hand hoch zu ihrer Brust streichen. »Du bist tapfer«, sagte er und folgte der Bewegung mit seinem Blick. »Du hast den widrigen Umständen dieses Winters getrotzt, du bist stark geblieben. In dir steckt doch mehr britisches Blut, als ich dachte.«

Er beugte sich zu ihr hinab. Sein Gesicht näherte sich dem ihrigen, doch Nesta drehte den Kopf weg. »Hör auf damit«, sagte sie und schob ihn von sich.

Owain verharrte einen Moment lang reglos, dann seufzte er und richtete sich wieder auf. Schweigend blickte er auf sie hinab, sie spürte es deutlich, während sie die Wand ansah. Schließlich hörte sie ihn tief einatmen. »Ich brauche dich, Nesta.« Er sprach leise und berührte sie nicht mehr, doch seine Worte krochen mit einer Gänsehaut über ihren Körper. »Ich weiß, warum du mich abweist, aber auch, dass du verstehst, warum ich es getan habe. Du verstehst unser Volk, auch wenn du mir manchmal schon wie eine Freinc erscheinst. Trotzdem sehe ich sie tief in dir drin – die Britin. Und diese Frau … *du* … berührst mich, Nesta. Wenn all das hier vorbei ist, haben wir beide eine Zukunft. Du wirst wieder ganz und gar zu einer Britin und an der Seite eines britischen Fürsten leben. Wir beide … wir können Großes vollbringen.«

Nesta wandte sich ihm zu, sie wollte, dass er ihr in die Augen sah. »Das wird niemals geschehen, Owain.«

Seine schattenhaften Züge verhärteten sich. »Was ich in Cenarth Bychan getan habe, hatte nichts mit dir zu tun, es musste sein, es war Krieg, das weißt du. Aber jetzt …« Er lehnte sich ein wenig vor, und Nesta verbot sich zurückzuweichen. »Jetzt brauche ich dich … als Mann. Ich will dich, Nesta, ich will, dass du mich brauchst und willst. Wir beide können die Schrecken der de Montgomerys aus unseren Seelen vertreiben, die Herrschaft der Freinc, wir können uns im britischen Blut vereinen.«

Nesta presste die Lippen aufeinander. Einzig weil sie ahnte, dass sie ähnlich denken und fühlen würde, hätten sich ihrer nicht gütige Menschen aus dem Volk der Normannen angenommen, sprach sie sanft mit ihm. »Meine Seele ist frei, Owain. Die Schrecken meiner Kindheit belasten mich schon lange nicht mehr, und ich wünsche mir ehrlich, dass du eines Tages ebenso davon befreit wirst. Aber nicht ich vermag dies zu bewerkstelligen, sondern einzig du selbst.« Sie sah ihn noch einen Moment lang an, dann wandte sie sich wieder ab und schloss die Augen. Kurz darauf hörte sie, wie Owain sich erhob und davonging.

Der Frühling zog ins Land, und das Leben in den Wäldern wurde etwas leichter. Nicht nur wegen der angenehmeren Temperaturen und dem Weichen des Schnees, sondern auch wegen der Besserung ihrer körperlichen Verfassung. Die Schwäche und Müdigkeit ließen etwas nach, und mit den reicheren Mahlzeiten verflog auch die Übelkeit. Doch eines hatte sich nicht geändert – immer noch wurden sie gnadenlos gejagt, und mittlerweile hatte auch Nesta sich angewöhnt, stets über die Schulter zurückzublicken und nach Fremden Ausschau zu halten. Die Angst vor Kriegsherren wie Madog ap Rhiddid und die Hoffnung, von Normannen gefunden zu werden, hielten sich die Waage. Ihre Verfolger wurden immer zahlreicher. Madogs Bruder war nun ebenfalls hinter ihnen her, auch der Bruder jener Vettern Owains, die Owain vor ein paar Jahren getötet hatte, genauso ein mächtiger *uchelwyr* von Powys mit seinen Männern … Jedes Mal, wenn sie an Gehöften oder wandernden Hirten vorbeikamen, erfuhren sie von weiteren Jägern. Die Anspannung der Männer war so allgegenwärtig, dass sie sich selbsttätig auf sie übertrug. Stets waren sie den walisischen Banden und den normannischen Rittern einen Schritt voraus, verkrochen sich in der Wildnis der Wälder und lebten ein einfaches Leben, während Owain auf Nachricht aus Irland wartete. Er hatte einen seiner Männer dorthin geschickt, um Nestas Bruder, aber auch die irischen Fürsten für den Kampf zu gewinnen. Also verbrachte Owains Truppe die Zeit der Ungewissheit damit, vor Gerald und seinen Streitern davonzulaufen und sich zu verstecken.

»Geh nicht zu weit weg«, sagte Owain, als Nesta sich daranmachte, im umliegenden Gehölz des Mischwaldes Zweige fürs Feuer zu sammeln. Er ließ sie allein gehen, während er und einer seiner Männer das erlegte Rehkitz häuteten. Es war Frühsommer, und obwohl das Leben in der freien Natur nun leichter geworden war, fühlte Nesta sich immer schwächer. Owain wusste das. Er fürchtete nicht, dass sie davonlief. Ihm war genauso wie ihr bewusst, dass sie in ihrem Zustand nie allein aus diesem fremden Wald herausfinden würde. Wölfe oder andere wilde Tiere, deren Laute sie des Nachts hörte, hätten sie gefunden, ehe sie Zuflucht finden könnte. Auch war da immer noch die Gefahr walisischer Kriegsbanden. Nein, sie musste bleiben und auf Owains Untergang hoffen.

Die leisen Gespräche der Männer drangen an ihre Ohren, während sie sich durchs Unterholz kämpfte und möglichst trockenes Holz aufhob. Sie bückte sich gerade nach einem weiteren Zweig, als ein stechender Schmerz durch ihren Unterleib fuhr – so stark, dass ihr die gesammelten Äste aus den Händen glitten. Mit einem stummen Schrei presste sie die Hände auf ihren leicht gewölbten Bauch und kniff die Augen fest zusammen, als ein Krampf durch sie hindurchzog, der sie in die Knie zwang. Schweiß brach ihr aus, und ihr erster Impuls war, nach Owain zu rufen, doch dann besann sie sich rechtzeitig und rutschte noch ein wenig weiter vom Lager ihres Entführers fort. Keuchend kniete sie im Moos, und plötzlich wurde ihr bewusst, was der Schmerz zu bedeuten hatte. Kalte Angst breitete sich in ihr aus. Angst zu sterben, Angst, was als Nächstes passieren würde …

Ein Wimmern entrang sich ihr, und sie zwang sich, still zu sein. Die Schmerzen waren ihr nicht fremd, sie waren stärker als während ihrer Monatsblutungen, aber sie hatte vier kräftige Söhne geboren und konnte einiges aushalten. Sie wollte nur allein dabei sein. Der Gedanke, Owain durchs Unterholz auf sich zukommen zu sehen, ließ ihr Herz hämmern. Er sollte ihr nicht nahekommen, sollte nicht teilhaben an ihrem Schmerz. Er sollte fortbleiben, für immer.

Tränen flossen ihre Wangen hinab, und es dauerte nicht lange, bis das winzige Kind blutig im Moosbett lag. Wie benommen starrte Nesta auf die kleinen Hände und Füße, das Köpfchen, die geschlossenen Augen … Sie konnte sich nicht bewegen, ihr Kind lag tot vor ihr – ein weiterer Sohn, vielleicht Geralds. Und wenn es Owains gewesen war? Sollte sie nicht froh darüber sein, es verloren zu haben?

Ein Zittern überkam sie, doch Nesta bemerkte es kaum. Tiefe Trauer schnürte ihr die Kehle zu, und als über ihr plötzlich das ihr so vertraute Rufen des Rotmilans erklang, stieß sie gemeinsam mit ihm einen schrillen Schrei aus, der Vögel um sie herum aufschreckte. Sie schrie all ihren Schmerz, die Verzweiflung hinaus, und der Milan schien ihr zu antworten, als verstünde er sie.

Sofort hörte sie das Rascheln schneller Schritte und Owains Rufe, doch Nesta sah nicht auf. Sie hatte ein Kind zu begraben.

Ihr Körper schien nach der Fehlgeburt von jeglicher Stärke verlassen, und jeder Schritt war ein Kraftakt. Sie bemerkte kaum noch, wenn Owain und seine Männer in immer heftiger ausartende Diskussionen verfielen, und sie schlief sofort ein, wenn sie für wenige Momente rasteten. Einzig der Gedanke an ihre

Kinder vermochte ihr noch etwas Willenskraft zu spenden, doch selbst dieser Funke verblasste von Tag zu Tag. Sie wollte nicht mehr.

Owain versuchte, sie gut zu behandeln, er war vom Tod des Kindes geschockt gewesen. Sein ständiges Beharren, dass es sein Sohn gewesen war, vertiefte die Abscheu gegen ihn. So war sie nicht dazu in der Lage, seine Mühe zu schätzen. Sie wünschte nur, dass es endlich vorbei war – die Odyssee mit Owain, der nächste Tag, der nächste Monat, das Leben …

Sie war nicht überrascht, als sie im Herbst erkrankte. Das Fieber versetzte sie in einen angenehmen Zustand der Gleichgültigkeit, und so bemerkte sie nur am Rande, wie Owains Männer auf ihren Prinzen einredeten. Der Tatendrang hatte sich schon lange gelegt, und mit jedem weiteren Tag ohne eine Nachricht aus Irland wurden die Stimmen, die von Flucht sprachen, lauter.

»… gleich hinter dem Hügel«, hörte sie Owains Onkel Maredudd eindringlich sagen. Nesta wusste nicht, ob es Morgen oder Nachmittag war. Sie starrte in einen grauen Himmel und hatte das Gefühl, sich im Kreis zu drehen, so wie der Vogel mit dem gegabelten Schwanz über ihr. Sie beobachtete seine Silhouette und nahm kaum noch etwas anderes wahr. Sie waren lange Zeit geritten, oder war es ihr nur so lange erschienen? »Sie ist zu langsam, mit ihr können wir unmöglich entkommen. Wenn wir jetzt nicht handeln, ist alles aus.«

Owains Antwort war kaum mehr als ein wütendes Schnauben, und Nesta schlief immer wieder ein, zusammengerollt am Feuer auf einer Waldlichtung. Sie zitterte, während ihr Körper gleichzeitig schweißnass war. Feiner Nieselregen tropfte von den rauschenden Blättern auf sie hinab, die Bäume drehten sich um sie herum im Kreis, und immer wieder tauchte der Milan auf und stieß einen Schrei aus. Dann lag plötzlich eine Hand auf ihrer Stirn. Die Dämmerung war von einem Moment zum anderen hereingebrochen, und als sie Owains Antlitz über sich erkannte, war sie schon zu schwach, um zu sprechen. Behutsam flößte er ihr einige Tropfen heißes Wasser ein und sah mit grimmiger Miene auf sie hinab.

»Meine Nesta«, murmelte er und streichelte über ihren Kopf. »Es ist noch nicht vorbei … Es ist noch nicht vorbei.«

Nesta sah ihn ohne jedes Gefühl an und schloss schließlich kraftlos die Augen. Unzusammenhängend träumte sie vor sich hin und fantasierte. Sie war von der französischen Sprache umgeben und sah Bilder vom Angriff auf Dinefwr vor sich. Im nächsten Augenblick war sie an Henrys Hof, zusammen mit Ansfride, Tyrell und Anskill, und dann mit Gerald in Carew. Er verbrannte eine Strohpuppe und sah sie durch die Flammen hindurch vorwurfsvoll an. »Was hätte ich tun sollen?«, fragte sie verzweifelt. »Wie hätte ich anders handeln können?« Gerald schüttelte den Kopf und wandte sich von ihr ab. Nesta streckte die Hand nach ihm aus. »Gerald!«, rief sie und eilte ihm hinterher, doch sie kam nicht näher, bewegte sich nicht fort. »Gerald!«

»Nesta.«

Sie versuchte immer noch, an den Flammen der Strohpuppe vorbeizulaufen und Gerald zu erreichen, aber sie war zu schwach.

»Nesta, wach auf, bitte, wach auf.« Es war sonderbar, die normannische Sprache zu hören, wo sie so lange nur vom Walisischen umgeben gewesen war. Und diese Stimme … Sie war aus ihrem Traum.

Mühsam hob sie die Lider und kniff sie sogleich wieder zusammen, als helles Tageslicht sie blendete.

»Nesta, sieh mich an, mach die Augen auf!«

Das drängende Flehen riss sie ein Stück weit aus ihrer Benommenheit, und so blinzelte sie ins grelle Licht. Sie erkannte die Umrisse einer hünenhaften Gestalt vor sich, goldenes Haar, das von den Sonnenstrahlen hell leuchtete, und sofort begann ihr Herz schneller zu schlagen. Dies musste ein Trugbild sein. Es konnte unmöglich … Sie kniff die Augen ein wenig zusammen, ihr Blick schärfte sich, und sie rang um Atem. »Gerald?«, krächzte sie, und im nächsten Moment schob sich sein Arm unter ihren Rücken und hob sie hoch. Ihr Oberkörper wurde aufgerichtet, und noch ehe sie sich's versah, lag ihr Gesicht an seiner gepanzerten Brust, seine starke Hand an ihrem Hinterkopf, die sie fest an sich drückte.

»Großer Gott«, hörte sie seine vertraute Stimme in ihr Haar murmeln. »Ich danke dir, ich danke dir. Du bist am Leben.«

Nesta starrte auf den Waffenrock vor sich, auf Geralds Wappen, und rang um Atem. Tränen flossen ihre Wangen hinab, und ihr Körper schien in seinen Armen zu zerfließen. Sie sank in sich zusammen, doch er hielt sie aufrecht, umschloss sie immer noch fest, während sie nicht glauben konnte, dass dies wahrhaftig geschah.

Kraftlos legte sie ihre Hand auf seinen Arm, grub ihre Finger ins Kettengeflecht und sog den Geruch von Eisen, Pferd und Wald ein. Und plötzlich wusste sie, dass es kein Fiebertraum war. Gerald hatte sie gefunden. Sie war gerettet.

Cardigan, Westwales, Oktober 1109

»*Mam?* Seid Ihr wach? *Mam?*«

Nesta blinzelte und stöhnte auf bei dem Schmerz, den diese simple Bewegung in ihrem Kopf auslöste. Sie erkannte Kerzenlicht, vermochte aber nicht zu sagen, ob es Tag oder Nacht war. Womöglich waren die Fensterläden geschlossen. Als sich ihre Sicht klärte, erkannte sie einen Jungen mit dunklen Locken und großen, braunen Augen, der sich über sie beugte. Ihr Herz begann schneller zu schlagen.

»*Mam*, Ihr müsst das trinken. Bitte.«

»Harri?« Ihre Stimme war kaum mehr als ein Flüstern und klang fremd in ihren Ohren. Doch eine Woge des Glücks brandete über sie hinweg. Dies musste ein Fiebertraum sein. Sie war immer wieder erwacht, auf einem Pferd, in einem Bett, von ihr fremden Menschen umgeben, doch jetzt … »Mein Harri, bist du's wirklich?«

»Natürlich bin ich's.« Der Junge grinste und zeigte dabei eine Zahnlücke. Sein Bild verschwamm hinter den Tränen, die ihre Augen füllten.

»Du bist wirklich hier.«

»Ja. Aber jetzt müsst Ihr das trinken. Bitte, *mam*.«

»Henry!« Die Tür flog auf und eine beleibte Frau kam auf sie zu. Nesta erinnerte sich vage, dass dies die Gemahlin eines Soldaten aus der Garnison von Cardigan war. Jetzt entsann sie sich auch wieder, Richard de Clares Stimme gehört zu haben, ehe sie das Bewusstsein verloren hatte. Er musste sie auf seine Burg gebracht haben – Cardigan, deshalb war auch Harri hier. »Also wirklich, Henry, du sollst Mylady doch nicht so nennen. Wie lautet die zutreffende Anrede einer Frau ihres Standes?«

Harri verdrehte die Augen. »Madame«, grummelte er und schüttelte ungeduldig den Kopf. Er wandte sich wieder an Nesta, ein übermütiges Lächeln erhellte sein gesamtes Gesicht. »Ich werde schon zum Pagen ausgebildet«, erklärte er stolz, sprang auf und vollführte eine höfische Verbeugung. »Bald werde ich ein Ritter, um meinem Vater, dem König, zu dienen.«

Nesta bemühte sich um ein Lächeln. Sie war ohnehin viel zu schwach für große Worte, also trank sie erst mal vom heißen Kräuteraufguss, den ihr die Dame einflößte, und genoss die Wärme, die ihr Innerstes ausfüllte. Ihr schien es, als wäre sie zum ersten Mal seit sehr langer Zeit wirklich wach.

»Wie lange …«, wandte sie sich an die Dame, die ihr das Gesicht mit lauwarmem Wasser abtupfte, »ich meine …«

»Eine Woche«, erwiderte die Frau und warf Nesta einen mitleidvollen Blick zu. »Das Fieber war hartnäckig, und wir fürchteten schon …« Sie schüttelte den Kopf. »Es ist ein Wunder, dass Ihr genesen seid. Aber jetzt müsst Ihr Euch erst mal ausruhen und wieder zu Kräften kommen.«

Nesta starrte die Frau aus großen Augen an. Eine Woche! So lange hatte sie im Fieber gelegen, ohne wirklich zu wissen, was um sie herum geschah? »Aber …« Angst schnürte ihr die Kehle zu. Warum war Gerald nicht hier? »Bitte … wo ist mein Gemahl?«

Die Dame legte ihr die Hand auf die Schulter. »Er wird bestimmt bald eintreffen, sorgt Euch nicht. Wir haben vor zwei Tagen einen Boten zu ihm in den Norden gesandt, um ihm zu berichten, dass Ihr das Schlimmste überstanden habt.«

»In den Norden?«

»Gewiss. Er hält sich in Powys auf, wo er sich mit irgendwelchen walisischen Banden zusammentat, um …«, sie schürzte die Lippen, »nun ja, diesen elenden Prinzen zu jagen. Scheint so, als versuche dieser sich zur Küste durchzuschlagen, um nach Irland zu fliehen, aber in den Süden nach Milford Haven kann er sich nicht wagen, und so muss er im Norden ein paar Händler finden, die ihn mitnehmen. Mylord Carew versucht, ihn noch zu erwischen, bevor er entkommt. Es war Mylord de Clare, der Euch hierherbrachte, um zu genesen, ehe er nach England zum König ritt.«

»Und meine Kinder?«

»Die sind alle wohlauf, Mylady, und zurück in Carew. Aber jetzt ist es genug. Macht Euch keine Gedanken. Vor allen Dingen ist es jetzt wichtig, dass Ihr wieder zu Kräften kommt.«

Nesta nickte, obwohl sie nicht wusste, wie es ihr gelingen sollte, sich keine Gedanken zu machen. Gerald würde zu ihr kommen und dann …? Sie sehnte sich mit jeder Faser ihres Körpers nach ihm. Aber wie würde es zwischen ihnen sein, nach allem, was geschehen war? Der Gedanke an seine Stimme und seine Wärme nahm ihr etwas von der Anspannung, aber die letzten Monate konnten nicht einfach ausgelöscht werden. Die Schwäche war ein gnädiger Freund und führte sie sogleich zurück in den Schlaf, und als sie zum nächsten Mal erwachte, saß der Constable an ihrem Bett.

»Constable …«, flüsterte sie erfreut und zog mit aller Mühe ihre Mundwinkel nach oben. »Ich dachte, ich würde euch alle niemals wiedersehen.«

Der Constable nahm einen ernsten Ausdruck an. »Das dachten wir zuweilen auch, Madame. Aber jetzt seid Ihr hier, und alles wird gut.«

»Und Gerald?«

Er presste die Lippen aufeinander. »Noch nicht eingetroffen.«

Nesta nickte langsam und ließ ihren prüfenden Blick auf dem Ritter ruhen. »Wie geht es ihm?«, fragte sie schließlich, obwohl sie die Antwort fürchtete. Der Constable war Geralds Freund,

und wenn einer wusste, wie Gerald die letzten Monate bewältigt hatte, dann er. Doch der Constable schüttelte den Kopf. »Was ist geschehen?«, wollte er wissen und wich damit ihrer Frage aus. »Wie kam es zu dieser Entführung?«

Nesta sah den Constable verständnislos an. »Was meint Ihr damit? Ihr müsst doch wissen, was geschehen ist. Dass Owain in Cenarth Bychan einfiel und …«

»Das ist richtig.« Sein Blick wurde wachsam. »Aber es ist so, Madame, mittlerweile kursieren Gerüchte über Euch und Eure Entführung. Geschichten aller Art. Barden ziehen durchs Land und singen Lieder über Euch und Owain – der walisische Krieger und seine Prinzessin aus Deheubarth, die den Normannen entkamen und sich in der Liebe und ihrem Kampf um Wales vereinten.«

Einen Moment lang verstand Nesta seine Worte nicht. Dann rang sie um Atem. Das Blut rauschte durch ihre Ohren.

»Ihr …« Sie musste sich räuspern, da ihr Hals plötzlich ganz ausgetrocknet war. »Ihr glaubt das doch nicht etwa, oder? Constable?«

Der Ritter fuhr sich mit der Hand über die Augen. »Ich kann nicht in Euer Innerstes blicken, Madame, deshalb frage ich Euch. Wie kam es zu der Entführung? War sie tatsächlich geplant, so wie mittlerweile behauptet wird?«

Die gekalkten Wände schienen sich auf sie zuzubewegen. Sie bekam keine Luft mehr. So lange war sie von Owain durch die raue Wildnis von Powys geschleppt worden, hatte ihre Kinder ziehen lassen, ums Überleben kämpfen und ein Kind begraben müssen. Ihr Zuhause in Cenarth Bychan war niedergebrannt, ihre Kinder hätten im Winter sterben können, und doch gab es Menschen, die glaubten, sie hätte dies freiwillig auf sich genommen? Sie hätte es gar geplant?!

»Madame?« Der Constable erhob sich und beugte sich mit sorgenvoller Miene über sie. »Geht es Euch nicht gut?«

Nesta presste ihre Hand gegen die Brust und zwang ihren Körper, einen Atemzug nach dem anderen zu tun. »Gerald?«, stieß sie aus und kämpfte mühevoll die Tränen zurück. »Kamen ihm diese Lieder ebenfalls zu Ohren?«

Ein Seufzen entrang sich dem Constable, als er neben ihrem Bett niederkniete. »Wie hätte er nicht davon hören können?« Seine Stimme wurde etwas sanfter. »Ganz Wales spricht von Euch und dem Prinzen. Manche nennen Euch eine Zauberin, die den Krieg zurück nach Wales brachte, andere eine Freiheitskämpferin.«

»Aber Gerald glaubt das nicht.« Er hatte ihr einst misstraut, aber das war *zuvor* gewesen – ehe sie eine Familie geworden waren. Er war dabei gewesen, konnte nicht annehmen, sie hätte das gewollt.

Der Constable senkte den Blick auf seine Hände. »Es ist mir ebenso wenig möglich in sein Innerstes zu blicken wie in das Eure. Und ihn zum Sprechen zu bringen ist noch schwerer. Die letzten Monate ... er war nicht mehr er selbst, Madame. Er schien wie eine Hülle, die einzig vom Verlangen Euch zu finden erfüllt war. Um ehrlich zu sein, fürchteten wir bereits um seinen Verstand. Wie besessen jagte er diesem Rotmilan hinterher und beharrte darauf, dass der Vogel ihn zu Euch führen würde. Seine Männer fingen an, ihn für verrückt zu halten, zumal der Vogel immer wieder verschwand. Aber dann ...« Er breitete die Hände aus. »Die Männer sprechen von Zauberei, vielleicht sogar einem Wunder. Richard de Clare schwört, der Milan hätte über Euch gekreist und Gerald zu sich gerufen.«

Ein Kribbeln durchzog Nestas Brust. Der Milan hatte ihr Kraft und Hoffnung geschenkt, wenn sie kurz vorm Aufgeben gestanden hatte, und auch wenn ihr der Verstand immer gesagt hatte, dass diese Verbundenheit unmöglich war, so hatte ihr Herz an ihm festgehalten. »Ich verstehe nichts von Zauberei«, sagte sie und blickte in die gütigen Augen des Constables. »Auch wenn viele das behaupten. Aber vielleicht gilt das nicht für diesen Milan. Vielleicht war es *sein* Zauber.« Sie stützte sich mit den Ellbogen ab und richtete sich etwas auf, um sich mit dem Rücken gegen die Wand zu lehnen. »Constable, ich habe weder den Milan noch meinen Vetter verhext. Owain kam mit dem Vorhaben, Gerald zu töten, nach Cenarth Bychan, und er nahm mich gegen meinen Willen mit sich. Ich war seine Gefangene, und hätte ich etwas damit bewirkt, hätte ich ihn eigenhändig getötet. Kein einziger Tag verging, an dem ich Owain nicht für das Leid hasste, das er über meine Familie brachte.«

Der Constable sah sie lange an, und Nesta wusste, er versuchte in ihrem Gesicht zu lesen. Schließlich nickte er und erhob sich. »Ich glaube Euch. Ich habe Euch in Geralds Nähe gesehen, mit Euren Kindern. Selbst wenn mich andere davon überzeugen könnten, dass Ihr Euch auf die Seite walisischer Rebellen geschlagen habt, so hättet Ihr Euch nie von Euren Kindern getrennt. Es tut mir leid, was Euch geschehen ist. Aber jetzt seid Ihr in Sicherheit.«

Nesta nickte dankbar und sah zum Fenster, von wo feiner Sprühregen die herbstlichen Düfte nach Laub, Wald und Erde hereintrug. Sie war in Sicherheit, aber nichts war wie zuvor.

Nesta lehnte den Kopf gegen den Hals der sanftmütigen Stute und blickte zu jener Insel im Meer, die sie schon vor so vielen Jahren hatte verzaubern können. Weiße Schaumkronen tanzten über die Oberfläche und umspielten die felsige Erhebung; von den Delfinen, die sie so gerne beobachtet hatte, war aber nichts zu sehen.

Ihr Körper fühlte sich noch schwach an, obwohl die Damen von Cardigan alles dafür taten, um sie wieder aufzubauen. Doch die lange Zeit der Entbehrungen hatte Spuren an ihr hinterlassen. Nesta war kaum noch mehr als Haut und Knochen, und ihr schönes Haar hatte sie auf Brusthöhe abgeschnitten, da es schon zu stark verfilzt gewesen war.

Der Weg zur Küste war anstrengend gewesen, doch Nesta hatte ihn gerne auf sich genommen. Sie musste den Blicken der anderen entgehen, sowohl den mitleidvollen, aber auch jenen mit dem unausgesprochenen Vorwurf. Besonders die normannischen Damen auf der Burg zeigten ihre Missachtung deutlich, und nicht nur einmal hatte sie das Flüstern vernommen, wie eine Frau einen solch prächtigen Ehemann nur verlassen konnte. Worte, die sie nicht so verletzen sollten, aber sie schürten die Angst in ihr, Geralds Liebe verloren zu haben. Immer wieder sagte sie sich, dass er nicht derart verbissen um sie gekämpft hätte, wären seine Gefühle für sie erloschen. Doch dann flüsterte eine gemeine Stimme in ihrem Inneren, dass es womöglich nur Rachsucht gewesen war und der Wunsch, seine Ehre wiederherzustellen. Wieso sonst sollte er jetzt hinter Owain her sein, anstatt an ihrer Seite? War alles, was sie so mühsam miteinander aufgebaut hatten, unwiederbringlich verloren?

Cenarth Bychan war vollständig abgebrannt, hatte sie erfahren, und nichts war übriggeblieben. Gerald hatte ihren Wohnsitz zurück nach Carew verlegt, sich selbst aber nur selten dort aufgehalten, da er mit einer Armee durchs Land gezogen war, um Nesta zu finden. Nesta wusste, dass eine Vielzahl von Unschuldigen an diesem Disput hatte leiden müssen. Der Fürst von Powys hatte es deutlich gesagt: Mein Land brennt. Mit Plünderungen und Brandschatzung hatten sowohl die Normannen als auch die walisischen Banden Owain zur Aufgabe zwingen wollen. Auch hatten sie Informationen von jenen Menschen herauszuholen versucht, die treu zu Owain gestanden und ihn unterstützt hatten. Wie viele mochten beim Streben nach Gerechtigkeit und Vergeltung umgekommen sein?

Nesta hob die Hand und streichelte der Stute durch die Mähne.

Ferner Hufschlag ließ sie hochblicken. Bestimmt war es der

Constable, der kam, um sie zurückzuholen. Sie hatte sich schon vor dem Morgengrauen davongestohlen, um den Sonnenaufgang in Ruhe zu genießen und ihre Gedanken zu sortieren. Ihr Fehlen war allzu schnell bemerkt worden.

»Ein kurzer Friede«, murmelte sie, klopfte der Stute auf den Hals und drehte sich um. Die aufgehende Sonne, die sich über die sanften Hügel erhob, blendete sie im ersten Moment, doch dann erkannte sie einen Reiter, der sich näherte. Ein Rauschen erklang in ihren Ohren, das noch nicht einmal vom Donner der Brandung übertönt werden konnte. Jeder einzelne ihrer schnellen Herzschläge pochte in ihrer Schläfe.

Das Pferd hielt nur wenige Schritte vor ihr; ein Mann schwang sich aus dem Sattel, dessen goldenes Haar unter den ersten Strahlen dieses Tages leuchtete.

Ihr Körper schien zu Stein zu erstarren. Sie war nicht in der Lage sich zu bewegen, als die hünenhafte Gestalt näher trat und einen Schritt von ihr entfernt stehenblieb.

Bei seinem Anblick traten ihr Tränen in die Augen. Die Morgensonne hüllte ihn in ihren Glanz, und erst beim genauen Hinsehen erkannte sie die Veränderungen. Er wirkte hart und kriegerisch. Der stets sorgfältig gestutzte Bart war jetzt dichter, konnte aber die Schärfe seiner Züge nicht verbergen. Genauso wenig die Narbe, die von der Wange zum Kinn hinunter verlief. Seine sturmgrauen Augen wirkten starr. Und doch war er ihr Gemahl. Ihr Gerald.

»Nesta.« Seine Stimme klang rau, als er nach unbestimmter Zeit das Wort ergriff. Immer noch regte sich keiner von ihnen. Eine unsichtbare Mauer schien sich zwischen ihnen aufzutun.

Der Drang, ihm in die Arme zu fallen, und der Wunsch, vor ihm und den beängstigenden Wahrheiten wegzulaufen, hielten sich die Waage. Sie musste wissen, wie er für sie empfand, wollte ihm alles erklären, wollte ihren Zorn über die schlechten Reden der Barden hinausschreien, gleichzeitig waren da aber immer noch die Angst und ihr Stolz, eben diese nicht zu zeigen. So verharrte sie genauso wie er in schmerzhafter Anspannung.

Irgendetwas musste sie aber sagen, und so räusperte sie sich im verzweifelten Versuch, Worte zu finden. »Habt ihr de Barry gefunden?« Sie wusste nicht, wie sie ausgerechnet darauf kam. Sie hatte seit ihrer Entführung kaum an den jungen Ritter gedacht. Zum letzten Mal hatte sie mit Gerald über ihn gesprochen. Und nun war Gerald wieder hier. Fast war es so, als setze sie ein Gespräch von damals fort. Woran sonst sollte sie sich festhalten, wo sie doch das Gefühl hatte, der Wind würde sie jeden Moment von den Füßen reißen?

Gerald sah sie einen Moment lang überrascht an, doch schließlich fuhr er sich mit der Hand übers Kinn und antwortete. »Er lebt. Wir fanden ihn im Wald, eine Stichverletzung im Bauch. Es war knapp, aber er hat es geschafft. Mittlerweile ist er wieder auf den Beinen, auch wenn es lange dauerte, bis er wieder ganz der Alte war.«

»Das ist gut.«

Sie sahen sich in die Augen, und erneut senkte sich bedrückendes Schweigen über sie. Nesta konnte nicht glauben, dass sie ihm tatsächlich gegenüberstand, seine Stimme hörte, den Blick seiner Sturmaugen auf sich spürte. Sie müsste nur die Hand nach ihm ausstrecken …

»Du siehst verändert aus.«

Nesta nickte langsam und erwiderte seinen Blick. »Du auch.«

Wieder Stille. Sie wurde noch verrückt. »Wie geht es den Kindern?«, platzte sie schließlich heraus, dankbar über dieses Rettungsseil. Sie hatte schon erfahren, dass sie sich erholt hatten, aber Gerald mochte ihr womöglich mehr sagen.

»Es geht ihnen gut«, meinte er tonlos und scharrte mit dem Stiefel über den Boden. »Nach allem, was Beatrice sagt, ist das dein Verdienst. Du hast ihnen allen die Freiheit ermöglicht.« Er sah ihr kurz in die Augen, dann blickte er an ihr vorbei zur Küste. »Sobald sie in Sicherheit waren, erholten sie sich schnell. Sie sind in Carew in Ellens Obhut.«

Nesta horchte auf. »Ellen? Aber wo ist Ethil? Ich ließ David bei ihr!«

Scheinbar ungerührt schlenderte er an ihr vorbei zum Rand der Klippe und blickte aufs Meer hinaus, dabei sah er sie kein einziges Mal an. Der frische Morgenwind fuhr in seinen Umhang, der wild hinter ihm flatterte. Seine goldenen Locken wurden ihm aus dem Gesicht geweht und verdeutlichten die Anspannung seiner Züge. »Ethil ging fort«, erzählte er ihr schließlich rau, »sie fand einen Platz in Manorbier. Es hat sich so einiges geändert, während du ...« Er drehte sich abrupt um und wies zu den Pferden. »Der Constable meinte, du wärst vielleicht hier. Ich kam her, um dich zu holen. Es gilt keine Zeit zu verlieren, denn Owain entkam nach Irland. Er mag dort Verstärkung erhalten und bald zurückkommen. Wer weiß, vielleicht entscheidet dein Bruder, dass die Zeit reif ist, und begleitet Owain. Es hieß, Gruffydd hielte sich jetzt in Dublin auf.«

»Er ist nicht mehr beim irischen Hochkönig?« Eine dunkle Ahnung überkam sie. Dublin war eine Stadt der Nordmänner, und Gruffydd konnte nur zwei Dinge dort wollen: Schiffe und Krieger.

»Ja, so wie es aussieht, sandte Owain deinem Bruder schon vor Längerem eine Nachricht, und Gruffydd ist jetzt in Dublin – aus welchen Gründen auch immer. Wir müssen vorbereitet sein. Ich werde dich nach Carew begleiten, doch dann muss ich auch schon weiter.« Mit weitausholenden Schritten ging er auf sein Pferd zu, das den karg begrünten Felsen abgraste. Nesta hatte das Gefühl, der Boden würde sich zu ihren Füßen auftun und sie verschlingen. »Gerald!«, rief sie mit bebender Stimme.

Gerald hielt mit der Hand auf dem Sattel inne und blickte über die Schulter zurück zu ihr.

»Ich wollte nicht mit ihm gehen«, brachte sie schwach hervor. Gerald nickte nur und wies auf ihr Pferd.

Ihre schlimmsten Ängste schienen sich zu bewahrheiten. Sie hatten so lange gebraucht, um zueinander zu finden, sie beide hatten lernen müssen, den anderen zu lieben, und jetzt sollte alles dahin sein? Diese Liebe ging so viel tiefer als jenes vergängliche Blendwerk, das sie mit Henry verbunden hatte; sie konnte nicht durch einen kopflosen Heißsporn wie Owain zerstört werden! Doch Gerald schien anderer Ansicht.

Carew, Südwestwales, November 1109

Es schien nicht mehr ihr Zuhause zu sein. Da, wo die Dörfler Nesta bei ihrem ersten Eintreffen in Carew mit Narzissen begrüßt hatten, begegnete ihr nun nichts als bedrückende Leere. Die Menschen waren damit beschäftigt Holz zu schlagen, Vieh zu schlachten oder Getreide zu dreschen. Zwar zeigten sie Freude über Nestas Rückkehr, aber nach den Kämpfen und Plünderungen, die mit ihrer Entführung einhergegangen waren, schufteten jetzt alle für eine gute Überbrückung des Winters.

Besonders die Zurückhaltung ihrer Kinder schmerzte. Ihr Jüngster David schien sie kaum wiederzuerkennen, schließlich war sie fast ein Jahr fort gewesen, und William nahm sie zwar in den Arm, schien aber ein Stück Kindlichkeit verloren zu haben. Ellen sagte, er hätte immer noch jede Nacht Albträume, und Nesta verfluchte Owain erneut für die Qualen, die ihre Kinder erdulden hatten müssen. Dass William nun von denselben Bildern verfolgt wurde, die Nesta als Kind hatte ertragen müssen, war kaum auszuhalten. Einzig ihr mittlerer Sohn Maurice schien unverändert und sprang ihr mit einem Freudenschrei in die Arme. Zwar war er nicht viel jünger als William, aber ihm war gnädiges Vergessen zuteilgeworden.

Geralds Wortkargheit, die ihr auf dem Weg hierher mit aller Deutlichkeit entgegengeschlagen war, hielt auch jetzt noch an; sein Bruder Simon verhielt sich ihr gegenüber zwar freundlich, trug aber einen bekümmerten Ausdruck im Blick, während Agnes und Beatrice ihr zurückhaltend begegneten. Ihnen war die Freude und Erleichterung anzusehen, aber sie wagten sich kaum an sie heran. Auch die walisische Magd Ellen flüchtete bald aus der Halle, nachdem sie ihr die Kinder gebracht hatte, und so verlief dieser erste Tag zu Hause völlig anders als erhofft. Nesta war jedoch fest entschlossen, diesen Ort wieder zu dem harmonischen Heim zu machen, der er einst gewesen war. Sie wusste nur noch nicht wie.

»Ich weiß nicht, wann ich wieder zurückkomme«, sagte Gerald abends in der Halle und erhob sich von seinem Stuhl. Alle Anwesenden blickten schweigend auf ihre Schalen, so wie sie es während der gesamten Mahlzeit getan hatten. Einzig die Kinder kicherten immer wieder, wenn sie mit ihren Holzlöffeln Gesichter in den Haferbrei malten. »Vielleicht bin ich zu Lichtmess wieder hier.«

Nestas Herz sank. »Du reitest noch heute fort?« Sie sah in die Runde ihrer Familie und Freunde, doch niemand begegnete ihrem Blick. »Aber es ist dunkel, es ist gefährlich. Warte doch bis morgen.«

Gerald warf ihr einen nicht zu deutenden Blick zu. »Ich bin es gewohnt, nachts zu reiten«, meinte er nur und schritt hinaus. Nesta war einen Moment viel zu erschrocken, um sich zu rühren, doch dann sprang sie auf und eilte ihm ungeachtet der anderen hinterher.

»Willst du vielleicht lieber, dass ich gehe?!«, rief sie, kaum dass sie den Fuß der Treppe erreicht hatte und in den Hof gelangte. De Barry führte gerade zwei Pferde aus dem Stall, gefolgt von weiteren Männern, die Gerald begleiten sollten. Der flämische Ritter war bei ihrer Begrüßung höflich gewesen, hatte sich aber der allgemeinen Gefühlskälte angepasst. Sein unbeschwertes Wesen hatte sich verdunkelt, und Nesta hatte das Gefühl, dass ein Vorwurf in seinem Blick lag. Vielleicht gab er ihr die Schuld an seiner lebensbedrohlichen Verletzung. Jetzt blieb er im Tor stehen und sah Gerald fragend an. Doch sein Herr bedeutete ihm weiterzugehen und kam auf Nesta zu.

»Was soll das heißen?«, fragte er leise und führte sie in einen dunklen Winkel des Turms, der nicht von den Fackeln der Palisade beschienen wurde. Er stand dicht vor ihr, und Nesta konnte seine Nähe schon fast auf der Haut spüren. Sie wollte sich an ihn schmiegen, ihn berühren, küssen und sich an ihm festhalten, doch sein Körper wirkte starr wie ein Fels, unnachgiebig und verletzend. Ihn immer noch nicht erreichen zu können war fast schlimmer, als durch Owain von ihm getrennt zu sein.

»Willst du, dass ich fortgehe?«, wiederholte sie mit beinahe trotziger Stimme und sah zu ihm auf, in das schattenhafte Gesicht mit den dunklen Höhlen seiner Augen. »Ich könnte meine alte Freundin Ansfride in England besuchen und die Kinder mitnehmen.«

Gerald blickte schweigend auf sie hinab, doch dann schüttelte er den Kopf. »Ich habe nicht alles dafür getan, um dich zurückzuholen, um dich dann wieder wegzuschicken.«

»Und wieso?« Jedes Wort kostete sie enorme Mühe, und es gelang ihr kaum, mit fester Stimme zu sprechen. »Hast du mich gesucht, um Rache zu nehmen und die Schande zu tilgen oder einfach, um das Richtige zu tun, oder …«, sie schluckte gegen die Enge in ihrer Kehle, »… weil du mich liebst?«

Gerald starrte sie unverwandt an. »Letzteres«, erwiderte er schließlich heiser und streckte die Hand nach ihr aus. Ehe er sie aber berührte, ließ er sie wieder sinken. »Ich ertrage deine Nähe nicht, Nesta. Wenn ich dich ansehe, spüre ich nur …«, er trat zurück. »Die letzten Monate waren so schmerzhaft, dass es für zwei Leben reicht. Ich muss jetzt nach England, und wenn ich zurückkehre, werden wir sehen.« Mit diesen Worten wandte er sich ab und ließ sie allein.

»Weshalb ist Ethil fortgegangen?« Nesta schubste die Handspindel etwas an und hielt den Faden, damit er sich darum herumschlang. Dabei warf sie Ellen einen kurzen Blick zu, die neben ihr derselben Tätigkeit nachging. Sie saßen auf Schemeln vor der Feuerstelle, während sich die Kinder am unteren Ende der Halle bei den Soldaten aufhielten. Die kurzen Tage des Winters waren besonders für die vor Energie sprühenden Jungen hart, doch der alte Simon schnitzte an einem Stück Holz, was besonders ihrem wortkargen Will zu gefallen schien.

Ellen stopfte sich die Wolle in den Ärmel, damit sie nicht hinunterfiel, und konzentrierte sich ganz und gar auf ihr Tun. »Es war besser für sie«, erwiderte die Waliserin schließlich und wandte sich an Geralds Töchter. »Beatrice, wenn du fertig bist, könntest du damit anfangen, die Knäuel zu verzwirnen.«

Die junge Frau nickte, ohne in ihre Richtung zu blicken. Alle starrten auf ihre Arbeiten, aber Nesta entging nicht, dass Agnes ihrer älteren Schwester immer wieder Blicke zuwarf.

»Wie meinst du das?«, hakte Nesta nach. »Wieso besser? Sie hatte es doch gut bei uns.« Sie war meine Freundin, wollte Nesta sagen, doch sie verbot sich solche Worte und beobachtete stattdessen die angespannten Mienen der Frauen. Das unruhige Gefühl in ihrem Bauch wurde immer deutlicher. Irgendetwas verschwiegen sie, und das gefiel ihr ganz und gar nicht. Und wenn Ethil etwas geschehen war? Wenn sie gar verstorben war und die anderen wollten sie nur schonen? »Weshalb Manorbier? Wieso ausgerechnet …«

»Wir dürfen nichts sagen«, platzte da Agnes heraus, woraufhin Ellen die Spindel aus der Hand fiel.

»Agnes!«, zischte sie, und auch Beatrice schüttelte eindringlich den Kopf.

Die Jüngere senkte schnell den Blick und arbeitete weiter, aber mit Nestas Selbstbeherrschung war es dahin. »Sagt mir die Wahrheit«, verlangte sie im Befehlston und legte ihre Arbeit nieder. »Ich will wissen, was mit Ethil geschehen ist!«

»Meine Herrin.« Ellen wandte sich ihr zu. »Ich bitte Euch, zwingt uns nicht zu sprechen.«

Nestas Hände begannen zu zittern. Was war nur mit Ethil geschehen? Seit ihrem ersten Tag in Carew war die Waliserin an ihrer Seite gewesen und hatte sie sogar nach Cenarth Bychan begleitet. Das Band zu Gerald war gerissen, und jetzt sollte sie tatsächlich auch ihre Freundin verloren haben?

Mit schwachen Beinen erhob sie sich. »Schön.« Sie sah jedem Einzelnen von ihnen in die Augen. »Dann schweigt.« Sie griff nach ihrer Handspindel und der Wolle und rauschte damit hinaus, um in ihrem Gemach weiterzuarbeiten. Sie konnte die anderen nicht mehr ertragen, die ihr diese wichtige Wahrheit vorenthielten. Aber sie war noch nicht fertig.

Nesta hätte nicht so schnell aufgegeben, sähe sie nicht eine Möglichkeit, doch noch herauszufinden, was mit Ethil geschehen war.

Am nächsten Morgen erwischte sie Agnes in ihrer Kammer, als sie gerade die Decken der breiten Betten aufschüttelte, die die Längsseiten des Raumes beherrschten. Die anderen mussten schon in der Küche sein, um das Frühstück vorzubereiten.

Nesta trat ein und schloss die Tür hinter sich. »Sag mir, wo Ethil wirklich ist«, befahl sie, was Agnes wie vom Blitz getroffen herumfahren ließ.

»Madame«, keuchte sie und presste sich die Hand ans Herz. »Du hast mich fast zu Tode erschreckt.«

»Agnes …«

Das Mädchen wandte sich ab und strich geschäftig die Decken glatt. »Sie ist in Manorbier«, antwortete sie schließlich und drehte ihr den Rücken zu. »Das haben wir dir doch schon gesagt.«

»Aus welchem Grund?«

»Das darf ich nicht sagen.«

Nesta biss die Zähne zusammen. »Wer verlangt so etwas? Etwa Gerald?«

Agnes drehte sich zu ihr um. »Bitte … wir *dürfen* nicht. Wenn wir etwas sagen, dann …« Sie schüttelte den Kopf und wollte an Nesta vorbei, doch Nesta vertrat ihr den Weg.

»Agnes, bitte.« Sie ergriff das Mädchen an den Oberarmen. »Ich flehe dich an, sag mir, was mit Ethil geschehen ist. Du weißt, wie nah sie mir stand, du kannst mich doch nicht einfach im Ungewissen lassen.«

Tränen füllten die blauen Augen ihrer Stieftochter, und Nesta überkam ein Anflug von schlechtem Gewissen. Es war nicht gerecht, derart in sie zu dringen, aber welche andere Wahl hatte sie? Gerald versuchte etwas vor ihr zu verschweigen, und das Brennen nach der Wahrheit überwog die Angst vor seinem Zorn.

»Ich darf nicht«, schluchzte Agnes und wischte sich über die Augen. »Mylord sagt, dass sonst schreckliche Dinge geschehen. Unsere Familie wird zerstört.«

Noch mehr als jetzt?, wollte Nesta fragen, riss sich aber gerade noch rechtzeitig zusammen, um das Mädchen nicht noch weiter zu verletzen. »Findest du es besser, wenn eine Lüge zwischen uns steht?«, fragte sie sanft und drückte Agnes' Schulter. »Was sagt dir dein Gewissen?«

»Aber ich will dir nicht wehtun! Mylord sagt, wir würden dich damit verletzen.«

»Es verletzt mich, nicht zu wissen, was Ethil geschehen ist.«

Agnes senkte den Blick. »Ihr ist nichts geschehen«, murmelte sie und atmete tief durch. »Es ist nur so … sie … sie … also, als du weg warst … und dann …« Sie blickte auf. »Sie erwartet ein Kind.«

Nestas Augen verengten sich. »Ein Kind? Aber was soll schlimm daran sein? Das ist doch kein Grund für sie zu gehen. Man kann mit dem Vater sprechen und …«

»Mylord sagt, sie kann nicht hierbleiben, jetzt, da du wieder da bist. Das würde dich beleidigen und …«

Die Worte verzerrten sich hinter dem plötzlichen Getöse, das durch ihre Ohren rauschte. Nesta taumelte. Sie streckte die Hand zur Seite aus und hielt sich an der Wand fest, doch ihre Beine fühlten sich immer noch schwach an. »Gerald und …« Sie bekam keine Luft mehr. Nein, das durfte nicht wahr sein. Mit allem hätte sie umgehen können, selbst mit Ethils Tod, den sie schon fast erwartet hatte, aber das …

»Nesta, bitte!« Agnes stürzte auf sie zu. »Du darfst nichts verraten. Er würde wissen, dass ich es war. Bitte! Vater sagt, er wäre einem Augenblick der Schwäche erlegen, und das würde dir Schmerzen zufügen, und ich sehe, er hatte recht. Bitte …«

Nesta schüttelte den Kopf und zwang sich, aufrecht stehenzubleiben. »Ist schon gut«, stieß sie aus und richtete sich wieder auf. Ihr Brustkorb schien sich zusammenzuziehen und ihr Herz zu zerquetschen. »Danke für deine Ehrlichkeit.«

»Madame …«

»Ich werde dich nicht verraten.« Sie strich ihre Röcke glatt, um ihre Hände am Zittern zu hindern. Alles in ihr schien zu beben und kurz vorm Zerbersten zu sein. Der Drang zu schreien schnürte ihr die Kehle zu, aber sie hatte schon vor langer Zeit gelernt, wie sie ihre Gefühle verbarg. »Du hast nichts Falsches getan«, sagte sie in geheuchelter Zuversicht und zwang ihre Lippen zu einem Lächeln. »Männer nehmen sich andere Frauen, und sie kriegen Kinder. Das ist nichts, das mich erschüttern könnte.« Sie wies in den Gang hinaus. »Du solltest den anderen jetzt beim Frühstück helfen.«

»Madame …«

»Geh, Agnes.« Ihre Lippen zitterten bereits von der Anstrengung, ihre unberührte Miene aufrechtzuerhalten. Agnes warf ihr noch einen letzten Blick zu, dann rannte sie hinaus und die Treppe hinab.

Nesta stieß den Atem aus und presste ihre Hand gegen den Bauch, wo sie einen glühend heißen Schmerz verspürte. Ein Schluchzen befreite sich aus ihrer Kehle, und dann sank sie in die Knie.

»Bitte …«, wimmerte sie und erbebte immer wieder von unerbittlichem Schluchzen. Die Tränen flossen heiß über ihre Wangen und tropften zu Boden. »Tu mir das nicht an. Nimm mir nicht alles weg.« Sie wusste nicht, an wen sie ihre Worte richtete, denn sie glaubte nicht mehr daran, dass die Widrigkeiten des Lebens eine Strafe Gottes waren, genauso wenig, wie sie dachte, dass das Glück von Ihm gesandt wurde. Sie glaubte gar nichts mehr.

»Meine Herrin!« Eine Hand legte sich auf ihren Rücken, und Nesta erkannte Ellen an der Stimme. »Agnes hat mir erzählt, dass sie Euch die Wahrheit verriet. Das hätte sie nicht tun dürfen.«

Nesta war zu keiner Antwort fähig und schaukelte immer nur vor und zurück. Gerald war ihre Familie gewesen, der Vater ihrer Kinder, ihre Zuflucht, ihre Sicherheit. Sie hatte sich ihm geöffnet, hatte ihm vertraut, obwohl es ihr so schwergefallen war. Jetzt bezahlte sie für ihre Dummheit.

»Meine Herrin, Ihr dürft es nicht falsch verstehen. Der Herr liebt Euch, er liebt Euch über alles. Ihr wisst ja nicht, wie zerstört er nach Eurer Entführung war. Jedes Mal, wenn er erfolglos zurückkehrte, schien er etwas weniger er selbst zu sein.«

»Ich will das nicht hören«, schluchzte Nesta, denn wenn Ellen weitersprach, schrie die Schuld in ihr zu laut. Im Moment herrschten Schmerz und Zorn über ihre Seele, aber wenn sie hörte, wie Gerald gelitten hatte, musste sie Verständnis aufbringen. Schließlich geschah es ihr ganz recht, dass ihr Mann sich zu einer anderen legte. War sie nicht lange Zeit »die andere« gewesen, während die Königin stillschweigend dabei zugesehen hatte? Wie hatte sie nur jemals derart kaltherzig und selbstsüchtig handeln können?

»Ihr müsst mir zuhören«, sprach Ellen beschwörend weiter und packte sie an den Schultern, um sie aufzurichten. »Ihr müsst wissen, wie über Euch gesprochen wurde, was die wandernden

Barden von sich gaben, was jeder Ritter sagte. Der Herr verteidigte Euch stets, verbot solche Worte und sprach immer wieder mit Ethil. Er wollte von ihr hören, was an jenem Abend vorgefallen war, nachdem er die Burg verlassen hatte. Immer wieder fragte er sie, ließ sich alles genau erzählen.«

»Hör auf.« Nesta wischte sich die Tränen ab und lehnte sich ans Bett in ihrem Rücken. »Ich kann nicht …«

»Ethil versicherte ihm immer wieder, dass Ihr niemals freiwillig mit Owain gegangen wärt. Sie erzählte ihm von jener Nacht, davon, was Owain Euch antat und wie furchtlos und mutig Ihr wart. Sie erzählte uns allen davon. Doch irgendwann … es geschah ein Mal, meine Herrin … ein einziges Mal, als die beiden die Verzweiflung überkam. Ethil erzählte mir davon, als sie sich der Folgen jenes Momentes bewusst geworden war. Ich ging mit ihr gemeinsam zum Herrn, um ihm von der Schwangerschaft zu berichten, und er verschaffte ihr einen Platz in Manorbier.«

Nesta presste die Augen zu. Ein Mal, dachte sie, ein einziges Mal, und doch schmerzte es mehr, als sie ertragen konnte. »Lass mich bitte allein.«

»Meine Herrin.«

»Sofort!«

Ellen presste die Lippen aufeinander, erhob sich dann aber doch und ging hinaus. »Er liebt Euch«, sagte sie noch, ehe sie die Tür schloss.

Nesta presste die Augen zu und ließ den Kopf auf die Knie sinken. Sie musste nachdenken.

Nesta schlenderte zum Hochkreuz am Waldrand und zog das Wolltuch fester, das sie um Mund und Hals trug. Die Wiese war weiß vom nächtlichen Frost, und auch die Regenpfützen waren zugefroren. Die Weihnachtsfeiertage waren endlich vorbei, und Nesta war von einer tiefen Unruhe ergriffen. Es war nun ein Jahr her, dass Owain nach Cenarth Bychan gekommen war und alles zerstört hatte. Und obwohl sie bereits mehrere Monate befreit war, fühlte sie sich nicht sicher allein hier draußen. In Träumen sah sie immer noch das Feuer ihres brennenden Heims, spürte die Kälte in den Höhlen und sah ihre Kinder krank darniederliegen. In der Burg einschließen konnte sie sich aber auch nicht, denn sie brauchte die Bewegung und die Weite, um richtig atmen und nachdenken zu können. Auch führte die Erinnerung sie hierher. Fast jeden Tag der letzten Wochen war sie zum Hochkreuz gekommen, um jenen wunderbaren Moment von einst heraufzubeschwören, als Geralds und ihre Hände zueinandergefunden hatten. Es musste doch einen Grund gehabt haben, weshalb sie sich ausgerechnet an einem Monument, das ihr Vorfahr errichtet hatte, berührt hatten. Damals waren sie noch Fremde gewesen. Und doch hatte er ihr Herz zum ersten Mal stolpern lassen. Diese winzige Berührung, wie durch Zauberhand erschaffen, hatte sie verwirrt, genauso wie seine Ehrlichkeit und seine warmen Worte. Dies musste der Augenblick gewesen sein, in dem sie aufgehört hatte, ihn als Schächer zu sehen, sondern als Mann, den sie lieben konnte.

Erneut legte sie ihre Hand auf die eingemeißelten Schriftzeichen und Linien des eiskalten Steins und betrachtete den schmalen Silberring an ihrem Finger. War ihr Band unwiderruflich zerstört? Es musste einen Weg geben, um erneut zueinanderzufinden.

»Du sollst doch nicht alleine hierherkommen.«

Nesta hielt den Atem an und starrte auf den Stein unter ihrer Hand. Sie musste träumen. Doch als sie sich umdrehte und zur Burg zurückblickte, kam tatsächlich Gerald über den festgetretenen Pfad auf sie zu. Freude und Schmerz hielten sich die Waage – das eine war unwiderruflich mit dem anderen verbunden, das hatte sie in all den Jahren gelernt. Im ersten Moment, als sie ihn mit dem weggeschabten Bart und dem etwas kürzer geschnittenen Haar sah, meinte sie, ihren Gerald von einst vor sich zu sehen – als wären die Ereignisse des letzten Jahres niemals geschehen. Aber im nächsten Moment machte sich das Stechen in ihrer Brust bemerkbar, das sie seit Wochen begleitete. Er hatte bei Ethil gelegen, er erwartete ein Kind mit ihr.

Ihre Knie begannen zu zittern, und sie ließ ihre Hand absichtlich auf dem Stein liegen, um Halt zu finden. In unendlich vielen schlaflosen Nächten hatte sie erkannt, was sie mit Ethil tun musste, und anschließend danach gehandelt. Sie musste mit Gerald darüber sprechen, aber sie wusste nicht wie. Wollten sie wieder zueinanderfinden, durfte nichts zwischen ihnen stehen, und auch wenn ein Teil in ihr Ethil soweit wie möglich von Gerald wissen wollte, hatte doch das Mitleid für ihre Freundin und das Kind überwogen. Sie konnte nicht damit leben, dass noch ein Mensch, der ihr so nahegestanden hatte, unter den Folgen von Owains Tat litt. Sie konnte nicht ihren Frieden finden, wenn Ethil gezwungen war, an einem fremden Ort – ohne die Menschen, die sie liebte – zu leben. »Ich bin gerne hier«, sagte sie und räusperte sich, da ihre Stimme viel zu hoch klang. »Ich wusste nicht, dass du heimkommst. Du hast keinen Boten …«

Gerald schüttelte den Kopf. »Ich war mir nicht sicher, ob ich herkomme. Ich muss auch gleich wieder weiter nach Pembroke. Ich habe meine Pflichten dort viel zu lange vernachlässigt.«

Diese Worte dürften ihr nicht so wehtun, und doch nahmen sie ihr den Atem. Erneut lief er vor ihr davon. »Welche Neuigkeiten gibt es aus England?«, fragte sie, um den Moment der Wahrheit noch etwas hinauszuzögern.

Gerald griff das Thema mit augenscheinlicher Erleichterung auf. »Die Tochter des Königs – Prinzessin Matilda – wird demnächst ins deutsche Reich gebracht, um sich mit dem dortigen König zu verloben. In ein paar Jahren werden sie heiraten.«

Nesta sah ungläubig zu Gerald hoch. »Aber Matilda ist doch erst acht Jahre alt. Wie …« Sie schüttelte den Kopf und seufzte. »Armes Kind.«

Ein sanftes Lächeln spielte um seine Lippen, und einen Moment lang lag Zärtlichkeit in seinen Augen. Hoffnung keimte in ihr auf, doch dann riss er seinen Blick von ihr los und wies hinter sich zur Burg. »Komm. Begleite mich zurück. Es gibt noch andere Dinge zu besprechen.«

Nesta zögerte, rang um Worte und nahm schließlich all ihren Mut zusammen. »Du hast recht, die gibt es. Ich möchte mit dir reden ... über ...«

Gerald hob die Hand. »Nachher. Zuerst musst du wissen ...« Er atmete tief durch und wandte sich ab. Jeder Muskel in seinem Körper schien angespannt, als er auf das Hochkreuz starrte. Schließlich atmete er hörbar aus. »Cadwgan, der Fürst von Powys, war am Hof«, sagte er und ließ sie damit erstarren. »Er bat den König um Vergebung für die Sünden seines Sohnes. Und der König ließ ihm in seiner Güte seine Ländereien gegen eine Zahlung – und der Bedingung, dass er Owain von sich stößt, aus Powys verbannt und ihm keine Unterstützung zukommen lässt.« Er drehte sich wieder zu ihr um, die Muskelstränge an seinem Hals hoben sich deutlich ab. »Aber Owain braucht die Unterstützung seines Vaters nicht. Er ist wieder hier, und junge Krieger strömen von überallher zu ihm, um für ihn zu kämpfen. Du siehst, Nesta: Es ist nicht vorbei, Owain ist wieder hier, stärker als je zuvor, und daher möchte ich, dass du nicht mehr alleine vor die Burg gehst.«

Nesta ballte die Fäuste in ihrem Rock. Owain war zurück. Sie hätte nicht gedacht, dass er seine Kräfte noch einmal sammeln würde. »Mein Bruder kam nicht mit ihm?«, stellte sie die Frage, die ihr am meisten Angst machte, während sie das gefrorene Gras unter ihren Füßen anstarrte.

»Nein. Er ist in Irland – brachte es wohl nicht über sich, den Entführer seiner Schwester zu unterstützen.«

Erleichtert atmete sie auf. »Wieso nur folgen sie Owain, nachdem sein Plan mit mir gescheitert ist?«, murmelte sie leise, doch Gerald schien sie gehört zu haben.

»Madog ap Rhiddid ist einer von ihnen, und er brachte gleich eine Gruppe Angelsachsen mit.«

»Was?« Sie blickte auf. Die Welt schien plötzlich auf dem Kopf zu stehen. Madog und seine Kriegsbande waren doch diejenigen gewesen, die Owain auf normannischen Auftrag hin durchs gesamte Land gejagt hatten. Und jetzt war Madog sein Verbündeter?

Gerald nickte grimmig. »Madog hatte den Auftrag, eine Gruppe angelsächsischer Rebellen in England zu ergreifen und auszuliefern, doch er widersetzte sich und schloss sich stattdessen mit jenen Angelsachsen zusammen, um Owain zu unterstützen. Sie sind gefährlich, Nesta. Auf dem Weg hierher machte ich Halt in Cardigan, und de Clare berichtete mir, dass bereits mehrere Siedlungen in seinem Land angegriffen wurden. Owains Kriegsbande zerstört alles, das sich ihr in den Weg stellt, und sie schicken ihre Gefangenen als Sklaven nach Irland. Die Waliser nennen sie *ynfydyon*.«

»*Ynfydyon*.« Nesta strich sich müde mit der Hand über die Augen. »Hitzköpfige, junge Krieger.« Frustriert hob sie die Hände und unterdrückte die Hilflosigkeit, die beim Gedanken an Owain Besitz von ihr zu ergreifen versuchte. »Wann wird das alles ein Ende nehmen?«

Gerald biss deutlich die Zähne zusammen, dann wies er zur Burg. »Wir sollten jetzt wirklich zurückgehen.«

»Warte.«

Er sah sie an, und Nesta überwand sich. »Ich habe Ethil zurückgeholt.« Die Worte hallten in der unbewegten Luft, und Nesta beobachtete, wie Gerald immer blasser wurde. Er öffnete den Mund, sah sie dann aber weiterhin nur furchtsam an.

»Hier ist ihr Zuhause, ihre Schwester ist hier, und ihr Kind soll hier geboren werden. Es gehört nach Carew.« Ihre Stimme begann zu zittern, und ihr Kiefer schmerzte von der enormen Anspannung. Trotzdem zwang sie sich, seinem Blick standzuhalten.

Gerald atmete hörbar ein und fuhr sich unwirsch mit der Hand über die Stirn. »Wer?«

»Das spielt keine Rolle. Du hättest Ethil nicht fortschicken dürfen.«

»In Manorbier fehlt es ihr an nichts. Dem Kind wird es an nichts fehlen.«

»Oh doch.« Nesta ignorierte das wilde Pochen ihres Herzschlags in der Kehle und konzentrierte sich stattdessen auf die Kälte des Steins unter ihrer Hand. »Das Kind kann nichts dafür.«

Gerald starrte sie ungläubig an, und plötzlich verhärteten sich seine Züge. In seinen Augen glomm Zorn. »Ist es dir denn egal?«, fragte er, offensichtlich um Beherrschung ringend.

Nesta riss die Augen auf. »Natürlich ist es mir nicht egal! Aber was geschehen ist, ist geschehen, und wenn wir …«, sie presste die Lippen aufeinander, kämpfte um Ruhe, damit er nicht merkte, wie sehr sie das alles verletzte, »wenn alles so werden soll, wie zuvor …«

»Wie zuvor?!« Gerald lachte bitter auf. »Nichts ist wie zuvor, Nesta! Owain ist immer noch frei und mordet und plündert und brandschatzt ungeschoren! Ich dachte, wenn ich dich erst gefunden hätte, würde alles gut werden, ich hörte nicht auf all die giftigen Stimmen, die sagten, du hättest mich verlassen. Ich weiß, du gingst nicht freiwillig mit ihm, aber vielleicht hat sich doch etwas in all den Monaten zwischen dir und Owain entwickelt. Schließlich kümmert es dich noch nicht einmal, dass Ethil ein Kind von mir erwartet! Mich wolltest du zu Beginn doch auch nicht! Mir scheint, du arrangierst dich sehr schnell und …«

Ohne nachzudenken, stieß sie sich vom Stein ab, flog auf ihn zu und schlug ihm mit der Faust gegen die kettenhemdbekleidete Brust. »Wie kannst du so etwas sagen?!« Sie schlug immer wieder zu. »Jeder Tag war die reinste Hölle für mich! Das ist nicht gerecht! Du hast dich *freiwillig* zu einer anderen Frau gelegt. Manchmal denke ich, du wolltest mich gar nicht mehr finden. Vielleicht bin ich *dir* gleichgültig.«

Er packte ihre Handgelenke und hielt sie fest. Mit unnachgiebigem Griff presste er ihre Fäuste an seine Brust, während seine Sturmaugen sie anfunkelten. Dann lehnte er seine Stirn an die ihre. »Du warst mir nie gleichgültig. Noch nie habe ich dir in die Augen gesehen, ohne etwas zu fühlen. In Dinefwr waren es Mitleid für ein unschuldiges Mädchen und Scham über meine Taten, danach Schuld und der drängende Wunsch, dich zu beschützen, obwohl du mir hättest gleichgültig sein sollen! Der Herr weiß, wie sehr ich mir wünschte, nichts für dich zu fühlen, dass du mich einfach loslässt! Doch dann wurdest du zur Frau, und ich begehrte dich, wollte dich. Ich redete mir ein, das wäre nur natürlich, dass es anderen bei deinem Anblick nicht anders ging, aber dann lernte ich dich zu respektieren und zu bewundern und schließlich zu lieben! Keins dieser Gefühle ist je verschwunden, Nesta, und wenn ich den Moment mit Ethil ungeschehen machen könnte, würde ich es sofort tun. Bitte, glaub mir, ich wollte dir das nie antun. Manchmal ist es mehr, als ich ertragen kann.«

Nesta blickte ihm zitternd in die Augen und spürte Tränen, die ihre Wangen hinabflossen. Unterschiedlichste Gedanken rauschten wild durch ihren Kopf, doch sie konnte keine Klarheit gewinnen, also folgte sie ihrem Herzen. Ohne sich aus seinem Griff zu befreien, stellte sie sich auf die Zehenspitzen und legte ihre Lippen auf die seinigen.

Seine Finger schlossen sich fester um ihre Handgelenke, und einen Moment lang sah er sie überrascht an. Doch dann ließ er sie plötzlich los, schlang einen Arm um ihre Taille und zog sie fest an sich. Mit einem rauen Laut vertiefte er seinen Kuss, zog ihr den Schleier vom Haar und vergrub seine Hand darunter.

Die Berührung seiner Hände und der feste Griff seiner Umarmung fuhren ihr wie brennende kleine Blitze durch den Körper. Wie eine Ertrinkende am rettenden Seil klammerte sie sich an ihm fest und taumelte mit ihm vom Pfad gegen das Hochkreuz in ihrem Rücken. Mühelos und ohne seinen Kuss zu unterbrechen, hob er sie hoch und drängte seinen Körper gegen den ihren. Mit einer Hand schlang er seinen Umhang um sie beide, während er mit der anderen ihre Röcke hochschob. Alles um sie herum verschwamm zu einem undurchsichtigen Schleier, und irgendwie, inmitten ihres innigen Kusses und den fieberhaften Berührungen, wurden sie eins.

Die Kälte des Winters drang nicht bis zu ihr durch, denn sein Körper wärmte sie, und obwohl sie so lange auf diese Nähe verzichten musste, war es, als wären sie nie getrennt gewesen. Doch es war ihr unmöglich, die Tränen zum Versiegen zu bringen, während sie sich in verzweifelter Leidenschaft liebten. Sie weinte wegen des Glücks, ihm endlich wieder nah zu sein, aber auch wegen des Verlusts. Sie waren nicht mehr dieselben.

Carew, Südwestwales, Juni 1114

Ihr seht betrübt aus, Madame.«

Nesta zwang sich zu einem Lächeln, als sie dem Constable von Cardigan Cidre einschenkte und sich schließlich neben ihm auf der Bank niederließ. Ein paar dienstfreie Wachen und die Männer aus Sir Stephens Gefolge hatten sich am unteren Ende der Halle zusammengefunden, wo sie von Beatrice mit Speis und Trank versorgt wurden. Nestas dreijährige Tochter Angharad spielte im Stroh mit Holzfiguren, da ihre älteren Brüder sie nicht bei sich haben wollten. Zärtlich streichelte Nesta ihr über den goldenen Schopf und fand es immer noch erstaunlich, dass der Herr ihr nach vier Söhnen eine Tochter geschenkt hatte.

»Es geht mir gut«, versicherte sie dem Constable und schob ihm die Platte mit dem Käse und den Äpfeln hin. Es war ein bescheidenes Mahl, das sie ihrem Gast bot, denn die letzten vier Jahre des Krieges ließen nicht mehr viel zum Überleben. Owain und seine *ynfydyon* blieben ungeschlagen. Sie brandschatzten und stahlen Vieh, Getreide und Menschen. Immer wieder wagte Owain sich weit in den Süden, überfiel Dörfer und schickte die Bewohner in die Sklaverei nach Irland. Er blieb ein Meister im Verstecken, mal schlug er an diesem, mal an jenem Ort zu, und noch ehe Gerald ihn stellen konnte, verschwand er sogleich mit seiner Beute. Es waren Jahre der Anspannung und der Angst gewesen und die Sorge um Gerald ein ständiger Begleiter. Auch war Nesta bewusst, dass Gerald sie nie wieder so ansehen würde wie früher, solange Owain lebte. Er konnte sie nicht unbeschwert lieben, solange Owain und die Schande, die er über ihre Familie gebracht hatte, weiterlebten. Er hielt sich nur noch selten in Carew auf, und Nesta gelang es nicht, die unsichtbare Mauer zwischen ihnen zu überwinden. Solange Owain in ihr Land einfiel, würden weder Gerald noch sie Ruhe finden. »Es freut mich, dass Ihr uns hier besucht, auch wenn ich bedaure, dass Gerald nicht hier ist.«

Der Constable hob seufzend die Schultern. »Er ist ein fähiger Krieger und verteidigt sein Land mit Erfolg. Er wird von vielen bewundert.«

Ein Seufzen entwich ihr. »Welcher Nutzen liegt in der Bewunderung anderer, wenn er eines Tages gar nicht mehr nach Hause kommt? Diese Kriege … ich frage mich, ob sie jemals enden werden.« *Begonnen haben sie mit mir*, dachte sie ein ums andere Mal.

»Ihr habt vom Vorhaben des Königs gehört?«

Nesta nickte. »Er kommt hierher – mit einer Armee.« Sie schloss die Augen, als sie daran dachte, dass Henry bald mit normannischen Truppen in Wales einfallen würde. Die Burggarnisonen der Marcher Lords waren etwas anderes als eine königliche Armee. Sie würden nichts als Zerstörung zurücklassen, aber Nesta sah auch keinen anderen Ausweg mehr, um Owain von seinem teuflischen Tun abzuhalten. Henry hatte Owains Vater Cadwgan die Ländereien in Powys schlussendlich wieder entzogen, denn wenn Cadwgan nicht in der Lage war, seinen Sohn zu kontrollieren, wie wollte er dann ein Fürstentum führen? Also hatte der König Owains glücklosen Onkel Iorwerth freigelassen, der an Cadwgans Stelle hätte über Powys herrschen sollen, doch dieser Plan war nicht gut ausgegangen. Madog ap Rhiddid, vor dem Owain einst geflüchtet war und mit dem er sich dann verbündet hatte, hatte die Brüder Iorwerth und Cadwgan kaltblütig ermorden lassen. So hatte er sich doch wieder von Owain abgewandt, um seine eigenen Ansprüche in Powys geltend zu machen. Doch auch damit hatte es kein Ende genommen. Owains Onkel Maredudd, der Mutlose – nun der verbliebene der Fürstenbrüder –, diente Owain als Kommandant seiner Kriegstruppe und hatte Madog gefangengenommen. Doch Owain hatte den Mörder seines Vaters nicht getötet, sondern ihn blenden lassen. Verstümmelt hatte Madog kein Anrecht mehr auf die Ländereien, aber er durfte weiterleben. Jetzt herrschte Owain allein in Powys – gegen Henrys Willen. Und der König beabsichtigte, etwas dagegen zu unternehmen – mit einer gewaltigen Armee an Normannen und Schotten, denn sogar Henrys Schwager, der König der Schotten, schloss sich Henry an, um die walisischen Rebellen endgültig zu zerschlagen. »Ich will nicht behaupten, dass ich es nicht gerne sehen würde, wenn Owain endlich für seine Taten büßt, aber wie viele junge Soldaten werden diesmal sterben, wie viele Gehöfte brennen?«

»So ist nun mal der Krieg, Madame.«

»Fürwahr, und egal, was ihr Männer denkt, er bringt alles andere als Ruhm und Bewunderung mit sich. Ich sage Euch, wenn ich noch einen Barden vor meinen Toren sehe oder ein Lied über die Ehre im Krieg höre, mache ich alle Harfen zu Feuerholz, die mir zu Gesicht kommen.«

Der Constable brach in lautes Lachen aus, sah sie dann aber ernst an. »So seid Ihr mir schon lieber, Madame. Ich hatte schon befürchtet, Ihr hättet Euren Kampfgeist verloren.«

Nesta senkte den Blick und folgte mit einem Finger den Kerben in der Tischplatte. »Vergebt meine düstere Stimmung. Dieser Krieg macht mich manchmal müde«, sagte sie und dachte daran, wie alt sie sich manchmal mit ihren achtundzwanzig Jahren fühlte. Sie hatte sechs Kinder geboren und davon eines verloren, sie war Mätresse, Ehefrau und Gefangene gewesen, und immer öfter sehnte sie sich wie eine alte Dame nach ein wenig Ruhe.

»Gerald wird in dieser Schlacht kämpfen«, sprach sie die Befürchtung aus, die sie jede Nacht wachhielt. »Es heißt, Owain verbündete sich mit dem Fürsten von Gwynedd, und dass sich auch mein Bruder längst in Wales aufhält.« Sie sah zum Constable auf. »Sagt mir, Sir«, bat sie eindringlich, »auf welchen Ausgang der Schlacht soll ich hoffen, da ich doch mittlerweile beides bin – Waliserin und Normannin?«

Der Constable griff nach einem Apfel und drehte ihn in seinen Händen. Sein rotbraunes Haar war an den Schläfen bereits ergraut, aber sein Gesicht wirkte noch immer jugendlich. Er schwieg, wie so oft, wenn er nichts zu sagen hatte, und Nesta lehnte sich in ihrem Stuhl zurück. »Ich freue mich, Harri wiederzusehen«, sagte sie, um das Gespräch in freundlichere Gefilde zu lenken. Ihr Ältester war schon elf Jahre alt und spielte draußen in der Sommersonne mit seinen Halbbrüdern. Er hatte sich zu einem hochgewachsenen und dürren Burschen entwickelt, dessen dunkles Haar ihm in wilden Locken in die Stirn hing. Manchmal, wenn sie ihn ansah, dachte sie, dass Henry so ausgesehen haben musste, als er noch ein Kind gewesen war.

»Ihr seid mit einer großen und gesunden Familie gesegnet, Madame«, sagte der Constable in tröstendem Tonfall. »Die Zeiten mögen schwierig sein, aber …« Er lehnte sich zu ihr vor und sah ihr mit seinem stahlblauen Blick direkt in die Augen, »Ihr dürft nicht aus den Augen verlieren, was Ihr besitzt. Trauert nicht dem hinterher, was Ihr verloren habt, sondern blickt in die Zukunft. Wer, wenn nicht Ihr, weiß, wie oft sich das Schicksal wenden kann.«

Nesta strich sich mit der Hand über die Stirn. »Ihr habt ja recht. Manchmal wage ich es nur gar nicht glücklich zu sein, denn ich weiß, wie es sich anfühlt, wenn es einem entrissen wird.«

Er legte den Apfel nieder und ergriff ihre Hand auf dem Tisch. »Ihr habt Glück verdient, Madame, und ich bin mir sicher, es wird Euch bald wieder gewährt werden.« Er zwinkerte ihr zu. »Ihr seid zwar die walisische Zauberin, aber heute wage ich es, in die Zukunft zu blicken.«

Ein selten ehrliches Lächeln befreite sich in ihrem Gesicht, das sich ungewohnt anfühlte. »Ihr seid wahrhaftig mein Freund, Constable, und mir stets ein Trost. Wie soll ich Euch die Güte, die Ihr mir zuteilwerden lasst, jemals vergelten?«

Er tätschelte ihre Hand. »Findet Eure Zuversicht, Madame. Das ist alles, was ich mir wünsche.«

Arnulf de Montgomery an Gerald de Windsor in Carew, Grüße. Mit Schrecken hörte ich von den Schwierigkeiten, die ihr mit diesem Heißsporn Owain in Wales ertragen müsst. Und obwohl ich mich über jeden Narren freue, der dem König Kopfschmerzen bereitet, so kann ich den Prinzen für das schändliche Vergehen gegen dich nur verachten. Man muss aber auch einräumen, dass deine walisische Gemahlin nicht gänzlich unschuldig an deiner Demütigung war. Du magst sie verteidigen, aber ich vermag in deinen Zeilen doch die Bitternis zu erkennen. Der König hat dir keinen Gefallen damit getan, dir seine Metze weiterzugeben. Ich habe es dir von Anfang an gesagt, Gerald! Die Waliser schließen sich zusammen, und es wäre ein Fehler, deiner Gemahlin zu vertrauen. Sie wird dir ein Messer in den Rücken rammen, und das bei der ersten Gelegenheit. Stoße sie von dir, und befreie dich, ehe es zu spät ist, ich beschwöre dich! Gott möge seine schützende Hand über dich halten, mein Freund, und dich baldmöglichst zu mir in die Normandie führen, damit wir das Verlöbnis meiner Töchter mit deinen Söhnen besprechen können.

Nesta starrte auf die verschnörkelten Schriftzeichen auf dem Pergament und spürte, wie sich ihr Magen zusammenzog. Gerald war nicht hier, um ihr den Sinn zu erklären, denn er war dem König und seiner Armee entgegengereist, um Owain zu vernichten. Der Bote hatte ihr den Brief erst nicht aushändigen wollen, da er für ihren Gemahl bestimmt war, aber Nesta hatte den jungen

Ritter schlussendlich überzeugt. Sie wusste, Arnulf de Montgomery hielt sich in der Normandie auf, denn sein irischer Schwiegervater hatte ihm seine Frau wieder weggenommen und ihn verbannt. Erst letztes Jahr hatte der König Arnulfs teuflischen Bruder Robert de Bellême in der Normandie gefangengenommen, und Arnulf war seither zu etwas Macht gekommen. Doch dass Gerald Kontakt zu ihm hatte – zu jenem Mann, der sie gefangengenommen und ihrem Bruder die Hand abgeschlagen hatte –, war ihr neu. Und ein Verlöbnis ihrer Kinder?

Angewidert knüllte sie den Brief in ihrer Hand zusammen und schleuderte ihn von sich. Gerald und sie mochten sich nicht mehr so nahestehen wie einst, aber dieser Verrat traf sie unvorbereitet.

»Meine Herrin, ist alles in Ordnung?« Ethil steckte den Kopf zur Tür herein, an einer Hand ihren vierjährigen Llewellyn, an der anderen Nestas Tochter Angharad. Nesta ließ sich auf ihr Bett sinken und strich sich mit beiden Händen übers Gesicht. »Es geht mir gut«, presste sie hervor. »Ich …« Sie blickte ins Antlitz ihrer Tochter, die mit großen Augen zu ihr hochsah, und dann zu Llewellyn, der so ein aufgeweckter Junge war und sie oft zum Lachen brachte. Es war anfangs trotz aller Gespräche mit Ethil schwer für sie gewesen, in seiner Gegenwart zu sein, doch mittlerweile sah Nesta gerne, wie Llewllyn mit ihren Kindern spielte. Ethil hatte einen Fischer aus dem Dorf geheiratet und erwartete bereits wieder ein Kind. Im Moment konnte dieses Glück Nesta aber nicht beruhigen, denn ihre Gedanken kreisten um de Montgomery.

»Ich werde ins Dorf gehen«, beschied sie und erhob sich.

»Soll ich …?«

»Nein.« Nesta richtete ihren Schleier und legte Ethil die Hand auf die Schulter. »Ich gehe allein. Ich brauche etwas Zeit zum Nachdenken.«

Mit eiligen Schritten ging sie über den Trampelpfad zum Dorf, der sich zwischen hüfthohen Grasähren erstreckte, und versuchte sich zu beruhigen. Doch das Gefühl zu zerspringen ließ sie nicht los.

Arnulf de Montgomery! Sie konnte nicht fassen, wie sehr allein dieser Name sie nach all der Zeit noch zu treffen vermochte. Fast hatte sie seine farblosen Augen und das dämonische Lächeln vergessen. Und nun stahl er sich in ihr Leben zurück und erlaubte sich, sie vor ihrem Gemahl schlechtzureden und sich in ihre Familienangelegenheiten einzumischen.

Nesta unterdrückte einen Laut der Wut und wich vom Weg ab. Sie entschied, das Dorf zu umgehen, damit sie keinen Menschen begegnete, und schlenderte entlang des Flussufers, das sanft ins Wasser abfiel und stellenweise von dichtem Buschwerk bewachsen war. Sie durfte sich nicht zu weit von der Burg entfernen, da überall Gefahr lauerte, und so drehte sie auf Höhe der letzten Kate des Dorfes um.

Erschrocken sog sie die Luft ein, als sie sich plötzlich einem Mann gegenübersah, der dicht vor ihr stand und sie anstarrte.

»Heilige Maria«, stieß sie aus und presste die Hand ans Herz. »Was …« Sie verstummte, als sie den ergrauten Mann etwas genauer betrachtete. Er war nicht aus dem Dorf, das wusste sie genau, denn sie kannte jeden Mann, jede Frau und jedes Kind in Carew. Und doch kam er ihr bekannt vor. Wachsame dunkle Augen blickten sie zwischen verfilzten Haarsträhnen hindurch an, eine breite Nase zeichnete das Gesicht, während sein Mund fast zur Gänze hinter einem dichten Bart verschwand.

»Meine Herrin.«

Nesta keuchte auf, und ein Freudenschrei, vermischt mit einem Schluchzen, entfuhr ihr. Tränen füllten ihre Augen, als ihr klar wurde, wer da vor ihr stand.

»Anarawd?« Sie schlug die Hand vor den Mund und schüttelte ununterbrochen den Kopf. Ihre Augen mussten sie täuschen. Doch der Mann vor ihr nickte, und die Wachsamkeit in seinem Blick wich aufrichtiger Zärtlichkeit.

»Höchstpersönlich«, sagte er warmherzig und verneigte sich knapp vor ihr. Einen Moment lang hatte sie das Gefühl, wieder in der Kirche von Dinefwr zu stehen, wo er sich auf dieselbe Weise vor ihrer Mutter verneigt hatte, ehe er mit Gruffydd in der rauchgeschwängerten Abenddämmerung verschwunden war. Gruffydd …

»Was hat das zu bedeuten?« Sie sah sich am verlassenen Ufer um und überblickte das weite Wiesenfeld zum Wald hin. »Wenn du hier bist …«

»Ja, Herrin.«

Sie sah ihn verdutzt an, was ihm ein breites Lächeln entlockte. »Er ist hier.«

Nesta wankte und hielt nur mit Mühe ihr Gleichgewicht. »Nein.« Sie ließ erneut ihren Blick über den Fluss und das Umland wandern. »Wo? Wo ist er?«

»Meine Herrin.« Anarawd trat vor sie und wies zum Dorf. »Ihr solltet mich begleiten.« Ohne auf eine Antwort zu warten, setzte er sich in Bewegung und glitt unauffällig wie ein Schatten zwischen zwei nahe aneinanderstehenden Katen hindurch.

Nesta folgte ihm mit wild klopfendem Herzen. Sie konnte immer noch nicht glauben, was hier geschah. »Wann seid ihr angekommen?«, fragte sie, als sie die kleine Holzkirche passierten und zur anderen Seite des Dorfes gingen.

Anarawd zuckte mit den Schultern. »Vor ein paar Tagen.«

»Vor ein paar Tagen? Aber …« Nesta blieb stehen, und als Anarawd sich zu ihr umdrehte, wurde seine Miene ernster.

»Wir konnten ja nicht einfach so in eine freincische Burg spazieren, oder? Und Ihr seid auch sehr schwer alleine anzutreffen, wenn Ihr ins Dorf kommt. Also warteten wir. Heute sah ich meine Gelegenheit. Ich folgte Euch und …«, er hob die Hände, »den Rest kennt Ihr ja.«

Nesta starrte ihr Gegenüber aus großen Augen an. »Aber natürlich hättet ihr zur Burg kommen müssen«, stieß sie aus und konnte immer noch nicht glauben, dass sie tatsächlich mit einem Mann aus ihrem alten Leben sprach. »Ich bin Gruffydds Schwester, und dass ich mit einem Normannen verheiratet bin, ändert nichts daran.« Sie schloss einen Moment lang die Augen, als ihr klar wurde, wie falsch ihre Worte waren. Gruffydd war in den Augen der Normannen ein Feind, und es hieß, er wäre aus Irland gekommen, um sich Owain anzuschließen. Was machte er dann hier bei ihr? »Mein Gemahl ist nicht hier«, sagte sie schließlich und sah ihn wieder an. »Es ist sicher.«

»Und doch wäre es für Euch gefährlich, mit uns gesehen zu werden.«

Nesta nickte langsam. Es gefiel ihr nicht, und doch hatte Anarawd recht. Gruffydd war eine Gefahr für die Normannen – aber nur, wenn er feindliche Absichten hatte, und das würde sie jetzt herausfinden. »Wo habt ihr euch so lange versteckt?«

Anarawd deutete lächelnd hinter sich zur Hütte des alten Cynfyn, was Nesta ein Schnauben entlockte. »Das sieht ihm ähnlich«, lachte sie und ging an Anarawd vorbei in den kleinen Garten, der die Hütte umgab. »Ein Kämpfer für die Rebellen. Gott sei es gedankt, dass er keinen Bogen mehr spannen kann. Er würde noch heute ins Feld ziehen.« Sie klopfte nur einmal kurz an die Tür, ehe sie eintrat und sich in dem verrauchten Raum umsah, der fast die gesamte Hütte einnahm.

»Nesta?«

Die Stimme fuhr ihr direkt ins Herz. Langsam drehte sie den Kopf zur Seite und erkannte einen Mann, der sich vom Boden erhob. Zwei kleine Jungen waren bei ihm, während Cynfyn daneben auf einem Stuhl saß und seine Schwiegertochter Branwen am Kochfeuer hantierte.

»Na, da ist sie ja«, krächzte der Greis lachend, der den Winter des Lebens immer noch in vollen Zügen genoss, »die königliche Tochter von Südwales.«

Nesta hörte gar nicht richtig hin und starrte den hochgewachsenen Mann vor sich an. Mit einem Mal fühlte sie sich, als wäre sie wieder acht Jahre alt – klein und hilflos. Sie wollte nichts lieber, als die Arme ausbreiten und ihren Bruder festhalten.

»Gruffydd?«, flüsterte sie und blinzelte, um ihre Sicht zu schärfen. »Bist du's wirklich?«

»Ich bin's«, antwortete ihr eine tiefe Stimme, und dann trat ihr Bruder noch etwas näher durch die Rauchschwaden an sie heran.

Nesta sah zu ihm hoch, in die vertrauten Augen, die ihr in dem männlichen Gesicht mit dem dunklen Oberlippen- und Kinnbart fremd erschienen. Dünne Zöpfchen waren in sein Haar geflochten, seine Kleidung war abgerissen und schmutzig. Ein dicker Wollumhang, der bereits mehrfach geflickt war, lag über seinen breiten Schultern. Und doch gab es keinen Zweifel. Dieser Mann war ihr kleiner Bruder Gruffydd.

Ein Schluchzen entkam ihr, und im nächsten Moment fand sie sich in Gruffydds starker Umarmung wieder. Es war ihr, als roch sie ihre Heimat an ihm, ihre Mutter, ihren Vater, die glückliche Zeit, in der sie ohne Sorgen gelebt hatten. Dies war kein Traum.

Tränen strömten unaufhörlich über ihre Wangen, und als Gruffydd sie von sich schob, wischte er sie mit einem sanften Lächeln fort. Sie bemerkte, dass auch seine Augen glänzten, und diese Offenbarung von Gefühlen nahm ihr einen Teil ihrer Angst. Er hatte sie nicht verstoßen, wie sie so lange befürchtet hatte.

»Du bist hier«, schniefte sie und wischte sich über die Augen. »Du bist wirklich hier.«

Gruffydd nickte. »Und ich würde gerne eine Weile bleiben, wenn du mich lässt.«

Überrascht trat sie ein wenig zurück und sah ihn prüfend an. »Es heißt, du wärst hier, um dich Owain anzuschließen.« Sie straffte die Schultern und hob ihr Kinn etwas an. »Falls dies der Fall ist, muss ich dir leider sagen, dass hier kein Platz für dich ist. Dies ist mein Heim, Gruffydd, meine Familie. Ich bin deine

Schwester, aber auch die Gemahlin eines Freinc und die Mutter von Kindern, die bereits zu viel unter unserem Vetter gelitten und gesehen haben. Dieser Krieg hat schon zu viel zerstört.«

»Meinen geliebten, freincischen Wein zum Beispiel«, ließ sich Cynfyn von seinem Stuhl aus vernehmen und grinste sie mit einem fast zahnlosen Lächeln an. »Kommen ja kaum noch Händler zu uns durch.«

»Ist in deinem Fall auch besser so«, sagte Branwen mit leichtem Tadel und rückte Cynfyns Decke zurecht.

Gruffydd lächelte und wandte sich wieder Nesta zu. »Ich bin nicht hier, um deinen Frieden zu stören, Schwester, einzig, um meine Familie zu sehen. So einfältig, mich mit einer Handvoll Männer gegen eine Armee zu stellen, die die Erde erzittern lässt, bin ich nicht.«

Nesta ließ ihn nicht aus den Augen. »Einst hast du mir geschrieben, wenn du zurückkommst, dann nur mit einer Armee. Ich dachte, du wärst hier, um dein Erbe zu erkämpfen.«

»Die Worte eines zornigen Jungen.«

»Eines hitzköpfigen Jungen, der nur schwarz und weiß zu sehen imstande war«, warf Anarawd ein und klopfte seinem Schützling auf die Schulter. »Es dauerte lange – und fast hielt ich es schon für unmöglich –, aber Gruffydd hat mittlerweile eingesehen, dass ein kopfloser Vorstoß ihn alles kosten würde.«

»Jaja.« Gruffydd schob den Arm des Kommandanten von sich und kam auf Nesta zu. »Ich verstehe, dass ich nicht um mein Land kämpfen kann, Nesta, nicht jetzt. Ich war mein ganzes Leben lang in Irland. Es gibt Männer, die mir folgen, aber es sind viel zu wenige. Ich weiß nicht, welche von Vaters verbündeten Familien zu mir stehen würden, welche der treuen *uchelwyr* noch am Leben sind. Dieses Land ist mir fremd. Nichts hier erinnert mich an einst, und niemand wird sich noch an mich erinnern. Die Nachrichten von Händlern sind eine Sache, aber wirklich hier zu sein ist etwas anderes. Ich sage nicht, dass ich die Freinc nicht gerne aus meinem Land vertrieben sehen würde, aber ehe ich mich mit diesem Bastard Owain verbünde, finde ich mich mit den Freinc ab – bis auf weiteres.«

Nesta atmete auf und beschloss, das »bis auf weiteres« für den Moment auf sich beruhen zu lassen. Sie hatte ihren Bruder wieder, und er war mit friedfertigen Absichten zu ihr gekommen. »Dann musst du zum König gehen, Gruffydd. Henry ist in Wales, du musst ihm entgegenreiten und ihm huldigen. Gerade jetzt, da er sich rebellierenden Briten gegenübersieht, wird er deine Unterstützung noch mehr wertschätzen. Er wird dich zu einem mächtigen Lord machen, und du wärst sicher! Wir könnten als Nachbarn leben, unsere Kinder gemeinsam aufwachsen! Wir könnten wieder eine Familie sein.«

Wehmut spiegelte sich in seinen Augen, als er langsam den Kopf schüttelte. »Ich verspreche dir, ich stelle für die Freinc und ihren König keine Gefahr dar, aber ich werde mich auch nicht mit ihm gegen meine eigenen Landsleute verbünden.«

»Gruffydd …«

»Es ist zu gefährlich«, wandte Anarawd ein und verschränkte die Arme vor der Brust. »Ihr sagt es selbst, Nesta, unser Land hat sich erhoben, und der König wird die Gelegenheit nutzen, um einen weiteren potenziellen Rebellen zu stoppen, ehe er richtig gefährlich werden kann. Wenn Gruffydd einen Fuß ins Lager des Königs setzt, mag er nicht mehr herauskommen. Vielleicht wird der König ihn nicht töten, aber einsperren gewiss. Das können wir nicht riskieren.«

»Das würde er niemals tun.« Nesta sah zwischen Gruffydd und Anarawd hin und her. »Der König sprach sich seit jeher für Gruffydd aus, er wollte immer, dass du heimkommst, Bruder.«

»Vielleicht war das so, ehe Owain sich zu einem Dorn im königlichen Auge entwickelte. Der König ist misstrauisch, er wird nichts riskieren. Wenn du mich lässt, bleibe ich eine Weile hier bei dir, bis ich mich in diesem Land wieder zurechtfinde, aber nur als dein Bruder, der dich besucht. Dem König kann ich nicht vertrauen, auch wenn du es tust.«

Nesta zog die Augenbrauen zusammen, als sie den leisen Vorwurf in seiner Stimme hörte. Um Würde bemüht, hob sie ihren Kopf etwas an und sah Gruffydd in die grünen Augen. »Du weißt nicht, wie mein Leben nach dem Fall Dinefwrs aussah, kleiner Bruder. Urteile nicht über Dinge, die du nicht verstehst.«

Entwaffnend hob Gruffydd die Hände, ein unschuldiges Lächeln lag in seinem Gesicht. »Du hast recht, ich weiß kaum etwas über dich, aber ich hoffe, das ändern zu können.«

Ein Seufzen entrang sich ihr, da sie ihm nicht böse sein konnte und einfach zu glücklich über dieses unerwartete Wiedersehen war. Sie schloss ihn in die Arme und lachte leise, da ihr kleiner Bruder sie um über eine Haupteslänge überragte. »Sei hier willkommen«, sagte sie und drückte ihn fest. »Du und alle, die du mitgebracht hast.« Sie blickte auf die beiden Jungen, die vielleicht drei und vier Jahre zählten und mit Branwen im Stroh hockten. »Deine Söhne?«

Gruffydd nickte. »Anarawd und Cadell. Ich hatte gehofft, sie und deine Söhne könnten Zeit miteinander verbringen.«

»Meine freincischen Söhne?« Nesta sah ihn herausfordernd an, aber Gruffydd lachte nur. Sie wusste, sie musste Gruffydd nicht nach der Mutter der Jungen fragen. Vermutlich war sie eine Irin oder Dänin gewesen, und wäre sie noch am Leben oder wichtig für Gruffydd, stünde sie jetzt hier.

»Ja, die Kinder deines freincischen Gemahls, der mich einst in Irland bis aufs Blut reizte, aber Anarawd zwang mich, freundlich zu ihm zu sein. Vor allem, weil de Windsor sich schon damals als mein zukünftiger Schwager vorstellte – er schien sich sehr sicher, dich zur Frau zu bekommen.«

Lachend schüttelte Nesta den Kopf und dachte zum Teil mit Freude, zum Teil aber auch mit Wehmut an Gerald. »Du gabst ihm damals die Drachen-Fibel.«

»Um dich daran zu erinnern, wer du bist, und damit du dich unter den Freinc nicht verlierst.«

Nesta nickte. »Du hättest dich hier nicht verstecken müssen, Gruffydd. Du hättest direkt zur Burg kommen können, wo du doch als mein Bruder hier bist.«

»Wir wollten nicht riskieren, dass die Garnison uns zuerst mit dem Schwert begrüßt und dann Fragen stellt«, erklärte Anarawd mit einem schelmischen Lächeln, das ihn fast wie den jungen Krieger von einst aussehen ließ. »Nach allem, was du mit unserer Verwandtschaft schon erdulden musstest …«

»Nun, die Gefahr, dass ihr einfach erschlagen werdet, besteht jetzt nicht mehr«, erwiderte Nesta und wandte sich zur Tür. »Ihr kommt mit mir, und ihr seid in meinem Heim willkommen.«

»Hältst du das wirklich für klug?« Simon ergriff ihren Arm und schloss die Tür, die den Vorraum von der Halle trennte. Anarawd, Gruffydd und seine Söhne stärkten sich bei einem Mahl, während Nesta hatte nach oben gehen wollen, um Simons Gemach für ihren Besuch herzurichten. Für die Dauer von Gruffydds Aufenthalt musste Simon sich wohl oder übel zu den anderen Männern der Garnison in der Halle legen, denn sie hatten sonst keinen Platz mehr. Zwar hatte Nesta angeboten, ihr eigenes Gemach zur Verfügung zu stellen, aber Simon hatte protestiert. Jetzt sah er sie eindringlich an und zog sie in die Nische, in der die abgegebenen Waffen aufbewahrt wurden. »Der König zieht mit einer Armee durch dieses Land, und du beherbergst den Erben des letzten Fürsten von Deheubarth? Wenn sich das erst herumspricht …«

Nesta zog ihren Arm zurück. »Gruffydd ist nicht hier, um Ärger zu machen, Simon, er wollte nach Hause, sein Land endlich wiedersehen, das ist alles.«

»Bist du dir da sicher? Er ist dein Bruder, du hast ihn über zwanzig Jahre nicht gesehen und willst ihn bei dir haben, das verstehe ich. Aber vielleicht trübt dies dein Urteilsvermögen und …«

Nesta stemmte eine Hand in die Seite. »Nicht jeder Waliser ist zwangsläufig ein Rebell, Simon.«

»Und wenn Gerald zurückkommt? Was glaubst du, wird er dazu sagen? Wenn dir etwas geschieht, während er fort ist, dann …«

»Ich bitte dich, Simon, Gruffydd ist keine Gefahr für uns!«

Die grauen Augenbrauen hoben sich. »Dann wird er dem König huldigen?«

Nesta blickte zu Boden.

Kopfschüttelnd wandte Simon sich ab und strich sich mit einem Fluch über die Augen. »Wenn uns das mal nicht in Teufels Küche bringt. Ich will nicht schlecht über deinen Bruder reden, Nesta, aber die Umstände haben mich vorsichtig gemacht. Vielleicht hast du recht, vielleicht hegt er wirklich keine bösen Absichten, aber das ist nicht unser einziges Problem. Wie sollen wir so viele zusätzliche Mäuler füllen? Es ist ja kaum noch genügend für unseren Haushalt da, und wenn sich die Lage nicht bald bessert, wird der nächste Winter nicht so glimpflich ausgehen.«

»Ich weiß.« Nesta lehnte sich gegen die Bretterwand in ihrem Rücken. »Aber es sind nur die vier. Die anderen Männer, die Gruffydd gefolgt sind, sind fort, um einstige Freunde meines Vaters auszumachen. Gruffydd wollte sie besuchen. Er wird nicht lange bleiben, Simon, ich verspreche es.«

»Gruffydd hat also seine Männer geschickt, um sich der Treue anderer zu versichern – vielleicht stellt er eine Armee auf.«

Nesta stieß sich von der Wand ab und legte im Vorbeigehen Simon die Hand auf den Oberarm. »Du siehst das Schlechteste in ihm, aber du wirst sehen, dass du dich täuschst. Gruffydd würde mir niemals schaden.«

Nesta hörte das Klappern der Hufe als näher kommende Drohung, und als sie aufblickte, kam ein halbes Dutzend Reiter durchs Torhaus in den Hof. Sie erkannte Gerald an dessen Spitze sofort, auch wenn er seinen Helm trug. Freude und Anspannung hielten sich die Waage. Er war zurückgekehrt, die Schlacht gegen Owain musste vorüber sein, und sie wollte nichts lieber, als ihm in die Arme zu fallen. Doch sie wusste nicht, wie er auf Gruffydds Anwesenheit reagieren würde. Auch hatte sie de Montgomerys Brief nicht vergessen.

Sofort eilte einer der Knechte zu seinem Herrn und nahm sein Pferd entgegen, während Gerald sich an seine Männer wandte und ihnen etwas zuknurrte. Auch die Kinder hatten die Ankunft ihres Vaters bemerkt und rannten laut schreiend von der Wiese herüber. Ihre Vettern Anarawd und Cadell befanden sich unter ihnen und hatten Mühe, mit den Älteren mitzuhalten.

»Ich will auch zu Vater«, beschwerte sich Angharad und zerrte an ihrer Hand, doch Nesta hielt ihre Tochter fest. Sie beobachtete, wie Gerald den Helm abnahm und sich von den Kindern umringen ließ. Er streichelte jedem Einzelnen von ihnen über den Kopf und schien über die beiden zusätzlichen nicht erstaunt zu sein. Es waren immer wieder Kinder aus dem Dorf hier, und so beachtete er die beiden kaum.

Schließlich scheuchte er die schreiende Bande davon und kam auf sie zu. Das Lächeln, das sich unter seinem kurzen Bart verborgen hatte, verschwand gänzlich, seine Schritte wirkten wütend.

Ob er bereits von Gruffydd wusste?

»Gerald.« Sie zwang sich zu einer unbekümmerten Miene und ging ihm entgegen, Angharad immer noch an der Hand. Als sie stehenblieb, machte die Kleine einen Knicks und sah mit großen, leuchtenden Augen zu Gerald hoch. »Willkommen zurück, Vater.«

»Ich danke dir, Prinzessin.« Er ging vor ihr in die Hocke und küsste sie auf den Scheitel. Als er sich wieder aufrichtete, fiel sein

Blick zum ersten Mal wirklich auf Nesta, und sie schluckte gegen die plötzliche Enge in ihrem Hals. »Der Herr hat dich gesund zu mir zurückgebracht«, sagte sie.

Gerald nickte, und als sie ihm in die vertrauten grauen Augen blickte, sah sie, dass er eher müde als zornig war. Auch überraschte sie seine zurechtgemachte Erscheinung. Sein Bart war gestutzt, sein Waffenrock und Umhang nur etwas staubig, und keine Verletzung war zu sehen, noch nicht einmal eine Schramme. Er wirkte, als käme er direkt von einem Erkundungsritt und nicht von einer Schlacht.

Einen Moment lang waren der Groll wegen de Montgomery und die Angst wegen Gruffydd vergessen. Sie wollte ihn einfach nur küssen und sich in seine Umarmung flüchten.

Gerald schien es nicht anders zu gehen, denn plötzlich legte er seine Hand an ihren Hinterkopf und presste seine Lippen auf ihre Stirn. »Der Krieg ist vorbei«, flüsterte er und blieb dicht bei ihr stehen.

Nesta schloss die Augen, atmete seinen Geruch ein, doch als er zurücktrat und sie ansah, erkannte sie, dass ihr erster Eindruck sie nicht getrogen hatte. Seine Anspannung und die Kunde vom Kriegsende passten nicht zusammen. Da war noch mehr.

Sie wollte ihn in die Halle bringen, damit er sich stärken konnte, als Simon die Außentreppe heruntergerannt kam, gefolgt von Agnes.

»Du bist zurück!«, rief er freudestrahlend und klopfte Gerald auf die Schulter. »Ich nehme an, das heißt, der König war siegreich?«

Gerald nickte, strich seiner Tochter Agnes über die Wange und setzte sich schließlich in Bewegung. »Lasst uns drinnen darüber sprechen.«

Nesta und Simon tauschten einen Blick, aber sie schwiegen beide, denn Gruffydd war zur Jagd geritten. Nesta beschloss, dass die Nachricht von seinem Besuch noch warten konnte, bis Gerald richtig angekommen war. Sie schickte Agnes, die kurz vor ihrer Hochzeit mit einem flämischen Lord aus der Nachbarschaft stand, in die Küche und begleitete Gerald mit Angharad die Treppe hoch.

»Also, erzähl von der Schlacht«, forderte Simon, als sie sich an der Tafel niederließen und Ellen Cidre einschenkte.

Gerald nahm seinen Becher und trank gierig, ehe er das Wort ergriff. »Es gab keine Schlacht«, sagte er und starrte mit zusammengebissenen Zähnen auf die Kerben im Holz der Tafel. »Owain und der Fürst von Gwynedd bekamen beim Anblick der königlichen Armee kalte Füße, und so trafen sie sich mit dem König zu Verhandlungen. Sie huldigten ihm, und der König verzieh ihnen und nahm sie wieder in seine Gunst auf. Owain bekam auch noch Ceredigion als Lehen – als Dankeschön für all die Jahre, in denen er hier plünderte! Der Friede ist wiederhergestellt, alle sind zufrieden, und der König marschiert wieder zurück.«

Nesta sah ihn sprachlos und entsetzt an. Owain war frei und stand unter des Königs Schutz. Gerald würde keinen Frieden finden.

»Es gab keine Schlacht?«, wiederholte Simon ungläubig.

»Keine Schlacht«, bestätigte Gerald mit einem leisen Knurren. Er ließ sich nachschenken und trank auch diesen Becher leer. Nesta legte ihm die Hand auf den Arm und spürte die zum Zerreißen angespannten Muskeln. »Gerald, glaub mir, ich wünsche mir mehr als irgendjemand anders, dass Owain in einem düsteren Loch schmort. Aber das Wichtigste ist jetzt, dass der Krieg vorbei ist. Die Ernte kann bald eingeholt werden, und niemand wird sie rauben. Wir mögen den nächsten Winter überstehen, Gerald. Es ist vorbei.«

Langsam wandte er ihr den Kopf zu, ein bitterer Zug um den Mund, aber seine Augen blickten zärtlich. »Es ist eine Atempause, Nesta, aber vorbei ist es nicht, bis ich diesen vom Teufel verfluchten Bastard Owain …«

Die Hallentür flog auf. »Einen Hasen und zwei dieser sonderbaren Vögel vom Fluss habe ich erwischt – nicht viel, aber eine willkommene Abwechslung zum Haferbrei, den ich allmählich …« Gruffydd blieb mit seinem Bogen in der Hand stehen und blickte durch die Halle zum Podest, wo sich Gerald erhob. Nesta warf Simon einen erschrockenen Blick zu und sah dann zwischen ihrem Bruder und ihrem Gemahl hin und her. Gruffydd hatte natürlich Walisisch gesprochen, doch Gerald beherrschte die Sprache mittlerweile ausgezeichnet.

»Gerald de Windsor«, sagte Gruffydd gepresst, und als hinter ihm der einstige Kommandant Anarawd eintrat und ebenfalls wie vom Donner gerührt stehenblieb, meinte Nesta, die Luft vibrieren zu spüren.

»Wer bist du, und was hast du hier zu suchen?« Gerald ging um die Tafel herum, und Nesta sprang auf. »Gerald, warte!« Sie eilte ihm hinterher und ergriff seinen Umhang. »Das ist Gruffydd ap Rhys – mein Bruder!«

Gerald fuhr zu ihr herum und starrte sie einen Moment lang an, dann sah er zurück zu den beiden Walisern, die sich nicht genähert hatten. »Was tut er hier?«, wollte er von ihr wissen und ließ seinen Blick auf Gruffydd ruhen. Vielleicht erkannte er ihn jetzt wieder, doch bei ihrem letzten Zusammentreffen war Gruffydd ein Junge von vielleicht dreizehn Jahren gewesen – jetzt war er ein Mann.

»Er ist hier, um mich zu sehen, Gerald, er will nichts Böses, nur bei seiner Familie sein.«

»Weiß der König davon?«

Nesta schwieg, und Gerald warf seinem Bruder Simon einen wütenden Blick zu. Dann wandte er sich an Nesta. »Komm mit.« Er eilte die beiden Stufen vom Podest hinunter, umrundete dieses, und dann waren nur noch seine polternden Schritte im Treppengewölbe zu hören. Gruffydd verneigte sich spöttisch mit ausgebreiteten Armen und ließ sich an einer der Bänke nieder.

»Lass den Unsinn«, zischte Nesta und bemühte sich, Gerald ruhigen Schrittes hinterherzugehen. Sie fand ihn, wie erwartet, in ihrem Gemach, wo er unruhig auf und ab ging.

»Wann wolltest du mir von ihm erzählen?«

Nesta schloss die Tür hinter sich und lehnte sich dagegen. »Ich wollte dich damit nicht überfallen. Er kam vor ein paar Wochen, und wie du weißt, schloss er sich Owains Armee nicht an.«

»Das bedeutet nicht, dass er nicht andere eigene Ziele verfolgt.« Er blieb stehen und sah sie mit einem leichten Kopfschütteln an. »Weißt du, welche Schwierigkeiten wir bekommen können? Wenn dein Bruder glaubt, von hier aus eine weitere Rebellion anzuzetteln – wenn der König glaubt, dass ich ihn unterstütze ...«

»Gruffydd würde mich nie in Gefahr bringen.« Sie ging auf ihn zu und legte beide Hände auf seine Brust. »Er ist kein Rebell, Gerald. Unser Bruder Hywel ist im Kloster, und wir sind alles, was von unserer Familie geblieben ist. Wir möchten nach all der langen Zeit der Trennung nur etwas Zeit miteinander verbringen.«

»Es ist zu gefährlich ...«

»Ich weiß, dass seine Anwesenheit nicht gerade erfreulich für dich ist, und ich kenne die Gefahr. Aber glaube mir, wenn ich dir sage, dass ich meinen Bruder kenne. Ich bin seine große Schwester, und auch, wenn wir nur wenig Zeit in unserer Kindheit gemeinsam hatten, so liebte er mich doch – er liebt mich auch jetzt. Ich werde wachsam sein.« Sie sah ihm in die Augen. »Wirst du ihn fortschicken?«

Mit einem Seufzen wandte Gerald den Blick ab und starrte die Wand an. Dann schüttelte er den Kopf. »Er soll mein Gast sein – vorübergehend. Aber beim ersten Anzeichen von Unfrieden bringe ich ihn eigenhändig nach Irland zurück.«

Erleichtert atmete Nesta auf. »Ich danke dir. Es ist schön, ihn hier zu haben, verstehst du?«

Er sah wieder auf sie hinab und legte seine Hände auf ihre Schultern. Langsam ließ er sie ihren Rücken hinabgleiten und beugte sich zu ihr hinunter. Nesta wollte nichts lieber, als sich in seine Nähe zu flüchten und sich in ein paar trügerischen Momenten vormachen, dass alles in Ordnung war. Sie wollte die Liebe in seinen Augen spüren und in sich aufnehmen, aber sie wusste, wie schnell die Liebe von Owains Schatten verdrängt werden konnte. Das Unrecht nagte an ihm, und Nesta sah keine Möglichkeit, ihn wieder voll und ganz für sich zu gewinnen, solange Owain lebte. Im Moment gab es aber ohnehin noch etwas, das aus der Welt geräumt werden musste, egal wie sehr sie sich nach ihm sehnte.

Widerwillig trat sie einen Schritt zurück. »Ich muss noch über etwas anderes mit dir sprechen.«

Seine Augenbrauen zogen sich zusammen, aber er ließ seine Hände an ihrem Rücken verschränkt. »Deiner Miene nach zu urteilen, etwas sehr Ernstes.«

»Ein Bote brachte einen Brief von Arnulf de Montgomery.« Es fiel ihr schwer, den Namen ohne Abscheu auszusprechen. »Neben allerhand bösen Worten gegen mich stand darin auch etwas von einem Verlöbnis seiner Töchter mit unseren Söhnen.«

Gerald sah sie ein paar Augenblicke lang ernst an, dann löste er sich von ihr und ging zum Fenster. »Ich weiß, wie du zu de Montgomery stehst, daher habe ich es dir nicht erzählt, als er mir schrieb – zum ersten Mal nach dem Angriff auf Cenarth Bychan. Er drückte sein Mitgefühl aus, und ich antwortete ihm. Irgendwann machte er mir den Vorschlag einer Verlobung unserer Kinder …«, er drehte sich wieder zu ihr um und sah ihr in die Augen, »und ich bin durchaus geneigt, darüber nachzudenken.«

Nach Luft schnappend fuhr sie zurück. »Meine Familie soll sich mit der seinigen verbinden?« Sie legte ihre Hand gegen die Tür, um sich festzuhalten. »*Mein* Blut soll sich mit dem dieses Teufels vermischen?«

Gerald hob begütigend die Hand. »Nesta, ich weiß …«

»Gar nichts weißt du!« Sie ballte ihre Hände zu Fäusten, um nicht auf ihn loszugehen. »*Vertraue deiner Gemahlin nicht, sie wird dir ein Messer in den Rücken rammen* – das waren de Montgomerys Worte! Haben sie dich erreicht? Zweifelst du immer noch so sehr an mir, dass du mir so etwas antun willst? Selbst de Montgomerys Schwiegervater erkannte, was für ein Monster dieser Mann ist, und holte seine Tochter zurück!« Sie konnte nicht weitersprechen, zitterte am ganzen Leib und blickte zu Boden.

Plötzlich lagen seine Hände auf ihren Schultern. Sie wollte zurückweichen, doch er hielt sie fest. »De Montgomery entstammt einer bedeutenden Familie in der Normandie, Nesta, aber was noch wichtiger ist: Sein Schwiegervater ist der Hochkönig Irlands. Durch ihn haben de Montgomerys Töchter irisches Blut in sich. Du weißt selbst, dass die rebellierenden Waliser ständig nach Irland zum Hochkönig oder zu den Nordmännern flüchten, wenn es ihnen hier zu gefährlich wird. Und dann kommen sie erstarkt zurück. Aber wenn unsere Familie erst mit jener des irischen Hochkönigs verbunden ist, wird unsere Macht hier in Südwales gestärkt.«

Nesta konnte nicht hochsehen, starrte auf Geralds Brust und schüttelte den Kopf. »Ist es das wirklich wert? Es ist de Montgomery!«

»Das werden wir gemeinsam entscheiden, Nesta. Die Mädchen können nichts für ihren Vater, sie müssen nicht de Montgomerys Wesen in sich tragen. Im Gegenteil – du könntest sie von ihm befreien.«

Ein leises Lachen entfuhr ihr. Er spielte ihr ihre eigenen Worte zurück. »Du weißt genau, was du sagen musst, um mich zu überzeugen, nicht wahr?«

Seine Arme schlangen sich um sie, und er drückte sie fest an sich. »Das hoffe ich doch.«

Ein Knall riss sie aus dem Schlaf. Nesta fuhr hoch und starrte in die Dunkelheit ihrer Kammer. Das Blut rauschte in ihren Ohren, als sie nach ihrem Dolch griff. Solange Owain frei war, würde sie sich nachts wohl niemals wieder sicher fühlen. »Wer ist da?«

Rascheln der Binsen antwortete ihr, gefolgt von klirrenden Schritten, die sich eilig ihrem Bett näherten. »Nesta, wo ist dein Bruder?«

Erleichtert ließ sie den Dolch sinken. »Gerald? Um Himmels willen, was tust du hier mitten in der Nacht? Ich dachte, du wärst in Pembroke und …«

»Wir dürfen keine Zeit verlieren. Wo ist Gruffydd?«

Ihr Herz begann schneller zu schlagen, seine drängende Stimme ließ sie Böses ahnen. Ein paar Monate lebte Gruffydd nun schon in Carew, zwar war er viel gereist, aber er war immer zu ihr zurückgekehrt, zuletzt zu den Weihnachtsfeiertagen. Sogar mit Gerald hatte er sich verstanden, wenn er hier gewesen war, und sie hatten eine glückliche Zeit verbracht.

»Er schläft in seinem Gemach, nehme ich an.« Sie schwang die Beine aus dem Bett und nahm den warmen Umhang mit dem Biberfell entgegen, den Gerald ihr reichte. »Was ist denn los?«

Gerald ergriff ihren Arm mit eiskalten Fingern und zog sie nahe zu sich, seine in der Dunkelheit funkelnden Augen schienen sie zu durchbohren. Der Geruch des Winters haftete ihm an. »Hör mir jetzt ganz genau zu, Nesta. Ich werde in die Küche gehen und dort etwas essen, verstehst du mich? Ich war nicht hier. Weck Gruffydd, und schaff ihn hier heraus. De Barrys und mein Pferd stehen gesattelt im Hof. Er muss von hier weg, sofort.«

»Was ist passiert?«

Gerald sah sie einen Moment lang schweigend an, dann beugte er sich zu ihr hinunter und nahm ihr Gesicht in beide Hände. »Gruffydd gilt als Verräter, Nesta. Der König will ihn gefangennehmen lassen, und der Sheriff von Pembroke wird bestimmt bald hier sein, um genau das zu tun. Es ist meine Pflicht, Gruffydd zu ergreifen und auszuliefern, verstehst du? Daher musst du ihn von hier wegbringen, sofort!«

Das Blut schien ihr in den Adern zu gefrieren. »Aber Gruffydd ist kein Verräter! Wie kommt der König darauf?«

»Er hat sich mit Männern getroffen, die er nicht hätte treffen sollen, und auch wenn nichts dahintersteckt, ist das jetzt einerlei. Der König will ihn aus dem Weg schaffen, und wenn du deinen Bruder nicht in einem englischen Gefängnis oder ohne Kopf sehen willst, dann beeil dich.«

Nesta starrte Gerald ungläubig an, doch als er sie losließ und mit einem sanften Schubs fortstieß, erwachte sie endlich aus ihrer Starre. Geralds Worte im Kopf rannte sie in Gruffydds Gemach und weckte ihn, genauso Anarawd und die zwei Jungen. Ihr Bruder brauchte nicht viele Erklärungen und verstand sofort. Zu fliehen war für ihn nichts Neues, und so folgte er ihr ohne Umschweife in den finsteren Hof, wo der gefrorene Schlamm unter ihren Füßen knirschte. Das Tor stand offen, und von den Wachen war weit und breit nichts zu sehen. Dafür drang Licht aus dem Küchenhaus und Lachen. Vermutlich hatte Gerald die Wachen ins Warme geschickt, damit niemand etwas vom Aufbruch des walisischen Prinzen bemerkte und somit belangt werden konnte.

»Kommt, Kinder, beeilt euch.« Nesta hielt Gruffydds Söhne an ihren Händen und rannte mit ihnen zu den Pferden. Dort beugte sie sich zu ihnen hinab, schnürte die Umhänge noch etwas fester und zog ihnen die Kapuzen über den Kopf. Ihr Atem stand in weißen Wolken vor ihren Gesichtern. »Habt keine Angst, es geschieht euch nichts.«

»Beeil dich, gib sie her.« Gruffydd schwang sich in den Sattel, aber Nesta schob die Kinder ein wenig zurück und ergriff Gruffydds Arm. Mit durchdringendem Blick sah sie zu ihm hoch. »Sag mir, Bruder, ist es wahr? Planst du, dich gegen die Freinc zu erheben? Gegen den König? Gegen Gerald?«

»Natürlich nicht!« Ehrlich erstaunt sah er sie im Schein der

Palisadenfackel an. »Hältst du mich wirklich für so dumm? Allein könnte ich nie etwas ausrichten, und die wenigen *uchelwyr*, die zu mir stehen würden, reichen nicht aus, um sich gegen die freincische Übermacht zu stellen. Alle anderen verfolgen eigene Ziele, und ich könnte ihnen niemals trauen. Doch ich sagte dir schon letztes Jahr: Für den König bin ich eine wandelnde Gefahr. Er wird mich nie in Frieden lassen.«

Nesta biss sich auf die Innenseite der Wange und wusste nicht mehr, was sie denken sollte. Einst hatte sie gedacht, Henry zu kennen, aber das war so lange her, und sie konnte nicht mehr sagen, welche Beweggründe ihn trieben. Sie wusste nicht, was seine Berater und Boten berichteten. Vielleicht gab es Verschwörer, die Gruffydd aus dem Weg haben wollten, walisische Adlige, die ihre Position und ihr Land bedroht sahen, wenn Gruffydd und der König erst vereint wären. Also machten sie ihn lieber zum Verräter.

»Wohin willst du?« Sie hob den kleinen Anarawd zu ihm hoch aufs Pferd und kämpfte gegen die Tränen. Sie wusste nicht, was aus ihrem Bruder werden und wann sie ihn wiedersehen würde. Er hatte es nicht verdient, ein Leben als Flüchtling zu verbringen.

Gruffydd wies mit dem Kinn Richtung Norden. »Nach Gwynedd zu Fürst Gruffudd ap Cynan. Gwynedd ist fast gänzlich frei von den Freinc, dort bin ich eine Weile sicher.«

»Aber kannst du ihm denn trauen?« Nesta erinnerte sich an ihre Begegnung mit dem Fürsten von Gwynedd in Chester, wo er William Rufus den Rotmilan zum Geschenk gemacht hatte. Er war ihr wie ein kluger, besonnener Mann erschienen, der kein unnötiges Risiko einging – »die Gefangenschaft hat mich geduldig gemacht«, hatte er gesagt. Doch er war auch ein wütender Mann. Kurzzeitig hatte er sich sogar Owain angeschlossen, sich aber rechtzeitig mit dem König ausgesöhnt. Ob er jetzt, da er die gewaltige Macht des Königs mit eigenen Augen gesehen hatte, tatsächlich riskieren würde, einen gesuchten Verräter zu verstecken und den Zorn des Königs gegen sich zu richten? Eine Auslieferung könnte ihm nützlicher sein.

»Der Fürst von Gwynedd ist unserer Familie noch etwas schuldig, Nesta. Einst erhielt er die Unterstützung unseres Vaters, und ich werde diese Schuld jetzt einfordern.« Gruffydd schenkte ihr ein zuversichtliches Lächeln, aber in seinen Augen konnte er die Sorge nicht verbergen.

Nesta atmete tief ein und betete, dass er recht haben mochte. »Pass auf ihn auf«, sagte sie zu Anarawd, als sie den zweiten Jungen Cadell zu ihm hochhob. »Geht kein Risiko ein. Flieht nach Irland, bevor es hier zu gefährlich wird.«

Anarawd nickte ihr grimmig zu, doch Gruffydd schüttelte den Kopf. »So leicht lasse ich mich nicht mehr aus meiner Heimat vertreiben, Schwester. Es dauerte über zwanzig Jahre, bis ich zurückkehren konnte, ich werde nicht beim ersten Anzeichen auf Schwierigkeiten weglaufen.«

»Gebt einfach auf euch acht.« Sie trat zur Seite und sah zu, wie ihr Bruder in die Nacht hinausritt. Das Lachen der Wachmänner in der Küche drang an ihr Ohr, und Nesta meinte auch, Gerald zu hören. Er hatte gegen den Befehl des Königs verstoßen, um ihren Bruder zu retten. Nie hätte sie gedacht, dass er so weit für sie gehen würde, war ihm seine Position als Kastellan in Pembroke doch immer so wichtig gewesen. Das Recht des Königs hatte immer an erster Stelle gestanden, aber jetzt hatte er sich für sie entschieden. Und sie hatte gedacht, ihn verloren zu haben. Sie musste zu ihm und ihm danken, aber zuvor musste sie noch einen Brief schreiben – an die einzige Person, die Gruffydd jetzt noch helfen konnte.

Wo versteckt er sich jetzt?« Gerald hieß seinem Schwager Hywel an der Tafel Platz zu nehmen und ließ sich ebenfalls nieder. Nesta blieb stehen und betrachtete immer noch ihren klösterlichen Bruder in dem dunklen Ordensgewand, der völlig unerwartet mit Neuigkeiten von Gruffydd erschienen war. Die kahle Stelle der Tonsur inmitten seiner roten Locken wirkte befremdlich, aber sein schmales Gesicht mit den großen grünen Augen war kaum gealtert. Er war zu einem jungen Mann herangewachsen, hochgeschossen und schlank, und Nesta hatte ihn bei seiner Ankunft nur schwer loslassen können. Doch jetzt galt es herauszufinden, was mit ihrem anderen Bruder in Gwynedd geschehen war.

Mit einem dankbaren Nicken nahm Hywel den Becher heiße Milch entgegen und nippte daran. »Als ich deinen Brief erhielt, Nesta, machte ich mich sofort auf den Weg«, sagte er in reinstem Normannisch und sah erschöpft und mit roter Nase zu ihr auf. »Du hattest recht: Gruffydd war in Gefahr, und du tatest gut daran, nach mir zu schicken. Einem Mann der Kirche kann der Fürst nichts tun. Schon auf meinem Weg nach Gwynedd erfuhr ich, dass der Fürst in England gewesen und gerade auf der Heimreise war. Und auch, dass der König ihm befohlen hatte, ihm Gruffydds Kopf zu bringen.«

Nesta sah ihn entsetzt an. Was hatte Henry nur zu solch einer Entscheidung getrieben?

»Und der Fürst von Gwynedd war bereit, dem König zu gehorchen und Gruffydd zu töten?«, wollte Gerald mit deutlichem Unglauben in der Stimme wissen.

Hywel nickte ernst. »Der Fürst wird sich nicht mehr mit dem König anlegen, und jetzt, da er wieder weitreichende Gebiete seines Fürstentums frei von normannischem Einfluss hält, ist er zufrieden mit dem, was er hat. Er hat keinen Grund zu rebellieren. Gott sei Dank, dass ich rechtzeitig am Fürstenhof in Gwynedd ankam, denn das Schneetreiben in den Bergen von Gwynedd war keine Freude. Gruffydd wartete am Hof ahnungslos auf das Eintreffen des Fürsten, und ich konnte ihn rechtzeitig warnen. Auch der Fürst hatte Männer vorausgeschickt, um Gruffydd zu ergreifen, aber am Hof gab es noch ein paar treue Seelen, die zu Gruffydd standen und uns zur Flucht verhalfen. Aber …« Er atmete tief ein und blickte auf seinen Becher hinab. Er schien um jedes Wort zu ringen. »Bei der Flucht … Gruffydd ließ sich nicht davon abbringen …«

»Was?« Gerald verschränkte die Arme vor der Brust. »Was hat er getan?«

Hywel sah zu Nesta auf, seine Kiefermuskeln waren angespannt, sodass sein blasses Gesicht noch eingefallener wirkte. »Gruffydd nahm die jüngste Tochter des Fürsten mit sich.«

Ein Laut des Schreckens entfuhr ihr, und sie schlug die Hand vor den Mund. »Gruffydd hat die Tochter des Fürsten von Gwynedd entführt?!« Sie wankte und musste sich nun doch neben Gerald setzen. »Wie konnte er so etwas nur tun? Nach allem …«

»Nun, die gute Gwenllian – so heißt das Mädchen – war bei dieser Angelegenheit nicht gänzlich widerwillig, musst du wissen. Im Gegenteil. Als ich dort ankam, schienen die beiden bereits sehr verliebt, und Gruffydd hatte vor, den Fürsten um Gwenllians Hand zu bitten. Als ich ihm von dem geplanten Verrat des Fürsten erzählte, flehte Gwenllian unseren Bruder an, sie mitzunehmen, und … nun ja, das tat er auch. Die beiden heirateten in der ersten Kirche, die wir auf dem Weg nach Süden passierten. Und du weißt ja, Schwester, laut walisischem Recht wird ihre Ehe auch ohne Einverständnis ihres Vaters nach sieben Jahren rechtsgültig, sofern sie denn solange andauern sollte – und sofern sie solange überleben. Aber das ist immer noch nicht alles …«

Nesta stöhnte auf, und Gerald stieß ein Seufzen aus. »Er wird kämpfen, nicht wahr?«

Hywel sah betroffen drein und nickte.

Nesta schloss die Augen. »Ach, Gruffydd«, flüsterte sie und versuchte, ruhig zu atmen. »Was tust du nur? Zu was haben sie dich getrieben?«

»Er sagt, du hast nichts zu befürchten«, hörte sie Hywels Stimme wie aus weiter Ferne. »Er wird einen Bogen um euch machen, aber die anderen normannischen Burgen … Er sagt, die Freinc wollen ihn zu einem Rebellen machen, dann sollen sie einen bekommen. In Gwynedd gab es auch noch einige kampfeswillige Männer, die sich ihm anschlossen und ihm zu fliehen halfen, und auf meinem Weg hierher hörte ich überall, dass junge Männer sich deinem Bruder anschließen. Narren, die den Krieg noch nicht genügend kennen und denen die Weisheit der Älteren fehlt. Sie hören Versprechungen von der Beute, und schon nehmen sie ihre Waffen und machen sich auf den Weg.«

»Es beginnt alles wieder von vorne.« Sie strich sich mit beiden Händen über ihr Gesicht und schloss die Augen, als Gerald einen Arm um sie legte.

»Wo ist Gruffydd jetzt?«, wollte er wissen, doch Hywel schwieg. Nesta blickte auf. »Wo ist er?«, fragte auch sie, doch Hywel schüttelte den Kopf.

»Wir trennten uns in der Nähe von Cardigan, und wohin er dann ging, weiß ich nicht. Der Krieg ist nichts für einen Mann der Kirche, Nesta, und ich bat Gruffydd, mir nichts Weiteres zu sagen, da ich es weder mit meinem Gewissen vereinbaren kann, meinen Bruder zu verraten, was meine Pflicht wäre, noch euch anzulügen.« Er warf Gerald einen Blick zu, der verstehend nickte.

»Gott möge sich eures Bruders erbarmen. Der Fürst von Gwynedd wird hinter ihm her sein sowie jeder normannische und flämische Adlige dieser Gegend. Der König könnte auch mich beauftragen, ihn zu stellen. Er ist mir gegenüber ohnehin schon misstrauisch, da Gruffydd aus meinem Heim entkam – ich darf mir nichts mehr zuschulden kommen lassen«, er legte Hywel die Hand auf den Unterarm und seufzte, »ich muss dich leider bitten, uns baldmöglichst zu verlassen, Bruder. Ich weiß, du bist ein Mann der Kirche, und wären die Umstände anders, sähe ich dich gerne länger mit deiner Schwester vereint, aber bald wird diese Gegend erneut zur Hölle auf Erden, und du solltest baldmöglichst abreisen. Es darf kein schlechtes Licht mehr auf mich fallen, und du bist und bleibst ein Sohn des Fürsten Deheubarths – der Bruder desjenigen, der offen zur Rebellion gegen den König ruft. Wenn sich die Lage beruhigt hat, seid ihr uns jederzeit willkommen.«

»Ich verstehe, macht euch keine Sorgen.« Hywel lächelte und trank seine Milch aus. »Ich wäre nicht geblieben, Schwager, denn mir ist durchaus bewusst, wie heikel deine Position ist. Und dass du meinem Bruder …«, er sah sich in der Halle um und hob die Schultern, »nun, für die Gastfreundschaft, die du meinem Bruder geboten hast, möchte ich dir danken.« Er zwinkerte Gerald zu, und alle drei wussten, dass Hywel eigentlich die gelungene Flucht meinte. Gerald hatte viel für ihre Familie riskiert, und auch, wenn seine Tat folgenlos geblieben war, wurde natürlich geredet. Es erschien Nesta heute so lächerlich, dass sie ihn einst für bösartig gehalten hatte, war er doch einer der besten Menschen, der ihr je begegnet war. Genauso erschien es ihr unverständlich, wie irgendjemand annehmen könnte, sie hätte ihn je freiwillig verlassen. Dass jetzt ein weiterer Krieg drohte, brachte die Angst, ihn zu verlieren, zurück. Er und ihre Kinder waren ihre Welt.

W

Carew, Südwestwales, Februar 1116

Gottes Segen, Gerald. Möge Er dich gesund zu mir zurückbringen.« Nesta schluckte gegen die Enge in ihrer Kehle und zwang ein Lächeln auf ihre Lippen. Sein Anblick verschwamm vor ihren Augen, aber wie immer erlaubte sie es sich nicht, eine einzige Träne freizulassen.

Die Halle war verlassen, alle warteten draußen im Hof auf den Aufbruch und gaben Nesta und Gerald die Gelegenheit, sich zu verabschieden. So oft hatte Nesta ihn schon davonreiten sehen, aber heute war es anders.

Gerald hielt ihre Hände mit festem Griff in den seinen und strich ihr bei ihren Worten mit dem Daumen über den Handrücken. Im Kettenhemd stand er vor ihr, bereit zum Kampf gegen ihren Bruder, der das ganze letzte Jahr normannische Burgen überfallen hatte. An Geralds Seite sollte ausgerechnet Owain kämpfen – ein Mann, den er verachtete, dem Nesta nicht traute, der aber des Königs Gunst genoss. Denn seit Owain sich nach seiner Rebellion mit dem König ausgesöhnt hatte, war er ein treuer Untertan gewesen, zufrieden damit, Herrscher über das Land seines ermordeten Vaters zu sein. Und Gruffydd beanspruchte Teile dieses Landes für sich, weshalb Owain mit Freuden an Geralds Seite gegen ihn in den Krieg zog. Ein Scherz des Schicksals, so erschien es Nesta oft. Gerald musste sich mit einem Mann verbünden, der immer noch seine Seele vergiftete, und gegen jenen Mann kämpfen, den Nesta liebte, wissend, dass Nesta ihm den Tod ihres Bruders nie verzeihen könnte, so sehr sie auch wollte. Nesta wollte gar nicht daran denken, was geschehen würde, wenn Gerald tatsächlich ihren Bruder tötete. Der Verstand sagte ihr, dass er keine andere Wahl hatte, aber sie würde ihm nicht mehr in die Augen sehen können.

Gleichzeitig spürte Nesta eine unbändige Wut auf ihren Bruder. Er mochte in diese Rebellion getrieben worden sein, und doch verfluchte sie ihn für sein Tun.

Nie zuvor hatte sie sich so gefürchtet, nie zuvor war sie derart hoffnungslos gewesen. Wie auch immer die Schlacht ausging: Ein Mann, den sie liebte, wäre verloren.

»Wenn ich kann, werde ich ihn gefangennehmen, Nesta. Dann wird er leben.«

Sie nickte, wissend, dass dies das Einzige war, was er ihr versprechen konnte.

Aus traurigen Augen sah er sie an und strich ihr zärtlich eine Haarsträhne hinter das Ohr. Nesta versuchte, sich sein Bild einzuprägen. Graue Bartstoppeln bedeckten seine Wangen, und auch sein goldenes Haar, das sich im Nacken über der Kapuze aus Eisengeflecht kräuselte, hatte etwas von seinem Glanz verloren. Seit ihrer Entführung wirkte er älter, als er mit seinen sechsundvierzig Jahren tatsächlich war – härter und unnachgiebig, aber seine Sturmaugen waren immer noch dieselben. Was Gerald wohl sah, wenn er sie betrachtete? Auch sie hatte sich seit ihrer Hochzeit verändert und war mit ihren einunddreißig Jahren längst kein Mädchen mehr. Sie war an seiner Seite richtig erwachsen geworden, hatte Freude und Leid mit ihm geteilt, und sie wollte mit ihm alt werden. Die Lippen zu einem halben Lächeln verzogen, strich er mit seiner Hand über ihre Wange und küsste sie schließlich voller Hingabe auf die Stirn. Nesta schloss die Augen und schluckte gegen den Schmerz in ihrem Hals.

»Gebt auf euch acht.« Seine Lippen verschwanden, seine Hände lösten sich, und als Nesta die Augen öffnete, wandte er sich bereits abrupt ab und ging mit festen Schritten davon. Wie erstarrt blickte sie seinem Umhang hinterher, der in den hellen Wintermorgen hinaus verschwand, und betete zu Gott, dass Er seine schützende Hand über ihren Gemahl, aber auch über ihren Bruder hielt. Das grelle Sonnenlicht schien durch die offene Tür der Halle und strahlte an Geralds Gestalt vorbei in den Raum. Es sah aus, als trete er in die Himmelspforte, die sie auf Kirchenbildern gesehen hatte, und als die dunkle Silhouette verschwand, war es, als hätte der Schein ihn mit sich davongetragen.

Als Nesta den Hufschlag hörte, fielen ihr die frischen Binsen, die sie in der Kammer verstreute, aus der Hand. Der Lärm war zu deutlich, als dass er von nur einem oder zwei Pferden herrühren konnte, und Nesta war ein paar Momente lang nicht fähig, sich zu bewegen. Es konnte Gerald sein, er war seit gut zwei Wochen fort, es konnte ihr Bruder sein, siegreich über die Normannen und bereit, sie mitzunehmen, es konnte aber auch Owain sein, der Gerald in einen Hinterhalt gelockt haben mochte und sie erneut für sich beanspruchte. Hier traf eine ganze Truppe ein, und Nesta fürchtete sich vor der Wahrheit.

Mit wild klopfendem Herzen lief sie zum Fenster und blickte in den Hof hinunter, wo sich tatsächlich über ein Dutzend normannischer Reiter inmitten einer dichten Staubwolke versammelte. Knechte und Mägde strömten aus den Wirtschaftsgebäuden, Kinder tummelten sich um die Reiter, ihre eigenen und jene der Bediensteten. Mit angehaltenem Atem ließ Nesta ihren Blick über die einzelnen kettenhemdgekleideten Männer wandern und erkannte schließlich einen Karren zwischen den Pferden, auf dem ein zugedeckter Körper lag.

Ihre Brust zog sich zusammen, fieberhaft suchte sie unter den Reitern nach Gerald, doch einer nach dem anderen nahm seinen Helm ab, und sein goldenes Haar war nirgends zu sehen. Schwärze verengte ihr Blickfeld, sie spürte ihren Körper nicht, als er langsam entlang der Wand niedersank. Sie fühlte nichts als den tiefen See der Verzweiflung, in dem sie allmählich ertrank.

Schwere, klirrende Schritte erklangen von der Treppe her, sie näherten sich schnell, und plötzlich flog die Tür mit einem Knall auf.

Nesta riss den Kopf von den Knien hoch, und ein Wimmern entrang sich ihr. Als hätte sich ihr ein Geist gezeigt, starrte sie auf Gerald, der in der offenstehenden Tür stand und sie ansah. Eine blutige Schramme zog sich von seiner Schläfe ins rot zusammengeklebte Haar, und er verlagerte sein Gewicht auf nur ein Bein. Aber er war hier. Gott sei Dank, sie hatte ihn nicht verloren.

Nach Halt tastend, und ohne den Blick von ihm zu nehmen, richtete sie sich auf. Sie warf einen Blick zurück in den Hof hinunter auf den Karren, und plötzlich verstand sie. Gerald war hier, das hieß …

Sie fuhr zu Gerald herum. »Gruffydd …?«

»Er lebt.«

Der angehaltene Atem entwich ihr zitternd. Ihre Beine fühlten sich so schwach an, dass sie fürchtete, jeden Moment wieder in sich zusammenzusinken. »Aber …« Hilflos deutete sie zum Fenster, als Gerald zwei Schritte auf sie zuhinkte. Sein Blick ruhte auf ihr, und seine Sturmaugen schienen sie gefangenzuhalten.

»Es ist Owain, Nesta. Ich habe ihn getötet.«

Sprachlos sah sie ihn an. Owain hatte doch auf Geralds Seite gestanden. Was war nur geschehen?

»Wir lockten ihn in einen Hinterhalt, in einer Talsenke im Wald. Meine Bogenschützen feuerten ohne Unterlass – jeder meiner Männer wollte Owain tot sehen, nach allem, was er getan hat. Doch er starb durch mein Schwert. Es kam zu keiner Schlacht gegen deinen Bruder. Gruffydd konnte fliehen und versteckt sich jetzt irgendwo in den Wäldern um Dinefwr. Dein Bruder lebt. Und Owain ist tot.« Er kam näher, und es war, als hätte jemand eine enorme Last von seinen stets angespannten

Schultern genommen. Seine Augen glänzten, als er vor ihr stehenblieb. »Er ist tot, Nesta, Owain ist endlich tot.«

Plötzlich fiel er vor ihr auf die Knie, schlang seine Arme um ihre Taille und presste sein Gesicht gegen ihren Bauch. »Es ist vorbei, Nesta«, hörte sie ihn atemlos ausstoßen. »Es ist endlich vorbei.«

Nesta sah auf ihn hinab, vergrub ihre Hände in seinem dreckstarrenden Haar, und plötzlich begriff sie, dass Gerald recht hatte. Der Schatten war endlich gewichen, er stand nicht mehr zwischen ihnen. Die Erleichterung ließ sie in sich zusammensinken, sie schlang ihre Arme um seinen Hals und hielt ihn fest, so wie er sie hielt.

»Du hast Gruffydd verschont und dich gegen Owain gestellt«, flüsterte sie, immer noch fassungslos.

»Ich hätte es nicht tun können, Nesta. Ich hätte dir nicht den Bruder nehmen können. Genauso wenig hätte ich an Owains Seite zu kämpfen vermocht.« Er löste sich von ihr und sah ihr in die Augen. »Aber jetzt werde ich mich vor dem König verantworten müssen. Zurzeit hält er sich in Salisbury auf, um seine englischen Barone einen Treueschwur auf seinen Sohn als Herzog der Normandie leisten zu lassen. Ich muss ihn noch erreichen, ehe er in die Normandie zurückkehrt. Ich muss persönlich mit ihm sprechen, ihn von meiner Treue überzeugen. Einer seiner Repräsentanten wäre wohl weniger geneigt, mir überhaupt zuzuhören.«

»Dann müssen wir so schnell wie möglich aufbrechen.«

Gerald hob belustigt die Augenbrauen. »Wir?«

»Ich gehe mit dir, Gerald. Ich werde nicht zulassen, dass der König dich auf irgendeine Weise bestraft. Du hast all das für mich getan, und wir werden gemeinsam zu ihm gehen. Aber auch, um mit ihm über Gruffydd zu sprechen. Ich werde ihm erklären, dass Gruffydd nie vorgehabt hat, sich zu erheben, und ihn bitten, meinen Bruder zu verschonen. Nach allem, was meinem

Haus angetan wurde, muss Henry einfach Gnade walten lassen. Vielleicht kann Hywel Gruffydd ausfindig machen, sodass wir ihm eine Versöhnung mit dem König vorschlagen können. Dieser unsinnige Krieg muss ein Ende haben.«

Ein Lächeln breitete sich in seinem Gesicht aus, und Nesta hatte das Gefühl, dass er schon lange nicht mehr so befreit ausgesehen hatte. »Ich fange jetzt nicht an, mit dir zu streiten, denn ich weiß, am Ende wäre ich der Verlierer. Also komm mit, aber vorher …« Er hob seine Hand an ihre Wange und beugte sich zu ihr vor. Sanft legten sich seine Lippen auf die ihrigen, und Nesta lachte glückselig. Sie hatten bereits so vieles überstanden, der König machte ihr jetzt auch keine Angst mehr.

Salisbury – Old Sarum, Südwestengland, März 1116

Ein Meer aus bunten Zelten erstreckte sich jenseits der Siedlung auf der weiten, braunen Fläche, die einst eine Wiese gewesen sein mochte. Von den zahlreichen Pferden und Menschen im Frühlingsregen niedergetrampelt, war von Grün nichts mehr zu sehen. Rauchsäulen kleiner Kochfeuer zogen in den bewölkten Himmel, wo jene unglücklichen Knappen, Bediensteten und Soldaten, die keinen Platz beim königlichen Festessen hatten, eine kleine Mahlzeit zubereiteten. Barone, Ritter und Kirchenmänner waren angereist, um dem König zu huldigen und seinen Sohn als Herzog der Normandie anzuerkennen, doch nur die wichtigsten hatten eine Unterkunft innerhalb der Palisaden zugewiesen bekommen. Alle anderen mussten sich mit ihren Zelten einen Platz außerhalb suchen, wo der Gestank von Pferdedung die Luft beherrschte. Auch Gerald und Nesta blieb nichts anderes übrig, als sich hiermit zu begnügen, aber Nesta störte sich nicht daran, kreisten all ihre Gedanken doch um die bevorstehende Begegnung mit dem König. Ob er sie vergessen hatte? Wie sah er jetzt aus? Würde er ihr überhaupt zuhören? Wie würde er auf Geralds Befehlsverweigerung reagieren? Nesta wusste nicht, wann sie zuletzt so nervös gewesen war.

Sie ließen Geralds Knappen und de Barry zurück, damit diese sich um einen Platz für ihr Zelt kümmerten, während sie sich mit zwei von Geralds Männern durch das Durcheinander vorwärtskämpften. Sie überquerten eine Brücke, welche über den trockenen Graben führte, und passierten das westlich gelegene Tor ins Innere der Siedlung, wo noch geschäftigeres Treiben herrschte. Überall boten Händler ihre Waren feil, bestrebt darin, inmitten all der gutbetuchten Menschen ein lohnendes Geschäft zu machen. Bettler, Kranke und Verstümmelte hielten ihre Hände hoch, drängten sich vor die Verkaufstische der Händler, um bemerkt zu werden, und Nesta steckte ihnen ein paar Münzen zu. Dankes- und Segensworte wurden ihr nachgerufen, doch Nesta fühlte sich nicht besser. Bettler waren etwas Normannisches, und nach all den Jahren bestürzte sie der Anblick solchen Elends immer noch. In Wales stand jedes Haus stets für jeden offen, und jemand, der nicht mehr für sich selbst sorgen konnte und auch keine Familie mehr hatte, wurde von allen anderen unterstützt. Er musste keine Gaben von anderen erbeten, denn die Waliser teilten selbst in den schweren Zeiten von Plünderungen und Krieg das Wenige, das sie hatten. Ihr Volk mochte kriegerisch und stur sein, aber es warf die Schwachen nicht in den Schmutz.

Zu ihrer Linken passierten sie eine Kathedrale, an der gerade gearbeitet wurde, und sie erhaschten einen Blick auf den Bischofspalast. Nach den Bettlern kam Nesta dieser Prunk noch verschwenderischer vor.

»Ein Sturm hat hier große Verwüstungen angerichtet«, sagte Gerald und wies zur Kathedrale hinüber, da er ihren Blick wohl bemerkt hatte. »Nur fünf Tage nach ihrer Fertigstellung. Der Lordkanzler lässt die Kathedrale nun wiederherstellen.«

Nesta ließ ihren Blick über die Siedlung schweifen, die vielen kleinen Katen und wenigen Steinhäuser und nach vorne zum Erdhügel, wo innerhalb einer weiteren Palisade die Halle des königlichen Treffens stand. »All das kommt mir vor wie aus einer anderen Welt. Solch prächtige Kirchen, die vielen Menschen, die Enge, der Reichtum, das Leid … Es fällt mir schwer zu glauben, dass ich einst Teil von all dem war und mit dem Hof von einem solchen Ort zum nächsten gezogen bin.«

»Vermisst du es?«

Nesta warf Gerald einen Blick zu und lächelte bei seinem prüfenden Blick, der Sorge in sich trug. »Nicht einmal ein bisschen«, sagte sie und lehnte sich von ihrem Pferd zu ihm hinüber, um seinen Arm zu berühren. »Damals bei Hofe hatte ich stets das Gefühl, nicht richtig atmen zu können, und jetzt kann ich es kaum erwarten, wieder nach Hause zu kommen.«

»Du weißt, die Kinder sind in guten Händen.«

Ein Lachen entkam ihr, da er sie so leicht durchschaute. Die Anspannung kehrte aber sofort wieder zurück, als sie einen weiteren Graben überquerten und in den inneren Hof gelangten.

Knechte eilten herbei, um ihnen die Pferde abzunehmen, und Nesta sah sich nach bekannten Gesichtern um. Im Moment tummelten sich aber eher Bedienstete hier draußen zwischen den strohgedeckten Wirtschaftsgebäuden, die anderen waren wohl alle in der Halle.

»Madame, jede hier anwesende Frau wird Euch für Euer Kommen hassen.«

Nesta fuhr beim Klang der vertrauten Stimme herum und strahlte, noch bevor sie ihn zwischen den Pferden hervortreten sah.

»Richard!« Sie schloss ihn in die Arme. Nachdem auch er sie aus Owains Gewalt befreit und persönlich auf seine Burg gebracht hatte, standen keine zwiespältigen Gefühle mehr zwischen ihnen. Sie schuldete ihm nicht nur ihr Leben, er war ihr ein wahrer Freund, der fast ein Jahr mit Gerald nach ihr gesucht hatte. Es war lange her, seit sie Richard de Clare zuletzt gesehen hatte. Er hielt sich meist bei Hofe auf, und nur selten besuchte er Cardigan. Jetzt stand er in einem Bliaut von himmelblauer Farbe vor ihr, der seine blitzblauen Augen betonte, und überall an ihm, an den Fingern, den Handgelenken, dem Hals und dem Gürtel, schimmerte Gold. Seine Wangen waren wie immer bartlos, und sein braunes Haar war kürzer geschnitten, als sie es von ihm kannte. »Wie schön, ein bekanntes Gesicht zu sehen. Ich hatte gehofft, dich hier zu treffen.«

»Wie schön, erneut zu der Ehre zu gelangen, *dein* bezauberndes Antlitz zu betrachten.« Richard verneigte sich mit ausgebreiteten Armen und zwinkerte ihr zu. Er war schon Mitte dreißig, und seine Züge waren kantiger geworden, aber wenn er so grinste, sah sie immer noch den Halbwüchsigen von einst vor sich.

»Mylord de Clare.« Gerald trat etwas näher an Nesta heran und hob mit einem warnenden Blick die Augenbrauen.

Richard lachte. »De Windsor, mein Freund. Dich bei Hofe zu sehen ist wahrlich ein seltener Anblick. Solltest du nicht mit einem Schwert in der Hand bis zu den Knien in den Eingeweiden walisischer Rebellen stehen?« Er warf Nesta einen Blick zu und kniff die Augen zusammen. »Verdammt, ich meinte …«

»Ist schon gut, Richard. Du hast recht, walisische Rebellen sind der Grund, weshalb wir hier sind.«

Das Grinsen verschwand aus dem stets heiteren Gesicht, und jetzt sah er mit Sorge zwischen ihr und Gerald hin und her. »Was ist passiert?«

»Später.« Gerald ergriff sacht Nestas Arm und wies zur Halle. »Erst müssen wir mit dem König sprechen.«

»Da werdet ihr noch warten müssen, der König ist zur Jagd geritten – er hält es keinen Tag eingesperrt in einer Burg aus. Die zeremoniellen Unsinnigkeiten haben wir ja schon während der letzten drei Tage erledigt, und morgen will er auch schon wieder abreisen, um nach Ostern zurück in die Normandie zu gehen. Ihr habt ihn gerade noch erwischt.«

»Dann wollen wir mal hoffen, dass er vor seiner Abreise noch etwas Zeit findet und mich anhört.« Gerald konnte seine Anspannung nur schlecht verbergen, vielleicht kannte Nesta ihn nach all den Jahren aber einfach nur zu gut, um nicht zu erkennen, wie sehr er die Begegnung mit dem König hinter sich bringen wollte.

Gemeinsam mit de Clare betraten sie die Halle, Gerald gab sein Schwert ab, und im nächsten Moment befanden sie sich in einem Wirrwarr aus bunten Kleidern, funkelnden Kelchen und dröhnendem Lachen. Bezaubernde Damen standen unter Wappen und Wandteppichen mit edlen Herren beieinander, lachten und plauderten, während Tafeln aufgebockt wurden und Bedienstete umherwuselten, um die Abendmahlzeit herzurichten.

Nesta hielt nach dem Steward Ausschau, um ihre Ankunft zu vermelden und nach ihrem Sitzplatz zu fragen, als eine Frau um die dreißig an ihrem Gesprächspartner vorbeiblickte und Nesta direkt ansah. Sie riss die Augen auf, schlug die Hand vor den Mund, sagte etwas zu dem Herrn, mit dem sie gesprochen hatte, und kam mit eiligen Schritten auf sie zu.

»Du meine Güte, Nesta! Bist du's wirklich? Was machst du denn hier?«

Jetzt erkannte Nesta sie wieder, ihr goldenes Haar war nur mit einem hauchdünnen Schleier bedeckt, und ihr engelsgleiches Antlitz hatte sich kaum verändert. Sie war nur etwas rundlicher geworden, wie der enggeschnittene Bliaut verriet.

»Elizabeth!«, rief Nesta erfreut. »Ich wusste nicht, dass du bei Hofe bist.«

»Aber wo sollte ich denn sonst sein? Nach neun Kindern wird mir doch wohl etwas Spaß vergönnt sein.« Sie lachte laut auf, doch Nesta erschien es ein wenig aufgesetzt. Irgendetwas kam ihr bei der einst eher schüchternen Elizabeth sonderbar vor. Doch sie wollte keine voreiligen Schlüsse ziehen. Elizabeth war damals ein junges Mädchen von fünfzehn Jahren gewesen, die Zeit veränderte einen. Um sich ihre Verwunderung nicht anmerken zu lassen, wies sie schnell auf Gerald.

»Lady Elizabeth, ich möchte dir meinen Gemahl Gerald de Windsor, den Lord of Carew, vorstellen«, sagte sie förmlich, so wie es der Hof erforderte. »Mylord, dies ist meine Freundin Elizabeth de Beaumont.«

»De Vermandois«, warf Elizabeth schnell ein und lächelte dabei viel zu breit. »Ich möchte meinen Namen lieber mit dem Geschlecht meines Vaters in Verbindung gebracht sehen und nicht mit …« Sie schüttelte sich, als krabbelten Käfer ihren Rücken hinab.

Nesta zog fragend eine Augenbraue hoch. »Wo ist denn dein Gemahl, ist er mit dem König zur Jagd geritten?«

»Gott bewahre! Der reitet nirgendwo mehr hin. Liegt altersschwach zu Hause in seinem Bett und wartet darauf, dass der Tod ihn holen kommt – so wie ich«, murmelte sie und verdrehte die Augen. In diesem Moment trat eine weitere, ihr bekannte Person an die kleine Gruppe heran. Nesta erkannte das schmierige Lächeln in dem älter gewordenen Gesicht sofort.

»Mylord de Warenne«, sagte sie kühl und knickste flüchtig.

William de Warenne, der Earl of Surrey, nickte ihr zu und drosch Gerald auf die Schulter. »De Windsor – Ihr bei Hofe? Euch muss von dem ganzen Firlefanz hier ja ganz schwindlig werden. Man sagt, Ihr trinkt jeden Morgen einen Becher vom Blut Eurer Feinde, und Euer Schwert hätte noch nie Staub angesetzt.«

»Auch meine Tage werden ruhiger«, erwiderte Gerald mit einem schmallippigen Lächeln und sah auf de Warenne hinab. Es war ihm anzusehen, dass er seinen Ruf nicht schätzte und sich inmitten der belanglosen Plaudereien nicht wohl fühlte. Zwischen all den Höflingen und Baronen wirkte er irgendwie fehl am Platz. Er war selbst ein Lord, aber er blieb doch ein Krieger – ein Krieger in einem Raum voller Seide, Geschmeide und falschen Höflichkeiten. Nesta wunderte es nicht, dass er Blicke auf sich zog. Seine Kleidung war nicht so fein wie die der anderen, es waren seine hünenhafte Gestalt und sein von Narben eher martialisch aussehendes Antlitz, womit er den Raum beherrschte. Wer wusste schon, welche Geschichten noch über jenen Mann gesponnen worden waren, der die barbarischen Waliser im Zaum hielt? Sie mussten ein absonderliches Paar abgeben – die zauberische walisische Prinzessin und der Bezwinger eines unbezähmbaren Volkes.

Nesta hatte jedenfalls keine guten Erinnerungen an ihr Gegenüber. Der Earl of Surrey war einst an der Rebellion gegen Henry beteiligt gewesen, hatte er dem König doch nie verziehen, dass dieser die schottische Prinzessin geheiratet hatte, auf die er selbst ein Auge geworfen hatte. Doch so wie er die Hand auf Elizabeths Rücken legte und sich dicht neben ihr hielt, schien es, als hätte er sein gebrochenes Herz überwunden.

De Warenne hielt dem ungeduldigen Blick Geralds nur noch einen weiteren Moment lang stand, ehe er Elizabeths Arm ergriff und sie fortzog.

»Die beiden brannten gemeinsam durch«, raunte ihr plötzlich Richard ins Ohr, als Elizabeth und de Warenne sich außer Hörweite befanden.

Nesta fuhr zu ihm herum. »Was? Und de Beaumont? Er wird doch nicht einfach zulassen …«

»Es traf ihn schwer, als er hörte, dass Elizabeth ihn für de Warenne verließ. Sein Herz soll versagt haben, er lebt aber noch, wenn auch bestimmt nicht mehr lange. Die beiden können es wohl kaum erwarten zu heiraten. Der König wollte de Warenne ja eigentlich mit einer seiner Töchter verheiraten, aber der Erzbischof von Canterbury sträubte sich dagegen, da die beiden zu nahe miteinander verwandt sind. Also sah sich de Warenne nach einem anderen Weg zum königlichen Blut um – und der führt über unsere reizende Elizabeth.«

»Aber wie kann der König das nur zulassen? Robert de Beaumont war stets einer seiner engsten Freunde! Er stand immer treu zu ihm … Wie kann Henry erlauben, dass de Warenne seinen Freund derart beschämt und die beiden sich dann auch noch offen bei Hofe zeigen?«

Richard strich sich mit der Hand übers Kinn und machte einen zerknirschten Eindruck. Er sah sich nach allen Seiten um und lehnte sich schließlich ein wenig mehr zu ihr herunter. »Nun ja, es ist so, der König ist durchaus geneigt, der guten Elizabeth ihren Willen zu lassen, denn wie gesagt, um de Beaumonts Gesundheit steht es schlecht, und Elizabeth hat etwas, das Henry will.«

Nesta sah zu Richard hoch. »Und was soll das sein?«

»Ihre Tochter Isabel.«

Empört sah Nesta ihn an. »Aber Isabel kann doch nicht älter als zwölf oder dreizehn Jahre alt sein und …« Und der König ist fast fünfzig, fuhr sie in Gedanken fort. »Er will sie als Mätresse?«

»Bei Zeiten, ja. Die junge Isabel ist überaus schön anzusehen, und der König hofiert sie schon seit Längerem. Sie ist auch jetzt bei der Jagd dabei, und Elizabeth ist nur allzu gewillt, ihre Tochter ins königliche Bett zu legen.«

Nesta ergriff Geralds Hand. Fast schon hatte sie die Verderbtheit des Hofes vergessen, und was er aus Menschen zu machen imstande war. Hätte ihr jemand vor fünfzehn Jahren gesagt, dass Elizabeth ihren Mann verlassen und ihre Tochter in die Hände des Königs geben würde, sie hätte es niemals geglaubt. Aber sie war so lange fortgewesen und jetzt umso dankbarer, dem Hof entkommen zu sein. Nach all den Sünden, die sie begangen hatte, war Gott in seiner Gnade trotzdem so gütig gewesen, ihr einen Mann wie Gerald zu bescheren.

»Wie geht es der Königin?«, wollte sie von Richard wissen und sah sich um.

Richard deutete hoch, und ein schweres Seufzen entfuhr ihm. »Sie ist in ihrem Gemach. Sie ist leider kränklich und schwach. Viele hier fürchten um ihr Leben.«

Betroffen senkte Nesta den Blick. »Sie ist eine sehr beliebte Königin – eine gute Königin.«

»Eine geduldige Königin«, sagte Richard und wirkte tatsächlich etwas betrübt. »Isabel ist ja nicht die Erste, an der der König

Interesse hat, und während ein Bastard nach dem anderen geboren wird, blieb die Königin seit der Geburt unseres Prinzen vor dreizehn Jahren kinderlos. Viele sagen, sie war eben doch immer eine Nonne, und so widmet sie sich auch hauptsächlich der Kirche. Zwei Krankenanstalten für Leprakranke hat sie schon errichten lassen.«

Nesta biss sich auf die Unterlippe. »Weißt du, ob sie heute bei der Abendmahlzeit dabei sein wird?«

Richard schüttelte den Kopf. »Nach allem, was ich von ein paar ihrer Damen gehört habe, waren die letzten Tage zu anstrengend für sie.«

»Ich würde gerne zu ihr gehen, aber ich denke nicht, dass sie mich sehen will.«

»Einen Versuch ist es wert. Ich glaube, sie hat dich irgendwie immer geschätzt …«, er warf Gerald einen kurzen Blick zu, »trotz der alten Geschichten. Deine ehrliche Art findet man hier nicht oft.«

Gerald strich Nesta über den Arm und brummte: »Ich werde mal den Steward ausfindig machen und dann auf den König warten.«

Nesta lächelte dankbar, durchquerte die Halle und ging an ein paar Wachen vorbei die Treppe hoch. Plötzlich hörte sie schnelle Schritte hinter sich, und als sie über die Schulter zurückblickte und Elizabeth im düsteren Licht des Ganges erkannte, blieb sie stehen.

»Du gehst zur Königin?« Elizabeth eilte an ihre Seite und schob sich eine Haarsträhne zurück unter den Schleier. »Da komme ich mit, ich hoffe nämlich, dass die Königin mich wieder als Hofdame aufnimmt. Mylord de Warenne hat versprochen, den König darauf anzusprechen, aber es schadet sicher nicht, schon einmal selbst vorzufühlen.«

Nesta blickte auf Elizabeth hinab und versuchte, die Freundin von einst in ihr wiederzufinden. Schließlich blickte sie den Gang hinauf und hinunter, und als sie sicher war, allein zu sein, zog sie Elizabeth ein wenig zur Seite.

»Was ist passiert?«, flüsterte sie, was jedoch nur Verwirrung in Elizabeths Augen legte. »Hat er dich schlecht behandelt? Bist du deshalb von ihm weggelaufen? Hat er dir etwas getan?«

Elizabeth zog die Stirn in Falten und sah sie erstaunt an. Dann schüttelte sie den Kopf. »Ich bitte dich, Nesta, Robert würde keiner Fliege was zuleide tun. Er war immer so …«, sie hob die Hände, »lasch, verstehst du, was ich meine? Er hatte keinen Funken Feuer in sich, keine Leidenschaft, stets war er so ruhig, und wenn ich ihm widersprochen habe, um ihn wenigstens einmal die Stimme erheben zu hören, lächelte er nur. Stets ließ er mir meinen Willen, war immer so überbesorgt und vorsichtig, sogar im …«, sie hob die Augenbrauen, »naja, du weißt schon.«

Nesta unterdrückte ein Schnauben. »Das muss schrecklich für dich gewesen sein.«

»Du brauchst gar nicht so auf mich hinabzublicken. Du bist doch selbst mit einem Rebellenprinzen davongelaufen und hast ein Abenteuer erlebt! Jeder hier bei Hofe hat darüber gesprochen, wie du dich auf die Seite deines Volkes geschlagen hast, um mit diesem jungen Prinzen, diesem Freiheitskämpfer, fortzulaufen. Owain war hier bei Hofe, musst du wissen, der König schlug ihn zum Ritter und nahm ihn auch eine Weile mit in die Normandie. Wir alle haben ihn gesehen und konnten dich verstehen. Weißt du, wie viele Damen dich um ihn beneidet haben? Weißt du, wie langweilig und ermüdend das Leben als Gemahlin sein kann, neben einem alten Mann, der sich noch nicht einmal wie ein richtiger Mann verhält? Owain nahm dich einfach mit sich, er zeigte, dass er sich nimmt, was er will, und du bist ihm gefolgt! Du bist die Letzte, die mir Vorwürfe machen darf.«

Als hätte Elizabeth sie geschlagen, starrte Nesta sie an und wusste gar nicht, was sie denken sollte. Sie biss sich auf die Innenseite der Wange, um nichts Unüberlegtes zu sagen, denn ihr war klar, es hatte keinen Sinn, Elizabeth über die Entführung aufzuklären, hatten doch der ganze Hof und sogar jene in Wales ihre eigene Meinung dazu. Dass ein paar Damen Romantik in ihrer Entführung fanden, wunderte sie schon gar nicht mehr, denn sie hatte einige der Lieder, die die Barden darüber sangen, gehört. Gerald und ihre Familie kannten die Wahrheit, und das war das Einzige, was zählte. Vielleicht sollte sie sich für Elizabeth freuen, die ihre Romantik mit ihrem Earl of Surrey gefunden hatte. Im Moment überkam sie aber eher Mitleid für de Beaumont, der wochenlang mit einem Grinsen umhergegangen war, nachdem Elizabeth ihre Zwillinge bekommen hatte, und der seine Gemahlin immer mit solch tiefer Liebe angesehen hatte. Nesta erinnerte sich noch, wie ängstlich Elizabeth vor ihrer Hochzeitsnacht gewesen war, auf die de Beaumont vier Jahre gewartet hatte. Sie wusste nicht, wie Elizabeths Leben gewesen war, und war tatsächlich die Letzte, die sich ein Urteil bilden durfte, aber trotzdem hätte sie ihre Freundin bei diesen abfälligen Worten am liebsten geohrfeigt. De Beaumont hatte schon als Junge ein Kommando geführt, in jener Schlacht, die Englands Eroberung einleiten sollte, und er hatte stets auf Henrys Seite gekämpft. Dass er den Krieg nicht mit zu seiner Ehefrau brachte, sollte Elizabeth doch freuen!

»Er war dir ein guter Mann, Elizabeth«, sagte sie ruhig und hörte von unten erhobene Stimmen und lautes Lachen. Das fröhliche Treiben schien noch zuzunehmen. »Du hast ihm Treue bis zum Tod geschworen und …«

»Ich habe ihm neun Kinder geschenkt, Nesta! *Neun!* Jetzt will ich auch mal leben, ist das denn so schwer zu verstehen? Ich will das, wovon die Lieder erzählen, solange ich noch jung bin und die Männer mich wollen. Ich will nicht an die Seite eines alten Mannes gezwungen sein, das habe ich mir nie ausgesucht! Du weißt ja gar nicht, wie das ist, dein Gemahl ist noch jung, aber Robert ist schon sechsundsechzig! Er wäre ohnehin bald gestorben.«

Und davor musstest du ihm noch das Herz brechen und ihm die Ehre nehmen, dachte Nesta, sagte aber nichts mehr, denn der Tumult und die lauten Stimmen hatten sich der Treppe genähert. Sie sah zur Seite und erkannte mehrere Männer, die den Gang betraten.

Mit einem Schlag war Elizabeth vergessen, und Nesta wusste, wer da auf sie zukam. Schnell trat sie nahe zur Wand, und am Rande bemerkte sie, dass Elizabeth es ihr gleichtat. Es war der König, der zurückgekehrt war, und Nestas Gedanken rasten. Sie fürchtete, dass er sie bemerkte, auch wenn sie gar nicht genau wusste, wieso. Schließlich könnte sie ihn jetzt auf Gerald und Gruffydd ansprechen, aber wie würde er darauf reagieren? Er mochte vielleicht nicht mehr auf sie hören und verlangen, dass sie um eine offizielle Audienz bat. Auch könnte er sie für eine Verräterin halten und sich gar weigern, sie überhaupt sprechen zu lassen, genauso Gerald. Vielleicht glaubte auch er, sie wäre freiwillig mit Owain gegangen. Und Gerald würde es ihr bestimmt nicht danken, wenn sie hinter seinem Rücken das Gespräch mit Henry suchte. Er fand, es war seine Aufgabe, über Owain und Gruffydd zu sprechen. Wenn sie nur unbemerkt von hier verschwinden könnte. Sie war einfach noch nicht bereit, Henry gegenüberzutreten.

Den Kopf gesenkt, den Blick zu Boden gerichtet, sank sie in einen tiefen Knicks. Sie trug einen weißen Schleier, der stufenförmig wie eine Krone auf ihrem Kopf angeordnet war, so wie es bei walisischen Frauen üblich war, und sie hoffte, dass ihm ihre Kopfbedeckung nicht auffiel. Bei so vielen Frauen, die mit verschiedenen Arten von Kopfschmuck die Halle bevölkerten, sollte er ihr keine Beachtung schenken. Und der Schleier diente ihr wenigstens ein wenig als Versteck. Sie beobachtete die schlammbespritzten Stiefel, die an ihr vorbeizogen, und atmete erleichtert auf. Doch dann verstummte das Klappern der Schritte weiter vorne im Gang abrupt, jemand machte kehrt, und im nächsten Moment stand ein Paar Stiefel wieder vor ihr.

Nestas Herz raste. Zwölf Jahre war es her, dass sie an Geralds Seite den Hof verlassen hatte, und plötzlich kam es ihr so vor, als wäre es erst gestern gewesen. Sie sah Henry in Shrewsbury, als sie sich an seinem Umhang festgehalten hatte, um nicht hinzufallen – ein Moment, der ihr ganzes Leben in eine andere Richtung gelenkt hatte.

»Steht auf.« Der Klang seiner tiefen Stimme verursachte ihr eine Gänsehaut, und sie richtete sich gemeinsam mit Elizabeth auf, den Blick hielt sie aber weiterhin gesenkt.

»Lady Elizabeth«, hörte sie ihn sagen, freundlich und sanft. Wie oft hatte sie diese Stimme Liebesschwüre flüstern gehört und wie sehr hatte es ihr vor dieser Stimme gegraut, als deren Worte ihr Harri weggenommen hatten. »Eure Tochter Isabel sucht Euch in der Halle.«

Schweigen herrschte, und nur der leise Nachhall der Gespräche unten war zu hören. Elizabeth rührte sich nicht, sie schien wissen zu wollen, was weiter geschah, doch der König bewegte sich ebenso wenig und sah sie wohl weiterhin an, bis Elizabeth knickste und davonging.

Nesta sah ihre Gelegenheit, knickste ebenfalls und schloss sich ihr an, als Henry plötzlich einen Schritt zur Seite machte und ihr den Weg verstellte. »Ihr nicht.« Er blickte auf sie hinab, Nesta spürte es überdeutlich, und da sie es nicht länger aushielt, blickte sie auf.

Goldgesprenkelte Augen, umgeben von einem Kranz aus kleinen Fältchen, sahen sie aus einem von Wind und Wetter gezeichneten Gesicht an. Dies war das Erste, was sie an ihm sah, und ein Kribbeln zog durch ihren Magen – Aufregung, Angst, Freude, Erinnerung. Seine dunklen Locken waren auf Höhe der Ohren abgeschnitten, und ein Bart bedeckte die untere Hälfte seines Gesichts, was ein ungewohnter Anblick war. Trotzdem erschien ihr sein Lächeln nur allzu vertraut.

»Lady Nesta Tudor.« Überraschung und Wohlwollen klangen

aus seiner Stimme, während sein Blick über sie glitt. »Die Prinzessin von Südwales hat ihre Heimat verlassen, um ins schreckliche England zu kommen – warum nur?«

Nesta warf einen Blick zu Henrys Begleitern, die sie alle neugierig ansahen. Bekannte und unbekannte Gesichter blickten ihr entgegen, aber alle schienen ihr freundlich gesinnt. Als sie wieder zu Henry hochblickte, zwang sie sich zu einer festen Stimme. »Eure Hoheit, ich begleite meinen Gemahl, der gekommen ist, um seinen Treueschwur zu erneuern.«

Tiefe Furchen gruben sich in seine Stirn. »De Windsor ist hier? Was, in Gottes Namen, hat er hier zu suchen?«

»Er …« Fieberhaft dachte sie nach, wie sie Owains Tod und Gruffydds Flucht möglichst unbeschwert erwähnen könnte. »Mein Gemahl wird Euch sicherlich erklären, warum …«

»Ich habe *dich* gefragt, Nesta.«

Verblüfft ob dieser formlosen Anrede sah sie ihn an, doch noch ehe sie etwas sagen konnte, winkte er seine Begleiter fort. »Kommt mit, Madame.« Er drehte sich um und ging mit weitausholenden Schritten in ein nach Kräutern duftendes Gemach, wo eine ganze Handvoll Kohlenbecken Wärme spendete. Es war klein und behaglich, nur wenig königlich, aber Nesta fühlte sich in die Enge getrieben.

»Wie geht es unserem Sohn?« Henry ging auf einen schweren Holztisch zu, wo ein Krug mit einer Handvoll Kelchen stand.

»Das letzte Mal, als ich ihn gesehen habe, ging es ihm sehr gut, Eure Hoheit. Er ist ein kräftiger und aufgeweckter Junge und sieht … er sieht aus wie sein Vater.«

Henry nickte und blieb mit dem Rücken zu ihr stehen. »Ich bete, dass ich bald die Gelegenheit finden werde, ihn zu sehen.« Er warf ihr einen Blick über die Schulter zu. »Wahrlich, Nesta, dein Kommen ist eine Überraschung. Vom einen Moment zum anderen stehst du vor mir und bringst eine Vielzahl an Erinnerungen mit dir.«

Sie senkte den Blick und spürte, wie ihre Wangen heiß wurden. Sie hatte nichts vergessen. Henry hatte ihr einst Sicherheit und Hoffnung geschenkt, und nach allem, was sie von anderen Frauen wusste, war ihr klar, wie dankbar sie sein musste, von einem Mann wie Henry in die Liebe eingeführt worden zu sein. Sie waren nicht im Guten auseinandergegangen, und Nesta war bewusst, dass es eine kindliche und unbedachte Liebe gewesen war. Aber jetzt, da sie zurückblickte, wollte sie die Erfahrung nicht missen. Sie hatte sie mit zu derjenigen gemacht, die sie war, Henry hatte sie vor einem unbestimmten Schicksal unter den de Montgomerys gerettet und ihr Harri geschenkt.

»Demnächst werden hier die Bauarbeiten für einen richtigen Palast beginnen, damit mein Hofstaat sich nachts nicht übereinanderstapeln muss, während wir hier sind.« Henry schenkte Wein in zwei Kelche und reichte ihr einen davon mit einem jugendlichen Grinsen. »Ich nehme an, du hast schon bemerkt, dass wir hier etwas eng leben und uns kaum noch rühren können?« Die Tür hinter ihr fiel ins Schloss, und Nesta fuhr herum. Sie war allein mit Henry, sie konnte ihm alles erzählen! Gerald mochte ihr böse sein, aber sie musste die Gelegenheit nutzen.

»Eure Hoheit …«

Henry hob die Hand und sah sie aus verengten Augen an. »Hast du vergessen, dass wir uns vertraut sind, oder willst du es nur vergessen? Dich so voller Demut zu sehen, kommt mir unheimlich vor, und ich frage mich, was dahintersteckt.«

»Ich wollte nicht respektlos sein, Henry, und ich wusste nicht, ob …«

»Ob ich dir einen ungezwungenen Umgang erlaube? Was für Geschichten hört man in Wales von mir, dass du es kaum wagst, mir in die Augen zu sehen?«

Demonstrativ blickte sie auf und sah ihn direkt an. »Die Geschichten sind wohl genauso wunderlich wie jene, die hier über mich verbreitet werden.«

Anerkennend hob Henry seinen Kelch und prostete ihr zu, ehe er einen Schluck nahm. Dann wies er auf die beiden Stühle unter dem Wandteppich, die von den Kohlepfannen umringt wurden. »Ja, Geschichten hörte ich einige«, sagte er, als er sich mit einem Stöhnen niederließ und auch Nesta sich setzte. Ihr fiel auf, dass er um den Bauch herum etwas beleibter geworden war, und er streckte ein Bein aus, als bereitete es ihm Schmerzen. Er trank noch einen Schluck und wandte sich ihr schließlich zu.

»Ich kenne die Wahrheit, Nesta, keine Sorge. Ich weiß, du bist de Windsor nicht davongelaufen, ich habe es aus Owain herausgeprügelt.«

»Ehe du ihn für sein schändliches Tun zum Ritter geschlagen hast?«

Verblüfft sah er sie an, sein Körper verkrampfte sich deutlich, doch dann hoben sich plötzlich seine Mundwinkel. »Da ist sie wieder, Nesta Tudor, wie ich sie kenne. Einen Moment lang fürchtete ich schon, de Windsor wäre es gelungen, dich zu zähmen und zu einem scheuen Mäuschen zu machen. Es hätte mir gar nicht gefallen, wäre ihm gelungen, was ich nicht vollbrachte.«

»Und doch bin ich nicht mehr dieselbe. Ein Leben im Krieg bleibt nicht ohne Spuren, und so wie es aussieht, sollen die Kämpfe auch kein Ende nehmen. Mir kam zu Ohren, du hättest einen Preis auf den Kopf meines Bruders aussetzen lassen, was ich kaum glauben konnte.«

»Gruffydd ap Rhys ist ein Verräter, Nesta.« Er sah sie ernst an, warnend, damit sie ihm nicht widersprach, aber Nesta war nicht hierhergekommen und brachte Gerald gegen sich auf, um auf halbem Wege umzukehren.

»Gruffydd war nie ein Verräter, Henry. Er wollte nur in Frieden in seiner Heimat leben, bis du Jagd auf ihn gemacht hast.«

»Er kam zurück in mein Herrschaftsgebiet und befand es nicht für nötig, zu mir zu kommen, um seinen Treueeid zu leisten?«

Ungeduldig hob sie die Hände. »Du weißt, wie walisische Adlige sind, Henry, sie knien vor niemandem freiwillig nieder, und Lehnstreue kennen sie nicht.«

»Und du meinst, ich hätte ihn als freien Mann, der niemandem die Treue schuldet, in einem Brandherd herumlaufen lassen sollen, während alle anderen Fürsten und Adlige sehr wohl ihr Knie beugen konnten? Damit die anderen auch noch auf die Idee kommen, dass sie keinen Herrn über sich haben wollen?«

»Gruffydd wäre zu dir gekommen, er brauchte einfach etwas Zeit. Hättest du *mir* etwas Zeit gegeben, um ihn …«

»Das habe ich. Denkst du etwa, ich weiß nicht, dass er bei dir und de Windsor unterkam oder dass ihr ihn habt davonlaufen lassen? Ich habe weggesehen, Nesta, für dich, aber ich kann nicht erlauben, dass dein Bruder auf trockenem Stroh mit Feuer spielt und andere wieder zum Kampf anstachelt.«

»Er wäre zu dir gekommen, Henry, glaub mir. Aber er fürchtete Verrat. Und dass du ihn zum Feind erklärt hast, bestätigte ihn in seinem Misstrauen.«

Henry fuhr sich seufzend mit der Hand über die Stirn. »Ich weiß aus verlässlichen Quellen, dass Gruffydd sich mit jenen aus dem walisisischen Adel getroffen hat, die immer noch aufrührerisch sind.«

»Nicht jeder freut sich über Gruffydds Rückkehr. Ich muss dir doch wohl nichts über nachbarschaftliche Streitereien erklären? Es gibt Intrigen und Komplotte. Und nicht jeder walisische Aufstand richtet sich gegen dich als König. Erst neulich griff eine Gruppe Waliser einen flämischen Lord an, da dieser ungerecht und grausam zu ihnen war. Das hatte nichts mit deiner Herrschaft, sondern mit Gerechtigkeit zu tun.«

»Das mag sein, aber Krieg in meinem Land ist Krieg gegen mich. Ich verstehe sowieso nicht, weshalb wir hier über Gruffydd sprechen, wo Owain ap Cadwgan doch gerade dabei ist, ihn zu vernichten. Und was de Windsor *hier* anstatt in einer Schlacht macht, weiß der Teufel.« Er sah sie auffordernd an, und Nesta atmete tief durch. Sie könnte alles verlieren. Einzig, dass Henry gewillt war, ihr zuzuhören und an jene alte Vertrautheit anzuknüpfen, gab ihr Mut. »Owain ist nicht dabei, Gruffydd zu vernichten«, sagte sie, um Festigkeit in der Stimme bemüht.

»Ach nein?« Nesta sah ihm in die Augen. Er wusste es. Zumindest ahnte er es, er wollte einfach nur, dass sie es aussprach:

»Owains Kopf hängt über der Palisade von Carew Castle, wo er die Raben füttert und verrottet.« Eisern hielt sie seinem Blick stand. Seine Züge verhärteten sich, seine Wangenknochen traten scharf hervor, seine Lippen wurden zu einer schmalen Linie und seine Augen starr. Schließlich nickte er langsam und erhob sich.

»Und Gruffydd?«

»Ich weiß nicht, wo er ist.«

Ein schweres Seufzen entfuhr ihm. Er ging zurück zum Tisch und stützte seine Hände darauf. Eine Weile blieb er reglos stehen und starrte in die Flammen der Kerzen, während Nestas Herz in der Kehle pochte.

»Du musst wissen, schon als du und dein werter Gemahl Gruffydd aufgenommen und dann entkommen habt lassen, gab es Stimmen, die de Windsor einen Verräter nannten. Jetzt hat er einen treuen Vasall getötet und einen Rebellenführer entkommen lassen!« Wütend ließ er seine Hand auf den Tisch niederfahren. »Sag mir, Nesta, was bleibt mir anderes übrig, als dich und deinen Gemahl des Verrats anzuklagen?«

»Gerald kämpft seit Jahren unermüdlich gegen die Rebellen in Wales – für dich. Auch ich tue nichts anderes, und Gott weiß, es ist kein leichtes Schicksal. Owain, den du einen treuen Vasallen nennst, hatte mich beinahe ein Jahr in seiner Gewalt. Gerald tat, was sein Recht war, und tilgte die Schande, die Owain über seine Familie brachte. Und nein, er kämpfte nicht gegen seinen Schwager, den er als Kommandant von Pembroke für die geringere Gefahr hielt. Und was meinen Bruder anbelangt, er verbrachte fast sein ganzes Leben im Exil. Und obwohl Südwales sein rechtmäßiges Erbe ist, weiß ich, dass er nicht in der Absicht zurückkam, es sich zu nehmen. Ich schwöre dir, sonst hätten weder Gerald noch ich ihn unter unserem Dach wohnen lassen. Henry, meine Brüder und ich verehren unseren Vater genauso wie du den deinen, und doch ist Gruffydd nicht gekommen, um das Land, das rechtmäßig seines ist, zu erobern, so wie es dein Vater tat.« Nesta sah ihn eine Weile kurz an, dann kniete sie nieder. »Henry, du bist ein guter König, ein gelehrter Mann. Dir ist es gelungen, meinen Groll gegen die Normannen und das, was sie meiner Familie antaten, durch Respekt zu ersetzen. Du bist mein König, und ich bin dir treu ergeben. Ich flehe dich an, nutze Worte und nicht das Schwert, um gegen meinen Bruder vorzugehen. Ich weiß, du kannst Wales den Frieden bringen.«

Henry drehte den Kopf und sah sie sprachlos an. Licht und Schatten tanzten im Kerzenlicht über sein Antlitz und ließen seine Augen funkeln. »Bei Gott, Nesta, steh auf, ich kann dich nicht vor mir knien sehen.« Er lächelte sie beinahe liebevoll an und strich sich schließlich mit einem resignierten Stöhnen über die Augen. »Du sagst also, Gruffydd ist bereit, sich mir zu unterwerfen?«

Erleichtert atmete Nesta aus. »Ich denke, er wird es sein, wenn mein Bruder Hywel und ich mit ihm gesprochen haben. Hywel ist bereits auf der Suche nach ihm.«

»Und wenn du dich irrst?«

»Dann wird es *sein* Kopf sein, der die Palisade von Carew Castle ziert.« Entschlossen ging sie auf ihn zu und legte ihre Hand auf seinen Arm. Ihre Befangenheit ihm gegenüber war völlig vergessen. »Ich will, dass mein Bruder lebt, Henry, aber noch mehr will ich den Frieden. Und wenn Gruffydd nach allem, was geschehen ist, erneut Krieg in meine Heimat bringt, werden Gerald und ich treu zu dir stehen, so wie wir es immer getan haben.«

Henry ließ seinen Blick auf ihr ruhen und schien nachzudenken. »Also schön, ich bin bereit, Gruffydd zu vergeben – solange er herkommt und mir vor aller Augen Treue schwört.«

Nesta lächelte und betete im gleichen Moment, dass Gruffydd tatsächlich zu überzeugen war. Sie räusperte sich: »Du solltest vielleicht noch wissen, dass er geheiratet hat und …«

»Geheiratet?« Henry sah sie ungläubig an. »Wann hatte er inmitten seiner Aufstände Zeit, sich zu verheiraten?«

Nesta zuckte mit den Schultern und konnte sich ein Grinsen nicht verkneifen. »Er entführte die jüngste Tochter des Fürsten von Gwynedd und heiratete sie auf der Flucht.«

Reglos starrte er sie an, und dann begann er plötzlich lauthals zu lachen. Er lehnte sich gegen den Tisch, beugte sich leicht nach vorn und lachte immer weiter. »Das geschieht dem Fürsten recht. Er hat sein Fähnchen immer schön nach dem Wind ausgerichtet, Rebellen unterstützt, und wenn der Sturm kam, sich schnell wieder an die Bequemlichkeit unter meiner Vorherrschaft erinnert.« Er sah zu ihr hin und schüttelte den Kopf. »Fast sollte ich deinem Bruder für diese Ungehörigkeit danken.«

Nesta schüttelte belustigt den Kopf, wurde aber sogleich wieder ernst, als der König hinzufügte: »Und die Sache mit Owain?«

Nesta blickte zu Boden. Der Zorn über die Ungerechtigkeit, die sie von so vielen nach ihrer Befreiung hatte ertragen müssen, kam völlig unerwartet über sie. »Du kannst Gerald nicht dafür bestrafen, dass er nicht vergessen konnte, dass Owain mich geschändet hat!«

Bestürzt über ihre Offenheit starrte er sie an, dann wandte er den Blick ab, als könne er es nicht länger ertragen, sie anzusehen. »Owain war die beste Wahl, um über die Ländereien in Powys zu herrschen«, sagte er leise und richtete sich auf. »Er ließ sich kontrollieren und brachte die unsäglichen Familienfehden zu einem Ende. Meine Entscheidung, ihm zu vergeben, hatte nichts mit dir zu tun, Nesta. Es war die einzige Lösung, um das Land zur Ruhe zu bringen.«

Nesta nickte stumm.

Er lächelte und hob plötzlich seine Hand an ihre Wange. »Als König habe ich ihm seinen Aufstand verziehen, aber denke nicht, dass der Mann in mir ihm die Gewalt gegen dich verzeihen konnte. Ein Teil in mir sieht seinen Tod mit Genugtuung und möchte de Windsor dafür belohnen, ein anderer will ihn aufhängen, da er mit seiner unbedachten Tat erneut Unruhen heraufbeschwört.«

Sie trat zurück, sodass seine Hand von ihr glitt. Sie wusste, sie stand auf Messers Schneide, und dass Henry ein formloses Gespräch mit ihr führte, machte sie kühner, als sie vielleicht sein sollte – er war immer noch der König. Aber sie konnte nicht zurück. Sie stand so kurz davor, endlich ihren Frieden zurückzuerlangen. »Was würdest du tun, hätte Robert de Beaumont noch die Kraft, die Beleidigung de Warennes zu sühnen? Würdest du dich auf die Seite deines Freundes stellen oder auf jene des Mannes, der immer nur auf seinen Vorteil aus war und jetzt Schande über einen treuen Mann bringt?« Seine Augen wurden zu engen Schlitzen, aber Nesta war noch nicht fertig. »Was würdest du tun, wäre de Beaumont gesund und hielte er in Händen, was Lady Elizabeth nun hütet und dir ausliefert? Sähest du immer noch zu, wie de Warenne deinen Freund zum Gespött macht?« Sie hielt den Atem an und beobachtete, wie Henrys Gesichtsfarbe eine immer rötlichere Färbung annahm. Seine Augen glommen derart vor Zorn, dass sie einen Augenblick lang fürchtete, er könnte sie schlagen. Ihn auf seine Begierde nach einem jungen Mädchen anzusprechen, die ihn auch noch über das Unrecht, das seinem Freund widerfahren war, hinwegsehen ließ, war wohl nicht ihre klügste Entscheidung gewesen, aber es war einfach aus ihr herausgeplatzt.

Abrupt trat er einen Schritt zurück. »Fürwahr, du bist tatsächlich immer noch dieselbe. Immer noch übertrittst du Grenzen für deine Überzeugungen.«

»Die Verzweiflung lässt mich Grenzen überschreiten«, erwiderte sie mit dem Rauschen des Blutes in ihren Ohren. »Es liegt in deiner Hand, mir alles zu geben oder zu nehmen, und ich bin bereit, mich vor deine Füße zu werfen, wenn du nur Gerald verschonst.«

»Du liebst ihn wirklich.«

Sie nickte, was ihn trotz seiner Wut schmunzeln ließ. »Und einst hast du mich für meine Entscheidung verflucht.«

»Und heute danke ich dir dafür. Es ist wahr, ich liebe ihn, und ich könnte nicht ertragen, wenn ihm etwas zustöße. Owain war stets wie ein dunkler Schatten, der uns verfolgte, und jetzt ist er fort, und die Sonne kann zu uns durchdringen, aber nur, wenn du Gnade zeigst. Meine Kinder und Gerald sind alles für mich, es gibt nichts, was ich nicht für sie tun würde … und für Euch natürlich, Eure Hoheit«, fügte sie schnell lächelnd hinzu, was ihn laut auflachen ließ. Dann blickte er plötzlich an ihr vorbei, und als sie sich umdrehte, sah sie einen Pagen und Gerald in der offenen Tür stehen.

Der Junge räusperte sich. »Ähm … ich … Eure Hoheit … Mylord de Carew ersucht um … also …«

Henry trat an Nesta vorbei und ging auf die beiden zu. »Gerald de Windsor«, sagte er gedehnt und schlenderte gemächlich auf ihn zu. »Wir haben gerade von Euch gesprochen.«

»Eure Hoheit.« Gerald verneigte sich, seine Stimme klang rau, und als er an Henry vorbei zu Nesta blickte, lag eine Mischung aus Belustigung, Stolz und Entsetzen in seinen Augen. Hatte er etwa gehört, wie sie mit dem König gesprochen hatte?

»Ich sehe, meine Gemahlin ist mir wieder einmal zuvorgekommen«, sagte er schnell an den König gewandt und beantwortete damit ihre Frage. »Ich weiß auch nicht, wie ich hatte glauben können, sie würde auf mich hören …«

»Und was ist mit Euch und Eurem Gehorsam mir gegenüber?«, unterbrach Henry ihn, scheuchte den Jungen hinaus und warf die Tür mit dem Fuß zu. Gerald stand neben ihm und sah zwischen Nesta und dem König hin und her. Er überragte Henry ein wenig, und die schlanke Gestalt des Königs betonte Geralds breite Schultern und Brust umso mehr. Eigentlich sollte sie nicht so um Gerald fürchten.

»Eure Hoheit …«, begann er, doch wieder ließ Henry ihn nicht zu Wort kommen. Ein ungeduldiges Seufzen entfuhr ihm, während er zurück zu seinem Kelch ging.

»Der Herrgott möge mir ein Zeichen schicken, um zu wissen, was ich mit euch machen soll. Am besten, er befreit mich gleich ganz von euch.«

Nesta und Gerald tauschten einen Blick, aber sie schwiegen beide. Schließlich drehte Henry sich zu ihnen um. »De Windsor, Ihr habt Gruffydd laufen lassen und Owain ap Cadwgan getötet. Da mir das eine vielleicht noch nutzen wird und das andere mir eine innerliche Freude bereitet, werde ich Euch davonkommen lassen.«

Nesta entfuhr der angehaltene Atem in einem befreiten Seufzen, und sie rannte zu Gerald, ohne auf Henry zu achten. Sie ergriff seine Hand und drückte sie fest.

»Aber …«, sagte Henry und sah sie streng an. »Da mit Owains Tod bestimmt wieder Unruhen in Ceredigion und Powys ausbrechen werden, kann mein Sohn Henry FitzRoy nicht länger an der Grenze in Cardigan verbleiben. Ich will, dass er nach Pembroke geht und dort seine Ausbildung zum Ritter fortsetzt. Ihr werdet dafür sorgen, de Windsor, dass ein ordentlicher Mann aus ihm wird, der weiß, wie man sein Land unter Kontrolle hält. Auch ernenne ich meinen Sohn zum Lord von Narberth und Pebidiog, was Ihr, de Windsor, bis zu seiner Volljährigkeit mitverwalten werdet. Es wird Zeit, dass wir ein wenig Ordnung in diese Gegend bringen.« Er sah Nesta an, deren Beine sich so schwach anfühlten, dass sie kaum noch aufrecht stehenbleiben konnte. »Gruffydd ap Rhys, sofern er sich dazu entschließt, endlich zur

Einsicht zu kommen, soll, wie vor langer Zeit beschlossen, den Cantref Mawr bekommen und sich damit zufriedengeben oder sich mit einem Platz unter der Erde abfinden. Dies ist mein Entschluss, und damit ist der Gerechtigkeit wohl Genüge getan.«

Nesta starrte Henry an und konnte immer noch nicht glauben, was er gerade gesagt hatte. »Henry …« Ihre Stimme zitterte. »Du gibst mir tatsächlich Harri zurück?«

»Du bist standhaft geblieben, als du hättest mit den Walisern gehen können, und ich zweifle nicht an deiner Treue. Und auch wenn es mir solch vorwurfsvolle Reden in der Zukunft nicht erspart – mit einer Zauberin lege ich mich bestimmt nicht an.« Er kam auf sie zu und legte sanft beide Hände auf ihre Wangen. Dann küsste er sie auf die Stirn und klopfte Gerald auf die Schulter. »Geht nach Hause, und geht mit Gott. Hier habt ihr nichts verloren. Dieser Ort war schon immer Gift für dich, Nesta.« Mit diesen Worten verließ er das Gemach und ließ sie allein.

Nesta sah immer noch wie betäubt zu Gerald auf. »Hat er das gerade wirklich gesagt oder träume ich?«

Gerald lächelte, antwortete aber nicht, sondern beugte sich zu ihr hinab und küsste sie hingebungsvoll. »Lass uns heimgehen.«

Nachwort und Danksagung

Wer war Nesta wirklich? Diese Frage beschäftigte mich lange, bevor ich beschlossen hatte, diesen Roman zu schreiben. Es waren ihre Söhne und Enkelsöhne, die meine Aufmerksamkeit erregten, doch während meiner Recherchen zu den aufregenden Taten dieser Männer stieß ich immer wieder auf einen Namen: Prinzessin Nesta – oder Nest, wie sie eigentlich hieß, die walisische Form von Agnes. »Nest« empfand ich aber gerade für einen deutschsprachigen Roman als einen unglücklichen Namen, und da sie in den moderneren Schriften eher Nesta genannt wird, entschied ich mich für diese Variante.

So stolperte ich also immer wieder über diese Frau, deren Leben einer Autorenfeder entsprungen sein könnte und deren Nachfahren bedeutende Machthaber in Wales und Irland wurden. Ihre Söhne und Enkelsöhne waren maßgeblich an der Eroberung Irlands beteiligt, während die Nachfahren ihres Bruders Jahrhunderte später die Tudor-Dynastie hervorbrachten. Ein komischer Gedanke, wenn man sich vor Augen hält, dass ausgerechnet Gruffydds Nachfahren auf dem englischen Thron saßen und sein Blut bis heute im Herrschaftsgeschlecht des Vereinigten Königreichs vertreten ist.

Um Nesta kursieren vielerlei Gerüchte, Spekulationen und aufgebauschte Geschichten. Außer Nestas Affäre mit Henry I. und ihrer Ehe mit Gerald de Windsor ist kaum etwas über sie und ihr Leben bekannt. Es gibt nur wenige Fakten, die sich über sie finden lassen, alles andere sind Mutmaßungen, die sich oft widersprechen. Ich habe mich bemüht, die historischen Gegebenheiten so detailgetreu wie möglich wiederzugeben, doch bin ich vordergründig Romanautorin und keine Historikerin. Manchmal entschied ich mich bewusst für eine etwas freiere Auslegung der Tatsachen, um sie den Gegebenheiten des Romans anzupassen. Diese möchte ich Ihnen hier gerne aufzeigen, gemeinsam mit einem kleinen Hintergrund zu Nesta und den Spekulationen um ihre Person:

Über Nestas Kindheit und ihre Zeit bei Hofe ist so gut wie nichts bekannt. Generell wird sie auf die Männer in ihrem Leben, ihre Schönheit und ihre männlichen Nachfolger reduziert. *»Prinzessin Nesta, die Tochter und Schwester von Fürsten, die Ehefrau eines Abenteurers, die Konkubine eines Königs und die Buhle eines jeden wagemutigen Liebenden – eine Waliserin, deren Leidenschaften ganz Wales und auch England in Krieg verwickelten. Die Mutter von Helden (…)«* steht in einem Vorwort der übersetzten Werke ihres Enkelsohns.

Nestas Vater Rhys ap Tewdwr, der zur damaligen Zeit der mächtigste Fürst in Wales war, starb tatsächlich um Ostern 1093, als er mit seiner Kriegsbande ins hart umkämpfte Brycheiniog zog. *»(…) er wurde von den Freinc aus Brycheiniog erschlagen, und mit ihm fiel das Königreich der Briten.«*

Apropos »Freinc/Ffreinc«: Was bedeutet dieses Wort überhaupt? Nun, es wird meist als »Franzose« übersetzt, streng genommen gab es damals aber noch keine Franzosen. Philipp I., der im Roman kurz erwähnt wird, war König der Franken, und sein Herrschaftsgebiet war um vieles kleiner als das heutige Frankreich. Trotzdem benutze ich zu Beginn des Romans das Wort »Franzose«, um Ihnen eine bessere Vorstellung der Sprache und Herkunft dieser Fremden zu vermitteln. Wirklich gemeint waren mit dem Wort »Freinc« aber Normannen. Diese stammten, wie der Name schon sagt, aus dem Herzogtum Normandie, das im Norden des heutigen Frankreichs liegt. Die Normannen waren eine Mischung aus Wikingern, die sich auf diesem Landstrich niederließen, und Franken. Den Walisern von damals war es aber wohl ziemlich egal, woher genau die Eindringlinge kamen, und so waren die Eroberer von damals allesamt (Normannen und auch ein paar Flamen und Bretonen) einfach nur »Freinc«.

Die Engländer wurden von den Walisern hingegen »Saeson« – also »Sachsen« – genannt, und sich selbst nannten sie »Brytanyeit«, was »Briten« bedeutet. Damit Sie als Leser im Roman aber nicht immer um drei Ecken denken müssen, habe ich mich für Nesta im Laufe des Romans für die heutzutage gebräuchlichen Bezeichnungen entschieden, da ich denke, dass auch sie in der langen Zeit unter Normannen daran gewöhnt war. Auch habe ich den Normannen die englische Version ihrer Namen gelassen, da sie mit diesen bekannt und Ihnen wohl ein Begriff sind. Aber eigentlich hatten diese Herren natürlich noch französische Namen. So müsste z. B. William »Guillaume« heißen, Henry »Henri« und Walter »Gautier« usw. Was Namen und Orte betrifft, gab es zu jener Zeit des Umbruchs stets mehrere Varianten, die Waliser nannten einen Ort noch so, und die Normannen übersetzten ihn oder nannten ihn um. Ein Muster, für welche Variante ich mich entschied, wird sich im Roman schwer finden lassen, da ich zum einen die Leserfreundlichkeit, zum anderen aber auch die Authentizität zu berücksichtigen versuchte. Zum Beispiel wäre es wohl verwirrend gewesen, hätten die Waliser im Roman die Stadt London »Llundein« genannt.

Aber zurück zu unserer Heldin: Nesta geriet nach dem Tod ihres Vaters in Gefangenschaft, genauso ihr kleiner Bruder Hywel und ihre Mutter, während Gruffydd nach Irland fliehen konnte. Von Nestas Mutter hört man nie wieder etwas, weshalb ich mich entschied, sie im Roman sterben zu lassen. Von Hywel weiß man auch sehr wenig, die meisten erwähnen ihn gar nicht mehr. In einer Chronik fand ich den Hinweis, dass Hywel auf einer von Arnulf de Montgomerys Burgen gefangen gehalten worden war und dann verstümmelt und mit gebrochenen Gliedern floh. In einer anderen Chronik heißt es, er wäre kastriert und freigelassen worden, um danach in ein Kloster zu gehen. Auch wird erwähnt, dass er tatsächlich dabei war, als sein Bruder Gruffydd am Fürstenhof von Gwynedd um Unterstützung bat und fliehen musste.

Bei Nesta sah die Sache damals schon anders aus, denn wer Nesta heiratete, herrschte mit einer gewissen Legitimität über das Land ihres Vaters, ohne dass sie eine wirkliche Gefahr darstellen konnte. Sie war also sehr wertvoll für die Normannen.

So wurde Nesta bald nach dem Tod ihres Vaters von den de Montgomerys (mit ziemlicher Sicherheit Arnulf) gefangengenommen und irgendwo auf einer der vielen Burgen der Familie untergebracht. Zu ihrem Glück kam ihre Gefangenschaft aber der Königsfamilie zu Ohren.

»Zum Glück«, sage ich deshalb, weil die Grausamkeit der de Montgomerys keineswegs meine Erfindung ist. In diversen Chroniken werden der Familie Unmenschlichkeit unterstellt, und das nicht nur von walisischer Seite. Arnulf de Montgomery wurde als *»des Teufels Sohn«* bezeichnet, und der englische Chronist Henry of Huntingdon schreibt über die Familie *»(...)ihre Sünden waren genug, um selbst den Teufeln das Fürchten zu lehren«*. Robert de Bellême, der Henry ja so einige Schwierigkeiten bereitete, soll sogar die Legende *»Robert der Teufel«* inspiriert haben. Und als er ins Exil gehen musste, schreibt der normannische Chronist Ordericus Vitalis, haben die Leute ausgerufen: *»Frohlockt, König Henry, und dankt dem Herrgott, denn Ihr wart erst ein freier König an dem Tag, an dem Ihr Robert de Bellême von den Grenzen Eures Königreiches banntet.«*

Hier kommen wir gleich zu Henry: Wann und unter welchen Umständen er und Nesta sich trafen, ist nicht bekannt, aber Henry war auf jeden Fall schon damals ein Weiberheld. Er hatte bereits mehrere Mätressen und zahlreiche illegitime Kinder (mit insgesamt über zwanzig hatte er mehr als jeder andere englische

König). Lustig, dass die Kirchenmänner gar keinen so großen Anstoß daran nahmen, aber nach seinem älteren Bruder König William Rufus waren sie wohl froh, dass Henry überhaupt etwas mit Frauen hatte.

Nestas Vormundschaft wurde Arnulf de Montgomery entzogen und ging an die Krone, was den guten Arnulf sicherlich nicht sonderlich freute, musste er doch all seine schönen Träumereien einer gesicherten Lordschaft in Südwales verpuffen sehen. William Rufus war aber nicht so dumm, einer so mächtigen Familie auch noch den Schlüssel zum einstigen Fürstentum Deheubarth in die Hand zu geben, nachdem er sicher nicht vergessen hatte, dass ebenjene Familie gegen ihn rebelliert hatte. Ob Nestas Affäre mit Henry vor oder nach seiner Krönung und Ehe begann, ist nicht ganz klar, vermutlich irgendwann um diese Zeit herum.

Sie gebar ihm auf jeden Fall ein Kind – Henry FitzRoy. Manche behaupten, sie hätte auch einen Sohn namens Meilyr FitzHenry mit ihm gehabt, doch Meilyr war Henry FitzRoys Sohn, also ihr Enkelsohn (FitzRoy heißt übrigens »Sohn des Königs« und kommt vom französischen »roi«, was »König« bedeutet). Dass sie auch die Mutter von Earl Robert of Gloucester war, wird zwar in manchen Quellen behauptet, mittlerweile haben sich die Historiker aber von dieser Ansicht entfernt, genauso bei William Hay, der nicht ihr Sohn, sondern der Ehemann ihrer Enkelin gewesen sein soll.

Natürlich stellte ich mir die Frage, wie Nesta ausgerechnet Henrys Mätresse werden konnte, wenn er als Normanne doch ein Feind ihres Volkes war. Doch Henry hatte ein unbestreitbares Talent für schöne Worte, war für die damalige Zeit über die Maßen gebildet und besaß dadurch bestimmt ein gewisses Maß an Raffinesse, was seine zukünftigen Regierungsgeschäfte bestätigen. Nach dem Tod seines Vaters spielte er seine älteren Brüder geschickt gegeneinander aus, um als lachender Dritter hervorzugehen. Mit seinen Versprechungen zog er alle auf seine Seite. Sein Bruder Robert Curthose und auch Iorwerth von Powys, von denen im Roman gesprochen wird, sind gute Beispiele für Henrys wertlose Versprechungen, mit denen er seine Ziele zu erreichen pflegte. Nicht umsonst steht in der *Brut y Tywysogion* bei einem Eintrag über Henry: *»Und so wie es die Art der Freinc ist, mit Versprechungen zu betrügen, versprach Henry …«*

Henry gilt als ein König, der die Normannen und Angelsachsen vereinte und als »Lion of Justice« den Frieden ins Land zurückbrachte. Diesen Frieden erreichte er aber mit Strenge in der Einhaltung seiner Gesetze und auch mit Grausamkeit. Blendungen und Verstümmelungen standen unter Henry an der Tagesordnung, so auch die Todesstrafe für Diebe und andere »geringe« Verbrechen. Auch gab er den Befehl, seine eigenen Enkeltöchter (jene von Ansfride) aus politischen Gründen und ausgleichender Gerechtigkeit während den Unruhen in der Normandie blenden zu lassen und ihnen die Nasenspitzen abzuschneiden. Daraufhin versuchte die Mutter der verstümmelten Kinder (also Henrys und Ansfrides Tochter) Henry mit einer Armbrust zu erschießen, scheiterte aber und musste mit entblößtem Gesäß vor Henrys Männern ins Wasser des Burggrabens springen, um zu ihrem Gemahl zurückzukehren.

Zweifelsohne war Henry ein Mann, der wusste, wie er seine Ziele erreichte. Es kam mir also nicht weiter verwunderlich vor, dass es ihm gelang, die noch kindliche und alleingelassene Nesta für sich zu gewinnen. Vielleicht versuchte Nesta durch die Affäre auch, ihre Lage zu verbessern, einer Ehe zu entkommen und sich abzusichern, denn man kann Henry viel vorwerfen, aber um seine Kinder und deren Mütter hat er sich – im wirtschaftlichen Sinne – gekümmert. Historiker schließen auch nicht aus, dass es Nesta war, die später zwischen ihrem Bruder Gruffydd und Henry vermittelte. Genauso soll auch ihr Ehemann Gerald de Windsor ihre Verbindung zu den Walisern genutzt haben.

Interessanterweise brannte Elizabeth de Vermandois tatsächlich mit dem Earl of Surrey durch, und ihr Ehemann Robert de Beaumont starb kurz daraufhin *»an der Schande«*. Die junge Isabel de Beaumont wurde dann auch wirklich Henrys Mätresse.

Und Ranulf Flambard, der Bischof von Durham, wurde tatsächlich von König Henry hinter Schloss und Riegel gesetzt, und damit war er der erste politische Gefangene im Tower of London – aber auch der erste, der entkam (angeblich tatsächlich durch ein Seil, das in einem Weinfass zu ihm geschmuggelt wurde). Auch entspricht es der Wahrheit, dass seiner Mutter Zauberei unterstellt wurde und es ihre Macht gewesen sein soll, die Robert Curthoses Invasionsarmee an Henrys Flotte vorbeibrachte.

Bei Anskill of Seacourt musste ich etwas von der Wahrheit abweichen, denn obwohl Ranulf Flambard der erste Gefangene im Tower war, habe ich schon Anskill kurze Zeit vorher dort inhaftiert – der Ort seiner wahren Gefangenschaft ist leider nicht überliefert. Mit Anskill kommen wir auch schon zu den homosexuellen Beziehungen unter den Höflingen am englischen Hof, wobei ich sagen muss, dass nirgends geschrieben steht, dass Anskill of Seacourt tatsächlich homosexuell war und ich ihm die Affäre mit Walter Tyrell nur angedichtet habe. Interessant ist aber, dass Anskill keine Kinder mit seiner Gattin Ansfride hatte, deren Kinder ja alle drei von Henry anerkannt wurden. Seine Gefangenschaft und sein Tod spielten mir dann auch noch gut in die Hand. Es heißt, er starb *»nach Tagen rauer Behandlung«*, weshalb ich annehme, dass er irgendetwas getan hat, das William Rufus nicht passte. Und da kurz darauf der König selbst durch die vermeintliche Hand von Walter Tyrell dahinschied, bot sich hier eine Verbindung an.

Es ist nicht sicher, ob Henry beim Tod seines Bruders die Finger im Spiel hatte, auch nicht, ob Walter Tyrell den König absichtlich tötete, oder ob es ein Unfall war. Überliefert ist aber, dass Walter Tyrell als hervorragender Schütze galt, es Tyrells Pfeil in Williams Brust war und Tyrell nach dem Vorfall floh. Auch wurde gemunkelt, dass Tyrell genauso wie der König homosexuell war.

Nachdem Henry also König geworden war und geheiratet hatte, gab er Nesta an einen Mann, der im Machtgefüge zu bedeutungslos war, um in Südwales gefährlich zu werden, gleichzeitig aber jahrelange Erfahrung darin hatte, diesen Teil des Landes unter Kontrolle zu halten (die Geschichte von der Belagerung von Pembroke Castle, bei der Gerald die walisischen Belagerer austrickste, soll sich tatsächlich so zugetragen haben).

Es war wohl nicht leicht für Nesta, an jenen Mann verheiratet zu werden, der an der Eroberung von Südwales und ihrer Gefangennahme beteiligt war, aber hoffen wir einfach mal, dass es eine glückliche Beziehung war. Um die beiden zusammenzubringen, habe ich mir eine kleine künstlerische Freiheit erlaubt, als ich Gerald und Nesta zu *Nos Calan Haf* beobachten lasse, wie ein gehörnter Mann eine Strohpuppe verbrennt. Dies war eher in den nördlichen Regionen von Wales verbreitet, wie etwa auf der Insel Anglesey. Doch mir gefiel diese Tradition, die ja später im Roman noch einmal Anwendung findet, und so nahm ich es mit der Region nicht so genau.

Diverse Probleme mit walisischen Rebellen, Plünderungen, Hungersnöte und die Besiedlung der Flamen fanden tatsächlich statt. Es war auch wirklich Gwgan ap Meurig, der Hywel ap Goronwy verriet, seine Waffen versteckte, die Normannen einließ und so Hywels Tod verursachte. Wir wissen nicht, wie es Nesta dabei ging. Ihre späteren Taten sprechen jedenfalls für ihre Zuneigung für Gerald. Sie rettet ihn nicht nur vor der Kriegsschar aus Powys, sondern unternimmt auch alles dafür, um wieder heimzukehren, anstatt Owain nach Irland zu folgen.

Bei Owain gehen die Meinungen stark auseinander: Manche behaupten, Nesta wäre freiwillig mit ihm gegangen, andere sagen, sie wäre gegen ihren Willen entführt worden, manche bezweifeln heute gar, dass es diese Entführung jemals gab, und halten sie nur für eine Erfindung romantischer Dichter jener Zeit. Die walisischen Chronisten stellen Owain natürlich als Helden dar, der die schöne Prinzessin aus ihrer Burg entführt, während der Freinc schmählich durch den Abtritt flieht. Historisch belegt ist aber, dass Owain die Burg niederbrannte, von der angenommen wird, dass sie sich am Standort des heutigen Cilgerran Castle befand. Aber ob die beiden anwesend waren und er Nesta mit sich nahm, ist nicht ganz nachzuweisen. So ist auch die Zahl der Kinder, die sie angeblich mit Owain hatte, umstritten.

Falls die Entführung stattfand – wie die gängige Version lautet –, dann ereignete sie sich um Weihnachten 1106–1109 (je nach Quelle). Ich bezweifle, dass Nesta freiwillig mit Owain ging, was ich von ihrem Verhalten beim Angriff und ihrer Rückkehr zu Gerald herleite. Dass sie sich selbst für ihre Kinder und jene illegitimen von Gerald hergab, spricht wohl ebenfalls für sie als Mutter und auch für den Zwang hinter der Entführung.

In der *Brut y Tywysogion* werden Nesta folgende Worte an Owain in den Mund gelegt:

»Wenn du willst, dass ich dir treu bin und bei dir bleibe, sende meine Kinder zu ihrem Vater.«

Wie viele illegitime Kinder Gerald hatte und welchem Geschlecht sie angehörten, ist nicht ganz klar, weshalb ich die Mädchen Beatrice und Agnes erfand.

Über Owains Beweggründe für die Entführung scheiden sich die Geister.

An Owains große Liebe auf den ersten Blick, wie sie in manchen Geschichten über Nesta dargestellt wird, glaube ich wenig. So schön kann eine Frau wohl nicht sein, um einem Mann bei nur einer Begegnung derart den Verstand zu vernebeln und ihn solch eine Dummheit begehen zu lassen, oder vielleicht doch?

In einer Chronik heißt es: *»Owain (…) sah Nest (…) und liebte sie sehr für die Schönheit ihres Antlitzes und ihrer Gestalt, und die sanfte Haltung ihres Benehmens.* (…) *und er verschleppte Nesta mit*

Gewalt und gegen ihren Willen nach Powys, und er behielt sie dort, ungeachtet allem, was sein Vater und der König taten, um ihn davon zu überzeugen, Gerald seine Frau zurückzugeben.«

In der *Brut y Tywysogion* wird hingegen weniger von Liebe als vom »*Aufwiegeln durch den Teufel*« gesprochen. Eher vorstellen kann ich mir aber, dass Owain seinen normannischen Gegner einfach nur mal ordentlich blamieren wollte. Mit der Entführung bewies er, dass Gerald seine Frau nicht beschützen konnte. Dass ein junger Heißsporn, der sein Erbe von den Normannen zerstört sah, sich als Kriegsführer und walisischer Held behaupten möchte, ist für mich wahrscheinlicher als eine Tat durch blinde Liebe. Nun, was auch immer dahintersteckte, es brachte Owain letztendlich ins Grab, denn er wurde tatsächlich von Gerald oder Geralds Männern getötet.

Wie es danach mit Gerald weiterging, wissen wir nicht, denn er verschwindet aus der Geschichtsschreibung. Es bleibt zu hoffen, dass ihm und Nesta noch etwas Zeit in Frieden vergönnt war, aber anzunehmen ist, dass er seine Rache nicht allzu lange überlebte.

Stephen von Cardigan, den Nesta durch die räumliche Nähe und Geralds Position bestimmt gut gekannt hat, nahm eine wichtige Rolle in ihrem Leben ein. Manche sagen, Nesta wäre nur seine Geliebte gewesen, andere, dass sie verheiratet waren, andere wieder, ihr Sohn hätte sie gegen ihren Willen verehelicht. Da Nestas und Stephens Sohn den Platz seines Vaters als Constable von Cardigan erbte und von ihm nie als Bastard gesprochen wurde, gehe ich davon aus, dass die beiden verheiratet waren.

Wann Nesta starb, ist nicht bekannt, auch nicht, unter welchen Umständen, aber es ging auf jeden Fall turbulent in ihrer Umgebung weiter, denn der Krieg zwischen Normannen und Walisern brandete immer wieder auf. Zwar hielt sich Gruffydd einige Jahre an die Abmachung mit Henry, aber laut walisischen Chroniken wurde er von Normannen der Nachbarschaft betrogen und musste wieder nach Irland fliehen. Somit begann alles wieder von vorne. Nach Henrys Tod verschlechterte sich dieser Zustand noch, denn es brach Chaos in England aus, was die Waliser natürlich nutzten. Nach dem Untergang des Weißen Schiffs, bei dem Henrys einziger legitimer Sohn ums Leben kam, war die Frage der Thronfolge ungeklärt. Zwar hatte Henry seine Barone dazu gebracht, seiner Tochter Matilda die Treue zu schwören und sie als Königin zu krönen, doch wie Sie mittlerweile wissen, waren Henrys Barone etwas eigensinnig und diese Schwüre bald vergessen. Nicht nur war Matilda eine Frau und hatte auf dem Thron nichts zu suchen, sie war auch mit dem Grafen von Anjou verheiratet, der den Normannen ein Dorn im Auge war. Ein Bürgerkrieg brach aus, der England für siebzehn Jahre in Anarchie versetzte.

Währenddessen ging es auch in Wales drunter und drüber, denn die Marcher Lords nutzten die gesetzlosen Zustände in England und verhielten sich wie eigene kleine Könige in ihren Ländereien, was zwangsweise zu Racheakten der Waliser führte.

Richard de Clare starb bei einem Überfall der Waliser, die ihm im Wald eine Falle stellten, als er leichtsinnigerweise mit nur wenigen Begleitern von England zurück nach Cardigan ritt. Noch heute zeugt der *»Dialgarreg«* – der Stein der Rache – an diesem Ort vom Triumph der Waliser. Sein Tod führte dazu, dass Nestas Bruder Gruffydd gemeinsam mit seinen nördlichen Nachbarn aus Gwynedd in Richards Lordschaft Ceredigion einfiel und Cardigan angriff. Es heißt, die Flüchtenden der verlorenen Schlacht strömten so zahlreich über die Brücke, dass diese zusammenbrach und Hunderte im Fluss ertranken. Die Stadt Cardigan wurde von den Walisern niedergebrannt, und einzig die Burg hielt stand.

Auch Gruffydds Frau, die junge Fürstentochter Gwenllian, die mit Gruffydd durchbrannte und sich sogar als Autorin hervorgetan haben soll, war im Kriegsgeschehen stets vorne mit dabei. Sie soll an Raubzügen teilgenommen haben, doch leider führte ihre Kühnheit sie in ein tragisches Ende: Während Gruffydd im Norden war, ritt sie gleich einer Amazone, wie Nestas Enkel später schreibt, an der Spitze einer eigenen kleinen Armee gegen die Normannen. Sie wurde geschlagen und geköpft. Auch zwei ihrer Söhne wurden hingerichtet, die anderen befanden sich wohl bei Gruffydd. Gruffydd starb bald nach seiner Frau unter unbekannten Umständen. Seine verbliebenen Söhne führten sein Werk jedoch fort, während Nestas Söhne natürlich für die Normannen kämpften – eine sehr traurige Geschichte, wie ich finde, bedenkt man, dass die Führer der gegnerischen Fronten Vettern waren.

Große Persönlichkeiten standen auf beiden Seiten, und sie übten bedeutsamen Einfluss auf ihr Land aus. Nestas ältester Sohn Henry FitzRoy, den sie im Roman Harri nennt, starb in seinen Fünfzigern im Kampf gegen die Waliser. In derselben Schlacht wurde auch ihr jüngster Sohn Robert, der Sohn von Stephen aus Cardigan, schwer verletzt und von den Walisern gefangengenommen. Nestas ältere Söhne von Gerald, William und Maurice, heirateten tatsächlich Arnulf de Montgomerys Töchter und zogen später nach Irland, um dort ihr Glück zu finden. Nestas und Geralds dritter Sohn David wurde zu einem Kirchenmann und erreichte mit dem Bischofsamt von St. David große Macht und Einfluss. Nestas Tochter Angharad heiratete indessen den Lord von Manorbier Castle, William de Barry, den ich Ihnen im Roman vorgestellt habe. Die beiden wurden die Eltern jenes bedeutsamen Mannes, dem wir einen großen Teil unseres Wissens über Wales und Irland der damaligen Zeit verdanken: Giraldus Cambrensis. Seine Werke brachten mir Wales im 12. Jahrhundert näher und waren mir für die Recherche sehr nützlich.

Nesta bleibt durch ihr skandalöses Leben in Erinnerung, aber ich hoffe, dass Sie als Leser nun das Bild einer starken Frau vor sich haben, die für den Frieden so manchen Kompromiss schließen musste und in einer von Männern dominierten Welt zu überleben versuchte.

Für mich war es eine aufregende Reise, die ich nicht allein bewältigen musste, denn viele unterstützende Menschen standen an meiner Seite.

Zuallererst muss meine Agentur genannt werden. Peter und Regina Molden bestärkten mich nicht nur in meinem Vorhaben, mich an dieses Genre heranzuwagen, sie kämpften sich auch durch verschiedene Fehlversuche und schenkten mir stets Zuversicht. Auch meine Familie unterstützte mich und sah sich nicht nur einmal meinen Begeisterungsstürmen über Nestas aufregendes Leben und das wunderbare Land, das ihre Heimat war, ausgesetzt. Mein Mann verschaffte mir wieder einmal die nötigen Zeitfenster, um mich ganz der Geschichte zu widmen – ohne dich wäre es nicht gegangen. Meiner Freundin Anna danke ich wie immer fürs Testlesen und ihre Geduld, und meine Stiefschwester Klaudia verdient ein großes Dankeschön, da sie sich mit mir nach Wales wagte.

Mein allergrößter Dank gebührt aber meiner Lektorin Maria Runge, die noch so vieles aus der Geschichte herausholte und ihr den nötigen Raum bot, um sich zu entwickeln. Dieses Lektorat war eine einmalige Erfahrung und beweist, dass es auch in großen Verlagen Menschen gibt, denen die Geschichte das Wichtigste ist und die wahre Begeisterung aufbringen. Vielen Dank.